해리 쿼버트
사건의 진실 ₁

해리 쿼버트 사건의 진실 1

초판 1쇄 인쇄일 2024년 3월 6일 | **초판 1쇄 발행일** 2024년 3월 26일
지은이 조엘 디케르 | **옮긴이** 양영란 | **펴낸이** 김석원 | **펴낸곳** 도서출판 밝은세상
출판등록 1990. 10. 5 (제10 - 427호) | **주 소** (10881) 경기도 파주시 문발로 119, 202호
전 화 031-955-8101 | **팩 스** 031-955-8110 | **메일** wsesang@hanmail.net
블로그 blog.naver.com/balgunsesang8101 | **인스타그램** www.instagram.com/wsesang
ISBN 978-89-8437-476-8 (04860) | **값** 18,500원 | 잘못된 책은 구입한 곳에서 교환해 드립니다.

일러두기 각주는 모두 옮긴이 주입니다.

해리 쿼버트 사건의 진실 1

La Vérité sur l'Affaire Harry Quebert

조엘 디케르 장편소설
Joël Dicker

양영란 옮김

밝은세상

이 책은 2012년에 아래와 같은 상을 차례로 수상했다.

블뢰스탱-블랑쉐 소명 상
프랑스 한림원 소설 대상
고등학생들이 뽑은 공쿠르 상

나의 부모님께

차례

실종 당일

1975년 8월 30일 토요일

"경찰 본부입니다. 용건이 뭡니까?"

"사이드 크릭 레인에 사는 데보라 쿠퍼입니다. 방금 전 숲에서 여자아이가 어떤 남자에게 쫓기는 모습을 봤습니다."

"정확하게 무슨 일이 있었는지 말씀해주십시오."

"창가에 서서 숲을 바라보고 있었는데, 나무들 사이로 급히 달려가는 아이가 보였습니다. 어떤 남자가 아이를 맹렬히 추격하고 있었습니다. 그 아이는 남자의 추격을 따돌리기 위해 안간힘을 다하고 있었습니다."

"지금도 그 두 사람이 시야에 들어옵니까?"

"지금은 보이지 않습니다만 두 사람은 아직 숲 어딘가에 있을 겁니다."

"지금 즉시 순찰대를 보내겠습니다."

뉴햄프셔주 오로라를 충격에 빠뜨린 사건은 한 통의 신고 전화로 시작되었다. 그날, 오로라에 사는 15세 소녀 놀라 켈러건이 실종되었고, 그 후 그 아이를 본 사람은 아무도 없었다.

프롤로그

2008년 10월, 실종 33년 후

모두 내 책에 대해 이야기했다. 나는 맨해튼에서 더는 조용한 산책을 즐길 수 없게 되었다. 산책할 때면 사람들이 나를 알아보고 "어머! 저 사람이 바로 마커스 골드먼이야"하면서 반가워했다. 심지어 어떤 사람들은 내게로 가까이 다가와 "작가님이 책에서 다룬 내용 말인데요. 해리 쿼버트가 정말 그런 짓을 저질렀습니까?" 같은 당혹스러운 질문을 던지기도 했다. 내가 자주 들르는 웨스트 빌리지의 단골 카페에서는 일부 손님들이 사전 양해도 구하지 않고 내가 앉은 테이블로 다가와 평소 궁금했던 문제들을 털어놓았다. "요즘 작가님이 쓴 책을 재미있게 읽고 있습니다. 책을 손에서 내려놓을 수 없을 만큼 푹 빠져 있죠. 작가님이 쓴 첫 번째 책을 읽어봤는데 그야말로 최고더군요. 이번에 책을 써주기로 하고 출판사에서 1백만 달러를 받았다고 들었는데 사실입니까? 실례지만 작가님의 나이는 어떻게 되십니까? 아직 서른 남짓인데 그렇게 큰돈을 벌었다고요?" 내가 사는 건물의 경비원도 내 책을 읽는 모습을 몇 번 보았는데 다 읽고 나더니 나를 엘리베이터 앞에 오래도록 붙잡아 세워두고 마음속에 품고 있던 생각들을 모두 털어놓았다. "그러니까 놀라 켈러건에게 그런 일이 일어났다는 말입니까? 어쩌다가 세상이 이 지경이 되었을까요? 어떻게 그런 일이 가능할까요?"

뉴욕이 온통 내 책 이야기로 떠들썩했다. 겨우 2주 전 세상에 첫선을 보인 내 책이 이미 전미 대륙에서 올해 최고의 베스트셀러 자리를 예약해놓았다. 사람들은 1975년에 오로라에서 무슨 일이 있었는지 알고 싶어 했다. 텔레비전과 라디오는 물론 일간지까지 온통 그 이야기뿐이었다. 아직 서른도 되지 않은 나이지만 나는 내 두 번째 책 덕분에 미국에서 가장 주목받는 작가가 되었다.

미국을 뒤흔들고 있는 사건, 내가 이번 책의 얼개로 삼은 그 사건은 몇 달 전, 그러니까 여름이 시작될 무렵 무려 33년 만에 놀라 켈러건의 유해가 발견되면서 촉발되었다. 그 사건이 아니었더라면 별 볼일 없는 도시 오로라가 미국 전역에 알려질 일은 거의 없었다.

1부

작가들의 고질

책 출간 8개월 전

31
기억의 심연 속에서

"소설은 첫 장이 정말 중요해. 첫 장이 마음에 들지 않을 경우 독자들은 나머지를 읽지 않으니까. 자네는 소설의 첫 장을 어떻게 시작할 생각인가?"

"아직 정하지 못했어요. 제가 언젠가는 잘 해낼 수 있을까요?"

"물론이지."

2008년 초, 그러니까 내가 첫 소설 덕분에 미국 문학계의 총아로 등극한 지 1년 반쯤 지났을 때 난 그야말로 심각한 백지 공포증에 시달리게 되었다. 갑작스럽게 세상이 시끌벅적해질 정도로 성공을 거둔 작가들에게 흔히 찾아오는 증세라고 했다. 나의 경우 백지 공포증이 어느 날 갑자기 시작된 게 아니라 내 안에서 오래 똬리를 틀고 있다가 이제야 나타나게 되었다고 보는 게 타당하다. 마치 뇌가 굳어버린 듯 아무런 영감이 떠오르지 않는 증상이 처음 시작되었을 당시만 해도 그다지 신경 쓰지 않았다. 다음 날이 되면 뇌의 모든 기능이 다시 정상적으로 회복될 거라고 생각했다. 하지만 며칠이 지나고, 몇 달이 지나도록 내 머릿속에서 아무런 영감이 떠오르지 않았다.

나의 추락은 세 단계에 걸쳐 진행되었다. 현기증을 불러일으킬 만큼 아찔한 추락은 갑작스러운 상승이 전제되어야 했다. 내 첫 소설이 무려 2백만 부나 팔리면서 나는 일약 성공한 작가 반열에 오르게 되었다. 2006년 가을에 벌어진 일인데 내 책을 읽은 독자라면 누구나 내 이름을 다 알게 되었다. TV, 라디오, 일간지, 잡지 그 어느 매체를 보더라도 내가 등장하는 인터뷰를

볼 수 있었으니까. 내 얼굴은 지하철역의 거대한 광고판에도 등장했다. 동부의 유력 일간지에 정기적으로 칼럼을 기고하는 저명한 평론가들조차 모두 한목소리로 마커스 골드먼의 작품을 높이 평가하며 위대한 작가가 될 자질이 충분하다고 입을 모았다. 단 한 권의 소설로 전혀 새로운 삶, 백만장자로 달려가는 길이 활짝 열린 셈이었다. 나는 뉴저지주 몬트클레어의 부모님 댁을 나와 웨스트 빌리지에 아파트를 구입해 살기 시작했고, 두 번이나 주인이 바뀐 포드를 차체가 반짝반짝 빛나는 레인지로버로 바꾸었고, 자주 고급 레스토랑을 드나들었고, 내 스케줄을 관리해주고, 내 집에 와서 나와 함께 대형 화면으로 야구 중계를 보거나 잡다한 일을 해주는 담당 에이전트도 생겼다. 센트럴파크 근처에 작업실도 마련했고, 나를 끔찍이 챙겨주는 비서 드니즈가 우편물 정리, 서류 관리, 커피 심부름까지 도맡아 해주고 있었다.

나는 지난 6개월 동안 성공한 삶이 제공하는 달콤한 일상을 만끽하며 유유자적했다. 아침이면 작업실에 나가 나와 관련한 신문 기사들을 훑어보고 나서 독자들이 보내준 편지를 읽었다. 내가 편지를 다 읽으면 드니즈가 서류철에 갈무리해 잘 보관했다. 그다음 일과는 맨해튼 거리 산책이었다. 가끔 나를 알아보고 수군거리는 행인들의 모습이 눈에 들어왔다. 나는 유명세 덕분에 누릴 수 있게 된 권리들을 빼놓지 않고 누렸다. 돈이 얼마나 들든지 마음에 드는 물건을 살 권리, 매디슨스퀘어가든의 VIP석에 앉아 뉴욕 레인저스의 아이스하키 시합을 관람할 권리, 어렸을 때 빼놓지 않고 음반을 사두었던 음악 스타들과 어깨를 나란히 하고 레드 카펫을 걸을 권리, 최고의 톱모델 리디아 글루어과 데이트할 권리를 누렸다. 유명 작가가 되고 보니 작가야말로 세상에서 가장 근사한 직업 같았다. 성공이 언제까지고 계속되리라 믿어 의심치 않은 나는 에이전트와 출판사 대표가 한시바삐 다음 소설 쓰기에 착수해야 한다고 충고했지만 전혀 아랑곳하지 않았다.

그다음 6개월을 보내면서 나는 비로소 점점 달라지는 분위기와 위험한 조짐을 느꼈다. 팬들이 보내는 편지도 뜸해졌고, 거리에서 알은체하는 행인들도 눈에 띄게 줄어들었다. 간혹 나를 알아본 사람들은 길에서 마주칠 때마다 물었다. "다음 작품은 어떤 이야기죠? 언제 출간 예정인가요?"

그럴 때마다 나는 다시 시작해야 한다는 경각심을 느꼈다. 괜찮은 아이디어가 떠오를 때마다 즉시 메모해두는 한편 컴퓨터 앞에 앉아 작품의 얼개를 구상했지만 솔깃한 이야깃거리가 없었다. 분위기 반전을 노리고 새 컴퓨터를 구입했지만 소용없었다. 밤늦도록 드니즈를 붙잡아두고 내 머릿속에서 근사한 문장, 유효적절한 어휘, 기발한 도입부가 떠오를 때마다 받아 적도록 했다. 그런 노력도 헛되어 다음 날 드니즈가 적어놓은 글을 보면 평범하기 그지없는 문장, 어색한 어휘, 실패가 눈에 훤히 보이는 도입부가 눈에 들어왔다.

요컨대 나는 슬럼프에 빠졌다. 어느새 2007년 가을이 되었고, 첫 소설을 출간한 지 일 년이 지났는데 아직 새 책의 원고를 단 한 줄도 쓰지 못하고 시간만 허비했다. 이제 더는 편지를 보내는 독자들도 없었고, 거리에서 나를 알아보는 사람도 없었고, 브로드웨이의 서점에서 내 얼굴과 소설이 나오는 포스터들도 사라졌다. 그제야 나는 반짝 성공으로 얻은 영광의 시간이 얼마나 짧고 허망한지 뼈저리게 깨달았다. 영광이란 허기진 고르고네스*이고, 계속 먹이를 주지 않을 경우 이내 주목받는 정치가, TV 드라마 여주인공, 혜성처럼 등장한 록그룹에게 영광의 자리를 내어줄 수밖에 없다는 걸 실감했다.

이제 내게로 쏠리던 관심은 그들의 차지가 되었다. 내 책이 나온 지 고작 열두 달이 지났을 뿐이고, 그 정도면 정말 짧은 시간에 불과한데, 나를 제외한 인류의 기준으로 보자면 영원에 준할 만큼 긴 시간인 듯했다. 미국에서 한 해 동안 1백만 명의 아기가 태어났고, 1백만 명이 사망했다. 수만 명이 총에 맞았고, 50만 명이 마약에 빠져들었고, 1백만 명이 백만장자가 되었고, 1천 7백만 명이 휴대폰을 바꾸었고, 5만 명이 자동차 사고로 목숨을 잃었고, 2백만 명이 교통사고로 가볍거나 심각한 부상을 당

---

*그리스 신화에 나오는 흉측한 모습의 세 자매 괴물

했다. 나는 그 시간에 단 한 권의 책을 썼다.

첫 번째 책을 써서 나는 제법 큰돈을 벌었고, 나에게 큰 기대를 걸고 있는 〈슈미드 앤드 핸슨〉 출판사는 어서 원고를 달라며 내 에이전트 더글러스 클라렌을 들들 볶아댔다. 그럴 때마다 더글러스는 나에게 성질을 부렸다. 더글러스가 이제 더는 시간이 없고, 무슨 일이 있어도 원고를 마무리하라고 압박을 가할 때마다 나는 원고 집필이 순조롭게 진행되고 있으니 너무 걱정하지 말라며 그를 안심시키려고 애썼다. 내가 둘러댄 말은 사실 나 자신을 안심시키기 위한 방편이기도 했다. 작업실에 틀어박혀 많은 시간을 보냈지만 내 앞에는 백지들만 수북했다. 아무런 사전 경고도 없이 슬그머니 자취를 감춘 내 영감은 좀처럼 돌아올 기색이 없었다. 나는 밤마다 잠을 이루지 못하고 몸을 뒤척이며 지난날의 위대한 작가 마커스 골드먼은 더 이상 이 세상에 존재하지 않을지도 모른다는 생각에 휩싸였다.

나는 그런 생각이 떠오를 때면 어찌나 두려운지 기분 전환 삼아 여행을 떠나기로 마음먹었다. 마이애미의 럭셔리한 호텔에서 한 달쯤 머물면서 재충전의 시간을 갖고자 한다는 명분을 내세우면서. 마이애미의 종려나무 그늘에서 휴식을 취하다 보면 나의 영감을 찾게 될 거라고 믿었다. 하지만 마이애미 여행은 늘 그랬지만 명분을 앞세운 도피에 불과했다. 나보다 이천 년이나 앞서 창작의 고통을 경험한 고대 로마의 철학자 세네카도 일찍

이 설파한 적이 있었다.

'당신이 어디로 도망치든 당신이 현재 고민하는 문제들은 당신의 여행 가방 속에 숨어들어 당신을 따라올 것이다.'

마이애미의 호텔에 도착하자마자 쿠바 출신 벨보이가 나에게 물었다.

"마커스 골드먼 씨죠?"

"네."

벨보이가 백지가 든 봉투를 내밀었다.

"손님이 사용할 물건입니다."

"뭔데요?"

"백지입니다. 설마 이 백지들을 챙기지 않고 뉴욕을 떠나신 건 아니죠?"

나는 마이애미에서 내 안의 악마들과 더불어 스위트룸에 틀어박혀 처량하고 힘든 나날을 보냈다. 밤낮없이 켜둔 컴퓨터에 내가 '신작 소설'이라고 제목을 붙여둔 파일은 텅 빈 상태였다. 어느 날 저녁 나는 호텔 바의 피아노 연주자에게 마가리타 한 잔을 사던 중 나 자신이 예술계에 광범위하게 퍼진 고질병에 걸렸음을 깨달았다. 바의 카운터에 앉은 피아노 연주자는 평생 단 한 곡을 작곡했는데, 그 곡이 벼락같은 대성공을 거두었다고 털어놓았다. 어마어마한 성공을 거둔 탓인지 그 이후로는 단 한 곡도 쓰지 못했고, 지금은 빈털터리가 되어 바에서 피아노 연주를 하며 목숨을 부지한다고 했다.

"내 작품이 대성공을 거둔 이후 이 나라 도시들의 유명 공연장을 돌며 순회공연을 했어요." 그가 내 셔츠 깃을 부여잡으며 말했다. "1만 명이 넘는 관객들이 내 이름을 연호하는가 하면 심지어 정신을 잃고 쓰러지는 여성들도 부지기수였습니다. 입고 있던 팬티를 벗어서 던지는 여자들도 있었죠." 그가 마치 강아지처럼 유리 술잔 가장자리에 묻은 소금을 핥아먹고 나서 덧붙였다. "맹세컨대 거짓말이 아니라니까요." 무엇보다 고약한 건 나 역시 그가 한 말이 거짓이 아니라는 걸 잘 알고 있다는 사실이었다.

내 불행의 세 번째 단계는 뉴욕으로 돌아오자마자 시작되었다. 뉴욕으로 돌아오는 비행기에서 나는 이제 막 출간한 소설로 비평가들의 극찬을 받은 한 젊은 작가 관련 기사를 읽었는데, 라가르디아 공항에 도착해보니 수하물 회수 구역 곳곳에 그의 얼굴을 클로즈업한 대형 포스터들이 붙어 있었다.

삶이 확실히 나를 비웃는 중이었다. 사람들은 나를 잊을 정도로는 성에 차지 않는 듯 아예 내 자리를 대신할 사람도 이미 준비해두었다. 공항으로 마중 나온 더글러스는 몹시 흥분한 상태였다. 인내심이 바닥난 〈슈미드 앤드 핸슨〉에서 내 신작 집필이 순조롭게 진행되고 있다는 확실한 물증을 제시하길 바라고 있고, 조만간 탈고한 원고를 출판사에 전달해야 한다고 했다.

"상황이 안 좋아." 더글러스가 나를 맨해튼으로 데려다주는 차 안에서 운을 뗐다. "제발 나에게 마이애미 여행 덕분에 기운을 차렸고, 신작 원고가 상당히 진척되었다고 말해줘. 요즘 흔히 입에 오르내리는 작자가 있어. 그 작자 책이 이번 크리스마스를 장식하는 대성공을 거둘 거야. 마커스, 자넨 이번 크리스마스에 어떤 선물을 준비했나?"

"나도 신작을 쓸 거라니까요." 궁지에 몰린 나는 악을 써댔다. "광고 캠페인만 제대로 하면 다 잘될 겁니다. 사람들이 내 첫 번째 책을 좋아했으니 차기작도 좋아할 거라고 봐요!"

"자넨 왜 그리 말귀를 못 알아듣나? 벌써 몇 달 전에 그렇게 했어야 마땅해. 요컨대 자네의 성공작을 바닥에 깔고 그 바탕 위에서 슬쩍 노를 저어 독자들에게 다가갔어야지. 독자들의 호기심을 충족시켜가면서 허기를 달래주는 전략을 구사했어야 한다는 뜻이야. 독자들은 마커스 골드먼의 작품을 원하는데 정작 당사자는 태평하게 플로리다에 가서 유유자적하고 있으니 당연히 다른 누군가의 책으로 시선을 돌릴 수밖에. 자네 혹시 경제에 대해 공부했나? 책은 대체 가능한 상품이야. 사람들은 마음에 드는 책, 한 방에 스트레스를 날려주고, 기분을 즐겁게 해주는 책을 원해. 그동안 자네는 독자들이 원하는 욕구를 전혀 충족시켜주지 못했어. 그러니까 당연히 자네를 대체할 작가를 찾아내 바라는 걸 충족시키는 거야. 그렇게 되면 자네는 쓰레기통에 던져지게 되지."

더글러스의 입에서 흘러나오는 신탁에 겁이 난 나는 그 어느 때보다도 열심히 일에 열중했다. 새벽 6시부터 글을 쓰기 시작해 밤 10시가 될 때까지 잠시도 쉬지 않고 일했다. 며칠 동안 하루 종일 서재에 틀어박혀 글을 썼다. 절망적인 광기를 추진력 삼아 가장 적절한 어휘를 골라 문장을 완성하고, 내용을 풍성하게 해줄 아이디어를 쥐어 짜냈다. 내 노력이 무색하게 아직 독자들을 매료시킬 수 있는 내용이 떠오르지 않았다. 드니즈는 날이면 날마다 내 상태를 염려했다. 문장을 받아 적지도, 우편물을 분류하지도, 커피를 준비하지 않아도 되었기에 그녀는 딱히 할 일이 없었으므로 그저 복도에서 서성거릴 뿐이었다. 그러다가 더는 못 견디겠으면 내 방문을 두드렸다.

"마커스, 제발 문 좀 열어봐요." 드니즈가 울먹이는 목소리로 우려를 표했다. "하루 종일 꼼짝하지 않고 작업실에 있었으니 이제 밖으로 나와 공원 산책이라도 다녀와요. 게다가 아무것도 먹지 않았잖아요."

나는 드니즈를 향해 버럭 소리를 질렀다.

"배고프지 않아요. 작가가 원고를 쓰지 못했으니 굶어야죠."

드니즈는 거의 울음이 터지기 일보 직전이었다.

"그런 터무니없는 말이 어디 있어요. 내가 식료품점에 가서 당신이 제일 좋아하는 로스트비프 샌드위치를 사다 줄 테니 잠시

만 기다려요."

나는 잠자코 드니즈가 핸드백을 들고 계단을 내려가는 소리를 들었다. 마치 그렇게 서두르면 꽉 막힌 상황이 조금이나마 진전될 수도 있다는 듯이. 나는 비로소 나에게 밀어닥친 병의 심각성을 깨달았다. 글쓰기는 나에게 그리 어렵지 않은 일이었는데 데뷔작으로 정상에 올라서고, 차기작 역시 성공으로 이끌어 나의 재능을 다시 한번 더 입증해야 하는 상황에 처하다보니 이번에는 도저히 해낼 수 없을 것 같은 기분이 들었다. 작가들이 흔히 앓는다는 백지 공포증에 시달리고 있는데 나를 도와줄 사람은 아무도 없었다. 사람들에게 털어놓으면 다들 백지 공포증은 굉장히 흔한 증세이고, 오늘 못 쓰면 내일 쓰면 될 거라고 편하게들 말했다. 나는 이틀 동안 몬트클레어 부모님 집의 내 방, 그러니까 첫 소설을 쓰는 동안 나에게 반짝이는 영감을 제공했던 바로 그 처소로 돌아가 글을 써보려고도 했다. 그 시도는 참담한 실패로 마무리되었는데 이틀 동안 내 옆에 찰싹 붙어 앉아 컴퓨터 화면을 뚫어지게 바라보면서 계속 "아주 좋아, 마키. 잘 되어가고 있어"라고 되뇐 엄마 탓도 적지 않았다.

"엄마, 아직 한 줄도 못 썼거든요." 나는 참다못해 한마디 했다.

"걱정 마, 곧 쓰게 될 테니까. 이번에는 아주 좋은 작품이 나올 거라는 느낌이 있어."

"엄마, 제발 나 혼자 있게 해주세요."

"아니, 왜 혼자 있으려고 해? 너 혹시 배 아프니? 방귀라도 뀌고 싶어? 내 앞에서는 방귀든 뭐든 상관없어."

"방귀 때문이 아니라고요."

"아, 그럼 배고프구나. 팬케이크를 만들어줄까? 와플은 어때? 아님 계란 요리가 좋을까?"

"아뇨, 배 안 고파요."

"그럼 왜 혼자 있고 싶다는 거야? 설마 너를 세상에 나오게 해준 엄마가 거추장스럽다는 말을 하고 싶은 건 아니지?"

"아뇨, 그럴 리 없잖아요."

"그럼 이유가 뭐야?"

"글을 써야 한다니까요."

"글도 중요하겠지만 넌 여자 친구가 필요해 보여. 너랑 톱모델 사이가 끝났다는 걸 엄마는 다 알고 있어. 이름이 뭐였더라?"

"리디아 글로어. 벌써 8개월 전 일이에요. 게다가 우린 겨우 두 달 동안 가까이 지냈을 뿐이라서 사귀었다고 할 수도 없어요."

"사귀었다고 할 수도 없다고? 요즘 젊은 사람들은 그래서 문제야. 사귀었다고 할 수도 없이 애매하게 만나다가 나이 들어 머리가 다 빠지도록 가정도 꾸리지 못하는 신세가 되기 일쑤니까. 게다가 넌 도대체 왜 그러니? 이 엄마가 너랑 누군가 그렇고 그런 사이라는 걸 잡지를 보고 나서야 아는 게 정상이니? 도대체 어떤 아들이 엄마한테 그렇게 한다니? 내가 미용실에 들어섰더니 머리를 하러 온 손님들이 죄다 이상한 표정으로 나를 보더구나. 내가 무슨 일이냐고 묻자 버그 부인이 손가락으로 잡지를 가리키는 거야. 그 잡지에 너랑 리디아 글로어가 함께 길을 가다가 찍은 사진이 실려 있고, 상단에 너희들이 헤어졌다는 제목이 달려 있더구나. 미용실 손님들 대부분이 너희들 관계가 끝났다는 걸 알고 있는데, 난 아들이 연애한다는 사실조차 모르고 있었으니 얼마나 황당했겠니? 물론 마냥 바보 취급당하기 싫어 리디아 글로어는 대단히 매력적인 아이고, 가끔 우리 집에 저녁 식사를 하러 오기도 했었다고 둘러댔지."

"엄마, 벌써 여러 달 전 얘기고, 리디아와 그다지 특별한 사이도 아니어서 엄마한테 말해주지 않았어요. 이 여자다 싶은 느낌이 팍 와야 하는데 없었거든요. 무슨 뜻인지 아시죠?"

"앞으로도 그런 상대를 만나긴 힘들어. 넌 애초에 상대를 잘못 고른 거야. 톱모델이 건실한 가정을 꾸릴 수 있을까? 어제 마트에서 르베이 부인을 만났는데 그 집 딸도 아직 미혼이라더라. 언뜻 보기에도 너랑 딱 어울려 보이더구나. 얼굴도 예쁘고, 치아도 가지런한 아가씨야. 내가 우리 집에 초대했으니까 한번 만나봐."

"그럴 시간 없어요. 난 지금 일이 바빠요."

그때 초인종이 울렸다.

"르베이 부인과 딸이 벌써 왔나봐. 내가 4시에 차를 마시러 오라고 했거든. 정각 4시네. 시간을 잘 지키는 사람들이야."

"양해를 구하고 그냥 돌려보내든지 엄마 혼자 상대하세요. 난 글을 써야 한다니까요."

"글 쓰는 것도 좋지만 결혼은 언제 하려고?"

나랑 가까운 사람들조차 내가 지금 어떤 어려움에 직면해있는지 제대로 이해하지 못했다. 출판사와의 계약을 지키려면 반드시 신작 원고를 써야만 했다. 2008년 1월 어느 날, 〈슈미드 앤드 핸슨〉 출판사의 막강한 실세 로이 바나스키 편집장이 렉싱턴 애비뉴의 52층 타워에 자리 잡은 집무실로 나를 불러 경고했다.

"내가 언제쯤 원고를 받아볼 수 있겠나?" 로이가 나를 노려보며 잡아먹을 듯이 으르렁댔다. "우리는 자네와 책 다섯 권을 계약했고, 18개월마다 한 권씩 원고를 건네주기로 했다는 걸 잘 알고 있을 거야. 이미 정해진 기한이 지났는데 자네는 원고를 가져오지 않고 있단 말이지. 자네와 경쟁하는 작가는 크리스마스 이전에 이미 책을 냈어. 자꾸 꾸물거리다가는 그 작자가 자네 자리를 차지하게 될 거야. 그 사람은 이미 차기작 집필을 끝냈다던데 자네는 도대체 무얼 하고 있는 건가? 이제부터라도 정신 바짝 차리고 써봐. 멋진 원고를 써서 내가 꼼짝 못 하고 납작 엎드리도록 한 방 제대로 먹여보란 말이야. 반전을 위한 시간을 6개월 줄게. 6월 말까지 무조건 원고를 가져와."

지난 일 년 반 동안 단 한 줄도 못 쓴 내가 6개월 만에 책 한 권을 쓴다는 건 불가능에 가까웠다. 더욱 고약한 일은 로이가 마감 시한을 정해주면서 약속을 지키지 못할 경우 어떤 대가를 치러야 하는지 함구했다는 사실이었다. 2주 후, 내 에이전트인 더글러스의 입을 통해 로이가 함구한 내용이 뭔지 전해 들었다.

　"이제 더는 도망칠 곳이 없으니까 무조건 원고를 써. 로이와 계약한 책이 다섯 권이야. 자네가 아직 단 한 권도 쓰지 않아 로이는 뚜껑이 열렸어. 더는 기다려주지 않을 거야. 6월 말까지 원고를 집필하지 못하면 일이 복잡해져. 아마도 로이는 계약을 해지하고, 약속 불이행에 따른 손해배상 소송을 청구할 거야. 자네의 골수에 남은 마지막 한 방울까지 다 빨아먹으려고 하겠지. 소송이 진행될 경우 자네는 모든 재산을 몰수당할 거야. 자네의 아파트, 우아한 이탈리아제 구두, 탱크를 닮은 자동차, 장밋빛 인생은 끝장이라고 봐야지. 자넨 빈털터리가 되겠지. 로이가 자네의 고혈을 다 짜낼 테니까."

　불과 일 년 전만 해도 새로운 스타로 추앙받던 내가 이제는 출판계의 천덕꾸러기로 전락했다. 영광의 불빛이 잦아들기 무섭게 뒤끝 작렬이 이어졌다. 더글러스의 경고를 들은 날 저녁에 나는 이 참담한 상황에서 나를 구원해줄 유일한 해결사라고 믿어 의심치 않는 해리 쿼버트의 전화번호를 눌렀다. 해리는 대학에서 나를 가르친 은사이고, 가장 존경받는 작가 가운데 하나였다.

나는 해리와 십여 년째, 그러니까 내가 매사추세츠주의 버로스 대학교에 입학했을 당시부터 지금까지 긴밀한 관계를 유지해온 사이였다.

해리를 못 본 지 일 년이 넘었고, 그동안 전화 통화도 하지 않은 내가 뉴햄프셔주 오로라에 있는 해리의 집 전화번호를 눌렀다. 내 목소리를 들은 해리가 빈정거리는 투로 말했다.

"오 마커스, 지금 나에게 전화한 사람이 자네가 맞긴 하지? 유명 인사가 된 이후로 소식이 감감하더니 무슨 일인가? 한 달 전 내가 자네에게 전화했더니 비서가 받아서 하는 말이 어느 누구의 전화도 받지 않겠다고 했다더군."

그 말을 듣자마자 다짜고짜 전화한 속내를 털어놓았다.

"몹시 힘들어요. 이제 저는 더 이상 작가로 살 수 없을 것 같아요."

내 엄살이 통했는지 해리의 목소리가 금세 진지한 투로 돌아왔다.

"도대체 무슨 소리를 하는 건가, 마커스?"

"무얼 써야 할지 모르겠어요. 내 길지 않은 작가 인생을 여기서 끝내야 할까봐요. 벌써 몇 달째 글을 쓰지 못하고 있어요. 작가들이 흔히 앓는다는 백지 공포증인가봐요."

해리가 크게 웃음을 터뜨렸다. 나를 안심시키는 웃음이었다.

"심리적 장애가 원인으로 작용한 기능 정지라는 게 내 진단이야.

백지 공포증은 섹스 장애만큼이나 심각하지. 흔히 천재적인 작가들에게서 많이 나타나는 증상인데 가령 자네를 흠모하는 열렬한 팬들 가운데 한 사람에게 왕성한 능력을 보여주고 싶을 때, 그 여성에게 리히터 진도의 굉장한 오르가슴을 선사하고 싶을 때, 자네 물건이 축 늘어져 말을 듣지 않게 되는 거야. 그렇다고 천재적 재능이 어디 가겠나? 너무 염려할 필요 없으니 부담 갖지 말고 열심히 써. 그러다보면 자네의 천재성이 원상태로 돌아올 테니까."

"정말 그렇게 생각하세요?"

"내가 왜 자네에게 거짓말을 하겠나? 다만 저녁 시간의 사교모임이나 칵테일파티는 당분간 거리를 두는 게 좋아. 글쓰기는 대단히 진지한 작업이니까. 이미 전에도 가르쳐준 것 같은데."

"제가 얼마나 열심히 글을 쓰려고 하는데요. 책상 앞에 하루종일 붙어 앉아있는데 전혀 진척이 안 돼요."

"글쓰기에 적합한 환경인지도 고려해봐야 해. 뉴욕은 멋진 곳이지만 너무 소란스러운 게 문제야. 그러지 말고 내 집에서 지내면서 글을 써보는 건 어떤가?"

뉴욕을 벗어나 분위기를 전환해보라는 해리의 권유가 귀에 솔깃했다. 새 책에 대한 영감을 얻으려면 변화가 필요했고, 해리의 집에서 지내는 건 여러모로 적절해 보였다. 해리야말로 내가 글을 쓰다 막힐 때마다 멘토 역할을 충실히 해줄 수 있는 인물이니까.

해리와 통화하고 나서 일주일 후, 그러니까 2008년 2월 중순에 나는 뉴햄프셔주 오로라로 갔다. 그로부터 몇 달이 지난 후 내가 이 책에서 이야기하려는 비극적인 사건이 벌어진다.

∞

2008년 여름, 미국 전역을 뜨겁게 달군 그 사건이 벌어지기 전까지 오로라라는 지명을 들어본 사람은 흔치 않았다. 오로라는 매사추세츠주 경계에서 차로 15분쯤 달리면 나오는 작은 도시이다. 중심가에 극장 하나 -미국 다른 지역에 비해 개봉작 상영 시기가 많이 늦다- 상점 몇 개, 우체국, 경찰서, 유서 깊은 〈클락스 식당〉을 포함한 식당 서너 개가 있다. 그 주변으로는 색색의 차양과 흠잡을 데 없이 관리된 잔디 정원, 지붕에 점판암 기와를 얹은 목조 건물들이 줄지어 들어선 조용한 주택가가 이어진다. 오로라는 주민들이 열쇠로 현관문을 잠그지 않아도 될 만큼 범죄 발생률이 낮고, 뉴잉글랜드에서만 존재 가능하고, 너무나 평온해 세상의 온갖 풍파에서 벗어난 안전지대로 여겨지는 곳이었다.

나는 학창 시절에 해리를 만나러 자주 오로라를 방문한 적이 있어 익히 잘 아는 곳이다. 해리의 집은 시내를 벗어나 1번 도로를 따라 달리다가 메인주 방향으로 틀어지는 길에 있다. 석재와 소나무 원목을 사용해 지은 저택으로 지도상에 구즈코브라고 표시된 내포를 끼고 있다. 바다를 굽어볼 수 있는 곳에 위치해 날씨가 화창한 날이면 맘껏 일광욕을 즐길 수 있는 테라스, 바다로 곧장 이어지는 계단이 있어 작가들이 글을 쓰는 틈틈이 산책을 하기에 더없이 좋은 조건이었다.

해안가를 단장한 숲, 자그마한 조약돌들과 거대한 바위들이 어우러진 해변, 습기를 잔뜩 머금은 고사리와 이끼로 덮인 덤불숲, 모래밭을 따라가며 이어지는 산책로가 있는 집 주위에서는 야생 그대로의 정적이 감돌았다. 겨우 몇 마일 떨어진 곳에 문명의 이기들로 넘쳐나는 작은 도시가 있다는 사실을 망각한다면 마치 세상의 끝에 와 있다는 착각이 일 정도였다. 이 집에 있다 보면 노작가 해리가 테라스에 나와 앉아 서쪽 하늘로 지는 해와 파도를 벗 삼아 걸작을 써나가는 모습을 상상하기란 그리 어렵지 않다.

2008년 2월 10일, 나는 백지 공포증이 정점에 이르렀을 때 뉴욕을 떠났다. 온 나라가 대통령 선거 전초전으로 들끓고 있을 때였다. 며칠 전, 예외적으로 3월이 아닌 2월에 열린 '슈퍼 화요일'이야말로 올해가 다른 해와 많이 다르다는 사실을 알리는 증거였다. 예비 선거에서 존 매케인 상원의원이 공화당 대선후보 자리를 거머쥔 반면, 힐러리 클린턴과 버럭 오바마가 민주당 대선 후보 자리를 두고 각축전을 벌이는 양상이 전개되고 있었다.

나는 오로라까지 단숨에 달렸다. 유난히 눈이 많이 내린 겨울이어서 차창 밖으로 온통 순백의 세상이 펼쳐졌다. 평온하고, 광대한 숲이 펼쳐져 있고, 여름에는 물놀이를 즐길 수 있고, 겨울이면 얼어붙은 호수에서 스케이트를 탈 수 있는 뉴햄프셔주가 마음에 쏙 들었다. 각종 간접세와 소득세를 내지 않는다는 점도 좋았다. 요컨대 뉴햄프셔주는 절대 자유주의를 추구한다. 뉴햄프셔주에서는 자동차 번호판에 '자유가 아니면 죽음을 달라'는 좌우명을 새기고 다니는 경우를 흔히 볼 수 있다. 자유를 향한 강력한 애착을 반영하는 행태로 보인다. 나는 오로라에 머무를 때마다 늘 감동받았고, 언제나 기분 좋은 느낌이 함께했다.

나는 몸이 떨린 만큼 춥고, 안개가 자욱하게 끼어 을씨년스러운 느낌을 자아내는 오후에 해리의 집에 도착했고, 그 즉시 나의 내면이 평온하게 진정되는 걸 느꼈다. 두툼한 겨울 재킷으로 몸을 감싼 해리가 현관문 앞에서 나를 기다리고 있었다. 내가 차에서 내리기 무섭게 다가온 해리가 두 손을 내 어깨에 얹으며 마음을 따스하게 위무해주는 미소로 나를 맞아주었다.

"백지 공포증이라니, 이유가 뭔가?"

"저도 잘 모르겠어요."

"자넨 항상 너무 예민한 청년이었지."

나는 짐을 풀기도 전에 거실에서 해리와 잠시 이야기를 나누었다. 거대한 통유리 창을 통해 보이는 바다는 차가운 바람과 사선으로 날리는 눈 때문에 보기만 해도 오싹한 추위가 느껴졌지만 해리의 집 거실은 벽난로에서 장작불이 이글거리며 타고 있어 기분 좋게 따뜻했다.

"한동안 여기가 얼마나 좋은 곳인지 잊고 지냈어요." 내가 혼잣말처럼 중얼거렸다.

해리가 내 말에 동의했다.

"이제 곧 알게 되겠지만 내가 자네의 병을 낫게 해줄게. 자넨 곧 빼어난 소설을 선보이게 될 거야. 쓸데없는 걱정은 하지 마. 작가들은 누구나 힘든 시기를 거치기 마련이니까."

해리는 내가 알던 바로 그 모습대로 자신만만한 태도를 보였다. 사실 난 해리가 어떤 문제든 회의적인 시각으로 바라보는 모습을 본 적이 없었다. 해리는 언제나 카리스마가 넘쳤고, 자기 확신에 차 있어 옆에 있는 것만으로도 권위가 느껴졌다. 이제 곧 예순일곱 살이 되는 해리는 여전히 늠름한 자태에 풍성한 은발, 떡 벌어진 어깨, 오랜 기간 복싱으로 단련시킨 강인한 체력의 소유자였다. 해리는 한때 링에 오른 적 있는 복싱 선수 출신이었고, 나는 열정적인 복싱 팬이었다. 우리가 버로스 대학에서 남달리 친해지게 된 계기도 복싱 마니아라는 공통점 덕분이었다.

나와 해리를 이어주는 친분은 매우 끈끈하다. 해리는 1998년에 내가 매사추세츠주의 버로스 대학에 입학하면서 내 삶 속으로 깊이 들어왔다. 그 당시 해리는 쉰일곱 살이었고, 15년째 온순하고 예절 바른 학생들이 주로 다니는 시골 대학 문학부에서 명성을 높여가는 중이었다. 사실 난 버로스 대학에 입학하기 전부터 위대한 작가 해리 쿼버트의 이름을 익히 알고 있었다. 버로스에 와서 해리를 만나게 되었고, 나이 차와 상관없이 둘도 없는 친구가 되었다.

해리는 1970년대 중반에 낸 두 번째 소설 《악의 기원》이 무려 1천5백만 부나 판매되었고, 미국에서 가장 권위 있는 문학상인 전 미국 비평가협회상과 전 미국 북어워드를 석권해 성공한 작가로서의 입지를 굳혔다. 그 이후 해리는 거의 정기적으로 신작을 발표하는 한편 매월 《보스턴 글로브》에 칼럼을 쓰고 있다. 요컨대 해리는 미국 지식인 사회의 유력인사 가운데 하나였다. 사람들은 중요한 문화적 이슈가 있을 때마다 해리의 견해를 청해들었다. 해리는 정치 현안에 대한 시각도 매우 예리해 각종 매체에서 그의 발언을 비중 있게 다루었다. 한마디로 해리는 미국 사회에서 매우 존경받는 인물이고, 주목받는 학자이고, 최고 걸작을 쓴 작가로 통했다.

나는 몇 주쯤 머물 예정으로 해리의 집을 향해 가면서 그가 예전처럼 다시 나를 자신감 넘치는 작가로 변신시켜주고, 백지 공포증이라는 심연을 무사히 가로지를 묘책을 알려주길 기대했다. 나의 기대와 달리 해리는 내가 현재 마주한 상황을 안타깝게 여기긴 했지만 일반적으로 작가들이 흔히 겪는 증세로 바라보았다.

"작가는 슬럼프를 겪게 마련이야. 백지 공포증도 슬럼프의 일종이라고 할 수 있지. 작가를 직업으로 선택한 사람이라면 누구나 감내해야 하는 위험 요소 가운데 하나야." 해리가 설명했다. "자네 스스로 백지 공포증으로 치부해 체념하지 말고 계속 글을 써나가다보면 저절로 해결되는 문제야."

해리는 나에게 아래층 서재를 내주었다. 해리가 《악의 기원》을 필두로 모든 작품을 쓴 바로 그 방이었다. 나는 매일 서재에서 하루 종일 머물면서 글을 쓰려고 애써보았지만 잘되지 않았다. 글을 써야 한다는 마음과 달리 창문 너머에 펼쳐진 대양과 눈 내리는 풍경에 압도당하기 일쑤였다. 해리는 나에게 커피나 먹을거리를 가져다줄 때마다 절망으로 일그러진 내 표정을 보면서 기운을 북돋아주었다.

어느 날 해리가 나에게 말했다.

"자네는 당장 죽을 사람 같은 얼굴을 하고 있어. 그런 마음가짐으로는 글이 안 써지는 게 당연해."

"저도 알지만 어쩔 수 없는걸요."

"글이 안 써진다고 죽지는 않아. 책에 대한 고민을 떨쳐버리고, 차라리 이라크 전쟁 같은 세상일을 걱정해봐. 글이 안 된다고 엄살을 부리기에는 아직 너무 이르니까. 지금 자네는 정말 딱해 보여. 그깟 글 좀 안 써진다고 세상 다 산 사람처럼 앓는 소리를 해서야 쓰나. 자넨 이미 책을 한 권 썼고, 그 덕분에 명성도 얻고 부자가 되었잖아. 데뷔작 이상 가는 작품을 또다시 내놓아야 하는데 글이 수월하게 풀리지 않고 있어. 하지만 내가 보기에 현재 상황은 그리 이상하거나 우려스러운 정도는 아니야."

"선생님은 이런 문제를 겪은 적이 없잖습니까?"

해리가 껄껄 소리 내어 웃었다.

"백지 공포증을 자네 혼자 겪고 있다고 생각하나? 이런 딱한 친구를 봤나. 백지 공포증이라면 나 역시 자네가 상상하지 못할 만큼 경험했어."

"출판사 대표가 6개월 이내로 신작 원고를 입고하지 못하면 계약 파기와 민사 소송을 준비할 거래요."

"자넨 출판사 대표가 어떤 사람들인지 아나? 아버지가 돈푼깨나 있어서 남의 재능을 사들여 책 장사를 하는 자들이야. 자네도 이제 곧 알게 될 테지만 자네 눈앞에 펼쳐진 고난은 이제 곧 제자리를 찾게 될 거야. 자네 앞에 더없이 멋진 장래가 펼쳐질 테니까 전혀 걱정할 필요 없어. 데뷔작이 크게 주목받았으니 두 번째 작품이 더 나을 거야. 나도 자네가 반짝이는 영감을 찾을 수 있도록 도울 테니까 너무 걱정하지 마."

해리가 내 영감을 되찾아줄지 알 수는 없었지만 일단 마음을 편안하게 해준 건 의심할 여지 없었다. 한편 자주 외로움을 타는 해리에게 내가 자그마한 위로가 되어주었다. 가족도 없고,

이렇다 할 취미도 없는 해리에게 나는 좋은 말 상대였으니까.

　나는 해리의 집에서 행복한 날들을 보냈다. 해리와 내가 마지막으로 함께한 행복이었다. 우리는 바닷가를 산책하고, 오페라 명곡을 듣고, 노르딕 스키를 타고, 지역 문화 행사장을 누비고 다녔다. 미국 참전 용사들을 위한 칵테일 소시지 ─ 해리는 미국의 이라크 참전은 정당화될 수 있다고 말할 정도로 그 소시지라면 환장했다─ 판매 행사장을 찾아 인근 슈퍼마켓 원정에 나서기도 했다. 우리는 점심 식사를 하러 자주 〈클락스 식당〉에 갔고, 내가 학창 시절에 그랬듯이 커피를 마시며 오후 내내 인생 이야기를 나누었다. 오로라 사람들은 누구나 해리를 잘 알았고, 그를 존경했고, 그와 친한 나에 대해서도 잘 알게 되었다. 내가 각별히 친하게 지낸 두 사람은 〈클락스 식당〉 주인 제니 던과 시립도서관 자원봉사자 어니 핑커스였다. 어니는 이따금 하루 일과를 마치고 나면 구즈코브에 와서 나와 함께 스카치위스키 잔을 기울였다. 나도 매일 아침 도서관에 들러 《뉴욕타임스》를 읽었다. 나는 도서관을 방문한 첫날 어니가 내 책을 사람들 눈에 가장 잘 띄는 서가에 진열해둔 사실을 발견했다.

　어니는 "마커스, 보다시피 난 자네가 쓴 소설을 사람들 눈에 잘 띄는 서가에 꽂아두었어. 그래서인지 올해 제일 많이 대출해 간 책이야. 자네의 다음 작품은 언제 나오나?"라고 말하며 자랑스러워했다.

"열심히 쓰고 있긴 한데 진척이 되지 않네요. 글 쓰는 환경을 바꾸면 나아질까 해서 오로라에 왔어요."

"이제 곧 기발한 생각이 떠오를 테니까 너무 초조해하지 마. 자네는 이번에도 사람들의 시선을 확 잡아끄는 소설을 쓰게 될 거야."

"어떤 소설을 쓰면 사람들이 좋아할까요?"

"그걸 알면 내가 작가를 하지. 작가는 내가 아니라 자네야. 이제 곧 자네가 독자들을 매료시킬 소설을 써낼 거라 믿어."

지난 33년 동안 해리는 〈클락스 식당〉에 갈 때마다 어김없이 17번 테이블에 앉았다. 제니는 그 테이블에 금속 표찰을 박아놓았다.

> 작가 해리 쿼버트는 1975년 여름에
> 바로 이 테이블에서 그의 유명한 작품
> 《악의 기원》을 집필했다.

오래전부터 보아왔지만 표찰에 주목한 적은 없었다. 이번에 처음으로 표찰을 주의 깊게 들여다보았다. 금속 표찰에 새겨놓은 문구가 이내 내 마음을 사로잡았다. 해리는 뉴햄프셔주의 작은 도시 오로라에 위치한 어느 평범한 식당의 테이블, 기름때와 메이플 시럽이 곳곳에 묻어 끈적끈적한 자리에 앉아 문학계의 빛나는 전설이 된 대표작 《악의 기원》을 집필했다.

식당에 올 때마다 늘 이 자리를 고집했던 해리의 머릿속에서 어쩌면 그리 기발한 영감이 떠올랐을까? 나도 해리가 애용한 테이블에 앉아 글을 쓰면 천재적인 재능이 발현될까?

실제로 나는 이틀 동안 종이와 펜을 지참하고 해리가 앉았던 바로 그 테이블에 앉아 오후 시간을 보냈지만 부질없는 짓이었다.

나는 제니에게 물었다.

"해리가 이 테이블에 앉아 글을 썼다는 거죠?"

제니가 고개를 끄덕였다.

"해리는 하루 종일 글쓰기를 멈추지 않았어. 아마 그때가 1975년 여름이었을 거야. 난 아직도 그때 일을 생생하게 기억해."

내 안에서 자괴감과 분노가 끓어올랐다.

나도 위대한 걸작을 쓰고 싶어. 나도 오래도록 사람들의 입에 오르내리는 작품을 쓰고 싶다고.

해리는 내가 오로라에서 지낸 지 한 달이 넘도록 원고를 단 한 줄도 쓰지 못했다는 걸 알아차렸다. 3월 초, 내가 해리의 서재에서 신의 계시라도 내리길 기다리며 멍하니 앉아있는 동안 앞치마를 두른 해리가 방금 튀긴 도넛을 가져다주며 물었다.

"잘되어 가나?"

"아니, 전혀요."

나는 해리에게 석 달 전 쿠바 출신 벨보이가 나를 위해 마련해

준 백지 뭉치를 내밀었다.

"오로라에 온 지 3주가 지났는데 아직 아무것도 쓰지 못했단 말인가?"

나는 발끈했다.

"그래요, 아무것도! 아무것도! 제 머릿속에서 떠오른 아이디어라고는 죄다 싸구려 소설에나 어울리는 것들뿐이었어요."

"자넨 어떤 소설을 쓰고 싶은데?"

나는 생각해볼 틈도 없이 내뱉었다.

"사람들의 시선을 사로잡는 걸작을 쓰고 싶어요."

"걸작이라?"

"사람들의 마음 깊이 아로새겨질 소설을 쓰고 싶다고요."

해리는 잠시 나를 바라보고 나서 웃음을 터뜨렸다.

"자네의 허황된 야심에 진저리가 나려고 하네. 내가 오래전부터 말했지. 자네는 대단한 작가가 될 수 있을 거라고. 난 자네를 처음 알게 된 순간부터 그런 생각을 갖게 되었지. 자네가 위대한 작가가 되길 바란다면 조급하게 서두르지 마. 자네 나이가 몇 살이지?"

"서른 살입니다."

"아직 서른밖에 안 됐는데 벌써 솔 벨로와 아서 밀러를 능가하는 작가가 되어보겠다고? 영광의 순간은 때가 되면 자연스럽게 찾아오게 될 테니까 너무 조바심치지 마. 난 예순일곱 살인데 시간이 어찌나 빨리 흘러가는지 무서워 죽을 지경이야. 한 해를 보낼 때마다 나에게 부여된 시간이 그만큼 줄어드는 거야. 자넨 요즘 무슨 생각을 하나? 닭이 매일이다시피 알을 낳듯이 두 번째 작품을 낳을 수 있을 거라고 생각하나? 작가의 경력은 차근차근 쌓아가는 거야. 자네가 말하는 위대한 소설이 과연 어떤 작품인지 모르겠지만 글을 쓰는 사람에게 굳이 위대한 생각 따위는 필요 없어. 그저 자네 자신이 만족하면 되는 거야. 난 걱정하지 않아. 무려 20년 동안 문학을 가르쳐왔지만 자네는 내가 만나본 학생들 중에서 단연 최고였어."

"과분한 칭찬입니다."

"그리 과분하지 않아. 난 사실을 말했으니까. 그러니 아직 노벨상을 타지 못했다거나 위대한 소설을 쓰지 못했다고 징징대지좀 마. 노벨멍청이 상이 있다면 자넨 그 상부터 받아야겠어."

"선생님이 1976년에 쓴 《악의 기원》은 두 번째 작품이었지만 최고 걸작으로 평가받고 있잖아요. 선생님은 젊은 나이에 어쩜 그리 대단한 걸작을 쓸 수 있었죠?"

내 말을 들은 해리는 서글픈 미소를 지었다.

"걸작은 억지로 써지는 게 아니야. 쓰고 났더니 걸작이라는 소리를 듣게 되더라고. 내 작품들 중에서 《악의 기원》은 사람들의 뇌리에 인상 깊게 남아 있는 유일한 책이지. 그 뒤에도 책을 여러 권 썼지만 《악의 기원》에 버금가는 성과를 거두지는 못했어. 사람들은 내 소설에 대해 이야기할 때마다 거의 만장일 치로 《악의 기원》을 떠올리지. 나에게는 섭섭하기 그지없는 일 이야. 그 소설을 썼을 당시 내 나이가 몇 살이었는지 아나? 고 작 서른다섯이었어. 그때 사람들이 '넌 이제 경력의 정점을 찍 은 거야'라고 했다면 아마도 난 바다에 뛰어들었을지도 몰라. 그러니까 제발 조급하게 굴지 말고 차분하게 글을 써야 한다는 뜻이야."

"작가가 된 걸 후회하세요?"

"난 후회라는 말을 좋아하지 않아. 나 자신이 살아온 인생을 있는 그대로 받아들이지 못한다는 뜻이니까."

"저는 이제부터 뭘 어떻게 해야 할까요?"

"지금껏 자네가 가장 잘 해왔던 게 뭔가? 글쓰기 아니었나? 그러니까 글쓰기를 계속해야지. 자네는 잘 모르겠지만 우린 닮 은 점이 정말 많아. 그래서 말인데 자네는 제발 내가 저지른 실 수를 답습하지 않길 바라."

"선생님이 어떤 실수를 했는데요?"

"나도 여기에 처음 온 1975년 여름에 굉장한 소설을 쓰고 싶 은 욕망이 있었어. 매일이다시피 위대한 작가가 되고 싶다는 욕 망의 노예가 되어 살았지."

"결국 뜻을 이루었잖아요."

"내가 자네 말대로 위대한 작가가 되었을지는 모르겠으나 이 커다란 집에서 늘 혼자 지내고 있지. 내 삶은 공허했으니까 자네는 제발 나처럼 살지 마. 헛된 욕망이 자네를 집어삼키도록 내버려 두어서는 안 돼. 욕망의 노예가 되면 자넨 늘 마음이 횅하고, 자신이 쓴 글을 볼 때마다 초라하고 공허하다는 생각이 들 거야. 그건 그렇고 자넨 왜 여자 친구를 사귀지 않나?"

"아직 마음을 사로잡는 여자를 만나지 못했어요."

"자넨 틀림없이 섹스도 글쓰기처럼 생각하고 있을 거야. 여자에 대해 지나친 환상을 품고 있거나 아예 생각을 않거나 둘 중 하나겠지. 제법 괜찮은 여자를 만나면 상대에게 충분한 기회를 주어야 해. 책도 마찬가지야. 자네 자신에게 충분한 기회를 보장하는 게 필요해. 자네 삶에도 기회를 주고. 내가 매일이다시피 하는 소일거리가 뭔지 아나? 갈매기 먹이 주기야. 딱딱하게 마른 빵조각들을 양철통에 모아두었다가 갈매기에게 던져주러 해변으로 나가는 거야. 자네의 일상도 온통 글쓰기에만 매몰되어서는 안 돼."

해리의 충고는 오로지 한 가지 생각에 빠져 있는 내 귀에 잘 들어오지 않았다. 나는 해리가 어떻게 내 나이와 비슷한 삼십 대에 《악의 기원》 같은 걸작을 쓸 수 있었는지 몹시 궁금했다. 그 질문은 점점 더 나를 공황 상태에 빠뜨렸고, 혹시 글쓰기의 좋은 지표가 될 뭔가를 찾아낼 수 있을지도 모른다는 생각에 서재를 구석구석 뒤지기 시작했다. 물론 내가 해리의 서재에서 무엇을 발견하게 될지는 알 수 없었다. 나는 서재에 있는 테이블의 서랍을 열었고, 해리가 사용하는 노트와 메모지 몇 장을 발견했다. 해리가 소설을 쓸 때 어떤 방식으로 작업했는지, 초고를 얼마나 고쳤는지, 크게 애쓰지 않고도 천재적 재능이 발현되어 위대한 걸작을 탄생시킬 수 있었는지 알아볼 절호의 기회였다. 나는 해리가 적은 메모들을 더 찾아보려고 서재를 계속 탐색했다. 마음 졸일 필요 없이 서재를 탐색하려면 해리가 집을 비우는 시간을 노려야 했다. 나는 해리가 매주 목요일 아침에 버로스 대학에 강의하러 나갔다가 오후 늦게 귀가한다는 사실을 잘 알고 있었다.

2008년 3월 6일 목요일 오후, 나는 보게 된 즉시 잊기로 한 사실 한 가지를 알게 되었다. 1970년대 중반에 서른네 살의 해리가 열다섯 살 소녀와 사귀었다는 사실이었고, 이는 내게 큰 충격을 주었다.

나는 미친 듯이 해리의 서재를 뒤진 끝에 책 뒤에 숨겨둔 제법 큰 자개 상자 하나를 발견했고, 비로소 그가 은밀하게 숨겨둔 비밀을 염탐할 수 있게 되었다. 경첩이 달린 자개 상자 안에 어쩌면 《악의 기원》 초고가 담겨 있을지도 모른다고 생각하며 뚜껑을 열었다. 내 기대와 달리 자개 상자 안에는 그저 사진 몇 장과 신문 기사들이 들어있을 뿐이었다. 사진 속에는 우아하고 자신감 넘치는 삼십 대의 젊은 해리가 있었고, 그의 곁에 낯모르는 소녀가 있었다. 사진은 모두 합해 다섯 장인데 그 소녀는 빠짐없이 등장했다. 구릿빛으로 그을린 탄탄한 근육을 자랑하듯 웃통을 벗은 해리가 선글라스를 긴 금발에 얹고 환하게 미소 짓는 소녀를 품에 안고 입을 맞추는 사진도 있었다. 사진 뒷면에 '놀라와 나, 마서즈 빈야드에서, 1975년 7월 말'이라는 설명이 붙어 있었다. 사진에 넋이 나간 나는 해리가 평소보다 일찍 집으로 돌아온 사실을 미처 알지 못했다. 해리가 운전하는 코벳의 타이어가 구즈코브의 자갈길을 지날 때 내는 마찰음도, 그가 집으로 들어오면서 나를 부르는 소리도 듣지 못했다. 자개 상자 안에 든 사진과 편지 한 통에 온통 신경이 집중된 탓이었다. 예쁜 편지지에 아이 필체로 써 내려간 편지가 특히 내 시선을 끌었다.

걱정 말아요, 해리. 나 때문에 조금도 걱정할 필요 없어요. 내가 그곳으로 당신을 만나러 갈게요. 8번 방에서 나를 기다려줘요. 그 숫자가 마음에 드네요. 내가 제일 좋아하는 숫자거든요. 그 방에서 오후 7시에 나를 기다리고 있어요. 그런 다음, 우리 함께 떠나요, 영원히.

당신을 사랑해요.

애정을 듬뿍 담아,

놀라

놀라는 누구일까? 나는 콩닥콩닥 뛰는 가슴을 진정시키며 신문 기사들을 읽어 내려갔다. 1975년 8월의 어느 날 저녁 놀라 켈러건이라는 소녀가 수수께끼처럼 사라진 사건을 다룬 기사였다. 신문에 실린 놀라 켈러건의 사진을 보니 놀랍게도 자개 상자에 들어있던 소녀의 얼굴과 일치했다.

그 순간, 커피잔과 비스킷 접시를 올려놓은 쟁반을 양손으로 받쳐 들고 발로 문을 밀고 서재로 들어서던 해리가 사진과 신문 기사를 보고 있는 나를 발견하고 쟁반을 바닥에 떨어뜨렸다.

"자네 지금 무슨 짓인가?" 해리가 소리를 버럭 질렀다. "내 물건들을 허락도 받지 않고 뒤지다니? 내 집에 초대해주었더니 기껏 한다는 짓이 내 물건들을 뒤지는 건가?"

나는 우물거리며 말도 안 되는 변명을 늘어놓았다.

"만년필을 찾으려다가 우연히 상자를 발견하고 호기심에 열어보게 되었습니다. 죄송합니다."

"빌어먹을! 이미 다 훔쳐봤을 텐데 이제 와서 사과한들 무슨 소용인가?"

해리는 여전히 내가 손에 쥐고 있던 사진들을 낚아채더니 바닥에 흩어진 신문 기사들을 모아 재빨리 상자에 집어넣었다. 그런 다음 즉시 상자를 들고 사라졌다. 해리가 그토록 당혹스러워하는 모습을 본 건 처음이었다. 그가 왜 그리 허둥대는지 알 수 없었다.

해리의 마음을 달래려고 방문을 노크했다. 문을 열어주지 않아 밖에서 거듭 사과했지만 굳게 닫힌 문은 열리지 않았다. 두 시간쯤 지나고 나서야 밖으로 나온 해리는 아래층 거실로 내려가 위스키를 잔에 따라 들이켰다. 나는 해리의 마음이 어느 정도 진정된 느낌이 들어 그에게로 다가갔다.

"사진의 소녀는 누굽니까?" 내가 최대한 부드럽게 물었다.

해리는 내 눈을 마주 보지 못하고 내리깔았다.

"놀라 켈러건."

"누군데요?"

"제발 나에게 놀라가 누군지 묻지 말아줘."

"그러니까 더욱 궁금하잖아요."

해리는 더는 뒤로 빼지 못하겠는지 체념하듯 입을 열었다.

"내가 사랑했던 아이야."

"그런데 왜 단 한 번도 저에게 그 이야기를 하지 않으셨습니까?"

"설명하자면 복잡해."

"선생님과 저는 오래도록 허물없이 지내왔습니다. 복잡하게 생각지 마시고 속 시원히 털어놓으시죠."

해리는 어깨를 으쓱했다.

"그래, 어차피 자네도 그 사진들을 봤으니 솔직하게 털어놓을게. 1975년에 오로라에 처음 왔을 때 그 아이를 만났어. 이름이 놀라 켈러건이고, 나이가 열다섯 살이었지. 비록 나이 차는 많이 났지만 놀라는 내 인생의 여인이었어."

나는 심란한 마음을 숨기지 못하며 물었다.

"놀라에게 무슨 일이 있었던 겁니까?"

"1975년 8월 말이었는데 어느 날 저녁에 놀라는 피투성이가 된 몸으로 이웃집 여성에게 목격된 이후 종적도 없이 사라졌어. 자네도 신문 기사를 읽어봤다면 잘 알 거야. 놀라는 그렇게 사라진 이후 그 어디에서도 발견되지 않았지. 그 아이에게 무슨 일이 일어났는지 여전히 아무도 몰라."

"정말이지 씁쓸한 일이네요." 내가 나지막하게 말했다.

해리는 한동안 고개를 끄덕였다.

"놀라는 내 삶을 완전히 바꿔놓았지. 놀라를 만난 이후 작가 해리 쿼버트는 전혀 중요하지 않았어. 명예, 돈, 명성 따위는 전혀 필요 없었지. 놀라를 가까이할 수만 있다면 그 모든 걸 포기해도 상관없다고 생각했어. 작가로 성공하고, 사회적인 명성도 얻었지만 놀라와 함께한 그 여름만큼 가슴 설레는 날들은 다시는 찾아오지 않았지."

해리가 그토록 심란해하는 모습은 처음 보았다. 그가 잠시 나를 물끄러미 바라보더니 덧붙였다.

"내가 놀라와 사랑한 이야기를 아는 사람은 아무도 없어. 이제 자네가 유일하게 알게 된 거야. 반드시 비밀을 지킬 수 있도록 해."

"영원히 우리 둘만이 아는 비밀로 할게요."

"내가 놀라와 사랑한 사이였다는 사실이 오로라에 퍼져 나가면 난 끝장이야."

우리는 더 이상 놀라에 대해 이야기하지 않았고, 나는 그 이야기를 내 기억의 심연 속에 깊숙이 묻어버리기로 마음먹었다. 몇 달 후, 놀라 문제가 우리의 삶을 송두리째 흔들어놓을 만큼 끔찍한 사건으로 부상하게 될 줄은 전혀 몰랐다.

오로라에서 6주를 보냈지만 소설은 아직 시작도 하지 못한 상태였고, 나는 3월 말에 뉴욕으로 돌아왔다. 로이 바나스키가 정한 마감 시한을 석 달 앞둔 시점이었고, 나는 작가 커리어를 계속 이어갈 수 없게 되었다는 결론에 도달했다. 날개가 꺾였고 이제 추락만이 남은 셈이었다. 나는 뉴욕에서 가장 촉망받는 작가였으나 갑자기 가장 불행하고 무능한 작가로 전락하게 되었다.

로이 바나스키와의 약속이 몇 달 남아 있는 동안 나는 패배를 위한 준비에 몰입했다. 드니즈에게 새 일자리를 주선해주었고, 〈슈미드 앤드 핸슨〉 출판사가 나에게 소송을 걸어올 경우에 대비해 변호사들을 만나보았다. 만에 하나 집행관들이 내 집에 들이닥쳐 제법 값나가는 물건에 차압 딱지를 붙일 수도 있다고 생각해 부모님 집에 은밀히 숨겨둘 물건 목록을 작성했다.

내가 단두대 앞에 서게 될 운명적인 6월이 시작되기 직전이었고, 나는 작가 커리어를 유지할 수 있는 날이 정확히 얼마나 남았는지 가늠해보았다. 로이 바나스키가 30일에 집무실로 호출했으니 이제 겨우 31일 남은 셈이었다. 그때까지도 나는 갑자기 드라마틱한 사건이 발생해 판도가 완전히 뒤바뀌게 되리라고는 전혀 예상하지 못했다.

30
괴짜

"소설에서는 2장이 가장 중요해. 2장에서는 더욱 예리하고 강력한 한 방을 준비해둘 필요가 있지."

"예를 들자면 어떤 식인데요?"

"복싱할 때 자넨 오른손잡이라 가드를 올린 자세에서 항상 왼손이 앞으로 나와 있게 되지. 왼손 잽을 맞힌 다음 강력한 오른손 스트레이트가 터지면 상대를 때려눕힐 수 있어. 소설에서 2장은 강력한 오른손 스트레이트 한 방이 되어야 한다는 뜻이야."

2008년 6월 12일에 그 사건이 터졌다. 나는 거실에서 책을 읽으면서 오전 시간을 보냈다. 뉴욕은 사흘째 날씨가 후텁지근했고, 보슬비가 내려 도로가 촉촉이 젖어 있었다. 오후 1시쯤 나는 한 통의 전화를 받았다. 분명 전화가 걸려 와 받았는데 상대는 한동안 아무 말도 하지 않고 있다가 나지막이 흐느끼기 시작했다.

"여보세요? 누구시죠?" 내가 물었다.

"그 아이가 죽었어."

울먹이는 목소리라 거의 알아듣기 힘들었지만 나는 상대가 누군지 금세 알아차렸다.

"선생님, 무슨 일 있어요?"

"그 아이가 죽었다고."

"누가 죽어요?"

"놀라 켈러건."

"어떻게 된 일인지 말씀해보세요."

"그 아이가 목숨을 잃은 건 순전히 내 잘못이야. 빌어먹을! 내가 도대체 무슨 짓을 저지른 거지?"

해리는 한동안 흐느낌을 멈추지 않았다.

"제가 뭘 도와드려야 할까요?"

해리는 아무런 대답도 없이 전화를 끊었다. 나는 즉시 해리의 집으로 전화했지만 받지 않았다. 해리의 휴대폰으로 걸어봤지만 마찬가지였다. 나는 이후에도 여러 번 전화했고, 자동응답기에 메시지를 남겼지만 감감소식이었다. 마음이 뒤숭숭해 해리가 집이 아니라 뉴햄프주 경찰청에서 전화한 사실을 잠시 망각했다. 나는 오후 4시쯤 더글러스가 다시 전화하기 전까지 해리에게 벌어진 일을 까마득히 몰랐다.

"자네도 소식 들었지?" 더글러스가 다짜고짜 물었다.

"무슨 소식이요?"

"당장 TV를 켜봐! 해리 쿼버트 사건 때문에 온통 난리가 났으니까!"

"해리가 뭘 어쨌는데요?"

나는 즉시 TV를 켜고 뉴스 채널을 틀었다. 오로라 구즈코브에 있는 해리의 집이 화면을 가득 채우고 있는 가운데 뉴스 진행자가 하는 말이 귀에 들려왔다.

"오늘, 유명 작가 해리 쿼버트가 뉴햄프셔주 오로라에 위치한 자택에서 전격 체포되었습니다. 경찰은 해리 쿼버트의 자택 정원에서 오래된 유골을 발굴했습니다. 경찰은 1975년 8월 열다섯 살의 나이로 실종된 소녀 놀라 켈러건의 유골로 추정하고 있습니다.

그동안 경찰은 놀라 켈러건 실종사건과 관련해 이렇다 할 단서를 확보하지 못해 수사의 난항을 겪어왔습니다."

나는 갑자기 주변이 빙빙 도는 느낌이었고, 넋이 나간 사람처럼 소파에 털썩 주저앉았다. 더글러스가 전화선 너머에서 악쓰듯 "마커스, 자네 내 말 듣고 있나? 자네도 해리 쿼버트가 정말 놀라 켈러건을 살해한 범인이라고 생각하나?"라고 묻는 소리가 들려왔다. 내 머릿속은 마치 다시는 떠올리기 싫은 악몽을 꿀 때처럼 뒤죽박죽으로 얽혀들었다.

몇 시간 전 내가 해리 관련 TV 뉴스를 듣고 미국 전역의 모든 사람과 동시에 알게 된 내용은 다음과 같았다. 그날 오전, 해리의 의뢰를 받은 조경회사 직원들이 해리의 집 정원에 수국을 심으려고 작업을 나왔다. 정원에 구덩이를 파던 직원들은 1미터 깊이에서 시간이 오래되어 부식된 유골을 발견하고 경찰에 신고했다. 해리 쿼버트의 집 정원에서 발견된 유골의 유전자를 분석해 신원을 확인하기까지 제법 많은 시간이 걸리겠지만 해리는 현장으로 출동한 경찰에 즉각 체포되었다.

TV 뉴스 채널은 사건 현장인 해리의 자택과 뉴햄프셔 주도 콩코드에 위치한 뉴햄프셔주 경찰청 건물을 번갈아 비춰주며 해리 쿼버트 사건을 실시간으로 상세히 보도했다. 현장에 파견된 기자들은 경찰의 수사 과정을 밀착 취재해 신속하게 소식을 전했다. 해리의 집 정원에서 발견된 유골의 주인이 놀라 켈러건일

가능성을 뒷받침해주는 단서도 발견되었다. 경찰 책임자는 만약 놀라 켈러건의 유골로 확인될 경우 해리 쿼버트는 또 다른 살인 사건, 즉 1975년 8월 30일에 시신으로 발견된 데보라 쿠퍼를 살해했을 가능성이 크다고 했다.

그야말로 마른하늘에 날벼락이 따로 없었다. 해리 쿼버트 사건 관련 뉴스는 빠른 속도로 확대재생산되었고, TV, 라디오, 인터넷, SNS로 이어지면서 가장 뜨거운 이슈로 떠올랐다. 20세기 후반을 빛낸 작가들 중에서 가장 주목받는 인물이었던 예순 일곱의 해리 쿼버트는 하루아침에 어린 소녀를 살해하고 암매장한 파렴치범으로 전락하게 되었다.

나는 지금 무슨 일이 벌어지고 있는지 깨닫기까지 제법 오랜 시간이 걸렸다. 밤 8시에 더글러스가 내가 크게 동요하지 않고 잘 버티고 있는지 확인하려고 집으로 찾아왔을 때까지도 뭔가 착오가 있을 거라 믿어 의심치 않았다.

"경찰은 해리를 두 건의 살인 용의자로 지목했어요. 아직 놀라 켈러건의 유골이 맞는지도 확인하지 못한 상태인데 마치 해리가 범인일 거라고 확신하는 태도는 문제 있어요."

"어쨌거나 누군가를 암매장한 유골이 해리 쿼버트의 자택 정원에서 발견된 건 분명한 사실이니까."

"만약 해리가 범인이라면 조경회사 사람들을 불러 정원을 파라고 했을 리 없잖아요. 내가 직접 해리를 찾아가서 만나봐야겠어요."

"가긴 어딜 간다고 그래?"

"답답해 미칠 것 같아요. 해리를 만나 어떻게 된 일인지 사연을 들어봐야겠어요."

더글러스는 중서부 지방 출신답게 대단히 현실적인 태도를 취했다.

"사람들의 이목이 집중되어있는 사건이야. 오로라에 가면 괜한 구설수에 오르기 딱 좋아. 자네 스스로 늪에 빠져들 작정인가?"

"사실은 해리의 전화를 받았어요."

"언제?"

"오늘 오후 1시쯤에요. 경찰이 해리에게 전화할 기회를 준 것 같아요. 해리는 내가 도와주러 오길 바랄 거예요. 난 늪에 빠진 해리를 모른 체할 수 없어요."

"지금 자네에게 가장 시급한 일은 소설을 쓰는 거야. 나중에 크게 후회하지 말고 이번 달 말까지 원고를 써. 로이 바나스키는 냉정한 사람이야. 만약 자네가 기한 내에 원고를 보내지 않을 경우 법적인 절차를 밟게 될 거야. 자네는 지금 해리 쿼버트 사건에 뛰어들 처지가 못 돼. 앞날이 창창한 작가 커리어를 망치길 바라지 않는다면 내 말대로 하는 게 좋아."

나는 더글러스의 말에 가타부타 대답하지 않았다. TV에서는 해리 쿼버트 사건 담당 검사가 기자들 앞에서 수사 진행 상황을 설명하고 있었다. 담당 검사는 해리 쿼버트를 두 건의 살인 용의자로 지목했다. 한 건의 납치와 두 건의 살인이면 사형선고를 받을 가능성이 컸다.

∞

해리 쿼버트의 추락은 가속화되었다. 다음 날 열린 법원의 예비심문 과정이 TV로 생중계되었다. 손목에 수갑을 찬 해리가 경찰의 삼엄한 호위를 받으며 수십 대의 TV 카메라와 사진기자들이 플래시를 터뜨리는 법정으로 들어섰다. 해리는 셔츠 단추도 제대로 여미지 않고, 머리 손질과 면도를 하지 않아 몹시 추레해 보였다. 불과 하루 사이에 눈두덩이 퉁퉁 부어오르고, 몹시 수척해진 얼굴이었다. 변론을 맡은 벤자민 로스 변호사가 해리와 동행했다. 벤자민 로스는 콩코드에서 명성이 자자한 변호사로 이전에도 해리의 의뢰를 받고 변론을 맡은 적이 있어 나도 익히 아는 얼굴이었다.

해리는 경찰이 특정한 범행에 대해 사실무근이라며 무죄를 주장했고, 판사는 뉴햄프셔주 교도소에 그를 임시 수감하라는 판결을 내렸다. 해리에 대한 예비심문 과정은 TV를 통해 미국 전역에 생중계되었다.

나는 그때까지도 수사가 일단락되면 해리가 누명을 벗게 될 거라 확신했는데 지나치게 순진한 희망 사항이었다는 사실을 한참 시간이 흐른 뒤에야 깨달았다.

예비심문이 끝난 지 한 시간 만에 벤자민 로스 변호사와 통화했다.

"해리가 당신 전화번호를 알려주더군요." 벤자민이 말했다. "해리는 결코 살인을 저지르지 않았다는 말을 당신에게 꼭 전해달라고 했어요."

"난 해리의 무죄를 믿습니다." 나는 단호하게 말했다. "해리는 지금 어떻게 지내고 있습니까?"

"짐작하시겠지만 그리 잘 지내지는 못합니다. 형사들이 압박을 가하자 해리는 놀라 켈러건이 실종되기 직전 여름에 그 아이와 사귀었다는 사실을 인정했습니다."

"놀라 켈러건에 대해서는 저도 조금은 알고 있습니다. 해리가 데보라 쿠퍼에 대해서는 따로 말하지 않던가요?"

벤자민이 잠시 머뭇거리다가 말했다.

"해리는 경찰의 주장을 전면 부인하고 있습니다. 하지만……." 벤자민은 잠시 말을 멈추었다.

"하지만, 뭐요?" 나는 조바심이 일어 벤자민을 다그쳤다.

"당신이 해리와 각별한 사이라니까 믿고 하는 얘기입니다만 이번 사건은 결과가 심상치 않아 보입니다. 경찰은 나름 중량감 있는 단서를 확보하고 있으니까요."

"중량감 있는 단서가 뭔지 저에게도 좀 알려주십시오."

"지금부터 제가 하는 말은 오프 더 레코드를 전제로 해야 합니다. 다른 어느 누구에게도 발설해서는 안 됩니다."

"입을 꾹 다물겠다고 약속할게요."

"경찰은 유골을 수습할 당시 그 자리에 같이 묻혀 있던 《악의 기원》 원고도 발견했습니다."

"그게 사실입니까?"

"하필이면 《악의 기원》 원고가 놀라 켈러건의 시신과 같은 장소에 매장되어 있었던 만큼 해리를 의심할 수밖에 없는 상황입니다. 경찰의 주장을 반박할 근거를 찾아내야 하는데 그게 쉽지 않아 보입니다. 해리가 된통 걸려들었다는 느낌이 듭니다."

"해리는 어떻게 해명하던가요?"

"해리는 놀라 켈러건을 위해 《악의 기원》을 썼다고 진술했습니다. 놀라 켈러건은 해리의 집에 자주 드나들었고, 어떤 날은 해리가 써놓은 원고를 읽겠다며 가져가기도 했답니다."

"해리가 놀라 켈러건을 위해 《악의 기원》을 썼다고요?" 내가 말도 안 된다는 듯이 되물었다. "설마 그럴 리가?"

"저도 믿기지 않았지만 해리는 분명 그렇게 말했습니다. 방금 전 제가 한 말은 외부로 새 나가지 않도록 각별하게 유념해야 합니다. 언론에서 최근 50년 동안 미국에서 가장 많이 팔린 소설을 조사한 결과 《악의 기원》으로 밝혀졌습니다. 《악의 기원》은 흔히 생각하듯이 그저 그런 러브스토리가 아닙니다. 그 소설이 서른네 살 남자와 열다섯 살 소녀가 나누었던 부적절한 관계의 결실이라는 사실이 밝혀지면 어떤 규모의 스캔들이 될지 상상하기 힘들 정도입니다."

"혹시 해리를 보석으로 풀려나게 할 방법은 없을까요?"

"아직 사태의 심각성을 제대로 인지하지 못하시는군요. 납치나 살인 같은 중대범죄 행위는 보석이 허용되지 않을뿐더러 법정 최고형을 받을 수도 있습니다. 대략 열흘 후 해리는 배심원단 앞에 서게 될 테고, 그들이 해리의 죄목을 보고 나서 소송 개시 여부를 결정하게 될 겁니다. 그 절차는 요식 행위로 끝날 때도 있지만 이번 경우에는 소송으로 이어질 공산이 매우 크다고 할 수 있죠."

"그동안 해리는 어디에서 지내게 됩니까?"

"경찰서 구치소에서 구금 상태로 지내게 될 겁니다."

"해리가 억울하게 죄를 뒤집어썼다면?"

"거듭 말하지만 매우 중대한 상황입니다. 해리는 어린 소녀를 납치 살해하고, 중년 부인을 잔인하게 살해한 혐의를 받고 있습니다."

나는 무너지듯이 소파에 주저앉았다. 해리를 만나 직접 이야기를 들어보지 않고는 답답해서 미칠 지경이었다.

"해리에게 전화 부탁한다고 전해주세요." 나는 해리를 만나게 해달라고 벤자민을 졸랐다. "해리를 반드시 만나야 할 일이 있습니다."

"해리에게 말을 전하긴 하겠지만 단시일 내에 가능할지 알 수
없네요."

"해리와 꼭 이야기를 나눌 수 있게 해주세요."

전화를 끊자마자 나는 서가에서 《악의 기원》을 꺼냈다. 첫째
페이지에 해리의 헌사가 적혀 있었다.

마커스, 나의 수제자에게
우정을 가득 담아
H. L. 퀴버트, 1999년 5월

나는 여러 해 동안 서가에 보관해둔 《악의 기원》을 찾아내 다
시 읽기 시작했다. 편지와 내레이션을 적절히 배치한 사랑 이야
기이자 사회적으로 금기시되는 관계라는 사실을 잘 알면서도 서
로 사랑하는 이야기였다. 해리가 놀라 켈러건을 위해 《악의 기
원》을 썼다고 진술한 건 유효했다. 나는 책을 훑어보고 나서 해
리가 왜 하필이면 책 제목을 '악의 기원'이라고 붙였는지 곰곰이
생각해보았다. 그 제목이 주는 뉘앙스에 대해 의문이 들었기 때
문이다.

해리는 과연 어떤 악에 대해 말하고 싶었을까?

∞

이틀이 지났다. 그 사이 과학수사대는 해리의 집 정원에서 수습한 유골을 가져가 DNA 검사와 치아 구조 검사를 실시한 결과 놀라 켈러건의 유골이라는 사실을 확인했다. 놀라 켈러건의 사망 당시 나이가 15세 전후였다는 사실도 밝혀냈다. 검사 결과 놀라 켈러건은 실종되자마자 살해당했다는 사실이 확인되었다. 육안으로도 보이는 후두부 골절상은 사건이 발생한 지 30년이 지났음에도 놀라가 묵직한 둔기에 맞아 사망한 사실을 입증해주었다.

나는 해리의 소식을 전혀 듣지 못했다. 뉴햄프셔주 경찰청이나 교도소 또는 벤자민을 통해 여러 차례 접촉을 시도했지만 끝내 받아들여지지 않았다. 나는 매일이다시피 수만 가지 질문을 곱씹으며 아파트 거실을 서성거렸다. 해리가 마지막 통화를 하며 나누었던 말들이 한시도 뇌리를 떠나지 않았다. 주말이 끝나갈 무렵 나는 뉴햄프셔주에서 무슨 일이 벌어지고 있는지 직접 가서 두 눈으로 확인해봐야겠다는 결론에 도달했다.

∞

2008년 6월 16일 월요일 아침에 나는 레인지로버에 여행 가방을 싣고 맨해튼을 떠나 이스트강을 끼고 달리는 프랭클린 루스벨트 드라이브로 들어섰다. I-95번 도로로 접어들 때까지 할렘을 거쳐 브롱스로 이어지는 뉴욕의 파노라마가 펼쳐졌다. 뉴욕주의 중심부까지 달리고 나서야 나는 모든 걸 체념하고 돌아가기에는 너무 멀리 떠나왔다는 생각이 들어 부모님에게도 뉴햄프셔행을 알렸다. 엄마는 내 결정에 대해 노골적으로 불만을 표했다.

"도대체 무슨 짓이야? 기어이 그 야만적인 범죄자를 두둔해주려고 뉴햄프셔에 가겠다고?"

"해리는 범죄자가 아니라 내 친구예요."

"네 아버지가 옆에서 그러는데 네가 출판사와 계약한 다음 작품을 쓰지 못해 뉴욕에서 도망치려 한다는구나."

"엄마, 난 그런 일로 도망치지 않아요."

"그럼 혹시 여자 친구 문제로 도망치는 거니?"

"내가 여자 친구가 어디 있다고 뚱딴지같은 말씀을 하세요?"

"네가 작년에 우리에게 인사시킨 나탈리에 대해 곰곰이 생각해봤는데 그 정도로 예쁘고 상냥한 아가씨도 드물더라. 나탈리를 다시 한번 만나보는 게 어떠니?"

"엄마는 나탈리를 미워했으면서 이제 와 새삼 왜 그러세요?"

"그건 그렇고 넌 왜 요즘 소설을 안 쓰니? 네 이름이 자주 언론에 오르내릴 때만 해도 널 우러러보는 사람들이 정말 많았는데."

"열심히 쓰려고 하는데 잘 안되네요."

"집에 들렀다가 가거라. 내가 핫도그랑 바닐라 아이스크림을 곁들인 감자튀김을 해줄 테니까."

"핫도그는 나 혼자서도 자주 해먹어요."

"네 아버지는 이제 핫도그 금지야. 의사가 절대로 안 된다고 했어."

전화기 속에서 아버지가 가끔 한두 개는 먹어도 된다고 하자 엄마가 "핫도그나 돼지고기 요리는 이제 먹지 않는 게 좋아요. 체지방이 혈관을 막는다잖아요." 엄마가 다시 내게 말했다. "네 아버지가 너에게 해리 쿼버트 사건을 소재로 소설을 써보라고 권하더라. 너도 이전 명성을 되찾으려면 새로운 작품을 반드시 써야 하잖아. 사람들이 삼삼오오 모이기만 하면 온통 해리 쿼버트 사건 이야기를 하더라. 네가 만약 해리 쿼버트 사건을 소재로 소설을 쓴다면 다들 흥미진진해할 것 같긴 하더라."

코네티컷주를 가로지르고 나서 나는 듣고 있던 오페라 아리아 대신 라디오 뉴스를 틀었다.

《악의 기원》원고가 놀라 켈러건의 유해와 함께 발견되었다는 소식이 언론을 통해 널리 알려지게 되었고, 해리는 그 아이와의 관계에서 영감을 얻어 소설을 썼다는 사실을 인정했다. 자동차 연료를 채우기 위해 잠시 들른 톨랜드 인근 주유소에서도 해리 쿼버트 사건 소식은 초미의 관심사였다. 주유소에서 일하는 청년도 해리 쿼버트 사건 관련 소식을 반복적으로 틀어주는 TV 화면 앞에 서서 잠시도 눈을 떼지 못했다. 내가 청년에게 가까이 다가가 볼륨을 키워달라고 했다. 청년은 나의 당혹스러운 표정이 심상치 않게 느껴졌는지 나에게 물었다.

"TV에서 온통 해리 쿼버트 사건 관련 소식뿐이네요. 손님도 이 사건에 관심이 많으신가봐요?"

"세상을 온통 떠들썩하게 만들고 있으니 관심이 갈 수밖에요."

청년이 잠시 나를 물끄러미 바라보았다.

"어디서 뵌 분 같은데, 혹시 우리 구면 아닌가요?"

"난 처음 보는데요."

"아니, 분명 어디선가 봤어요."

"평범하게 생긴 얼굴이라 그럴 겁니다."

"아니, 본 적 있어요. 혹시 TV에 나오는 배우 아니세요?"

"아뇨."

"그럼 직업이 뭔데요?"

"작가."

"아, 이제야 생각났어요. 작년에 이 주유소에서도 손님이 쓴 책을 팔았거든요. 기억하기로 책 표지에 손님의 상반신 사진이 있었던 것으로 아는데."

청년은 내 책을 찾으려고 판매대 사이를 돌아다녔지만 찾아내지 못했다. 마침내 창고에서 내 책을 찾아낸 청년은 함박웃음을 지으며 계산대로 돌아왔다.

"이 책의 표지에 있는 사진과 손님 얼굴이 일치하잖아요. 마커스 골드먼이 손님 이름인가봐요. 책에 나와 있네요."

"그러게요."

"새 책은 언제 나와요?"

"아직은 알 수 없어요."

"어디 멀리 가시나봐요?"

"뉴햄프셔주에 가려고요."

"뉴햄프셔주에 낚시하러 가시게요? 낚시라면 제가 좀 아는데 거긴 큰입우럭이 많이 잡히죠."

"물고기가 아니라 골칫거리를 낚으러 갑니다. 친구가 깊은 수렁에 빠졌거든요."

"아무리 그래도 해리 퀴버트만큼 골치 아프지는 않겠죠."

새카맣게 타들어 가는 내 마음을 알 길 없는 청년이 환하게 웃으며 손을 내밀었다. "오로라에서는 유명 인사를 만날 일이 없거든요. 작가님을 만나뵙게 되어 영광입니다."

청년이 내 손을 잡고 나서 가는 길에 마시라며 테이크아웃 커피 한 잔을 건넸다.

해리를 대하는 여론이 급격히 악화되었다. 놀라 켈러건의 유해와 함께 발견된 《악의 기원》 원고는 해리를 범인으로 의심할 만한 단서였다. 게다가 해리가 불과 열다섯 살인 소녀 놀라 켈러건과 로맨스를 나누면서 《악의 기원》을 쓸 영감을 얻었다고 진술한 사실이 알려지면서 분노의 물결이 일파만파 퍼져갔다.

이제 《악의 기원》을 어떤 관점으로 바라보아야 할 것인가?

《악의 기원》을 쓴 해리 쿼버트를 20세기 최고의 작가로 추켜세운 문학 비평가들은 결과적으로 희대의 살인마이자 미치광이에게 찬사를 보낸 셈이었다. 해리 쿼버트 사건이 나라를 온통 떠들썩하게 만들었고, 기자들은 성공한 작가인 해리가 왜 놀라를 살해하게 되었는지 다양한 추측을 내놓았다.

놀라가 두 사람 사이를 폭로하겠다고 해리를 협박했을까? 아니면 놀라가 갑자기 헤어지자고 하자 해리의 눈이 뒤집힌 건가?

나는 뉴햄프셔로 가는 동안 여러 가지 의문들을 곱씹어보았다. 라디오를 끄고 클래식 음악을 들으면 꼬리에 꼬리를 물고 이어지는 여러 의문들을 떨쳐버리고 조금이나마 마음의 안정을 취할 수 있을 거라 기대했는데 크게 잘못 짚었다. 어떤 곡을 듣더라도 여러 의문들이 좀처럼 머릿속을 떠나지 않았다. 해리를 생각할 때마다 내 30년의 삶을 통틀어 가장 아름다운 시절을 보낸 그의 집이 덩달아 떠올랐다. 그다음은 자연스럽게 해리의 집 정원에서 발견된 놀라 켈러건의 유해로 생각이 옮겨갔다.

다섯 시간 동안 운전한 끝에 나는 마침내 구즈코브에 도착했다.

나는 왜 해리와 벤자민 로스 변호사를 만나러 콩코드로 가지 않고 이 집으로 왔을까? TV 중계차 여러 대가 1번 도로변에 세워져 있었고, 해리의 집으로 들어서는 자갈길과 1번 도로가 교차하는 지점에도 여러 명의 기자들이 TV 생중계를 위해 자리를 차지하고 있었다.

내가 자갈길로 들어서자 기자들은 해리의 집 방문자가 누군지 확인하려고 내 차 주변으로 몰려들었다.

기자들 가운데 누군가 내 얼굴을 알아보고 소리쳤다.

"마커스 골드먼 작가야!"

기자들이 순식간에 두 배 이상 늘어났다. TV 카메라와 사진 기자들도 차 주위로 다가섰다.

기자들의 두서없는 질문 세례가 내 귓전을 때렸다.

"작가님도 해리 쿼버트가 놀라 켈러건을 살해했다고 보십니까?"

"해리 쿼버트가 놀라와 로맨스를 나누면서 영감을 얻어 《악의 기원》을 쓴 사실을 알고 있었습니까?"

"《악의 기원》은 당장 판매 금지해야 한다고 생각하십니까?"

나는 기자들의 질문에 일일이 답변해줄 의무도 없었고, 마음이 내키지도 않아 선글라스를 착용한 눈으로 계속 앞만 바라보았다. 질서유지를 위해 현장에 나와 있던 오로라경찰서 소속 경찰들이 차가 원활하게 지나갈 수 있도록 길을 터주었다. 덕분에 나는 오디나무들과 키 큰 소나무들이 울창한 숲으로 들어가 기자들의 시야에서 벗어나게 되었다.

몇몇 기자들이 목청을 돋우어 질문을 퍼부었다.

"마커스 골드먼 작가님이 오로라에는 어쩐 일입니까? 해리 쿼버트의 자택에서 뭔가 할 일이라도 있습니까? 이 집을 방문한 이유가 뭔지 말해주세요."

나는 왜 해리의 집에 왔을까? 해리는 나의 스승이자 벗이기 때문이었다. 고교 시절이나 대학 시절에 나는 또래 친구들과 그다지 친하게 지내지 못했다. 내 인생에서 해리는 가장 가까운 친구였고, 그가 정말 범죄를 저질렀는지, 사람들에게 손가락질당해도 쌀 만큼 몹쓸 짓을 저질렀는지 여부는 추후 문제였다. 그 질문에 대한 답이 무엇이든 내가 해리에게 느끼는 감정은 달라지지 않을 것이다.

지금은 내가 해리를 증오한다고 소리치며 노골적으로 비난을 퍼부어야 유리한 상황일 수도 있었다. 하지만 해리 쿼버트 사건은 내가 해리에게 품고 있는 감정을 조금도 손상시키지 않았다. 나는 해리를 믿었고, 그런 범죄를 저지를 사람 같지 않았다. 해리도 작가이기 이전에 하나의 인간이고, 인간은 누구나 욕망에 눈이 멀어 실수를 저지르며 살아간다고는 해도 내가 알고 있는 해리는 절대로 그런 범죄를 저지를 수 있는 인물이 아니었다. 인간은 누구나 자기 안에 악마를 거느리고 산다. 다만 자기 안의 악마가 벌인 짓을 어디까지 용인해줄지 여부는 사람에 따라 큰 차이가 있다.

나는 차고로 쓰는 부속건물 앞 자갈길에 차를 세웠다. 해리의 빨간색 쉐보레 콜벳이 눈에 들어왔다. 집 안으로 들어가려고 했지만 문이 굳게 잠겨 있었다. 해리의 집 출입문이 나를 거부한 건 처음이었다. 나는 집을 한 바퀴 둘러보려고 걸음을 옮겨놓았다. 경찰이 설치해둔 폴리스라인이 집 뒤쪽으로 돌아가는 걸 막았다. 나는 숲 일부까지 폴리스라인을 쳐둔 통행금지 구역을 그저 바라볼 수밖에 없었다. 분화구처럼 파헤쳐진 큰 구덩이가 눈에 들어왔다. 거기에 심으려던 수국 묘목들이 그 옆에서 속절없이 말라비틀어져 가고 있었다.

내가 오도 가도 못하는 처지로 해리의 집 주변을 서성거리고 있을 때 진입로 자갈길을 밟는 바퀴 소리가 들려왔다. 콩코드에 머물던 벤자민 로스가 TV에 나온 나를 발견하고 달려온 듯했다.

"해리의 말에 따르면 당신이 구즈코브에 반드시 올 거라고 하더군요. 당신의 소 힘줄 같은 고집이 어떻게 해서든 이 사건에 코를 박고 싶어 할 거라면서요."

"해리는 나를 가장 잘 아니까요."

벤자민은 조끼 주머니를 뒤지더니 메모지를 꺼냈다.

"해리가 당신에게 전해주라고 했어요."

나는 접어둔 메모지를 펼쳤다. 해리가 손으로 쓴 메모였다.

사랑하는 마커스

아마도 자네가 이 쪽지를 읽게 된다면 오랜 친구의 안위를 걱정해 뉴햄프셔에 왔다는 뜻이겠지. 자네가 매우 용감한 남자라는 점에 대해 난 단 한 번도 의심해본 적이 없어. 자네라면 내가 사람들이 비난해 마지않는 그 파렴치한 범죄와 전혀 관련이 없다는 걸 알 수 있을 거야. 그럼에도 난 한동안 감옥에서 지내야 하겠지만 자넨 나에 대해 조금도 걱정하지 말고 글쓰기에 전력을 쏟으면 돼. 자네는 작가 경력에 각별히 신경 쓰고, 이달 말에 출판사에 넘겨주기로 한 소설 집필에 매진하도록 해. 자네의 일이 가장 중요하니까 나 때문에 괜히 아까운 시간 허비하지 말고 열심히 글을 쓰길 바랄게.

자네 친구 해리가

추신 : 자네가 뉴햄프셔주에서 얼마간 체류하거나 가끔 찾아올 예정이라면 구즈코브의 내 집에서 지내도록 해. 자네가 필요하다면 언제든지 내 집을 사용해도 좋다는 뜻이야. 그 대신 내 부탁 한 가지만 들어줘. 내가 매일 그랬듯이 갈매기들에게 먹이를 챙겨주도록 해. 테라스에 갈매기들이 먹을 빵조각을 놓아두면 돼. 갈매기들에게 먹이를 주는 건 나에게는 아주 중요한 일과였으니까.

"지금 해리 옆에 있어 줄 사람은 당신밖에 없어요." 벤자민이 말했다. "해리에게는 당신이 필요해요."

나는 고개를 끄덕였다.

"상황이 어떻게 돌아가고 있습니까?"

"모든 상황이 해리에게 몹시 불리하게 돌아가고 있습니다. 《악의 기원》 원고가 놀라 켈러건의 유해와 함께 묻혀 있었다는 사실이 언론 보도를 통해 알려진 이후 여론이 급격히 나빠졌습니다. 지금은 거의 재앙 수준입니다. 앞으로 어떻게 무죄를 증명해야 할지 눈앞이 캄캄합니다."

"그 문제는 일종의 수사상 기밀인데 누가 유출시켰답니까?"

"검사실에서 유리한 언론 환경 조성을 위해 일부러 흘린 것 같아요. 비난 여론을 등에 업고 해리를 압박하려는 수작입니다. 검사는 해리가 범행 일체를 자백하길 바라고 있습니다."

"언제쯤 해리를 만나볼 수 있을까요?"

"내일 아침부터 가능합니다. 콩코드 외곽에 해리가 수감되어 있는 교도소가 있습니다. 오늘은 어디서 묵을 예정입니까?"

"가능하다면 이 집에서요."

벤자민이 입을 비죽 내밀었다.

"이 집은 범죄와 긴밀히 관련된 현장이라 당분간 사용할 수 없을 겁니다."

"범죄 현장이라면 유골이 나온 구덩이 주변 아닌가요?" 내가 반문했다.

벤자민은 집 주위를 한 바퀴 둘러보더니 입가에 미소를 머금은 얼굴로 돌아왔다.

"당신은 변호사가 되었어도 성공했겠어요. 그 어디에도 이 집 출입을 금지한다는 봉인이 없네요."

"내가 이 집에 머물러도 괜찮다는 뜻입니까?"

"출입 금지 봉인이 그 어디에도 없으니까요."

"경찰은 왜 출입 금지 봉인을 붙여두지 않았을까요?"

"설마 누군가 이 집에서 머물게 되리라고는 미처 생각지 못했겠죠. 법이 없으면 만들면 됩니다. 경찰이 이 집에서 머무는 것에 대해 시비를 걸면 그 어디에도 출입 금지 봉인이 붙어 있지 않았다고 주장하세요. 판단은 법원이 알아서 해줄 겁니다. 법원에서 작가님의 주장이 옳다는 판결을 하면 뉴햄프셔주 정부를 상대로 민사 소송을 청구하세요. 경찰이 범죄자를 체포할 때 미란다 고지를 하는 이유를 아십니까? 1960년대에 에르네스토 미란다라는 사람이 있었는데 그가 경찰서에 붙잡혀와 진술한 사실을 근거로 강간범 판결을 받았기 때문입니다. 미란다의 변호인은 자신의 의뢰인이 권리장전에 불리한 진술은 하지 않아도 된다고 명기되어 있다는 사실을 몰라 부당한 판결을 받게 되었다며 이의 제기를 했습니다. 미란다의 변호인은 대법원에 상고한 끝에 결국 무죄 판결을 이끌어내 승소하게 되었습니다. 경찰이 취조 과정에서 미란다를 압박해 불리한 진술을 받아냈기에 증거로 인정받지 못한 까닭입니다. 그 결과 미란다 법이 널리 알려지게 되었죠. 그때 이후로 경찰은 범죄자의 손목에 수갑을 채울 때 '당신은 묵비권을 행사할 수 있고, 변호사를 선임할 수 있고, 변호사비가 없을 경우 국선변호인의 도움을 받을 수 있다'라고 고지하게 되었습니다. 요컨대 영화에서 보면 형사들이 범인을 체포할 때 미란다 원칙을 고지하죠. 우리가 미란다의 사례에서 얻어낼 수 있는 교훈은 뭘까요? 사람이라면 누구나 법적으로 보호받을 권리가 있다는 겁니다. 작가님이 이 집에 머무는 건 위법이 아니고, 아무도 반대할 수 없습니다. 만약 경찰이 찾아와 성가시게 굴면 미란다 원칙과 대법원 판결을 이야기해주면서 만약 이 집에서 쫓아낸다면 손해배상을 지불할 각오를 해야 할 거라고 엄포를 놓으세요. 그러면 아무리 경찰이라도 더는 집에서 나가라고 하지 못할 겁니다. 그런데 나에게는 이 집 열쇠가 없는데 어쩌죠?"

나는 주머니에서 열쇠 꾸러미를 꺼내 들었다.

"예전에 해리가 저에게 맡긴 겁니다."

"작가님은 만반의 준비가 되어 있군요. 당분간 이 집에서 지내더라도 경찰이 설치해놓은 폴리스라인은 넘어서지 않는 게 좋습니다. 몹시 귀찮은 일이 생길 수도 있으니까요."

"무슨 말인지 잘 알겠습니다. 그나저나 경찰이 이 집을 압수 수색한 결과는 나왔습니까?"

"경찰은 이 집을 압수 수색했지만 아무런 단서도 찾아내지 못했습니다."

벤자민이 떠나고 나서 나는 해리의 집으로 들어갔다. 나는 출입문을 닫고 빗장을 걸어 잠그고 나서 곧장 서재로 가서 자개 상자를 찾아보았지만 좀처럼 눈에 띄지 않았다. 자개 상자를 찾으려고 서재와 거실에 있는 서가를 샅샅이 뒤져봤지만 헛수고였다. 1975년에 이 집에서 무슨 일이 벌어졌는지 알 수 있게 해줄 단서를 찾아내려면 집 안 구석구석을 뒤져보는 수밖에 없었다.

놀라 켈러건이 정말 이 집에서 살해당했을까?

나는 해리를 믿기에 절대로 그럴 리 없다고 생각했지만 1975년에 벌어진 사건에 대한 이해를 높이려면 그 무렵 무슨 일이 있었는지 알아볼 필요가 있었다. 그나마 해리의 사진첩 몇 권을 확보한 건 나름의 소득이었다. 사진첩 하나를 펼쳤더니 내가 대학생 시절에 해리와 함께 찍은 사진들이 눈에 들어왔다. 강의실, 복싱체육관, 캠퍼스, 우리 두 사람이 자주 드나들었던 식당을 배경으로 찍은 사진이었다. 심지어 내 대학 졸업식 때 찍은 학위 수여식 사진도 있었다. 또 다른 사진첩에는 나와 내 책 관련 기사들로 가득 채워져 있었다. 가끔 빨간색 펜으로 체크하거나 밑줄 친 부분도 눈에 띄었다. 해리는 늘 나의 근황을 주시해왔고, 관련 자료들을 세심하게 모아두고 있었다는 걸 알 수 있었다. 심지어 1년 6개월 전 나의 모교 펠튼 고교에서 나를 위해 열어준 축하 행사 관련 소식을 다룬 몬트클레어의 한 지방신문 기사도 있어 놀라웠다.

해리는 어떻게 이런 기사들을 다 모아두었을까?

나는 그날 일을 생생하게 기억하고 있었다. 2006년 크리스마스를 며칠 앞둔 어느 토요일이었다. 내 첫 소설이 1백만 부가 넘게 팔리며 베스트셀러에 등재되자 펠튼 고교 교장 선생님은 몹시 기뻐하며 모교를 빛낸 졸업생의 성공을 기리는 행사를 열어주었다.

토요일 오후, 펠튼 고교 대강당에서 일부 재학생과 졸업생, 지역 신문기자들이 참석한 가운데 나의 성공을 기리는 축하 행사가 열렸다. 강당의 무대 중심부에 천막으로 덮어 놓은 기념품이 있었다. 교장 선생님은 내 성공이 얼마나 자랑스럽고 대단한 일인지 추켜세우는 연설을 하고 나서 학교에서 준비한 기념품을 덮어 놓은 천막을 잡아당겼다. 천막이 걷히면서 유리 장식장이 모습을 드러냈다. '1994년부터 1998년까지 '괴짜'라고 불린 졸업생 마커스 P. 골드먼의 성공을 기념하며'라는 글이 새겨져 있는 유리 장식장 안에는 내 첫 소설, 고교 시절 성적표, 사진 몇 장, 라크로스 선수 때 입던 유니폼, 육상부로 활동했던 당시 유니폼이 진열되어 있었다.

오래전 신문 기사를 읽는 내 얼굴에 절로 흐뭇한 미소가 어렸다. 펠튼 고교는 몬트클레어 북부에 위치한 조용한 학교로 동급생들과 선생님들이 나에게 '괴짜'라는 별명을 붙여주었을 정도로 내 학창 시절은 여러 사람에게 깊은 인상을 남겼다. 2006년 12월의 어느 토요일에 유리 장식장 앞에서 박수쳤던 사람들은 내가 4년이라는 길고도 찬란했던 시간 동안 펠튼 고교의 스타로 군림할 수 있었던 건 순전히 일련의 오해에서 비롯되었다는 사실을 까마득히 모르고 있었다.

내 영웅담은 내가 펠튼 고교에 입학한 첫해에 교과 과정에 따라 운동 과목을 한 가지 선택해야 하는 시점에서부터 시작되었다. 나는 축구나 농구를 선택하고 싶었으나 가장 인기가 높은 종목이라 가입 인원이 제한되어 있었다. 가뜩이나 나는 운동 과목 접수를 하던 날 너무 늦게 학교에 왔다.

"접수 마감입니다." 체구가 큰 여직원이 말했다. "내년에 다시 와요."

"제발 부탁입니다." 내가 애원했다. "저는 무슨 일이 있어도 한 가지 운동 종목을 이수해야 합니다. 만약 이수하지 못하면 유급입니다."

"학생 이름이 뭐죠?" 여직원이 한숨을 푹 쉬며 물었다.

"마커스 골드먼입니다."

"어떤 종목을 원해요?"

"축구 아니면 농구입니다."

"두 종목은 이미 인원이 다 찼어요. 로큰롤 댄스와 라크로스 종목만이 빈자리가 남아 있네요."

로큰롤 댄스와 라크로스라니? 내 입장에서 보자면 페스트와 콜레라 가운데 한 가지를 골라잡으라는 뜻이나 다름없었다. 로큰롤 댄스 팀에 들어간다면 놀림의 대상이 될 게 뻔해 어쩔 수 없이 라크로스를 선택했다. 펠튼 고교 라크로스 팀은 지난 20년 동안 단 한 번도 좋은 성적을 거두어본 적이 없어 학생들이 가입을 꺼렸다. 나처럼 다른 종목을 원했지만 이미 접수가 마감됐거나 접수일에 지각한 학생 세 명이 어쩔 수 없이 라크로스 팀을 선택했다.

나는 실력도 없고 빛나는 전통도 없는 라크로스 팀의 새로운 멤버가 된 게 몹시 꺼림칙했다. 그때까지 조만간 라크로스 팀에서 화려한 영광을 맛보게 될 것이라고는 미처 예상하지 못했다. 나는 시즌이 끝나기 전에 축구 팀에 결원이 생기길 기대하면서 라크로스 팀에 합류했다. 내가 뛰어난 운동 실력을 발휘해 사람들의 시선을 끌 수 있길 바라면서. 나는 라크로스 팀에 들어간 이후 전대미문의 성취욕을 품고 훈련했고, 나에게서 남달리 뛰어난 운동신경을 발견한 코치는 그토록 기다려온 유망주가 드디어 합류하게 되었다며 희색이 만면했다. 나는 주장으로 낙점되었고, 변변한 노력도 하기 전에 펠튼 고교 라크로스 팀 역사상 가장 뛰어난 선수로 인정받았다.

나는 라크로스 팀의 일원이 되자마자 큰 어려움 없이 지난 20년 동안 더할 나위 없이 형편없었던 패배 기록을 승리의 월계관으로 바꾸어놓았다. 그 덕분에 펠튼 고교 명예의 전당에 가입되었는데 지금껏 1학년 학생에게는 단 한 번도 주어지지 않은 영예였다. 동급생들은 나를 우러러보았고, 선생님들도 주목했다. 라크로스 팀에서의 경험을 통해 나는 절실히 깨달았다. 남달리 주목받고 싶다면 나보다 못한 멤버들 틈에 끼어 있어야 한다고.

나는 경험을 통해 터득한 처세술을 무의미하게 썩히지 않았다. 내 유일한 관심사는 가능한 모든 수단을 동원해 최고로 주목받는 것이었다. 나는 스포트라이트가 쏟아지는 자리에 있길 원했고, 이후로도 줄곧 라크로스 팀을 떠나지 않았다.

과학경시대회도 다르지 않았다. 천재라고 알려진 샐리가 전체 1등을 차지했고, 나는 16등을 했다. 학교 강당에서 열린 시상식 자리에서 나에게 수상자를 대표해 연설할 기회가 주어졌다. 나는 지난 몇 주 동안 주말마다 다운증후군을 돕는 자원봉사활동에 참여하느라 과학경시대회 준비에 착오를 빚을 수밖에 없었다고 털어놓았다. 두 눈에 반짝이는 눈물이 맺히도록 한 빼어난 연기는 덤이었다.

"다운증후군으로 고생하는 아이들에게 자그마한 힘이라도 보탤 수 있다면 나에게 과학경시대회 1등은 그다지 중요하지 않습니다."

강당을 가득 채운 학생들과 선생님들 그리고 1등을 한 샐리도 내 연설에 특별히 감동하는 분위기였다. 내 연설이 주목을 끌게 되면서 다운증후군을 앓는 동생을 둔 샐리의 과학경시대회 우승은 빛바랜 영광이 되고 말았다. 샐리는 1등 수상을 마다하며 그 상을 내가 받아야 마땅하다고 적극 추천했다. 그 결과 나는 라크로스 팀, 과학경시대회, 우정 분야에서 명예의 전당에 오르게 되었다. 사기성 행각으로 펠튼 고교 명예의 전당에 오르게 되었지만 불명예의 전당이 나에게 적합한 자리였다.

나의 사기 행각은 계속되었다. 마치 뭔가에 단단히 홀린 느낌이었다. 일주일 후 나는 2년 동안 시립 수영장 잔디밭 청소를 해서 번 돈을 몽땅 털어 사재기를 한 결과 행운권 판매 신기록을 세웠다. 삽시간에 마커스 골드먼은 대단히 비범한 재능을 지닌 아이라는 소문이 파다하게 퍼졌다. 펠튼 고교 학생들과 선생님들은 내가 마치 완벽한 성공을 보장해주는 보증수표라도 되는 양 우러러보며 나를 '괴짜'라 부르기 시작했다. 학교에서 시작된 나의 유명세가 담장을 넘어 몬트클레어 전체로 확산되면서 내 부모님의 자부심은 하늘 높은 줄 모르고 치솟았다.

헛된 명성에 도취되어 있던 나는 복싱이라는 매력적인 운동에 뛰어들었다. 내가 집에서 기차로 한 시간 이상 걸리는 데다 아는 사람이 전혀 없는 브루클린의 복싱클럽에 다니기로 마음먹은 건 순전히 패배할 권리를 누리기 위해서였다. 나보다 센 상대에게 얻어터질 권리, 체면을 구길 권리를 맘껏 누리기 위해. 그것만이 나 자신이 만들어낸 괴물에게서 멀어질 수 있는 유일한 방편이었다.

복싱체육관에서라면 얼마든지 패배해도 좋았다. 얼마든지 얻어터져도 상관없었다. 그 대신 복싱체육관에서만큼은 나의 허상이 아닌 진짜 마커스 골드먼이 존재했다. 그 당시 나는 어디에서든 넘버원이 되어야 한다는 강박관념과 편집증적 집착이 상상을 초월할 정도로 심각한 상태였다. 이기면 이길수록 나는 점점 더 패배를 두려워하는 사람이 되어갔다.

내가 3학년이 되던 해에 펠튼 고교 교장 선생님은 예산 문제로 고민하다가 운영비용이 너무 많이 들어가는 라크로스 팀을 해체하기로 결정했다. 몹시 충격이 컸지만 나는 어쩔 수 없이 다른 종목으로 갈아타야 할 처지가 되었다. 애초부터 가고 싶었던 축구 팀과 농구 팀은 내가 가입하길 원한다면 쌍수를 들고 환영할 준비가 되어 있었다. 최고의 인기를 누리는 팀들이라 내가 가입할 경우 라크로스 팀 멤버들과는 비교가 안 될 정도로 실력이 출중하고 야심만만한 동료들과 치열하게 경쟁해야 한다는 사실을 잘 알고 있었다. 요컨대 경쟁에서 패해 전혀 빛을 보지 못하고 후보로 밀려나거나 최악의 경우 퇴출 위험까지 감수해야 할 입장이었다.

라크로스 팀 부동의 에이스이자 주장이었고, 지난 20년 역사를 통틀어 최다 득점 기록을 보유한 괴짜 마커스 골드먼이 축구 팀의 워터보이로 전락한다면 사람들은 신이 나서 입방아를 찧어댈 게 뻔했다.

불안과 초조에 휩싸여 2주의 시간을 고민하던 나는 학교에서 존재감이 전혀 없는 경보 팀이 있다는 사실에 주목했다. 경보 팀의 멤버라고는 짜리몽땅한 뚱보 두 명과 꼬챙이처럼 말라비틀어진 약골 한 명이 전부였다. 게다가 그 어떤 시합에도 출전한 적 없는 팀이었다. 나는 그동안 쌓아 올린 명성과 지위를 한꺼번에 추락시킬 위험이 있는 축구나 농구팀에 들어가지 않겠다는 결론에 도달했다.

나는 주저하지 않고 경보 팀에 합류했다. 첫 번째 연습 경기가 있던 날 나는 교장 선생님과 나에게 각별한 애정과 기대감을 가진 학생들이 초롱초롱한 눈을 빛내며 지켜보는 가운데 압도적인 실력으로 선두에서 결승선을 통과했다.

내 기록을 확인하고 잔뜩 기분이 고양된 교장 선생님은 괴짜 마커스 골드먼이 또다시 학교의 명예를 드높여주길 기대하면서 손수 나서서 몬트클레어 지역 학교들이 다수 참가하는 경보 시합 개최를 제안했다.

나는 경보 대회를 앞두고 한 달 동안 죽어라 연습했다. 문제는 내가 아무리 연습에 열중한다고 해도 그동안 갈고닦은 실력이 출중한 다른 학교 선수들을 도저히 이길 수 없다는 사실이었다. 나는 듬직한 원목이 아니라 그저 겉만 번지르르한 합판에 불과했다. 현재의 형편없는 실력으로 시합에 나가면 웃음거리가 될 게 뻔했다.

경보 대회가 열리는 날, 펠튼 고교 전교생과 우리 동네 사람 절반이 나를 응원해주러 경기장으로 모여들었다. 출발 신호가 떨어지기 무섭게 나는 선두로 치고 나갔지만 미처 일 분도 버티지 못하고 다른 학교 선수에게 추월당했다. 지금 이 상태로 시합이 끝나면 그동안 쌓아 올린 내 명성이 아래로 곤두박질칠 위기의 순간이었다. 운동장 25바퀴를 돌아야 하는 시합이었다. 절반도 더 남은 시점부터 지친 나는 꼴찌로 결승선을 통과할 위험성이 컸다. 어쩌면 선두 주자와 한 바퀴 이상 차이를 보이며 꼴찌로 들어올 수도 있었다.

내 명성이 한없이 추락하는 상황을 모면하려면 사람들을 감쪽같이 속일 꼼수가 필요했다. 나는 남아 있는 힘을 모두 끌어모아 마치 단거리 선수처럼 속도를 높였다. 관객들이 나를 열광적으로 응원했고, 나는 그 소리를 들으며 선두로 치고 나갔다. 지금 이 순간이 바로 내가 구상한 마키아벨리 방식 권모술수를 실행에 옮길 절호의 기회였다. 젖 먹던 힘까지 다 쏟아부어 선두를 탈환하느라 체력이 바닥난 나는 일부러 발을 삐끗 접질리며 바닥으로 나뒹굴었다. 내가 운동장을 데굴데굴 구르며 고통스런 비명을 토해내자 관객들도 하나같이 안타까운 마음을 금할 수 없다는 듯 깊은 한숨과 탄식을 쏟아냈다. 나는 미리 준비한 꼼수를 철저하게 실행하느라 왼쪽 발목이 골절돼 수술을 받고 2주 동안 병원 신세를 져야 했지만 가까스로 내 명성을 지켜낼 수 있게 되었다.

내가 오스카상을 주어도 손색없을 만큼 혼신의 연기를 펼치며 명성을 지켜내고 나서 일주일이 지났을 때 학교 신문에 나와 관련한 기사가 게재되었다.

　역사에 길이 남을 경기에서 '괴짜' 마커스 골드먼은 경쟁자들을 멀찌감치 따돌리며 압도적인 우승을 예약해놓은 바로 그 순간 바닥이 고르지 못한 트랙 탓에 발목을 접질려 몸의 균형을 잃고 바닥에 쓰러졌다. 그 결과 왼쪽 발목이 골절되는 큰 부상을 당했다.

　경보 대회에 출전해 심각한 발목 부상을 당한 나는 펠튼 고교를 마칠 때까지 체육 과목 수강을 면제받았다. 게다가 나의 솔선수범하는 면모와 희생정신이 빛을 발하며 이미 내 유니폼이 보관되어있는 명예의 전당에 다시 한번 내 이름을 올리게 되었다. 교장 선생님은 입에 게거품을 물고 운동장 관리 부실을 책망하더니 현장학습 활동 예산에서 큰 비용을 이전시켜 운동장 트랙을 전격 교체했다. 그 이듬해에 입학한 학생들은 학교 예산 부족으로 단 한 번도 현장학습 활동을 할 수 없게 되었다.
　펠튼 고교를 졸업할 무렵 나는 성적이 우수할뿐더러 각종 공로상과 추천서를 받은 학생이라 명문대에 진학할 수 있는 조건을 두루 갖추었다. 어느 대학을 갈지 인생에서 대단히 중요한 선택을 앞두고 있던 어느 날 오후 나는 내 방 침대에 누워 하버드, 예일, 그리고 그다지 알려지지 않은 매사추세츠주의 버로스 대학의 입학허가서를 손에 들고 있었다. 유명 대학에 진학할 경우 뛰어난 학생들이 많아 내 괴짜 명성을 퇴색시킬 공산이 컸다. 하버드나 예일을 선택한다면 주변 사람들의 기대감을 지나치게 높일 우려가 있었다. 나는 내로라하는 우등생들이나 다양한 스펙을 가진 엘리트 학생들과 경쟁하고 싶은 마음이 추호도 없었다. 버로스 대학이라면 나에게도 충분한 경쟁력이 있다고 믿었다. 나는 날개가 타버려 추락하는 이카로스가 아니라 언제까지나 괴짜로 남고 싶었기에 버로스 대학이 가장 적합했다. 작고 아담한 캠퍼스에서 나는 최고로 빛나는 학생이 될 자신이 있었다. 나는 버로스 대학 문학부가 하버드 대학이나 예일 대학 못지않게 실력이 뛰어나다며 부모님을 설득했다.

1998년 가을, 나는 버로스 대학 입학이 결정돼 몬트클레어를 떠나 매사추세츠주의 작은 산업도시로 주거지를 옮겼다. 버로스 대학에서 해리 쿼버트를 처음 만나게 되었다.

테라스에 앉아 사진첩을 들여다보며 추억에 젖어 들던 나는 초저녁 무렵 더글러스의 전화를 받았다. 그는 마치 넋이 나간 사람 같았다.

"나에게 한마디 귀띔도 없이 뉴햄프셔주 오로라에 가다니? 자네가 무슨 일로 오로라에 갔는지 궁금해하는 기자들 전화가 빗발치고 있는데 난 아무것도 모르고 있으니 말이 안 되잖아. 난 명색이 자네 에이전트인데 TV를 보고 자네의 소식을 알게 되다니 정말 너무하잖아. 더 이상 지체하지 말고 당장 뉴욕으로 돌아와. 이번 사건은 자네 깜냥으로는 해결하기 힘들어. 해리 퀴버트에게는 뛰어난 변호사가 있으니까 그를 믿고 맡겨두는 게 최선이야. 로이 바나스키에게 원고를 전해주기로 약속한 날짜가 이제 불과 보름밖에 남지 않았어. 발등에 불이 떨어졌는데 자네는 계속 엉뚱한 일에 신경 쓰고 있잖아."

"해리는 지금 극도로 힘든 상태이고, 내가 가까이 있어 주길 원해요." 내가 말했다.

잠시 침묵이 흐르더니 더글러스가 뭐라고 중얼거렸는데 마치 지난 몇 달 동안 까마득히 잊고 지내다가 방금 생각난 것 같은 말투였다.

"자넨 소설을 한 줄도 안 썼지? 로이 바나스키가 정한 최종 기한이 이제 보름밖에 안 남았는데 원고에는 아예 손도 대지 않고 있어. 자넨 해리를 도우려고 뉴햄프셔에 간 게 아니라 뉴욕에서 도망칠 구실을 찾다가 마침 좋은 핑곗거리를 찾은 거야."

"이제 그 입 좀 닥치세요." 잠시 침묵이 이어졌다.

"뉴햄프셔에 가지 않으면 안 될 절박한 이유라도 있어?"

"해리는 저랑 가장 가까운 친구이고, 그와의 우정은 저에게 무엇보다 소중합니다. 달리 절박한 이유가 더 필요한가요?"

"해리 퀴버트에게 뭐 그리 대단한 빚을 졌기에 할 일이 태산인 사람이 한가한 사람처럼 뉴햄프셔로 떠난단 말인가?"

"난 해리에게 인생을 빚졌어요."

"무슨 뚱딴지같은 소리야?"

"일일이 설명하자면 복잡해요."

"제발 내가 알아들을 수 있도록 얘기해봐."

"해리와 관련해 내가 지금껏 한 번도 털어놓지 않은 사연들이 있어요. 난 고교를 졸업하고 나서 자칫 잘못된 길로 빠져들 뻔했는데 해리를 만나 구제받게 되었죠. 해리는 내 삶의 구세주입니다. 그에게 평생 갚아도 모자랄 빚을 졌습니다. 해리가 아니었으면 난 작가가 될 수 없었을 거예요. 1998년 매사추세츠주의 버로스 대학에서 그런 일이 있었죠."

29
열다섯 살 소녀와 사랑에 빠지는 일은 과연 가능한가?

"난 자네에게 글쓰기를 제대로 가르쳐주고 싶어. 자네의 글쓰기 실력이 향상되길 바란다기보다는 작가가 되길 바라기 때문이야. 책을 쓴다는 건 대단히 힘든 일이지. 보통 사람들도 글을 잘 쓸 수 있지만 누구나 작가가 되는 건 아니니까."

"저는 작가가 될 수 있을까요?"

"아직은 알 수 없어. 스스로 작가가 되는 게 아니라 사람들이 인정해줘야 작가가 될 수 있으니까."

놀라를 기억하는 사람이라면 누구나 그 아이가 흠잡을 데 없이 훌륭한 소녀였다고 말한다. 놀라는 그 나이답지 않게 온화하고, 배려심이 많고, 무슨 일이든 알아서 척척 해내고, 언제나 밝고 환한 모습이어서 누구에게나 깊은 인상을 주었으니까. 놀라는 언제나 삶의 기쁨이 가득해 비가 내리는 우중충한 날에도 주변을 환하게 밝혀주는 아이였다.

놀라는 매주 토요일마다 〈클락스 식당〉에서 일했다. 놀라가 경쾌한 발걸음으로 테이블 사이를 사뿐사뿐 오갈 때면 구불구불한 금발이 춤추듯 나부꼈다. 어찌나 인사성이 밝은지 식당 문을 열고 들어서는 손님 누구에게나 반갑고 상냥하게 인사를 건넸다. 누구나 식당에 앉아 있다 보면 놀라에게 저절로 눈길이 가게 되어 있었다. 놀라는 스스로 빛나는 아이였으니까.

앨라배마주 잭슨 카운티 출신인 놀라는 1960년 4월 12일에 복음주의자들인 데이빗 켈러건과 루이자 켈러건 부부의 외동딸로 태어났다. 1969년 가을, 놀라는 데이빗 켈러건이 세인트 제임스 교회 담임목사로 임명되면서 오로라에 정착하게 된다. 오로라 남쪽 경계에 위치한 세인트 제임스 교회는 목재로 지은 웅장한 건물이었으나 신도 수 감소와 예산 절감 차원에서 몬트버리 교회와 통합되는 바람에 현재는 흔적조차 남아있지 않다. 세인트 제임스 교회가 있던 자리에 지금은 맥도널드 매장이 들어서 있다.

오로라로 이주한 켈러건 가족은 세인트 제임스 교회 소유인 테라스 애비뉴 245번지의 단층집에서 살게 된다. 6년 후인 1975년 8월 30일 토요일에 놀라는 바로 이 집 창문을 열고 밖으로 나간 뒤 영영 자취를 감춘다.

오로라에 도착한 다음 날 아침 내가 〈클락스 식당〉에 식사하러 온 단골손님들의 증언을 통해 입수한 놀라 켈러건 관련 자료들이다. 오로라에 무슨 일로 왔는지 나 자신도 목적이 분명하지 않아 기분이 찜찜했기에 의욕적으로 일을 해보려고 아침 일찍 일어났다. 해변을 따라 달리기를 하고 나서 갈매기들에게 빵조각을 던져주었다. 내가 오로라에 온 목적은 갈매기들에게 빵조각을 던져주기 위해서가 아니었다. 오전 11시에 콩코드에서 벤자민과 조우해 함께 해리를 만나러 가기로 약속했고, 그때까지 남는 시간을 무의미하게 흘려보내고 싶지 않아 〈클락스 식당〉으로 갔다. 대학 시절 해리의 집에 머물 때면 해리는 매일 아침마다 습관처럼 나를 〈클락스 식당〉에 데려갔다. 새벽마다 나를 흔들어 깨운 해리는 어서 트레이닝복으로 갈아입으라고 고집을 부렸다. 우리는 새벽 공기를 가르며 해변을 달리고 나서 실전에 가까운 복싱 연습을 했다. 해리는 나를 상대하느라 숨이 가빠지면 갑자기 코치로 돌변해 내 동작과 자세를 고쳐주며 호흡을 조절했다. 우리는 해변을 달리거나 새도복싱을 반복하면서 몇 마일을 주파했다. 그랜드비치의 바위 언덕을 타고 넘은 우리는 아직 고요히 잠든 도시를 가로질러 계속 달렸다. 해가 뜨기 전 어스름에 잠긴 오로라의 중심가로 들어서면 저 멀리 〈클락스 식당〉의 유리창에서 흘러나오는 불빛이 눈에 들어왔다. 오로라에서 새벽에 문을 여는 유일한 식당이었다. 식당 안으로 들어서면 우리보다 먼저 온 손님들이 조용히 아침 식사를 하는 모습이 보였다. 라디오에서 뉴스가 흘러나오는 소리가 배경처럼 깔려 있었지만 볼륨을 너무 줄여놓아 무슨 소리인지 알아듣기 힘들었다. 여름에는 천장에 매달린 실링팬이 식당 안 공기를 가르며 돌아갔고, 전등에 내려앉았던 뿌연 먼지들이 허공에서 떠돌았다.

우리가 17번 테이블에 자리를 잡고 앉으면 제니가 커피를 들고 다가왔다. 제니는 나에게 항상 엄마처럼 부드럽고 포근한 미소를 지어 보였다.

"가여운, 마커스. 보나마나 해리가 또 새벽부터 단잠을 깨웠나봐. 너무 오래돼 고치기 힘들 거야." 제니의 말에 우리는 다함께 웃었다.

2008년 6월 17일 이른 아침에도 〈클락스 식당〉은 여전히 손님들이 많았다. 모두 해리 쿼버트 사건에 대한 이야기를 나누느라 여념이 없었다. 내가 식당 안으로 들어서자 안면 있는 단골손 님들 몇몇이 다가와 질문 세례를 퍼부었다.

"자네는 해리가 놀라와 그렇고 그런 사이라는 걸 알고 있었나?"

"해리가 놀라 켈러건과 데보라 쿠퍼를 살해했다는 말이 사실인가?"

나는 애써 질문을 무시하고 17번 테이블에 앉았다. 해리의 성공을 기리려고 테이블에 부착해두었던 표찰은 어느새 사라지고, 테이블 상판에 두 개의 나사 구멍과 니스 칠 자국만이 남아 있었다.

제니가 커피를 들고 다가와 평소와 다름없이 부드러운 미소를 지으며 인사를 건넸지만 표정이 어두워 보였다.

"당분간 해리의 집에 머물 거야?" 제니가 물었다.

"그래야겠죠. 그나저나 여기에 붙여두었던 금속 표찰은 떼어 버렸어요?"

"그래, 어쩔 수 없었어."

"왜요?"

"이제 겨우 열다섯 살인 놀라를 위해 《악의 기원》을 썼다는 해리의 말을 듣고 나서 금속 표찰을 그대로 놔둘 수는 없었어. 난 그런 사랑은 결코 용인할 수 없거든."

"현실은 세상을 떠도는 소문보다 좀 더 복잡할 수 있어요."

"내가 볼 때 해리 쿼버트 사건에 끼어들지 않는 게 최선이야.

마커스, 어서 뉴욕으로 돌아가 이 사건과 거리를 두고 지내는 게 좋아."

제니의 말을 받아들일 생각은 없었다. 나는 아침 식사로 팬케이크와 소시지를 먹으면서 테이블 위에 놓인 《오로라 스타》를 읽었다. 신문 1면에 젊은 시절의 해리, 품격 있고 깊이가 느껴지는 해리의 눈과 자신감 넘치는 얼굴 사진이 큼지막하게 실려 있었다. 그 사진 바로 아래쪽에 헝클어진 머리에 초췌한 얼굴의 해리가 손목에 수갑을 찬 상태로 콩코드 법원으로 입장하는 사진이 실려 있었다. 놀라 켈러건과 데보라 쿠퍼의 사진도 눈에 들어왔고, 큰 글씨의 헤드라인도 시선을 끌었다.

'해리 쿼버트는 대체 무슨 짓을 저지른 것일까?'

나보다 조금 늦게 식당으로 들어선 어니 핑커스가 커피를 들고 17번 테이블로 걸어왔다.

"어제 저녁에 TV에서 자네를 봤어." 어니가 운을 뗐다. "오로라에 오래 머물 건가?"

"네, 아마도."

"여기서 무얼 하려고?"

"아직 모르겠어요. 다만 해리에게 도움이 되는 일이라면 뭐든지 하려고요."

"해리가 그런 짓을 저지를 리 없어. 자네도 그렇게 생각하지? 해리가 그런 끔찍한 범행을 저지르다니, 말이 안 되잖아."

"아직은 저도 무슨 일인지 갈피를 잡기 힘듭니다."

어니 핑커스는 며칠 전 경찰이 1미터 깊이에 묻혀 있던 놀라 켈러건의 유해를 발굴한 이야기를 들려주었다. 오로라 주민들은 고속도로 순찰차, 강력계의 암행 자동차, 과학수사대 특수차에 이르기까지 쉴 새 없이 울리는 사이렌 소리에 놀라 잠을 깼다.

"놀라 켈러건의 유해를 발굴할 때 나 역시 큰 충격을 받았어." 어니가 착잡한 표정으로 말했다. "이제껏 놀라의 시신을 코앞에 두고도 찾아내지 못했으니 허탈감이 크게 느껴지기도 했어. 내가 해리의 집 테라스에서 해리와 함께 위스키를 마신 날만 해도 일일이 기억할 수 없을 만큼 많거든. 우리가 위스키를 마시던 테라스에서 불과 몇 미터 떨어진 거리에 놀라의 시신이 묻혀 있었다니 놀라 자빠질 일이지. 나는 해리가 그 아이를 위해 《악의 기원》을 썼다고 말한 사실을 믿을 수 없어. 자넨 내막을 좀 알고 있나?"

나는 여전히 커피잔 안에 들어있는 티스푼을 빙빙 돌리다가 말했다. "정말이지 모든 게 엉망진창이네요."

잠시 후 오로라 경찰서장이자 제니의 남편인 트래비스 던이 테이블로 다가오더니 내 옆자리에 앉았다. 트래비스는 내가 학창 시절부터 잘 알고 지낸 사람이었다.

"정말이지, 유감입니다." 트래비스가 자리에 앉기 무섭게 말했다.

"뭐가요?"

"해리 쿼버트 사건 말입니다. 작가님이야말로 해리와 더없이 각별한 사이였잖아요. 요즘 작가님 기분이 무척이나 심란하겠네요."

트래비스는 내 감정 상태를 걱정해준 최초의 인물이었다. 나는 고개를 끄덕이고 나서 트래비스에게 물었다.

"제가 어느 누구보다 해리와 각별한 사이였는데 왜 놀라 켈러건에 대해 말해주지 않았을까요?"

"놀라의 유해가 발견되면서 다시 세상이 떠들썩해졌지만 그전까지만 해도 너무 오래된 사건이라 사람들의 뇌리에서 희미해졌었어요. 다시는 떠올리고 싶지 않을 만큼 우울한 사건이기도 했고요. 해리 역시 놀라 이야기를 애써 꺼내고 싶지 않았을 겁니다."

"1975년 8월 30일에 도대체 무슨 일이 있었던 겁니까? 놀라 켈러건과 데보라 쿠퍼는 어쩌다 목숨을 잃게 되었는지 궁금합니다."

"사실은 나도 다시는 떠올리고 싶지 않은 사건입니다. 나도 수사 담당자 가운데 한 사람이었으니까요. 그때 난 말단 경찰이었는데 그날이 하필 당직이라 본부의 전화를 내가 직접 받게 되었어요. 데보라 쿠퍼는 남편과 사별하고 사이드 크릭 레인의 외딴집에서 혼자 사는 노부인이었어요. 사이드 크릭은 해리의 집에서 2마일쯤 떨어진 곳인데 거대한 숲이 시작되는 지점이죠. 난 지금도 그날 벌어진 일들을 뚜렷이 기억해요. 쿠퍼 부인은 거의 매일이다시피 경찰서에 전화를 걸었어요. 한밤중에 집 주변에서 이상한 소리가 들린다면서. 나무들이 **빼곡**하고 잡초 넝쿨이 우거진 숲의 초입에 살고 있었으니 이상한 소리가 들리면 더럭 겁이 나기도 했을 겁니다. 외딴집이라 나도 순찰을 돌 때마다 쿠퍼 부인이 잘 지내는지 들여다보곤 했어요. 쿠퍼 부인의 전화를 받고 출동해보면 바람이 심하게 부는 소리거나 산짐승들이 우짖는 소리일 경우가 허다했죠. 그럴 때마다 쿠퍼 부인은 몹시 미안해하며 따뜻한 커피와 과자를 내주었어요. 다음 날 자그마한 선물을 싸들고 경찰서에 오기도 했죠. 정말이지 더없이 상냥하고 친절한 분이었는데 목숨을 잃어 안타까워요. 쿠퍼 부인이 어찌나 좋은 분이던지 그 당시 오로라경찰서에서 근무하는 경찰들 모두가 그분 일이라면 서로 발 벗고 나서서 돕고 싶어 했어요. 1975년 8월 30일, 그날도 쿠퍼 부인은 경찰서에 긴급 전화를 했죠. 숲에서 어떤 여자아이가 위협적으로 뒤따라오는 남자를 피해 달아나고 있는 모습을 보았다면서요. 마침 쿠퍼 부인 집 근처를 순찰하던 나는 즉시 달려갔어요. 쿠퍼 부인이 대낮에 전화한 건 처음이라 사실 몹시 걱정스럽기도 했죠. 내가 집 앞에 도착했을 때 쿠퍼 부인은 밖으로 나와 기다리고 있었어요. 쿠퍼 부인이 나에게 급히 말했죠. '트래비스, 자네가 나를 미쳤다고 할지 모르지만 몹시 이상한 장면을 보았어.'

나는 쿠퍼 부인이 달아나는 여자아이를 보았다고 진술한 숲 근처를 수색하다가 풀숲에 떨어진 **빨간** 천 조각 하나를 발견했습니다. 뭔지 모르지만 몹시 수상한 사건이 발생했다는 걸 직감한 나는 즉시 오로라 경찰서장 가레스 프랫에게 보고했어요. 그때 프랫 서장은 휴가 중이었는데 내 보고를 받자마자 경찰서로 달려왔죠. 숲이 얼마나 큰지 프랫 서장과 내가 둘이 수색을 하기에는 분명 한계가 있었지만 그렇다고 포기할 수는 없었어요. 우린 숲을 수색하며 1.6킬로미터쯤 안쪽으로 들어갔고, 바닥에 떨어져 있는 핏자국, 금발 머리카락, 너덜너덜해진 빨간 천 조각을 발견했어요. 그 순간 쿠퍼 부인의 집 쪽에서 한 발의 총성이 울려 퍼졌고, 우린 깜짝 놀라 그쪽으로 급히 달려갔죠. 집에 도착해보니 쿠퍼 부인은 이미 피가 흥건하게 고인 주방 바닥에 쓰러져 있더군요. 우리가 숲을 수색하러 간 사이 쿠퍼 부인이 또다시 긴급 신고를 한 사실을 나중에야 알게 되었어요. 쿠퍼 부인이 경찰서에 전화해 말하길 어떤 여자아이가 피투성이가 된 상태로 집 앞에 나타나 몸을 숨겨 달라고 도움을 요청해 서둘러 집 안으로 들어오게 했다는 겁니다. 그런 다음 부랴부랴 경찰서에 긴급 전화를 했나봐요. 우리가 쿠퍼 부인의 집에 도착했을 때는 이미 한발 늦은 상태였죠. 쿠퍼 부인은 총에 맞아 피투성이가 된 상태로 쓰러져 있었고, 범인은 이미 달아나고 없었어요. 그야말로 미치고 환장할 노릇이었죠."

"쿠퍼 부인의 집에 찾아와 도움을 요청한 여자아이가 바로 놀라 켈러건이었습니까?"

"그 아이가 놀라였다는 사실은 금세 확인되었어요. 잠시 후 놀라의 아버지 켈러건 목사가 딸이 사라졌다면서 경찰서에 신고 전화를 했거든요. 쿠퍼 부인이 총격을 받고 사망하기 직전 놀라는 집 앞에 나타나 도움을 요청한 겁니다."

"그다음에는 어떻게 되었습니까?"

"쿠퍼 부인의 신고 전화를 받은 지역 보안관 보좌관이 이미 현장으로 출동한 상태였어요. 사이드 크릭 숲 부근에서 보안관 보좌관은 북쪽으로 급히 도주하는 검은색 쉐보레 몬테카를로 한 대를 발견했고, 그 즉시 오로라로 드나드는 모든 도로를 봉쇄하고 검문검색을 실시했습니다. 하지만 범인은 어느새 감쪽같이 사라지고 없었어요. 그 후 한 달가량 드넓은 숲을 이 잡듯이 뒤졌지만 놀라의 시신은 그 어디에서도 찾을 수 없었죠. 그때만 해도 해리의 집 정원에 놀라의 시신이 묻혀 있을 거라고는 꿈에도 생각지 못했어요. 경찰이 확보한 단서들은 죄다 놀라가 숲속 어딘가에 있을 것이라 지목하고 있었으니까요. 그 당시 상황과 조건에 따라 경찰은 수색에 총력을 기울일 수밖에 없었죠. 경찰은 최선을 다했지만 결과는 몹시 실망스러웠습니다. 검은색 쉐보레 몬테카를로를 끝내 찾아내지 못했고, 놀라도 찾지 못했으니까요. 3주간 숲을 수색했지만 허탕을 친 셈이죠. 뉴햄프셔주 경찰청은 수색 작전이 많은 인력과 비용이 필요한 반면 실효성은 떨어진다고 판단하고 수색을 중단했습니다."

"그 당시 경찰이 유력한 용의자로 지목한 사람이 있었나요?"

트래비스는 잠시 머뭇거리다가 말했다.

"유력한 용의자는 아니었지만 해리도 용의선상에 오르긴 했어요. 경찰이 해리를 의심한 이유는 나름 근거가 있었죠. 오로라는 납치, 강간, 살인 같은 강력 범죄가 전혀 발생하지 않는 곳이었는데 해리가 거주하기 시작한 지 석 달 만에 놀라가 실종되었거든요. 우연치고는 이상하잖아요. 게다가 해리의 차가 검은색 쉐보레 몬테카를로였어요. 다만 해리를 유력한 용의자로 보기에는 증거가 빈약했습니다. 이제 와서 말이지만 만약 그 당시에 해리의 집 정원에서 놀라의 유해와 《악의 기원》 원고가 발견되었다면 해리는 혐의를 벗기 힘들었을 겁니다."

"해리가 범인이라면 왜 《악의 기원》 원고를 놀라와 같이 묻었겠어요. 게다가 조경회사 직원들에게 하필이면 놀라의 사체를 매장한 장소에 수국을 심어달라고 한 건 도저히 납득하기 힘들지 않을까요? 그 정도면 해리의 무죄를 입증하고도 남는 증거 아닌가요?"

트래비스는 내 말에 동의하지 않는다는 뜻으로 어깨를 으쓱했다.

"경찰에 오래 몸담아 오다보니 중요한 사실 하나를 깨달았어요. 사람은 겉모습만 봐서는 속마음이 어떤지 전혀 알 수 없다는 겁니다. 주변 사람들이 다들 법 없이도 살 수 있는 사람이라고 평하던 인물이 살인을 저지른 경우는 정말 많죠. 나도 해리의 무죄를 믿고 싶지만 아직은 아무것도 예단해서는 안 될 상황입니다."

트래비스는 그 말을 끝으로 자리에서 일어서더니 부드러운 목소리로 나에게 말했다. "도움이 필요한 일이 있으면 뭐든 얘기해요. 가능한 한 도울 테니까."

대화에 끼어들지 않고 잠자코 듣기만 하던 어니 핑커스가 믿을 수 없다는 듯이 말했다. "그 당시 경찰이 해리를 용의선상에 올려놓았을 줄은 꿈에도 몰랐어요."

나는 그 말에 아무런 대꾸도 하지 않고, 그저 신문 1면을 찢어 주머니에 집어넣고 콩코드를 향해 출발했다.

∞

뉴햄프셔주 남자 교도소는 콩코드시 북쪽 노스 스테이트가 281번지에 있었다. 오로라에서 교도소를 가려면 캐피틀 쇼핑센터를 지나자마자 93번 고속도로를 빠져나와 〈홀리데이 인〉 호텔 모퉁이에서 약 10여 분쯤 직진하면 된다. 강 근처에 있는 블로섬힐 묘지와 말발굽 모양 호수를 지나면 철책과 가시철망으로 둘러싸인 교도소 건물이 눈에 들어온다. 계속 직진하다보면 얼마 지나지 않아 두터운 담장으로 둘러싸인 붉은 벽돌 건물과 교도소 정문 출입구를 막아선 철책이 눈앞에 드러난다. 교도소와 마주 보는 길 건너편에는 자동차 판매장이 있다.

주차장에서 시가를 피우던 벤자민 로스 변호사가 나를 보더니 손을 흔들었다. 벤자민은 우리가 마치 오랜 친구라도 되는 양 내 어깨를 툭 치며 물었다.

"교도소는 처음이죠?"

"네."

"긴장 풀어요."

"누가 긴장했다고 그러던가요?"

벤자민은 정문 앞에서 진을 치고 있는 기자들 쪽으로 눈길을 돌렸다.

"해리가 있는 곳이라면 어딜 가나 기자들이 따라붙을 겁니다." 벤자민이 말했다. "기자들은 하이에나 같은 족속들이라 먹잇감을 얻어낼 때까지 끈질기게 물고 늘어집니다. 기자들이 뭘 묻든 노코멘트로 일관해야 하는 이유입니다. 기자들은 작가님이 실수로 뭔가를 흘릴 때까지 결코 포기하지 않고 질문 세례를 퍼부을 겁니다. 그 작자들은 작가님의 입에서 흘러나오는 말을 왜곡시켜 거짓 보도를 할 수도 있습니다. 그 경우 변호 전략에 심대한 차질이 빚어질 위험성이 큽니다."

"어떤 변호 전략을 갖고 있는데요?"

벤자민은 매우 진지한 표정으로 나를 바라보았다.

"일단 경찰이 주장하는 모든 혐의를 부인할 겁니다."

"가령 어떤 혐의 말입니까?"

"놀라와의 관계, 납치, 살해 등 그야말로 경찰이 해리에게 적용하고 있는 모든 혐의를 부인할 생각입니다. 해리가 무죄 선고를 받고 무사하려면 혐의를 인정해서는 안 되니까요. 다행히 우리가 승소하면 뉴햄프셔주를 상대로 수백만 달러의 피해배상을 청구할 생각입니다."

"경찰이 놀라의 유해와 함께 발견한 해리의 원고는 어떻게 처리할 생각이죠? 이미 놀라와의 관계에 대한 해리의 진술이 있었는데 그 부분에 대해서는 어떻게 대처할 생각입니까?"

"해리의 원고는 그 어떤 혐의도 입증할 수 없습니다. 게다가 해리의 진술은 매우 설득력이 있습니다. 놀라가 원고를 가져갔다고 진술했으니까요. 해리와 놀라가 서로 사랑했었다는 진술 역시 문제될 게 없습니다. 나이가 많은 사람이 소녀에게 마음이 끌렸다고 해서 범죄는 아니니까요. 작가님도 이제 곧 알게 될 테지만 검사는 해리의 혐의에 대해 유죄를 입증하지 못할 겁니다."

"오로라경찰서의 트래비스 던 서장과 잠시 이야기를 나누어봤는데 해리는 사건이 벌어진 당시에도 범인으로 의심받았다고 하더군요."

"저는 금시초문이고, 터무니없는 주장입니다." 벤자민이 반박했다.

"그 당시 용의자는 검은색 쉐보레 몬테카를로를 몰았는데 해리의 차도 똑같은 모델이었다고 하더군요."

"범인과 차종이 같다고 해서 용의자로 지목할 수는 없습니다." 벤자민이 고개를 절레절레 저었다. "아무튼 유익한 정보입니다. 변론을 제대로 하려면 바로 그런 디테일한 정보가 많이 필요합니다. 작가님은 오로라 사람들을 많이 알고 있는 만큼 증인으로 출석한 그들이 배심원들 앞에서 무슨 말을 할지 슬쩍 알아보세요. 오로라 주민들 가운데 평소 술을 많이 마시거나 부인에게 폭력을 휘두르는 자들이 있는지도 알아봐 주시고요. 술주정뱅이나 부인을 구타하는 증인의 말은 배심원들의 신뢰를 얻기 힘드니까요."

"소송에서 이기는 게 무엇보다 중요하다지만 그건 좀 치사한 방법 아닌가요?"

"부시는 이라크를 공격할 명분을 만들려고 국민에게 거짓말을 했지만 아시다시피 아무도 탓하지 않습니다. 명분이야 어찌 됐든 전쟁에서 승리했고, 평화를 위협하는 이라크의 독재자 사담 후세인을 몰아냈으니 결과적으로 매우 잘된 일이니까요."

"부시는 다수의 국민이 반대하는 이라크 전쟁을 일으켰고, 많은 젊은이들이 다치거나 사망했습니다. 이라크의 민간인 피해도 재앙적인 수준이었죠. 저는 부시가 저지른 짓을 결코 잘했다고 칭찬할 생각이 없습니다."

벤자민은 노골적으로 실망스러운 표정을 지었다.

"내가 그럴 줄 알았다니까."

"뭐가요?"

"당신은 민주당 지지자로군요."

"민주당을 지지하는 게 어때서요?"

"민주당 정부가 들어서면 터무니없이 많은 세금을 물릴 텐데, 그래도 지지할 겁니까? 고액의 세금을 내고 툴툴거려봐야 이미 지나간 버스일 텐데요. 정치는 때로 과감하게 밀어붙일 배포가 필요합니다. 공화당 코끼리들이 민주당 당나귀들보다는 훨씬 배짱이 좋죠."

"변호사님이 어떻게 생각하든 이번 대통령 선거는 민주당이 승리했습니다. 공화당에서 그토록 자화자찬하는 이라크 전쟁도 이미 한쪽으로 기울어진 저울추를 수평이 되게 할 수는 없었죠. 혹시 선거 결과를 받아들이지 않고 불복하시게요?"

벤자민의 얼굴에서 한 가닥 조소가 스쳐 지나갔다.

"당신은 똑똑한 청년이니까 우리 좀 더 진지하게 이야기해봅시다. 누가 이 나라를 앞장서서 이끌 지도자로 여성이나 흑인을 선택하겠습니까? 그런 일이 가능할 거라 믿으십니까? 저는 믿지 않습니다. 당신은 작가니까 여성이나 흑인이 대통령이 되는 소설이나 한 편 써보시든지. 아마도 멋진 공상과학소설이 되겠네요. 다음 선거 때 민주당에서는 푸에르토리코 출신 레즈비언이

나 인디언 추장을 내세우는 건 어떨까요?"

∞

벤자민은 잠시나마 내가 해리와 단둘이 있는 시간을 마련해주었다. 죄수복 차림의 해리는 잔뜩 일그러진 얼굴로 테이블 앞에 앉아 있었다. 내가 방으로 들어서자 해리의 얼굴이 밝아졌다. 해리가 의자에서 일어나 나를 한참 동안 포옹했다. 우리는 의자에 마주 앉았고, 한동안 입을 열지 못하고 침묵했다.

마침내 해리가 말했다. "솔직히 난 겁나."

"무혐의로 풀려나게 될 테니까 너무 걱정하지 마세요."

"교도소에도 TV 뉴스 시청을 할 수 있어서 나도 어떤 이야기들이 오가는지 다 알고 있어. 난 이제 끝났다고 봐야겠지. 내가 그동안 쌓아온 명성이나 성과들이 하루아침에 쓰레기가 되어버렸어. 이젠 제어할 수 없는 추락만이 남은 거야."

"너무 비관적으로 생각하지 말아요. 반전을 이끌어낼 기회가 있을 테니까."

해리가 서글픈 미소를 지었다.

"자네가 나를 믿고 교도소까지 와줘서 고마워."

"당연히 와야죠. 당분간 선생님 집에서 지내려고요. 갈매기 밥도 열심히 챙겨줄 테니까 걱정 마세요."

"자네가 당장 뉴욕으로 돌아간다고 해도 괜찮으니까 언제든 원하는 대로 해도 돼. 자네 마음은 잘 아니까."

"당분간 구즈코브에 남을 겁니다. 벤자민 로스 변호사는 정치 색깔이 좀 이상한 사람이지만 자기가 해야 할 일이 무엇인지 정확하게 알고 있더군요. 벤자민은 선생님이 무죄로 석방될 거라고 자신하고 있어요. 저는 오로라에 남아 벤자민을 도울 겁니다. 반드시 진실을 밝혀 선생님의 명예를 회복시켜드리고 싶어요."

"로이 바나스키가 이달 말까지 원고를 가져오라고 했다면서 글은 언제 쓰려고?"

나는 고개를 떨어뜨렸다.

"어차피 하루 종일 책상 앞에 앉아 있는다고 해도 글이 써지지 않아요. 글을 쓰려고 하면 머릿속이 하얘지면서 백지상태가 되어버리거든요."

"반드시 글을 써야 한다는 강박관념 때문일 거야. 마음을 편안하게 가져야 하는데 쉽지 않은 일이지."

나는 몇 시간 전 〈클락스 식당〉에서 찢어온 신문 1면을 주머니에서 꺼내면서 슬며시 화제를 바꾸었다.

"저는 모든 진실을 알고 싶어요. 선생님을 도우려면 놀라 켈러건과의 사이에 어떤 일이 있었는지 구체적으로 알아야 해요. 지난번에 선생님이 저에게 전화해 하셨던 말이 마음에 걸려요. 놀라에게 몹쓸 짓을 했다고 하셨잖아요."

"그때는 경찰에 갑자기 체포되는 바람에 정신이 없을 때였지. 담당 경찰에게 부탁해 겨우 자네와 통화할 수 있었거든. 내가 유일하게 통화하길 원하는 사람이 바로 자네였으니까. 사실 난 자네에게 내가 체포되었다는 소식보다는 놀라가 사망한 사실을 전해주려고 전화한 거야. 내가 놀라에 대해 언급한 사람은 자네가 유일해. 난 어찌나 괴로운지 자네와 더불어 슬픔을 나누고 싶었어. 놀라가 어딘가에 살아있기를 간절히 바랐는데 이렇게 되고 나니 마음이 걷잡을 수 없이 슬프고 괴로웠거든. 나도 놀라의 죽음에 대해 일말의 책임을 면하기 어렵다고 생각해. 그 아이를 지켜주지 못한 건 내 불찰이니까. 다만 분명하게 말하지만 난 놀라를 납치하거나 살해하지 않았어. 맹세코 난 그런 짓을 저지르지 않았어."

"저는 선생님 말을 믿어요."

"내가 그 아이를 납치해 살해하고 정원에 암매장했다면 왜 하필 그 자리에 수국을 심으려고 했겠어. 내 소설 원고가 그 아이의 유해 옆에서 발견된 경위는 나도 몰라. 나는 놀라와 사랑을 나누었고, 그 이야기를 토대로 《악의 기원》을 썼어. 원고는 두 가지 버전이 존재해. 내가 손으로 직접 쓴 원본과 나중에 타자기로 입력한 원고야. 놀라는 내가 쓰는 소설에 대해 관심이 많았고, 원고를 깨끗하게 정서하도록 돕기도 했지. 언제부터인가 타자기로 입력한 원고가 보이지 않았어. 아마 놀라가 실종되기 직전인 8월 말쯤이었을 거야. 난 놀라가 원고를 읽어보려고 집에 가져갔으려니 생각하고 대수롭지 않게 여겼어. 전에도 가끔 그런 적이 있었으니까. 놀라는 내가 쓴 원고를 읽고 나서 나름 소견을 말해주길 좋아했거든. 원고를 가져갈 때마다 나에게 일일이 허락받지는 않았어. 이제는 놀라에게 원고를 가져갔는지 물을 수조차 없게 되었네. 나에게는 손으로 쓴 원고만이 남아있었지. 그로부터 몇 달 후 나는 《악의 기원》 원고를 출판사에 보냈고, 자네도 알다시피 대성공을 거두었지."

"그럼 놀라를 위해 그 소설을 썼다고 할 수도 있는 건가요?"

"그 아이와의 사랑 이야기를 토대로 했으니까 그렇다고 볼 수 있지. TV를 보니 사람들이 《악의 기원》을 불순한 소설로 매도하면서 당장 판매 금지시켜야 한다고 목청을 높이던데 과연 책을 제대로 읽어보긴 했는지 의문이야. 난 놀라를 미치도록 사랑했어. 그 결과 내 인생이 이렇게 되었는지도 몰라."

"선생님의 편지와 사진들을 보관해둔 상자가 어디 있죠? 자택에는 없던데요."

해리가 미처 대답할 사이도 없이 방문이 열렸다. 해리는 나에게 입을 닫으라는 신호를 보냈다. 벤자민이 테이블로 다가와 자리에 앉는 동안 해리는 내가 앞에 펼쳐놓은 수첩을 아무도 눈치채지 못하게 슬며시 끌어당겨 뭔가를 적었다.

벤자민이 변론을 어떤 방식으로 진행할지 설명하고 나서 해리에게 물었다.

"혹시 놀라와 관련해 깜박 잊고 말해주지 않은 부분이 있습니까? 법정에서 제대로 변론하려면 모든 사실을 하나도 빠짐없이 알고 있어야 하거든요."

잠시 침묵이 이어졌다. 한참 동안 우리를 쳐다보던 해리가 마침내 입을 열었다.

"1975년 8월 30일은 놀라가 실종된 날이었습니다. 그날 저녁에 저는 놀라와 만나기로 약속되어 있었습니다."

"그게 사실입니까?" 벤자민이 놀란 얼굴로 되물었다.

"그 당시 경찰도 나에게 1975년 8월 30일 저녁에 무얼 했는지 묻더군요. 난 오로라를 벗어나 있었다고 거짓 진술을 했습니다. 그날 난 오로라의 1번 도로변에 위치한 모텔에 있었습니다. 지금도 있는 〈시사이드〉 모텔입니다. 그 당시 난 사춘기 아이처럼 마음이 들떠 몸에 향수를 뿌리고, 놀라가 좋아하는 파란 수국 한 다발을 안고 8번 방 침대에 걸터앉아 있었습니다. 저녁 7시에 만나기로 약속했는데 아무리 기다려도 놀라는 나타나지 않았습니다. 무려 두 시간이 지난 9시에도 오지 않았죠. 놀라는 약속 시간을 단 한 번도 어긴 적이 없었기에 슬슬 걱정되기 시작했습니다. 나는 세면대에 물을 받아 수국 꽃다발을 넣어두고 긴장을 풀 겸 라디오를 켰습니다. 정말이지 날씨가 무척이나 덥고 습한 날이었죠. 금방이라도 소나기가 퍼부을 듯 어두운 하늘에는 온통 먹구름이 끼어 있었고, 가만히 앉아 있어도 이마에 송골송골 땀이 맺힐 만큼 후텁지근하더군요. 가뜩이나 정장 차림이었기 때문에 땀에 젖은 셔츠가 몸에 찰싹 달라붙는 느낌이 들어 찜찜했습니다. 그 와중에도 나는 재킷 주머니에서 놀라가 적어준 손 편지를 꺼내 열 번도 넘게 읽었습니다. 며칠 전 놀라가 나에게 직접 써준 손 편지였어요.

걱정 말아요, 해리. 저 때문에 조금도 걱정할 필요 없어요. 제가 거기로 갈게요. 8번 방에서 저를 기다려줘요. 그 숫자가 마음에 드네요. 제가 가장 좋아하는 숫자거든요. 그 방에서 저녁 7시에 저를 기다려주세요. 그런 다음, 우리 함께 떠나요, 영원히.

당신을 사랑해요,

애정을 듬뿍 담아,

놀라

라디오 진행자가 밤 10시를 알렸던 게 기억납니다. 10시가 넘도록 놀라는 오지 않았습니다. 놀라를 기다리다 지친 나는 결국 옷을 입은 상태로 침대에 누워 깜박 잠이 들었죠. 눈을 떴을 때는 이미 밤이 지나고 날이 환하게 밝아오고 있었습니다. 라디오는 여전히 켜져 있었고, 아침 7시 뉴스가 흘러나오고 있었습니다.

'…어제 저녁 7시경 열다섯 살 소녀 놀라 켈러건이 실종된 이후 오로라 시 전역에 범죄 정보가 발효 중입니다. 경찰은 놀라 켈러건 관련 정보를 알고 있거나 목격한 분들의 제보를 기다리고 있습니다. 실종 당시 놀라 켈러건은 빨간색 원피스 차림이었습니다.'

나는 소스라치게 놀라 침대에서 벌떡 몸을 일으켰습니다. 머릿속이 아득해질 만큼 큰 충격을 받았지만 가까스로 정신을 수습하고 놀라에게 주려고 준비했던 수국 꽃다발을 세면대에 그대로 놓아두고 곧장 오로라를 떠났죠. 옷매무새도 흐트러지고, 머리도 헝클어진 상태로요.

오로라에 살면서 그렇게 많은 경찰을 본 건 처음이었습니다. 경찰은 1번 도로에 바리케이드를 치고, 오로라 시내로 들어오거나 나가는 차들을 검문검색하고 있었습니다. 가레스 프랫 경찰서장이 손에 펌프 액션을 들고 서 있는 모습이 눈에 들어오더군요.

'프랫 서장님, 방금 라디오에서 놀라운 소식을 접했습니다.' 내가 먼저 프랫 서장에게 다가가 말을 걸었습니다. '대체 어떻게 된 일입니까?' 내가 묻자 프랫 서장이 시니컬하게 대답하더군요. '고약한 사건이 벌어졌습니다.'

'아니, 어쩌다가 이런 일이 벌어졌습니까?'

'아직 정확한 원인이 뭔지 모릅니다. 놀라 켈러건은 집에서 자취를 감춘 이후 어제 저녁에 사이드 크릭 레인 근처에서 잠시 목격된 적이 있고, 그 이후로는 전혀 동선이 파악되지 않고 있습

니다. 경찰은 오로라 전역을 봉쇄하고, 인근 숲을 샅샅이 수색하고 있죠.'

라디오에서는 놀라 켈러건의 인상착의를 반복적으로 내보냈습니다.

'*놀라 켈러건은 백인이고, 키 158센티미터, 몸무게 45킬로그램, 긴 금발, 초록 눈동자, 빨간 원피스 차림, 놀라라는 이름이 새겨진 금목걸이를 착용하고 있습니다.*'

라디오 뉴스 진행자는 놀라가 빨간 원피스 차림이었다고 몇 번이나 강조했습니다. 사실 빨간 원피스는 놀라가 가장 좋아하는 옷이었죠. 놀라가 나를 만나러 오려고 평소 아끼는 빨간 원피스를 입었던 겁니다. 지금까지 이야기한 부분이 1975년 8월 30일 밤에 내가 겪은 일들입니다."

벤자민과 나는 마치 넋 나간 사람처럼 멍한 표정이 되었다.

"놀라가 실종되던 날 두 사람이 함께 도망치려고 했다는 뜻입니까?" 내가 물었다.

"그랬지."

"하필이면 놀라는 선생님을 만나 함께 도망치기로 약속한 날 사라졌네요. 게다가 선생님을 만나러 오는 도중에."

해리가 새삼 충격에 빠진 듯 멍한 얼굴로 고개를 끄덕였다.

"그날, 우리가 만나 함께 도망치기로 약속하지 않았다면 놀라는 아직 살아있겠지. 그 생각만 하면 기분이 우울해."

우리가 뉴햄프셔주 교도소 접견실을 나왔을 때 벤자민이 나에게 말했다. "해리가 1975년 8월 30일 밤에 모텔에서 놀라를 만나 멀리 떠나기로 약속했던 사실이 알려질 경우 전혀 도움 될 게 없습니다. 그 말이 결코 외부로 유출되어서는 안 됩니다. 만약 검찰이 그 사실을 알게 된다면 해리는 유력한 용의자로 지목되어 혹독한 시련을 겪게 될 테니까요."

우리는 주차장에서 헤어졌고, 나는 내 차 운전석에 앉고 나서야 수첩을 펴고 해리가 적어놓은 메모를 읽었다.

마커스, 내 책상에 도자기 그릇이 하나 있어. 그 그릇에 열쇠가 들어 있을 거야. 몬트버리 피트니스센터의 로커 열쇠야. 201번 로커. 로커 안에 든 자료를 전부 태워버려. 난 지금 위험에 처해 있어.

몬트버리는 오로라에서 10마일쯤 떨어진 인근 도시였다. 나는 해리의 집에 들러 도자기에 넣어둔 로커 열쇠를 찾아내 곧장 몬트버리로 향했다. 자그마한 도시라 피트니스센터는 하나밖에 없었다. 나는 몬트버리 중심가의 현대식 유리 건물에 위치한 피트니스센터 탈의실에서 201번 로커를 찾아내 문을 열었다. 피트니스센터에서 흔히 입는 운동복, 단백질 바, 장갑 그리고 몇 달 전 해리의 서재에서 본 문제의 상자가 들어있었다. 상자를 열어보니 사진, 신문 기사, 놀라가 손으로 직접 쓴 메모 따위가 눈에 들어왔다.

나는 상자 안에서 누렇게 변색된 원고 뭉치를 발견했다. 원고 표지에 제목이 없었다. 원고를 재빨리 훑어보았다. 단 몇 줄만 읽어보아도 《악의 기원》 원고라는 걸 알 수 있었다. 몇 달 전, 내가 해리의 서재에서 그토록 찾으려고 애썼지만 끝내 찾지 못한 원고가 피트니스센터 로커 안에 들어있으니 기묘한 느낌이 들었다.

나는 재빨리 원고를 읽어 내려갔다. 새삼 경이롭고 떨리는 순간이었다. 원고는 고쳐 쓴 흔적이라고는 전혀 없이 완벽했다. 피트니스센터 회원들이 안으로 들어와 옷을 갈아입고 있었지만 나는 전혀 의식하지 않고 원고를 읽었다. 내가 그토록 쓰고자 갈망하는 위대한 걸작을 해리는 이미 오래전에 썼다. 해리는 뉴햄프셔주 자그마한 도시의 식당 테이블에 앉아 빛나는 소설을 썼고, 그의 책은 미국 전역에 산재한 독자들을 매료시키기에 충분했다. 해리와 놀라의 사랑 이야기가 소설의 토대가 되었다는 사실을 감춘 상태로.

해리의 집으로 돌아온 나는 거실 벽난로에 불을 지피고 놀라가 쓴 손 편지, 신문 기사 조각, 《악의 기원》 원고 뭉치를 벽난로 불길 속으로 던져 넣었다.

해리가 내 수첩에 적어준 메모에 *난 지금 위험에 처해 있어*라고 적혀 있었다.

도대체 어떤 위험을 말하는 걸까?

벽난로 불길이 활활 타올랐다. 놀라가 쓴 손 편지는 순식간에 재로 변했고, 사진들 역시 불에 타 사라졌다. 원고 뭉치에서도 오렌지색 불길이 치솟더니 이내 재가 되었다.

나는 벽난로 앞에 앉아 해리와 놀라의 사랑 이야기가 사라져 가는 모습을 물끄러미 지켜보았다.

∞

1975년 6월 3일 화요일

날씨가 몹시 을씨년스러운 날이었다. 날이 저물 무렵이라서인지 해변을 거니는 사람들이 전혀 없었다. 오로라에 온 이후 하늘이 이토록 검게 물들고, 바람이 위협적으로 부는 날은 처음이었다. 폭풍이 세게 몰아칠 때마다 집채만 한 파도가 하늘로 치솟길 반복했다. 고약한 날씨였지만 해리는 테라스에서 해변으로 이어지는 목재 계단을 내려와 모래밭에 앉았다. 바다가 마치 분노한 맹수처럼 위협을 가하고 있었지만 해리는 수첩을 무릎 위에 펼쳐두고 계속 글을 썼다. 지금처럼 영감이 계속 활발하게 떠올라준다면 제법 괜찮은 소설이 나올 수 있을 듯했다. 지난 몇 주 동안 소설을 어떻게 쓸지 구상을 마쳤는데 막상 글로 써보려고 하니까 생각처럼 잘되지 않았다.

어두운 하늘에서 비가 조금씩 내리기 시작하더니 얼마 안 있어 장대비가 쏟아졌다. 비를 피하려고 자리를 옮기려던 순간 해변에서 비를 맞고 있는 여자아이의 모습이 눈에 들어왔다. 아이는 샌들을 손에 들고 맨발로 해변을 따라 걷다가 무섭게 쏟아져 내리는 비에도 아랑곳없이 춤을 추거나 달리기를 했다.

해리는 한동안 넋을 잃고 아이를 바라보았다. 아이는 원피스 자락이 바닷물에 닿지 않게 하려고 애쓰면서 해변을 따라 걸었다. 잠시 방심한 틈에 물이 발목까지 차오르자 아이는 깜짝 놀라며 까르르 웃음을 터뜨렸다. 아이는 조금 더 깊은 바다로 들어가 빙그르르 맴돌다가 거대한 태양을 마주하고 섰다. 드넓은 바다가 아이 앞에 펼쳐져 있었다. 아이는 머리에 노란색 꽃 모양 핀을 꽂은 덕분에 바람이 아무리 세차게 불어도 좀처럼 흐트러지지 않았다. 하늘에서는 마치 봇물이라도 터진 듯 폭우가 쏟아졌다.

마침내 아이는 10여 미터 떨어진 곳에서 자신을 바라보고 서 있는 해리를 발견하고 그 자리에 우뚝 멈춰 섰다. 누군가 몰래 지켜보고 있었다는 사실을 알고 무안해진 아이가 큰 소리로 외쳤다.

"거기에 누가 있는 줄 미처 몰랐어요."

해리는 갑자기 두방망이질 치는 심장의 고동 소리를 느꼈다.

"넌 잘못한 게 없으니 미안해할 필요 없어. 난 비가 억수처럼 쏟아지는 날인데 전혀 아랑곳하지 않고 해변에서 즐겁게 노는 사람은 처음 봐."

아이의 얼굴이 환하게 밝아졌다.

"비를 좋아하세요?"

"아니, 난 사실 비를 그다지 좋아하지 않아."

아이의 얼굴에서 황당해하는 표정에 이어 귀여운 미소가 떠올랐다.

"어떻게 비를 싫어할 수 있어요? 난 이 세상에서 비가 제일 좋던데. 자, 비를 맘껏 보세요. 좋아질 때까지."

해리는 고개를 들었다. 빗물이 얼굴을 타고 흘러내렸다. 해리는 바다에 흩뿌려지는 수백만 개의 빗줄기를 바라보면서 마치 발레리나가 춤을 추듯 바닥을 한 바퀴 빙그르르 돌았다. 아이도 무심결에 따라 했다. 비에 흠뻑 젖은 두 사람은 함께 소리 내어 웃었다. 그들은 테라스로 자리를 옮겼다. 해리가 주머니에서 용케 비에 젖지 않은 담배 한 개비를 꺼내 불을 붙였다.

"저도 한 대 주실래요?"

해리가 담뱃갑을 내밀자 아이가 담배 한 개비를 꺼내 물었다. 아이의 평범한 동작 하나하나가 해리를 미소 짓게 했다.

"선생님은 작가죠?" 아이가 물었다.

"어떻게 알았어?"

"뉴욕에서 오셨고요."

"그건 또 어떻게 알았지?"

"물어볼 말이 있어요. 왜 뉴욕을 떠나 여기에 왔어요?"

해리가 빙긋 미소 지었다.

"글을 쓰기에 좋은 장소를 찾아보다가 여길 발견했어."

"저는 뉴욕에 가보고 싶어요." 아이가 말했다. "뉴욕에 가면 일단 몇 시간 동안 시내를 거닐어보고 싶고, 브로드웨이 공연도 보고 싶어요. 저는 뉴욕에서 스타가……."

"미안하지만." 해리가 아이의 말을 끊었다. "우리가 서로 아는 사이인가?"

아이는 또 소리 내어 웃었다. 아무리 들어도 질리지 않을 것 같은 웃음소리였다.

"이 근처에 사는 사람들 모두가 선생님이 누군지 알아요. 오로라에 오신 걸 환영해요. 제 이름은 놀라 켈러건이에요."

"난 해리 쿼버트."

"이미 알고 있다고 방금 전에 말했잖아요."

해리가 악수하려고 손을 내밀자 아이가 냉큼 팔을 잡더니 까치발로 그의 뺨에 입을 맞추었다.

"이만 가봐야 해요. 제가 담배를 피우더라는 얘기를 여기저기 떠벌리고 다니지는 않을 거죠?"

"설마 그럴 리가?"

"다시 만날 수 있길 바라요."

말을 마친 아이는 여전히 맹렬하게 쏟아지는 굵은 빗줄기 속으로 사라졌다.

해리는 아까부터 계속 심장이 쿵쾅거리며 뛰었다.

저 아이는 누굴까?

저녁 어스름이 내릴 때까지 해리는 한참 동안 테라스에 앉아 방금 전 스치듯 만난 아이를 생각했다. 세차게 내리는 비도, 주변을 까맣게 잠식해가는 어둠도 미처 느끼지 못했다.

몇 살이나 되었을까?

아직 어린아이였지만 해리는 이미 마음을 빼앗겼다. 어느덧 아이는 해리의 영혼에 뜨거운 불을 지피는 존재로 자리 잡았다.

∞

더글러스에게서 전화가 오는 바람에 나는 상상의 세계에서 빠져나와 현실 세계로 돌아왔다. 어느새 짙은 어둠이 내려앉아 있었고, 벽난로에는 잉걸불만이 남았다.

"모두 자네 얘기를 하느라 여념이 없어." 더글러스가 전화를 받자마자 말했다. "자네가 뉴햄프셔에 간 이유를 알 수 없대. 다들 자네가 지금 일생일대의 실수를 저지르고 있다며 말이 많아."

"해리는 저의 대학 은사이고, 오랜 기간 우정을 나눈 친구 사이잖아요. 다들 그런 사실을 알고 있으면서 그렇게 말하면 안 되죠. 해리가 인생을 통틀어 가장 힘든 시간을 보내고 있는데 제가 모른 체한다는 건 말이 안 되잖아요."

"자네 친구 해리 쿼버트는 지금 빠져나오기 힘든 덫에 걸렸어. 살인사건의 용의자이고, 도덕성을 심각하게 의심받는 책의 저자야. 해리 쿼버트 사건은 토네이도급 태풍이야. 자칫 잘못했다가는 자네도 휩쓸려 날아갈 수 있어. 로이 바나스키는 자네가 해리 쿼버트를 도우러 뉴햄프셔에 갔다는 말을 듣고 온통 난리야. 자네가 새 원고를 마무리하기 어려우니까 해리 쿼버트 사건을 핑계로 잠수를 타려 한다고 오해하고 있다니까. 오늘이 6월 17일이야. 13일 후면 로이가 정한 마감 시한이야. 13일 후에 자네의 작가 경력이 끝장날 수도 있다는 사실을 명심해."

"나도 원고를 건네기로 한 날짜가 언제인지 잘 알아요. 내가 지금 어떤 상황에 처해 있는지 친절하게 상기시켜줄 필요는 없어요."

"오해하지 말고 내 말을 똑똑히 들어봐. 사실은 나에게 제법 괜찮은 아이디어가 있어서 전화했어."

"어서 말해봐요. 들어나 보게."

"자네가 해리 쿼버트 사건을 토대로 책을 쓰는 거야."

"정말 왜 그러세요? 내 처지가 아무리 궁색해도 해리의 등에 칼을 꽂아가면서 글을 쓰고 싶지는 않습니다."

"왜 해리의 등에 칼을 꽂아야 한다고 생각하지? 지난번에 뉴햄프셔로 떠날 때 자네가 나에게 말했잖아. 해리 쿼버트를 변호해주기 위해 뉴햄프셔로 간다고. 해리 쿼버트의 무죄를 입증하고, 그 모든 과정을 소설로 쓰는 거야. 난 벌써 대박이 될 거라는 감이 오는데, 자네는 어떤가? 엘도라도의 금맥이 보이지 않나?"

"내가 앞으로 남은 2주 만에 책을 한 권 쓸 수 있다고 생각해요?"

"내가 일단 로이한테 슬쩍 귀띔을 해놓았어. 지금은 로이의 화를 진정시키는 게 무엇보다 중요하니까."

"로이가 보나마나 노발대발했겠네요."

"내 말을 끝까지 들어보고 말해도 늦지 않아. 로이도 내 생각에 깊이 동조하면서 금맥을 일굴 수 있는 절호의 기회라고 했어. 마커스 골드먼의 두 번째 소설은 '해리 쿼버트 사건'이 되는 거야. 로이의 말에 따르면 동그라미 일곱 개가 더 붙는 매출을 보장할 수 있는 책이 될 거래. '올해의 책'은 이미 정해진 거나 다름없다면서. 결론부터 말하자면 로이는 자네와 재계약할 준비가 되어 있어. 지난번 계약은 없던 일로 하고 새 계약을 준비하겠다는 뜻이야. 로이가 선인세로 자네에게 50만 달러를 제시할 거야."

해리 쿼버트 사건을 토대로 소설을 쓸 경우 나는 또다시 주목받는 작가로 부상할 수 있다. 더구나 베스트셀러가 되면 돈이 넝쿨째 굴러들어오게 되어 있다.

"로이가 나를 믿고 계약한다고 했어요?"

"로이는 감이 빠른 사업가야. 로이는 자네를 위해서가 아니라 성공 가능성을 보고 계약하자는 거야. 자네는 뉴햄프셔에 있으니까 제대로 실감하지 못할 수 있겠지만 뉴욕은 지금 온통 해리 쿼버트 사건이 단연 최고의 화제야. 해리 쿼버트 사건을 제대로 다룬 소설이 나온다면 당연히 대박이지. 자네가 마침 뉴햄프셔 현장에서 자체적으로 해리 쿼버트 사건 관련 수사를 하고 있다니까 얼마나 좋은 여건인가?"

"수사는 제가 아니라 경찰이 합니다. 해리를 돕고 싶은 마음이 간절하지만 제가 과연 진실을 밝혀낼 수 있을지 의문입니다. 아직 무엇부터 조사해야 할지 막막해요."

더글러스는 끈질겼다.

"자네 인생에서 두 번 다시 찾아오지 않을 기회야. 선택은 자네가 하는 거야. 내가 로이와 재계약을 추진할지 말지 자네가 선택해."

"조금만 더 생각해볼게요."

"자네는 지금 여유 부릴 입장이 아니야. 최대한 빨리 결정해."

"삼십 대 작가가 열다섯 살짜리 여자아이와 사랑에 빠지는 이야기를 상상할 수 있어요?"

"현실에서는 잘 모르겠지만 픽션에서야 얼마든지 가능하지 않을까?"

"사랑이 뭐라고 생각해요?"

"난 지금 자네와 사랑에 대한 철학을 논하고자 하는 게 아니야. 지금은 가장 현실적인 선택이 필요한 때야."

"오늘 교도소로 해리를 찾아가 만났는데 분명 그 아이와 사랑에 빠졌다고 했어요. 장대비가 쏟아지던 날 해리가 테라스에 나와 있다가 해변을 거니는 그 아이를 보았고, 눈에서 불꽃이 튀고, 심장이 요동치는 경험을 했답니다. 나이 차이가 크긴 한데, 그런 사랑이 가능할까요?"

"나야 모르지. 나는 오히려 오랜 기간 자네와 해리 퀘버트 사이를 끈끈하게 이어주는 포인트가 무엇인지 궁금해."

"*괴짜.*"내가 대답했다.

"그게 뭔데?"

"혼자서는 인생을 제대로 헤쳐 나가지 못하는 젊은이가 있었어요. 해리를 만나기 전까지만 해도 그랬죠. 해리가 나에게 글 쓰는 방법을 알려주었어요. 잘 추락할 수 있는 기술인 낙법을 가르쳐주기도 했죠."

"자네 혹시 술 마셨나? 도대체 무슨 말을 하는지 모르겠네. 자넨 누군가의 지도를 받고 작가가 된 게 아니라 글쓰기에 재능이 있어서야."

"작가로 태어나는 게 아니라 만들어지는 거예요."

"버로스 대학에서 그런 일이 일어났다는 건가?"

"해리는 작가가 되려면 어떻게 해야 하는지 나에게 좋은 방법을 알려주었어요. 난 해리에게 큰 빚을 지고 있죠."

"해리가 자네를 어떻게 가르쳤는지 나에게 들려줄 수 있나?"

"원한다면 언제든지 들려줄 수 있어요."

그날 저녁, 나는 더글러스에게 해리와 각별한 인연을 맺게 된 사연을 들려주었다. 더글러스와 통화를 마친 나는 신선한 공기가 마시고 싶어 해변으로 나갔다. 어두운 하늘에 여전히 두터운 먹구름이 끼어 있었다. 금방이라도 소나기를 뿌릴 것 같은 하늘이었다. 갑자기 거센 바람이 불기 시작하더니 나무들이 미친 듯이 흔들렸다. 마치 위대한 작가 해리 쿼버트의 인생에 찾아든 절체절명의 위기를 예고하듯이.

나는 으스스한 기분을 느끼며 집으로 돌아왔다. 대문 앞에 당도했을 때 누군가 나의 부재를 틈타 남기고 간 쪽지를 발견했다. 아무런 표시도 없는 아주 평범한 봉투 안에 컴퓨터로 입력한 문장 하나가 들어있었다.

집으로 돌아가, 골드먼.

28
낙법의 중요성
매사추세츠주, 버로스 대학, 1998-2002

"선생님이 저에게 가르쳐준 여러 기술 가운데 평생토록 가장 중요하게 간직하길 바라는 건 무엇입니까?"

"나에게 묻지 말고 자네가 답해봐."

"제 생각에는 '낙법' 같습니다."

"빙고! 나도 자네와 생각이 같아. 인생은 기나긴 추락의 과정이라고 볼 수 있지. 잘 추락하는 방법을 아는 건 무엇보다 중요해."

1998년은 미국 북부 지역과 캐나다 일부 지역에 밀어닥친 한파로 도로는 빙판길이 되고, 며칠 동안 폭설이 내려 곳곳에서 정전 사태가 빚어지는 바람에 수백만 명의 시민들이 어둠과 추위 속에 갇혀 지내며 공포에 떨어야 했다. 내가 버로스 대학에서 해리를 처음 만난 역사적인 해이기도 하다. 그해 가을에 나는 펠튼 고교를 졸업하고 놀라울 정도로 깔끔하게 관리해놓은 잔디밭을 배경으로 조립식 건물들과 빅토리아 양식 건물들이 혼재되어있는 버로스 대학 캠퍼스에 첫발을 내디뎠다.

나는 버로스 대학 기숙사 동관에 마음에 쏙 드는 방을 배정받았고, 미네소타 출신인 룸메이트 제러드와 함께 생활하게 되었다. 언제나 안경을 착용하고 다니는 말라깽이 제러드는 참견이 심한 가족들을 떠나 누리게 된 자유가 부담스러운 게 분명했다. 늘 뭔가를 결정하기 전에 자기에게 그럴 권리와 자격이 있는지 물었다.

"지금 이 시간에 콜라를 사러 밖으로 나가도 될까? 밤 10시가 넘도록 기숙사에 입실하지 않아도 될까? 나에게 캠퍼스 밖으로 나갈 권리가 있을까? 몸이 아플 때 결석할 권리가 있을까? 기숙사에 외부 음식을 반입해도 괜찮을까?"

제러드가 그런 질문을 할 때마다 나는 친절하게 답해주었다.

"미국에서 노예제도를 폐지한 13차 수정헌법이 시행된 이래 무엇이든 자유롭게 해도 되는 권리가 모든 국민에게 주어졌으니 네 마음대로 해도 돼."

그제야 제러드는 맘껏 자유를 누릴 수 있게 된 걸 기뻐하며 몹시 행복한 표정을 지었다. 제러드는 강박적으로 보일 만큼 고집스럽게 지키는 습관이 두 가지 있었는데 하나는 그날 강의에 대한 복습이었고, 다른 하나는 엄마에게 하는 안부 전화였다. 그 반면 나는 오로지 유명 작가가 되겠다는 단 하나의 열망에 충실했다. 나는 틈틈이 단편소설을 써서 버로스 대학 학보에 원고를 제출했다. 두 편을 제출하면 평균적으로 한 편이 채택되었고, 학보에서 가장 인기가 없는 지면에 게재되었다. 이를테면 〈루카스 인쇄소〉, 〈포스터 오일 교환〉, 〈프랑수아 미용실〉, 〈줄리 후 꽃집〉 등 주로 동네 업체들의 박스 광고가 실려 있는 지면이었다. 부당하고 모욕적인 대접을 받고 있다는 느낌을 지울 수 없었지만 마땅한 해결 방법이 없었다.

나는 버로스 대학 캠퍼스에 입학한 이후 줄곧 도미니크 라인하츠와 치열한 경쟁을 펼쳤다. 3학년인 도미니크는 타의 추종을 불허할만큼 뛰어난 글솜씨를 가진 학생이었고, 그에 비해 나는 존재감이 미미했다. 도미니크가 쓴 글은 학보에서 제공 가능한 혜택을 독차지했다. 새 학보가 나올 때마다 학생들이 도미니크가 쓴 글을 읽고 늘어놓는 찬사가 내 귀에도 자주 들려왔다. 내 룸메이트 제러드만이 내 글에 대한 변함없는 지지자가 되어주었다. 제러드는 내가 단편소설을 써서 프린트할 때마다 가장 먼저 챙겨 읽었고, 얼마 후 학보에 게재되면 한 번 더 읽고 나서 재미있다는 찬사를 아끼지 않았다. 학보가 나올 때면 제러드는 주말마다 캠퍼스 청소 아르바이트를 해서 번 돈으로 한 부 더 구입했다. 제러드가 내 소설을 정말 좋아하는지 아니면 룸메이트인 나에게 용기를 주기 위해서인지 모르겠지만 내가 쓴 단편소설을 읽을 때마다 무조건 찬미했다.

제러드가 언젠가 나에게 말했다. "넌 정말 굉장한 녀석이야. 너 정도 실력이면 뉴욕이나 보스턴의 명문대에 충분히 갈 수 있었을 텐데 왜 매사추세츠주 촌구석에 있는 버로스 대학에 온 거야?"

"버로스 대학이 어때서? 난 이 학교에 만족해."

제러드와 나는 캠퍼스 잔디에 누워 맥주를 홀짝이며 시답잖은 이야기를 나눌 때도 많았다.

"우리가 이 학교 학생이긴 하지만 캠퍼스 잔디밭에서 맥주를 마실 권리가 있을까?"

"당연하지. 학생이 학교의 주인이야."

제러드가 떨어지는 별똥별을 보더니 소리쳤다.

"어서 소원을 빌어, 마커스! 소원을 빌라니까."

"제러드, 넌 앞으로 무얼 하면서 살고 싶니?"

"글쎄, 아직 구체적으로 생각해본 적이 없어. 그냥 난 좋은 사람이 되고 싶어, 넌?"

"난 작가가 되고 싶어. 책을 낼 때마다 수백만 부씩 팔리는 작가."

제러드가 두 눈을 커다랗게 떴다. 난 해가 뉘엿뉘엿 지는 어스름 속에서 마치 두 개의 달처럼 빛나는 제러드의 눈을 보았다.

"단언컨대 넌 분명 작가로 성공할 거야. 넌 실력이 있으니까."

나는 마음속으로 별똥별은 무척이나 아름답지만 하늘에서 빛나는 게 두려워 멀리 도망치는 별이라고 생각했다. 나를 닮은 별.

제러드와 나는 무슨 일이 있어도 매주 목요일에 있는 해리 쿼버트 교수의 강의만큼은 빼먹지 않고 들었다. 해리 쿼버트 교수는 카리스마도 있고, 인품도 더없이 훌륭하고, 강의도 무척이나 흥미로워 학생들에게 깊은 인상을 심어주고 있었다. 그야말로 학생들 사이에서는 인기 만점, 동료 교수들 사이에서는 최고의 실력자로 인정받았다.

버로스 대학에서 해리 쿼버트 교수의 영향력은 막강했다. 모두 해리의 말을 경청했고, 의견을 높이 샀다. 그 이유는 해리 쿼버트가 미국에서 손에 꼽을 만큼 인기 있는 작가이기 때문이기도 했지만 우람한 체격에 타고난 기품이 있고, 따스하면서도 힘 있는 목소리로 좌중을 압도하기 때문이었다. 캠퍼스 어딘가에서 해리 쿼버트 교수가 지나갈 때마다 학생들이 그에게 다가가 인사를 건넬 만큼 인기가 대단했다. 해리 정도의 실력과 커리어를 갖추고 있다면 아이비리그 대학 교수도 충분히 가능할 텐데 왜 하필 시골구석에 있는 버로스 대학에 와서 사서 고생을 하는지 모를 일이었다. 아무튼 해리 쿼버트 교수의 강의는 버로스 대학에서 수강 신청을 하는 학생들이 가장 많았다. 그러다보니 학위수여식이나 연극 공연을 할 때 사용하는 대형 강의실에서 수업을 진행했다.

1998년은 모니카 르윈스키 사건이 미국을 떠들썩하게 만들었던 해이다. 미국 사람들 대다수가 참담한 심정으로 나라 전체가 우스꽝스러운 스캔들에 휩쓸려 들었다는 사실을 시인할 수밖에 없었다. 국민의 존경을 받아야 마땅한 대통령이 여성 인턴에게 오럴섹스를 시켜 여론의 도마 위에 오른 모니카 르윈스키 사건은 온 나라를 떠들썩하게 만들며 다른 모든 이슈들을 집어삼켰다.

그 당시 버로스 대학 캠퍼스도 클린턴 대통령과 모니카 르윈스키 이야기로 하루가 저물었고, 대통령의 운명을 두고 열띤 토론이 벌어졌다.

10월 말 목요일 강의 시간에 해리 쿼버트 교수는 다음과 같은 말로 수업을 시작했다. "우리는 요즘 백악관에서 벌어진 초유의 스캔들에 모든 관심이 쏠려 있습니다. 조지 워싱턴 이후 미국의 역사를 돌이켜볼 때 대통령이 임기를 마치지 못한 경우가 있었는데 그 이유는 두 가지로 압축됩니다. 리처드 닉슨처럼 국민을 속이는 거짓말을 한 경우와 존 F. 케네디처럼 임기 중 사망한 경우였죠. 미국 대통령들 중에서 임기를 채우지 못한 분들은 모두 합해 아홉 명입니다. 리처드 닉슨 대통령은 중도에 사임했고, 나머지 여덟 명은 사망했습니다. 그중 절반쯤은 암살당했죠. 이제 미국 대통령이 중도에 퇴진하게 된 세 번째 이유가 첨가되어야 할 것 같습니다. 오럴섹스, 구강성교, 구음, 쪽쪽 빨아대기. 미국 대통령이 바지를 무릎 아래로 내리고 있을 때에도 여전히 우리의 대통령일 수 있을까요? 전 국민이 온통 모니카 르윈스키 스캔들에 흥분하는 이유는 바로 섹스와 관련해 도덕성 문제를 야기하고 있기 때문입니다. 시간이 지나면 여러분도 확인할 수 있겠지만 클린턴 대통령은 재앙 수준이었던 경제를 빠르게 회생시킨 업적이 있습니다. 상원을 장악하고 있는 공화당 의원들을 설득해 합의 정치를 이끌어냈고, 중동의 화약고 팔레스타인에서 이스라엘의 라빈 총리와 아라파트 팔레스타인 해방기구(PLO) 의장이 악수를 나누도록 주선하기도 했습니다. 물론 아무리 업적이 뛰어나더라도 모니카 르윈스키 사건은 부끄러운 역사로 남게 되겠죠. 클린턴 대통령과 모니카 르윈스키의 오럴섹스는 국민의 기억 속에 오래도록 아로새겨져 있을 테니까요. 클린턴 대통령이 오럴섹스를 좋아했다고 칩시다. 과연 클린턴 대통령만이 오럴섹스를 즐겼을까요? 이 강의실에도 오럴섹스를 좋아하는 사람이 있지 않을까요?"

해리는 잠시 강의를 멈추고 좌중을 둘러보았다. 한동안 침묵이 흘렀다. 학생들은 말없이 신발코만 내려다보고 있을 뿐이었다. 내 옆에 앉은 제러드는 아예 두 눈을 꼭 감고 해리 쿼버트 교수의 시선을 피했다.

그때 내가 손을 번쩍 들었다. 나는 뒷자리에 앉아 있었는데, 해리가 손가락으로 나를 가리키며 말했다.

"학생들이 자네의 말을 주목해서 들을 수 있도록 자리에서 일어나 발언해봐."

나는 의자에서 벌떡 일어나 내 성적 취향을 솔직하게 고백했다.

"저는 오럴섹스를 좋아합니다. 대통령처럼 거시기를 쪽쪽 빨리면 성적 쾌감이 최고로 상승하죠."

해리는 돋보기를 아래로 내리더니 나를 흥미롭다는 듯이 바라보았다.

해리가 나와 친해진 이후 그 당시 어떤 생각을 했는지 말해주었다. "그날 패기만만하게 자리에서 일어난 자네를 보면서 나는 마음속으로 생각했어. 정말 굉장히 뻔뻔스러운 놈이 나타났다고."

해리는 여전히 일어서 있는 나에게 단도직입적으로 물었다.

"자넨 남자 친구가 오럴섹스를 해주는 게 좋은가, 여자 친구가 해주는 게 좋은가?"

"여자 친구가 해주는 게 좋습니다. 저는 미국 대통령의 오럴섹스와 미합중국의 앞날에 신의 가호가 있기를 바랍니다."

강당을 가득 채운 학생들은 잠시 어리둥절해 있다가 이내 발작적인 웃음을 터뜨리며 큰 박수를 쳤다.

해리도 유쾌하게 웃고 나서 학생들에게 말했다.

"앞으로 여러분들 가운데 어느 누구도 이 딱한 학생을 이전과 똑같은 시선으로 바라보지 못할 겁니다. 아마 모두 이런 식으로 말하게 될지도 모릅니다. '저 녀석이 오럴섹스를 좋아한다고 밝힌 바로 그놈이야'라고요. 마커스 골드먼은 이제부터 어떤 재능이나 장점을 가지고 있든 전혀 참작되지 않을 겁니다. 오늘부터 마커스 골드먼은 '미스터 오럴섹스'로 불릴 테니까요." 해리는 다시 내가 있는 쪽으로 몸을 돌렸다. "미스터 오럴섹스, 다른 학생들은 다들 입을 꾹 다물고 있는데 왜 자네는 굳이 나서서 그런 고백을 했는지 설명해주겠나?"

"섹스는 우릴 바닥으로 내동댕이치기도 하지만 위로 끌어올려 주기도 합니다. 섹스 이야기를 터부시해서는 안 된다고 생각합니다. 지금 이 강의실에 있는 모든 학생들이 저에게 시선을 집중하고 있으니까 하는 말인데, 사실 저는 요즘 단편소설을 열심히 쓰고 있고, 학보에 꾸준히 발표하고 있습니다. 이 수업이 끝나면 강의실 앞에서 제가 쓴 소설이 게재된 학보를 판매할 생각입니다. 필요한 분 계시면 머뭇거리지 말고 구입하시길 바랍니다."

강의실 앞에서 학생들에게 학보를 팔고 있을 때 해리가 나에게로 다가왔다. 학생들이 기꺼이 5달러를 내고 학보를 구입했다. 해리가 마지막으로 남은 학보를 한 부 구입했다.

"몇 부나 팔았나?"

"제가 가지고 있던 학보가 50부인데 모두 팔았습니다. 1백 부넘게 선 주문을 받기도 했고요. 2달러를 주고 산 학보를 5달러에 팔았으니 450달러를 번 셈이네요. 학보 편집장이 저 때문에 대박을 치게 되었다면서 희색이 만면이더군요. 10여 명의 여학생들이 몰래 전화번호를 적어주기도 했어요. 제가 섹스 천국에 살고 있나봐요. 이제 주어진 환경을 어떻게 활용할지는 제가 해야 할 몫이겠지요."

해리가 싱긋 웃으며 손을 내밀었다.

"난 해리 쿼버트야. 만나서 반가워." 해리가 새삼 자기소개를 했다.

"저는 마커스 골드먼입니다. 선생님처럼 위대한 작가가 되길 꿈꾸는 학생이죠. 아무쪼록 제가 쓴 소설이 선생님 마음에 쏙 들었으면 좋겠습니다."

우리는 서로 악수를 나누었다.

"마커스, 자넨 의심할 여지 없이 뛰어난 작가가 될 거야."

∞

그날 난 버로스 대학 문학부의 더스틴 퍼갈 학장 연구실에 불려 갔다. 화가 머리끝까지 난 퍼갈 학장이 나를 호출했기 때문이었다.

"자네가 마커스 골드먼인가?" 퍼갈 학장은 몹시 흥분한 듯 의자 손잡이를 양손으로 꽉 쥐고 노기 띤 목소리로 물었다. "자네는 오늘 대형 강의실에 가득 찬 학생들 앞에서 해서는 안 될 망언을 했다던데 사실인가? 신성한 강의실에서 포르노그래피에 가까운 발언을 내뱉는다는 게 말이 된다고 생각하나?"

"포르노그래피에 가깝다니요? 정말이지 터무니없는 모함입니다."

"3백 명이나 되는 학생들 앞에서 오럴섹스를 좋아한다고 떠벌였다면서?"

"네, 그런 발언을 한 건 사실입니다."

퍼갈 학장은 깊은 한숨을 내쉬었다.

"자네가 한 문장으로 신, 섹스, 이성애, 동성애 그리고 미국을 모두 언급했다던데 사실인가?"

"제가 무슨 말을 했는지 자세히 기억나진 않지만 그 단어들을 언급한 건 명백한 사실입니다."

퍼갈 학장은 가까스로 흥분을 억누르며 한 마디씩 천천히 끊어 말했다. "학생은 이 모든 단어들을 포함한 외설스러운 문장을 내 앞에서 다시 한번 그대로 언급해줄 수 있겠나?"

"학장님께서 뭔가 단단히 오해하시나 본데 전혀 외설스럽지 않습니다. 제가 언급한 말은 전후좌우 어느 쪽에서 봐도 똑같은 의미를 담고 있습니다. 저는 그저 신, 섹스, 미국이라는 말에서 파생되어 나올 수 있는 모든 실천적 행위들을 축복하는 의미로 말했을 뿐입니다. 제 말이 무슨 뜻인지 이해되십니까? 미국인들은 기쁜 일이 있을 때마다 서로를 축복합니다. 미국의 문화적인 특징이죠. 저는 도무지 무엇이 잘못되었는지 모르겠는데요."

퍼갈 학장은 내 말이 무슨 뜻인지 모르겠다는 듯 고개를 절레절레 저으며 눈살을 찌푸렸다.

"게다가 자네는 강의실 출입문 앞에 판매대를 설치하고 학보를 팔았다면서?"

"저로서는 어쩔 수 없는 일이었는데 이렇게 오해를 하시니 부득이 자초지종을 설명하겠습니다. 저는 학보에 게재할 단편소설을 쓰느라 정말 많이 애쓰고 있습니다. 그 반면 학보 편집부에서는 제가 공들여 쓴 단편소설을 웬만해서는 잘 눈에 띄지도 않는 구석 자리에 게재하고 있습니다. 저는 학보 편집부의 부당한 처사를 늘 못마땅하게 여기고 있었고, 잘못된 행태를 바로잡으려면 제가 쓴 소설을 적극적으로 홍보할 필요가 있다고 생각했습니다. 모두가 깜짝 놀랄 만한 충격요법을 쓰지 않는 한 제 소설을 읽는 학생들이 늘어날 가망이 없을 테니까요. 아무도 읽어주지 않는 소설을 힘들게 쓸 필요는 없으니까요.”

“포르노그래피 소설인가?”

“절대로 아닙니다.”

“자네가 쓴 소설을 나도 읽어볼 수 있을까?”

“한 부에 5달러를 내시면 가능합니다.”

내 말을 들은 퍼갈 학장이 노발대발했다.

“자네는 지금 얼마나 심각한 상황에 처해 있는지 전혀 모르지? 다수의 학생들이 자네가 강의 시간에 언급한 외설스러운 말과 강의실 출입문 앞에서 학보를 판매한 행위에 대해 엄격한 처벌 조치를 취해야 한다고 아우성이야. 나도 자네 때문에 덩달아 난처한 입장이 되었어. 듣자하니 자네는 ‘저는 오럴섹스를 좋아합니다. 클린턴 대통령처럼 거시기를 쪽쪽 빨리는 걸 좋아하죠. 남자 친구보다는 여자 친구가 해주는 게 좋습니다. 대통령과 섹스와 미합중국에 신의 가호가 있기를 바랍니다’라고 했다던데 누가 그따위 외설스러운 말을 수많은 동료 학생들이 지켜보는 강의실에서 버젓이 내뱉는단 말인가?”

"저는 진실을 말했을 뿐입니다. 제가 한 말에 추호도 거짓이 없습니다. 저는 선량한 미국인이고, 이성애자이고, 여자 친구에게 거시기를 쪽쪽 빨리길 좋아하니까요."

"자네의 성적 취향 따원 아무도 궁금해하지 않아. 자네 사타구니 사이에서 벌어지는 구역질 나는 행위를 다른 학생들이 굳이 알아야 할 필요는 없어."

"저는 그저 해리 쿼버트 선생님의 질문에 답했을 뿐입니다."

그 말을 들은 퍼갈 학장이 깜짝 놀라며 되물었다.

"그게 무슨 소리야? 해리 쿼버트 교수의 질문에 답하다니?"

"해리 쿼버트 선생님이 학생들에게 오럴섹스를 좋아하는지 물었거든요. 선생님이 질문했는데 학생들이 아무도 답하지 않는다면 그거야말로 예의 바르지 못한 처사가 아닐까요? 해리 쿼버트 선생님은 분명 저에게 남자가 해주는 게 좋은지 여자가 해주는 게 좋은지 물었거든요. 저는 그 질문에 충실히 답했을 뿐입니다."

"그 말이 틀림없는 사실인가?"

"학장님도 기꺼이 동의하시겠지만 클린턴 대통령 때문에 이런 사달이 벌어진 겁니다. 대통령이 좋아하는 행위를 국민이 따라하고 싶어 하는 건 당연하잖아요."

퍼갈 학장이 자리에서 벌떡 일어서더니 서류철 하나를 가져왔다. 그가 다시 내 앞에 앉더니 내 눈을 똑바로 쳐다보며 말했다.

"자네는 도대체 어떻게 생겨 먹은 학생인가? 난 갑자기 자네의 성장 과정이 어땠는지 몹시 궁금해졌어."

나는 뉴저지주 몬트클레어에서 백화점 매장 직원으로 일하는 엄마와 엔지니어 아버지 사이에서 외동아들로 태어나고 자란 이야기를 퍼갈 학장에게 자세히 들려주었다. 요컨대 내 부모님은 미국 중산층 가정의 보통 시민이었고, 나는 미국인들의 평균치를 상회하는 지능을 보유한 아이였고, 큰 어려움 없이 무탈한 성장기를 보냈다. 펠튼 고교에서는 괴짜라는 별명으로 불렸고, 미식축구를 좋아해 뉴욕 자이언츠 팀을 열렬히 응원했고, 열네 살 때 치아 교정기를 착용했다. 조부모님은 뜨거운 태양과 휴양지로 유명한 플로리다에 살았다.

그다지 유별나지 않은 성장기를 보냈고, 알레르기나 아토피 피부염, 천식 같은 지병도 없었다. 여덟 살 때 보이스카우트 캠프에 갔다가 닭고기를 먹고 식중독에 걸린 적이 있었고, 개를 좋아하지만 고양이는 그다지 좋아하지 않았다. 특별히 잘하는 운동 종목은 라크로스, 경보, 복싱이다. 뛰어난 작가가 되고 싶다는 갈망이 있고, 담배는 폐암의 원인이 될뿐더러 아침에 일어났을 때 입에서 구취가 나 피우지 않는다. 술은 가끔씩 마시지만 과음하지 않고 적절한 선에서 마무리한다. 좋아하는 음식은 스테이크와 치즈 마카로니이다. 엄마가 믿는 종교적 이유로 해산물을 꺼리지만 가끔 플로리다의 조스 스톤 식당에 갈 때면 킹크

랩을 먹는다.

퍼갈 학장은 한참 동안 이어진 내 성장기 이야기를 관심 있게 들어주었다. 내가 말을 마치자 퍼갈 학장이 말했다.

"난 사실 자네가 방금 전 털어놓은 성장기 이야기를 어느 정도 알고 있었어. 자네의 학생 기록 카드를 찾아보았고, 펠튼 고교에 전화해 교장 선생님에게 자네에 대해 물어봤거든. 펠튼 고교 교장 선생님의 말에 따르면 자네는 아주 각별한 학생이었고, 동부의 아이비리그 대학에도 얼마든지 합격할 수 있는 자격이 되었다고 하더군. 자, 그러니까 내 질문에 솔직하게 대답해봐. 자네는 그 좋은 여건을 마다하고 왜 하필 매사추세츠주에 있는 버로스 대학에 와서 이런 짓을 벌이나?"

"죄송합니다만 질문의 요지를 모르겠는데요?"

"세상 어느 학생이 하버드 대학이나 예일 대학을 마다하고 버로스 대학을 택하겠는가? 난 자네가 왜 그런 선택을 했는지 궁금해서 묻는 거야."

대형 강의실에서 내가 저지른 돌출 행동은 비록 버로스 대학에서 퇴교 조치를 당할 수도 있는 위기를 자초했지만 장기적으로는 내 인생을 송두리째 바꿔놓았다. 나를 면담한 퍼갈 학장은 나에게 어떤 처분을 내릴지 고심해보겠다고 했고, 결과적으로 아무런 처벌을 받지 않고 마무리되었다. 나는 몇 년이 흐르고 나서야 퍼갈 학장이 한 번 물의를 빚은 학생은 또다시 문제를 일으킬 가능성이 큰 만큼 퇴교 조치를 하려고 했는데 해리 쿼버트 교수가 강력하게 반대하는 바람에 아무런 처벌도 받지 않고 무마되었다는 사실을 알게 되었다.

버로스 대학의 역사에 길이 남을 스캔들을 일으킨 다음 날 나는 학보 편집장으로 전격 추대되었다. 아울러 나에게 학보 편집부를 개혁하라는 임무가 부여되었다. 나는 우선 내가 쓴 단편소설로 표지를 장식하기로 결정했다.

그다음 주 월요일에 내가 자주 드나드는 캠퍼스 내 복싱 연습실에서 해리와 우연히 마주쳤다. 버로스 대학 사람들은 복싱에 대해 그다지 관심이 없어서인지 제러드와 나만이 복싱 연습실을 자주 이용해왔다. 나는 월요일에 격주로 한 번씩 제러드와 스파링을 했다. 복싱은 상대가 필요한 운동이었고, 제러드가 나보다 약자여서 스파링을 할 때마다 이겨서 기분이 좋았다. 제러드는 스파링을 할 때마다 마치 샌드백처럼 나에게 일방적으로 두들겨 맞았다.

복싱 연습실에서 해리와 마주친 날 나는 거울 앞에서 가드 자세를 연습하고 있었다. 해리는 운동복 차림이었지만 더블 블레이저 정장을 입었을 때만큼이나 맵시가 났다. 해리는 복싱 연습실에 들어서면서 나에게 반갑게 인사를 건넸다. "자네가 복싱을 좋아하는지 미처 몰랐어." 해리가 연습실 구석의 샌드백을 때리기 시작했다. 자세도 완벽할뿐더러 스피드와 힘이 넘쳐

났다.

나는 퍼갈 학장에게 불려 갔던 일, 강의 시간에 오럴섹스를 좋아한다고 털어놓는 바람에 유명 학생이 된 일, 갑자기 학보 편집장으로 추대된 일 따위를 해리에게 털어놓고 싶었지만 왠지 가까이 다가갈 용기가 나지 않았다. 해리는 다음 월요일에도 복싱 연습실에 왔고, 제러드가 내 스파링 상대가 되어 샌드백처럼 얻어터지는 모습을 지켜보았다. 해리는 내가 제러드에게 가차 없이 주먹을 날리는 모습을 유심히 들여다보았다.

제러드와 스파링이 끝나자 해리가 나에게 다가왔다.

"자넨 복싱 실력이 제법 괜찮아 보여. 나도 건강관리 차원에서 복싱을 꾸준히 해볼 생각이니까 실력을 키우는 데 도움이 될 만한 충고가 있으면 언제든 해줘."

해리는 오십 대 중반이었지만 여전히 몸이 단단하고 군살이 전혀 없었다. 스피드 볼도 능숙하게 때렸고, 무엇보다 기초 실력이 탄탄했다. 나이가 들어 다리 움직임이 다소 느려 보이긴 했지만 자세는 안정적이었고, 가드와 반사 신경이 완벽했다. 해리는 샌드백을 때리기 시작했고, 우리는 그날 줄곧 함께 땀을 쏟았다.

우리는 월요일마다 정기적으로 복싱 연습실에 모였다. 서로 연습 상대가 되어주기도 했고, 나는 마치 개인 트레이너처럼 해리에게 복싱 기술을 가르쳐주었다. 월요일마다 복싱 연습을 같이하다 보니 해리와 점점 가까운 사이가 되었다. 복싱 연습을 마치고 나면 우리는 탈의실 벤치에 앉아 이런저런 이야기를 나누면서 땀을 식혔다. 우리는 몇 주 동안 서로 도와가며 복싱 연습을 했고, 어느 날 해리가 링에 올라가 3라운드 스파링을 해보자고 제안했다.

아무리 스포츠라지만 나는 교수에게 주먹을 날리기 쉽지 않았다. 그 반면 해리는 인정사정 보지 않고 내 턱을 향해 어퍼컷을 날리거나 스트레이트로 얼굴을 가격해 몇 번이나 나를 바닥에 쓰러뜨렸다.

해리는 지난 몇 년 동안 복싱이 얼마나 재미있는 운동인지 잊고 지냈다며 몹시 흡족한 얼굴로 승자의 기쁨을 만끽했다. 나를 바닥에 때려눕히고 희색만면인 해리가 저녁을 먹으러 가자고 제안했다. 나는 학생들이 즐겨 드나드는 버로스 중심가의 어느 허름한 식당으로 해리를 안내했다. 우리는 기름기가 번질번질한 햄버거를 먹으면서 소설과 글쓰기에 대해 이야기했다.

"자네는 아는 게 정말 많아."

"혹시 제가 쓴 단편소설을 읽어보셨습니까?"

"아직 읽지 못했어."

"선생님이 제 소설에 대해 어떻게 생각하시는지 궁금합니다."

"내가 꼭 읽어볼 테니까 걱정 마."

"제가 복싱 스파링 상대라고 대충 얼버무리지 마시고 무엇이 문제인지 엄정하게 말해주시길 부탁드립니다."

"그래, 친구. 내가 약속하지."

해리가 나를 *친구*라고 불러준 사실에 가슴이 터질 듯 벅차올랐다. 그날 저녁 나는 부모님께 전화해 대학에 입학한 지 몇 달 만에 위대한 작가 해리 퀴버트 교수와 저녁 식사를 함께했다며 자랑했다. 내 말을 들은 엄마는 한 수 더 떠 뉴저지주 주민 절반쯤 되는 사람들에게 전화해 마커스가 저명한 작가와 두터운 친분을 쌓게 되었다고 자랑을 늘어놓았다.

실제로 나는 해리와 특권에 가까울 만큼 밀접한 친분관계를 이어갔다. 매주 목요일마다 강의를 들었고, 해리가 다른 학생들을 부를 때면 반드시 미스터 혹은 미스를 넣는 반면 나는 그냥 마커스로 불러주는 게 너무나 좋았다.

크리스마스 휴가 직후 월요일 저녁 식사 시간에 나는 해리에게 내 단편소설을 읽은 소감을 말해달라고 졸라댔다. 잠시 주저하던 해리가 나에게 물었다.

"자네, 정말로 내 생각을 듣고 싶나?"

"제 소설을 신랄하게 비평해주십시오. 소설에 대해 제대로 배우고 싶습니다."

"자네는 글을 잘 써. 재능이 뛰어나다고 할 수 있지." 나는 금세 기분이 좋아 얼굴이 벌겋게 상기되었다. "의심할 여지가 없을 만큼 글재주가 좋아."

해리의 칭찬을 들은 나는 금세 행복의 절정을 향해 치달았다.

"제가 앞으로 글을 쓸 때 어떤 부분을 개선하면 좋을까요?"

"자네는 분명 엄청난 재능과 잠재력을 겸비했는데 아직 글로 온전히 반영되지는 않고 있어. 자네 소설은 엉터리야. 아무런 가치도 없는 쓰레기일 뿐이지. 학보에 게재된 자네의 소설을 죄다 읽어봤는데 하나같이 형편없었어. 건질 만한 작품이 단 한 편도 없었다는 말이야. 그런 소설을 실어주려고 나무를 벤다면 범죄 행위나 다름없어. 가뜩이나 이 나라에는 가치 없는 글을 쓰는 쓰레기 작가들이 득시글거려. 엉터리 작가들이 쓴 글을 책으로 펴내려면 엄청난 숲이 필요할 거야. 앞으로 쓰레기 작가 취급 받지 않으려면 피나는 노력이 필요해."

피가 거꾸로 솟는 느낌이었다. 커다란 몽둥이로 뒤통수를 된통 얻어맞은 듯 한동안 정신이 몽롱해질 지경이었다.

"언제나 그런 식으로 다른 사람이 쓴 글을 뭉개버리십니까?" 내가 울분이 미처 가시지 않은 목소리로 물었다.

해리는 재미있다는 듯 내 얼굴을 바라보며 빙긋 미소 지었다. 마치 나를 맘껏 조롱하며 쾌감을 느끼는 것 같은 표정이었다.

"그런 식이라니? 내가 어떻게 했는데?"

"제가 쓴 소설을 쓰레기라고 하셨잖아요?"

해리가 소리 내어 웃었다.

"난 자네가 어떤 부류인지 아주 정확하게 알아. 자넨 몬트클레어가 세상의 중심이라고 알고 있지? 자넨 우물 안 개구리 주제에 대단히 시건방지기까지 한 철부지야. 중세 유럽인들도 자네처럼 자기들이 살고 있는 유럽을 세상의 중심이라고 철석같이 믿었지. 배를 타고 바다로 나가 두 눈으로 보기 전까지 다른 대륙의 문명이 훨씬 앞서 있다는 사실을 까마득히 몰랐던 거야. 자네는 특출한 재능을 타고났지만 부단히 노력하지 않으면 꽃을 피워보기도 전에 시들어버리게 마련이야. 자네 글은 이제 겨우 걸음마를 뗀 상태인데 벌써부터 겉멋에 찌들어 있어. 문장, 플롯, 등장인물, 어휘 하나하나가 소설에서 어떤 역할을 해내야 하는지 다시 배워야 해. 자네의 글에 대해 심각한 문제의식을 가지고 지금보다 몇 배는 더 노력해야 한다는 뜻이야. 괜히 우쭐해서 아무런 노력도 하지 않는다는 게 자네가 그 무엇보다 심각하게 받아들여 할 문제야. 자네는 심혈을 기울여 가장 적확한 어휘를 찾는 게 아니라 그저 좋은 말이라고 생각되면 무턱대고 가져와 늘어놓기 일쑤지. 그건 소설이 아니야. 얄팍한 글은 독자들이 먼저 알아봐. 아마 자넨 자기 자신을 천재라고 생각하겠지만 제발 착각하지 마. 자네가 그토록 되길 바라는 작가는 속성으로 대강 해치우는 날림 작업을 결코 용납하지 않아. 그렇게 쓴 글은 아무런 가치도 없어. 처음부터 모든 걸 다시 시작해. 내말이 무슨 뜻인지 알겠나?"

"솔직히 잘……."

나는 화가 머리끝까지 치솟아 해리의 충고를 받아들일 마음이 없었다. 아무리 위대한 작가라고 해도 내 글을 쓰레기 취급하는 건 용납할 수 없었다. 나는 고교 시절부터 유명한 괴짜였고, 어느 누구라도 감히 내 글을 혹평한다는 건 있을 수 없는 일이었다.

"내가 아주 간단한 예를 들어볼게. 자네는 복싱 실력이 제법 괜찮은 편이야. 자네는 공수 양면에서 다양한 테크닉을 구사할 수 있으니까. 하지만 자네는 어떤 식으로 복싱 연습을 하고 있는지 돌아봐야 해. 허구한 날 실력이 한 수 아래인 친구와 스파링을 하며 쉽게 이기는 쾌감에 빠져 있지. 그 말라깽이 친구를 샌드백처럼 때리면서 흡족해하는 자네 모습을 볼 때마다 한심하다는 생각이 들어. 자네는 그 친구만큼은 언제나 이길 수 있다고 확신하기 때문에 월요일마다 격주로 스파링을 하지. 하지만 그런 스파링은 갈수록 자네를 약자로 만들 뿐이야. 마커스 골드면은 겁쟁이, 약자만을 상대하는 비겁자, 주제를 모르고 떠들어대는 허풍쟁이, 입만 살아 나불대는 떠버리, 강자 앞에서는 몸을 사리면서 연막이나 치는 형편없는 놈이지. 무엇보다 고약한 사실은 자네가 고작 그런 수준으로도 만족한다는 거야. 자네의 진정한 실력을 보고 싶거든 강자와 스파링을 해봐. 복싱은 절대로 거짓말을 하지 않아. 강자를 상대로 링에 올라본 사람만이 자신의 진정한 실력을 알 수 있지. 자네가 상대를 녹아웃 시키든지 아니면 반대로 녹아웃되든지 복싱은 있는 그대로를 보여줄 거야. 링에서는 그 어떤 거짓말도 통용되지 않으니까. 링은 누구에게나 공평해. 자네는 항상 빠져나갈 궁리나 하는 협잡꾼이 되지 말아야 해. 자네는 학보 편집자가 왜 자네가 쓴 단편소설을 잘 보이지도 않는 구석 자리에 배치했는지 이유를 알고 있나? 자네가 쓴 단편소설이 그저 그랬기 때문이야. 그 반면 도미니크의 글은 왜 항상 좋은 자리를 차지했는지 아나? 도미니크의 글이 좋았기 때문이야. 사정이 그러면 미친 듯이 노력해 멋진 글을 써내야 할 텐데 자네는 늘 다른 사람 핑계를 찾고 있지. 마치 학보 편집자가 어떤 개인적인 편견을 갖고 자네 글을 홀대한다고 여기며 위안을 찾으려고 하지. 자네 자신에게 어떤 문제가 있는지 성찰하기보다는 마치 도미니크가 특권을 누리고 있다고 생각하는 거야. 자네는 학보 편집장이 되자마자 도미니크의 글을 빼고 자네의 글을 그 자리에 넣었어. 내 짐작이 옳다면 자네는 지금껏 늘 기고만장해 있었고, 항상 자기 자신만이 옳다고 철석같이 믿어왔을 거야. 내 말이 틀렸나?"

나는 끓어오르는 분노를 억제하지 못하고 악을 써댔다.

"선생님은 저에 대해 뭘 알고 있죠? 아무것도 모르잖아요. 저는 고교 시절 선생님들과 동료 학생들로부터 높은 평가를 받았어요. 학교를 빛낸 괴짜였다고요."

"자네가 어떻게 처신해왔는지 냉철하게 돌아봐. 자네는 높이 오르는 쾌감에 사로잡혀 추락의 고통을 느끼길 주저하고 있어. 추락이 두려워 도전을 멈추어서는 안 돼. 자네 스스로 변화를 모색하지 않을 경우 빈 쭉정이가 되고 말 거야. 높이 오르려 하기 전에 추락의 고통을 알아야 해. 지금 자네가 버로스 대학에 와서 뭘 하고 있는지 돌아봐. 난 자네의 신상 파일을 다 읽어봤고, 퍼갈 학장과도 대화해봤어. 퍼갈 학장은 자네를 퇴학시킬 작정이었지. 이봐, 얄팍한 천재! 자네는 원한다면 하버드나 예일을 비롯해 포이즌 아이비 리그*에 속하는 모든 대학에 갈 수 있었어. 자넨 미국의 최고 명문 대학을 마다하고 버로스 대학에 입학했지. 자네는 진정한 실력자들과 경쟁할 배짱이 없었던 거야. 펠튼 고교 교장 선생님과 통화해봤는데 그분은 마커스 골드먼에게 흠뻑 빠져 있더군. 펠튼 고교 교장 선생님은 계속 괴짜에 대한 칭찬을 들어놓았어. 자네는 버로스 대학에 오기로 결심하면서 하나부터 열까지 창조해낸 무적의 인물, 진정한 강자와 맞짱 뜰 준비가 전혀 되어 있지 않은 괴짜로 지낼 수 있을 거라고 확신했을 거야. 버로스 대학에서는 추락할 염려가 없다고 철석같이 믿었겠지. 자네는 바로 그게 문제야. 아직 추락의 중요성을 깨닫지 못했어. 자네가 계속 안전한 자리에 머물러 있으려고 할수록 이제 곧 추락의 고통을 맛보게 될 거야."

*'포이즌 아이비 리그'는 엘비스 프레슬리가 부른 노래 제목이다

말을 마친 해리는 냅킨에 매사추세츠주 로웰의 주소 하나를 적어주었다. 그 식당에서 15분쯤 되는 거리였다. 해리의 말에 따르면 버로스에서 가장 유명한 복싱클럽인데 매주 목요일 저녁에 누구나 참가할 수 있는 시합이 열린다고 했다. 해리는 식사비 계산을 나에게 미루고 먼저 식당을 나가버렸다.

월요일에 해리는 복싱 연습실에 나타나지 않았다. 그다음 월요일에도 오지 않았다. 강의 시간에도 나를 다른 학생들과 마찬가지로 미스터 골드먼이라 불렀고, 거들떠보지도 않았다. 어느날 나는 강의가 끝나고 나서 해리를 만나러 갔다.

"이제 복싱 연습실에는 안 나오실 겁니까?" 내가 물었다.

"난 자네가 여전히 어린아이처럼 징징대거나 몹시 시건방진 녀석이라면 내 아까운 시간을 허비할 생각이 없어. 자네처럼 한심한 녀석과 함께하기에는 시간이 너무나 아까우니까. 버로스 대학은 자네처럼 기고만장한 녀석에게는 어울리지 않아. 나는 이 대학에서 자네와 뭔가를 도모하고 싶은 생각이 없어."

해리에게 단단히 화난 나는 그다음 목요일에 제러드의 차를 빌려 타고 버로스에서 가장 유명하다는 복싱클럽을 찾아갔다. 산업지구의 대형 창고를 개조해 복싱클럽으로 사용하고 있었다. 많은 사람들이 운집해 있었고, 땀 냄새와 피비린내가 진동했다. 링에서는 한창 시합이 진행되고 있었고, 수많은 관객들이 링 가장자리에 달라붙어 괴성을 질러댔다.

나는 잔뜩 겁에 질려 당장 도망치고 싶었다. 시합을 해보기도 전에 항복을 선언하고 돌아가고 싶었다. 하지만 그럴 기회조차 주어지지 않았다.

"어이, 흰둥이. 복싱 시합을 하려고 왔나?" 거구의 흑인이 내 앞에 떡 버티고 서더니 다짜고짜 물었다.

내가 고개를 끄덕이자 그는 탈의실을 손짓해 가리키며 옷을 갈아입고 오라고 했다. 15분 후 나는 링에 올랐고, 거구의 흑인을 마주 보고 섰다. 우리는 2라운드 시합을 벌이기로 합의했다.

나는 그날 저녁 그 거구의 흑인에게 받은 주먹세례를 평생 잊지 못할 것이다. 혹시 죽을지도 모른다는 생각이 들 만큼 일방적으로 얻어터졌다. 마지막으로 어마어마한 강도의 훅이 내 관자놀이에 작열했고, 나는 순간적으로 정신을 잃고 링 바닥에 쭉 뻗었다. 관객들은 몬트클레어에서 온 애송이 학생이 강력한 훅을 맞고 쓰러지는 광경을 보며 환호작약했다. 나는 얼굴이 퉁퉁 부어오르고, 살점이 터지고, 피가 나고 멍이 시퍼렇게 들었지만 사력을 다해 버티다가 끝내 최후의 일격을 맞고 바닥에 널브러졌다. 정말이지 죽지 않고 살아있는 게 감사하게 느껴질 만큼 순간적으로 정신을 잃고 쓰러졌다가 가까스로 다시 눈을 떴다. 그때 몸을 굽히고 나를 안타까운 눈길로 내려다보는 해리의 모습이 보였다.

"지금 여기서 뭐하세요?"

해리는 손에 들고 있던 타월로 조심스럽게 내 얼굴에 묻은 피를 닦아주며 씩 웃었다.

"이제 보니 자네는 내 예상보다 훨씬 배짱이 두둑해. 족히 30킬로그램은 더 나가는 상대와 싸우다니, 정말이지 대단한 시합이었지. 비록 패했지만 자네는 끝까지 포기하지 않고 싸우려고 들었어. 나는 무엇보다 자네의 그 끈질긴 투혼에 깊이 감명 받았지."

내가 몸을 일으키려고 하자 해리가 만류했다.

"이제부터 몸을 섣불리 움직일 생각을 하지 마. 코뼈가 주저앉았으니까. 아무튼 자넨 정말이지 용기 있는 남자야. 난 사실 자네에게 그런 용기가 있을 줄은 미처 몰랐어. 자네는 스스로 이 힘든 시합을 자청했고, 내가 자네를 처음 만난 날부터 품었던 기대가 과하지 않았다는 사실을 스스로 증명했지. 자네는 다가서는 고통과 능히 맞설 수 있고, 모든 어려움을 극복할 수 있는 의지와 용기가 있다는 사실을 몸소 보여준 거야. 우리는 앞으로 어느 누구보다 가까운 친구가 될 수 있을 거라 믿어. 자네는 내가 최근 몇 년 동안 만나본 학생들 가운데 가장 특별한 인재이고, 위대한 작가가 될 거라고 믿어 의심치 않아. 나는 자네가 흔들림 없이 그 길을 갈 수 있도록 옆에서 최선을 다해 도울 거야."

∞

로웰에서 기념비적인 복싱 시합을 마치고 나서 해리와 나의 우정은 더욱 두터워졌다. 나의 문학 교수인 해리 쿼버트는 월요일 저녁에는 복싱 파트너, 강의가 없는 휴일 오후에는 작가의 길을 걸을 수 있도록 지도해주는 스승이자 친구가 되었다. 토요일 오후만 되면 우리는 대학 캠퍼스 근처 식당에서 만났고, 책과 노트를 내려놓을 수 있는 커다란 테이블을 차지하고 앉았다. 해리는 내 글을 읽고 나서 항상 유익한 지적을 해주었다. 내 문장에서 잘못된 부분을 일일이 체크해주며 어떻게 써야 하는지 충고를 아끼지 않았다.

"글은 단 한 번으로 흡족한 결과를 이끌어내기 어려워." 해리가 말했다. "글을 거듭 수정하다보면 이전보다 불만족스러운 부분이 점차 줄어든다는 느낌을 받을 수 있을 거야."

나는 글을 썼다가 다시 고쳐 쓰기를 여러 차례 반복했다. 우쭐한 마음에 세상을 아래로 굽어보기만 했던 기고만장한 마커스 골드먼, 언제나 세상을 속이려는 궁리만 일삼던 마커스 골드먼은 그때까지와는 전혀 다른 세상을 경험하고 있었다. 나는 수시로 돌부리에 걸려 쓰러졌다가 다시 일어서는 과정을 반복했다. 해리는 나를 위해 도처에 돌부리를 숨겨두었다. 그는 나를 진정한 나 자신과 처음으로 대면시켜준 스승이자 친구였다.

나는 글쓰기를 공부하는 데 만족하지 않았다. 우리는 틈만 나면 함께 연극, 미술 전시회, 음악 연주회, 영화를 보러 다녔다.

보스턴 심포니 홀에도 자주 갔다. 해리는 명품 오페라 공연을 볼 때마다 눈물이 차오른다고 했다. 해리는 우리 두 사람이 많이 닮았다고 했고, 과거의 인생 이야기도 자주 들려주었다. 해리는 글쓰기가 인생을 바꾸어놓았고, 그런 일이 1970년대 중반에 일어났다고 털어놓았다.

어느 날 우리는 회사에서 은퇴한 노인들 위주로 결성한 합창단 공연을 보기 위해 틴스릿지 근처에 가게 되었다. 그때 해리는 어떻게 살아왔는지 처음으로 과거의 밑바닥을 꺼내 보여주었다. 해리는 1941년에 뉴저지주 벤턴에서 비서로 일하는 어머니와 의사인 아버지 사이에서 태어난 외동아들이었다. 유복한 가정에서 태어나 부족할 것 없는 성장기를 보냈고, 그래서인지 젊은 시절에는 이렇다 할 이야깃거리가 없었다.

해리의 본격적인 인생 이야기는 1960년대 말 뉴욕 대학에서 문학 공부를 마치고 퀸즈 고교에서 문학 담당 교사로 일하게 되면서 시작되었다. 해리는 교사로 일하는 동안 답답한 느낌을 금할 수 없었다. 그의 유일한 꿈은 작가가 되는 것이었으니까.

1972년에 해리는 야심 차게 첫 소설을 발표했지만 결과는 신통치 않았다. 해리가 한 단계를 뛰어넘어야 승산이 있으리라는 생각을 갖게 된 출발점이었다.

"어느 날, 나는 그동안 저축한 돈을 몽땅 인출해 모험에 나섰어. 이제는 더는 미루지 말고 승부를 봐야 할 때라고 생각했지.

몇 달 동안 글쓰기에 매진할 수 있는 집을 찾아 나섰어. 오로라에서 원하는 집을 찾게 되었고, 즉시 구입하기로 결정했지. 1975년 5월 말에 뉴욕 생활을 정리하고, 뉴햄프셔주 오로라 구즈코브에 정착했어. 그 이후 여길 떠난 적이 없었지. 내가 오로라에 정착한 그해 여름에 쓴 책이 나에게 영광의 문을 열어주었거든. 자네도 읽어보았겠지만 《악의 기원》은 내가 오로라에 정착하면서 세상의 빛을 보게 된 첫 소설이었어. 처음에는 월세를 주고 살았는데 인세를 받은 돈으로 아예 집을 구입하게 되었지. 내가 현재 살고 있는 오로라 구즈코브의 집은 아주 놀라운 곳이야. 자네도 시간이 될 때 놀러 와."

나는 2000년 1월 초에 처음으로 오로라 구즈코브에 있는 해리의 집을 방문했다. 내가 해리와 어느 누구보다 가까운 사이가 된 지 일 년 반쯤 지났을 때였다. 나는 해리의 부인에게 선물할 와인과 꽃다발을 준비해갔다. 해리가 커다란 꽃다발을 보더니 의아한 표정을 지으며 물었다.

"자네, 나에게 뭔가 고백할 일이라도 있나?"

"사모님 드리려고 준비했는데요."

"난 단 한 번도 결혼한 적이 없어."

그제야 나는 해리의 사생활에 대해 이야기해본 적이 없다는 사실을 깨달았다. 해리는 결혼한 적이 없었고, 가족도 없었다. 오로지 해리가 가르치는 학생들 중 한 사람과 각별한 우정을 맺고 있을 뿐 혼자 고독하게 지내고 있었다. 나는 해리의 집 냉장 고를 열어보고 나서야 그가 혼자 지내고 있다는 말이 사실이라 는 걸 분명하게 깨달았다.

우리는 책이 빼곡하게 들어찬 서가로 이루어진 거실에 앉았다.

"레몬수를 한잔 줄까?"

"네, 좋아요."

"냉장고를 열면 레몬수가 든 유리병이 보일 거야. 자네를 주려 고 준비해두었으니 컵을 가져와 따라 마셔."

나는 해리가 시키는 대로 했다. 냉장고를 열어보니 별 모양 얼 음, 레몬 껍질, 박하 잎 따위를 첨가한 레몬수 병 하나가 들어 있을 뿐이었다. 혼자 사는 남자의 냉장고다웠다.

"냉장고가 텅 비었네요." 내가 거실로 돌아오면서 말했다.

"모처럼 장을 보러 가야겠어. 집에 손님을 초대해본 적이 없어 냉장고가 텅 비어있는 상태야."

"이 넓은 집에 혼자 살아요?"

"가족도 없는데 혼자 살아야지 어쩌겠나?"

"여자 친구도 없어요?"

해리가 씁쓸하게 미소 지었다.

"지금 내 옆에는 아무도 없어."

해리의 집을 처음 방문해보고 나서 나는 해리에 대해 품고 있 던 선입견이 깨져버렸다. 해리의 집은 무척이나 크고 우아했지만 텅 비어있었다. 미국 최고의 작가이자 버로스 대학 학생들의 존경을 한 몸에 받는 해리 퀴버트 교수는 어느 모로 보나 매력적이고, 카리스마 넘치고, 멋진 인물이었다. 세상 사람들 앞에서는 어느 누구보다 잘 나가는 인물인 해리가 오로라 구즈코브에 있는 집으로 돌아오는 즉시 측은한 인물이 되어버린다는 사실이 쉽게 납득되지 않았다. 때로 막다른 골목으로 몰린 사람처럼 해리의 얼굴에서 서글프고 외로운 모습을 발견했다. 해리는 집 바로 아래에 펼쳐진 해변을 따라 산책을 즐기고, '메인주, 로클랜드 기념'이라고 새겨진 양철 상자에 모아둔 빵조각을 갈매기들에게 나눠주는 게 중요한 일과였다. 해리의 인생에 무슨 일이 있었기에 이토록 외롭게 살게 되었는지 궁금했다.

해리와 나를 사이에 두고 이상한 소문이 나돌지 않았다면 그의 고독이 그토록 나를 심란하게 만들지는 않았을지도 모른다. 내가 해리와 각별한 관계를 이어가자 학생들 사이에서 우리가 동성연애자라는 소문이 나돌았다. 어느 토요일 아침에 나는 학생들이 우리 사이를 두고 쑥덕거리는 말들이 마음에 걸려 해리에게 단도직입적으로 물었다.

"선생님은 왜 혼자 사세요?"

나는 한순간 해리의 두 눈이 반짝거리는 모습을 놓치지 않았다.

"마커스, 자넨 지금 내 사랑 이야기를 듣고 싶지? 하지만 사랑은 늘 복잡해. 세상에서 제일 근사한 동시에 고약한 게 바로 사랑이거든. 자네도 언젠가 경험하게 될 거야. 사랑이 마음을 무척이나 아프게 할 수도 있어. 그렇다고 사랑하길 주저해서는 안 돼. 사랑에 빠지는 걸 두려워하지 마. 사랑은 매우 아름답기도 하니까. 아름다운 것들이 다 그러하듯 사랑은 우리를 환희롭게도 하고, 마음이 아프게도 하지. 사랑 때문에 펑펑 눈물을 쏟기도 하고."

그날 이후 나는 거의 정기적으로 해리의 집을 방문했다. 어떨 때는 당일치기로 다녀오기도 하고, 하룻밤 자고 오기도 했다. 해리는 작가가 되고자 하는 나에게 선배 작가로서 터득한 방법을 알려주었고, 나는 해리가 조금이나마 덜 외롭기를 바랐다. 대학을 마치기까지 몇 해 동안 나는 버로스 대학 캠퍼스에서 스승이자 유명 작가인 해리 쿼버트 교수를 만났고, 오로라에서는 외로운 남자 해리를 만나 우정을 나누었다.

2002년 여름, 버로스 대학에서 4년 과정을 마친 나는 문학 학사 학위를 받았고, 대강당에서 열린 졸업식 행사 때 졸업생 대표로 연설했다. 몬트클레어에서 온 내 가족과 친구들은 내가 연설을 마치자 큰 박수와 환호를 보내며 감격스러워했다.

졸업식을 마치고 나서 나는 잠시 해리와 캠퍼스를 거닐었다. 우리는 플라타너스 나무 아래를 지나 우연히 복싱 연습실 앞에 다다르게 되었다. 눈부신 햇빛이 쏟아지는 날이었다. 우리는 샌드백을 슬쩍 건드려보기도 하고, 링 사이를 오가며 추억을 더듬었다.

"자네는 앞으로 무슨 일을 하며 지낼 건가?"

"몬트클레어로 돌아가 소설을 써야죠. 선생님의 지도를 받들어 역사에 길이 남을 소설을 쓰고 싶습니다."

해리가 빙긋 웃었다.

"작가란 모름지기 인내심이 필요한 직업이야. 앞으로 시간은 많이 있으니까 너무 조급해하지 마. 글을 쓰다가 잘 풀리지 않아 답답할 때면 언제든 오로라에 와."

"네, 감사합니다."

"자네가 오로라에 오면 언제든지 머물 수 있는 자리를 비워둘게."

"거듭 감사합니다."

해리는 나를 물끄러미 바라보다가 내 어깨를 덥석 잡았다.

"우리가 만난 지 벌써 4년이 지났고, 그동안 자네는 많이 성장했어. 우쭐거리길 좋아하는 철부지 학생이었는데 어느 누구보다 듬직한 남자가 되었지. 어서 자네가 쓴 첫 소설을 읽어보고 싶어. 그런데 자네는 왜 글을 쓰고 싶다고 했지?"

"저도 왜 그런지 이유를 잘 모르겠지만 언제부터인가 글을 써야 한다는 생각이 마음 깊이 각인되어 있었어요. 요즘은 아침에 눈을 뜨는 순간 가장 먼저 어떤 글을 써야 할지 생각해요. 선생님은 어쩌다가 작가가 되셨어요?"

"글이 내 삶에 의미를 부여해주었어. 살아보니 인생은 대체로 무의미해. 자네가 인생에 의미를 부여하기 위해 애쓰고, 매일 신께서 자네가 그 일을 잘 해낼 수 있도록 돕지 않는다면 그렇다는 뜻이야. 자네에게는 분명 비범한 재능이 있어. 그 비범한 재능이 자네 인생에 어떤 의미를 부여할지는 아무도 몰라. 그저 자네가 갈고 닦아 빛나는 보석이 되도록 만들어야 하지. 자네의 삶에 숨결을 불어넣어줘. 작가가 된다는 건 살아 숨 쉬는 거야."

"만약 작가로 성공하지 못하면 어떤 진로를 선택해야 할까요?"

"미리부터 실패를 염두에 두지 마. 자넨 해낼 수 있어. 쉽지 않은 일이지만 해낼 수 있으리라고 봐. 언젠가 글쓰기가 자네의 인생에 각별한 의미를 부여하게 될 거야. 명실상부한 작가로 탄생하는 셈이지. 그때까지 추락을 두려워해서는 안 돼."

그날 이후 2년 동안 절치부심해 쓴 소설이 마침내 나를 떠오르는 작가로 만들었다. 여러 출판사에서 내가 쓴 소설을 출판하겠다고 나섰다. 2005년에 나는 마침내 뉴욕의 저명한 출판사 〈슈미드 앤드 핸슨〉과 계약을 체결했다. 〈슈미드 앤드 핸슨〉의 로이 바나스키 대표는 내 소설 다섯 권을 한꺼번에 계약하길 원했고, 나는 흔쾌히 받아들였다.

2006년 가을에 첫선을 보인 내 소설은 공전의 히트를 기록했다. 펠튼 고교의 괴짜는 이제 유명 작가가 되었고, 내 인생은 급격히 달라졌다. 대학을 졸업한 지 불과 3년 만에 나는 거액의 계약금과 인세를 받는 작가가 되었고, 이름이 널리 알려지게 되었고, 문학계 인사들로부터 뛰어난 재능을 인정받았다. 그때까지만 해도 내 성공이 해리의 가르침 덕분이라는 사실을 미처 깨닫지 못했다.

27
수국을 심은 자리

"내가 쓰고 있는 글에 대해 의문이 들어요. 글을 계속 써야 할지, 아니면 이쯤에서 중단하고 다른 글감을 찾아봐야 할지 판단이 서지 않아요."

"어서 반바지를 입고 해변으로 나와. 달리기를 하다보면 자네의 그 질문에 대한 답을 찾을 수 있을 테니까."

"장대비가 내리고 있는데요?"

"그깟 비 좀 맞는다고 죽지는 않으니까 자꾸 징징대지 말고 어서 나와. 빗속을 뚫고 달릴 용기도 없는 사람이 소설은 어떻게 쓰려고? 그야말로 언감생심이지."

"제가 마음속에 아로새겨야 할 교훈 가운데 하나인가요?"

"자네 마음속에서 자라나고 있는 모든 등장 인물들에게도 적용되는 충고야. 글을 쓰다가 막히거나 자신이 하는 일을 계속 해야 할지 당장 접어야 할지 의구심이 들 때면 무조건 달려. 머리가 하얘지도록 달려. 그럼 자네의 내면에서 반드시 이겨내겠다는 비장한 생각이 자리잡을 테니까. 나도 비라면 질색이었는데 이젠 정말 좋아해."

"비에 대한 생각을 바꾼 계기가 뭔데요?"

"어떤 사람의 영향을 크게 받았다고 할 수 있지."

"누군데요?"

"자, 이제 해변으로 달려 나가자고. 쏟아지는 비를 맞으며 기진 맥진해질 때까지 뛰다가 돌아오면 좋은 생각이 날 테니까."

"제 질문에는 답변도 하지 않고 얼렁뚱땅 넘기시면서 무조건 빗속을 달리면 스스로 깨닫게 될 거란 말입니까?"

"그렇다니까. 자네는 질문이 너무 많아. 자, 어서 달려."

건장한 체구에 인상이 고약한 남자였다. 몸에 꽉 끼는 재킷 차림의 흑인이 나를 향해 총구를 들이댔다. 총을 든 상대로부터 위협을 받아본 건 난생처음이었다. 2008년 6월 18일 수요일, 건장한 체구의 흑인 남자는 내가 놀라 켈러건과 데보라 쿠퍼 살해 사건을 본격적으로 조사하기 시작한 날 돌연 내 인생에 끼어들었다.

그날 아침, 나는 해리의 집 정원에 파놓은 커다란 구덩이를 직접 살펴보기로 마음먹었다. 경찰이 출입을 통제하기 위해 설치해둔 천막 아래로 몸을 숙이고 들어간 나는 구덩이를 유심히 살펴보았다. 해리의 집은 해안가에 위치한 숲에 둘러싸여 있었고, 통행을 금지한 바리케이드나 폴리스라인은 그 어디에도 설치되어 있지 않았다. 해변이나 숲에서 산책을 즐기는 사람들도 제법 많았다. 문제의 구덩이가 있는 지점은 바다가 내려다보이는 해리의 집 테라스와 숲의 중간쯤이었다. 구덩이 앞에 서자 머릿속에서 수많은 질문들이 꼬리에 꼬리를 물고 이어졌다. 놀라의 사체가 땅속에서 수십 년이나 부식되어 가고 있을 때 나는 해리의 집 서재와 테라스에서 많은 시간을 보냈다.

나는 놀라 켈러건의 부패된 사체를 떠올리면서 휴대폰 카메라로 구덩이 사진을 찍고, 동영상도 촬영했다. 범죄 현장을 둘러보고 있다는 사실이 마음을 어수선하게 한 탓인지 건장한 체구의 흑인 남자가 바로 뒤에 와있다는 사실을 미처 알아차리지 못했다. 테라스와 구덩이 사이의 거리를 동영상으로 찍어두려고 몸을 돌리는 순간 나는 비로소 몇 미터 떨어진 곳에서 총구를 겨누고 있는 거구의 흑인 남자를 발견했다.

총을 보는 순간 기겁한 나는 고함을 질렀다. "쏘지 말아요. 난 마커스 골드먼이고 작가입니다."

흑인 남자는 즉시 총구를 아래로 내렸다.

"당신이 정말 마커스 골드먼입니까?"

그가 벨트에 찬 총집에 권총을 집어넣는 동안 나는 그의 가슴에 달린 경찰 배지를 보았다.

"난 뉴햄프셔주 경찰청 강력계의 페리 게할로우드 경사입니다. 여긴 출입이 통제된 범죄 사건 현장이고, 사진 촬영은 금지되어 있습니다."

"그나저나 경사님은 사건 현장을 둘러보다가 낯선 사람을 발견할 경우 사전 경고도 없이 총부터 들이댑니까? 내가 만일 FBI 수사관이라면 어쩌려고요? 경사님은 호되게 문책을 당하거나 시말서를 썼어야 하지 않을까요?"

게할로우드 경사가 껄껄 웃었다.

"10분 전부터 나는 당신의 일거수일투족을 면밀하게 관찰했고, 그 결과 경찰은 아니라고 확신했습니다. 경찰이 구두를 더럽힐까봐 까치발로 살금살금 걷는 경우는 본 적이 없으니까요. 게다가 FBI 수사관이라면 상대가 총을 겨눈다고 기겁하듯 놀라지도 않겠죠. 총을 쏘지 못하도록 침착하게 상대를 회유하거나 재빨리 몸을 굴려 피하면서 먼저 쏠 테니까요."

"난 경사님이 강도인 줄 알았습니다."

"흑인이라서?"

"그럴 리가요? 인상이 몹시 고약해 보여서요. 게다가 인디언 넥타이를 매고 다니는 경찰은 본 적이 없어서요."

"자, 이제 여기서 무얼 하고 있었는지 설명해주시겠습니까?"

"난 이 집에 머물고 있습니다."

"여긴 해리 쿼버트 교수의 집인데요."

"난 해리의 제자이자 친구입니다. 해리가 집을 비운 동안 이 집에 와서 지내라고 했습니다."

"지금 제정신입니까? 해리 쿼버트는 두 건의 살인사건 용의자로 지목돼 경찰의 수사를 받고 있고, 이 집은 접근 금지된 곳입니다. 난 당신을 범죄 용의자 가택 불법 침입으로 연행할 수도 있어요."

"해리의 집에는 출입 금지를 표시한 봉인이 붙어 있지 않던데요?"

게할로우드 경사가 잠시 당황하는 기색을 보였다.

"어느 정신 나간 사람이 유력한 용의자 집에서 머물 줄은 아무도 예상하지 못했을 테니까 그랬겠죠."

"유능한 경찰이라면 해리와 절친한 제가 이 집에서 머물게 될 수도 있다는 걸 예상했어야 하지 않을까요?"

"정말 말이 많으시네요. 당신을 불법 가택 침입죄로 연행하겠습니다."

"난 분명 출입 금지를 표시한 봉인이 부착되어있지 않은 집에서 머물렀는데 불법 가택 침입이라고요? 난 앞으로도 계속 이 집에 머물 겁니다. 그걸 불법으로 규정하고 싶으면 그렇게 하세요. 난 소송을 제기해 무조건 대법원까지 가볼 테니까요. 경찰이 선량한 시민을 총으로 위협한 건 엄연히 직권 남용이고, 난 경사님이 저지른 위법 행위에 대해 수백만 달러의 손해배상을 청구해볼까 합니다. 경사님도 보았다시피 난 이미 중요한 장면을 다 촬영해 두었습니다."

"벤자민 로스가 제대로 훈수를 두었군요." 게할로우드 경사가 한숨을 푹 쉬었다.

"잘 아시면서 왜 그러세요?"

"벤자민 로스 변호사는 의뢰인을 무죄로 만들 수만 있다면 친엄마라도 기꺼이 전기의자에 앉힐 수 있는 작자니까요."

"대단히 유능한 변호사네요. 법의 허점을 잘 꿰고 있으니까."

"당신이 이 집에서 머무는 건 상관없습니다. 다만 경찰이 설치한 천막 안쪽으로 발을 들여놓아서는 안 됩니다. 당신도 보았다시피 경찰이 여기 이렇게 경고문을 부착해 두었으니까요. *"범죄 현장, 천막 안쪽 출입을 금합니다."*

나는 셔츠에 묻은 흙을 털어내고 나서 구덩이 쪽으로 걸음을 옮겼다.

"혹시 책을 쓰는 데 도움이 될까 해서 현장 조사를 하고 있었습니다." 나는 자못 진지하게 말했다. "경사님이 이번 사건을 수사하면서 찾아낸 단서를 저에게도 살짝 귀띔해주실 수 있을까요?"

게할로우드 경사가 피식 웃었다.

"당신이 현장 조사를 한다고요? 아, 그러고 보니 당신은 나에게 15달러를 빚졌어요."

"내가 언제요?"

"당신 책을 사서 읽었거든요. 내가 평생 읽은 책 가운데 최악이었습니다. 당장 책값을 환불해주세요."

나는 게할로우드 경사의 두 눈을 똑바로 응시하며 말했다.

"말도 안 되는 억지 주장을 잘도 하시네요. 그런 헛소리나 하려면 내 눈앞에서 당장 꺼지세요, 게할로우드 경사님."

나는 화가 나서 그렇게 말한 다음 무턱대고 걸음을 옮겨놓다가 구덩이에 빠지고 말았다. 놀라 켈러건의 시신이 묻혀 있던 구덩이로 떨어진 나는 화들짝 놀라 비명을 질렀다.

"유명 작가님이 왜 이렇게 덤벙대실까?"

게할로우드 경사가 흙더미 위쪽에서 아래를 내려다보며 구시렁거리다가 손을 내밀어 내가 밖으로 나올 수 있도록 도와주었다. 우리는 테라스 의자에 마주 앉았고, 나는 그에게 50달러짜리 지폐 한 장을 내밀었다.

　　"혹시 거스름돈 있어요?" 내가 물었다.

　　"없는데요."

　　"그럼 그냥 다 가져가세요."

　　"작가들은 돈이 많나봐요. 아무튼 고맙습니다."

　　"내 소설이 그렇게 재미없었어요?"

　　"그냥 해본 소리였습니다. 사실은 무척 재미있게 읽었어요."

　　"놀라의 유해를 발견한 날에도 경사님은 여기에 왔습니까?"
나는 그날 벌어진 상황이 궁금해 그에게 물었다.

　　"그날 난 당직이라 이곳에 가장 먼저 도착했습니다. 구덩이에 오래되어 부식된 유골과 가죽 가방이 놓여 있었죠. 가방에 놀라 켈러건이라는 이름이 찍혀 있었고요. 가방 안에는 원고 뭉치가 들어 있었는데, 비교적 보존 상태가 양호한 편이었어요."

　　"그 원고가 해리의 원고라는 건 어떻게 알게 되었나요?"

　　"현장에서 발견한 당시에는 전혀 몰랐습니다. 경찰청에 출두한 해리 쿼버트에게 원고를 보여주었더니 금세 알아보더군요. 1976년에 놀라 켈러건이 실종된 지 일 년쯤 되었을 때 출판된 해리 쿼버트의 책 《악의 기원》과 원고를 대조해 보았더니 내용이 똑같았어요. 우연치고는 기이하지 않습니까?"

"해리가 놀라 켈러건에 대한 소설을 썼다고 해서 그 아이를 살해했다는 증거는 될 수 없잖아요. 해리는 원고가 자기도 모르는 새 사라졌고, 놀라가 가져갔을 수도 있다고 말하더군요."

"놀라 켈러건의 사체가 해리 쿼버트의 집 정원에서 발견되었습니다. 그가 직접 쓴 원고가 가방에 들어있었고요. 이 정도면 해리 쿼버트가 범인이라는 정황 증거로 충분하지 않을까요? 해리가 관련 없다는 증거를 한 가지라도 제시해보세요."

"현장에서 발견한 원고 뭉치를 볼 수 있을까요?"

"범죄 증거물이라 열람이 불가합니다."

"나도 해리의 무고를 입증하려고 조사 중입니다." 난 고집을 꺾지 않았다.

"당신이 어떤 조사를 하든지 난 관심 없습니다. 그 대신 해리가 배심원들 앞에 서게 되면 즉시 관련 서류를 열람할 수 있는 기회가 주어질 겁니다."

나는 게할로우드 경사가 이 사건에 대해 얼마나 잘 파악하고 있는지 궁금했다.

"오로라 경찰서장 트래비스 던을 만나 이야기를 나누어봤는데 놀라 켈러건이 실종될 당시 경찰은 중요한 단서를 확보하고 있었다고 하더군요. 용의자가 검은색 쉐보레 몬테카를로를 타고 있었다고요."

"나도 알고 있습니다." 게할로우드 경사가 즉각 반응했다. "이왕 말이 나왔으니 셜록 홈즈 작가님께서 추리를 해보시죠. 해리 퀴버트도 검은색 쉐보레 몬테카를로를 소유하고 있었거든요."

"경사님은 검은색 쉐보레 몬테카를로 얘기를 어떻게 알게 되었습니까?"

"당시에 작성된 수사 보고서를 보고 알게 되었습니다."

나는 잠시 생각을 가다듬고 나서 물었다. "해리가 범인이라면 왜 하필 놀라 켈러건의 시신을 묻은 바로 그 지점에 수국을 심으려고 했을까요? 조경회사 직원들을 시켜 구덩이를 팔 경우 놀라 켈러건의 유해가 나오게 되리라는 예측을 할 수 있었을 텐데요?"

"조경회사 직원들이 땅을 얕게 팔 거라고 생각했을 수도 있겠죠."

"내가 해리라면 그런 위험을 감수하면서까지 굳이 그 장소에 수국을 심고 싶지는 않았을 텐데요. 그 한 가지 사실만으로도 해리가 범인이 아니라는 걸 분명하게 알 수 있습니다."

"어떻게 확신할 수 있죠?"

"내가 알기로 해리는 놀라 켈러건을 지극히 사랑했으니까요."

"사랑한 사람을 죽인 사이코패스들은 정말 많습니다."

게할로우드 경사는 그 말을 끝으로 자리에서 일어섰다.

"우리의 수사에 대해 좀 더 이야기를 나누었으면 하는데 벌써 가시게요?"

"우리의 수사라고요? 수사는 내가 할 테니까 당신은 소설이나 열심히 쓰시죠."

"언제 다시 만나 뵐 수 있을까요?"

"우리가 다시 만날 필요가 있을까요? 앞으로 나는 당신을 만나볼 계획이 전혀 없는데요."

게할로우드 경사는 작별 인사도 없이 멀어져갔다.

∞

게할로우드 경사가 떠나고 나서 나는 오로라경찰서로 트래비스 던 서장을 만나러 갔다. 전날 저녁 해리의 집 문틈에 끼워져 있던 익명의 메모지를 보여줄 겸 수사가 어떻게 진행되고 있는지 궁금해서였다.

"해리의 집에서 이 메모지를 발견했습니다." 나는 트래비스의 책상에 메모지를 내려놓으며 말했다.

트래비스가 메모지를 읽었다.

"'집으로 돌아가, 골드먼.' 작가님은 이 메모지를 언제 발견했죠?"

"어제 저녁에 해변으로 산책을 나갔다가 돌아와 보니 현관문 틈에 끼워져 있었습니다."

"메모지를 끼워둔 사람이 누군지 보지 못했나요?"

"네."

"이런 일은 처음입니까?"

"네, 그렇긴 하지만 제가 오로라에 온 지 이틀밖에 안 되었으니까요."

"일단 사건을 접수하고 수사를 해보겠습니다. 당분간 작가님도 몸조심하세요."

"마치 우리 엄마처럼 말씀하시네요."

"농담이 아닙니다. 작가님은 이 사건이 오로라 사람들에게 얼마나 큰 충격을 주었는지 모를 겁니다. 이 메모지는 당분간 내가 가지고 있겠습니다."

"네, 그러시죠."

"혹시 내가 작가님을 위해 뭔가 해주길 바라는 일이 있습니까? 작가님이 이 메모지 건만으로 나를 찾아온 것 같진 않아서 묻는 겁니다."

"시간이 되시면 저를 사이드 크릭 레인에 데려가 주었으면 합니다. 사건이 일어난 장소를 둘러보고 싶어서요."

트래비스는 나를 사이드 크릭 레인에 데려갔을 뿐만 아니라 33년이라는 긴 세월을 거슬러 올라가는 시간여행을 시켜주었다. 트래비스가 운전하는 경찰차는 최초로 데보라 쿠퍼의 신고를 받고 출동했던 그 길을 그대로 따라갔다. 오로라에서 출발해 해변을 따라 이어지는 1번 도로를 타고 달리다가 구즈코브를 지나 몇 킬로를 더 달린 끝에 사이드 크릭 숲 언저리에 다다랐다.

데보라 쿠퍼의 집은 길이 끝나고 숲이 시작되는 지점에 있었다.

트래비스는 교차로에서 방향을 꺾어 데보라 쿠퍼의 집 앞에 도착했다. 나무가 울창한 숲을 배경으로 예쁜 목조 주택이 바다를 마주하고 있었다. 주변 경치는 근사하기 그지없었지만 지나치게 외딴 곳에 위치한 집이었다.

"조금도 변함없이 그대로네요." 트래비스가 집을 둘러보며 말했다. "페인트칠을 다시 해 이전보다 색이 더 밝고 선명해진 것 말고는 그 당시와 똑같아요."

"지금은 누가 이 집에 살고 있는데요?"

"보스턴에서 온 커플이 이 집을 임대했어요. 7, 8월 두 달 동안 이 집을 사용하기로 했나봐요. 통상 그 나머지 기간에는 비워두고 있어요."

트래비스가 주방과 면해 있는 뒷문을 가리켰다.

"쿠퍼 부인은 저 문 앞에 서 있었어요. 이 집에 도착한 나와 프랫 서장은 걱정하지 말라며 쿠퍼 부인을 안심시키고 나서 숲을 수색하는 동안 집에서 꼼짝 말고 있으라고 했죠. 프랫 서장과 나는 즉시 숲을 수색하러 갔습니다. 그로부터 20분 후 쿠퍼 부인은 가슴에 총을 맞고 숨겨 있었습니다. 미처 예상하지 못했던 일이라 우린 망연자실했죠."

트래비스는 말을 하면서 계속 숲 쪽으로 걸어갔다. 33년 전 프랫 서장과 함께 수색했던 숲을 둘러보려는 듯했다.

"프랫 서장은 현재 어떻게 지내십니까?" 내가 뒤따라가며 물었다.

"지금은 은퇴해 오로라의 마운틴 드라이브에 살고 있어요. 어쩌면 작가님도 우연히 프랫 서장을 마주친 적이 있을지도 모릅니다. 여전히 건장한 체구에 골프 바지를 즐겨 입고 다니죠."

우리는 줄지어 자라는 나무들 사이로 들어갔다. 나무들 사이로 해변이 내려다보였다. 15분쯤 말없이 걷던 트래비스가 곧게 뻗은 소나무 세 그루가 있는 지점에서 걸음을 멈추었다.

"바로 여기입니다." 트래비스가 말했다.

"여기라뇨?"

"프랫 서장과 내가 수색을 하다가 이곳에서 핏자국, 금발 머리카락, 빨간 천 조각을 발견했습니다. 난 아무리 시간이 흐른다고 해도 이 장소만큼은 잊을 수 없을 겁니다. 그 당시보다 바위에 이끼가 더 많이 끼고, 나무들도 키가 더 자랐지만요."

"이곳에서 그런 단서들을 찾아내고 나서 어떻게 하셨습니까?"

"우리는 심각한 사건이 벌어졌다고 직감했지만 갑자기 총성이 들려오는 바람에 이곳에 더는 머물러 있을 수 없었습니다. 정말이지 미치고 환장할 노릇이었죠. 쿠퍼 부인을 살해한 범인이든 놀라 켈러건이든 그 아이를 납치한 범인이든 이 숲으로 도망치다가 우리와 맞닥뜨렸어야 마땅한데 끝내 아무도 발견하지 못했거든요. 우리는 현장 가까이에 있었는데 왜 쿠퍼 부인을 살해하고 나서 놀라 켈러건을 납치해간 범인을 놓치게 되었는지 아직도 납득이 되지 않습니다. 아마도 범인은 잡초 넝쿨이 우거진 곳에 몸을 숨긴 채 놀라 켈러건이 비명을 지르지 못하도록 입을 틀어막고 있었을 가능성이 큽니다. 하긴 숲이 깊어 사람들 눈에 띄지 않게 몸을 숨기는 게 그리 어렵지 않았을 수도 있었겠죠. 놀라 켈러건은 범인이 잠시 한눈을 파는 사이 도망쳤고, 도움을 청하기 위해 쿠퍼 부인의 집으로 달려갔습니다. 놀라 켈러건을 뒤쫓아 간 범인이 쿠퍼 부인을 살해하고 나서 그 아이를 다시 납치해 사라졌죠."

"프랫 서장과 둘이 숲을 수색하다가 총성을 들은 즉시 쿠퍼 부인의 집으로 달려갔다고 했죠?"

"네, 그랬죠."

우리는 왔던 길을 되짚어 데보라 쿠퍼의 집을 향해 걸어갔다.

"쿠퍼 부인의 집 주방에서 잔혹한 살인이 벌어졌어요." 트래비스가 말했다. "쿠퍼 부인의 집 앞까지 도망친 놀라 켈러건은 급히 문을 두드리며 도움을 요청했을 겁니다. 쿠퍼 부인은 그 아이를 재빨리 집 안으로 들어오게 한 다음 경찰에 신고하기 위해 거실로 갔겠죠. 그 집 전화기가 거실에 놓여 있다는 걸 나도 압니다. 나도 그 집 전화기로 프랫 서장에게 최초 상황을 보고했거든요. 쿠퍼 부인이 전화하러 간 사이 범인이 주방으로 들이닥쳐 놀라 켈러건을 제압했을 겁니다. 거실에서 경찰에 전화한 쿠퍼 부인은 통화를 마치고 주방으로 돌아왔다가 범인이 쏜 총을 맞게 되었고요. 쿠퍼 부인을 살해한 범인은 놀라 켈러건을 차를 세워둔 곳까지 끌고 갔고, 어디론가 감쪽같이 사라졌죠."

"범인의 차는 어디에 세워져 있었는데요?"

"1번 도로변이었어요. 숲을 따라 평행선으로 나 있는 도로변. 내가 어딘지 알려줄 테니까 같이 가봅시다."

트래비스는 쿠퍼 부인의 집을 뒤로 하고 나를 다시 숲으로 데려갔다. 이번에는 전혀 다른 방향이었다. 트래비스는 나무들 사이를 가로질러 거침없이 걸어갔고, 금세 1번 도로에 도착했다.

"범인의 차로 추정되는 검은색 쉐보레 몬테카를로는 바로 이 지점에 세워져 있었어요. 그 당시에는 도로와 맞닿은 숲에 잡초 넝쿨이 우거져 있어 숲 안쪽에서는 도로가 잘 보이지 않았죠."

"범인이 이 지점에 차를 세웠다는 건 어떻게 알게 되었습니까?"

"쿠퍼 부인 집에서 여기까지 핏자국이 남아있었거든요."

"범인이 끌고 다니던 검은색 쉐보레 몬테카를로는 끝내 찾지 못했나요?"

"이미 전에도 말했다시피 인력 증원 요청을 받고 달려온 보안관 보좌관이 우연히 범인의 차를 발견하고 추격전을 벌였습니다. 오로라에서 외부로 빠져나가는 도로를 모두 봉쇄하고 범인을 잡으려고 했지만 끝내 실패했습니다."

"범인은 어떻게 경찰의 삼엄한 검문검색을 뚫고 도망칠 수 있었을까요?"

"나도 납득하기 힘든 일입니다. 지난 33년 동안 단 하루도 빠짐없이 생각해봤지만 여전히 이해가 안 되더군요. 난 요즘도 순찰을 돌다가 검은색 쉐보레 몬테카를로만 보면 가슴이 덜컥 내려앉습니다. 만약 그 당시 검은색 쉐보레를 찾아냈더라면 놀라 켈러건은 목숨을 잃지 않았을 테니까요."

"놀라 켈러건이 그 차에 타고 있었을 거라고 확신하십니까?"

"이 지점에서 겨우 3.2킬로미터 떨어진 곳에서 놀라의 사체가 발견되고 나니 더욱 그런 확신이 듭니다."

"해리가 그 차를 몰았다고 생각하세요?"

트래비스는 어깨를 으쓱하고 나서 말했다. "해리의 집 정원에서 놀라 켈러건의 유해가 발굴되었습니다. 그가 아니면 그런 짓을 할 사람이 또 누가 있을까요?"

그날 트래비스의 소개로 만나러 간 전 오로라 경찰서장 가레스 프랫 역시 가정을 전제로 해리가 범인일 가능성이 높다고 했다. 프랫 서장은 골프복 차림으로 현관문 앞에서 나를 맞았다. 프랫 서장의 부인인 에이미는 나에게 음료수를 가져다주고 나서 우리가 나누는 대화에 관심이 있는지 줄곧 주변을 떠나지 않고 엿들었다. 에이미는 가끔 프랫 서장이 한 말에 이러쿵저러쿵 주석을 달기도 했다.

"우리, 전에도 본 적이 있지 않던가요?" 프랫 서장이 나에게 물었다.

"제가 오래전부터 오로라에 들락거렸으니 어쩌면 구면일 수도 있겠네요."

"소설로 대박을 터뜨린 작가잖아요." 에이미가 우리 대화에 끼어들었다.

"작가 맞습니까?" 프랫 서장이 물었다.

"네, 맞습니다."

"글을 쓰기도 바쁠 텐데 무슨 일로 나를 찾아왔죠?"

"놀라 켈러건 사건과 관련해 몇 가지 물어볼 말이 있습니다. 트래비스 서장과도 이야기를 나누어봤는데 그 당시 서장님께서는 해리를 유력한 범인으로 의심했다고 들었습니다. 어떤 근거로 해리를 범인으로 의심했는지 궁금합니다."

"해리를 범인으로 의심하게 만든 몇 가지 단서가 있었어요. 우선 범인은 이 지역 사람이 아니고서는 도저히 알 수 없는 길들을 손바닥 들여다보듯 훤히 알고 있었습니다. 경찰이 오로라에서 외부로 나가는 도로를 모두 봉쇄했는데 범인은 마치 귀신처럼 빠져 달아났으니까요. 우리는 이 지역에서 검은색 쉐보레 몬테카를로를 보유한 차주 명단을 작성해 조사해봤는데 해리 쿼버트 교수만이 유일하게 알리바이가 없었습니다."

"해리가 범인일 가능성이 크다면 더욱 집요하게 파고들었어야 마땅할 텐데 왜 중도에 수사를 포기했죠?"

"해리가 쉐보레 몬테카를로의 차주라는 사실을 빼면 그를 범인으로 특정할 유력한 증거가 없었습니다. 그런 까닭에 해리는 이미 초기 수사 단계부터 용의자 명단에서 제외되었죠. 지금은 놀라 켈러건의 유해가 해리의 집 정원에서 발견되었으니 상황이 바뀌었다고 할 수 있습니다. 난 사실 해리에게 호감을 갖고 있었고, 그런 부분들이 내가 냉정한 판단을 내리는 데 방해 요인으로 작용했을 수도 있겠네요. 해리는 매력 넘치고, 친근감 있고, 설득력 있는 사람이었으니까요. 혹시 해리가 자기도 모르는 사이에 내뱉은 말들 중에서 범행을 의심할 만한 정황이나 단서가 될 만한 언급은 없었습니까?"

"내 기억으로는 전혀 없었습니다."

해리의 집으로 돌아온 나는 커다란 구덩이 가장자리에서 속절없이 시들어가는 수국을 보자 문득 안쓰러운 느낌이 들었다. 나는 차고로 쓰는 작은 부속건물에서 삽을 가져와 바다를 마주한 곳에 수국을 심었다.

∞

2002년 8월 30일

새벽 6시에 해리는 커피잔을 손에 들고 테라스에 나와 앉아 있었다.

"벌써 해변에서 뜀박질을 하고 온 건가?"

"8마일쯤 달리고 오는 길입니다."

"몇 시에 일어났지?"

"새벽에 일어났죠. 2년 전, 제가 처음 여기에 왔을 때부터 선생님이 꼭두새벽에 저를 깨우셨잖아요. 그 이후로 습관이 되었는지 저절로 눈이 떠지네요. 새벽 어스름에 일어나 해변을 달리다 보면 온 세상이 전부 내 것 같아요. 선생님은 무슨 일로 이렇게 일찍 일어나 밖에 나와 계세요?"

"저기 있는 풀밭을 보고 있었어."

"풀밭은 왜요?"

"저기 소나무들이 몇 그루 있는 풀밭이 보일 거야. 오래전부터 난 저 풀밭을 정원으로 가꾸고 싶었거든. 그나마 바닥이 평탄해 정원으로 꾸미기에 적합한 곳이지. 저기에 철제 테이블과 의자들을 놓아두고, 해마다 활짝 핀 수국을 보고 싶어."

"왜 하필 수국이죠?"

"내가 사랑하는 아이가 수국을 몹시 좋아했거든. 저 풀밭을 수국이 활짝 핀 정원으로 꾸며 그 아이를 영원토록 기리고 싶어."

"그 아이를 많이 사랑했나봐요."

"아주 많이 사랑했지."

"그 이야기를 들려주세요."

"그다지 할 말이 없어."

"사랑했다면서요?"

"자네는 내 연애 이야기를 들으려고 하지 말고 머릿속으로 상상의 날개를 활짝 펼쳐봐. 두 눈을 꼭 감고 그 어떤 빛도 자네의 눈꺼풀을 통과하지 못하도록 한 다음 상상 속으로 여행을 떠나는 거야. 테라스에서 시작해 수국이 활짝 피어있는 정원까지 이어지는 포석 깔린 길이 보이나? 거기에 철제 테이블과 두 개의 벤치가 놓여 있을 거야. 그 벤치에 앉으면 넓게 펼쳐진 바다와 수국이 활짝 핀 정원이 한눈에 들어오겠지. 그보다 멋진 볼거리는 이 세상 어디에도 없을 거야. 정원에는 자그마한 연못도 있어. 연못 한가운데에 아이 조각상 모양 분수대도 있지. 다양한 빛깔의 잉어들이 유유히 노니는 연못."

"작은 연못에 잉어를 넣어 기른다고요? 단 한 시간도 못 버티고 갈매기들의 먹이가 될 텐데요?"

해리가 빙긋 웃었다.

"갈매기들에게도 원하는 먹이를 잡아먹을 권리가 있겠지만 잉어를 연못에 넣어 기르려던 계획은 포기하는 게 좋겠어. 자, 이제 자네는 집 안으로 들어가 따뜻한 물로 샤워를 해. 건강에 문제가 생기면 자네 부모님이 내가 제대로 보살펴주지 않은 탓이라고 원망할 텐데 그런 불상사가 벌어지면 안 되잖아. 자네가 샤워하는 동안 난 아침 식사를 준비할게."

"네, 분부대로 하겠습니다."

"나에게 자네 같은 아들이 있었다면……."

"선생님이 굳이 말씀하시지 않아도 그 마음이 느껴집니다."

∞

2008년 6월 19일 목요일, 나는 〈시사이드〉 모텔을 방문했다. 사이드 크릭 레인을 출발해 1번 도로를 따라 북쪽으로 4마일쯤 직진하다보면 커다란 목재 간판이 보인다.

시사이드 모텔 & 식당
since 1960

해리가 먼저 방에 투숙한 뒤 놀라가 오길 기다렸다는 〈시사이드〉 모텔은 이용객들이 제법 많았다. 나는 수백 번 이상 그 앞을 지나쳤지만 단 한 번도 그 자리에 모텔이 있다는 사실을 몰랐다. 〈시사이드〉 모텔은 빨간 지붕의 목조 건물로 주변을 빙 둘러 가며 심어놓은 장미가 만개해 있었다. 건물 뒤편은 바로 숲으로 이어졌다. 아래층 객실은 주차장과 곧바로 연결되어 있었지만 2층 객실에 가려면 건물 외부에 설치된 계단을 이용해야 했다.

카운터 직원의 말을 들어보니 최근에 객실을 현대식으로 리모델링하고, 본체에 식당을 새롭게 개설하긴 했지만 문을 열 당시의 형태를 그대로 유지하고 있다고 했다. 그 직원은 개업 40주년을 기념해 만든 홍보 책자를 꺼내더니 책에 수록된 초창기 모텔 사진들을 손가락으로 일일이 짚어가며 방금 전 자신이 했던 말을 확인시켜 주었다.

"이 모텔에 관심을 보이는 이유가 뭐죠?" 직원이 물었다.

"난 매우 중요한 정보를 찾고 있습니다."

"어떤 정보인데요?"

"1975년 8월 30일 토요일에서 다음날 8월 31일 일요일까지 8번 방에 투숙했던 손님의 주소와 이름을 확인할 수 있을까요?"

직원이 황당한 요청이라는 듯 고개를 절레절레 저었다.

"1975년의 투숙객 정보가 필요하다고요? 숙박부를 컴퓨터로 작성하기 시작한 이후 최장 2년 동안 투숙객 정보를 보유하지만 그 이전 정보는 폐기 처분합니다. 예를 들자면 2006년 8월 30일에 8번 방에 투숙했던 손님이 누군지는 알 수 있지만 그 이전 자료는 보유하고 있지 않다는 뜻입니다. 설령 제가 투숙했던 손님들의 정보를 알고 있다고 하더라도 함부로 발설할 수는 없겠죠."

"혹시 그 당시 투숙객 정보를 알 수 있는 방법이 없을까요?"

"숙박부를 제외하고 이 모텔에서 보관해온 유일한 자료는 뉴스레터를 받아보는 독자들의 이메일 주소뿐입니다. 혹시 이 모텔의 뉴스레터를 받아보시겠습니까?"

"아니, 괜찮습니다. 8번 방을 둘러볼 수 있을까요?"

"투숙할 목적이 아닌 경우 객실을 보여주지 않는 게 원칙입니다. 참고로 8번 방의 하루 숙박비는 1백 달러이고요."

"20달러를 받고 방을 보여주면 누이 좋고 매부 좋은 일이 될 것 같은데요."

"협상력이 좋으시네요. 그렇게 하죠."

2층에 위치한 8번 방은 침대, 미니바, TV, 작은 책상, 욕실을 갖춘 그저 평범한 모텔 객실이었다.

"왜 그토록 8번 방에 관심을 보이시죠?"

"제 친구가 1975년에 이 방에서 하룻밤 묵었답니다. 그 말이 사실이라면 세상 사람들이 그 친구를 파렴치범으로 비난하는 사건과 무관하다는 증거가 될 수 있거든요."

"세상 사람들이 그분을 비난하게 만든 사건이 뭔지 궁금하군요."

나는 그 질문에 대답하지 않고 말을 돌렸다.

"이 모텔 이름을 '시사이드'로 지은 이유가 있을까요? 이 모텔 어디에서도 바다가 보이지 않는데 왜 그런 이름을 붙였는지 이상해서 물어봤습니다."

"모텔 뒤편 오솔길을 이용하면 숲을 가로질러 해변에 도달할 수 있습니다. 모텔 홍보를 위해 만든 전단지에도 해변으로 가는 오솔길이 소개되어 있죠. 하긴 대부분 손님들은 모텔 이름에는 전혀 관심이 없습니다. 지금껏 오솔길을 따라 해변으로 가는 손님을 본 적도 없고요."

"그렇다면 역으로 오로라에서 해변을 따라 걷다가 오솔길을 이용해 숲을 가로지르면 이 모텔에 당도할 수도 있겠네요?"

"당연하죠."

∞

그날 나머지 시간은 시립도서관에서 자료를 찾으며 보냈다. 어니 핑커스가 큰 도움을 주었다. 어니는 시간이 얼마나 오래 걸리든 내가 원하는 자료를 성심껏 찾아주었다.

그 당시 신문 기사들을 찾아내 읽어보았지만 놀라가 실종되었던 당일에 수상한 장면을 목격한 사람은 아무도 없었다. 놀라가 살인범에게 쫓겨 도망치는 모습을 보았다거나 그 아이 집 근처를 배회하는 사람을 본 목격자도 없었다. 그 당시 놀라 켈러건 사건은 짙은 안개에 휩싸인 수수께끼와 다름없었고, 최초 신고자인 데보라 쿠퍼가 살해된 시체로 발견되면서 더욱 미궁 속으로 빨려들게 되었다. 이웃 사람들 몇몇은 켈러건의 집에서 크게 고함치는 소리와 비명 소리를 들었다고 증언했다. 그 집에서 흘러나온 소리는 볼륨을 최대한 높인 음악 소리였고, 켈러건 목사가 그 이전에도 자주 음악을 크게 틀어놓은 적이 있다는 반론도 제기되었다. 《오로라 스타》는 탐문 취재 결과 놀라의 아버지 켈러건 목사가 간혹 차고에서 뚝딱거리며 뭔가를 만들 때마다 음악을 크게 틀어놓고 일하는 습관이 있었다고 보도했다. 연장을 사용할 때 발생하는 소음을 음악으로 덮기 위한 나름의 방편이었다. 음악 소리가 아무리 커도 망치를 내리치는 소리보다는 듣기 좋았으니까. 하필 켈러건 목사가 음악을 크게 틀어놓은 시간에 놀라가 소리를 질러 도움을 요청했다면 듣지 못했을 가능성이 컸다.

어니의 말에 따르면 그날 켈러건 목사가 음악을 크게 틀어놓는 바람에 놀라가 도움을 요청하는 소리를 듣지 못했다고 자책하는 소리를 들었다고 했다. 켈러건 목사는 지금도 테라스 애비뉴에 있는 그 집에 틀어박혀 지내면서 귀머거리가 될 정도로 볼륨을 크게 틀어놓고 언제나 똑같은 레코드판을 반복해서 듣는다고 했다. 딸을 지키지 못한 자기 자신을 벌하는 나름의 방식일 수도 있었다. 놀라의 양친 가운데 지금은 아버지만 생존해 있을 뿐 어머니는 오래전에 고인이 되었다.

해리의 집에서 발굴한 유해가 놀라의 유전자와 일치한다는 사실이 확인된 날 저녁, 수많은 기자들이 집에 틀어박혀 지내던 켈러건 목사에게로 달려가 온갖 질문 공세를 퍼부었다.

"너무도 슬픈 광경이었지." 어니가 말했다. "켈러건 목사가 신문기자들 앞에서 말하길 '난 그 아이를 대학에 보내려고 오랜 시간 학비를 저축해왔는데 이젠 소용없는 일이 되어버렸어'라고 했어. 켈러건 목사가 한 말이 신문에 보도된 다음 날 최소한 다섯 명이 돈을 빌릴 목적으로 그의 집을 찾아갔나봐. 그 가엾은 노인이 얼마나 황당했을까? 정말이지 이상한 시대야. 인간의 마음에서 그윽한 향기가 나기는커녕 온갖 썩은 내가 진동하고 있어. 어제 오로라 시내에서 퀸 부인을 우연히 만났어."

"퀸 부인이라면?"

"예전 〈클락스 식당〉의 주인이었지. 퀸 부인은 처음부터 해리가 놀라에게 눈독을 들이고 있었다는 사실을 알고 있었대. 그 당시 퀸 부인은 해리가 도저히 반박할 수 없는 증거를 확보하고 있었다고도 했어."

"어떤 증거인데요?" 내가 물었다.

"그야 난 모르지. 혹시 해리가 어떻게 지내는지 소식 들었나?"

"내일 해리를 만나러 갈 겁니다."

"내가 안부 전하더라고 해줘."

"원한다면 저와 함께 직접 만나러 가셔도 됩니다. 아마 해리도 무척 좋아할 겁니다."

"아직 해리를 만나볼 마음의 준비가 되어 있지 않아."

어니는 콩코드에서 섬유 공장 노동자로 일하다가 은퇴했고, 나이가 일흔다섯이었다. 가정 형편이 어려워 원하는 만큼 공부를 하지 못했고, 책을 읽고 싶은 열정을 시립도서관 자원봉사자로 일하면서 해소시켜왔다. 아마도 어니는 죽을 때까지 해리에게 감사하는 마음을 간직하게 될 것이다. 해리가 버로스 대학 문학 강의를 자유롭게 수강하도록 해주었으니까. 그런 까닭에 나는 어니가 무슨 일이 있더라도 해리를 지지해줄 거라 믿어왔는데, 그마저도 일정한 거리를 두려고 해 안타까웠다.

"놀라는 정말이지 각별한 아이였어. 누구에게나 상냥하고 예의 바른 아이였지. 오로라 사람들 모두가 놀라를 아끼고 사랑했어. 놀라는 그야말로 우리 모두의 딸이나 다름없었지. 해리가 어쩌다 그런 짓을 저질렀는지 납득할 수 없어. 놀라를 살해하지는 않았다고 하더라도 그 아이에 얽힌 이야기를 소설로 썼다고 하잖아. 빌어먹을! 놀라는 겨우 열다섯 살이었는데 해리가 그아이와 서로 사랑했고, 그 이야기를 소설로 썼다는 게 말이 되냐고? 난 아내와 결혼해 50년 동안 함께 살아왔지만 단 한 번도 우리 이야기를 책으로 쓸 필요성을 느껴본 적이 없어."

"읽어보셨는지 모르지만 그 소설은 걸작입니다."

"내가 보기에는 변태적인 악마가 쓴 책이야. 이 도서관에서도 몇 권 보유하고 있었는데 폐기 처분해 버렸어. 사람들이 끔찍하게 여기는 책을 서가에 비치해둘 수는 없잖아."

나는 한숨을 푹 쉬었을 뿐 이의를 제기할 수 없었다. 어니와 언쟁을 벌이고 싶지도 않았다.

"혹시 이 도서관 주소로 소포를 하나 받아볼 수 있을까요?"

"물론이지. 그런데 왜 이 주소로 소포를 받아보려고 해?"

"저희 집 가사도우미에게 부탁해 중요한 물건 하나를 찾아 소포로 보내달라고 했어요. 그 물건을 도서관으로 보내는 편이 낫겠어요. 제가 해리의 집에 늘 머물러 있지도 않을뿐더러 너절한 우편물들이 너무 많이 와서 일일이 열어보기도 힘들거든요. 도서관으로 부치면 차라리 쉽게 찾아볼 수 있을 테니까요."

해리의 집 우편함이야말로 지금 집주인이 어떤 상황에 처해 있는지 단적으로 잘 보여주었다. 해리의 책을 열렬히 찬미하던 독자들이 지금은 온갖 야유를 담은 모욕적인 편지들을 보내오고 있었다. 미국에서 책을 출판하기 시작한 이래 가장 큰 스캔들이 터졌다고 해도 과언이 아니었다. 《악의 기원》은 미국의 모든 서점과 도서관에서 자취를 감추었다. 《보스턴 글로브》는 해리를 맹비난하는 특집 기사를 게재했고, 버로스 대학 이사회는 즉각 직무 정지 처분을 내렸다. 《보스턴 글로브》가 포문을 열자 마치 기다렸다는 듯이 거의 모든 신문들이 해리를 변태 성욕자로 매도하며 비난을 퍼부었다. 해리는 이제 모든 논란과 대화의 표적이 되었다.

로이 바나스키는 감이 빠른 출판업자답게 해리 쿼버트 사건에서 성공의 냄새를 맡았고, 이 황금 같은 기회를 놓칠 수 없다면서 무슨 일이 있더라도 이 사건을 다룬 책을 출판하고 싶어 안달했다. 더글러스가 나를 설득하지 못하자 로이는 직접 나에게 전화해 슬럼프를 딛고 재기하려면 반드시 해리 쿼버트 사건을 소재로 책을 써야 한다고 일갈했다.

"대중이 원하는 책이기 때문에 무조건 성공하게 되어 있어." 로이가 말했다. "자네가 해리 쿼버트 사건에 대한 책을 쓴다면 우리 출판사 건물 아래로 팬들이 몰려들어 자네 이름을 연호하며 만나게 해달라고 아우성을 치게 될 거야.”

로이가 스피커폰 모드를 작동시키자 그의 비서들이 *골드먼! 골드먼! 골드먼!*을 연호했다.

“자네가 위기에서 벗어날 수 있는 절호의 기회니까 잘 생각해봐. 자네가 원고를 쓰면 책은 가을쯤 나오게 되겠지. 내가 성공을 보장할 수 있어. 시간은 한 달 반을 줄 테니까 서둘러 원고를 써봐. 자네와 나를 위해 무조건 좋은 일이 될 테니까.”

“첫 번째 책을 쓰는데 무려 2년이 걸렸습니다. 게다가 난 아직 어떤 내용을 책으로 쓸지 구상해본 적도 없어요. 세상이 온통 해리 쿼버트 사건을 주시하고 있지만 아직 난 무슨 일이 벌어졌는지 제대로 파악조차 못 하고 있습니다. 이 상황에서 한 달 반 만에 뚝딱 책을 한 권 써내라는 건 무리죠.”

“시간 절약을 위해 유령작가*들을 붙여줄 수도 있어. 문학적인 표현이나 묘사 따윈 필요 없는 책이니까. 세상 사람들은 해리 쿼버트 교수가 나이 어린 놀라 켈러건에게 무슨 짓을 저질렀는지에만 관심이 많아. 자네는 해리 쿼버트가 저지른 짓을 있는 그대로 옮기면 돼. 물론 적당한 서스펜스와 두 사람의 섹스 장면을 넣어주는 게 핵심 포인트야.”

“섹스 장면이라니요?”

---

*유령작가(Ghost Writer)를 그대로 차용한 표현으로 흔히 문학계에서 '대필 작가'로 불린다. 다른 사람 이름으로 출판될 책을 쓰는 작가를 칭한다. 대필을 직업적으로 하는 사람들의 참담한 실정을 풍자한 표현이다

"그거야 작가가 알아서 할 일까지 내가 일일이 짚어줘야 하나? 해리 쿼버트 교수가 열다섯 살인 여자아이를 만나 사랑을 나누었는데 섹스 장면이 빠진다면 누가 그따위 책을 사보겠나? 사람들이 섹스 장면을 읽고 나서 해리 쿼버트에게 갖은 비난을 쏟아붓겠지만 속마음은 다르게 마련이야. 야한 장면이 들어가야 읽는 맛이 나는 법이거든. 책의 수준은 좀 떨어지더라도 무조건 재미있어야 사람들이 사보게 되어 있어."

"저는 그런 짓은 못합니다."

"괜한 고집 부리지 말고 내 말을 끝까지 들어봐. 자네가 책을 쓰겠다고 하면 지난번 계약은 폐기 처분하고, 선인세로 50만 달러를 줄게."

"저는 당장 굶어 죽는 한이 있어도 그런 책은 쓸 수 없습니다."

내가 단칼에 거절하자 로이는 버럭 화를 냈다.

"자네가 계약도 지키지 않고, 내 호의적인 제안도 깡그리 무시한다면 부득이 나도 악역을 맡을 수밖에 없지. 이제 계약 기간은 11일밖에 남지 않았어. 그 안에 원고를 가져와야 할 거야. 만약 원고를 가져오지 못하면 난 자네를 상대로 소송을 걸어야겠지. 그 결과 자네는 빈털터리가 될 거야."

로이 바나스키는 말을 마치기 무섭게 전화를 끊었다. 잠시 후 내가 식료품점에 들러 장을 보고 있을 때 더글러스에게서 전화가 왔다. 로이 바나스키에게 어떤 지침을 받았는지 모르지만 더글러스는 나를 설득하려고 안간힘을 다했다.

"이번 일은 자네가 거절할 수 있는 입장이 아니야." 더글러스가 대놓고 말했다. "내가 다시 한번 말하지만 로이 바나스키가 자네 목줄을 쥐고 있어. 지난번 계약서는 여전히 유효하다는 걸 자네도 알잖아. 로이의 제안을 수락할 경우 지난번 계약서는 무효화되고 덤으로 50만 달러를 받을 수 있어. 해리 쿼버트 사건을 소재로 책을 써서 밀리언셀러가 되면 자네의 작가 경력에도 큰 도움이 될 거야."

"로이 바나스키는 내가 섹스 장면을 노골적으로 묘사하는 책을 써주길 원해요. 난 그런 책을 쓰고 싶지 않아요. 45일 만에 뚝딱 쓴 쓰레기 원고로 책을 내고 싶지 않아요. 좋은 책을 쓰려면 시간이 많이 필요해요."

"로이는 매출을 극대화시키려면 타임이 매우 중요하다고 생각하는 사람이야. 이제 작가들이 뛰어난 영감을 떠올려주길 기대하면서 마냥 기다려주던 시대는 지났어. 자네가 해리 쿼버트 사건을 소재로 책을 쓸 경우 사보겠다는 사람들이 부지기수야. 해리 쿼버트 사건의 전말을 알고 싶으니까. 아무리 대형 스캔들이라고는 해도 사람들에게 주목받는 시간은 제한적이야. 가을에는 대통령 선거가 있고, 그 뒤에는 또 다른 이슈들이 줄줄이 뒤를 이을 거야."

"내 말이 바로 그거예요. 대통령 선거와는 전혀 무관한 책인데

왜 하필이면 대대적인 대선 캠페인이 벌어지기 직전에 내려고
하죠?"

"그게 바로 로이의 독특한 스타일이야. 로이가 가끔 대책 없어
보이긴 해도 앞을 내다보는 능력이 뛰어난 사람이야. 자네도 곧
알게 되겠지만 로이가 왜 45일을 고집하는지 이제 곧 그 이유를
알게 될 거야."

나는 도무지 무슨 말을 하는지 알아들을 수 없었다. 식료품
점에서 필요한 물건을 모두 산 나는 길가에 세워둔 차로 돌아왔
다. 바로 그때 누군가 와이퍼에 끼워둔 메모지 한 장이 눈에 들
어왔다.

집으로 돌아가, 골드먼.

나는 재빨리 주변을 둘러보았지만 수상한 사람은 눈에 띄지 않
았다. 방금 식료품점을 나온 손님들 몇몇이 눈에 들어올 따름이
었다. 누군가 은밀히 내 뒤를 밟고 있다는 뜻이었다. 내가 해리
쿼버트 사건을 조사하길 바라지 않는 사람이 누군지 궁금했다.

6월 20일 금요일, 새로운 메모를 발견한 다음 날에 나는 뉴햄
프셔주 교도소로 해리를 만나러 갈 생각이었다. 교도소로 출발
하기 전 어니로부터 방금 소포가 도착했다는 연락이 와 도서관
에 잠깐 들렀다.

"그게 뭔가?" 어니는 소포의 내용물이 궁금한 듯 내가 포장지를 뜯어봐주길 바라는 표정을 지었다.

"저에게 시급히 필요한 연장입니다."

"무슨 연장인데?"

"그냥 작업할 때 쓰는 연장입니다."

"방금 커피를 내렸으니까 한잔하고 가. 내가 소포를 열어볼 가위를 가져다줄까?"

"커피는 다음에 할게요. 지금은 급히 가볼 데가 있어서요."

콩코드에 도착한 나는 잠시 뉴햄프셔주 경찰청에 들러 페리 게할로우드 경사를 만나볼 생각이었다. 지난번에 게할로우드 경사를 만나본 이후 내 나름대로 추론해본 몇 가지 가설들을 들려줄 계획이었다.

뉴햄프셔주 경찰청은 콩코드의 중심부인 헤이즌 드라이브 33번지에 위치한 빨간 벽돌 건물이었다. 사무실을 찾아가니 게할로우드 경사는 점심 식사를 하러 나가 부재중이니 잠시 복도에 비치해둔 의자에 앉아 기다리라고 했다. 복도에 비치해둔 테이블 위에 유료 커피와 잡지들이 놓여 있었다. 무려 한 시간이나 기다린 끝에 나타난 게할로우드 경사는 기분이 별로 좋지 않은 기색이었다.

"작가님이었네요." 게할로우드 경사가 나를 보더니 인상을 찌푸렸다. "누군가 나를 찾아와 한 시간째 기다리고 있다고 해서 무슨 중요한 일이 있나 허둥지둥 달려왔는데 그다지 달갑지 않은 불청객이었네요."

"어렵사리 찾아왔는데 너무 하시네요. 계할로우드 경사님과의 첫 만남이 그리 유쾌하진 않았지만 우리에게는 공동의 목표가 있다고 믿고 찾아왔는데 말도 꺼내기 전에 인상부터 쓰시면 제가 민망하잖아요."

"난 작가님을 그다지 좋아하지 않는다는 걸 명심하세요. 내 아내가 작가님이 쓴 책을 읽고 나더니 똑똑하고 글도 잘 쓰는 사람이 너무 잘생겼다는 거예요. 지난 몇 주 동안 내 아내가 작가님 얼굴 사진이 나온 뒤표지가 보이도록 침대 옆 보조 탁자에 놓아두는 바람에 정말이지 지겹도록 봤지 뭐요. 게다가 작가님과 늘 같이 자고, 저녁도 함께 먹고, 우리 부부가 여행을 갈 때도 동행했다니까요. 심지어 작가님은 내 아내와 목욕도 같이 했고, 친구들을 불러들여 책이 재미있다고 어찌나 입이 마르도록 칭찬을 하던지 낯간지러워 보기 민망할 지경이더군요. 우리 부부 관계를 엉망진창으로 만들어놓고 이렇게 불쑥 나타나면 내가 퍽이나 반가워할 줄 알았어요?"

"경사님이 기혼자일 줄은 미처 몰랐습니다. 아마 저뿐만 아니라 다들 경사님에게 가족이 있을 거라고는 생각지 못했을 겁니다. 경사님처럼 인상이 고약한 남자를 선택한 분이 누군지 자못 궁금하네요."

계할로우드 경사가 약이 바싹 오른 눈길로 나를 노려보았다.

"이제 내가 일을 할 수 있도록 밖으로 나가주시겠습니까?"

"난 수사 정보를 공유하려고 경사님을 찾아왔습니다. 나로 말하자면 궁금한 게 있으면 몹시 불안하고 초조해 아무 일도 못 하는 사람입니다. 모든 궁금증이 해소돼야 마음의 안정을 찾을 수 있죠. 자, 이제 경사님 사무실로 갈까요?"

"난 작가님과 수사 정보를 공유할 생각이 없는데요. 그래야 할 의무도 없고요."

"한 가지만 묻겠습니다. 놀라 켈러건이 열다섯 살에 살해된 건 맞습니까?"

"과학수사대에서 유골을 분석한 결과니까요."

"그러니까 놀라는 납치되자마자 살해되었다고 보면 됩니까?"

"결과적으로 그러네요."

"그런데 범인은 왜 놀라와 그 아이가 지참하고 있던 가방을 한 구덩이에 묻었을까요?"

"나는 모르죠."

"놀라는 가방을 지참하고 있었습니다. 그런 경우 놀라가 가출을 염두에 두고 집을 나왔다고 유추할 수 있을까요?"

"놀라가 가출할 생각이었다면 그 가방에 옷가지들을 잔뜩 집어넣었어야 마땅하지 않을까요?"

"당연히 그렇죠."

"그런데 그 가방 안에는 해리 쿼버트의 원고만이 들어있었습니다."

"부검 결과는 어떻게 나왔나요? 부식된 유골을 분석하는 행위도 일종의 부검인가요?"

"글쎄요, 한 번도 생각해본 적이 없어서요."

"이를테면 법의학적 분석이 더 적절한 용어일까요?"

"난 용어에는 관심 없어요. 누군가가 둔기를 휘둘러 그 아이의 두개골을 박살 냈고, 내 관심사는 오로지 거기에 집중돼 있습니다."

게할로우드 경사가 야구 배트를 휘두르는 동작을 취했으므로 나는 또다시 물었다.

"범인이 휘두른 둔기가 야구 배트였습니까?"

"나도 몰라요. 이제 보니 작가님은 진드기처럼 악착같이 달라붙는 사람이네요."

"범인이 여자였나요? 아니면 남자?"

"난 몰라요."

"만약 범인이 여자였다면 그처럼 강한 타격을 가할 수 있을지 의문이긴 하지만 반드시 남자였다고 단정할 근거는 없잖아요?"

"그 당시 유일한 목격자인 데보라 쿠퍼가 범인이 남자라고 말했으니까요. 이제 짜증 나는 질문은 그쯤 해두시고 제발 사라져주세요."

"경사님은 이 사건의 성격을 어떻게 규정하십니까?"

게할로우드 경사가 지갑에서 가족사진 한 장을 꺼냈다.

"난 딸아이 둘을 둔 아빠입니다. 아홉 살, 열일곱 살이죠. 난 딸을 잃은 켈러건 목사가 감내해야 했던 고통이 얼마나 컸을지 감히 상상할 수가 없네요. 난 진실과 정의를 원합니다. 나는 수사를 계속할 겁니다. 해리 쿼버트 교수가 무죄라는 증거를 찾아 내면 맹세컨대 그가 풀려날 수 있도록 도울 겁니다. 만약 유죄로 밝혀졌음에도 벤자민 로스 변호사가 주특기인 꼼수를 발휘해 배심원들을 구워삶아 무죄를 받아낼 경우 난 잠자코 관망하지 않을 겁니다. 진실과 정의에서 벗어난 결론은 받아들일 수 없으니까요."

게할로우드 경사는 호전적이고 거친 인상과 달리 철학자 같은 면모를 갖추고 있어 마음에 들었다.

"경사님의 수사에 대한 철학이 마음에 쏙 듭니다. 내가 도넛을 쏠 테니 함께 먹으면서 수사 이야기를 좀 더 진척시켜볼까요?"

"난 도넛을 좋아하지 않아요. 내가 바라는 게 있다면 작가님이 당장 여기서 꺼져주는 겁니다. 난 할 일이 많은 사람이라서."

"아무리 바빠도 현재 수사가 어떻게 진행되고 있는지 짤막하게라도 말씀해주세요. 수사는 어떻게 하는 겁니까? 난 수사 경험이 전혀 없거든요."

"그거야 내 알 바 아니죠. 앞으로 작가님을 더는 볼 일이 없을 것 같군요. 그럼 안녕히 가세요."

나는 여전히 나를 진지하게 대해주지 않는 게할로우드 경사의 태도가 마음에 들지 않았지만 그를 상대로 계속 뭉그적거릴 시간이 없었다. 내가 작별 인사로 손을 내밀자 그가 두툼한 손으로 내 손가락 마디마디가 으스러지도록 꽉 쥐었다.

게할로우드 경사와 헤어져 주차장으로 향하고 있을 때 나를 부르는 소리가 들려와 뒤돌아보았다. 게할로우드 경사가 건장한 체구를 흔들며 나에게로 걸어오는 모습이 눈에 들어왔다. 가까이 다가온 그가 숨을 헐떡이며 말했다.

"내가 수사를 하면서 습득하게 된 노하우 한 가지를 알려드리죠. 바람직한 수사를 하려면 먼저 살인자가 아니라 희생자에게 관심을 기울여야 합니다. 희생자가 어떤 상황에 처해 있었는지 알아보는 게 우선이죠. 희생자에 대해 알아보려면 살인이 일어나기 전으로 거슬러 올라가봐야 하겠지요. 살인사건 자체에만 집중하면 자칫 수사의 방향성을 잃게 됩니다. 먼저 희생자인 놀라 켈러건이 어떤 인물이었는지 알아보고 나면 수사를 어떻게 해야 할지 길이 보일 겁니다."

"데보라 쿠퍼에 대해서도 알아봐야겠네요?"

"데보라 쿠퍼의 죽음은 놀라와 밀접하게 연결되어 있습니다. 쿠퍼 부인은 우연히 놀라의 사건에 개입되는 바람에 희생당한 인물이라고 볼 수 있죠. 이 사건에서는 놀라가 수사의 키를 쥔 희생자입니다. 놀라를 살해한 범인이 누군지 밝혀내면 쿠퍼 부인을 살해한 범인이 누군지 저절로 밝혀지겠죠."

뉴햄프셔주 교도소에서 해리를 만났을 때 놀라 켈러건이 어떤 인물인지 묻고 싶었다. 해리는 안색이 몹시 초조해 보였다. 피트니스센터 로커에 넣어둔 물건들 때문에 몹시 걱정스러운 눈치였다.

"로커에 들어 있는 물건들을 전부 다 꺼냈지?" 해리가 미처 인사도 나누기 전에 대뜸 물었다.

"네."

"모두 태워버렸지?"

"네."

"원고도?"

"네, 원고도요."

"나에게 진작 말해주었어야지. 마음이 졸여 죽을 뻔했잖아. 자네는 지난 이틀 동안 어디에 있었나?"

"제 나름대로 수사를 진행하고 있습니다. 궁금한 게 있는데 왜 그 상자가 피트니스센터 로커에 있죠?"

"자네가 이상하게 여길 만하지. 난 다른 사람들이 그 상자를 발견하게 될까봐 두려웠어. 누군가 그 상자에 든 내용물을 보게 되면 이상하게 생각할 수도 있으니까 잠시 안전한 곳에 옮겨둘 필요가 있었지."

"집에 있던 상자를 로커에 옮겨놓은 사실을 경찰이 알게 될 경우 법적으로 문제 삼을 수도 있었겠네요. 그 상자에 들어 있던 원고 뭉치는 《악의 기원》이죠?"

"《악의 기원》 최초 버전이야."

"표지에 제목은 없었지만 글을 읽어보고 나서 《악의 기원》이라는 걸 알 수 있었어요."

"그 당시만 해도 제목을 결정하지 않았을 때야."

"놀라가 실종된 이후 제목을 정했나요?"

"그래, 제목을 정한 건 그 이후야. 이제 그 원고 얘긴 그만하지. 저주받은 원고야. 그 원고와 관련해 계속 나쁜 일만 벌어지고 있잖아. 놀라는 살해되었고, 나는 지금 교도소에 수감되어 있어."

우리는 잠시 서로의 얼굴을 바라보았다. 나는 테이블 위에 비닐봉지를 올려놓았다. 봉지 안에는 내게 온 소포가 들어 있었다.

"이게 뭔가?"

나는 대답 대신 봉투에서 마이크가 장착되어 있어 녹음이 가능한 미니디스크 플레이어를 꺼냈다. 나는 그 기기를 해리 앞쪽으로 밀어 놓았다.

"자네 지금 뭐하는 짓인가? 이 망할 놈의 녹음기를 지금껏 보관해왔다는 뜻인가?"

"당연히 잘 보관해왔죠. 매우 소중하게 간직하고 있었습니다."

"제발 다시 봉투에 집어넣어 주겠나?"

"너무 불쾌하게 생각하지 말아주세요."

"자넨 이 녹음기로 무얼 할 생각인데?"

"놀라 켈러건과 오로라에 대해 알고 있는 모든 사실을 있는 그 대로 말씀해주세요. 1975년 여름과 《악의 기원》에 대해서도. 저만이라도 선생님의 모든 진실을 알아야 수사에 도움이 될 수 있을 거라 확신합니다."

해리가 서글프게 미소 지었다. 나는 녹음기를 작동시킨 다음 해리가 말을 편안하게 할 수 있도록 유도했다. 그야말로 보기 쉽지 않은 광경이었다. 수감자가 교도소를 찾아온 가족이나 지인들을 만나는 곳, 플라스틱 테이블 몇 개가 놓여 있을 뿐인 면회실에서 지난날 무슨 일이 있었는지 묻고 답하는 제자와 교수의 모습이 낯설었다.

∞

그날 저녁, 오로라로 돌아오는 길에 일찌감치 저녁 식사를 한 나는 곧장 해리의 집으로 돌아가 혼자 우두커니 있기 싫어 차로 해변도로를 따라 달렸다. 어둠이 내리고 있는 바다가 하루의 마지막 햇살을 받아 반짝였다. 언제나 그랬듯이 경치는 더할 나위 없이 근사했다. 〈시사이드〉 모텔을 지나 사이드 크릭 숲과 사이드 크릭 레인, 구즈코브를 지나친 다음 오로라까지 내처 달리다가 그랜드비치 해변에 다다랐을 때 차를 세웠다. 해변으로 걸어 간 나는 몽돌밭에 앉아 어둠이 서서히 주변을 잠식해가는 모습 을 지켜보았다. 오로라 시내의 불빛이 바닷물에 반사되었고, 물 새들이 재잘대는 소리와 주변 관목 숲에서 다양한 나라의 말을 할 줄 아는 흉내지빠귀들의 노랫소리가 들려왔다. 등대에서 울 려 퍼지는 사이렌 소리를 듣고 나서 녹음기를 틀자 어둠 속에서 해리의 목소리가 밤하늘로 퍼져 나갔다.

자네도 그랜드비치 해변을 알 거야. 매사추세츠주에서 출발하 면 제일 먼저 나오는 오로라의 해변이지. 가끔 나는 주변이 어둠 속에 물들면 그 해변을 찾아 도시의 불빛을 바라보곤 해. 그럴 때 면 지난 33년 동안 나에게 일어났던 수많은 일들이 머릿속에서 펼 쳐지지. 그 해변이 바로 내가 1975년 5월에 오로라에 처음 왔던 날 잠시 머물렀던 곳이야.

그 당시 내 나이는 서른네 살이었고, 내 운명은 내가 책임져야 한다는 결심을 품고 뉴욕을 떠난 길이었어. 난 그때까지 이룬 모 든 걸 버렸고, 문학 교사직도 그만두었고, 저축한 돈을 모두 긁어 모아 작가의 삶을 사는 모험을 시작하기로 마음먹고 있었지. 뉴햄 프셔주에 홀로 살면서 내가 구상한 소설을 쓰면서 살아가겠다는 결심은 모험에 가까웠으니까.

처음엔 메인주에 집을 임대할까 생각했는데, 보스턴의 어느 부동산업자가 오로라를 강력하게 추천했지. 오로라에 내가 찾는 꿈의 집과 정확하게 일치하는 집이 있다는 거였어. 구즈코브의 집 앞에 도착한 순간 난 그 집과 사랑에 빠져버렸어. 부동산업자의 말대로 내 마음에 쏙 드는 집이었어. 조용하면서도 주변 정치가 너무나 좋고, 오로라 시내에서 불과 몇 마일밖에 떨어져 있지 않은 곳이니 고립된 지역도 아니었지. 오로라도 무척 마음에 들었어. 유유자적한 삶을 보장해주는 곳이라는 느낌이 들었지. 아이들은 아무 걱정 없이 길에 나와서 놀고, 범죄율은 거의 제로이고, 정치는 그림엽서에서나 나올 법한 곳이었으니까. 구즈코브의 집은 내가 가진 돈에 비해 턱없이 비쌌지만 부동산 임대업자가 두 번에 나눠서 대금을 지불해도 좋다고 하기에 난 계산기를 두드려 보았지. 내가 낭비만 하지 않는다면 그럭저럭 생활할 수 있겠다는 생각이 들었어. 내가 굉장히 좋은 선택을 하고 있다는 확신이 들기도 했어. 그때 내린 결정이 내 삶을 바꿔놓았으니 내 예감이 크게 빗나가지는 않은 셈이지. 그해 여름에 쓴 책이 나를 유명 인사로 만들어주었고, 부자가 되게 해주었으니까.

　오로라가 마음에 든 또 다른 이유도 있었어. 뉴욕에 있을 때만 해도 나는 작가가 되길 꿈꾸는 고등학교 교사에 불과했는데, 오로라에 온 이후로는 차기작을 쓰기 위해 잠시 거주하는 작가 해리 쿼버트로 통했거든. 자네의 고교 시절을 상징하는 괴짜 이야기, 자네가 뛰어난 사람으로 보이기 위해 타인과의 관계를 왜곡시켰던 그 일화가 정확하게 이곳에 정착하면서 내가 겪게 된 이야기이기도 해. 나는 이 지역 사람들에게 자신감 넘치고, 우아하고, 운동을 좋아하고, 교양 있는 청년으로 인식되었어. 게다가 구즈코브의 매우 아름다운 저택에 살고 있기도 했어. 오로라 주민들은 내 이름은 몰라도 나의 이미지나 사는 집을 보고 나를 대단히 성공한 사람이라고 판단했지. 오로라 주민들 눈에는 내가 뉴욕에서 온 젊은 스타로 보인 거야. 어쨌거나 별 볼 일 없는 내가 하루아침에 뭔가 좀 있는 사람처럼 포장이 된 셈이지. 난 뉴욕에서는 무명작가에 불과했지만 오로라에서는 이미 어느 정도 성공을 거둔 작가로 인식된 거야. 오로라 시립도서관에 내 첫 소설 몇 권을 기증했는데 뉴욕에서는 철저히 외면당한 그 책들을 오로라에서는 열렬하게 환영해주더군. 그 모두가 1975년에 벌어진 일들이야. 뉴햄프셔주의 작은 도시, 인터넷도 없던 시절에 끊임없이 존재 이유를 만들어내야 하는 작은 도시 오로라가 나라는 인물을 통해 지역 스타를 탄생시킨 거야.

∞

나는 밤 11시 무렵에 구즈코브로 돌아왔다. 진입로 자갈길로 들어설 때 헤드라이트 불빛 속에서 복면을 쓴 누군가가 잠시 나타났다가 숲속으로 도망치는 모습이 시야에 잡혔다. 나는 차를 급히 세우고 밖으로 뛰어나왔고, 침입자를 추격할 작정이었다. 그 순간, 강렬한 불빛이 내 시선을 끌었다. 집 근처에서 뭔가 타고 있어 무슨 일인지 확인하려고 달려갔다. 해리의 쉐보레 콜벳이 불길에 휩싸여 있었다. 매캐한 검은 연기가 하늘 높이 치솟았다. 누군가에게 도움을 청하고 싶었지만 집 주변은 적막했고, 칠흑 같은 어둠에 휩싸인 숲뿐이었다. 뜨거운 열기 속에서 쉐보레 콜벳 차창이 산산조각나고, 보닛이 불길에 녹아내리면서 점점 더 강하게 타올랐다. 내가 할 수 있는 조치가 아무것도 없어 그냥 그 자리에 서서 거세게 하늘을 향해 치솟는 불길을 망연히 바라볼 수밖에 없었다.

26
놀라
1975년 6월 14일 토요일, 뉴햄프셔주, 오로라

"작가들은 고통의 존재라는 말이 있어. 언제나 두 배의 고통을 감내해야 하니까. 작가들은 보통 사람에 비해 늘 두 배의 고통을 느껴야 하는 존재야. 글쓰기와 사랑하기는 공통적으로 고통을 동반하기 때문이지. 글을 쓰거나 누군가를 사랑하는 경우 고통은 필연적이야."

※모든 직원들이 반드시 숙지해야 할 주의사항

　직원 여러분들도 일주일 전부터 해리 쿼버트 씨가 우리 식당에 식사하러 온다는 사실을 잘 알고 있을 겁니다. 해리 쿼버트 씨는 뉴욕 출신 유명 작가이니 세심한 주의를 기울여 서빙해야 마땅합니다. 그분이 신경 쓰지 않도록 각별히 조심하면서 원하는 게 무엇인지 필요한 게 무엇인지 세심하게 살피고 있다가 따로 주문하기 전에 충족시켜주어야 합니다. 그분이 테이블에서 글을 쓰고 있을 때는 절대로 성가시게 하지 말아야 합니다.

　17번 테이블은 별도의 지시가 있을 때까지 해리 쿼버트 씨를 위해 항상 비워두기 바랍니다.

　타마라 퀸

　메이플 시럽 병을 내려놓자마자 놀라가 손에 들고 있는 쟁반이 균형을 잃고 기우뚱했다. 놀라는 쟁반의 균형을 잡으려고 했지만 오히려 몸의 중심을 잃고 휘청거렸다. 쟁반이 요란한 소리를 내며 바닥에 떨어졌고, 놀라도 바닥으로 쓰러졌다.

해리가 놀란 얼굴로 물었다.

"놀라, 다치지 않았어?"

놀라는 얼른 일어났지만 잠시 넋이 나간 듯 멍한 표정을 지었다.

"네, 괜찮아요."

잠시 후 두 사람은 누가 먼저랄 것 없이 동시에 웃음을 터뜨렸다.

"해리, 제발 목소리 좀 낮춰요. 만약 퀸 부인이 쟁반을 엎어버린 사실을 알게 되면 난리를 칠 거예요."

해리는 카운터 안쪽으로 들어가 겨자, 마요네즈, 케첩, 메이플 시럽, 버터, 설탕, 소금 따위가 엉망으로 쏟아져 있는 바닥에서 놀라가 깨진 유리 조각들을 골라내는 일을 도왔다.

"일주일 전부터 이 식당 직원들이 내가 음식을 주문할 때마다 모든 양념을 한꺼번에 가져다주느라 식은땀을 흘리던데 그 이유가 뭐지?"

해리가 볼멘소리로 물었다.

"퀸 부인이 정한 근무 수칙 때문이에요." 놀라가 대답했다.

"근무 수칙?"

놀라는 눈짓으로 카운터 뒤에 붙어 있는 주의사항을 가리켰다. 해리는 몸을 일으켜 주의사항을 소리 내어 읽었다.

"직원용 주의사항인데 큰 소리로 읽으면 어떡해요? 퀸 부인이 알면 저를 야단칠 거예요.”

“퀸 부인은 현재 여기 없으니까 걱정 마.”

오전 7시였고, 손님들이 식사하러 오기 시작하자 두 사람은 대화를 중단했다. 해리는 17번 테이블로 돌아갔고, 놀라는 홀 서빙을 하는 직원으로 돌아갔다.

“잠시 앉아 계세요. 이제 곧 토스트를 가져다 드리겠습니다, 해리 퀴버트 씨.” 놀라는 짐짓 정중한 태도로 말하고 나서 주방으로 사라졌다.

잠시 몽상에 젖었던 놀라는 이내 입가에 웃음을 머금었다. 2주 전, 비가 촉촉이 내리던 날 구즈코브 해변으로 산책을 나갔다가 우연히 해리를 만나 이야기를 나누었다. 그 후, 놀라는 그를 사랑하게 되었다. 아무리 감정을 숨기려고 해도 뜻대로 되지 않았다. 어찌나 절실한지 속이기 힘들었다. 난생처음 느껴본 감정이라 낯설긴 해도 해리를 사랑하게 되면서 놀라는 이전과 달리 행복감을 느꼈다. 하루하루 평범하게 이어지던 일상이 이전과 달리 무척이나 아름답게 느껴졌다. 해리가 〈클락스 식당〉에 와 있을 때면 심장이 수시로 두방망이질 쳤다.

해변에서 해리를 우연히 만나 이야기를 나눈 이후 두 번 더 마주쳤다. 한 번은 오로라 시내에 위치한 식료품점 앞에서였고, 다른 한 번은 〈클락스 식당〉에서였다. 마주칠 때마다 그들 사이에서는 특별한 불꽃이 일었다. 그날 이후 해리는 매일 〈클락스 식당〉에 왔고, 타마라 퀸은 사흘 전 긴급히 직원들을 한자리에 소집해 직원들이 명심해야 할 근무자 수칙을 공개했다.

　타마라 퀸이 마치 군인들처럼 도열해 있는 직원들을 둘러보며 말했다. "여러분들도 뉴욕에서 온 유명 작가 해리 퀴버트 씨가 매일 우리 식당에 들러 식사한다는 사실을 알고 있을 겁니다. 나는 〈클락스 식당〉이 동부 해안의 여러 도시에서 명성이 자자한 고급 식당들과 견줘도 전혀 손색없을 만큼 세련되고 품격 있는 서비스를 제공하고 있는 증거라고 생각돼 정말 기쁩니다. 〈클락스 식당〉은 아무리 입맛이 까다로운 고객일지라도 만족시킬 수 있는 높은 수준의 서비스를 상시적으로 제공할 수 있길 바랍니다. 여러분들이 해리 퀴버트 씨에게 어떤 서비스를 제공해야 하는지 숙지시키려고 근무자 수칙을 작성했습니다. 여러분들은 이 수칙을 항상 숙지하고 반드시 실행할 수 있길 바랍니다. 내가 수시로 모두 근무자 수칙을 제대로 숙지하고 있는지 물을 겁니다. 그럴 때마다 여러분들은 즉각 대답할 수 있어야 합니다. 당분간 근무자 수칙을 적어놓은 종이를 카운터 뒤에 부착해두겠습니다."

　타마라 퀸은 작가인 해리에게 글쓰기에 적합한 환경을 제공해야 마땅한 만큼 결코 시끄럽거나 성가시게 굴어서는 안 된다고 강조했다. 해리가 마치 자기 집처럼 편안하게 느끼도록 맞춤 서비스를 제공해야 한다는 말도 잊지 않았다.

　해리는 〈클락스 식당〉에 올 때마다 블랙커피를 시켰으니 일일이 주문하지 않더라도 블랙커피를 17번 테이블에 놓아준다. 해리가 배가 고프면 식사를 주문하게 될 테니까 다른 손님들에게 하듯이 일일이 무얼 시킬지 물어서는 안 된다. 해리가 식사를 주문할 경우 양념을 하나씩 따로 가져다 달라고 하면 몹시 번거로울 수 있으니 미리 겨자, 케첩, 마요네즈, 후추, 소금, 버터, 설탕, 메이플 시럽 따위 소스들과 샐러드를 가져다준다. 작가는 집중력이 필요한 만큼 가급적 조용하고 아늑한 환경과 창작에 전념할 수 있는 분위기가 제공되어야 한다. 아마도 해리가 몇 시간씩 자리에 앉아 쓰는 글에도 〈클락스 식당〉에 대한 언급이 들어갈 여지가 있는 만큼 머지않아 식당의 명성이 미국 전역으로 퍼져나가게 될 것이다.

타마라 퀸은 해리가 쓴 책이 식당의 명성을 널리 퍼뜨려주길 기대하는 한편 그 덕분으로 돈을 많이 벌게 될 경우 콩코드에 2호점을 내고, 보스턴, 뉴욕, 플로리다 같은 대도시에도 분점을 낼 수 있길 간절히 꿈꾸었다.

직원 민디가 타마라 퀸에게 보충 설명을 부탁했다.

"해리 퀘버트 씨가 늘 블랙커피만을 마시길 선호하는지 어떻게 확신할 수 있죠?"

"내가 그렇다면 그런 줄 아세요. 유명 식당들은 대부분 고객들의 선호도를 잘 알기에 따로 주문을 받지 않습니다. 손님들이 무얼 시킬지 직원들은 이미 잘 알고 있기 때문이죠. 〈클락스 식당〉은 유명 식당인가요?"

"네, 부인." 직원들이 한목소리로 대답했다. "네, 엄마." 퀸 부인의 딸 제니도 마지못해 대답했다.

"제니, 식당에선 나를 '엄마'라고 부르지 말거라." 타마라 퀸은 일전에 제니에게 그렇게 말했다. "엄마라고 부르니까 마치 일가족이 운영하는 시골 식당 같잖아."

"그럼 어떻게 불러야 해요?" 제니가 물었다.

"나를 아예 부르지 않는 게 좋겠구나. 넌 내 지시사항을 듣고 그저 고분고분 고개를 끄덕이기만 하면 돼. 굳이 나를 부를 필요가 없다는 뜻이야, 알겠니?"

제니는 대답 대신 고개를 저었다.

"무슨 말인지 모르겠니?" 타마라 퀸이 재차 물었다.

"알았으니까 이제 그만해요, 엄마. 난……."

"그래, 넌 뭐든 금세 배우는 아이니까 엄마는 너를 믿어." 그런 다음 직원들을 향해 말했다. "난 여러분들이 내 말을 잘 따라줄 거라 믿어 의심치 않아요." 직원들이 그 말에 일제히 고개를 끄덕였다. "그렇지, 그렇지. 아주 마음에 들어요. 자, 이제 내말을 명심해서 실천하겠다는 지지 의사를 밝혀요. 그렇지, 아주좋아요. 그렇게 하면 마치 손님들이 샤토 마몽 호텔*에 온 것으로 착각하겠네요."

*미국 로스앤젤레스 웨스트 할리우드에 있는 호텔로 유명 배우들이 자주 이용하는 곳으로 알려져 있다

직원들 모두가 서로에게 잘했다고 격려의 박수를 쳐주었다.

"자, 그럼 지금부터 예행연습을 해봅시다." 몹시 기분이 고조된 타마라 퀸이 제안했다. "우선 내가 해리 쿼버트 씨인 것처럼 17번 테이블에 앉아볼게요."

타마라 퀸은 17번 테이블에 앉더니 손가락으로 테이블 상판을 탁탁 소리 나게 두드리며 주의를 끌었다. 민디가 신속하게 테이블을 향해 다가가다가 하마터면 바닥에 미끄러져 쓰러질 뻔했다.

"네, 해리 퀘바이트 씨?" 민디가 크게 소리쳤다.

"그렇게 새된 소리로 물으면 손님들이 언짢아할 것 같지 않아요? 게다가 그의 이름은 해리 퀘바이트가 아니라 해리 쿼버트입니다. 프랑스어식으로 발음해봐요. 그럼 좀 더 세련되어 보일 테니까요. 쿼-버어어트. 여러분들 모두가 나처럼 발음해보세요. 쿼-버어어트. 우아하고 품위 있게. 쿼-버어어트. 자, 다 함께해봅시다. 내가 발음이 어떤지 들어볼 테니까."

직원들이 마치 합창단처럼 쿼-버어어어트, 쿼-버어어어트, 쿼-버어어어트를 세 번 연속 발음했다.

타마라 퀸은 몹시 흡족한 표정을 지으며 직원들을 칭찬했다.

"정말 잘했어요. 방금 전, 여러분들 모두가 경험했다시피 무엇이든 하려고 들면 못 해낼 일이 없답니다."

해리가 오로라에 살기 시작하면서 흥분한 사람은 타마라 퀸

뿐만이 아니었다. 누군가 해리를 뉴욕에서 온 대스타로 불렀고, 다른 사람들도 그 말에 맞장구를 쳤다. 어니 핑커스는 도서관 서가에 해리가 쓴 첫 소설을 몇 부 보유하고 있었지만 해리 쿼버트라는 작가 이름은 한 번도 들어본 적이 없다고 말해 크게 빈축을 샀다. 어니 핑커스가 평생 공장 노동자로 일했으니 저명한 작가 이름을 제대로 알 리 만무라고 했다.

해리가 몇 년 동안 세입자를 구하지 못해 비워두었던 구즈코브의 저택에서 살 정도면 유명 작가가 아니고는 불가능할 거라는 의견에 다들 동의하는 분위기였다.

오로라를 들썩이게 만든 또 하나의 주제는 결혼 적령기를 맞은 여자들과 관련이 있었다. 해리가 독신인 탓이었다. 해리의 명성, 지적 능력, 재산, 외모 따위는 최상의 조건이었고, 결혼 적령기 딸을 둔 부모들의 관심사가 되었다. 다들 해리의 관심을 끌고 싶어 했고, 그의 마음을 사로잡으려고 혈안이 되어 있었다. 〈클락스 식당〉 직원들은 아름답고 육감적인 외모의 소유자로 오로라 고교에서 치어리더로 맹활약하며 많은 사랑을 받은 금발의 제니가 해리에게 반한 사실을 알고 있었다. 홀 서비스를 담당하는 직원들 가운데 제니만이 유일하게 근무자 수칙을 제대로 지키지 않았다. 제니는 끊임없이 해리와 장난치고, 수다를 떠느라 그의 소설 집필을 줄곧 방해했다. 게다가 다른 직원들과 달리 모든 소스를 한꺼번에 가져다주지도 않았다. 제니는 주말에 일을 하지 않았기에 토요일에는 놀라가 대신 해리의 서비스를 담당했다.

혼자 상념에 빠져 있던 놀라는 주방장이 누른 벨소리를 듣고 나서야 깜짝 놀라며 정신을 수습했다. 해리가 시킨 토스트가 준비되었다는 뜻이었다. 놀라는 토스트 접시를 쟁반에 올려놓았다. 해리가 앉아 있는 17번 테이블로 가기 전에 놀라는 일단 머리카락이 흘러내리지 않도록 금색 머리핀을 단단히 꽂았다. 놀라는 자신감 넘치는 표정으로 문을 열고 해리가 앉아 있는 홀을 향해 걸어갔다. 놀라는 2주째 해리와 사랑에 빠져 있었다. 〈클락스 식당〉에는 점점 더 많은 손님들이 모여들고 있었다.

"맛있게 드세요, 쿼버트 씨." 놀라가 상냥하게 말했다.

"그냥 해리라고 부르렴."

"이 식당에서는 절대로 그렇게 불러서는 안 돼요." 놀라가 낮은 소리로 말했다. "만약 퀸 부인이 알면 불호령이 떨어질 거예요."

"퀸 부인은 지금 이 식당에 없으니까 알 까닭이 없잖아."

놀라는 재빨리 다른 손님들을 눈짓으로 가리키고 나서 이내 그쪽으로 걸어갔다.

해리는 토스트를 한 입 베어 물고 나서 빈 종이에 1975년 6월 14일 토요일이라고 적었다. 그는 딱히 무엇을 쓰겠다는 구상도 하지 않고 종이를 빼곡하게 채워나갔다. 오로라에 온 이후 소설을 한 줄도 쓰지 못했다. 머리를 채운 생각들은 많았으나 가지

런히 정리되지 않았다. 글을 쓰려고 할수록 점점 더 막막한 느낌이 가중되었다. 작가들의 고질병으로 알려진 백지 공포증은 그에게도 예외 없이 찾아왔다. 백지를 채워야 한다는 공포가 점점 더 마음을 옥죄었다. 백지 공포증이 계속되는 한 출판사에 원고를 보여주려고 한 계획이 무산된다. 저축한 돈을 몽땅 털어 9월까지 해변의 멋진 집을 임대한 만큼 글이 써지지 않을 경우 빈털터리 신세가 될 수밖에 없었다.

주택임대계약서에 서명할 당시만 해도 나름 자신감이 있었고, 일단 마음에 드는 집필실을 구했다는 생각에 마음이 흡족했다. 처음에는 모든 계획이 그럴싸해 보였는데 글을 한 줄도 쓰지 못하는 날들이 계속되면서 점점 더 불안감이 증폭되었다.

9월이 되면 집필이 어느 정도 진척되어 뉴욕의 여러 명망 있는 출판사들에 일부 원고를 보여줄 수 있을 거라 자신했다. 원고를 본 출판사들이 몹시 흥분해 저마다 출판 계약서를 작성하자고 나설 테니까 가장 마음에 드는 조건을 제시한 출판사를 선택해 선인세를 받아낸 다음 소설을 마무리할 계획이었다. 소설이 출간되면 밀리언셀러가 될 테고, 더는 돈 문제로 걱정하지 않아도 될 거라 자신했다. 두 번째 소설을 출간하는 즉시 출판계의 스타 작가로 부상할 거라는 환상 속에 빠져 지냈는데 이제 모든 계획이 수포로 돌아갈 위기에 놓여 있었다. 지금쯤이면 원고를 절반 이상 썼어야 하는데 아직 단 한 줄도 나가지 못하고 있었다.

지금처럼 원고를 한 줄도 쓰지 못하고 시간을 허비한 채 가을이 되면 빈털터리가 되어 뉴욕으로 돌아갈 수밖에 없었다. 뉴욕에서 먹고 살려면 그동안 교사로 재직했던 고교의 교장 선생님을 찾아가 학교에 복직할 수 있도록 도와달라고 애걸복걸해야 할 판이었다. 스타 작가가 되고 싶었던 꿈은 모두 포기하고, 야간 경비원 자리를 구해야 할 수도 있었다.

해리는 다른 테이블 손님들을 상대하는 놀라를 지켜보았다. 어디에 있든 환한 빛을 발하는 아이였다. 놀라가 까르르 웃는 소리를 들으면서 해리는 종이에 썼다.

놀라, 놀라, 놀라, 놀라, 놀라.
놀-라, 놀-라.

놀라. 그 두 글자가 해리의 내면을 완전히 뒤집어놓았다. 해리는 테라스에 앉아 해변을 거니는 놀라를 처음 보았을 때부터 이미 정신을 차릴 수 없을 만큼 푹 빠져 있었다. 해변에서 놀라와 우연히 만난 지 이틀이 지났을 때 식료품점 앞에서 또다시 마주쳤다. 두 사람은 함께 시내 중심도로를 걸어 마리나까지 갔다.

"사람들이 그러던데 소설을 쓰러 오로라에 오셨다고요?" 놀라가 물었다.

"글을 쓰기에 적합한 장소를 찾아보다가 여기까지 오게 되었어."

놀라의 얼굴에 미소가 번져갔다.

"작가를 만나보는 건 처음이라 묻고 싶은 말이 너무 많아요."

"그래, 뭐든지 물어봐. 아는 대로 말해줄 테니까."

"글을 잘 쓰려면 어떤 노력이 필요해요?"

"글은 억지로 써지는 게 아니라 때가 무르익으면 저절로 써져. 머릿속을 맴돌던 생각들이 어느 순간 가장 적합한 문장으로 표현된다고 할 수 있지."

"나도 작가가 되면 멋질 것 같아요."

해리는 먼바다에 눈길이 가 있는 놀라를 바라보았다. 그야말로 미치도록 사랑스러운 아이였다.

놀-라.

놀라는 매주 토요일에 〈클락스 식당〉에서 일한다고 했다. 해리는 토요일만 되면 놀라가 일하는 〈클락스 식당〉에 갔다. 그냥 놀라를 바라보는 것만으로도 마음이 설렜다. 그러다가 놀라가 이제 겨우 열다섯 살이라는 사실을 떠올리고 곤혹스러워했다. 만약 오로라에 사는 주민 가운데 한 사람이 〈클락스 식당〉에서 일하는 어린 여직원을 바라보는 해리의 눈빛에 담긴 의미를 알게 될 경우 곤혹스러운 문제가 발생할 수도 있었다. 자칫 잘못했다가는 미성년자 성희롱 죄로 철창신세를 지게 될 수도 있었다.

해리는 의혹의 시선을 경계할 필요가 있다고 생각해 식사를 하기 위해서라는 명분을 내세워 〈클락스 식당〉에 내 집처럼 드나들었다. 지난 일주일 동안 해리는 매일 〈클락스 식당〉 17번 테이블에 앉아 식사를 하거나 글을 끼적이며 지내왔다. 오로라 주민들 가운데 어느 누구도 토요일만 되면 해리의 심장이 빠르게 두방망이질 친다는 사실을 알아서는 곤란했다.

해리는 구즈코브의 테라스에서든 〈클락스 식당〉의 17번 테이블에서든 '놀라'라는 두 글자를 종이에 빼곡하게 적으며 시간을 보냈다. 놀라의 이름을 적거나 무심한 척 바라보거나 글로 묘사하느라 빈 종이는 늘 빈틈없이 가득 채워졌다. 해리는 종이에 빈 공간이 남아있지 않게 되면 갈가리 찢어 휴지통에 버렸다. 누군가가 갈가리 찢어버린 종이들을 휴지통에서 다시 빼내 퍼즐 맞추듯 이어 붙여 본다면 심각한 문제가 발생할 여지도 없지 않았다.

놀라는 점심 식사가 한창인 정오에 민디와 일을 교대했다. 처음 보는 남자와 함께 해리가 앉아 있는 테이블로 다가온 놀라가 예의 바르게 인사했다. 해리는 그 남자가 바로 놀라의 아버지 데이빗 켈러건 목사일 거라고 짐작했다. 오전 시간이 끝나갈 무렵 식당에 온 그 남자는 조금 전까지 카운터에 앉아 아이스티를 마시고 있었다.

"안녕하세요, 쿼버트 씨." 놀라가 말했다. "저는 오늘 일과를 모두 마쳤어요. 이분은 저의 아버지인 켈러건 목사님입니다."

해리는 자리에서 일어나 켈러건 목사와 악수를 나누었다.

"당신이 뉴욕에서 왔다는 바로 그 유명 작가로군요." 켈러건 목사가 빙긋 웃으며 말했다.

"목사님에 대해서는 저도 명성을 익히 들었습니다." 해리가 화답했다.

켈러건 목사는 짐짓 재미있어하는 표정을 지었다.

"사람들이 하는 말에 일일이 신경 쓸 필요는 없습니다. 언제나 과장이 많으니까요."

놀라는 주머니에서 전단지 한 장을 꺼내 해리에게 내밀었다.

"오늘 학교에서 학예발표회가 있어서 일찍 가봐야 해요. 오후 5시에 공연을 시작하는데 혹시 시간 되시면 오세요."

"놀라." 켈러건 목사가 점잖게 타일렀다. "해리 쿼버트 씨가 아이들 학예발표회 공연을 봐서 뭐하겠니?"

"절대로 시시하지 않은 공연을 보게 될 거예요." 놀라가 한껏 들뜬 목소리로 아버지의 말을 반박했다.

해리는 식당 통유리로 놀라와 켈러건 목사를 지켜보다가 구즈코브로 돌아왔다. 정오부터 오후 2시까지 책상 앞에 앉아 있었지만 역시나 글을 한 줄도 쓰지 못했다. 해리의 눈은 손목시계에 고정되어 있었다. 학예발표회 공연을 보러 가는 건 자제하는 편이 옳을 듯했다. 하지만 그 어떤 담벼락도 놀라와 함께하길 원하는 그의 마음을 막을 수는 없었다. 몸은 구즈코브에 있지만 이미 마음은 놀라가 공연을 준비하고 있는 강당에 가 있었다.

오후 3시를 지나 곧 4시가 되었다. 해리는 자꾸만 흔들리는 마음을 다잡기 위해 만년필을 들고 있는 손에 힘을 주었다.

놀라는 이제 겨우 열다섯 살이야. 하늘이 금지한 사랑을 할 수는 없어.

∞

오후 4시 50분에 해리는 짙은 색 정장을 차려입고 놀라가 다니는 학교 강당을 찾아갔다. 강당은 발 디딜 틈이 없을 만큼 인산인해를 이루었다. 오로라 주민들 대부분이 강당에 모인 듯했다. 해리는 사람들이 수군거리는 소리가 들려오는 듯했고, 눈이 마주치기라도 하면 "난 당신이 왜 여기에 왔는지 알아"라고 말하는 듯했다.

마음이 불편해진 해리는 공연이 끝날 때까지 사람들 눈에 띄지 않길 바랐다. 이내 공연이 시작되었고, 해리는 담담한 마음으로 합창과 트럼펫 합주를 들었다. 어설프기 그지없는 춤도 보고, 영혼이 담기지 않은 사중주도 듣고, 목소리가 점점 기어들어 가는 그룹사운드의 연주와 노래도 들었다.

별안간 강당 조명이 완전히 꺼졌다. 어둠 속에서 영사기가 뿜어내는 한 줄기 빛이 무대에 자그마한 원을 그렸다. 마침내 놀라가 무대에 등장했다. 파란 원피스에 달린 스팽글이 빛을 받아 반짝이며 놀라의 모습을 더욱 빛나 보이게 했다. 모두 숨죽이고 주목하는 가운데 놀라는 카운터용 의자에 앉아 머리핀을 매만지고 나서 마이크를 조절했다.

놀라가 환한 미소를 짓고 나서 기타를 잡더니 직접 편곡한 〈캔트 헬프 폴링 인 러브 위드 유(Can't Help Falling in Love with You)〉를 부르기 시작했다. 강당에 모인 사람들은 놀라의 뛰어난 노래 솜씨에 벌어진 입을 다물지 못했다. 그 순간 해리는 이제껏 많은 사람을 만나보았지만 놀라야말로 가장 특별하고 경이로운 존재라는 사실을 새삼 느꼈다. 해리의 운명은 이제 유명 작가가 되는 것에서 놀라의 사랑을 구하는 쪽으로 선회했다.

놀라의 사랑을 받는 것보다 더 아름다운 운명이 있을까?

해리는 가슴이 두방망이질 치는 걸 느꼈고, 모든 공연이 끝나고 관객들이 열화와 같은 박수를 치는 동안 도망치듯 강당을 빠져나왔다.

구즈코브로 돌아온 해리는 테라스에 나가 위스키를 들이켜면서 '놀-라, 놀-라, 놀-라'라는 글자를 미친 듯이 썼다.

이제 어떡하지? 오로라를 떠나 뉴욕으로 돌아가야 하나?

해리는 4개월 동안 구즈코브의 집을 임대했고, 이미 2개월분 월세를 지불했다. 소설을 쓰려고 집을 임대했으니 끝까지 버티는 게 최선이었다.

다시 마음을 다잡고 글을 쓰는 수밖에 없어.

위스키를 마시자 머리가 어질어질해 해변으로 내려간 다음 바위에 걸터앉아 수평선을 응시했다. 별안간 뒤쪽에서 발자국 소리가 들려왔다. 파란 옷차림의 놀라가 가까이 다가서며 반갑게 인사하고 나서 모래밭에 주저앉았다.

"어디 아파요? 안색이 안 좋아 보여요."

"여긴 어쩐 일이야?" 해리가 놀란 얼굴로 되물었다.

"공연이 끝나고 나서 작가님이 가까이 다가와 축하해주길 바랐어요. 사람들이 박수치는 동안 작가님이 자리에서 일어나 강당 밖으로 나가는 모습을 보고 금세 뒤따라갔는데 이미 사라지고 없더군요. 혹시 무슨 일이 있나 해서 걱정되었어요. 왜 공연이 끝나자마자 급히 자리를 뜨셨어요?"

"놀라, 넌 지금 여기에 있어서는 안 돼. 사람들이 우리가 여기에 함께 있는 걸 보면 이상하게 생각할 거야."

"이유가 뭔데요?"

"난 지금 술을 마시고 취했거든. 네가 여기에 올 줄 알았더라면 술을 입에 대지 않았을 거야."

"술을 마셔서인지 작가님 얼굴이 왠지 슬퍼 보여요."

"오늘따라 많이 외롭다는 생각이 들었어."

해리의 곁에 몸을 웅크리고 앉은 놀라는 반짝이는 눈으로 그를 뚫어지게 바라보았다.

"작가들은 왜 다들 고독할까요? 어니스트 헤밍웨이와 허먼 멜빌도 인생이 고독했잖아요."

"작가들이라서 고독한지 아니면 고독해서 글을 쓰게 되었는지 헷갈려."

"작가들 중에는 자살로 생을 마감한 사람들도 정말 많아요."

"자살은 작가들의 전유물이 아니야. 독자가 없어 쓸쓸한 작가들이 자살을 택한 것일 뿐이지."

"작가님이 쓴 소설을 읽었어요. 시립도서관에서 빌려 하룻밤에 다 읽었죠. 정말 재미있더군요. 작가님은 누가 뭐래도 최고로 글을 잘 쓰는 분이 분명해요. 사실 오늘 공연 때 난 작가님을 위해 노래했어요."

해리는 미소를 머금은 얼굴로 놀라를 바라보았다. 놀라가 그의 머리카락을 손으로 어루만지며 말했다.

"작가님은 절대로 외로워서는 안 돼요. 내가 옆에 있잖아요."

25
놀라에 대해서

"어떤 경로를 거쳐야 작가가 될 수 있을까요?"

"작가가 되려면 우선 결코 포기하지 않는 끈기와 집념이 필요해.
자유에 대한 갈망 자체가 전쟁이거든. 우리는 체념이 일상화된 사
회에서 살고 있어. 체념 상태를 벗어나 자유를 누리려면 자신은 물
론 세상을 상대로 싸워야 해. 자유는 매 순간 전투로 쟁취해야 하는
데 우린 거의 의식하지 못하지. 나는 절대로 체념하지 않아."

미국 소도시들이 겪는 애로사항 가운데 한 가지는 화재가 발생할 경우 전문 소방관들이 부족해 의용 소방대원들이 불을 끄러 출동해야 한다는 것이다. 전문 소방관들과 비교해 일단 화재 현장에 도착하기까지 시간이 훨씬 많이 걸린다.

2008년 6월 20일 저녁에도 소방대원들이 내 신고를 받고 현장에 도착할 때까지 시간이 너무 오래 걸렸다. 나는 쉐보레 콜벳에서 치솟은 불길이 차고가 있는 부속건물 전체로 번져가는 걸 발견하는 즉시 신고했지만 차가 전소되는 걸 막지 못했다. 그나마 본채까지 불이 번지지 않은 건 기적에 가까웠다. 차고가 있는 부속건물과 본채는 따로 분리되어 있었기에 불길이 쉽게 옮겨붙지 않는 구조이기도 했다.

경찰과 소방대원들이 불을 끄려고 분주하게 움직이는 동안, 트래비스도 연락을 받고 현장에 도착했다.

"몸은 괜찮아요?" 트래비스가 내게로 달려오며 물었다.

"네, 괜찮습니다. 하마터면 불이 본채로 옮겨붙을 뻔했는데 이만하길 다행이네요."

"어쩌다 화재가 발생한 건가요?"

"그랜드비치 해변에서 집으로 돌아오는 길이었어요. 진입로로 들어설 때 누군가 숲을 가로질러 도망치는 모습을 봤고, 차고 쪽에서부터 불길이 치솟았죠."

"도망친 자가 누군지 확인하지 못했어요?"

"모든 일이 너무 순식간에 벌어지는 바람에 미처 얼굴을 확인하지 못했습니다."

집 주변을 수색하던 경찰이 우리를 불렀다. 그가 현관문 틈에 끼어 있었다며 쪽지를 내밀었다.

집으로 돌아가, 골드먼.

"어제도 똑같은 협박 쪽지를 받았어요."

"어디에서요?" 트래비스가 물었다.

"식료품점 앞에 차를 세워두었는데 와이퍼에 끼워 놓았더군요."

"그동안 누군가 작가님을 미행하고 있다는 느낌이 들지 않았어요?"

"지금껏 미행에 대해서는 그다지 신경 쓰지 않았습니다."

"이번 화재 건은 작가님에 대한 경고로 보이는데요."

"내가 누군가에게 경고를 받을 이유가 없잖아요."

"작가님이 오로라에서 지내는 걸 못마땅해하는 사람이 있다고 봐야죠. 작가님이 해리 쿼버트 사건에 대해 꼬치꼬치 캐묻고 다니는 걸 탐탁하게 여기지 않는 사람이 있다는 뜻입니다."

"내가 해리 쿼버트 사건의 진실을 캐내는 걸 두려워하는 사람이 있다고요?"

"내가 생각하기에는 그래요. 어쨌든 느낌이 좋지 않아요. 오늘 밤에는 여기에 순찰대를 남겨두어야겠어요."

"누군가 나를 노리고 있다면 언젠가는 반드시 나를 다시 찾아올 겁니다."

"아무튼 오늘 밤에는 순찰대를 남겨둘게요. 누군가 경고의 의미로 불을 냈다면 앞으로 또 다른 협박을 가할 겁니다. 각별히 조심해야 할 필요가 있다는 뜻입니다."

∞

다음 날 일찍 나는 뉴햄프셔주 교도소를 방문해 해리에게 화재 사건과 누군가 남겨둔 협박 쪽지에 대해 말해주었다.

"'집으로 돌아가, 골드먼'이라고?"

"컴퓨터로 출력한 글씨였어요."

"경찰은 뭐라고 하던가?"

"트래비스 서장이 과학수사대에 분석을 의뢰하겠다며 쪽지를 가져갔어요. 트래비스 서장 말로는 누군가 나에게 보내는 경고로 보인답니다. 내가 이 사건을 캐고 다니는 걸 바라지 않는 누군가가 있다는 뜻이기도 하고요. 선생님을 범인이라고 믿기에 내가 사건을 들쑤시고 다니는 걸 못마땅하게 여기는 사람이겠죠."

"그 누군가가 놀라와 데보라 쿠퍼를 살해한 자일까?"

"그럴 가능성을 배제할 수 없겠죠."

해리의 표정이 어두워졌다.

"벤자민 말로는 다음 주 화요일에 내가 배심원단이 지켜보는 가운데 재판을 받게 될 거래. 배심원들이 나에 대한 기소가 정당한지 여부를 결정하겠지. 일반적으로 배심원단은 검사와 의견을 같이하는 경우가 많아. 나는 점점 더 깊은 수렁 속으로 빠져드는 느낌이야. 발이 닿지 않아 수렁 속에서 허우적대고 있어. 처음 체포되었을 당시만 해도 몇 시간 이내에 착오로 밝혀져 집으로 돌아갈 수 있으리라 확신했는데 이제는 아무것도 장담할 수 없게 되었어. 재판이 열릴 때까지 교도소에 틀어박혀 있어야 하는 신세인데 나는 지금 아무것도 하지 못하고 있는 형편이야. 배심원들이 검사의 의견을 받아들여 내 범죄사실을 모두 유죄로 판단할 경우 사형선고를 내릴 공산이 커. 그 생각만 하면 너무 끔찍해."

해리는 몹시 초조해하는 기색이었다. 교도소에 수감된 지 일주일이 조금 넘었을 뿐인데 해리는 점점 더 자신감을 잃어가고 있었다.

"반드시 진실을 밝혀내 선생님을 꺼내드릴 테니까 너무 염려마세요. 벤자민은 유능한 변호사니까 믿어야 해요. 저에게 놀라에 대한 이야기를 더 들려주세요. 그 후 무슨 일이 일어났는지."

"그 후라면 언제?"

"토요일에 학예회를 마친 놀라가 선생님을 만나러와 너무 외로워하지 말라고 했다는 부분까지 들었어요."

나는 녹음기를 테이블 위에 내려놓고 작동 버튼을 눌렀다. 해리가 희미하게 미소 지었다.

"사실 난 늘 외로운 남자였는데 놀라 덕분에 크게 달라졌어. 놀라와 함께할 때면 우리가 서로 부족한 부분을 채워줘 비로소 완전체가 되는 느낌을 받았으니까. 그러다가 놀라가 내 곁에서 떠나면 내 안에서 커다란 결핍이 느껴졌어. 그때까지 한 번도 느껴본 적 없는 결핍이었지. 놀라가 내게 온 이후 그 아이 없이 나의 세계는 제대로 채워지지 않았어. 나의 행복은 오로지 그 아이를 통해서만 얻을 수 있었지. 그런 한편 놀라와 내가 감당하기 쉽지 않은 문제를 겪게 되리라는 것도 잘 알고 있었지. 나는 그 아이를 향한 내 감정을 억제하려고 애쓰면서도 절대로 불가능하다고 느꼈어. 학예회가 열린 토요일에 우린 해변을 거닐고 있었고, 나는 놀라에게 시간이 너무 늦었으니 부모님이 걱정하시기 전에 어서 집으로 돌아가라고 했지. 놀라는 고분고분 내 말을 따랐어. 난 해변을 따라 걸어가는 그 아이를 바라보고 있었지. 마음속으로 한 번만이라도 뒤돌아봐주길 기대하면서. 그 아이가 뒤돌아서 나에게 손을 흔들어주면 얼마나 좋을까 생각했지. 한편으로는 그 아이를 내 머릿속에서 지워야 한다고 생각했지.

그 후 나는 놀라를 잊기 위해 제니와 가까이 지내보려고 애썼어. 현재 〈클락스 식당〉의 주인이 된 제니 말이야."

"1975년에 〈클락스 식당〉의 직원이었던 제니, 그러니까 현재 트래비스의 부인이자 〈클락스 식당〉의 주인 말인가요?"

"그래, 맞아. 그 당시 제니는 아주 예뻤어. 세월이 흘렀을 뿐 지금도 제니는 아름다운 모습을 그대로 간직하고 있지. 제니는 할리우드로 떠나 배우 수업을 받고 싶어 했어. 할리우드로 가서 배우로 성공하고 싶다고. 그렇지만 제니는 오로라에 눌러앉아 엄마가 운영하던 식당을 물려받았고, 평생 햄버거를 팔게 되었지. 그 누구의 탓이 아니라 제니가 스스로 선택한 일이야. 누구나 자신이 선택한 삶을 살게 되는 거니까."

"선생님도 그렇다는 뜻인가요?"

"나도 모르는 사이에 이야기가 샛길로 빠졌네. 그 당시 제니는 스물네 살이었고, 아름다운 여인이었지. 남자들을 잠 못 이루게 할 만큼 육감적인 몸매에 탐스러운 금발이 매력 만점이었어. 오로라의 남자들 대부분이 제니가 지나가면 힐끔힐끔 곁눈질했으니까. 나는 날이면 날마다 〈클락스 식당〉에서 제니와 각별히 가깝게 지냈어. 〈클락스 식당〉에서 모든 식사를 해결했지. 집을 임대하는 데 전 재산을 털어 넣은 처지라 그리 넉넉한 편이 아니었지만 난 지출에 대해 그다지 신경 쓰지 않았어."

∞

1975년 6월 18일 수요일

해리가 오로라에서 살기 시작한 이후 제니는 출근 준비를 하는 데 한 시간이 더 걸렸다. 해리를 보는 순간 제니는 사랑에 빠졌다. 전에는 한 번도 느껴본 적 없는 감정이었다. 해리야말로 오래도록 그려온 이상형 남자가 분명했다. 제니는 두 사람이 함께하는 미래를 상상했다. 성대한 결혼식을 올리고 나서 해리와 뉴욕에 정착해 살아가는 미래. 구즈코브는 해리의 집필실 겸 여름 별장으로 사용하면 좋겠다고 생각했다. 제니는 오로라를 벗어나 뉴욕이나 로스앤젤레스로 가고 싶어 했고, 해리는 그녀를 데려다줄 적임자로 여겨졌다.

제니는 매일이다시피 기름이 번질번질한 테이블을 닦거나 시골뜨기들이 드나드는 화장실 청소로부터 한시라도 빨리 벗어나고 싶었다. 해리와 함께 뉴욕에 가게 되면 일단 브로드웨이에서 배우 경력을 쌓은 다음 할리우드에서 영화 일을 병행하고 싶었다. 사람들이 신문을 보다가 베스트셀러 작가 해리와 부부 사이인 여배우 제니의 뉴욕 생활에 대한 기사를 읽게 되길 기대하면서.

제니가 그려본 미래는 전혀 근거 없는 상상이 아니었다. 해리가 그녀를 사랑하는 건 의심할 여지 없는 사실이었다. 해리는 매일이다시피 〈클락스 식당〉에 왔고, 제니와 늘 살갑게 지냈다. 제니는 하루도 거르지 않고 해리가 맞은편에 앉아 이야기 상대가 되어주는 게 너무나 좋았다. 해리는 지금껏 만났던 남자들과 달리 훨씬 교양 있고 깨어 있는 사람이었다.

제니의 엄마 타마라 퀸은 〈클락스 식당〉 직원들에게 특별 지침을 내렸다. 해리에게 말을 걸거나 글을 쓰는 데 방해가 되는 행위를 금지하는 근무 지침이었다. 제니는 그 일 때문에 가끔 엄마와 말다툼을 벌였다. 타마라가 툭하면 제니에게 근무 지침을 어긴다면서 자주 책망한 탓이었다. 해리와 제니가 서로에게 호감을 가지고 있다는 사실을 까마득히 모르고 있었으니 그럴 수밖에.

그날, 해리는 새벽 6시 30분쯤 〈클락스 식당〉에 도착했다. 해리가 그렇게 이른 시간에 식당에 온 건 처음이었다. 평소 그 시간에는 대형트럭 기사나 영업사원들이 식당의 주요 고객이었다. 언제나 그랬듯이 17번 테이블에 자리 잡고 앉은 해리는 글을 쓰기 시작했다. 해리는 가끔 글쓰기를 멈추고 오래 제니를 뚫어지도록 바라보았다. 제니는 짐짓 못 본 체했지만 해리가 집어삼킬 듯 강렬한 눈빛으로 바라보고 있다는 사실을 잘 알고 있었다.

제니는 한동안 해리가 왜 이글거리는 눈빛으로 자신을 바라보는지 이유를 알지 못했다. 그러다가 비로소 해리가 자신을 위한 책을 쓰고 있다고 판단했다. 제니가 생각하기에 유명 작가 해리 퀴버트가 쓰고 있는 소설의 주인공은 자신이 분명했다. 해리가 사람들에게 백지를 보여주지 않는 이유를 이제야 알 것 같았다. 제니는 마음이 몹시 설레고 두근거렸다. 마침 해리의 식사 시간이 되었으므로 제니는 메뉴판을 들고 그에게로 다가갔다.

∞

해리는 '놀라'라는 두 글자를 쓰느라 오전 시간을 다 흘려보냈다. 머릿속이 온통 놀라의 이미지로 가득 채워졌다. 놀라의 얼굴이 해리의 모든 생각을 뒤덮어버렸다. 해리는 이따금 눈을 감고 놀라의 얼굴을 그려보다가 갑자기 생각난 듯 눈을 번쩍 뜨고 제니에게 눈길을 고정시켰다. 제니는 아름다운 여인이었고, 그녀를 사랑할 수 있을 거라 믿으면서.

정오가 가까워지고 있을 무렵 제니가 메뉴판과 커피를 들고 해리가 앉아 있는 테이블로 다가왔다. 해리는 누군가가 가까이 다가올 때면 늘 그랬듯이 글을 쓰고 있는 백지를 손으로 가렸다.

"식사 시간이 되었어요, 해리." 제니가 아이를 어르는 엄마 같은 어조로 말했다. "커피를 1.5리터 마신 걸 빼면 하루 종일 아무것도 드시지 않은 거예요. 빈속에 커피만 마시면 위산과다에 걸리기 십상이죠."

해리는 미소를 지으며 뭔가 대화를 나누려고 했지만 할 말이 떠오르지 않았다. 이마에서 진땀이 흐르자 해리는 얼른 손등으로 닦았다.

"식은땀이 나잖아요. 일을 너무 많이 해서 지쳤나봐요. 어떤 글을 쓸지 감을 잡았어요?"

"그렇다고 말해도 될 것 같네요."

"아침 일찍 오셔서 줄곧 글쓰기에 매달리셨잖아요."

"그랬죠."

제니는 무슨 글을 쓰는지 다 안다는 듯이 공모자 같은 미소를 지어 보였다.

"글을 조금만 읽어봐도 될까요? 어떤 글을 쓰는지 궁금해서요."

"나중에 완성되면 보여줄게요. 아직은 보여줄 단계가 아니라서."

제니는 알았다는 듯이 미소 지었다.

"우선 목을 축이게 레모네이드를 한잔 가져다줄게요. 지금 식사도 하시겠어요?"

"계란과 베이컨으로 할게요."

제니는 주방으로 다가가 소리쳤다. *"작가님 식사는 계란과 베이컨으로 준비하세요."*

제니가 식당 홀에서 수작을 거는 모습을 지켜본 타마라가 딸에게 주의를 주었다.

"넌 왜 자꾸만 해리 쿼버트 씨를 귀찮게 하니?"

"엄마야말로 아무것도 모르면서 그러지 마세요. 난 해리에게 영감을 주는 거라고요."

타마라 퀸은 한심하다는 듯이 제니를 바라보았다. 제니는 사랑스러운 딸이 분명했지만 지나치게 순진한 게 문제였다.

"누가 그런 헛바람을 넣어주던?"

"해리가 나에게 푹 빠진 걸 알고 있어요. 해리는 나를 주인공으로 한 글을 쓰고 있기도 하죠. 난 평생 베이컨이나 커피를 나르면서 살고 싶지 않아요. 난 브로드웨이의 유명 배우가 될 거예요."

"아니, 도대체 누가 순진한 내 딸에게 헛바람을 넣은 거야?"

제니는 엄마가 무슨 말인지 쉽게 이해할 수 있도록 설명을 덧붙였다.

"조만간 해리와 난 공식적인 커플이 될 거예요."

승리감에 도취한 제니는 마치 퍼스트레이디라도 된 듯 도도한 걸음걸이로 주방을 나갔다.

타마라는 만약 제니가 해리 쿼버트와 커플이 된다면 〈클락스 식당〉도 덩달아 유명세를 타게 될 거라 기대했다.

결혼식을 아예 〈클락스 식당〉에서 치를 수도 있었다. 타마라는 무슨 수를 쓰든지 해리 쿼버트를 설득해 제니와 공식 커플로 만들어주고 싶었다.

뉴욕의 저명인사들을 결혼식에 초대하는 거야. 수십 명의 기자들이 결혼식을 취재하려고 줄을 설 테고, 쉴 새 없이 플래시가 터지겠지. 해리 쿼버트는 하늘이 내려준 사윗감이 분명해.

해리는 오후 4시쯤 시계를 보고 나서 깜짝 놀란 표정을 지으며 서둘러 〈클락스 식당〉을 나왔다. 식당 앞에 세워둔 차에 올라탄 해리는 곧장 시동을 걸었다. 놀라를 보러 가야 할 시간이었다.

해리가 출발하고 나서 얼마 지나지 않아 오로라경찰서 차량 한 대가 해리의 차가 주차되어 있던 바로 그 자리에 멈춰 섰다. 트래비스는 핸들을 잡은 상태로 〈클락스 식당〉 내부를 둘러보았다. 식당 안에 아직 손님이 너무 많아 안으로 들어가지 못했다. 그 대신 미리 준비해온 문장을 반복해서 연습했다. 지나치게 수줍어하지 않는다면 한 문장 정도는 능히 자신 있게 말할 수 있었다. 몇 개의 단어로 이루어진 짧은 문장이라면.

트래비스는 백미러에 비친 자신의 모습을 바라보면서 혼잣말을 했다.

안녕, 제니. 돌아오는 토요일에 우리 같이 영화 보러 갈래?

"고작 한 문장일 뿐인데 틀린 부분이 한두 군데가 아니네." 트래비스가 계속 투덜댔다. "이 짧은 문장 하나도 제대로 기억하지 못하다니?"

트래비스는 종이쪽지를 꺼내 거기에 적어둔 문장을 다시 읽었다.

안녕, 제니. 돌아오는 토요일에 혹시 시간 되면 우리 몬타버리 극장에 영화 보러 갈까?

〈클락스 식당〉에 들어가 미소 한번 짓고 나서 커피를 한 잔 주문한 다음 미리 적어둔 문장을 읽기만 하면 되니까.

트래비스는 다시 한번 헤어스타일을 가다듬고 나서 혹시 누가 볼세라 순찰차의 마이크를 잡고 말하는 시늉을 했다. 손님 넷이 〈클락스 식당〉에서 나왔다. 심장이 요란하게 두방망이질 쳤다. 맥박이 툭툭 뛰는 느낌이 이어졌다. 심장이 요동칠 때마다 열 손가락 모두가 즉각 반응하는 듯했다.

트래비스는 마침내 차에서 내린 다음 한 손에 쪽지를 움켜쥐었다. 그는 고등학교 시절부터 제니를 사랑했다. 제니는 그가 아는 여자들 가운데 가장 매력적인 여자였다. 그가 오로라에 남기로 결심한 이유는 오로지 제니 때문이라고 해도 과언이 아니었다. 경찰 아카데미는 그의 실력을 높이 평가했고, 지방 소도시보다는 대도시에 있는 주립 경찰청이나 FBI에 도전해보라고 했다.

"FBI에서도 인재를 뽑고 있는데 굳이 지방 소도시 근무를 자원할 필요가 있을까?"

대통령을 비롯해 고위급 인사들의 경호를 책임지는 비밀 경호국에서도 인재를 구하고 있었지만 그에게는 오로라의 〈클락스 식당〉에서 일하는 제니가 전부였다.

트래비스는 언젠가 제니도 사랑을 받아주게 될 거라 기대하며 오로라경찰서 근무를 고집했다. 그에게 제니가 없는 삶은 무의미했다. 식당 입구에 다다른 그는 심호흡을 크게 하고 나서 안으로 들어갔다.

제니는 찻잔을 기계적으로 닦으면서 해리에 대한 생각에 몰두해 있었다. 최근 들어 해리는 4시만 되면 식당을 나섰다.

해리는 그 시간에 어디에 가는 걸까? 누군가 만나기로 약속했나?

그때 누군가 카운터 앞에 앉았고, 제니는 그제야 몽상에서 벗어났다.

"안녕, 제니."

고교 동창이자 지금은 경찰이 된 트래비스였다.

"안녕, 트래비스. 커피 줄까?"

"그래, 좋아."

트래비스는 잠시 두 눈을 감고 정신을 집중했다. 제니에게 미리 준비해온 문장을 말해야 할 시점이었다. 제니가 그의 앞에서 커피를 따르고 있는 지금 이 순간이 가장 좋은 기회로 보였다.

"제니, 할 말이 있어."

"뭔데?"

제니가 맑은 눈을 들어 트래비스를 보았고, 그는 갑자기 좌불안석이 되었다.

내가 준비한 문장의 첫 번째 단어가 뭐였더라? 그래 '영화'였지.

"영화." 트래비스가 뜬금없이 말했다.

"영화라니?"

"맨체스터 극장에 강도가 들었다고."

"강도가 왜 하필 극장을 노렸을까? 정말 웃기는 이야기네."

"맨체스터 극장이 아니라 맨체스터 우체국이야. 내가 잘못 말했어."

도대체 웬 강도 타령? 이번 주 토요일에 나랑 영화 보러 가자고 했어야지. 어서 영화를 보러 가자고 말해.

트래비스는 심장이 터질 것 같은 느낌을 받으며 겨우 입을 열었다.

"제니, 난… 그러니까… 네가 원한다면…….."

그 순간 주방에서 타마라가 제니를 부르는 소리가 들려와 그는 어쩔 수 없이 말을 끝내지도 못하고 중단했다.

"트래비스, 난 가봐야겠어. 요즘 엄마 기분이 별로라서."

트래비스는 어렵사리 준비한 문장을 말할 겨를도 없이 제니를 보내줄 수밖에 없었다. 그는 한숨을 내쉬고 나서 중얼거렸다.

제니, 토요일 저녁에 영화를 보러 몬트버리 극장에 가자고 말할 생각이었어.

트래비스는 미처 마시지도 않은 커피 값으로 5달러짜리 지폐 한 장을 테이블에 내려놓고 〈클락스 식당〉을 나왔다. 극심한 허탈감과 실망감이 그를 속상하게 만들었다.

∞

"매일 오후 4시만 되면 어딜 그렇게 간 겁니까?" 내가 물었다.

해리는 내 질문에 즉시 대답하지 않았다. 그저 창 너머에 시선을 던지고 있었는데 가느다란 미소가 눈가에 어려 있었다.

"난 놀라를 보러 가야 했어. 자네도 잘 알다시피 제니도 정말 매력적인 여자이긴 하지. 하지만 제니가 그 아이를 대신할 수는 없었어. 놀라와 함께 있는 동안 나는 비로소 살아 있다는 느낌이 들었으니까. 나는 달리 표현할 방법이 없어. 놀라와 함께한 순간들이야말로 기쁨이 가득 채워진 날들이었지. 내가 생각하는 사랑이 그랬어. 지난 33년 동안 줄곧 내 머릿속에서 놀라의 웃음소리가 울려 퍼지고 있지. 삶의 활기로 반짝이는 놀라의 두 눈도 늘 내 앞에 있어. 놀라의 사소한 몸짓, 손가락으로 머리를 가지런히 정리하는 방식, 입술을 살짝 깨무는 모습이 지금도 눈에 아른거려. 놀라의 목소리가 언제나 내 안에서 울려 퍼지고 있어. 가끔은 그 아이가 아직 내 곁에 있다고 착각하기도 해. 내가 차를 타고 시내에 나가거나 마리나에 들르거나 식료품점에 갈 때면 놀라도 항상 동행하면서 삶과 책에 대한 이야기를 나누지. 1975년 6월은 놀라를 만난 지 한 달도 안 되었을 때인데 난 이미 그 아이를 내 삶의 일부처럼 받아들였으니까. 놀라와 함께하지 않는 시간들은 내게 아무런 의미도 없었어. 놀라를 보지 못하고 지나간 하루는 잃어버린 날이었지. 그 아이가 얼마나 보고 싶던지 다음 토요일까지 도저히 기다릴 수 없었어. 그래서 학교 끝나는 시간에 맞춰 교문 앞에서 그 아이를 기다린 거야. 매일 4시만 되면 〈클락스 식당〉을 나와 오로라 고등학교에 갔어. 학교 정문 앞에 있는 교직원용 주차장에 차를 세우고 놀라가 나타나길 기다렸지. 그 아이를 보게 되면 나는 어느새 생기가 흘러넘쳤어. 갑자기 없던 기운이 생기고, 그 아이를 바라보는 것만으로도 충분한 에너지를 얻었지. 놀라가 스쿨버스에 오를 때까지 난 그 아이를 바라보았어. 버스가 학교를 출발해 완전히 보이지 않게 될 때까지 난 주차장에 그대로 머물러 있었지. 그 정도면 완전히 미친 사랑이라고 해야 할 거야."

"그럴 리가요?"

"놀라는 줄곧 내 안에서 살아 숨 쉬고 있어. 토요일은 더욱 멋진 날이었지. 날씨가 좋아 많은 사람이 해변으로 나오는 바람에 〈클락스 식당〉은 한적했고, 놀라와 나는 오랫동안 이야기를 나눌 수 있었어. 놀라는 나와 내 책에 대해 많은 생각을 했다고 하더군. 그 당시 집필 중이던 내 원고를 읽어보고 나서 분명 많은 사람이 좋아하게 될 거라고도 했지. 저녁 6시에 놀라는 식당 일이 끝났을 때 내가 집에까지 차로 데려다주겠다고 제안했어. 나는 그 아이를 차에 태우고 가다가 집에서 한 블록 떨어진 골목길에 내려주었어. 그 아이가 감시 같이 걷자고 제안했지만 혹시 우리가 함께 걷는 모습을 본 누군가가 악의적인 소문을 퍼뜨리게 될 경우 매우 복잡한 문제가 발생할 수도 있으니까 그냥 돌아가겠다고 했어. 그러자 놀라가 '우리가 함께 걷는 게 범죄는 아니잖아요, 해리'라고 말한 걸 또렷이 기억해. 그래서 내가 '그래, 네 말대로 범죄는 아니지만 사람들이 입방아를 찧어대거나 귀찮은 질문을 해댈 수도 있어'라고 하자 놀라는 조금 토라져 입을 비죽 내밀더니 '난 우리가 함께 있는 시간이 너무 좋아요. 우린 세상에서 둘도 없이 각별한 사이잖아요. 우리가 다른 사람의 시선을 의식하지 않고 함께할 수 있다면 얼마나 좋을까요'라고 하더군."

∞

1975년 6월 28일 토요일

오후 1시에 제니는 〈클락스 식당〉 카운터 뒤에서 바삐 움직이는 가운데 식당 문이 열릴 때마다 해리이길 기대하면서 쳐다보았다. 해리가 식당 문을 열고 들어서길 기대한 제니는 번번이 예상이 빗나가자 잔뜩 신경이 곤두섰다. 식당 문이 또다시 열렸지만 이번에도 기다리는 해리는 오지 않고 타마라가 안으로 들어섰다. 제니의 옷차림을 본 타마라가 깜짝 놀란 표정을 지었다. 제니가 중요한 행사 때나 꺼내 입는 크림색 투피스 차림이었으니 놀랄 만도 했다.

"제니, 오늘 그 옷차림은 뭐야?" 타마라가 의아한 듯 물었다. "앞치마는 왜 두르지 않았어?"

"앞으로 더는 그 보기 흉한 앞치마를 두르지 않을래요. 나도 가끔 예쁘게 보일 권리가 있잖아요. 엄마는 내가 하루 종일 햄버거를 손님 테이블에 나르며 사는 걸 좋아한다고 생각하세요?"

제니의 눈에는 어느새 눈물이 그렁그렁 맺혀 있었다.

"오늘, 무슨 일 있어? 왜 갑자기 투정을 부리고 그래?" 타마라가 물었다.

"토요일에는 정말이지 일하기 싫어요."

"놀라가 오늘 하루 쉬겠다고 하니까 네가 대신 나오겠다고 했잖아?"

"내가 자진해서 나온다고 했던 나름의 이유가 있었는데 어긋나버렸어요. 난 정말 불행해요."

제니가 케첩 병을 만지작거리다가 실수로 바닥에 떨어뜨렸다. 병이 깨지면서 제니가 신고 있던 하얀 스니커즈에 온통 빨간 얼룩이 졌다. 급기야 제니는 울음을 터뜨렸다.

"대체 무슨 일이니?" 타마라가 걱정스러운 얼굴로 물었다.

"난 지금 해리를 기다리고 있어요. 토요일이면 늘 식당에 오는데 오늘은 웬일인지 오지 않네요. 해리가 나를 사랑한다고 철석같이 믿고 있었으니 정말 멍청이인가봐요. 유명 작가 해리가 오로라의 별 볼일 없는 식당에서 일하는 나 같은 여자를 좋아할 리 없다는 걸 왜 몰랐을까요?"

"그런 소리 하면 못써. 넌 더없이 소중한 아이야." 타마라는 딸을 안아주며 위로했다. "식당 일은 내가 하면 되니까 넌 나가서 신나게 놀아. 그 대신 당장 울음을 그쳐. 넌 내 소중한 딸이고, 해리도 널 좋아할 거라 믿어."

"그렇다면 해리가 오늘 왜 식당에 나타나지 않을까요?"

타마라는 잠시 생각에 잠겼다.

"제니, 오늘 네가 일한다는 사실을 해리도 알고 있니? 넌 토요일에 한 번도 일한 적이 없잖아. 토요일에 식당에 와봐야 널 볼 수 없으니까 해리도 오지 않는 것이겠지."

그제야 제니의 얼굴이 확연히 드러나게 밝아졌다.

"난 왜 그 생각을 못 했을까요!"

"해리가 사는 바닷가 집으로 찾아가봐. 해리도 너를 보면 무척이나 반가워할 거야."

제니의 눈에서 반짝이는 빛이 났다.

엄마가 정말이지 근사한 생각을 해냈어! 구즈코브로 해리를 만나러 가야지. 그 가엾은 남자는 글을 쓰느라 여념이 없어 점심 식사를 해야 한다는 걸 잊고 있을 거야.

제니는 주방으로 들어가 필요한 식재료들을 챙겼다.

∞

그 시간에 해리와 놀라는 오로라로부터 130마일 떨어진 메인주의 작은 도시 로클랜드의 바닷가 산책로에서 피크닉을 즐기고 있었다. 놀라가 빵조각을 던져주자 갈매기들이 끼룩대면서 날아들었다.

"난 갈매기를 좋아해요. 내가 바다를 각별히 좋아하고, 바다에 가면 언제나 갈매기를 볼 수 있기 때문일 거예요. 나무에 가려 수평선이 드러나지 않을 때에도 갈매기들이 날아다니는 모습을 보면 바다가 가까이 있다는 걸 알 수 있죠."

해리는 재미있다는 듯이 놀라를 바라보며 손에 들고 있는 수첩에 뭔가를 그리고 있었다.

"연필로 뭘 그리세요?" 놀라가 물었다.

"크로키를 했어."

"그림도 그려요? 정말이지 다재다능하시네요. 저도 그림을 보고 싶어요."

놀라는 그림을 보면서 탄성을 발했다.

"너무 멋져요. 정말 재주가 많으시네요."

놀라가 자연스레 몸을 기대자 해리는 반사적으로 밀어내고는 혹시 누군가 보기라도 했을까봐 걱정되어 주변을 두리번거리며 살폈다.

"정말 왜 그러세요?" 마음이 상한 놀라가 화를 냈다. "저랑 같이 있는 게 창피해요?"

"난 서른네 살이고, 넌 열다섯 살이야. 사람들이 보면 이상하게 여길 거야."

"멍청한 사람들이나 그렇게 생각할 거예요."

해리는 웃으면서 놀라가 화내는 표정을 재빨리 그렸다. 놀라가 다시 가까이 다가와 몸을 살짝 기댔지만 이번에는 그냥 내버려두었다. 두 사람은 갈매기들이 서로 빵조각을 차지하려고 다투는 모습을 지켜보았다.

며칠 전 둘이서 소풍을 떠나기로 결정했다. 해리는 학교 수업을 마치고 돌아오는 놀라를 기다렸다. 스쿨버스에서 내린 놀라가 그를 보더니 깜짝 놀라는 동시에 행복해했다.

"여기서 저를 기다린 거예요?" 놀라가 물었다.

"네가 보고 싶긴 했지. 지난번에 네가 했던 말을 곰곰이 생각해보았어."

"우리 둘이 어디론가 떠나고 싶다고 했던 말?"

"이번 주말에 시간을 낼 수 있을 것 같아. 당일치기라 너무 멀리 갈 수는 없고, 로클랜드 정도가 적당할 것 같아. 우리를 아는 사람이 없는 곳이니까 시선을 의식하지 않고 자유로운 시간을 보낼 수 있을 거야. 물론 네가 원한다면 그렇게 하겠다는 뜻이야."

"정말 멋진 생각이에요."

"그날, 시간을 낼 수 있겠어?"

"퀸 부인에게 휴가를 달라고 할게요. 부모님한테는 알아서 잘 둘러댈게요. 너무 걱정 마세요."

*'부모님한테는 알아서 잘 둘러댈게요'*라는 말을 들었을 때 해리는 도대체 무슨 생각으로 미성년자를 사랑하려드는지 그 자신도 이해할 수 없었다.

로클랜드 해변에서 해리는 다시 두 사람의 관계에 대해 생각했다.

"무슨 생각을 그리 골똘히 해요?" 놀라가 여전히 몸을 기댄 상태로 물었다.

"우리가 지금 이런 시간을 보내도 되는지 생각하고 있어."

"우리가 나쁜 짓을 하고 있는 건 아니잖아요."

"부모님께는 뭐라고 둘러댔어?"

"내 친구 낸시와 같이 있는 걸로 알고 있을 거예요. 낸시의 남자 친구 테디의 아버지가 배를 소유하고 있거든요. 하루 종일 바다에서 배를 타면서 놀 거라고 했어요."

"낸시는 지금 어디에 있는데?"

"테디를 만나 배를 타고 있을 거예요. 낸시도 내 핑계를 대야 부모님들이 테디와 하루 종일 시간을 보내는 걸 허락해줄 거라고 했거든요."

"낸시의 부모님은 네가 딸과 같이 있을 거라 믿고 있고, 네 부모님은 딸이 낸시와 같이 있을 거라고 믿고 있겠네. 만약 부모님들끼리 서로 통화를 하게 되더라도 문제될 게 전혀 없고."

"그야말로 완벽한 계획이죠. 단 저녁 8시까지 집에 가야 해요.

우리가 함께 춤출 시간이 있을까요? 난 둘이 함께 춤추길 원해요."

∞

제니는 오후 3시에 구즈코브에 도착했다. 차를 집 앞에 세운 제니는 해리의 검은색 쉐보레가 없다는 사실을 알아차렸다. 해리가 외출하고 없다는 뜻이었다. 일단 초인종을 눌러보았지만 예상대로 아무런 기척이 없었다. 혹시 테리가 테라스에 나와 있을지도 모른다는 생각에 집을 한 바퀴 돌아보았지만 눈에 띄지 않았다.

제니는 생각다 못해 집 안으로 들어가 해리를 기다리기로 마음먹었다. 해리가 글을 쓰다가 머리를 식힐 겸 잠깐 외출했을 수도 있으니까. 최근에 부쩍 글쓰기에 박차를 가하고 있었으니 휴식이 필요했을 수도 있었다. 해리가 집으로 돌아와 식탁에 놓여 있는 로스비프 샌드위치, 계란, 치즈, 제니의 비법 소스를 곁들인 그린샐러드, 파이 한 조각, 과즙이 풍부한 과일을 보면 무척이나 좋아할 것이다.

제니는 지금껏 구즈코브의 저택 내부를 구경한 적이 없었다. 널찍한 공간에 고상한 취향으로 꾸민 실내가 눈에 들어왔다. 나뭇결이 그대로 드러나 있는 서까래, 벽면을 가득 채운 대형서가, 쪽마루, 바다를 향해 나 있는 통유리 창 등.

제니는 이 집에서 해리와 함께 사는 자신의 모습을 그려보았다.

여름이면 테라스에 근사한 아침 식사를 차리고, 겨울이면 거실 벽난로 가까이에 앉아 소설을 읽어달라고 해야지. 반드시 뉴욕에서 살아야 하는 건 아니잖아. 이 집에서 해리와 함께 살 수 있다면 정말이지 행복할 거야. 해리가 옆에 있어 준다면 다른 건 전혀 필요 없어.

제니는 바리바리 싸 온 음식들을 식탁에 내려놓고 안락의자에 앉아 해리를 기다렸다. 그를 깜짝 놀라게 해주고 싶었다.

한 시간 정도 기다려도 해리가 오지 않자 몹시 따분해진 제니는 집 안 구경에 나섰다. 제니가 처음 둘러본 방은 아래층 서재였다. 그리 큰 방은 아니었지만 옷장, 벽면에 설치한 서가, 백지들과 펜들이 놓인 널따란 책상이 짜임새 있게 배치돼 있었다. 해리가 글을 쓸 때 사용하는 방이 분명했다.

제니는 책상 위에 놓인 백지에 시선이 갔다. 해리가 쓴 원고를 몰래 훔쳐볼 마음은 없었다. 다만 해리가 그녀에 대해 뭐라고 썼는지 궁금할 따름이었다. 그 정도는 해리도 애교로 봐줄 거라 생각하며 제니는 가장 위에 놓인 백지를 손에 들고 읽기 시작했다. 마치 도둑질을 하듯 심장이 뛰었다. 처음 몇 줄은 검정 사인펜으로 사선을 쳐놓아 도저히 읽을 수 없었지만 그다음은 또렷이 읽혔다.

내가 〈클락스 식당〉에 가는 이유는 오직 그 여자를 보기 위해서이다. 내가 그 식당에 가는 이유는 오직 그 여자 곁에 있기 위해서이다. 그 여자는 내가 항상 꿈꿔왔던 모든 것이다. 나는 사로잡혔다. 나는 홀렸다. 나에게는 그럴 권리가 없다. 나는 그러지 말아야 한다. 나는 그곳에 가지 말아야 한다. 심지어 이 불행의 도시에 머물러서도 안 될 것이다. 나는 떠나야 할 것이다. 떠나서 다시는 돌아오지 말아야 할 것이다. 나에겐 그 여자를 사랑할 권리가 없다. 그건 금지되었으므로. 나는 미쳐버린 걸까?

제니는 황홀한 행복감에 젖어 종이에 입을 맞추고 나서 마치 춤을 추듯 걸어가며 외쳤다. "해리, 내 사랑, 당신은 미치지 않았어요. 나도 당신을 사랑해요. 당신은 나를 사랑할 권리가 있어요. 제발 도망치지 말아요, 내 사랑. 나는 당신을 사랑해요."

잔뜩 흥분한 제니는 혹시 누군가 훔쳐볼세라 얼른 백지를 원래 있던 책상 위에 올려두고 서재를 나와 거실로 돌아왔다. 이윽고 소파에 누운 제니는 치마를 걷어 올려 허벅지를 드러내더니 상의 단추를 풀어 젖가슴이 드러나게 했다.

지금껏 나를 위해 이토록 아름다운 글을 써준 사람은 아무도 없었어.

해리가 집으로 돌아오는 즉시 제니는 그에게 몸을 내어줄 생각이었다.

∞

그 시간에 켈러건 목사는 〈클락스 식당〉으로 들어가 보통 때와 다름없이 아이스티를 주문했다.

"놀라는 오늘 출근하지 않았는데요, 목사님." 타마라가 음료수를 건네며 말했다. "하루 휴가를 냈거든요."

"잘 알고 있습니다. 친구랑 바다에 간다고 새벽에 나간걸요. 차를 태워주겠다고 했더니 괜찮다면서 그냥 누워있으라고 하더군요. 정말 착한 딸이죠."

"착하다마다요. 저도 놀라가 정말 마음에 듭니다."

켈러건 목사가 빙긋 웃었다. 타마라는 온화한 얼굴에 안경을 쓴 이 작은 체구의 남자가 오늘따라 무척이나 쾌활하고 명랑해 보였다. 나이가 적어도 오십은 넘었을 텐데 몸이 날씬했고, 강한 면모를 풍겼다. 목소리는 언제나 조용하고 조심스러웠고, 언성을 높이는 경우가 없었다.

타마라는 오로라 사람들 대부분이 그랬지만 켈러건 목사를 매우 높이 평가했다. 설교할 때도 비록 남부식의 짧고 끊어지는 말투이긴 하지만 마음에 깊은 울림을 주었다. 켈러건 목사의 딸인 놀라도 아버지를 닮아서인지 언제나 사랑스럽고, 타인을 배려할 줄 알고, 상냥했다. 켈러건 목사와 놀라는 선량한 사람들이자 독실한 기독교인이었다. 오로라 사람들 누구나 켈러건 목사를 존경해 마지않았다.

"오로라에 정착하신 지 얼마나 되었죠? 오로라가 고향은 아니잖아요?" 타마라가 물었다.

"6년 되었습니다."

목사는 잠시 주변을 살피더니, 단골손님답게 17번 테이블이 비어있다는 사실을 알아차렸다.

"오늘은 해리 쿼버트 씨가 오지 않았네요?"

"글쎄요, 아직 오지 않네요. 아시겠지만 정말 매력적인 분이죠."

"난 여기서 해리 쿼버트 씨를 몇 번 본 적이 있습니다. 놀라의 학년말 공연도 보러왔었죠. 해리 쿼버트 씨를 우리 교구 교인으로 만들고 싶습니다. 이 도시를 발전시키려면 유명 인사들이 필요하거든요."

타마라는 딸을 생각하자 입가에 미소가 저절로 떠올랐다. 그녀는 켈러건 목사에게 새삼 굉장한 소식을 알려주고 싶었다.

"우리 제니와 해리 사이에 연정이 오가는 것 같아요."

켈러건 목사는 미소를 짓고 나서 아이스티를 한꺼번에 들이켰다.

∞

어느새 저녁 6시가 되었고, 해리와 놀라는 석양빛으로 물든 테라스에 앉아 과일주스를 홀짝였다. 놀라는 뉴욕 생활에 대한 이야기를 듣고 싶었다. 해리에 대해서라면 뭐든지 다 알고 싶었다.

"뉴욕에서 유명 인사로 사는 건 어떤 의미가 있을까요?" 놀라가 칵테일파티와 핑거푸드로 이어지는 삶을 상상하고 있다는 걸 잘 알고 있어 과연 어떤 이야기를 들려주어야 할지 알 수 없었다.

사실은 오로라 사람들이 상상하듯 유명 인사가 아니었다고? 뉴욕 사람 대부분이 그를 알아보지 못한다고? 그가 낸 첫 책은 아무런 주목도 받지 못했다고? 그때까지 그 자신은 별 볼일 없는 고교 교사일 뿐이었다고? 저축해두었던 돈을 모조리 구즈코브의 집 임대료로 써버려서 그는 거의 빈털터리라고? 새 작품은 아직 한 줄도 쓰지 못하고 있는 사기꾼이라고? 근사한 해변 저택에 살면서 하루 종일 카페에 앉아 글만 써대는 해리 쿼버트는 여름 한 철에만 존재할 거라고?

해리는 진실을 털어놓을 수 없었다. 놀라를 잃게 될 수도 있으니까. 해리는 자신의 삶을 하나부터 열까지 다 지어내기로 작정했다. 재능이 뛰어나고 존경받는 작가로 뉴욕의 번잡스러운 생활에 싫증을 느껴 잠시 뉴햄프셔주의 작은 도시 오로라에서 휴식을 취하고 있다고.

"대단히 운이 좋으시네요." 해리의 이야기를 들은 놀라가 감탄해마지 않으며 말했다. "정말이지 부러운 삶이네요. 가끔 난 훨훨 날아 먼 곳으로 떠나고 싶어요. 가급적 오로라에서 멀리 떨어진 곳으로요. 아버지는 선량한 분이지만 성직자라 대단히 엄격하세요. 엄마 역시 호락호락한 분이 아니죠. 엄마에게 과연 어린 시절이 있었는지 묻고 싶을 때가 많아요. 일요일 아침마다 교회에 나가야 한다는 것도 진절머리가 나요. 저는 부모님처럼 독실한 신자가 아니거든요. 혹시 신을 믿으세요?"

"글쎄다, 난 타인의 신앙생활을 존중하지만 종교에 대해 딱히 할 얘기가 없어."

"엄마는 반드시 하느님을 믿어야 한다고 말하죠. 하느님을 믿지 않으면 무서운 형벌을 받게 될 거라고도 해요. 엄마의 말을 사사건건 의심하고 따지기보다는 고분고분 따르는 편이 나을 거라는 생각이 들기도 해요."

"신의 존재하는지 아닌지 알아야 할 사람은 바로 자기 자신이야."

놀라가 그의 손을 잡고 물었다.

"혹시 저에게 엄마를 사랑하지 않아도 될 권리가 있을까요?"

"사랑은 의무가 아니야."

"십계명에도 '부모를 사랑하라'가 들어 있잖아요. 첫 번째 계명이 '하느님을 믿어라'이고요. 내가 만약 하느님을 믿지 않는다면 엄마를 사랑할 의무도 없겠네요. 엄마는 대단히 엄격한 분이라 가끔 나를 방 안에 가두고 출입을 통제하기도 해요. 내가 방탕한 행위를 했다면서 말이에요. 나는 방탕한 짓을 한 적이 없어요. 그저 자유롭고 싶을 따름이죠. 나에게도 꿈꿀 권리가 있었으면 좋겠어요. 맙소사! 어느새 6시가 되었네요. 시간이 멈춰버렸으면 좋겠어요. 이제 집으로 돌아가야 해요. 출출 시간도 없겠네요."

"우린 평생 춤을 추게 될 거야."

∞

저녁 8시에 제니는 소스라치게 놀라 잠에서 깨어났다. 소파에서 해리를 기다리다가 깜박 잠이 들었다. 해가 뉘엿뉘엿 지면서 저녁 어스름이 내려앉았다. 장의자에 누워 잠든 동안 입가에 침이 한 가닥 흘렸고, 입 안이 텁텁했다. 제니는 맨살이 드러나 있는 옷매무새를 추스른 다음 구즈코브 저택을 나섰다.

∞

오로라에 도착한 해리는 마리나 근처 골목길에 차를 세웠다. 놀라가 친구 낸시를 만나 둘이서 함께 돌아가도록 해주기 위해서였다. 두 사람은 잠시 차 안에 앉아 있었다. 날은 어느새 어두워져 있었고, 놀라는 가방에서 상자 하나를 꺼냈다.

"이 상자는 뭐야?" 해리가 물었다.

"시내에 있는 작은 상점에서 구입했어요. 우리가 주스를 마시려고 들렀던 곳이죠. 오늘 우리 둘이 함께한 멋진 시간을 잊지 말아달라는 뜻에서 드리는 기념품이에요."

해리는 상자를 열었다. *'메인주 로클랜드 관광 기념품'*이라는 글자가 새겨진 상자였다.

"이 상자에 마른 빵을 담아 갈매기에게 주세요." 놀라가 말했다. "갈매기들에게 빵조각을 꼭 챙겨주셔야 해요. 아주 중요한 일이거든요."

"꼭 챙겨주겠다고 약속할게."

"이제부터 나를 '내 사랑 놀라'라고 불러주세요."

"내 사랑 놀라."

놀라가 미소를 지으며 입을 맞추려고 하는 바람에 해리는 멈칫하며 얼굴을 피했다.

"놀라, 입맞춤은 곤란해." 해리가 불쑥 말했다.

"아니, 왜요?"

"문제가 복잡해질 수도 있어."

"어떤 점에서요?"

"사람들의 이목을 무시할 수는 없잖아. 자, 이제 친구에게 가봐. 앞으로 우리는 더 이상 만나면 안 될 것 같아."

해리는 황급히 차에서 내려 놀라가 앉은 조수석 문을 열어주었다. 해리는 자신이 놀라를 얼마나 사랑하는지 말할 수 없는 현실이 너무나 견디기 힘들었다.

∞

"늘 주방에 놓여 있는 그 상자가 로클랜드에서 놀라와 함께 하루를 보낸 기념품이란 말이죠?" 내가 물었다.

"내가 매일 갈매기에게 빵조각을 챙겨주는 건 놀라가 그렇게 해주길 원했기 때문이야."

"로클랜드에 다녀온 이후로는 무슨 일이 있었죠?"

"그날의 기억이 너무나 황홀했기에 나는 덜컥 겁이 났어. 문제가 더 이상 복잡해지기 전에 놀라를 멀리 해야 한다는 생각이 들었지. 나는 놀라를 대신할 여자를 찾아보기로 결심했어. 내가 마음 놓고 사랑해도 되는 여자가 필요했지. 내가 누굴 선택했을지 짐작하지?"

"제니."

"그래, 제니였어."

"사랑이 마음먹은 대로 되던가요?"

"그 이야기는 다음에 들려줄게. 말을 너무 많이 했더니 피곤하군."

"충분히 그럴 수 있죠."

나는 녹음기를 껐다.

24
독립기념일의 추억

"가드를 올리고 방어 자세를 취해봐."

"이렇게요?"

"두 주먹으로 얼굴을 가리고, 두 다리로 몸을 지탱할 자세를 취해보라는 말이야. 잘 해낼 수 있지?"

"난 뭐든 잘 해낼 수 있습니다."

"바로 그거야. 글을 쓰는 행위는 복싱과 많이 닮았어. 복싱을 할 때 가드를 올려 방어 자세를 취하고 전투에 돌입할 태세를 갖추잖아. 먼저 가드를 올려 상대의 공격에 대한 방어 자세를 취한 다음 상대를 공격하기 위해 돌진하는 거야. 글을 쓰려면 복싱처럼 전투적이어야 해."

"당신은 수사를 중단하는 게 좋아."

〈클락스 식당〉을 찾은 내가 1975년에 해리와 어떤 관계였는지 묻자 제니가 내게 한 말이었다. 지역 TV는 화재 사건을 톱뉴스로 다루었고, 그 소식이 점점 널리 퍼져가고 있는 중이었다.

"내가 수사를 중단해야 할 이유가 있나요?" 내가 물었다.

"혹시라도 당신이 좋지 않은 일을 겪게 될까봐 걱정되어서 하는 소리야." 제니의 목소리에서 모성애에 가까운 정이 묻어났다. "다행히 작은 화재 사고로 마무리되었지만 다음에는 또 어떤 일이 벌어질지 아무도 모르잖아."

"분명히 말하지만 난 33년 전 오로라에서 무슨 일이 있었는지 밝혀내기 전에는 이 도시를 떠나지 않을 겁니다."

"그야말로 당나귀 고집이로군! 하는 짓이 해리와 똑같아."

"해리와 같다는 말은 저에게 칭찬으로 들리는데요."

제니가 미소 지었다.

"내가 당신을 위해 무얼 도와줄까?"

"괜찮으시다면 밖으로 나가 이야기를 나눌까요?"

제니는 직원에게 식당을 맡기고 나와 함께 마리나까지 걸었다.

우리는 바다와 마주한 벤치에 앉았다. 나는 쉰일곱 살쯤 된 여인의 얼굴에 시선을 고정했다. 깡마른 얼굴에 내려앉은 다크서클이 세월의 두께를 느끼게 해주었다. 제니의 현재 모습에서 고교 시절 학교 퀸으로 통했던 육감적인 몸매와 매력적인 금발을 떠올려보려고 애써보았지만 잘되지 않았다.

"당신이 학생이었을 때 해리와 함께 식당에 와서 자기가 쓴 글을 놓고 논쟁을 벌이던 모습이 문득 떠올라. 해리는 당신을 지독하게 몰아붙였지. 당신들은 몇 시간이고 그 자리에 앉아 글을 쓰고, 읽고, 고치기를 반복했어. 어쩌다 해리와 당신이 새벽같이 일어나 달리기하는 모습을 본 적도 있지. 당신도 기억하는지 모르지만 해리는 당신이 식당에 올 때마다 몹시 신나 했어. 여러 날 전부터 해리가 몇 번이나 거듭 말한 덕분에 우린 당신이 언제 식당에 올지 다들 알고 있었지. '마커스가 다음 주에 나를 만나러 온답니다. 그 친구는 아주 크게 될 녀석이죠.' 당신이 방문하기로 한 날이면 해리는 기분이 몹시 들떠 있곤 했어. 다들 해리가 그 커다란 저택에서 혼자 얼마나 외롭게 지내는지 알고 있었지. 당신이 오는 순간 해리는 모든 외로움을 벗어던지고 희색이 만면이었어. 마침내 누군가로부터 사랑받기 시작한 외톨이 같았지. 당신이 다시 떠나고 나면 해리는 우리를 붙잡고 얼마나 귀찮게 굴었는지 몰라. 말끝마다 당신 이야기뿐이었어. 마커스가 이랬는데 저랬는데 하면서 말이야. 해리는 당신을 자랑스러워했어. 마치 아버지가 아들을 생각하듯이. 당신이 그가 끝내 갖지 못한 아들이었을지도 몰라. 그러니까 당신은 오로라를 떠난 적이 없는 셈이야. 그러던 어느 날 신문에서 당신에 대한 기사를 보게 되었지. 마커스 골드먼 현상이자 위대한 작가의 탄생이었어. 해리는 당신을 인터뷰한 신문을 모두 구입했고, 식당 손님들에게 몇 번이나 술을 샀는지 몰라. '마커스를 위하여, 건배!'가 그 무렵 해리가 즐겨 하던 건배사였지. TV를 켜면 온통 당신과 당신이 쓴 책에 대한 뉴스 일색이었어. 해리는 당신이 쓴 책을 수십 권 구입해 식당을 찾은 손님들에게 나누어주었어. 우리 역시 당신이 어떻게 지내는지, 오로라에는 언제 올 건지 몹시 궁금하게 여겼지. 해리 역시 당신 소식을 자주 듣지 못하는 형편이었어. 다만 당신이 몹시 바쁠 거라고 둘러댔지. 어느 날 갑자기 당신의 연락이 끊어진 거야. 당신이 유명 인사가 되다 보니 눈코 뜰 새 없이 바빠 스승을 내팽개친 거야. 당신은 유명한 작가가 된 이후 오로라에 단 한 번도 오지 않았잖아. 해리는 당신을 그토록 자랑스러워했는데 잠시나마 오로라를 방문해 그를 기쁘게 해주는 일은 끝내 일어나지 않았지. 성공해서 온갖 영예를 거머쥐었으니 당신은 더 이상 해리를 필요로 하지 않았던 거야."

"그건 사실이 아닙니다." 내가 반발했다. "내가 성공에 도취해 정신을 못 차린 건 분명하지만 늘 해리를 마음에 두고 있었어요. 하지만 해리를 찾아볼 시간이라고는 단 1초도 주어지지 않았죠."

"해리에게 전화 한 통 할 시간이 없었다는 거야?"

"해리에게 전화했어요."

"당신은 코가 석 자가 되자 해리에게 전화했어. 책을 몇백만 부 팔고 나자 위대한 작가께서는 문득 차기작에 대한 부담감이 생겼고, 어떤 작품을 써야 할지 감을 잡을 수 없게 되었지. 해리가 생중계로 알려준 사실이야. 해리는 당신의 처지를 몹시 걱정스러워했어. 당신이 굉장히 침울해하고 있다고, 새 작품을 써야 하는데 아이디어가 떠오르지 않는다고, 출판업자가 당신에게 미리 지불한 계약금을 다시 회수하려 한다고. 그러다가 얼마 후 당신이 별안간 오로라에 나타난 거야. 세상에서 제일 처량한 개의 눈빛을 하고. 해리는 당신의 기운을 북돋아줄 수 있다면 무엇이든 하려고 했지. 2주 전에 해리가 바라던 기적이 일어났어. 해리 쿼버트 사건이 터진 거야. 오로라에는 무슨 일로 왔어, 마커스? 차기작을 쓰는 데 필요한 영감을 얻기 위해서 온 거야?"

"도대체 왜 그런 생각을 하신 겁니까?"

"내 말이 틀렸어? 그다지 틀리지 않을 텐데?"

난 어처구니가 없어 한동안 잠자코 있다가 입을 열었다.

"그렇잖아도 출판업자가 해리 쿼버트 사건을 소재로 책을 써보라고 제안하더군요. 하지만 난 그 제안을 받아들이지 않을 겁니다."

"당신은 결국 그 제안을 받아들이지 않을 수 없을 거야. 해리가 괴물이 아니라는 사실을 입증하려면 당신이 책을 쓸 수밖에 없어.

난 해리가 몹쓸 짓을 저지르지 않았을 거라고 확신해. 난 마음 깊이 해리를 믿으니까. 당신은 해리를 외면해서는 안 돼. 해리의 무죄를 증명해줄 사람은 오로지 당신밖에 없어. 당신은 유명 작가인 만큼 세상 사람들의 신뢰를 이끌어낼 수 있을 거야. 당신은 반드시 해리의 진실을 밝혀줄 책을 써야만 해. 해리가 얼마나 순수한 인물인지 세상 사람들에게 들려줘야 한다는 뜻이야."

나는 제니의 말을 곧이곧대로 수용하지 못하고 우물거렸다.

"해리를 사랑하죠?"

제니가 눈을 내리깔았다.

"해리를 사랑하느냐고? 난 그 말이 무슨 뜻인지 모르겠어."

"잘 알면서 모른 척하지 말아요. 해리에 대해서 말할 때 당신의 얼굴만 보면 알 수 있어요. 아무리 해리를 미워하려고 해도 뜻대로 안 될 거예요. 당신은 해리를 사랑하니까."

제니는 서글픈 미소를 지으며 울먹이는 목소리로 말했다.

"지난 30년 동안 난 매일 해리를 생각했어. 오로지 해리만을 내 유일한 상대로 보고 있었지. 정말이지 난 해리를 행복하게 해주고 싶었거든. 평생 해리만을 바라보고 살아온 내 꼴을 보라고. 난 배우로 성공하길 꿈꿨지만 튀김용 기름에 찌들어 사는 지방 소도시의 식당 주인에 불과해. 내가 바라던 모습과는 너무나 동떨어진 삶이야."

제니가 비로소 속마음을 털어놓기 시작했다는 느낌이 왔다.

"놀라에 대해서도 아는 대로 말씀해주세요."

제니의 얼굴에 서글픈 미소가 어렸다.

"아주 상냥한 아이였어. 그 당시 엄마는 놀라를 무척이나 마음에 들어 했지. 우리 식당에서 일하는 사람들 모두가 놀라를 칭찬했어. 난 놀라를 칭찬하는 소리를 들을 때마다 짜증이 났지. 왜냐하면 놀라가 나타나기 전까지만 해도 오로라에서 가장 예쁜 공주는 나였으니까. 모든 남자들의 눈길이 나를 향했으니까. 놀라가 오로라에 처음 왔을 때 나이가 아홉 살이었어. 그때만 해도 너무 어린 꼬마라서 다들 관심이 없었지. 어느 해 여름에 보니 놀라가 갑자기 예쁜 아가씨가 되어 있지 뭐야. 놀라의 날씬한 몸매, 시원스럽게 뻗은 다리, 풍만한 가슴, 천사 같은 얼굴을 바라보는 남자들의 얼굴에 감출 수 없는 선망이 깃들어 있는 거야. 수영복 차림의 놀라가 모든 남자들의 혼을 쏙 빼놓은 셈이지."

"놀라에게 질투심을 느꼈군요?"

제니는 잠시 생각에 잠겼다가 이내 대답했다.

"그래, 당신 말대로 그 아이를 질투했어. 모든 남자들의 눈길이 그 아이에게 가 있었으니까 여자라면 누구나 질투심을 느꼈을 거야."

"고작 열다섯 살인 아이였잖아요."

"당신 말대로 열다섯 살 아이에 불과했지만 내 눈에도 분명 다 성장한 여자로 느껴졌어. 아주 매혹적인 여자."

"해리와 놀라 사이를 의심해본 적 있어요?"

"전혀 의심한 적 없어. 상상도 할 수 없는 일이었으니까. 놀라는 어느 누가 보더라도 예쁜 아이였고, 다들 눈독을 들이고 있었지만 아직 열다섯 살이라는 사실을 알고 있었으니까. 게다가 매사에 엄격한 켈러건 목사의 딸이었으니까 구설수에 오를 일이 전혀 없었지."

"해리를 두고 서로 경쟁심을 느껴본 적도 없습니까?"

"하늘에 맹세코 그런 일은 없었어!"

"그 당시 해리와 자주 어울렸나요?"

"그럴 일이 많지는 않았지만 가끔 함께 어울리긴 했어. 해리는 오로라 여자들에게 인기가 정말 많았지. 지방 소도시에서는 좀처럼 볼 수 없는 뉴욕 출신 스타 작가였으니까."

"해리가 오로라에 처음 왔을 당시만 해도 무명작가였던 사실을 전혀 모르고 있었나봐요. 해리는 구즈코브의 집에 세 들어 살기 위해 모아둔 돈을 몽땅 쏟아부어야 할 만큼 가난한 교사였을 뿐이거든요."

"고등학교 교사였는지는 모르지만 이미 작가로 성공했잖아."

"첫 소설을 내긴 했지만 전혀 주목받지 못했어요. 이 지역 사람들이 해리의 유명세에 대해 오해하고 있었나본데 그는 그 사실을 알고도 묵인한 것 같아요. 오로라에 살면서 뉴욕에서는 좀처럼 받아보지 못한 귀한 대접을 받았으니 굳이 바로 잡을 필요성을 느끼지 못했을 수도 있겠네요. 그러다가 얼마 안 있어 《악의 기원》을 써서 유명 작가로 떠올랐으니 판타지가 돌연 리얼리즘이 된 거죠."

제니는 정말 재미있다는 듯이 소리 내어 웃었다.

"난 그런 사실을 전혀 몰랐어. 이제 보니 해리도 대단히 능청스럽네. 내가 해리와 연인 사이로 만났던 때가 기억나. 그날 난 어찌나 흥분했던지 날짜까지 또렷이 기억하는데 1975년 7월 4일 독립기념일이었거든."

1975년 7월 4일은 해리와 놀라가 로클랜드로 소풍을 다녀오고 나서 며칠이 지난 시점이었다. 다시 말해 해리가 놀라를 머릿속에서 지워버리기로 결심한 직후라는 뜻이다.

"그날 무슨 일이 있었는지 궁금하네요."

제니는 슬며시 눈을 감았다. 마치 그날 일을 추억하듯이.

"날씨가 화창한 날이었어. 그날 해리가 〈클락스 식당〉에 오더니 나에게 콩코드로 불꽃놀이를 보러 가자는 거야. 저녁 6시에 나를 데리러 오겠다면서. 나는 저녁 6시 30분이 되어야 일이 끝나지만 해리의 제안을 쾌히 받아들였어. 엄마는 정오가 되자 얼른 집으로 돌아가 불꽃놀이에 갈 치장을 하라면서 내 등을 떠밀었지."

∞

1975년 7월 4일 금요일

노포크 가에 위치한 제니의 집은 무척이나 소란스러웠다. 저녁 5시 45분인데 제니는 여전히 불꽃놀이에 입고 갈 옷을 고르지 못했다. 속옷 차림의 제니는 여전히 원피스를 들고 아래위층을 오르내리느라 여념이 없었다.

"엄마, 이 원피스 어때?" 제니는 타마라가 있는 거실로 일곱 번째 뛰어 들어가며 물었다.

"그 옷은 안 돼." 타마라가 딱 잘라 말했다. "엉덩이가 너무 커보이잖아. 해리가 널 음식을 배 터지도록 먹어 치우는 먹보로 바라봐주길 바라지 않는다면 얼른 다른 옷으로 갈아입어."

제니는 마음에 드는 옷이 없어 처량하게 늙어 죽을 거라고 생각하며 울상이 된 얼굴로 방으로 돌아갔다.

타마라 또한 몹시 신경이 곤두선 상태였다. 해리는 오로라 청년들과는 여러모로 급이 다른 남자인 만큼 제니가 부디 실수를 저지르지 않고 호감을 얻어내길 간절히 바랐다.

정오 무렵 식당은 손님들로 북새통을 이루었지만 타마라는 제니가 기름 냄새 풀풀 나는 식당에서 조금이라도 빨리 떠나길 바랐다. 머리카락에 기름 냄새가 남아있으면 곤란하니까.

제니가 부디 완벽한 모습으로 해리의 마음을 살 수 있길 바랐다. 제니를 집으로 돌려보내면서 타마라는 일단 미용실에 들러 머리를 손질하고 나서 집으로 돌아가 손톱을 예쁘게 다듬으라고 했다. 해리가 집에 들르기로 한 만큼 집 안을 먼지 한 톨 없이 반질반질하게 닦고, 식전주를 준비했다.

제니가 잘못 생각한 게 아니었네. 해리가 분명 제니를 마음에 두고 있었던 거야.

타마라는 일이 잘 풀려 제니가 해리와 결혼할 수 있길 바랐다.

제니가 마침내 짝을 구해 시집을 가는 건가?

마침 현관문이 열리는 소리가 들려왔다. 장갑을 만드는 회사에서 엔지니어로 일하는 로버트 퀸이 쉬는 날인데도 콩코드에 있는 공장으로 급히 불려 갔다가 집으로 돌아온 것이었다.

타마라의 눈이 휘둥그레졌다.

로버트는 평소와 달리 집 안이 깨끗이 정돈되어있는 걸 보고 의아하게 여겼다. 현관의 꽃병에는 모처럼 붓꽃 한 다발이 꽂혀 있었고, 식탁에는 지금껏 한 번도 보지 못한 식탁보가 덮여 있었다.

"도대체 무슨 일이야?" 로버트가 달콤한 핑거푸드, 짭짤한 파이, 샴페인이 세팅된 테이블이 있는 거실로 들어서면서 물었다.

타마라는 예상과 달리 일찍 돌아온 로버트를 보는 순간 덜컥 짜증이 나긴 했지만 애써 상냥한 태도로 그의 질문에 답했다.

"왜 이리 일찍 왔어? 난 지금 당신을 챙길 여력이 없어. 내가 당신 회사에 전화해 메시지를 남겼는데 전달받지 못했나봐?"

"아니, 무슨 메시지?"

"저녁 7시 전에는 퇴근하지 말라는 내용이었지."

"무슨 일인데 그래?"

"해리가 오늘 밤 제니에게 콩코드로 불꽃놀이를 보러 가자고 했거든."

"해리가 누구야?"

"5월 말에 오로라에 온 뉴욕 출신의 유명 작가 있잖아."

"아아? 내가 집에 들어와서는 안 될 이유란 말이지?"

"당신 지금 '아아?'라고 했어? 유명 작가 해리가 지금 우리 딸 제니의 마음을 얻고 싶어 안달이 났는데 고작 '아아?'라니? 당신이 해리와 품격 있는 대화를 나누기에는 부적합해 보여서 늦게 퇴근했으면 한 거야. 해리는 구즈코브 저택에 살고 있는 작가란 말이야."

"구즈코브 저택? 세상에!"

"우리에겐 거금일지 몰라도 해리에게 구즈코브 저택 쯤은 껌값일 거야. 뉴욕에서도 잘 나가는 스타 작가라니까."

"빌어먹을! 껌값이라는 말은 난생처음 들어봐."

"당신은 아는 게 너무 없다니까."

로버트는 뚱한 얼굴로 타마라를 바라보다가 식전주와 음식을 차려놓은 테이블로 다가갔다.

"미안하지만 당신을 위해 준비한 음식이 아니니까 일절 손대지 말고 보기만 해."

"이 조막만한 잔에 따라놓은 건 뭐야?"

"고급 식전주야."

"오늘이 7월 4일이니까 매년 이웃집에서 열리는 바비큐 파티에 가야 하잖아?"

"오늘은 조금 늦게 가야 해. 해리를 만나 대화를 나누게 되면 우리가 평소 햄버거나 먹고 산다는 말은 절대로 금물이야."

"햄버거를 먹고 사는 게 어때서? 햄버거 식당을 운영하는 사람이 정말 이상한 생각을 갖고 있네. 난 햄버거를 좋아해."

"제발 내 계획대로 따라줘. 제니를 위해 준비한 계획이니까."

"나에게 진작 해리가 어떤 사람인지 말해주고 협조를 바랐어야지."

"난 당신에게 모든 걸 다 말하지는 않아."

"난 뭐든 숨기지 않고 다 말하는데 당신은 아니었어? 오늘 사무실에서 하루 종일 배가 아파서 혼났어. 방귀가 수시로 나올 정도로 속이 부글거렸다니까. 앞으로는 당신도 나처럼 뭐든 숨김없이 말해줘."

"솔직한 건 좋은데 방귀 얘기는 굳이 안 해줘도 괜찮아."

거실문이 열리더니 제니가 좀 전과 다른 원피스를 입고 나타났다.

"너무 차려입은 티가 나는 옷이잖아." 타마라가 이번에도 고개를 가로저었다. "품위 있는 동시에 자연스러운 옷차림이 필요해."

타마라의 신경이 온통 제니에게 쏠려 있는 틈을 타 로버트는 평소 애용하는 일인용 소파에 앉아 스카치위스키를 잔에 따랐다.

"그 소파에 앉는 건 금지사항이야." 타마라가 소리쳤다. "소파를 더럽히면 안 되거든. 내가 청소하느라 얼마나 고생했는지 모를 거야. 당신은 어서 옷이나 갈아입고 와."

"퇴근했는데 옷을 갈아입으라니?"

"얼른 가서 정장을 입어. 슬리퍼를 신고 해리를 만날 수는 없잖아."

"당신, 이제 보니 우리가 중요한 행사 때 마시려고 아껴두었던 샴페인을 꺼냈네?"

"오늘이 가장 중요한 행사가 있는 날이니까. 당신도 제니가 훌륭한 신랑감을 만나 결혼하길 바라잖아? 해리가 이제 들이닥칠 테니까 얼른 내 말대로 옷이나 갈아입고 와."

타마라는 남편이 말을 들어주길 바라며 들을 떠다밀었다. 그때 가슴을 다 드러내놓은 제니가 팬티 차림으로 울면서 계단을 내려왔다. "옷을 고르기가 너무 힘들어요. 불꽃놀이고 뭐고 그냥 다 취소해버리고 싶어요."

로버트는 한술 더 떴다. "난 작가 나부랭이와 대화하고 싶지 않아. 난 책이라고는 거들떠보지도 않는 사람이야. 책만 잡으면 졸음이 쏟아져. 작가를 만나면 도대체 뭘 주제로 대화를 나누어야 할지 모르겠어."

타마라는 시큰둥한 표정을 짓고 있는 로버트와 제니를 한심하다는 듯이 쳐다보았다. 해리와 약속한 시간이 5시 50분이니까 이제 겨우 10분이 남아있었다. 그들이 현관 앞에서 옥신각신하고 있을 때 별안간 초인종이 울렸다. 타마라는 어찌나 놀랐던지 심장이 멎는 듯했다. 해리가 도착한 게 분명했다. 약속 시간보다 10분 빨리.

∞

해리는 별안간 초인종이 울려 출입문 쪽으로 다가갔다. 그는 리넨 정장 차림에 얇은 모자를 쓰고 있었다. 이제 막 제니를 데리러 가기 위해 집을 나서려던 순간이었다. 문을 열자 놀라가 문 앞에 있었다.

"놀라, 무슨 일이야?"

"무슨 일인지 묻지 말고 '안녕'이라고 인사를 해야죠."

해리가 빙긋 미소 지었다.

"네가 여기 오리라고는 전혀 몰랐으니까 그러지."

"로클랜드에 다녀온 이후 아무런 연락이 없어서 어떻게 지내는지 궁금했어요. 일주일 내내 통 소식이 없었잖아요. 로클랜드에서 우린 정말 좋은 시간을 보내지 않았나요? 나에게 뭔가 화가 나거나 불쾌한 점이 있었으면 어서 털어놓으세요. 난 정말이지 마법 같은 날이었는데."

"너에게 불만이 있는 건 아니야. 나 역시 너랑 로클랜드에서 보낸 시간이 정말 좋았어."

"그런데 왜 연락을 뚝 끊었어요?"

"난 책을 써야 하는데 시간이 많이 부족해."

"난 매일 당신과 같이 있고 싶어요."

"그건 안 돼. 난 글을 써야 하고, 넌 학교에 가야 하잖아."

"이제 학교에 가지 않아도 돼요."

"그게 무슨 소리야?"

"방학한 걸 몰랐어요?"

"아, 그래? 난 몰랐어."

놀라가 환하게 웃으며 말했다. "이제 방학을 했으니 매일 여기 와서 시간을 보내고 싶어요. 〈클락스 식당〉 아르바이트보다는 당신을 보살피는 일을 더 잘할 수 있을 것 같거든요. 당신은 테라스에서 글을 쓰세요. 글이 잘 안 될 때 바다를 보고 나면 저절로 영감이 생길 거예요. 나는 집안 분위기를 편안하고 안락하게 만드는 한편 당신을 보살피는 데 온 마음을 다해 노력할게요. 당신이 아무런 걱정 없이 글쓰기에 몰입할 수 있는 환경을 만들어주고 싶어요."

해리는 놀라가 들고 온 바구니에 눈길을 주었다.

"간식거리를 챙겨 왔어요." 놀라가 말했다. "오늘 저녁에 피크닉

을 나가 먹을 거예요. 포도주도 한 병 가져왔어요. 해변으로 피크
닉을 나가 포도주를 마시면 대단히 낭만적일 거라 생각했거든요."

해리가 받아들이기에는 지나치게 부담스러운 제안이었다. 해
리는 피크닉도 원치 않았고 놀라가 하루 종일 구즈코브 집에 와
있겠다는 제안도 수용하기 힘들었다. 쉽지 않겠지만 이제는 잊
어야 하는 아이였으니까.

해리는 지난 토요일에 놀라를 데리고 로클랜드에서 보낸 시간
이 바람직하지 않았다고 생각하며 후회했다. 이제 겨우 열다섯
살인 아이를 데리고 소풍을 간다는 건 오해의 시선을 받을 여지
가 충분했다. 자칫 잘못했다가는 미성년자 납치범으로 몰릴 수
도 있었다.

놀라와 계속 가까이 지내다가는 인생을 망치게 될 거야. 놀라
를 더는 가까이하지 말아야 해.

"놀라, 미안하지만 난 너의 제안을 받아줄 수 없어." 해리가
퉁명스럽게 말했다.

놀라의 얼굴에 금세 그림자가 드리워졌다.

"왜 안 되는데요?"

해리는 일단 다른 여자와 만날 약속이 있다고 말할 생각이었
다. 놀라가 당분간 힘들더라도 두 사람이 연인처럼 가까이 지낸
다는 건 사회적으로 도저히 허용될 수 없다는 사실을 깨달을 필
요가 있었다. 하지만 해리는 생각한 바를 그대로 밀어붙이지 못

하고 또다시 거짓말을 했다.

"난 지금 콩코드에 가서 출판업자를 만나봐야 해. 콩코드에서 독립기념일 축제가 열리는데 출판업자가 거기에 오기로 했거든. 나도 너랑 시간을 보내는 게 훨씬 더 좋지만 이미 만나기로 약속한 일이라 어쩔 수가 없네."

"나도 같이 가면 안 될까요?"

"출판업자를 만나 일 얘기를 해야 하는 자리라서 너랑 같이 가는 건 곤란해."

"지금 입고 있는 셔츠가 대단히 멋지네요."

"고맙구나."

"난 당신을 사랑해요. 보슬비가 내리던 날 해변에서 당신을 처음 만난 날 이후 미치도록 사랑하게 되었어요. 난 생이 다하는 날까지 당신과 함께하고 싶어요."

"방금 전에 네가 한 말은 내가 도저히 받아들일 수 없는 말이야. 이제 그런 말은 하지 마."

"절대로 거짓이 아니라 사실인걸요. 난 단 하루도 당신 없이 보내는 날은 견디기 힘들어요. 난 당신을 볼 때마다 내 삶이 아름답다고 느끼는데 당신은 그렇지 않은가봐요. 당신은 날 미워하죠?"

"내가 널 미워할 리 없잖아. 그런 뜻이 아니야."

"로클랜드에서 당신과 함께한 시간이 너무 좋았는데 당신은 아니었나봐요. 내가 더없이 따분하게 느껴졌나봐요. 지난 일주일 동안 나에게 단 한 번도 연락하지 않은 것만 봐도 그렇잖아요. 당신은 나를 어리고, 어리석고, 따분한 아이라고 생각하죠?"

"이미 수없이 말했지만 난 너를 싫어하지 않아. 다만 사회적으로 우리 사이는 허용될 수 없다는 걸 알아야 해. 내가 집에까지 데려다 줄 테니까 가자."

"'내 사랑 놀라'라고 말해주세요. 제발 한 번 더 그렇게 말해주세요."

"난 그럴 수 없어."

"제발 부탁이에요."

"그럴 수 없다니까. 내가 해서는 안 되는 말이야."

"왜 우리는 서로 사랑하면서도 사랑해서는 안 되죠?"

해리가 답답하다는 듯이 같은 말을 반복했다.

"어서 가자. 내가 집에까지 데려다줄 테니까."

"우리에게 사랑할 권리도 없다면 살아서 뭐해요?"

해리는 아무런 대답도 하지 않고 차를 세워둔 곳으로 놀라를 데려갔다. 놀라는 눈물을 펑펑 흘리며 울고 있었다.

∞

초인종을 누른 사람은 해리가 아니라 오로라 경찰서장의 부인인 에이미 프랫이었다. 에이미는 오로라에서 가장 중요한 행사

가운데 하나인 여름 무도회를 앞두고 가가호호를 방문해 무도회 때 추첨할 행운권을 판매하는 중이었다. 7월 19일 토요일에 여름 무도회가 예정되어 있었다. 초인종 소리를 듣는 순간 타마라는 반벌거숭이 상태인 제니를 방으로 올려보내고, 로버트를 위층으로 보낸 다음 문을 열었다. 타마라는 출입문 뒤에 서 있는 사람이 해리가 아니라 에이미라서 오히려 안도의 한숨을 쉬었다. 여름 무도회에서 추첨할 행운권 1등 상은 매사추세츠주 '마서즈 빈야드' 섬에 위치한 호텔의 일주일 숙박권이었다. 할리우드 스타들이 휴가를 보내는 장소로 유명한 호텔이었다. 타마라는 마음이 혹해 행운권 티켓을 두 묶음이나 구입했다. 에이미에게 오렌지주스라도 권해야 인지상정이지만 벌써 5시 55분이라 서둘러 돌려보내야 했다.

제니는 연두색 원피스를 입고 거실로 내려왔고, 로버트는 조끼에 슈트를 갖춰 입은 정장 차림으로 왔다.

"해리가 아니라 에이미 프랫이었어." 타마라가 시큰둥하게 말했다. "나도 해리가 아닐 거라고 짐작했어. 해리가 제니와 당신이 토끼처럼 허둥지둥 계단을 오르는 모습을 봤어야 하는 건데. 난 애초부터 해리가 아닌 줄 알았다니까. 왜인지 알아? 해리는 고상한 사람이니까. 고상한 사람은 약속 시간보다 먼저 오지 않는 법이야. 약속 시간보다 먼저 오는 것 역시 실례라는 걸 알고 있어야 해. 로버트, 당신은 늘 약속 시간을 지키지 못할까봐 조바심치잖아."

이내 거실 벽 시계가 여섯 번을 울렸고, 제니의 가족은 출입문 앞에 도열했다.

"제발 다들 자연스럽게 행동해주세요." 제니가 울상이 된 얼굴로 부모에게 부탁했다.

"우리는 언제나 자연스러운 모습을 유지하니까 걱정하지 마." 제니의 부탁에 타마라가 응수했다. "로버트, 안 그래? 우린 늘 자연스럽잖아?"

"그럼, 우린 늘 자연스럽지. 그나저나 자꾸 방귀가 나와서 미치겠어. 내 배가 마치 폭발하기 직전의 압력솥 같아."

몇 분 후, 해리는 제니의 집 초인종을 눌렀다. 놀라를 집 근처 길에 내려주고 오는 길이었다. 놀라는 차에서 내릴 때까지도 눈물을 그치지 않았다.

∞

제니가 나에게 말했다. "그해 7월 4일 저녁은 꿈같은 순간이었어."

추억에 잠긴 제니는 그날 축제 분위기, 해리와 함께한 저녁 식사, 콩코드 하늘을 수놓은 불꽃놀이에 대해 이야기했다.

나는 제니가 털어놓는 말을 듣는 동안 그녀가 평생 해리를 사랑했다는 느낌을 받았다. 요즘 제니가 해리에게 품고 있는 반감은 토요일마다 〈클락스 식당〉에서 일하던 소녀 놀라에게 밀려 사랑의 패배자가 되었다는 사실 때문이었다. 더구나 해리가 그 아이와 사랑한 이야기를 담은 《악의 기원》을 썼다는 사실이 제니를 씁쓸하게 만들었다. 제니와 헤어지기 전에 나는 다시 한번 물었다.

"놀라에 대해 가장 많이 알고 있는 사람은 누구일까요?"

"놀라의 아버지 아닐까? 켈러건 목사."

당연한 말이었다.

23
놀라에 대해 잘 알았던 사람들

"독특한 캐릭터의 인물들을 창조해내려면 어떤 사람들에게서 영감을 얻죠?"

"특정한 사람이 아니라 여러 사람들을 유심히 관찰하면서 복합적인 인물을 만들어내야 해. 자네 친구들, 가사도우미, 마트 캐셔, 은행 창구 직원 등등 누구나 관찰 대상에 포함될 수 있지. 다만 주의할 점이 있어. 인물을 관찰하면서 받게 되는 영감은 인물 자체가 아니라 인물이 하는 행위에서 비롯되는 거야. 사람들의 행동 방식을 유심히 관찰하다보면 소설에 등장하는 어느 한 인물이 저지를 법한 행동이 떠오르지. 작가는 어느 특정 인물이 아니라 세상 사람들 모두를 영감의 원천으로 삼아야 해. 어떤 사람에게서 영감을 받지 않는다고 말하는 작가들이 더러 있는데 거짓말이라고 생각해. 거짓말을 해야 여러 성가신 문제들을 피해 갈 수 있으니까 그러겠지."

"그게 무슨 뜻이죠?"

"작가들에게는 특권이 있어. 작가와 닮은꼴 인물을 내세워 현실에서 해결하기 힘든 문제를 풀 수도 있다는 뜻이야. 작가는 현존하는 인물을 소설에 그대로 옮겨놓을 수는 있지만 실명이 드러나게 하면 안 되지. 그럼 온갖 소송으로 점철되는 지옥문이 열리게 될 테니까. 이번이 몇 번째 챕터인가?"

"스물세 번째 챕터입니다."

"내가 말하는 스물세 번째 조언은 바로 이거야. 소설을 쓸 때 실존하는 사람을 등장인물로 하더라도 실명이 드러나게 해서는 안돼. 성가신 소송에 시달리게 될 수도 있으니까."

2008년 6월 22일 일요일에 나는 처음으로 데이빗 켈러건 목사를 만났다. 뉴잉글랜드 지방 특유의 우중충한 날씨가 계속되는 여름날이었다. 그날따라 해무가 어찌나 짙게 꼈는지 마치 나무 꼭대기와 지붕에 안개가 매달려 있는 것 같은 풍경을 연출했다. 켈러건 가족은 깔끔하고 아름다운 주거지역인 테라스 애비뉴 245번지에 살았다. 내가 보기에 그 집은 켈러건 가족이 오로라에 정착한 이후 단 한 번도 새 단장을 해본 적이 없는 듯했다. 일정하게 한 가지 색 페인트를 칠한 건물 벽 주변으로 관목들이 울타리를 이루고 있었다. 집주변에 심어놓은 장미 묘목들이 커다란 군집을 이루었고, 집 앞 벚나무는 10년 전쯤에 새로 심었다.

내가 켈러건 가족의 집에 도착했을 때 집 안에서 귀청이 찢어질 정도로 요란한 음악 소리가 흘러나왔다. 나는 초인종을 몇 번이나 눌렀지만 안에서는 전혀 응답이 없었다.

이웃집 사람이 참다못해 소리쳤다. "초인종을 아무리 눌러봐야 소용없습니다. 켈러건 목사님은 차고에 계실 테니까요."

이제 보니 요란한 음악 소리는 차고에서 흘러나오고 있었다. 한참 동안 두드리자 문이 소리 없이 열렸다. 내 눈앞에 몹시 허약해 보이는 체구에 작업복을 입고 안면보호용 안경을 착용한 노인이 서 있었다. 그가 바로 여든다섯 살인 데이빗 켈러건 목사였다.

"무슨 일이죠?" 켈러건 목사가 볼륨을 최대한 높인 음악 소리 때문에 큰 소리로 물었다.

나는 그가 잘 들을 수 있도록 두 손을 확성기처럼 입 앞에 대고 소리쳤다.

"저는 마커스 골드먼이라고 합니다. 놀라의 죽음에 대해 조사하고 있습니다."

"경찰인가요?"

"아뇨, 저는 경찰이 아니라 작가입니다. 음악을 끄거나 볼륨을 좀 낮춰주시겠습니까?"

"난 음악을 끈 적이 없어요. 너무 시끄러우면 거실로 자리를 옮겨 이야기를 나눌까요?"

켈러건 목사는 나를 차고 쪽으로 들어오게 했다. 차고 한가운데에 수집가용 할리데이비슨 한 대가 놓여 있었다. 스테레오 음악 채널을 연결해놓은 전축에서 쉬지 않고 재즈곡이 흘러나왔다.

나는 애초에 문전 박대를 각오하고 켈러건 목사를 찾아왔다. 기자들의 질문 공세에 시달린 켈러건 목사가 놀라에 대해 물어볼 말이 있어서 왔다고 하면 질색할 거라 여겼는데 예상과 달리 그는 매우 친절했다.

오래전부터 오로라에 자주 왔지만 켈러건 목사를 직접 만나본 적은 없었다. 해리와 내가 어떤 사이인지 전혀 모르는 눈치여서 굳이 먼저 말을 꺼내지 않았다. 우리는 아이스티를 앞에 두고 거실에 마주 앉았다. 안구보호용 안경을 그대로 쓰고 있는 켈러건 목사의 모습을 보고 있자니 마치 고막을 찢어발길 것 같은 음악을 들으며 당장이라도 바이크에 올라탈 것 같은 인상을 풍겼다. 나는 33년 전, 그가 세인트 제임스 교회 목사로 재직했을 당시의 모습을 그려보려고 애썼다.

　"나를 찾아온 목적이 뭡니까?" 켈러건 목사가 호기심 어린 눈으로 나를 이리저리 살피며 물었다. "내 딸아이 사건을 소재로 소설을 써볼 생각입니까?"

　"켈러건 목사님, 아직은 아무것도 결정된 게 없습니다. 다만 저는 놀라에게 무슨 일이 벌어졌는지 진실을 알고 싶을 따름입니다."

　"날 목사라고 부르지 마세요, 이제 더는 목사가 아니니까."

　"놀라에게 벌어진 일은 정말이지 유감입니다. 먼저 놀라의 죽음에 대해 심심한 애도를 표합니다."

　그러자 켈러건 목사가 놀라울 정도로 따뜻한 미소를 보였다.

　"나를 찾아와 애도를 표한 사람은 당신이 처음입니다. 2주 전부터 사람들이 나를 찾아와 내 딸에 대해 이러쿵저러쿵 입방아를 찧어대고 있거든요. 사람들은 어떻게 된 사건인지 알아보려고 신문에 매달리긴 하지만 내가 어떻게 지내는지, 내 심리 상태가 어떤지가 궁금해 나를 찾아오는 사람은 전혀 없더군요. 내가 틀어놓은 음악 소리가 시끄러워 불평을 늘어놓으려고 찾아오는 사람들이 더러 있을 뿐 이젠 아무도 나를 찾아오지 않습니다. 내가 비록 딸아이를 먼저 떠나보낸 애비라고는 해도 좋아하는 음악을 들을 권리는 있잖아요."

"물론입니다."

"내 딸 사건이 소설의 소재로 괜찮은가요?"

"솔직히 말씀드리자면 어떤 출판업자가 저에게 이 사건을 토대로 책을 써보라고 하더군요. 많은 사람의 관심이 집중된 사건인 만큼 책을 쓰기만 하면 대박을 터뜨리게 될 거라면서요. 내 작가적 명성을 널리 알릴 절호의 기회라고요. 이 사건을 배경으로 소설을 쓰는 걸 반대하십니까?"

켈러건 목사는 대답 대신 어깨를 으쓱했다.

"책이 나와 나처럼 딸을 잃은 부모들에게 경각심과 교훈을 줄 수 있다면 굳이 반대하지 않겠습니다. 이미 잘 아시겠지만 놀라는 자기 방에 있다가 납치당했습니다. 난 차고에서 음악을 크게 틀어놓고 작업을 하고 있었고요. 난 음악 소리 때문에 아무런 소리도 듣지 못했습니다. 내가 딸아이를 보러 갔을 때는 이미 방에서 사라지고 없었죠. 놀라의 방 창문은 활짝 열려 있었어요. 마치 내 딸아이가 갑자기 증발해버리기도 한 듯이. 결국 난 딸아이를 잃게 되었습니다. 이 나라의 부모들이 각성해야 할 책을 써보세요. 부모라면 적어도 자식들을 잘 보살피고 보호해줄 수 있어야 하니까요."

"그날 차고에서 무슨 일을 하고 있었습니까?"

"바이크를 수리 중이었어요. 당신이 조금 전에 본 할리데이비슨을 손보고 있었죠."

"굉장히 멋져 보이는 바이크더군요."

"난 그 바이크를 몬트버리의 어느 차체 제작소에서 처음 발견한 순간 여건이 된다면 반드시 내 소유로 만들고 싶더군요. 정비공들이 말하길 재사용할 부품이 아무것도 없다면서 상징적으로 5달러만 내면 나에게 바이크를 팔겠다고 하더군요. 바이크에 미친 나는 딸아이가 누군가에게 납치된 줄도 모르고 수리에 열중하고 있었습니다."

"현재 이 집에 혼자 사십니까?"

"루이자와는 오래전에 사별했습니다."

켈러건 목사가 자리에서 일어나더니 사진첩을 가져와 놀라와 그의 부인 루이자의 사진을 보여주었다. 사진으로만 보자면 켈러건 가족은 대단히 단란하고 행복해 보였다. 켈러건 목사가 처음 보는 나에게 유골이 되어 돌아온 딸의 이야기를 들려주고, 사진까지 보여주는 태도에 놀랐다. 내 짐작으로 켈러건 목사는 놀라에 대한 기억을 최대한 생생하게 되살리고 싶어 하는 듯했다. 켈러건 가족은 1969년 가을에 앨라배마주 잭슨에서 뉴햄프셔주 오로라로 이주했다. 그 당시 잭슨 교구는 한창 세를 불려 가는 추세였지만 켈러건 목사는 새로운 교구를 찾아 떠나고 싶었다. 마침 새로운 목사를 구하고 있던 뉴햄프셔주 오로라 공동체가 데이빗 켈러건을 담임 목사로 영입했다. 오로라로 이주한 또 다른 이유는 놀라를 보다 안정적이고 평화로운 환경에서 양육하고 싶어서였다. 온통 나라가 베트남 전쟁, 인종 차별, 정치적 분열로 몸살을 앓고 있던 시절이었다. 1960년대만 해도 KKK단의 테러, 흑인교회 방화, 마틴 루터 킹 목사 암살 사건, 존 F. 케네디 대통령 암살 사건, 로버트 케네디 상원의원 암살 사건 등이 벌어져 온 나라를 떠들썩하게 만들고 있던 때여서 놀라에게 보다 안전한 환경을 제공하고 싶은 마음이 컸다. 데이빗 켈러건의 털털거리는 차가 기나긴 여정 끝에 오로라에 당도했다. 이 근사한 소도시가 처음 눈에 들어왔을 때 데이빗 켈러건은 자신의 선택이 옳았음을 자축했다. 6년 후, 외동딸 놀라가 누군가에게 납치되는 사건이 벌어지게 되리라고는 상상조차 하기 힘든 때였다.

"예전에 일하시던 교회가 이제는 맥도날드 매장이 되었더군요."

"미국 땅 전체가 온통 맥도날드 매장이 되어가고 있으니까요."

"오로라 교구에서는 무슨 일이 있었던 겁니까?"

"내가 오로라에 오고 나서 처음 몇 해 동안은 모든 일이 놀라울 정도로 잘되어 갔습니다. 내 딸 놀라가 납치된 이후 모든 상황이 달라졌습니다. 아니, 그 이전과 달라진 건 사실 단 한 가지뿐이었습니다. 내가 더는 하느님을 믿지 않게 된 거죠. 하느님이 존재하신다면 놀라가 납치되는 사건은 벌어지지 않았을 테니까요. 놀라가 실종된 이후 나는 크게 절망했고, 목회자 생활을 감당하기 어려웠습니다. 내가 교구를 돌보지 않은 지 오래되었지만 아무도 나를 쫓아내지는 못하더군요. 담임 목사가 겉돌다 보니 세인트 제임스 교회 공동체는 와르르 무너지기 시작했고, 15년 전 경제적인 이유로 몬트버리 교구에 합병되었습니다. 그후 오로라의 신자들은 몬트버리 교구에 가서 예배를 보게 되었죠. 비록 면직된 목사이지만 교구에서는 여전히 나에게 연금을지급하고 있습니다. 비록 허름하지만 이 집도 넘겨주었고요.”

데이빗 켈러건은 오로라에서 보낸 행복한 시절 이야기를 들려주었다. 그의 인생에서 가장 아름다운 날들이었다고 했다. 그는 놀라가 어릴 때 여름날 저녁만 되면 차양 아래에서 책을 읽어주던 시절을 회상하며 쓴웃음을 지었다. 그는 또 놀라가 토요일마다 〈클락스 식당〉에서 아르바이트를 해서 번 돈을 꼬박꼬박 저축해두었다는 말도 했다. 놀라는 한시바삐 돈을 저축해 캘리포니아에 가서 배우가 되고 싶어 했다. 그가 〈클락스 식당〉에 가서 퀸 부인과 손님들로부터 놀라가 성격도 싹싹하고 일도 잘한다는 말을 들을 때면 너무나 자랑스러웠다. 놀라가 납치된 이후 한동안 그는 혹시 배우가 되려고 캘리포니아로 떠난 건 아닌지 의구심을 품은 적이 많았다고 했다.

"왜 놀라가 캘리포니아로 떠났다고 생각하셨는데요?" 내가 물었다. "놀라가 가출했다고 생각한 건가요?"

"놀라가 왜 가출을 합니까?" 데이빗 켈러건이 크게 화를 냈다.

"혹시 해리 쿼버트가 누군지 아십니까?"

"몇 번 마주친 적은 있지만 만나서 이야기를 나누어본 적은 없습니다."

"해리를 모른다고요?" 나는 뜻밖의 대답을 듣고 놀랐다. "두 분이 오로라에서 30년 넘게 사셨는데 어떻게 그럴 수 있죠?"

"난 오로라에 오래 살긴 했지만 모르는 사람이 많습니다. 보시다시피 난 외톨이로 살고 있습니다. 해리 쿼버트가 놀라를 위해 책을 썼다고 하던데 사실인가요? 그 책에 어떤 내용이 담겨 있는데요?"

"솔직히 말씀드리자면 놀라는 해리를 사랑했습니다. 해리 역시 놀라를 사랑했죠. 해리 쿼버트가 쓴 《악의 기원》은 같은 사회 계층 출신이 아닌 두 주인공의 이루어질 수 없는 사랑 이야기를 그리고 있습니다."

"나도 알아요." 데이빗이 버럭 소리를 질렀다. "해리 쿼버트의 변태 행위를 사회 계층의 차이로 바꿔 교묘하게 포장한 소설일 뿐입니다. 그 책을 수백만 권이나 팔았다니 기가 막힙니다. 내가 목숨보다 소중히 여겼던 놀라와 한 중년 남자의 외설스러운 이야기를 수백만 명이 넘는 독자들이 읽고 매료되었다니 그저 놀라울 따름입니다."

켈러건 목사는 해리를 향해 치를 떨며 분노를 표했다. 그가 내뱉은 말들에는 날카로운 가시가 돋아 있었고, 허약해 보일 정도로 야윈 노인의 몸에서 어쩜 그리 처렁처렁한 말이 흘러나올 수 있는지 알 수 없었다. 그는 화를 삭이기 힘든지 한동안 말없이 방 안을 오갔다.

"해리 쿼버트는 놀라를 살해하지 않았습니다."

"경찰도 아닌 당신이 어떻게 알아요?"

"물론 저는 아무것도 확신할 수 없습니다. 그러하기에 우리의 실존이 그토록 복잡한 양상을 보이는 겁니다."

데이빗이 입을 삐죽 내밀었다.

"도대체 무슨 말을 하고 싶은 겁니까? 당신이 나를 찾아온 건 뭔가 물어볼 말이 있기 때문이 아니었나요?"

"저는 놀라가 납치된 날 현장에서 벌어진 상황을 추론해보려고 하고 있습니다. 놀라가 사라진 날 저녁에 목사님은 이상한 소리를 전혀 듣지 못했습니까?"

"듣지 못했습니다."

"그 당시 이웃 사람들 몇몇은 놀라의 비명 소리를 들었다고 신고했던데요."

"아마도 착각일 겁니다. 이 집에서 놀라의 비명 소리는 전혀 울리지 않았습니다. 그날 나는 오후 내내 차고에서 일했습니다. 저녁 7시에 식사 준비를 하기에 앞서 놀라에게 도와달라고 하려고 방에 갔더니 아이가 사라지고 없었습니다. 처음에는 동네로 잠시 산책을 나갔으려니 생각했습니다. 물론 놀라가 산책을 즐겨 하는 아이는 아니었지만요. 잠시 기다리다가 자꾸 걱정되는 바람에 동네를 한 바퀴 돌아보려고 밖으로 나갔습니다. 인도를 따라 1백 미터쯤 걸었을 때 사람들이 모여서 웅성거리고 있는 모습이 눈에 들어왔습니다. 사람들 말이 사이드 크릭에서 젊은 여자가 피투성이가 된 상태로 도망치는 모습이 발견되었고, 경찰이 오로라로 드나드는 주요 도로를 모두 봉쇄하고 검문검색을 실시하고 있다고 하더군요. 나는 그곳에서 가장 가까운 집으로 가서 경찰에 신고했습니다. 피투성이가 되어 도망친 젊은 여자가 혹시 놀라일 수도 있다는 생각이 들었거든요. 놀라의 방은 1층에 있습니다. 난 지난 30년 동안 만일 나에게 다른 자식들이 있었다면 1층이 아니라 다락방을 쓰게 했을 겁니다."

"그 당시 놀라에게서 평소와 다른 점이 느껴지지는 않았습니까?"

"나 자신에게도 여러 차례 했던 질문인데 놀라는 전혀 이상한 기색을 보이지 않았던 것으로 기억합니다. 다만 방학이 시작되었음에도 놀라가 왠지 우울해 보이긴 했지만 사춘기 탓이려니 여기고 그냥 넘어갔습니다."

"놀라가 사용했던 방을 볼 수 있을까요?"

데이빗 켈러건이 나를 놀라의 방으로 안내하면서 말했다. "미리 부탁드리지만 제발 놀라의 물건에 손을 대지는 말아주세요."

놀라가 실종된 이후 데이빗 켈러건은 방을 원래 있던 대로 놔두었다. 침대, 인형들이 가득한 선반, 작은 책장, 여러 종류의 펜, 긴 쇠자, 누렇게 바랜 종이들이 어지럽게 흩어져 있었다. 누렇게 바랜 종이들은 편지지로 해리에게 보낸 쪽지와 같았다.

"놀라가 몬트버리의 문구점에서 구입한 편지지입니다." 내가 편지지에 관심을 보이자 데이빗 켈러건이 설명했다. "놀라가 마음에 들어했던 편지지입니다. 늘 가방에 넣어 다니면서 필요할 때마다 꺼내 메모를 적곤 했습니다. 언제나 동나기 전에 다시 구입할 만큼 애착이 많았죠."

놀라의 방 구석에는 휴대용 레밍턴 타자기도 한 대 있었다.

"놀라가 쓰던 타자기입니까?" 내가 물었다.

"내 타자기인데 놀라도 즐겨 사용했습니다. 놀라가 실종된 그해 여름에 특히 이 타자기를 많이 쓰더군요. 아주 중요한 서류들이라 타자로 입력해야 한다면서요. 가끔 타자기를 지참하고 밖으로 나가기도 했습니다. 내가 차로 태워주겠다고 해도 끝내 싫다고 사양하더군요. 이 무거운 타자기를 들고 걷자면 무척이나 힘들었을 텐데 끝까지 고집을 부리곤 했습니다."

"놀라가 실종된 이후 방을 그대로 보존해 두었다고 하셨죠?"

"그때 그대로입니다. 내가 방에 갔을 때 놀라는 사라지고 없었고, 창문은 활짝 열려 있었습니다. 바람이 불어 커튼이 흔들리고 있었고요."

"누군가가 이 방에 침입해 놀라를 납치해갔다고 추정하십니까?"

"그 당시 난 비명 소리를 듣거나 놀라가 납치되는 모습을 보지 못했으니 납치라고 단정할 수는 없습니다. 누군가 이 방에 침입해 놀라를 납치해갔다면 저항하느라 실랑이를 벌인 흔적이 조금이라도 남아있어야 마땅한데 전혀 발견할 수 없었습니다."

"경찰이 방에서 가방 하나를 발견했다고 하더군요. 가방 안쪽에 놀라의 이름이 찍혀 있었다고요."

"그 가방은 내가 놀라의 열다섯 살 생일을 맞아 사준 선물입니다. 놀라와 함께 몬트버리에 갔을 때 그 가방이 눈에 들어오더군요. 난 그 가방을 구입했던 몬트버리의 상점을 뚜렷이 기억합니다. 다음 날 다시 그 상점에 가서 가방을 구입한 다음 안에 딸아이의 이름을 새겨넣어달라고 했죠."

나는 내가 생각해오던 가설 하나를 말해보았다.

"그 가방을 챙겨들고 있었다면 놀라가 어딘가로 떠나려고 했다는 추측이 가능하겠네요. 혹시 놀라가 가출해 멀리 도망치려고 했을 수도 있다고 생각하십니까?"

"33년 전, 경찰도 나에게 방금 그 질문을 했고, 며칠 전에도 찾아와 또 묻더군요. 하지만 이 방에서 없어진 물건은 전혀 없습니다. 옷도 그대로이고, 심지어 돈도 건드리지 않았습니다." 데이빗 켈러건이 선반 위에 놓인 과자 상자를 손에 집어 들었다. "보시다시피 과자 상자 안에 넣어둔 120달러가 그대로 들어 있잖아요. 놀라가 가출해 멀리 도망칠 생각이었다면 돈을 그대로 놔두었을 리 없죠. 경찰 말로는 그 가방에 《악의 기원》 원고도 들어 있었다던데 사실입니까?"

"네."

여전히 몇 가지 의문이 머릿속에서 아른거렸다.

놀라는 왜 옷가지나 돈을 그대로 남겨두고 떠나려 했을까? 놀라는 왜 《악의 기원》 원고를 굳이 가방에 챙겨 넣었을까?

레코드가 마지막 곡까지 연주를 마치자 데이빗 켈러건은 처음부터 다시 들으려고 전축을 놓아둔 차고로 걸어갔다.

나는 그에게 작별 인사를 하고 집을 나왔다. 집을 나서기 전에 할리데이비슨을 카메라에 담았다.

∞

구즈코브로 돌아오자마자 나는 복싱 연습을 하려고 해변으로 나갔다. 언제 왔는지 게할로우드 경사가 복싱 연습을 하는 내 어깨를 툭툭 쳤다. 귀에 이어폰을 꽂고 있어 그가 다가오는 소리를 전혀 듣지 못했다.

게할로우드 경사가 내 상체를 힐끔 쳐다보더니 짧게 감상평을 했다. "몸이 날렵하고 단단해 보이네요."

"복싱을 계속하려면 몸을 잘 관리해야 하니까."

나는 주머니에서 녹음기를 꺼낸 다음 작동을 정지시켰다.

게할로우드 경사가 어이없어하는 표정을 지으며 말했다. "아이폰이 있으면 듣길 바라는 음악을 무한정 들을 수 있을 텐데요."

"난 음악을 듣는 게 아닌데요."

"복싱 연습을 하면서 음악 말고 뭘 듣는데요?"

"그보다는 일단 무슨 일로 찾아왔는지 용건부터 밝히세요. 더구나 오늘이 일요일이라는 건 잘 알고 있죠?"

"트래비스 던 서장이 전화해 금요일 저녁에 발생한 자동차 방화 사건에 대해 말하더군요. 트래비스는 걱정이 많아 보였는데, 내가 생각하기에도 납득이 되는 부분이 있어요. 난 또 다른 피해자가 발생하길 바라지 않습니다."

"내 안전이 걱정된다는 뜻입니까?"

"사건이 계속 커지는 걸 우려합니다. 미성년자가 피해자인 경우 사람들의 분노 게이지가 몇 배는 더 상승하죠. 상식적이고 교양 있는 아버지들도 해리 퀴버트의 성기를 잘라버려야 한다고 분노하는 실정입니다. 차량 방화 사건도 해리 퀴버트에 대한 반감의 일환이라고 봐야 합니다."

"이번 경우는 해리가 아니라 내가 타깃이었는데요."

"당신은 해리 쿼버트의 제자니까요. 그나저나 왜 익명의 편지를 받은 사실을 나에게 알려주지 않았습니까?"

"경사님이 나를 쫓아냈기 때문이죠."

"과히 틀린 말은 아니로군요."

"맥주 한잔 하시겠습니까?"

게할로우드 경사는 잠시 망설이다가 결국 내 제안을 받아들였다. 우리는 집으로 올라갔고, 테라스에서 맥주를 마셨다. 나는 금요일 저녁에 그랜드비치에서 돌아오는 길에 방화범을 목격했던 상황을 설명해주었다.

"방화범의 인상착의를 정확하게 묘사하는 건 불가능해요." 내가 말했다. "얼굴에 복면을 하고 있어 실루엣만 봤으니까요. '집으로 돌아가, 골드먼'이라는 메시지를 현관문 틈에 끼워놓았어요. 벌써 세 번째로 떠나라는 경고 메시지를 받았습니다."

"트래비스 던 서장에게 들었습니다. 당신이 이 사건을 캐고 다닌다는 사실을 누가 알고 있죠?"

"굳이 숨기지 않았으니 다 알고 있다고 봐야겠네요. 하루 종일 이번 사건과 관련된 사람들을 만나고 다니면서 질문을 던지고 있으니 누구라도 다 알 겁니다. 내가 이 사건을 파헤치길 바라지 않는 누군가의 소행이라고 보십니까?"

"당연하죠. 당신이 사건의 진상을 밝히는 걸 바라지 않는 누군가의 짓이 분명합니다. 그나저나 조사는 진전이 있습니까?"

"내 조사 결과가 궁금한가봐요?"

"누군가가 당신의 조사 활동을 경계하고 있다는 건 진척이 있다는 뜻으로 해석할 수도 있으니까요."

"켈러건 목사를 만나보았습니다. 놀라의 방을 보여주더군요. 게할로우드 경사님도 놀라의 방을 보셨겠네요."

"당연히 봤죠."

"만약 놀라가 가출했다면 소지품을 아무것도 가져가지 않았다는 사실을 어떻게 이해할 수 있을까요?"

"스스로 가출한 게 아니라고 봐야죠." 게할로우드 경사가 담담하게 말했다.

"납치라면 왜 저항한 흔적이 조금도 남아있지 않을까요? 놀라가 납치당했다면 어떻게 해리의 원고를 가방에 챙겨 넣어 갈 수 있었을까요?"

"놀라가 평소 살해범과 긴밀한 관계였다면 모든 설명이 가능하지 않을까요? 살해범이 놀라를 집에서 불러내 함께 떠났을 수도 있으니까요. 살해범이 종종 그랬듯이 놀라의 방 창가에 모습을 드러냈고, 그 아이에게 같이 떠나자고 꼬드겼을 가능성도 있습니다. 산보나 같이하자면서요."

"경사님은 해리를 염두에 두고 계시는군요."

"네."

"놀라가 원고를 가방에 넣고 창문을 통해 밖으로 나갔다는 뜻입니까?"

"놀라가 해리 쿼버트의 원고를 챙겨갔다고 누가 그러던가요? 그건 해리 쿼버트의 해명일 뿐입니다. 그 주장은 해리의 원고가 놀라의 사체와 같은 자리에서 발견된 걸 정당화하려는 진술에 불과합니다."

나는 짧은 순간 해리와 놀라가 〈시사이드〉 모텔에서 만나 도망치려고 했다는 사실을 털어놓을지 말지 망설였다. 일단 해리에게 피해가 가지 않도록 털어놓지 않기로 했다. 그 대신 짐짓 무덤덤한 표정을 지으려고 애쓰며 계할로우드 경사에게 물었다.

"경사님은 어떤 가설을 세우고 있는데요?"

"해리 쿼버트가 놀라를 살해하고 원고와 같이 매장했다고 봅니다. 해리는 놀라와의 사랑을 책으로 썼습니다. 해리 쿼버트는 금지된 사랑을 한 결과 놀라를 살해한 것이죠."

"그렇게 추정하는 명확한 근거가 있습니까?"

"해리 쿼버트가 쓴 원고에 적힌 글을 봤습니다."

"원고에 적힌 글이라니요?"

"그건 말할 수 없습니다. 수사 기밀에 해당되니까요."

"그런 엉터리 같은 말일랑 당장 집어치우시죠. 이제 보니 경사님은 말문이 막힐 때마다 수사 기밀 뒤에 숨는군요."

계할로우드 경사가 한숨을 푹 내쉬더니 체념한 듯 입을 열었다.

"해리 퀴버트가 쓴 원고에 '영원히 안녕, 내 사랑 놀라'라는 글이 적혀 있었습니다."

나는 잠시 어안이 벙벙했다. 해리가 말하길 두 사람이 로클랜드에 갔을 때 놀라가 앞으로 '내 사랑 놀라'라고 불러달라는 말을 했다고 털어놓지 않았던가?

나는 태연한 척하며 물었다.

"해리가 쓴 글을 어떻게 하실 겁니까?"

"우선 필적 감정을 요청할 겁니다. 뭔가 나오길 기대해봐야죠."

∞

'내 사랑 놀라'는 해리가 진술하고 내가 녹음한 그 말과 정확하게 일치했다.

나는 저녁 시간 대부분을 어떻게 해야 할지 고민하며 보냈다. 시계가 9시가 될 무렵 나는 엄마의 전화를 받았다. TV를 보고 방화 사건 소식을 알게 되었다고 했다.

"넌 그 악마 같은 범죄자를 위해 목숨까지 바치려고?"

"제발 진정하세요. 나도 다 생각이 있으니까."

"방화 사건 이후 사람들은 죄다 네 얘기를 하고 있어. 지금 너에 대해 호의적으로 말하는 사람들은 거의 없다는 걸 명심해. 사람들은 네가 왜 해리 퀴버트의 일에 개입해 조사를 하고 다니는

지 도저히 납득하기 힘들다고 해."

"해리가 아니었으면 난 결코 유명 작가가 될 수 없었을 거예요."

"그 사람이 아니더라도 넌 위대한 골드먼이 되었을 거야. 대학에서 해리 쿼버트 교수와 가까이 지내기 시작한 이후 넌 삶을 대하는 방향이 달라졌어. 넌 *괴짜야*, 마키. 요즘도 사람들은 자주 너에 대해 물어. '*괴짜*는 잘 지내요?'라고."

"*괴짜*는 원래부터 있지도 않았어요."

"*괴짜*가 없었다고?" 엄마가 아버지를 불렀다. "네이선, 얼른 이리 와봐요. 마키는 자기가 *괴짜*인 적이 없었다고 하네요. 당신도 그렇게 생각해요?" 아버지가 배경 음향처럼 뭐라고 웅얼거리는 소리가 희미하게 들려왔다. "마키, 너도 들었지? 네 아버지도 나랑 생각이 같아. 고교 재학 시절 넌 *괴짜*였어. 사실은 어제 네가 다녔던 학교의 교장 선생님을 우연히 만났단다. 그분이 너에 대해 굉장히 많은 추억거리를 간직하고 있다고 하더라. 그분이 네 얘기를 할 때 금방이라도 울음이 터져 나올까봐 조마조마했어. 너를 생각하니 눈물이 날 만큼 가슴이 미어졌나봐. 교장 선생님이 말하길 '마커스가 요즘 수렁에 빠져 허우적거리고 있더군요. 그 사건에서 손을 떼게 하는 편이 좋겠습니다'라고 하더구나. 나도 교장 선생님 말씀에 전적으로 공감해. 넌 평생 함께할 반려자나 잘 찾아보면 좋을 텐데 왜 끔찍한 범죄를 저지른 해리 쿼버트를 도우려고 사서 고생을 하니? 너도 이제 곧 서른이야.

넌 내가 너의 결혼식도 보지 못하고 죽기를 바라는 건 아니지?"

"엄마 나이는 이제 겨우 쉰두 살이에요. 아직 살아갈 날이 새 털보다 많이 남았다고요."

"괜히 말꼬리 잡지 말고 엄마 말 들어. 해리 쿼버트 사건에 매달려봐야 좋을 게 전혀 없어. 넌 어서 젊고 예쁜 여자를 잘 찾아봐. 혹시 네 마음에 두고 있는 여자라도 있니?"

"아직 없어요. 가뜩이나 앞으로 써야 할 새 책 때문에 머리가 빙빙 돌 지경입니다."

"그런 건 죄다 변명일 뿐이야. 새 책은 어떤 내용이니? 설마 변태적인 성행위를 다룬 이야기는 아니지? 내 말, 잘 들어. 난 너에게 꼭 물어볼 말이 있단다. 너, 혹시 해리 쿼버트와 그렇고 그런 사이니? 해리 쿼버트와 동성애를 하는 사이는 아니지?"

"아뇨, 우린 절대로 그런 사이가 아니니까 오해하지 마세요."

엄마가 아버지에게 뭐라 말하는 소리가 들려왔다. "마키가 해리 쿼버트와 그렇고 그런 사이는 아니래요. 그렇다면 곧 그렇다는 뜻이겠네요." 그러더니 엄마는 속삭이듯 나에게 물었다.

"그럼 혹시 설사병에 대해 알고 있니? 마키, 엄마는 네가 설사병을 앓고 있다고 하더라도 너를 사랑할 테니까 솔직히 말해봐."

"설사병이라니, 난데없이 무슨 말씀이세요?"

"남자가 그 병을 앓으면 여자들이 질색하기 마련이야."

"엄마, 난 동성애자도 아니고 설사병을 앓고 있지도 않아요.

설령 동성애를 하는 사람이라고 해서 굳이 나쁘게 볼 필요는 없잖아요. 하지만 난 여자들을 좋아하니까 너무 걱정하지 마세요."

"여자들이라니? 한 여자만 사랑하고 그 여자와 결혼해야지. 한 여자만 사랑하는 게 싫어? 혹시 성적 편집광이니? 설마 정신과 의사를 찾아가 치료받아야 하는 건 아니지?"

"엄마 제발 그만하세요."

나는 끝내 화를 참지 못하고 전화를 끊어버렸다. 갑자기 외로움이 몰려와 서재로 들어가 녹음기에 담아온 해리의 말을 들었다. 나에게는 해리를 살해범으로 단정하고 있는 경찰 수사의 방향을 틀어버릴 물증이 필요했다. 해리와 놀라, 원고에 국한되어 있는 퍼즐에서 벗어나게 해줄 뭔가가 반드시 필요했다. 나는 불현듯 예기치 않은 감정에 사로잡혔다. 갑자기 글을 쓰고 싶은 욕망이 솟구쳤다. 내가 지금 조사하고 있는 해리의 이야기들을 글로 쓰고 싶었다. 이내 다양한 아이디어가 머릿속에서 폭죽 터지듯 팡팡 터졌다. 일 년 반 동안 백지 공포증에 시달릴 때는 좀처럼 느껴보지 못한 감정이었다. 휴화산이 갑자기 활화산이 된 느낌이었다. 나는 얼른 노트북 앞에 앉았다. 서두를 어떻게 잡을지 잠시 구상하다가 비로소 나의 두 번째 소설이 될 책의 첫 줄을 쓰기 시작했다.

2008년 봄, 그러니까 내가 미국 문학계에 새롭게 주목받는 작가가 된 지 일 년 만에 문제의 사건이 발생했고, 나는 그 사건을 깊이 파고 들어가 보기로 결심했다. 올해 나이 예순일곱 살인 대학 시절 은사 해리 쿼버트 교수, 이 나라에서 가장 존경받는 작가 가운데 한 사람인 그가 서른네 살 시절에 열다섯 살 소녀와 연인 관계였다는 사실을 알게 되었기 때문이다. 1975년 여름에 일어난 일이다.

∞

2008년 6월 24일 화요일, 배심원단은 해리 쿼버트에 대한 검찰의 고소가 정당하다는 사실을 확인하였다. 해리 쿼버트는 납치 및 살해 혐의로 즉시 기소되었다. 벤자민 로스 변호사가 배심원단의 결정을 나에게 전해주었다.

몹시 분노한 내 목소리가 전화통에 대고 불을 뿜었다. "당신은 법을 공부한 변호사니까 배심원단의 결정이 무엇에 근거를 두고 내린 판단인지 나에게 설명해주세요."

벤자민의 답변은 간단했다. "배심원단의 판단은 경찰의 조서를 근거로 하고 있습니다. 이제 해리가 정식으로 기소되었으니 방어권 차원에서 경찰 조서를 열람할 수 있게 되었습니다."

벤자민과 나는 경찰 조서를 열람하면서 오전 시간을 보냈다.

팽팽한 긴장감 속에서 서류를 열람하는 동안 벤자민은 몇 번이나 '이건 좋지 않아. 이건 아주 안 좋아' 같은 말을 반복해 나를 불안하게 만들었다.

나는 벤자민의 말에 반박했다. "'이건 좋지 않아' 같은 말은 아무런 의미가 없어요. 당신은 변호인이니까 어떻게 하면 해리에게 부당하게 적용된 혐의를 벗을 수 있을지 방안을 제시해야죠, 안 그래요?"

벤자민이 대답 대신 곤혹스러워하는 몸짓을 보였다. 그가 그런 태도를 보일 때마다 그에 대한 나의 신뢰감은 점점 더 줄어들었다.

경찰 조서에는 다양한 사진과 참고인 증언, 보고서, 전문가 감정서, 심문 속기록 등이 들어 있었다. 1975년에 찍은 사진을 통해 데보라 쿠퍼의 집, 피가 흥건한 주방 바닥에 쓰러져 있는 노부인의 사체, 옷 조각과 혈흔, 머리카락이 발견된 숲속 현장을 확인할 수 있었다.

그 후 33년이라는 시간이 흐른 뒤 구즈코브에서 찍은 사진들도 있었다. 정원 구덩이에 발견한 놀라의 유골 사진이 대부분이었다. 유골에는 더러 살점이 붙어 있기도 했고, 두개골 윗부분에는 듬성듬성 머리카락도 몇 가닥 남아있었다. 유골이 걸치고 있는 옷은 반쯤 해진 상태였고, 그 옆에는 놀라의 가죽 가방이 놓여 있었다.

"놀라의 유골인가요?" 내가 물었다.

"네, 맞습니다. 해리 쿼버트의 원고는 그 가죽 가방 안에 들어 있었습니다. 놀라의 가방에 해리의 원고 말고는 아무것도 없었습니다. 검사가 하는 말이 만약 놀라가 가출을 했다면 옷이나 소지품을 아무것도 챙기지 않고 빈 가방을 들고 떠난다는 건 납득하기 어렵다고 하더군요."

부검 보고서는 두개골 파열을 지적했다. 강력한 힘을 가진 범인은 뭔지 모를 둔기로 놀라의 두개골을 가격했다. 두개골이 즉시 파열될 정도로 세게 가격한 걸 보면 애초부터 살해할 의도를 내포하고 있었다. 법의학자는 범인이 사용한 둔기를 무거운 쇠파이프, 야구 배트, 삼단 곤봉 따위로 추정했다.

우리는 현장을 최초로 목격한 조경회사 직원, 해리, 타마라 퀸 등이 손수 서명한 진술서들도 훑어보았다. 타마라 퀸은 그 당시 해리가 놀라와 눈이 맞았다는 사실을 알고 있었다고 진술했다. 그녀는 자신이 보관 중이던 증거가 없어지는 바람에 해리와 놀라가 연인 사이라고 말해도 다들 믿어주지 않았다고 했다.

"타마라 퀸의 진술은 믿을만합니까?" 내가 물었다.

"적어도 배심원들에게는 신뢰감을 주었을 겁니다." 벤자민이 말했다. "우리는 타마라 퀸의 진술을 반박할 근거가 전혀 없습니다. 게다가 해리가 놀라와 연인 사이였다고 인정했으니까요."

"경찰이 확보하고 있는 진술서들 중에서 그나마 해리에게 유리하게 작용할 서류가 있을까요?"

벤자민이 서류들을 뒤적이다가 접착테이프로 제본한 종이 뭉치 하나를 꺼내 나에게 내밀었다.

"그 유명한 《악의 기원》 원고 복사본입니다." 벤자민이 설명했다.

겉장에 책의 제목을 붙이지 않은 상태 그대로였다. 해리는 글을 쓰고 나서 한참 나중에 제목을 붙였다고 했다. 그런데 백지 한가운데에 네 개의 단어가 뚜렷이 적혀 있었다.

영원히 안녕, 내 사랑 놀라

벤자민이 설명을 시작했다.

"검찰이 《악의 기원》 원고를 해리의 유죄를 입증할 근거로 사용한 건 어처구니없는 실수라고 할 수 있습니다. 조만간 필적 감정을 마치게 될 테니까 이제 곧 결과를 알 수 있겠지요. 벤자민이 생각하는 히든카드였다. 벤자민은 필적 감정이 해리의 무죄를 입증해줄 수 있으리라 확신했다.

"만약 필적 감정 결과가 달리 나올 경우 이 고소장은 카드로 쌓은 성처럼 와르르 무너지게 될 겁니다. 운이 따라준다면 소송까지 갈 필요도 없을 겁니다."

벤자민이 마치 재판에서 이긴 사람처럼 의기양양하게 말했다.

"만약 필적 감정 결과 해리가 직접 쓴 원고일 경우 어떻게 되죠?" 내가 물었다.

벤자민은 화난 표정으로 나를 뚫어지게 바라보았다.

"빌어먹을! 그런 사태가 벌어지면 안 되죠."

"해리에게 들은 얘기인데 어느 날 놀라와 함께 로클랜드에 놀러 간 적이 있다더군요. 그때 놀라가 해리에게 '내 사랑 놀라'라고 불러주길 원했다고 하더군요."

벤자민의 낯빛이 창백해졌다. "해리가 정말 그런 말을 했다면 감당하기 힘든 사태가 초래될 수도 있습니다." 벤자민은 소지품을 챙겨들더니 해리를 만나러 주립 교도소로 가자고 했다. 그는 거의 제정신이 아니었다.

∞

벤자민은 접견실로 들어가자마자 해리의 코앞에 원고 뭉치를 들이대며 소리쳤다.

"놀라가 당신에게 *내 사랑 놀라*라고 불러주길 바란 적이 있습니까?"

"네." 해리가 고개를 떨구며 대답했다.

"빌어먹을! 당신의 원고 뭉치 첫 장을 보세요. 당신은 언제쯤 변호인인 나에게 놀라와의 사이에서 있었던 모든 일들을 솔직하게 털어놓을 겁니까?"

"맹세코 첫 페이지에 있는 제목 글씨는 내가 쓴 게 아닙니다. 난 놀라를 죽이지 않았습니다. 당신도 내가 어린아이를 죽이는 살인마가 아니라는 것쯤은 잘 알 겁니다."

벤자민은 그제야 마음을 가라앉히고 자리에 앉았다.

"당신이 살인마가 아니라는 사실을 당신의 변호인인 내가 알아봐야 아무런 의미가 없습니다." 벤자민이 차분하게 말했다. "사소한 일들이 배심원 판결에 절대적인 영향을 미치는 경우도 있습니다. 난 선량한 시민들로 이루어진 배심원단 앞에서 당신의 무죄를 이끌어내야 합니다. 그들은 이미 당신에게 사형선고를 내리기로 작정한 것으로 보입니다."

해리가 의자에서 일어나더니 시멘트만 발라놓은 작은 방 안을 빙빙 맴돌았다.

"사람들이 온통 나를 비난하느라 시끄러울 정도입니다. 이제 곧 모두 내 목숨을 요구하겠죠. 사람들은 제대로 알지도 못하는 일들을 마치 사실인 양 침소봉대해 나에게 비난의 말을 쏟아붓고 있습니다. 나를 소아성애 환자, 변태, 정신이상자로 취급하더군요. 내 책을 모아 불을 지르며 나에게 저주를 퍼붓기도 합니다. 한 번 더 말하지만 내 변호인인 당신은 내가 그런 부류의 악마가 아니라는 사실을 분명하게 알고 있어야 합니다. 놀라는 지금껏 내가 사랑한 유일한 여인이었습니다. 다만 그 여인의 나이가 열다섯 살이라는 사실이 문제였습니다. 그 빌어먹을 사랑은 왜 내 의지대로 되지 않는 걸까요?"

"사람들 역시 열다섯 살 소녀가 살해당한 사건이라 더욱 깊은 관심을 보이고 있습니다." 벤자민이 말했다.

해리가 나에게로 몸을 돌렸다.

"자네도 사람들이 나를 비난하는 이유가 수긍이 되나?"

"선생님은 지금껏 놀라와 있었던 모든 사연을 털어놓고 말한 적이 없습니다. 우리는 지난 10년 동안 어느 누구보다 가깝게 지낸 사이였는데 한 번도 선생님과 놀라 사이에 어떤 일이 있었는지 들어본 적이 없다는 말입니다."

"마커스, 내가 자네에게 무슨 말을 할 수 있단 말인가? 1975년에 오로라에 오면서 난 열다섯 살 소녀와 사랑에 빠졌고, 그 아이가 내 인생을 송두리째 바꿔놓았지. 그런데 그 아이는 석 달후 어느 여름날에 갑자기 자취를 감추었어. 나는 몹시 큰 충격을 받았고, 오랫동안 벗어날 수 없었지."

해리가 플라스틱 의자를 벽으로 차버렸다.

벤자민이 끼어들었다. "나야 물론 당신 말을 철석같이 믿지만 그 제목을 쓴 사람이 누군지 짐작할 수 있습니까?"

"나도 누군지 모르겠어요."

"당신과 놀라가 연인 사이라는 건 누가 알고 있었습니까? 타마라 퀸은 처음부터 그 사실을 눈치챘다고 하던데요."

"나는 모릅니다. 어쩌면 놀라가 몇몇 친구들에게 말했을 수도 있겠지만요."

"어찌되었건 누군가가 그 사실을 알 수도 있을 거라 생각하시죠?" 벤자민이 집요하게 추궁했다.

방 안 가득 침묵이 감돌았다. 해리가 크게 지치고 상처받은 모습이라 가슴이 미어질 지경이었다.

"당신은 모든 사실을 다 털어놓고 있지 않습니다. 내가 처음부터 말씀드렸지만 의뢰인이 변호인에게 모든 사실을 털어놓지 않고 몇몇 중요한 정보를 숨긴다면 변호 자체가 불가능합니다."

"익명의 편지들이 있었습니다."

"익명의 편지라면?"

"놀라가 실종된 직후 나는 익명의 편지를 받기 시작했습니다. 집을 비웠다가 돌아올 때마다 출입문 사이에 일명의 편지가 끼어 있었죠. 나는 몹시 두려웠습니다. 누군가가 나를 지속적으로 염탐하고 있다는 뜻이었으니까요. 정말이지 어느 순간부터 너무 무서워 익명의 편지를 발견할 때마다 경찰에 신고했습니다. 집 근처를 배회하는 사람이 있어 신고하면 즉시 순찰차가 왔고, 그 이후로는 어느 정도 안심이 되더군요. 물론 내가 불안해하는 진짜 이유가 따로 있었지만 경찰에게 모든 사실을 있는 그대로 털어놓을 수는 없었습니다."

"도대체 누가 편지를 보냈을까요?" 벤자민이 물었다. "누가 당신과 놀라의 사이를 알고 있었을까요?"

"난 누가 보냈는지 전혀 감을 잡을 수 없었습니다. 아마 적어도 넉 달 동안 익명의 편지가 계속 왔을 겁니다. 내가 경찰에 알린 후로는 오지 않더군요."

"혹시 그 편지들을 보관하고 있습니까?"

"내 서재에 있는 대형 백과사전 틈에 끼워두었습니다. 경찰은 발견하지 못한 듯합니다. 아무도 익명의 편지에 대해 언급하지 않는 걸 보면 말입니다."

∞

구즈코브에 돌아온 나는 즉시 백과사전을 찾아보았다. 과연 해리가 말한 대로 백과사전 틈에 봉투 하나가 들어 있었다. 그 봉투 안에 작은 종이가 몇 장 들어있었다. 누렇게 변색된 종이에 타이핑된 메시지가 눈에 들어왔다.

나는 당신이 열다섯 살 소녀에게 한 짓을 알고 있다.
머지않아 오로라 사람들 모두가 알게 될 것이다.

누군가 해리와 놀라에 관계에 대해 알고 있었고, 33년 동안 침묵을 지켜오고 있었다.

∞

나는 해리와 놀라 사이를 알고 있었던 사람이 누군지 알아보
려고 어니 핑커스를 찾아갔다. 무모한 시도에 가까웠지만 어니
핑커스가 나름 큰 도움이 되었다. 어니 핑커스는 시립도서관 자
료실에서 오로라 고등학교 1975년 앨범을 찾아주었다. 그는 인
터넷 검색을 병행해가며 여전히 오로라에 사는 놀라의 동급생
명단을 작성해 나에게 전달했다. 안타깝게도 그의 도움은 좋은
결과로 이어지지는 않았다. 오십 대인 놀라의 동급생들은 그녀
와 어린 시절 추억을 간직하고 있을 뿐 사건 관련 조사에는 아무
런 도움이 되지 않았다. 하지만 놀라의 동창생 명단에서 낯설지
않은 이름 하나를 발견하게 되었다.

낸시 해터웨이.

해리가 놀라와 함께 로클랜드에 갔을 때 알리바이를 만들어준
친구가 바로 낸시 해터웨이였기 때문이다. 낸시는 매사추세츠
방향 1번 도로변 산업지구에서 수예품과 패치워크 매장을 운영
하고 있었다. 나는 2008년 6월 26일 목요일에 낸시를 찾아갔
다. 화려한 수예품으로 치장한 진열장이 인상적이고, 실내 디자
인이 아기자기하고 예쁜 가게였다. 독서용 안경을 착용하고 책
을 보는 오십 대 초반 여인이 혼자 가게를 지키고 있었다.

"낸시 해터웨이십니까?"

"네, 그런데요." 여인이 나에게 인사를 건네며 자리에서 일어섰다. "우리가 서로 아는 사이인가요? 손님 얼굴이 낯설지 않네요."

"저는 마커스 골드먼이라고 합니다."

"아, 당신이 놀라에 대해 꼬치꼬치 캐묻고 다닌다는 작가시군요."

낸시는 방어적인 태도를 취하며 말했다.

"내 수예품과 패치워크를 보러 온 손님은 아니겠네요."

"놀라 켈러건 사건의 진실을 캐내려고 애쓰고 있습니다."

"내가 어떤 도움을 줄 수 있을까요?"

"부인이 열다섯 살 때 놀라와 절친한 사이였다는 말을 들었습니다."

"누가 그런 말을 하던가요?"

"해리 쿼버트."

낸시가 갑자기 문을 향해 걸어갔다. 나를 내보내려나 생각했지만 '영업 종료' 명패를 내걸더니 출입문을 잠갔다. 그런 다음 나에게 물었다. "커피 마실래요?"

우리는 커피를 마시며 한 시간 동안 이야기를 나누었다.

"오로라를 떠난 적이 없습니까?" 내가 물었다.

"난 오로라에 애착이 많아요. 나를 어떻게 찾아냈죠?"

"오로라 고교 동문 주소록을 봤습니다."

"나에게 무슨 말을 듣길 바라나요?"

"놀라에 대한 증언을 듣고 싶습니다."

낸시가 추억을 떠올리려는 듯 잠시 생각에 잠겼다가 빙긋 웃었다.

"고교 시절 놀라와 같은 반이었어요. 우린 놀라가 오로라에 처음 왔을 당시부터 단짝이었죠. 우린 테라스 애비뉴에 살았는데 놀라가 주로 우리 집에 놀러 왔었죠. 놀라는 정상적인 우리 집이 좋다고 했어요."

"정상적이라뇨?"

"켈러건 목사님을 만나보셨나요?"

"네."

"대단히 엄격한 분이죠. 그런 분에게 놀라처럼 싹싹한 딸이 있다는 건 상상하기 쉽지 않죠. 놀라는 상냥한 아이였어요."

"며칠 전 만나봤는데 켈러건 목사님은 그리 근엄하거나 완고해 보이지는 않던데 의외네요. 대체로 인상이 온화해 보이던데요."

"집에서와는 다르니까 그런 인상을 받을 수도 있겠네요. 켈러건 목사님은 원래 앨라배마에서 성공적인 목회를 열던 분이었는데 세인트 제임스 교회를 재건해달라는 요청을 받고 오로라에 왔다고 들었어요. 실제로 켈러건 목사님이 교구를 맡고 나서 세인트 제임스 교회는 신자들이 부쩍 많아졌죠. 교회에서는 인자하고 온화한 분이었는데 집에서는 전혀 딴판이었나봐요."

"무슨 뜻이죠?"

"놀라는 부모에게 자주 매를 맞았어요."

낸시가 내게 들려준 말은 1975년 7월 7일 월요일, 그러니까 해리가 놀라와 가까워지길 경계하던 시기에 일어났다.

∞

1975년 7월 7일 월요일

여름방학을 맞은 낸시는 날씨가 무척 좋은 날이라 놀라와 해변에 함께 놀러 가기로 했다. 테라스 애비뷰에서 길을 걷고 있을 때 놀라가 낸시에게 물었다.

"너도 나를 고약한 심술쟁이라고 생각하니?"

"말도 안 돼. 그 누구보다 상냥하고 싹싹한 아이야."

"엄마는 나를 고약한 심술쟁이라고 불러."

"네 엄마가 그렇게 심한 말을 하는 이유가 뭔데?"

"나도 모르겠으니까 정말 답답할 뿐이야."

"너처럼 선한 아이를 본 적이 없는데 고약한 심술쟁이로 부르다니, 너무 심하네."

"앨라배마에 살 때 벌어진 일 때문에 그럴 수도 있어."

"무슨 일이 있었는데?"

"별일 아니야."

"너, 갑자기 슬퍼 보여."

"그래, 나 지금 슬퍼."

"슬픈 이유가 뭔지 말해봐."

"말하자면 복잡해."

"우린 친구 사이잖아. 속 시원하게 털어놔봐."

"어떤 사람을 사랑하는데 그는 나를 받아들이려고 하지 않고 자꾸만 밀어내려고 해."

"그가 누군데?"

"그건 말해줄 수 없어."

"코디가 틈만 나면 너에게 수작을 걸더니, 그 녀석이지? 너도 그 아이를 마음에 들어 하는 것 같던데, 아니었어? 코디는 농구 팀의 일원이라 키도 크고 그런대로 잘생긴 편이지만 그다지 멋지진 않아. 혹시 지난 토요일에 코디랑 놀러 갔었니?"

"아니."

"그 녀석과 잤어?"

"아니, 미쳤어? 난 사랑하는 남자가 아니면 같이 안 자. 난 코디를 사랑하지 않아."

"그럼 지난 토요일에 누구랑 같이 놀러 간 거야?"

"나이가 좀 많은 남자야. 하지만 나이는 상관없어. 어쨌거나 그는 나를 자꾸 멀리하려고 해."

두 아이는 이런저런 이야기를 나누면서 그랜드비치에 다다랐다.

인적이 없어 한적한 해변이었다. 3미터 높이 물기둥을 쏟아붓는 파도 덕분에 거대한 바위틈 사이에 고인 물은 언제나 햇볕을 받아 따뜻했다. 두 아이는 물이 따스한 곳에서 놀기 좋아했다. 해변을 찾는 인적이 드물어 수영복으로 갈아입을 때 굳이 몸을 숨길 필요도 없었다. 낸시는 그때 놀라의 가슴에 생긴 멍 자국을 보았다.

"그 멍 자국은 뭐야?"

놀라는 화들짝 놀라며 가슴을 가렸다.

"아무것도 아니야."

"아무것도 아니긴? 이미 다 봤으니까 가릴 필요 없어. 어쩌다가 생긴 멍 자국인지 말해봐."

"엄마에게 매를 맞았어."

"엄마가 널 그렇게 심하게 때린단 말이야?"

"늘 나를 고약한 심술쟁이라면서 때려."

"그 말을 믿으라고?"

"믿기 힘들겠지만 틀림없는 사실이야."

물놀이를 마친 후 두 아이는 낸시네 집으로 갔다. 낸시는 연고를 가져와 놀라의 상처에 발라주었다.

"넌 아무래도 상담을 받아보는 게 좋겠어. 양호 선생님인 샌더스 부인을 만나봐. 도움이 될 거야."

"난 괜찮아. 그러니까 너도 잊어버려. 제발 부탁이야."

∞

그때 일을 회상하는 낸시의 두 눈에 눈물이 그렁그렁했다.

"앨라배마에서는 무슨 일이 있었답니까?" 내가 물었다.

"그 얘긴 나도 듣지 못했어요. 놀라가 말해주지 않았거든요."

"혹시 그 일 때문에 사람들이 교회를 떠나게 되었을까요?"

"나도 몰라요. 당신을 돕고 싶지만 내가 알고 있는 이야기가 그다지 많지 않네요."

"그 당시 놀라가 사랑한 사람이 누군지 아시나요?"

"몰라요. 놀라가 끝내 말해주지 않았거든요." 낸시의 대답은 간단했다.

나는 그 남자가 해리일 가능성이 크다고 생각했다. 다만 낸시도 그 사실을 알고 있는지 확인해둘 필요가 있었다.

"부인은 놀라가 누군가를 만나고 있다는 사실은 알고 있었잖아요. 그 당시 두 사람이 남자 친구를 만나기 위해 서로 알리바이를 만들어준 것으로 알고 있는데요."

낸시가 빙긋 웃었다.

"이제 보니 정말 많은 걸 알고 있네요. 놀라와 콩코드에서 하루를 보내기 위해 작전을 짜게 되었죠. 콩코드에 가는 건 대단한 모험이었죠. 콩코드는 대도시라 늘 우리의 기대감을 충족시킬 수 있었어요. 그래서인지 콩코드에서는 다 큰 숙녀가 된 기분을 느꼈죠. 그 이후 그 방법을 다시 사용해야 할 일이 생겼어요. 그 당시 난 남자 친구와 단둘이 배를 타러 갈 생각이었어요. 놀라 역시 누군지 모르지만 나이 많은 남자를 만나러 갈 거라 짐작했죠. 놀라가 넌지시 암시했으니까요."

"부인은 놀라와 해리 퀴버트의 관계를 알고 계셨군요."

"하느님 맙소사, 잘못 짚었어요. 절대로 아닙니다."

"놀라가 나이 많은 남자를 만나고 있다는 사실을 알았다고 했잖아요?"

잠시 거북한 침묵이 흘렀다. 그제야 나는 낸시가 절대로 알려줄 수 없는 모종의 정보를 갖고 있다는 느낌을 받았다.

"그 나이 많은 남자가 해리 퀴버트가 아니란 말입니까? 부인의 심정을 충분히 이해합니다. 생판 낯선 사람이 찾아와 부인의 오래전 기억을 헤집으려 들고 있으니 성가시기도 하겠지요. 하지만 저에게 부디 소중한 기회를 주십시오. 해리 퀴버트는 놀라를 살해했다는 누명을 쓰고 교도소에 들어가 있습니다. 해리 퀴버트의 누명을 벗겨주어야 하는데 시간이 촉박합니다. 부인께서 뭔가를 알고 계신다면 제발 저에게 있는 그대로 말씀해주시길 바랍니다."

"난 해리 퀴버트에 대해 아는 게 없어요." 낸시가 잘라 말했다. "놀라가 해리 퀴버트에 대해 말한 적이 없었거든요. 며칠 전 TV를 보다가 해리 퀴버트라는 이름을 처음 알게 되었죠. 놀라

가 나이 든 남자에 대해 말한 건 기억하는데 그 남자는 해리 쿼
버트가 아니었어요."

나는 얼빠진 사람처럼 말문을 잃었다.

"언제쯤 그런 일이 있었는데요?"

"1975년 여름, 그러니까 해리 쿼버트가 오로라에 온 그해 여
름에 놀라는 마흔 살이 넘는 남자를 만나고 있었어요."

"혹시 그 사람 이름을 기억하세요?"

"엘리야 스턴, 뉴햄프셔주 최고 부자로 손꼽히는 인물이죠."

"엘리야 스턴이라고요?"

"놀라는 그를 위해 옷을 벗어야 하고, 지시를 내리면 따라야
하고, 무엇을 시키든 하라는 대로 해야 한다고 하더군요. 엘리
야 스턴이 부르면 콩코드에 있는 그의 저택으로 가야 했죠. 엘리
야 스턴은 그럴 때마다 루터 칼렙이라는 수하의 운전기사를 보
내 놀라를 집으로 데려갔어요. 내가 눈으로 직접 본 일이라 뚜렷
이 기억해요."

22
경찰 수사

"선생님, 저에게 책을 쓸 능력이 있다는 사실을 어떻게 확신할 수 있죠?"

"책을 쓸 능력을 갖춘 사람도 있고, 갖추지 못한 사람도 있어. 난 자네가 책을 쓸 능력을 갖추었다고 확신해."

"확신하는 근거가 뭔데요?"

"자네는 책을 쓸 능력을 타고났으니까. 고질병과도 비슷해. 작가들의 고질병은 더는 글을 쓰지 못하는 게 아니라 더는 글쓰기를 원하지 않아도 거부하지 못하고 글을 써야 한다는 거야."

《해리 쿼버트 사건》 내용 발췌

2008년 6월 27일 금요일. 7시 30분. 나는 페리 게할로우드 경사를 기다리고 있다. 이 사건이 일어난 지 겨우 열흘 정도 되었을 뿐인데 왠지 몇 달이 지난 것 같은 느낌이 든다. 오로라는 믿을 수 없는 비밀들을 간직하고 있고, 사람들은 자신이 알고 있는 진실들을 털어놓지 않고 가급적 말을 아끼고 있다. 오로라 사람들이 왜 진실을 말하기 어려워하는지 나는 그 이유를 반드시 찾아내야 한다.

어제저녁에 나는 또다시 '집으로 돌아가, 마커스'라고 적힌 익명의 쪽지를 받았다. 누군가가 내 심리를 불안하게 만들기 위해 장난을 치고 있다.

페리 게할로우드 경사가 엘리야 스턴에 대해 뭐라고 말할지 궁금하다. 인터넷에서 엘리야 스턴에 대해 검색해보았다. 그는 굴지의 금융그룹을 물려받은 상속자로 현재까지 경영을 성공적으로 이끌어왔다. 1933년에 콩코드에서 태어나 지금까지 살고 있다. 현재 나이는 75세다.

나는 게할로우드 경사를 기다리면서 뉴햄프셔주 경찰청에 있는 그의 집무실 앞에서 이 글을 쓰고 있다. 게할로우드 경사의 건조한 목소리를 듣고 나는 작업을 중단했다.

"나를 만나러 온 겁니까?"

"한 가지 놀라운 사실을 알게 되었는데 경사님에게도 말씀드려야 할 것 같아서요."

게할로우드 경사는 집무실 문을 열고 안으로 들어가 손에 들고 있던 커피잔을 보조 테이블에 내려놓고 재킷을 벗어 의자에 걸친 다음 블라인드를 걷어 올렸다. 그가 자기가 할 일을 계속하면서 나를 향해 말했다.

"전화하면 될 텐데 왜 군이 여기까지 오고 그러세요. 다른 사람들은 다들 전화로 용건을 말하던데요. 아니면 사전에 전화해 만날 약속을 잡으면 쓸데없이 허비하는 시간을 줄일 수 있잖아요. 이왕이면 일을 원활하게 진행하자는 말입니다."

나는 게할로우드 경사의 말을 듣고 있자니 조바심이 나서 찾아온 용건을 단숨에 말했다.

"그 유명한 엘리야 스턴이 놀라의 애인이었습니다. 그 당시 해리가 익명의 편지를 받은 건 누군가가 그와 놀라의 사이를 알아채고 경고의 의미로 보낸 것으로 보입니다."

게할로우드 경사는 뜨악한 표정으로 내 얼굴을 뚫어지게 쳐다보았다.

"빌어먹을! 도대체 그런 정보들은 어떻게 알아냈습니까?"

"나름 열심히 조사하고 있다고 했을 텐데요."

게할로우드 경사가 또다시 투덜댔다.

"당신이 여기저기 쑤시고 다니는 바람에 내 수사가 엉망으로 꼬인다는 건 모르나봐요?"

"이거 왜 이러세요? 오늘 영 기분이 별로인가봐요."

"당신처럼 귀찮은 인물이 아침 7시에 경찰서에 나타나 이러쿵저러쿵 떠들어대는 말을 듣고 있으려니 기분이 좋을 리 없잖아요."

"내가 뭔가 적으면서 설명해야 이해가 빠를 것 같은데 혹시 화이트보드가 있습니까?"

게할로우드 경사는 체념한 듯 나를 옆방으로 데려갔다. 코르크 게시판에 사이드 크릭과 오로라를 찍은 사진들이 압핀으로 고정되어 있었다. 그가 바로 옆에 있는 화이트보드를 가리키며 매직펜을 내밀었다.

"자, 설명해보세요. 어디, 들어나 봅시다."

나는 화이트보드에 놀라의 이름을 쓰고 나서 우측으로 화살표를 한 다음 이 사건에 등장하는 인물들의 이름을 적었다. 가장 먼저 쓴 이름은 엘리야 스턴, 그다음은 낸시 해터웨이였다.

"놀라 켈러건이 오로라 사람들 대부분이 기억하듯이 모범적인 소녀가 아니었다면 어떻게 될까요?" 내가 물었다. "우리는 놀라가 해리와 사귀었다는 사실을 알고 있습니다. 그런데 놀라는 같은 시기에 엘리야 스턴과도 만나고 있었다는 사실을 알게 되었습니다."

"그 유명한 금융사업가 말입니까?"

"네, 맞습니다."

"누가 그런 말을 하던가요?"

"그 당시 놀라와 친하게 지낸 낸시 해터웨이가 그러던데요."

"낸시는 어떻게 찾아냈습니까?"

"오로라 고등학교의 1975년 앨범을 찾아보았습니다."

"놀라가 엘리야 스턴을 만나고 있었다는 말은 무슨 뜻입니까?"

"놀라는 몹시 불행한 아이였습니다. 1975년 여름에 놀라는 해리를 만났지만 두 사람의 이야기는 복잡하게 꼬이게 되었죠. 해리가 나이 차를 의식해 놀라를 밀어냈고, 그러자 그 아이는 몹시 우울해했던 것으로 보입니다. 한편 놀라는 엄마에게 자주 매를 맞기도 했습니다. 놀라의 죽음은 모두 믿고 싶어 하는 방향과 달리 그해 여름에 발생한 일련의 사건들이 총합된 결과로 보입니다."

"무슨 말인지 모르겠지만 계속해보세요."

"난 해리와 놀라가 사귀던 사이라는 걸 알고 있는 사람들이 더 있을 거라고 확신합니다. 낸시 해터웨이는 두 사람이 어떤 사이인지 전혀 몰랐다고 하던데 일단 진심인 것처럼 보였습니다. 다만 누군가 해리에게 보낸 익명의 편지로 보아 놀라와 더는 만나지 말라는 경고의 의미를 담고 있었던 것으로 보입니다."

"마치 그 익명의 편지를 확보하고 있는 것처럼 들리네요?"

"해리의 집에서 찾아냈습니다." 나는 익명의 편지들 가운데 하나를 게할로우드 경사에게 내밀었다.

"우리도 그 집을 압수 수색했지만 발견하지 못했는데요."

"누가 발견했는지는 중요하지 않습니다. 이 편지를 보낸 누군가는 해리와 놀라가 사귄다는 사실을 알고 있었던 것으로 보입니다."

게할로우드 경사는 큰 소리로 편지를 읽었다.

"*나는 당신이 열다섯 살 소녀에게 한 짓을 알고 있다. 머지않아 오로라 사람들 모두가 알게 될 것이다.*' 해리 쿼버트는 언제 이 편지들을 받았답니까?"

"놀라의 실종 직후입니다."

"이 익명의 편지를 누가 썼는지 혹시 짐작 가는 사람이 있답니까?"

"안타깝지만 전혀 모르겠다고 하더군요."

나는 코르크 게시판에 꽂혀 있는 사진들과 메모들 쪽으로 시선을 돌렸다.

"경사님이 수사한 내용입니까?"

"알면서 왜 묻습니까? 자, 이제 처음부터 수사 내용을 다시 정리해보죠. 놀라 켈러건은 1975년 8월 30일 저녁에 실종되었습니다. 그 당시 경찰은 놀라가 납치되었는지 아니면 스스로 가출했는지 판단하기 애매한 입장이었습니다. 놀라가 사라진 방에 저항한 흔적이 남아있지 않았고, 현장을 본 증인도 없었으니까요. 현재 뉴햄프셔주 경찰청 수사팀은 놀라가 납치된 것으로 가닥을 잡고 있습니다. 놀라가 가출을 시도했다면 반드시 필요한 돈이나 옷가지를 챙겨가지 않았거든요."

"난 놀라가 가출했다고 생각합니다."

"그럼 이번에는 놀라가 가출했다고 가정하고 추론을 시작해볼까요?" 게할로우드 경사가 제안했다. "놀라는 자기 방 창문을 넘어 밖으로 사라졌습니다. 가장 먼저 어디로 갔을까요?"

내가 가출이라고 주장하는 근거를 말해야 할 차례였다.

"놀라는 집을 나가 해리를 만나러 갈 작정이었습니다." 내가 대답했다.

"그렇게 생각한 이유는 무엇입니까?"

"해리가 그날 놀라와 만나기로 약속했었다고 말해주었거든요. 진작 그 말을 듣고도 지금껏 함구한 이유는 괜히 말했다가 해리를 수렁에 빠뜨릴 수도 있다는 우려 때문이었습니다. 이제는 내가 손에 쥐고 있는 카드를 다 공개할 수밖에 없는 시점이 되었네요. 놀라는 실종된 바로 그날 저녁에 1번 도로변에 위치한 모텔에서 해리와 만나기로 약속했습니다. 함께 도망칠 작정이었죠."

"도망친다고요? 어디로요?"

"어디로 가려고 했는지는 모르지만 이제 곧 알아내야겠죠. 아무튼 그날 저녁 해리는 모텔 객실에서 놀라를 기다렸습니다. 놀라는 모텔 객실로 찾아가겠다는 편지를 사전에 남겼고, 해리는 밤새도록 그 아이를 기다렸지만 끝내 나타나지 않았죠."

"1번 도로변에 있는 어느 모텔입니까? 놀라가 남긴 편지도 있습니까?"

"〈시사이드〉 모텔입니다. 사이드 크릭에서 북쪽으로 몇 마일 떨어진 곳에 위치해 있습니다. 현재도 바로 그 위치에서 영업하고 있습니다. 편지는 태워버렸습니다. 난 해리를 보호해야 하니까요."

"편지를 태웠다고요? 정말 단단히 미쳤군요. 증거 인멸은 범죄 행위라는 걸 모르십니까?"

"나도 태워버리고 나서 후회했습니다."

게할로우드 경사는 입을 삐죽거리면서 오로라 지역 지도를 테이블 위에 펼쳤다. 그가 도심을 빠져나와 해안을 거쳐 구즈코브를 지난 다음 사이드 크릭 숲으로 이어지는 1번 도로를 손가락으로 짚어나갔다.

게할로우드 경사가 생각에 잠긴 얼굴로 말했다. "내가 만일 그 당시 놀라라면 일단 집에서 가장 가까운 해변으로 가서 바닷가를 따라 걷다가 1번 도로와 만나는 곳, 그러니까 구즈코브 쪽으로 갈 것 같은데요. 아니면…….”

“사이드 크릭 쪽으로 가거나.” 내가 게할로우드 경사의 말을 가로챘다. “숲속으로 난 오솔길을 따라 가면 바닷가로도 모텔로도 갈 수 있을 테니까.”

“빙고!” 게할로우드 경사가 모처럼 내 말에 동의했다. “놀라는 집에서 가출한 거라고 볼 수 있겠네요. 테라스 애비뉴가 여기니까, 제일 가까운 해변은 그랜드비치겠군요. 놀라는 그러니까 해변을 따라 숲이 나올 때까지 걸었겠네요. 그러다가 숲에서 예기치 않은 악재를 만나게 되었을 테고요.”

“놀라는 숲을 가로질러 걷다가 누군가와 맞닥뜨렸을 가능성이 큽니다. 그 누군가는 몹쓸 짓을 하려고 했지만 놀라가 완강하게 저항하자 단단한 나무로 아이의 후두부를 가격해 실신하게 했을 수도 있겠죠.”

“우린 지금 중요한 증거물 한 가지를 배제하고 가설을 세우고 있습니다. 해리 쿼버트의 소설 원고죠. 원고에 적힌 손 글씨 ‘영원히 안녕, 내 사랑 놀라’란 말도 깊이 되새겨볼 가치가 있는 말이죠. 놀라를 살해한 다음 매장한 사람은 그 아이를 알고 있었고, 특별한 감정을 품고 있었던 것으로 추정할 수 있습니다. 놀라를 살해한 범인이 해리가 아니라고 칩시다. 그렇다면 놀라가 무슨 이유로 해리의 소설 원고를 가방에 넣어 다녔는지 설명이 필요합니다.”

"놀라가 원고를 가지고 있었던 건 확실합니다. 비록 가출이었지만 놀라는 짐 가방을 지참하지 않았습니다. 가방을 들고 나가면 사람들의 시선을 끌게 될 테니까 그럴 수도 있겠지요. 가방을 지참하고 집을 나가다가 부모님과 마주치기라도 하면 더욱 그렇겠죠. 게다가 놀라는 굳이 뭔가를 챙겨갈 필요가 없다고 생각했을 겁니다. 해리가 부자라고 생각했을 테니까요. 필요한 물건은 다시 구입하면 될 테니까요. 놀라가 집에서 가지고 나온 유일한 물건은 해리가 쓴 소설 원고였습니다. 해리가 방금 탈고한 원고였고, 놀라가 그전에도 자주 그랬듯이 읽어보려고 집으로 가져왔죠. 놀라는 그 원고가 해리에게 얼마나 중요한지 잘 알고 있었을 겁니다. 그러니까 원고를 가방에 챙겨 넣고 집에서 나온 것이겠죠."

게할로우드 경사는 잠시 내가 세운 가설에 대해 곰곰이 생각하는 눈치였다.

"그러니까 당신은 놀라를 살해한 범인이 증거를 없애려고 가방과 원고를 함께 매장했다고 보는군요."

"바로 그겁니다."

"당신이 세운 가설이 전적으로 옳다고 해도 원고 표지에 적혀 있던 사랑의 밀어는 아직 설명되지 않습니다."

"예리한 지적이십니다." 내가 인정했다. "나름 추정해보자면 놀라를 살해한 범인 역시 그 아이를 사랑했던 것으로 보입니다.

내가 생각하기에는 납치·살해 사건이 아니라 치정 사건으로 보입니다. 질투심에 눈이 멀어 광기에 사로잡힌 범인은 놀라의 무덤이 익명으로 남는 걸 경계해 그 말을 써놓았을 수도 있습니다. 범인은 놀라를 사랑했기에 해리와 그 아이의 관계를 질투했을 공산이 큽니다. 범인은 놀라가 가출해 해리와 함께 도망치려 한다는 계획을 사전에 알고 있었고, 그 아이를 설득하려고 했지만 거부당해 살해한 것으로 보입니다. 나름 설득력 있는 추론 아닌가요?"

"제법 설득력이 있다는 건 인정합니다. 다만 당신도 이미 말했듯이 어디까지나 가설에 불과합니다. 우리는 그 모든 가설을 증명하는 데 수사력을 모아야 할 겁니다. 어렵고도 세심한 수사 지옥에 오신 걸 환영합니다."

"앞으로 수사를 어떻게 진행하실 건데요?" 내가 물었다.

"우리는 현재 해리 쿼버트의 필적 감정을 하고 있습니다. 결과가 나오려면 아직 좀 더 기다려야 합니다. 여전히 풀리지 않는 의혹이 한 가지 더 있습니다. 범인은 왜 하필 놀라의 시신을 구즈코브에 묻었을까요? 아시다시피 구즈코브의 바로 옆 동네가 사이드 크릭입니다. 범인은 왜 놀라의 사체를 범행 현장에서 2마일이나 떨어진 구즈코브로 이동시키는 위험을 감수했을까요?"

"사체 없는 살인사건은 없다." 내가 넌지시 암시했다.

"나 역시 그 말을 생각했거든요. 아마도 범인은 경찰에 포위

당한 사실을 잘 알고 있었을 겁니다. 사체를 차 트렁크에 싣고 외곽도로로 빠져나갈 수 있는 상황이 아니었겠죠. 그러니까 차라리 가까운 곳에 사체를 묻는 편이 유리하다고 판단했을 수도 있습니다."

우리는 다시 내가 화이트보드에 적어놓은 이름들을 응시했다.

해리 쿼버트   타마라 퀸
낸시 해터웨이   데이빗과 루이자 켈러건
엘리야 스턴   루터 칼렙

놀라

"이번 사건과 밀접한 관련이 있는 사람들입니다." 내가 먼저 입을 열었다. "어쩌면 이들 중 한 사람이 잠재적인 범인일 수도 있겠죠."

"우리의 머리를 아프게 하는 이름들인 건 분명합니다." 게할로우드 경사가 확신하듯이 말했다.

나는 화이트보드에 적어놓은 인물들이 이 사건과 어떤 연관성이 있는지 나름 설명하고자 애썼다.

"1975년에 낸시는 열다섯 살이었고, 그 어떤 살해 동기도 없었으니 이 명단에서 제외해도 괜찮을 것 같습니다. 타마라 퀸은 해리와 놀라가 어떤 사이인지 잘 알고 있다고 떠들어댑니다. 어쩌면 타마라 퀸이 해리에게 익명의 편지를 보냈을 수도 있습니다."

페리가 내 말을 듣고 나서 고개를 저었다. "둔기를 휘둘러 두개골이 깨질 정도로 가격하려면 어마어마한 힘이 필요하죠. 그런 이유 때문에 난 범인이 남자일 가능성에 무게를 두고 있습니다. 데보라 쿠퍼는 경찰에 신고할 때 어떤 남자가 놀라를 추격하고 있었다고 증언했으니까요."

"켈러건 부부를 용의자로 볼 수 있을까요? 놀라가 엄마에게 수시로 매를 맞았다고 하던데요."

"켈러건 부인이 놀라를 자주 때린 건 맞지만 둔기로 머리를 때려 살해한 건 다른 차원이죠."

"납치사건의 경우 범인이 가족이었던 경우가 더러 있던데요."

페리가 한심하다는 듯 하늘을 향해 한숨을 쉬었다.

"구글을 보니 당신이 대단한 작가라고 떠벌리는 사람들이 많던데 인터넷 정보가 얼마나 정확성이 결여되어 있는지 알겠네요."

"엘리야 스턴은 주목해야 할 인물입니다. 낸시 말로는 그가 수하인 운전기사 루터 칼렙을 보내 놀라를 콩코드 자택으로 데려오게 했다더군요."

"엘리야 스턴은 대단한 재력가이고 막강한 영향력을 가진 인물입니다. 뉴햄프셔주 전체에서 입김이 대단히 세죠. 그를 꼼짝 못하게 옭아맬 증거가 없는 한 검찰도 그를 소환조사하기 어렵습니다. 당신이 확보하고 있는 정보들은 그 당시 어린 소녀였던 인물의 증언이 대부분이죠. 무려 30년이라는 세월이 흘렀습니다. 그런 증언은 증거로서의 가치가 없습니다. 우리가 만약 범인을 잡는다고 하더라도 확실한 증거가 없으면 기소할 수 없죠. 그 당시 오로라경찰서에서 작성한 사건 보고서를 꼼꼼하게 읽어봤습니다. 그 보고서에 해리 쿼버트, 엘리야 스턴, 루터 칼렙이라는 이름은 전혀 언급되어 있지 않습니다."

"내가 직접 만나보니 낸시 해터웨이는 충분히 신뢰할 수 있는 인물이던데요."

"낸시 해터웨이가 신뢰할 수 없는 인물이라는 뜻이 아니라 30년이라는 세월이 흘렀고, 오래전 기억에 의존하는 증언은 증거로서의 가치가 없다는 뜻입니다. 엘리야 스턴을 깊이 파보려면 더 많은 증거가 필요합니다. 뉴햄프셔 주지사의 주말 골프 상대인 인물입니다. 그를 소환 조사하려면 확실한 단서가 있어야 합니다. 직을 걸고 수사해야 할 테니까요."

"켈러건 가족이 앨라배마에서 오로라로 이주한 이유가 뭘까요? 어느 누구도 그 이유를 정확하게 알지는 못합니다. 켈러건 목사는 공기가 맑고 경치가 좋은 곳이라 오로라로 이주하게 되었다고 했는데 낸시 해터웨이는 놀라에게 들었다면서 달리 말하더군요. 잭슨에 사는 동안 모종의 사건이 발생하는 바람에 오로라로 이주하게 되었다는 겁니다."

"우리는 그 모든 의문을 정확하게 파헤쳐봐야 합니다."

∞

　나는 확실한 증거를 확보하기 전에는 해리에게 엘리야 스턴과 관련된 언급을 하지 않기로 했다. 다만 해리의 변론을 맡고 있는 벤자민에게는 절대적으로 중요한 가치가 있는 정보라 오프 더 레코드를 전제로 말해주었다.

　내 말을 들은 벤자민이 펄쩍 뛸 듯이 놀라며 되물었다.

　"엘리야 스턴이 놀라와 관계가 있다고요?"

　"방금 전에 말한 그대로입니다. 신뢰할 수 있는 정보입니다."

　"그렇다면 대단히 중요한 정보입니다. 당신 말대로라면 엘리야 스턴을 법정에 세우고 그를 압박해 상황을 반전시킬 수도 있습니다. 엘리야 스턴이 법정에 출두해 성서에 손을 얹고 선서하고 나서 배심원들 앞에서 놀라 켈러건과 부적절한 관계를 맺은 사실을 진지하게 털어놓는 장면을 상상해보세요."

　"당분간 해리에게는 엘리야 스턴에 대한 언급을 자제해야 합니다. 내가 엘리야 스턴이 깊숙이 관련되었다는 증거를 확보할 때까지요."

　나는 그날 오후 교도소에서 해리를 만났을 때 낸시 해터웨이의 증언을 들려주었다.

　"낸시의 말에 따르면 놀라는 자주 매를 맞고 살았다던데요."

　"놀라가 매를 맞은 이야기는 정말이지 끔찍했어."

"그해 여름이 시작될 무렵 놀라가 무척이나 슬프고 우울해 보였다는 말도 하더군요."

해리도 고개를 끄덕였고, 표정이 몹시 서글퍼 보였다.

"나는 우리 두 사람의 나이와 사람들의 시선을 의식해 놀라를 밀어내려 했고, 그 과정에서 그 아이를 몹시 우울하게 만들었다는 걸 인정해. 독립기념일에 제니와 함께 콩코드에 다녀온 후 나는 놀라에 대한 내 감정 때문에 큰 혼란에 빠져버렸어. 나는 무슨 일이 있더라도 놀라를 멀리 해야 한다고 생각했지. 그래서 다음 토요일에 〈클락스 식당〉에 가지 않았어."

1975년 7월 5일에서 6일로 이어지는 주말에 무슨 일이 있었는지 술회하는 해리의 증언을 녹음하면서 나는 해리가 《악의 기원》에 나오는 허구와 놀라와 실제로 주고받은 편지에서 발췌한 내용들을 적당히 섞어가면서 그들 사이에서 벌어진 일들을 정확하게 묘사하고 있다는 사실을 새삼 느껴 알 수 있었다. 해리는 두 사람 사이에서 있었던 일을 아무것도 감추지 않고 묘사했다. 그는 《악의 기원》을 통해 이루어질 수 없는 사랑 이야기를 고백했던 것이다.

나는 해리를 말을 중단시키면서 말했다.

"선생님이 방금 전에 하신 말씀은 이미 책에 다 들어 있잖아요?"

"자네 말대로 내가 방금 전에 한 말들은 죄다 책에 들어 있는데 아무도 그 사실을 있는 그대로 받아들이지 않았어. 저마다 비유니 상징이니 문체니 하면서 현학적인 분석을 하는 데 열을 올렸을 뿐이지. 놀라와 나의 이야기는 책에 그대로 나와 있는데 말이야."

∞

1975년 7월 5일 토요일

새벽 4시 30분, 시내의 거리는 텅 비었고, 해리의 발자국 소리만이 고요한 침묵을 깨며 규칙적으로 울려 퍼졌다. 해리의 머릿속에는 온통 놀라에 대한 생각만이 가득했다. 더는 놀라를 만나서는 안 된다고 결심한 이후 해리는 잠을 이루지 못했다. 새벽이 오기 전에 저절로 눈이 떠졌고, 다시 잠을 재촉해봐도 소용없었다.

해리는 운동복을 입고 달리기에 나섰다. 오로라에 다다를 때까지 갈매기들과 더불어 해변을 따라 달렸다. 그는 가끔 갈매기 녀석들의 날갯짓을 흉내 내기도 하면서 전속력으로 질주했다. 구즈코브에서 오로라까지 6마일을 화살처럼 빠르게 달렸다. 대개는 반대쪽으로 시내를 가로질러 달린 다음 매사추세츠주로 가는 길로 들어섰다가 그랜드비치에 멈춰 서서 장엄한 일출을 감상했다. 하지만 그날 아침에는 테라스 애비뉴에 들어섰을 때 잠시 숨을 돌릴 겸 달리기를 멈추고 집과 집 사이를 천천히 걸었다. 땀이 비 오듯이 흘러내렸고, 관자놀이가 눈에 띌 만큼 요란하게 오르내렸다.

해리는 방금 전 타마라 퀸의 집 앞을 지나갔다. 제니와 보낸 전날 저녁 시간은 그의 인생을 통틀어 가장 따분했다. 제니는 미모가 뛰어난 여성이긴 하지만 그를 웃게 하거나 꿈꾸게 하지 못했다. 그의 마음을 설레게 하고, 미래를 꿈꾸게 만드는 여자는 놀라가 유일했다.

해리는 테라스 애비뉴를 벗어날 때까지 계속 걷다가 이번에는 출입이 금지된 켈러건 가의 집 앞에 다다랐다. 전날 그는 끝내 울음을 그치지 않는 놀라를 차에 태우고 와 그 집 앞에 내려주었다. 그는 놀라가 스스로 무슨 상황인지 깨닫기를 바라며 냉정한 태도를 유지하려고 애썼다. 그의 의도와 달리 놀라는 전혀 이해하지 못하고 거듭 물었다.

"왜 나한테 자꾸만 고약하게 굴어요?"

해리는 저녁 내내 놀라를 생각했다. 콩코드에서 저녁을 먹는 동안에도 공중전화부스에서 전화를 하려고 잠시 자리를 비우기도 했다. 그는 교환원에게 뉴햄프셔주 오로라의 켈러건 가로 전화를 연결해달라고 요청했지만 신호음 소리가 들리자마자 전화를 끊어버렸다. 테이블로 돌아왔을 때 제니가 그의 안색을 살피면서 괜찮은지 물었다.

해리는 인도에 붙박인 듯 서서 놀라가 사는 집의 창문들을 살펴보았다. 놀라가 어느 방을 사용하는지 가늠해보기도 했다. 한동안 우두커니 그 자리에 서서 꼼짝하지 있던 그는 무슨 소리를 들은 느낌이 들어 얼른 몸을 피하려다가 실수로 철제 쓰레기통을 발로 찼다. 철제 쓰레기통이 요란한 소리를 내며 바닥으로 나뒹굴었다. 갑자기 집 안에 불이 켜졌고, 해리는 서둘러 자리에서 벗어났다.

해리는 구즈코브로 돌아온 즉시 글을 쓰려고 책상 앞에 앉았다. 어느새 7월 초순인데 여전히 새 소설을 시작도 하지 못한 상태였다. 글을 쓰지 못할 경우 결국 불행의 늪으로 빠져들 수밖에 없었다. 글을 쓰지 않는다면 더는 작가가 아닌 만큼 다른 일을 찾아봐야 할 것이다.

해리는 난생처음 죽음을 생각했다. 아침 7시쯤 그는 수정한 흔적이 가득하거나 갈가리 찢어발긴 종이들이 어수선하게 널려 있는 책상에 엎드려 그대로 잠이 들었다.

∞

12시 30분에 놀라는 〈클락스 식당〉 직원 화장실에서 붉게 물든 눈자위를 사라지게 해볼 요량으로 얼굴에 물을 축였다. 놀라는 오전 내내 울었다. 토요일인데 해리는 식당에 오지 않았다.

토요일은 해리를 만날 수 있는 유일한 날인데 그는 만남을 포기했다. 아침에 눈을 떴을 때만 해도 놀라는 희망에 부풀어 있었다. 해리가 그동안 심술궂게 굴어서 미안하다고 사과하면 아무일도 없었다는 듯이 환하게 웃어줄 생각이었다. 해리를 다시 볼 수 있다는 생각에 머리부터 발끝까지 기분이 좋아졌고, 출근 준비를 하는 동안 그를 기쁘게 해주려고 볼 터치까지 곁들였다.

아침 식사 자리에서 엄마가 놀라를 나무랐다.

"넌 엄마에게 뭔가를 숨기고 있는 게 분명해. 어서 솔직하게 털어놓아봐."

"난 아무것도 숨기고 있지 않아요."

"얘 좀 봐? 눈 하나 깜짝하지 않고 거짓말을 하네? 넌 내가 아무것도 모를 거라고 생각하니? 넌 지금 나를 바보 취급하고 있지?"

"그럴 리 없잖아요."

"넌 요즘 희색이 만면해서 밖으로 나돌고 있어. 얼굴에 색조화장까지 한 걸 분명 누군가를 만나려는 거야. 감히 누굴 속이려고 들어?"

"절대로 나쁜 짓을 하지 않겠다고 약속할게요."

"지난번에 네가 나를 속이고 낸시 해터웨이와 함께 콩코드에 다녀온 걸 엄마가 모를 줄 알지? 엄마를 자꾸 속이는 넌 고약한 심술쟁이야."

켈러건 목사는 주방을 나와 차고로 갔다. 그는 아내와 딸이 말다툼을 벌이기 시작하면 늘 차고로 사라졌다. 무엇 때문에 다투는지 알고 싶지도 않았고, 아내가 딸에게 매질하는 소리를 듣지 않으려고 전축을 크게 틀었다.

"절대로 나쁜 짓을 하지 않겠다고 약속할게요." 놀라가 거듭 같은 말을 했다.

루이자 켈러건이 혐오감과 경멸이 섞인 표정으로 딸을 노려보다가 빈정거렸다.

"우리가 왜 앨라배마를 떠나야 했는지 너도 잘 알고 있잖아. 내가 다시 한번 그때의 기억을 상기시켜줄까? 당장 이리 와!"

루이자는 딸의 팔을 잡고 방으로 끌고 가 당장 옷을 벗으라고 명령했다. 그녀는 속옷 차림으로 겁에 질려 벌벌 떠는 놀라를 물끄러미 지켜보았다.

"브래지어는 왜 했어?" 루이자가 물었다.

"가슴이 나왔잖아요."

"넌 가슴이 나와서는 안 돼. 아직 너무 어리니까. 브래지어를 벗고 이리 와봐."

놀라가 벌거벗은 몸으로 다가가자 루이자는 책상 위에 놓인 쇠 자를 집어 들었다. 놀라의 몸을 훑어보던 루이자가 쇠 자를 높이 들어 올리더니 딸의 젖꼭지를 내리쳤다. 놀라가 아파서 몸을 웅크리자 똑바로 서라고 윽박지르며 쇠 자를 휘둘렀다.

루이자는 똑같은 말을 반복하면서 계속 매질을 가했다. "거짓말을 하지 말라고 했지? 고약한 심술쟁이가 되지 말라고 했지? 엄마를 바보 취급하지 말라고 했지?"

차고에서 재즈를 듣던 켈러건 목사는 전축의 볼륨을 최대한 높였다.

해리를 다시 만날 수 있다는 생각에 놀라는 〈클락스 식당〉에 일하러 갔다. 오직 해리만이 살아갈 힘을 주는 사람인데 오지 않았다. 놀라는 오전 내내 화장실에 들어가 몰래 울었다. 거울 앞에서 블라우스를 들어 올리자 온통 시퍼렇게 멍든 가슴이 눈에 들어왔다.

난 엄마 말대로 고약한 심술쟁이고 얼굴도 못생겼나봐. 그러니까 해리도 나를 멀리하려고 들지.

제니가 화장실 문을 두드렸다.

"놀라, 화장실 안에서 뭐해? 손님들이 한꺼번에 많이 들이닥쳐서 일손이 모자라니까 얼른 나와."

놀라는 당황해서 어쩔 줄 모르며 문을 열었다. 오전 내내 화장실 안에 틀어박혀 있었으니 제니를 대할 면목이 없었다. 제니는 원래 주말에는 출근하지 않고 쉬었지만 오늘은 기대감을 갖고 들렀다. 우연을 가장해서라도 해리를 만났으면 하는 마음이었다.

"놀라, 울었니?" 놀라의 얼굴을 본 제니가 놀란 표정으로 물었다.

"몸이 안 좋아서요."

"눈물 자국이 남았으니까 얼굴에 물을 축이고 나와. 우선 내가 급한 일을 처리해줄 테니까. 주방은 지금 바빠서 난리야."

제니는 점심시간이 지나 조금 한가해졌을 때 놀라에게 기운을 차리라면서 레모네이드를 한 잔 만들어주었다.

"자, 이걸 마시면 컨디션이 좀 나아질 거야."

"혹시 내가 오늘 일을 제대로 하지 않았다고 퀸 부인에게 말할 건가요?"

"엄마에게는 아무 말도 안 할 테니까 걱정 마. 누구나 몸이 안 좋을 때가 있는 법이지. 근데 어디가 안 좋은 거야?"

"실연."

제니가 빙긋 웃었다.

"마냥 어린아이인 줄 알았는데 다 컸네. 당장은 마음이 아프겠지만 이제 곧 더 괜찮은 사람을 만나게 될 거야."

"정말 그럴까요? 난 잘 모르겠어요."

"너의 삶을 향해 미소를 날려. 얼마 전까지만 해도 나도 너처럼 외롭고 쓸쓸했었는데 해리가 나타난 거야."

"해리라면? 해리 퀴버트?"

"해리는 정말 근사한 사람이야. 아직 우리가 공식적인 커플은 아니라 주저하게 되지만 넌 내 친구라고 할 수 있으니까 솔직히 말해줄게. 누군가에게 해리와 내가 어떤 사이인지 말할 수 있어서 행복해. 해리는 나를 사랑해. 해리는 우리의 사랑 이야기를 다룬 책을 쓰고 있기도 해. 어제저녁에 해리와 함께 독립기념일 축제가 열리는 콩코드에 다녀왔어. 정말이지 너무나 로맨틱한 밤이었지."

"어제저녁에요? 해리는 출판업자를 만나러 간다고 했는데요?"

"그냥 둘러댄 말이겠지. 해리는 어제 줄곧 나랑 같이 있었어. 강물 위에서 펼쳐지는 불꽃놀이가 정말이지 황홀하더군."

"두 분이 사귀는 거예요?"

"그렇긴 하지만 당분간 비밀로 할 생각이야. 해리와 내가 사귄다는 사실이 널리 퍼지길 바라지 않거든. 아마도 사람들은 그 말을 듣자마자 우리를 시기할 테니까."

놀라는 어찌나 마음이 아픈지 가슴이 터질 지경이었다. 해리는 제니를 사랑하고 있었다.

해리는 나를 원하지 않아. 우리 사이는 이제 끝난 거야. 해리는 나보다 제니를 좋아하고 있었어.

놀라는 머릿속이 빙빙 돌았고, 저녁 6시에 일이 끝나자마자 잠시 집에 들렀다가 구즈코브로 갔다. 해리의 차가 세워져 있지 않은 걸 보니 부재중이라는 뜻이었다.

혹시 제니를 만나러 갔을까?

놀라는 그런 생각만으로도 마음이 쓰려왔고, 눈물이 쏟아지려고 했다. 현관 계단을 몇 개쯤 올라간 놀라는 주머니에서 해리가 수신자로 되어 있는 봉투를 꺼내 문틈 사이에 꽂았다. 봉투에는 로클랜드에서 찍은 두 장의 사진이 들어 있었다. 갈매기들이 무리 지어 날아다니는 사진과 로클랜드에 갔을 때 두 사람이 피크닉을 즐기는 사진이었다. 편지지에 짧은 편지도 써서 동봉했다.

내 사랑 해리

난 당신이 나를 사랑하지 않는다는 걸 알아요. 하지만 나는 언제까지나 당신을 사랑할 거예요.

당신이 자주 그리는 갈매기들을 찍은 사진 한 장과 우리 두 사람을 찍은 사진 한 장을 동봉했어요. 당신이 나를 절대로 잊지 않길 바라면서.

당신이 더는 나를 보고 싶어 하지 않는다는 걸 알아요. 하지만 최소한 답장은 써주세요. 딱 한 번만이라도. 짧은 답장이라도 상관없어요. 그 편지로 당신을 추억하고 싶어요.

난 당신을 절대로 잊지 않을 거예요. 당신은 내가 이제껏 만난 사람들 가운데 내가 가장 좋아한 사람이니까요.

난 당신을 영원히 사랑할 거예요.

놀라는 봉투를 문틈에 꽂은 후 몸을 돌려 전속력으로 달렸다. 해리를 처음 만난 날 힘껏 달렸듯이. 해변으로 내려간 놀라는 샌들을 벗고 물속으로 들어갔다.

∞

**해리 L. 쿼버트의
《악의 기원》에서 발췌 인용**

우리들의 편지 왕래는 놀라가 출입문 틈에 편지를 꽂아두면서 시작되었다. 그 아이가 나에 대해 느끼는 모든 감정을 고백하기 위해 적은 사랑의 편지.

내 사랑 해리

난 당신이 나를 사랑하지 않는다는 걸 알아요. 하지만 나는 언제까지나 당신을 사랑할 거예요.

당신이 자주 그리는 갈매기들을 찍은 사진 한 장과 우리 두 사람을 찍은 사진 한 장을 동봉했어요. 당신이 나를 절대로 잊지 않길 바라면서.

당신이 더는 나를 보고 싶어 하지 않는다는 걸 알아요. 하지만 최소한 답장은 써주세요. 딱 한 번만이라도. 짧은 답장이라도 상관없어요. 그 편지로 당신을 추억하고 싶어요.

난 당신을 절대로 잊지 않을 거예요. 당신은 이제껏 만난 사람들 가운데 내가 가장 좋아한 사람이니까요.

난 당신을 영원히 사랑할 거예요.

며칠 후 해리는 용기를 내 답장을 썼다. 글을 쓰는 게 그의 직업이었지만 놀라에게 보내는 편지를 쓰기 위해서는 용기가 필요했다. 그는 편지가 아니라 마치 서사시를 쓰듯이 썼다.

내 사랑

어떻게 내가 너에게 사랑하지 않는다고 말할 수 있을까? 이 편지에 너를 향한 사랑의 밀어, 나의 마음 가장 깊숙한 곳에서 보내는 영원한 밀어를 보낼게. 매일 아침, 나는 잠에서 깨어 나거나 밤에 잠자리에 들 때마다 너를 생각해. 너의 얼굴은 내 안에 새겨져 있어서 눈을 감으면 언제나 거기에 있어.

오늘도 나는 새벽에 일어나 너의 집 앞에 갔어. 솔직히 나는 자주 그래. 네가 사는 집 창문들을 둘러보았지만 모든 창문에 짙은 어둠이 내려앉아 있었어. 네가 천사처럼 예쁘게 잠든 모습을 상상해보았지. 나중에 널 보았고, 예쁜 원피스를 입은 너의 모습을 보고 감탄했어. 꽃무늬 원피스가 너랑 너무나 잘 어울리더군. 넌 조금 슬픈 얼굴이었어. 너처럼 착한 아이가 슬퍼할 일이 뭐가 있을지 생각해보았어. 네가 슬펐던 이야기를 들려주면 나도 너처럼 슬퍼할 거야.

추신 : 편지는 우편으로 보낼게. 너에게 확실히 전달되어야 하니까.

난 너를 아주 많이 사랑해. 매일, 낮이나 밤이나.

내 사랑

방금 전 당신이 쓴 편지를 읽고 즉시 답장을 씁니다. 그 편지를 열 번, 아니 백 번쯤 읽었습니다. 당신은 역시 글을 너무나 잘 쓰네요. 당신이 선택한 어휘 하나하나가 나에게 경이로운 느낌을 주었습니다.

당신은 왜 나를 보러 오지 않죠? 당신은 왜 나를 피해 숨어 있죠? 당신은 왜 나를 만나 이야기하려 하지 않죠? 당신은 나를 만날 생각이 아니라면 왜 굳이 내 방 창문 아래까지

와서 서성거리다가 돌아가는 건가요?

당신의 모습을 보여주세요. 당신의 모습을 보여 달라고 애원할게요. 당신이 나와 만나 이야기를 나누는 걸 회피하기 시작한 이후로 나는 단 하루도 즐거운 날이 없었습니다.

얼른 답장해주세요. 당신의 편지를 간절히 기다리는 나를 위해.

두 사람은 서로를 가까이할 수 없기에 편지로 사랑을 주고받을 수밖에 없었다. 그들은 서로를 안아주고 싶은 욕망이 불타오를 때면 편지지에 입을 맞추고 마치 기차역에서 상대가 타고 오는 열차를 애타게 기다리듯 편지가 오길 기다렸다.

가끔 해리는 은밀하게 놀라의 집이 있는 길모퉁이에서 집배원이 지나가기를 기다렸다. 급히 집을 나온 놀라가 편지함으로 달려가 편지를 손에 쥐고 기뻐하는 모습을 멀찍이서 지켜보았다. 놀라는 오직 편지에 적힌 사랑의 밀어를 보기 위해 살았다고 해도 과언이 아니었다. 애잔하고 슬픈 모습이었다. 두 사람에게 사랑은 가장 중요한 보물인데 자유롭게 사랑할 수 있는 시간이 주어지지 않았으므로.

내 소중한 사랑에게

난 너에게 내 모습을 보여줄 수 없어. 내 모습을 보게 되면 오히려 더 힘들어질 테니까. 우리는 서로 맘껏 사랑할 수 있는 세계에 속해 있지 않으니까. 사람들은 우리의 사랑을 이해하지 못할 거야.

내가 어쩌다가 이런 세상을 만나게 되었는지 너무나 괴로울 따름이야. 왜 우리는 서로 맘껏 사랑하지 못하고 다른 사람들의 관습에 따라 살아야만 할까? 우리를 갈라놓는 세상의 통념과 관습을 뛰어넘어 서로 맘껏 사랑할 수 있는 시간을 부여받을 수는 없을까?

우리는 서로 사랑하면서도 얼굴을 가까이 마주 보며 손을 잡을 수 없는 세상에서 살고 있어. 오랫동안 이어져 온 관례와 규범이 사람들의 마음을 가두어 박제된 형식들만이 남게 되었지. 그저 오래된 관습에 불과한 규범들이 이 세상을 어둠으로 물들이고 있어. 우리의 마음은 더없이 순수하기에 언제까지 가두어둘 수는 없을 거야.

너를 영원히 사랑해. 처음 만난 날부터.

내 사랑

지난번 편지 감명 깊었어요. 너무 아름다운 글이었죠. 엄마는 누가 그 많은 편지를 보내는지 물었어요. 엄마는 왜 틈만 나면 편지함 앞에서 기웃거리는지 묻더군요. 엄마를 안심시키려고 난 지난여름 방학 캠프에서 만난 친구가 편지를 보낸다고 둘러댈 수밖에 없었죠. 거짓말하긴 싫지만 그렇게라도 해두어야 집요한 추궁에서 벗어날 수 있으니까요. 우리는 서로 사랑하지만 만날 수도 대화를 나눌 수도 없어요. 나도 당신의 비통한 마음을 조금이나마 알게 되었어요. 우리가 사귄다는 사실을 알게 되면 사람들이 당신에게 위해를 가할 수도 있으니까요. 비록 우리가 이토록 가까이 있으면서 편지로 사연을 주고받아야 한다는 게 몹시 고통스럽지만 뾰족한 수가 없네요.

21
사랑의 어려움에 대하여

"마커스, 자네가 누군가를 얼마나 깊이 사랑하는지 가늠할 수 있는 유일한 방법이 뭔지 아나?"

"글쎄요."

"그 누군가를 잃으면 알게 돼."

몬트버리로 가는 도로변에 지역 사람이라면 누구나 다 아는 작은 호수가 하나 있는데 여름이 되면 가족 소풍을 나온 사람들과 아이들을 대상으로 하는 방학 캠프가 열려 많은 사람이 모여든다. 호수 주변에는 이른 아침부터 모여든 사람들이 펼쳐놓은 대형 비치타월과 에메랄드 빛깔 물에서 물놀이를 즐기는 아이들을 기다리는 부모들이 주로 이용하는 파라솔로 뒤덮인다. 호숫가에는 이끼도 많이 끼어 있고, 사람들이 버리고 간 온갖 쓰레기들이 밀려와 몹시 지저분한 곳도 있지만 아이들은 아랑곳하지 않고 물에서 첨벙거리며 논다. 2년 전, 아이 하나가 호숫가를 걷다가 버려진 주사기에 발을 찔리는 사고가 발생해 지역 사회를 떠들썩하게 만든 이후 몬트버리 시 당국은 호수 주변 환경 개선을 위해 각별히 신경 쓰고 있다.

잔디에 불을 질러 잿더미로 만들어버리는 휴가객들의 무분별한 화기 사용을 제한하는 대신 곳곳에 바비큐용 테이블들을 비치했고, 쓰레기통도 현저하게 늘어났고, 간이화장실도 설치했다. 주차 시설도 대폭 확장되었다. 6월부터 8월 말까지는 전담 관리팀이 매일이다시피 호수 일대를 돌며 온갖 생활 쓰레기, 간

밤에 사용하고 버린 콘돔, 개들이 싼 똥 따위를 수거했다.

내가 호수를 찾은 날에는 개구쟁이 아이들이 필시 호수에서 서식하는 개구리를 잡아 뒷다리를 잡아당겨 고통을 주는 모습을 보았다. 어니 핑커스의 말에 따르면 이 호수는 전 세계적으로 우려를 낳고 있는 환경 파괴의 좋은 사례라고 했다. 33년 전만 해도 호수 주변에는 인적이 드물었다. 차를 도로변에 세우고 좁은 숲길을 지나 보통 사람 키보다 웃자란 풀들과 들장미 넝쿨을 헤치고 0.5마일을 걸어야 했기 때문에 접근이 쉽지 않았다. 일단 호숫가에 도착하면 그 정도 수고쯤은 전혀 아깝지 않은 풍경을 접할 수 있었다. 호숫가에 가지를 늘어뜨린 수양버들과 연분홍 연꽃으로 뒤덮인 호수는 그야말로 황홀한 모습을 자아냈다. 갈대들 사이에 숨어 있는 왜가리들의 먹잇감이 되는 골든 퍼치들도 흔히 볼 수 있었다. 호수의 한쪽 끄트머리에는 모래가 깔린 작은 비치도 있었다.

놀라가 편지를 문틈에 꽂아두고 사라진 7월 5일 토요일에도 해리는 호수에 갔다.

∞

1975년 7월 5일 토요일

해리는 토요일 오전이 끝나갈 무렵 호숫가에 도착했다. 먼저 온 어니 핑커스는 호숫가 주변에서 한가로운 시간을 보내고 있었다.

"결국 이곳에 오셨군요." 핑커스가 재미있는 일이라는 듯 해리를 보며 아는 체를 했다. "〈클락스 식당〉이 아닌 장소에서 당신을 만나니까 느낌이 새롭네요."

해리는 싱긋 미소 지었다.

"평소 당신이 이 호수에 대해 자랑을 늘어놓으시기에 호기심을 느껴 와봤습니다."

"어때요? 내 말이 허무맹랑한 과찬은 아니었죠?"

"그야말로 황홀한 느낌을 자아내는 풍경입니다."

"뉴잉글랜드의 낙원이 바로 여기죠. 난 이 호수가 정말 마음에 듭니다. 요즘 미국의 어딜 가든 고층 건물을 올리고, 콘크리트를 사용해 건물을 짓고 있지만 여긴 다릅니다. 장담하건대 이 호수 일대는 30년 후에도 잘 보존되어 있을 겁니다."

그들은 호수에 들어가 열기를 식힌 다음 햇볕에 몸을 말리면서 문학에 대한 이야기를 나누었다.

어니 핑커스가 먼저 운을 뗐다. "원고 작업은 잘 되어가고 있습니까?"

"휴!" 해리가 대답 대신 한숨을 쉬었다.

"지레 겁먹지 말아요. 난 아주 좋은 작품이 나올 거라 믿으니까."

"요즘 글이 잘되지 않는 편이니까 결과는 두고 봐야죠."

"내가 글을 읽어보게 해주세요. 글을 읽고 나서 객관적으로 의견을 말해줄게요. 가령 어떤 부분이 잘되지 않는데요?"

"영감이 떠오르지 않아 어떻게 시작해야 할지 감을 잡을 수가 없어요. 가끔 나 자신이 무슨 말을 하고 있는지조차 모르는 글을 쓰고 있기도 해요."

"어떤 글을 쓰는데요?"

"사랑 이야기."

"사랑이라?" 어니 핑커스가 가벼운 한숨을 쉬었다. "혹시 지금 연애 중이십니까?"

"네."

"소설에서 사랑 이야기는 언제나 좋은 시작이죠. 당신은 혹시 도시의 시끌벅적한 삶이 그립지는 않습니까?"

"난 여기가 좋아요. 온갖 소음에 찌든 도시보다는 뭔가 생각할 때 방해를 받지 않는 집필 공간이 필요합니다."

"뉴욕에서는 주로 무슨 일을 하면서 지냈습니까?"

"작가가 할 일이 글을 쓰는 것 말고 달리 뭐가 있을까요?"

어니 핑커스는 잠시 머뭇거리다가 그의 말을 반박했다.

"내 말을 듣고 너무 기분 나쁘게 생각하지 말아요. 내가 뉴욕에서 오랫동안 살아온 친구와 이야기를 나누어봤거든요."

"그런데요?"

"그 친구가 선생에 대해서는 일절 들은 적이 없다고 하더군요."

"작가라고 해서 누구나 다 알지는 않겠죠. 뉴욕은 사람들이 정말 많이 사는 도시니까요."

어니 핑커스는 나쁜 의도로 한 말이 아니라는 뜻으로 미소를 지었다.

"난 당신의 책을 낸 출판사에도 연락해봤습니다. 책을 몇 권 더 주문할 생각이었죠. 이름을 처음 들어보는 출판사라서 나만 모르는 이름이려니 생각했습니다. 브루클린에 있는 인쇄소에서 책을 찍어냈다는 사실을 알기 전까지는 말입니다. 난 당신의 책을 만들어준 인쇄소에 전화해봤습니다. 인쇄소 관계자가 말하길 당신이 책을 인쇄해 달라면서 돈을 지불했다고 하더군요."

해리는 수치심이 밀려와 고개를 떨어뜨렸다.

"그러니까 당신은 모든 걸 다 알면서 나를 떠본 거네요." 해리가 기어들어 가는 소리로 말했다.

"내가 당신에 대해 모든 걸 다 안다고요? 설마 그럴 리가요?"

"내가 사기를 쳤다고 생각하시죠?"

어니 핑커스가 친근하게 그의 어깨에 손을 올려놓았다.

"사기라니, 가당치 않습니다. 당신이 쓴 소설을 읽어봤습니다. 몇 권 추가로 구입해 도서관에 비치해놓을 생각으로 출판사를 알아봤을 뿐입니다. 내가 읽어본 결과 대단히 훌륭한 책이라고 느꼈거든요. 아무리 뛰어난 작가라고 하더라도 매번 수작을 쓰지는 못합니다. 당신은 재능이 출중한 작가이고, 이제 곧 널리 명성을 떨치게 될 겁니다. 어쩌면 현재 당신이 쓰고 있는 소설이 세상을 깜짝 놀라게 할 걸작이 될 수도 있겠네요."

"내가 책을 내 성공하지 못할 수도 있지 않나요?"

"반드시 성공할 테니까 너무 걱정하지 마세요."

"정말 힘이 되는 말입니다."

"나는 그저 있는 그대로 말했을 뿐입니다. 어느 누구도 당신에 대해 이러쿵저러쿵 떠들어대지 않을 테니까 걱정하지 말아요. 나만 입을 꾹 다물면 아무도 모를 겁니다."

∞

1975년 7월 6일 일요일

오후 3시에 타마라 퀸은 남편 입에 시가 한 개비를 물리고, 손에는 샴페인 한 잔을 들려주고 나서 현관 입구에 서서 대기하라고 했다.

"당신은 그 자리에서 꼼짝하지 말고 그대로 있어." 타마라가 위협하듯이 말했다.

"새 셔츠를 입으니까 몸이 근질거려."

"비싼 돈 주고 산 고급 셔츠라 근질거릴 리 없을 텐데?"

타마라는 콩코드의 유명 상표 매장에서 새 셔츠를 구입했다.

"난 그냥 늘 입던 편한 셔츠를 입고 싶어."

"유명 작가가 집에 오는데 후줄근한 셔츠 차림으로 맞을 수는 없잖아."

"난 시가는 맛이 써서 싫어."

"당신이 시가를 거꾸로 물고 있으니 맛이 쓸 수밖에 없지. 입에 무는 쪽에 반지 모양 표시가 되어 있잖아. 사람이 어째 멋이라는 걸 몰라?"

"멋을 몰라도 문제없이 잘살고 있으니까 걱정 마."

"아무튼 15분 후에 해리가 오기로 했으니까 제발 품위 있게 행동해. 해리에게 좋은 인상을 받도록 애써 보란 말이야."

"해리에게 잘 보이려면 어떻게 해야 하는데?"

"잘 나가는 사업가들처럼 자신감 넘치고 여유 있는 태도로 시가를 피워봐. 해리가 대답하기 곤란한 질문을 하면 즉시 대답하지 말고 중심을 유지하면서 답변할 필요가 있어."

"중심을 유지하려면 어떡해야 하는데?"

"가령 해리가 질문하면 오히려 역질문으로 답을 대신하는 거야. 예를 들어 해리가 '베트남 전쟁에 찬성하는 입장이셨습니까, 아니면 반대하는 입장이셨습니까?'라고 물으면 '그런 질문을 하는 걸 보니 자네는 베트남 문제에 대해 명료한 입장을 갖고 있겠군 그래. 자네 입장은 뭔가?'라고 하는 거야. 오히려 상대에게 질문을 해 곤란한 답변을 회피하는 방식이지."

"이제야 무슨 말인지 이해가 되네."

"제발 나를 실망시키지 말고 잘해봐."

"알았으니까 걱정 마."

타마라는 집 안으로 들어갔고, 로버트는 꺼림칙한 기분으로 버들가지 의자에 앉았다. 그는 해리를 그다지 좋아하지 않았다. 그가 보기에 해리는 작가들의 왕은커녕 재수 없는 놈일 뿐이었다. 그는 타마라가 손님맞이를 위해 수선을 떠는 꼴도 보기 싫었다. 타마라가 오늘 저녁 자기 방에 와서 자도 된다고 약속해주었기에 시키는 대로 따를 뿐이었다. 그들 부부는 이미 오래전부터 각방을 써왔다.

타마라는 일반적으로 석 달에 한 번 꼴로 섹스를 수락했다. 대개는 로버트가 간청을 해야 겨우 성사되는 일이었다.

제니는 준비를 끝냈다. 제니는 폭이 넓고 어깨가 과장되게 부풀어 오른 야회복 차림에 귀고리와 목걸이를 착용하고, 입술은 빨갛게 칠하고, 손가락마다 반지를 끼고 있었다.

타마라는 딸의 옷매무새를 만져주고 나서 미소를 지었다.

"정말이지 천사처럼 아름다워. 해리가 너를 보는 순간 홀딱 반하겠어."

"너무 과한 건 아니겠지?"

"전혀 과하지 않고, 완벽해."

"영화 보러 가는 의상치고는 너무 화려하잖아."

"영화 보고 나서 근사한 식당에서 저녁 식사를 해야 하잖아."

"오로라에는 근사한 식당 자체가 없잖아요."

"해리가 약혼녀를 기쁘게 해주려고 몰래 식당을 예약해두었을 수도 있잖아."

"엄마, 우린 아직 약혼하지 않았어."

"이제 곧 하게 될 거라 확신해. 해리와 키스는 했니?"

"아직."

"해리가 몸을 만지면 피하지 말고 그가 하는 대로 내버려둬."

"그 정도는 알아서 할 테니까 너무 디테일하게 알려줄 필요는 없어."

"해리가 극장에 가자고 제안한 걸 보면 널 마음에 두고 있는 거야."

"사실은 내가 제안했어. 두 눈을 꼭 감고 용기를 내봤지. '해리, 그동안 열심히 일했으니 오늘 오후에는 머리도 식힐 겸 영화를 보러 가는 건 어때요?'라고 했지."

"그랬더니 뭐래?"

"즉시 좋다고 했어. 단 일 초도 망설이지 않더군."

"해리가 제안한 거나 마찬가지네."

"혹시 해리의 일을 방해한 건 아닌지 걱정되긴 해. 더구나 해리는 나를 위한 책을 쓰고 있거든. 해리의 집에 들렀을 때 원고를 슬쩍 훔쳐봤어. 그가 〈클락스 식당〉에 매일 오는 이유는 오로지 나를 보기 위해서라고 적혀 있더군."

"그 말을 들으니 왠지 내 기분까지 짜릿하네."

타마라는 몽상에 잠긴 얼굴로 제니의 얼굴에 화장을 했다.

해리가 제니를 위해 쓴 책을 내게 되면 〈클락스 식당〉과 제니도 덩달아 유명세를 타게 될 거야. 혹시 영화로 만들어질 수도 있겠네. 생각만으로도 설레는 일이야. 내 기도가 이루어졌어. 그동안 기독교인으로 살아오길 잘했어. 하느님이 큰 복을 내려주시잖아.

타마라는 빠른 속도로 머리를 굴렸다.

다음 주 일요일에는 가든파티를 열어 해리와 제니가 공식 커플이 되었다는 사실을 널리 알려야겠어. 시간이 촉박하지만 서둘러 준비하면 돼. 그다음 토요일이 여름 무도회 날이니까 제니가 해리와 팔짱을 끼고 나타나면 사람들이 몹시 부러워할 거야. 오로라의 많은 사람들이 지켜보는 가운데 해리와 제니가 무도회의 스타가 될 테니까. 혹시라도 제니가 오로라에서 하룻밤 묵어가는 장거리 트럭 운전사를 따라갈까봐 노심초사했는데 이젠 걱정할 필요가 없게 되었으니 말이야. 타마라는 생각이 거기에 미치자 몸을 부르르 떨었다.

내 딸 제니와 공식 커플이 된 해리가 혹시 사회주의자이거나 유대인이면 어쩌지?

그런 생각을 하자 갑자기 불안감이 엄습해왔다. 유명 작가들 가운데 상당수가 유대인인 것으로 알고 있었다.

만약 해리가 유대인이라면? 게다가 사회주의자이자 유대인이라면?

피부색만 봐서는 유대인인지 아닌지 구분이 되지 않았다. 흑인들은 피부색이 크게 달라 즉시 알아볼 수 있는데 유대인은 구분하기 힘들었다.

로젠버그 사건[*] 이후 타마라는 유대인이라고 하면 덜컥 겁이 났다. 소련에 원자탄을 넘겨준 로젠버그 부부와 같은 민족이니까.

해리가 유대인인지 아닌지 어떻게 알아낼 수 있을까?

문득 한 가지 생각이 떠올랐다. 아직 해리가 도착하기 전에 식료품점에 다녀올 시간이 남아있었다. 타마라는 얼른 식료품점에 다녀오려고 걸음을 재촉했다.

∞

오후 3시 20분, 검은색 쉐보레 몬테카를로 한 대가 타마라의 집 앞에 도착했다. 해리가 그 차에서 내리자 로버트는 깜짝 놀랐다. 그가 특별히 좋아하는 차종이기 때문이었다. 그는 해리의 캐주얼한 옷차림에도 주목했다.

해리에게 인사를 건넨 로버트가 물었다. "자네, 샴페인을 마

---

[*]미국의 유대인 가정에서 태어난 에델 그린글래스 로젠버그와 줄리어스 로젠버그 부부는 소련의 스파이 행위를 한 혐의로 사형당했다

실 건가?"

"솔직히 말하자면 저는 샴페인을 그다지 좋아하지 않습니다." 해리가 대답했다. "괜찮다면 그냥 맥주를 마시겠습니다."

"그래, 맥주도 좋지."

로버트도 맥주를 좋아했다. 미국에서 제조되는 모든 맥주들을 소개하는 책도 가지고 있을 정도였다. 로버트는 냉장고에서 맥주 두 병을 꺼내 가져오면서 딸과 아내에게 해리가 왔다고 알려주었다.

두 남자는 셔츠 소매를 걷고 차양 아래에 앉아 시원한 맥주를 병째 들고 마시며 자동차를 주제로 수다를 떨기 시작했다.

"자네, 몬테카를로를 타고 다니는 특별한 이유가 있나?" 로버트가 불쑥 물었다. "자네의 사회적 지위로 보자면 선택의 폭이 넓었을 텐데 몬테카를로를 선택한 이유가 따로 있는지 궁금해서 물어봤어."

"스포티하면서 실용적이잖아요. 외관도 마음에 들고요."

"솔직히 나도 자네와 같은 생각이라 작년에 몬테카를로를 살 뻔했지."

"그럼 사셨어야죠."

"타마라가 반대했거든."

"그냥 사고 나서 부인의 의견을 물었어야 하는데 실수하셨네요."

그 말에 로버트가 크게 웃었다.

이제 보니 소박하고 붙임성 있어 호감이 가는 녀석이야.

바로 그때 타마라가 식료품점에 구입한 햄샌드위치를 가득 담은 쟁반을 들고 나타났다.

"해리, 우리 집에 온 걸 환영해."

"반갑습니다, 퀸 부인."

해리는 인사를 하고 나서 돼지고기 소시지가 든 샌드위치를 먹었다. 타마라는 샌드위치를 맛나게 먹는 해리의 모습을 지켜보면서 만족스러운 기분을 느꼈다.

해리는 완벽해. 유대인이 아니잖아.

두 남자는 맥주를 병째 들고 마시고 있었다.

"아니, 샴페인을 놔두고 왜 맥주를 마시지? 로버트, 당신은 왜 넥타이를 풀어 헤치고 있어?"

"너무 더워서!" 로버트가 불평스럽게 말했다.

"저는 맥주가 더 좋습니다." 해리가 소신 있게 말했다.

그때 제니가 나타났다. 지나치게 화려해 보이긴 했지만 야회복을 입은 모습이 근사했다.

∞

바로 그 시간에 테라스 애비뉴의 집에 있던 켈러건 목사는 자기 방에서 울고 있는 놀라를 발견했다.

"무슨 일이니?"

"아빠, 난 슬퍼."

"왜?"

"엄마 때문에."

"그런 말 하면 못써."

놀라는 눈물이 그렁그렁한 얼굴로 바닥에 앉아 있었다. 켈러건 목사는 슬퍼하는 딸을 보고 있으려니 너무나 마음이 아팠다.

"우리 영화나 보러 갈까?" 켈러건 목사가 놀라를 위로할 겸 말했다. "4시에 시작하니까 아직 시간이 있어. 우리 이왕이면 커다란 팝콘도 하나 사자."

∞

"제니는 정말 특별한 아이야." 로버트가 샌드위치를 먹는 동안 타마라가 입을 열었다. "열 살 때부터 각종 미인대회에 나가 늘 상을 휩쓸었으니까. 제니, 너도 기억하지?"

"물론 기억하죠." 제니가 몹시 무안해하며 마지못해 대답했다.

"우리 모처럼 제니의 옛날 사진이나 볼까?" 로버트가 입 안 가득 샌드위치를 물고 제안했다. 타마라가 사전에 시킨 말이었다.

"좋은 제안이야." 타마라가 환호했다. "내가 사진 앨범들을 가져올게."

말을 마치기 무섭게 타마라가 제니의 24년 인생을 기록한 앨범을 가져왔다. 앨범을 넘기면서 타마라가 짐짓 '어머, 이 멋진 아가씨는 누구야?'라고 소리치면 로버트가 '제니!'라고 화답했다.

앨범을 다 보고 나자 타마라는 남편에게 샴페인 잔을 채우라고 한 다음 일요일에 열기로 한 가든파티에 대해 말했다.

"다음 주 일요일에 자네도 시간 되면 점심 먹으러 와. 가든파티를 열기로 했거든."

"기꺼이 오겠습니다." 해리가 흔쾌히 초대에 응했다.

"불편한 자리는 아니니까 너무 부담 갖지 않아도 괜찮아. 자네가 시끌벅적한 뉴욕을 떠나 조용한 이곳으로 온 이유를 아는 만큼 마음이 통하는 사람들끼리 모여 조촐한 식사나 하자는 거니까."

∞

4시 10분 전, 놀라와 켈러건 목사가 극장 안으로 들어갔을 때 검은색 쉐보레 몬테카를로가 극장 앞에 정차했다.

"먼저 들어가 자리 잡고 앉아 있어. 아빠는 팝콘을 사가지고 뒤따라갈 테니까." 켈러건 목사가 놀라에게 말했다.

놀라는 해리와 제니가 극장 입구로 들어서는 순간 상영관 안으로 들어갔다.

"먼저 들어가 자리 잡고 앉으세요." 제니가 해리에게 말했다. "난 잠시 화장실에 들렀다가 갈게요."

상영관 안으로 들어서던 해리는 공교롭게도 놀라와 정면으로 마주쳤다.

놀라를 보는 순간 해리는 가슴이 미어터지는 느낌이었다. 너무나 보고 싶었던 놀라가 바로 눈앞에 있었다.

놀라 역시 가슴이 미어졌다.

"해리." 놀라가 먼저 입을 열었다. "난……."

"놀라?"

그때 제니가 사람들을 헤치고 나타났다. 제니를 본 놀라는 그녀가 해리와 같이 왔다는 사실을 알아차리고 도망치듯 밖으로 뛰어나갔다.

"아무 일 없죠?" 미처 놀라를 보지 못한 제니가 물었다. "왠지 표정이 어두워 보여요."

"제니, 잠시 자리에 앉아 있어. 내가 팝콘을 사가지고 올 테니까."

"난 버터를 듬뿍 넣은 팝콘을 좋아해요."

해리는 상영관 문을 밀치고 밖으로 뛰어나갔다. 놀라가 로비를 지나 2층 발코니로 뛰어올라 가는 모습이 시야에 들어왔다. 해리는 계단을 네 개씩 뛰어 놀라를 뒤따라 잡았다.

해리가 놀라의 손을 잡아끌었다.

"이 손 놓으세요." 놀라가 말했다. "어서 놓으라고요. 소리 지를 거예요."

"놀라, 그렇게 화만 내지 말고 잠시 나랑 이야기를 나누자."

"지난 토요일에는 왜 〈클락스 식당〉에 오지 않았어요? 왜 자꾸만 나를 피하죠?"

"미안해."

"왜 제니와 약혼했다고 말해주지 않았어요?"

"난 제니와 약혼한 적 없어. 누가 그래?"

놀라는 그나마 그 말에 안도하며 얼굴이 밝아졌다.

"제니와 결혼하려는 게 아니라는 건가요?"

"난 그런 생각을 한 적이 없어."

"내가 제니보다 못 생겨서 피하는 건 아니죠?"

"놀라, 잘 모르나본데 넌 어느 누구보다 예뻐."

"당신이 나를 회피한다는 생각이 들어 많이 슬펐어요. 차라리 창문으로 뛰어내리려고도 했죠."

"넌 절대로 그런 생각을 하면 안 돼."

"내가 예쁘다고 다시 한번 말해줘요."

"넌 이 세상 어느 누구보다 예뻐. 내가 널 슬프게 해서 마음이 아파."

놀라는 그제야 안도하는 표정을 지었다.

내가 오해한 거야. 해리는 나를 사랑해. 우린 서로를 사랑해.

놀라가 속삭이듯이 말했다. "이제 슬픈 얘기는 그만하고 나를 안아줘요. 당신은 언제 어디서나 반짝이고, 우아하고, 멋있어요."

"슬프지만 난 너를 안아줄 수 없어."

"내가 예쁘다면서 왜 안아줄 수 없다는 거죠?"

"넌 예쁘지만 아직은 아이야."

"아이든 어른이든 무슨 상관이죠? 우리가 서로 사랑하는데."

"놀라, 우린 서로 사랑해서는 안 되는 사이야."

"아니, 왜요? 난 이제 당신과 말하고 싶지 않아요. 이제 나를 가만 내버려줘요. 이제부터 나에게 말을 걸지도 말고 손을 잡아 끌지도 말아요. 자꾸 그러면 당신이 변태라고 소리칠 테니까. 얼른 제니에게로 돌아가요. 제니는 당신과 인생을 함께하게 될 거라고 했어요. 당신을 증오하며 살 거예요. 어서 저리 가요."

놀라는 그를 밀치고 쏜살같이 계단을 뛰어 내려가 극장 밖으로 사라졌다.

해리는 상영관 안으로 들어서다가 켈러건 목사와 마주쳤다.

"안녕하세요, 해리 퀴버트 씨."

"안녕하세요, 켈러건 목사님!"

"혹시 내 딸아이를 봤나요? 놀라에게 먼저 들어가 자리를 잡고 있으라고 했는데 감쪽같이 사라졌네요."

"방금 극장 밖으로 뛰어나가던데요."

"그래요? 무슨 일이지? 이제 곧 영화가 시작될 텐데."

∞

영화를 보고 나서 해리와 제니는 몬트버리에서 피자를 먹고 오로라로 돌아왔다. 제니는 멋진 밤이었다고 생각하며 평생 해리와 함께 지내고 싶었다.

"우리 아직은 집에 들어가지 말자. 너무나 완벽한 이 밤이 오래오래 지속되었으면 좋겠어. 우리 같이 해변에 갈까?"

"이 늦은 시간에 해변에 가자고?" 해리가 물었다.

"밤바다가 로맨틱하잖아. 바닷가 근처에 차를 세우면 돼. 학생 때처럼 자동차 보닛 위에 누워 당신과 함께 별을 세며 도란도란 이야기를 나누고 싶어."

해리는 마음이 내키지 않았지만 제니의 고집을 꺾기 힘들어 해변보다는 숲으로 가자고 했다. 해변은 놀라와의 추억이 깃든 곳이었다. 해리는 사이드 크릭 레인 근처에 차를 세웠다. 그가 시동을 끄자마자 제니가 키스해달라는 뜻으로 입술을 내밀었다. 해리의 머리를 잡은 제니가 혀를 밀어 넣는 바람에 해리는 숨이 막힐 지경이었다. 제니는 손으로 그의 몸을 구석구석 더듬으며 신음소리를 냈다.

제니는 거친 숨을 토하며 해리의 몸 위로 올라갔다. 해리는 그녀의 젖가슴이 몸에 닿는 걸 느꼈다. 사실 제니는 오로라의 미혼 청년들이라면 누구나 눈독을 들이는 신붓감이었다. 제니도 누군가의 아내가 되길 바랐다. 해리가 원한다면 둘이서 당장 결혼할 수도 있었다. 제니는 오로라 남자들의 로망이었지만 해리의 마음속에는 오로지 놀라만이 가득 차 있었다.

"당신은 내가 기다려온 바로 그 남자야." 제니가 말했다.

"그렇게 말해줘서 고마워."

"당신도 나랑 있으면 행복해?"

해리는 대답을 피하며 제니를 슬며시 밀어냈다.

"이제 돌아가야 할 시간이야. 너무 늦었어."

해리는 차의 시동을 걸고 오로라 쪽으로 달리기 시작했다.

제니를 집 앞에 내려주면서 해리는 그녀가 울고 있다는 걸 눈치채지 못했다.

해리는 왜 내 질문에 답하지 않았을까? 해리는 나를 사랑하지 않는 걸까? 왜 나는 자꾸만 해리가 낯설게 느껴질까? 내가 대단한 걸 바란 것도 아닌데 해리는 왜 회피했을까?

제니가 꿈꾸는 남자는 늘 상냥하게 대해주는 남자, 자신을 사랑해주는 남자, 가끔 꽃다발을 안겨주고 맛있는 저녁을 먹으러 가주는 남자였다. 돈이 없어 핫도그를 먹더라도 상관없었다. 그냥 같이 있어 주기만 하면 되는데 해리는 자꾸 피하려고 들었다. 해리가 자신을 깊이 사랑해주기만 한다면 제니는 할리우드에 가서 배우로 성공하지 않아도 상관없었다.

제니는 깊은 어둠 속에서 멀어져 가는 검은색 쉐보레를 지켜보다가 울음을 터뜨렸다. 혹시 타마라가 울음소리를 들을까봐 두 손으로 얼굴을 가리고서. 이제 엄마에게 데이트가 어땠는지 보고하고 싶은 마음이 모두 사라지고 없었다.

제니는 2층 불이 꺼지길 기다렸다가 방으로 올라가야겠다고 생각하다가 차가 집 앞에 멈춰 서는 소리를 들었다. 해리가 위로해주려고 돌아온 건가 하는 기대감에 부풀었지만 자세히 보니 경찰차였다. 제니는 순찰 중인 트래비스를 금세 알아보았다.

"제니, 무슨 일 있어? 어두운데 왜 혼자 밖에 나와 있어?" 트래비스가 차창을 열고 물었다.

제니가 어깨를 으쓱하자 트래비스가 차의 시동을 끄고 차 문을 열었다.

차에서 내리기 전 트래비스는 주머니에 소중하게 넣어두었던 메모지를 펼치고 재빨리 읽어보았다.

나 : 안녕, 제니, 그동안 잘 지냈어?

제니 : 안녕, 트래비스. 별일 없지?

나 : 지나가던 길인데 우연히 당신을 봤어. 오늘 정말 근사해. 보기 좋아. 혹시 여름 무도회에 동행할 파트너는 구했어? 괜찮다면 내가 파트너가 되어줄 수 있는데.

(주어진 상황에 따라)

산책하거나 밀크셰이크를 먹자고 제안해본다.

트래비스가 가까이 다가오더니 제니 옆에 앉았다.

"무슨 일이야?" 트래비스가 걱정스럽게 물었다.

"아무 일도 아니야." 제니가 눈물을 닦으며 대답했다.

"울고 있으면서 아무것도 아니라니?"

"내 마음을 아프게 하는 사람이 있어."

"어떤 작자가 당신을 아프게 하는 거야? 나에게 다 털어놔. 내가 처리해줄 테니까. 두고 보면 알겠지만 그냥 해보는 말이 아니야."

제니가 서글프게 미소 짓고 나서 트래비스의 어깨에 머리를 기댔다.

"별일 아니니까 너무 걱정하지 마. 아무튼 그렇게 말해줘서 고마워. 당신은 멋진 남자야. 당신이 내 가까이 있어서 좋아."

트래비스가 용기를 내어 팔로 제니의 어깨를 감쌌다.

"너도 에밀리 커닝햄이 누군지 알지?" 제니가 말을 이었다. "고등학교 동창 말이야. 에밀리한테 편지를 받았는데, 뉴욕에 살고 있고, 괜찮은 일자리를 얻었대. 첫 아이를 임신 중이고. 고교 동창생 대부분이 에밀리처럼 오로라를 떠났어. 우리만 빼고 모두 뉴욕이나 다른 대도시로 갔지. 우린 왜 지금껏 오로라에 남아있는 걸까? 당신은 왜 오로라에 남아있어?"

"내가 좋아하는 사람 가까이에 있고 싶었어."

"그 사람이 누군데? 나도 아는 사람이야?"

"당연히 알지. 제니, 물어볼 말이 있는데……. 그러니까… 말이 나와서 하는 얘기지만……."

트래비스는 가슴이 두방망이질 치는 가운데 주머니에 든 메모지를 꽉 움켜쥐고는 애써 태연한 척하려고 안간힘을 썼다.

제니에게 여름 무도회 파트너가 되고 싶다고 말해야지.

바로 그 순간 요란스러운 소리를 내며 제니 집 문이 열렸다. 잠옷 차림에 머리 클립을 감은 타마라가 눈을 동그랗게 뜨고 말했다.

"제니, 어서 들어오지 않고 거기서 뭐하니? 다른 목소리도 들리던데…… 아, 트래비스구나. 잘 지내지 믿음직한 청년?"

"네, 저는 잘 지냅니다."

"제니, 마침 잘 왔어. 어서 집으로 들어와 나를 도와줄 일이 있으니까. 머리를 말고 있었거든. 이 클립들을 머리에서 빼야겠는데 네 아빠는 전혀 도움이 안 돼. 하느님이 손을 달아놓아야 할 자리에 발을 달아놓았나봐."

제니는 자리에서 일어나 트래비스를 향해 손을 흔들어 보이고 나서 집으로 들어가 버렸다. 트래비스는 아무도 없는 차양 아래에서 혼자 우두커니 앉아 있었다.

∞

그날 밤, 자정 무렵 침실 창문에서 뛰어내려 밖으로 나온 놀라는 해리를 만나러 구즈코브에 갈 작정이었다. 해리가 왜 자꾸 자기를 밀어내려고 하는지 이유가 궁금했다.

해리는 왜 내 편지에 답장하지 않을까? 해리는 왜 나에게 편지를 쓰지 않을까?

해리의 집에 가려면 족히 30분은 걸어야만 했다. 걸어가면서 보니 해리의 집 테라스 불빛이 보였다. 해리가 커다란 목재 테이블 앞에 앉아 바다를 보고 있었다.

"해리!"

놀라가 이름을 부르자 해리가 소스라치게 놀랐다.

"한밤중에 여긴 어쩐 일이야? 깜짝 놀랐잖아."

"나는 늘 당신을 깜짝 놀라게 하는 사람인가봐요?"

"그런 뜻이 아니란 걸 잘 알잖아. 그나저나 자정이 넘었는데 여긴 어떻게 왔어?"

놀라가 훌쩍이며 눈물을 흘리기 시작했다.

"나도 모르게 발길이 여기로 향했어요. 난 당신을 사랑해요. 내 마음이 제어되지 않을 만큼⋯⋯."

"그렇다고 이 늦은 밤에 집을 나오면 어떡해?"

"내가 당신을 사랑한다는 말 듣고 있어요? 지금껏 당신을 사랑했지만 앞으로 훨씬 더 많이 사랑할 거예요."

"넌 그런 말을 하면 안 돼."

"왜 안 되는지 말해줘요."

해리는 마음이 답답했다. 그는 좀 전까지 소설을 쓰고 있었는데 놀라가 찾아오는 바람에 감췄다. 마침내 소설을 쓰기 시작했다. 그는 놀라에게 바치는 소설을 쓰고 있었다. 놀라와의 사랑을 소설로 담아내고 있었다. 다만 그 말을 놀라에게 털어놓을 수는 없었다. 놀라를 사랑한다고 말하는 순간 벌어지게 될 일들이 너무나 두려웠다.

"난 너를 사랑해서는 안 돼." 해리가 마음과 달리 냉정하게 말했다.

놀라의 눈에 그렁그렁하게 맺혀 있던 눈물이 볼을 타고 흘러내렸다.

"거짓말! 당신은 거짓말을 하는 거죠? 그런 사람이 나를 데리고 로클랜드에는 왜 갔어요?"

해리는 가능한 한 최대한 고약하게 말했다.

"실수였어."

"거짓말! 우리는 로클랜드에서 특별한 시간을 보냈어요. 당신의 마음이 바뀐 게 제니 때문인가요? 당신은 제니를 사랑해요? 제니가 내가 갖지 못한 뭔가를 더 가지고 있던가요?"

할 말을 잃은 해리는 눈물범벅이 된 얼굴로 어두운 밤길을 전속력으로 질주해 멀어져가는 놀라를 안타깝게 바라보았다.

∞

"아주 끔찍한 밤이었어." 해리가 교도소 접견실에서 내게 말했다. "놀라와 나의 사랑은 아주 강렬했어. 일생에 한 번 찾아올까 말까 한 지독한 사랑이었지. 나는 지금도 그날 밤 눈물을 흘리면서 해변을 향해 달려가던 놀라의 모습을 또렷이 기억해. 난 놀라가 걱정스러운 한편 앞으로 어떻게 처신해야 할지 생각에 잠겼지. 지금이라도 놀라를 뒤따라가 나도 사랑한다고 말해야 하나? 아니면 내일이라도 당장 오로라를 떠나야 하나? 나는 그 후 며칠 동안 계속 몬트버리 호수에 갔지. 구즈코브에 있으면 놀라가 나를 보러 올 수도 있으니까. 소설을 쓰려고 내 전 재산을 털어 오로라에 왔는데 아무런 성과도 거두지 못하고 집으로 돌아가야 할 처지가 된 셈이지. 고작 처음 몇 페이지를 썼을 뿐인데 다시 막혀버리게 되었으니 마음이 답답할 수밖에. 놀라와의 만남을 뼈대로 하는 소설인데 그 아이 없이 쓸 수는 없을 테니까. 쓸쓸하고 허망한 결론이 예정되어있는 사랑 이야기를 쓸 수는 없으니까.

나는 몇 시간 동안 꼼짝도 하지 않고 책상 앞에 앉아 있었어. 몇 시간 동안 고작 석 줄의 원고를 썼을 뿐이야. 그나마 전혀 마음에 들지 않는 석 줄이었지. 소설과 글쓰기에 대해서 환멸이 느껴질 정도였어. 내가 쓴 글이 '티본스테이크 8달러'라고 쓴 식당 메뉴 소개 글보다도 못해 보였지. 내가 쓴 글이라면 죄다 혐오하게 되는 지금 이 순간 나는 극심한 공포감을 느꼈어. 나는 명백히 불행했고, 나를 만난 놀라 또한 행복해 보이지 않았지.

　일주일 내내 나는 놀라를 피해 다녔어. 놀라는 저녁에 몇 번이나 구즈코브에 왔지만 허탕을 치고 돌아가야 했지. 나를 주려고 야생화를 한 다발 꺾어오기도 하고, 문을 두드리면서 '해리 내 사랑, 난 당신이 필요해요. 나를 들여보내줘요. 당신과 이야기를 나눌 수 있게 해줘요'라고 애원했지만 나는 마치 죽은 사람인 듯 숨을 죽이고 가만히 앉아 있었어. 놀라가 문에 기대 있다가 주저앉는 소리, 엉엉 울다가 다시 문을 두드리는 소리를 들을 때마다 가슴이 미어지는 듯했지. 난 문을 사이에 두고 있었으니까. 놀라는 한 시간이 넘도록 문 앞에서 나를 부르다가 꽃다발을 문에 기대 놓고 돌아갔어. 난 주방 창문을 통해 놀라가 자갈길을 걷는 모습을 안타깝게 지켜보았지. 나 역시 놀라를 미치도록 사랑했지만 그 아이는 이제 겨우 열다섯 살에 불과했어.

　나를 불같은 사랑에 빠지도록 만든 상대가 겨우 열다섯 살이라니?

　난 문을 열고 놀라가 두고 간 꽃다발을 집어 들었어. 그 아이가 두고 간 꽃다발들이 하나씩 늘어날 때마다 화병에 정성스레 꽂아두었지. 꽃들을 몇 시간 동안 멍하니 바라보고 있었던 적도 있어. 나에게 찾아든 시련이 너무나 씁쓸하고 서글프더군. 그러다가 1975년 7월 13일에 그 끔찍한 일이 벌어진 거야."

∞

1975년 7월 13일 일요일

테라스 애비뉴 245번지 앞으로 사람들이 꾸역꾸역 몰려들었다. 프랫 서장이 긴급 호출을 받고 켈러건 목사 집에 불려 간 이후 그의 부인 에이미의 입을 통해 동네방네 소문이 퍼져 나갔다. 에이미가 평소 가까이 지내는 이웃집 여자에게 최초로 그 소식을 알린 이후 소문은 일파만파로 퍼져 나갔다. 이웃집 여자가 그 소식을 듣자마자 친구에게 전화했고, 그 친구는 다시 친언니에게 전화를 걸었고, 그 집 아이들은 자전거를 타고 다니면서 친구들 집에 소식을 전했다.

켈러건 목사의 집 앞에는 경찰차 두 대와 구급차 한 대가 출동해 있었다. 트래비스는 집 앞에서 호기심 많은 구경꾼들을 통제했고, 차고에서는 귀청을 찢어발길 것 같은 음악 소리가 널리 울려 퍼졌다.

오전 10시쯤 해리에게 그 소식을 전해준 사람은 어니 핑커스였다. 어니가 문을 두드리자 해리가 부스스한 머리와 푸석푸석한 얼굴로 문을 열어주었다.

"아침부터 무슨 일 있어요?"

"아무도 자네에게 소식을 전할 것 같지 않아 내가 왔어."

"무슨 일인데요?"

"놀라가 자살을 시도했어. 그 아이가 스스로 목숨을 끊으려고
했다고."

20
가든파티 날

"선생님, 저에게 들려주신 모든 이야기에 순서가 있나요?"

"당연히 있지."

"어떤 순서죠?"

"자네가 막상 물으니까 순서 따위는 상관없을 것 같기도 해."

"선생님, 제가 볼 때는 순서가 매우 중요해 보여요. 선생님이 순서를 정해주지 않으면 뒤죽박죽이 되어 혼선을 빚을 것 같아요."

"내가 정한 순서는 중요하지 않아. 자네가 정한 순서가 중요해. 오늘이 몇 번째 수업이더라?"

"스무 번째입니다."

"이미 승리는 자네 안에 있어. 그러니까 밖으로 끄집어내주기만 하면 돼."

로이 바나스키가 6월 28일 토요일 아침에 나에게 전화했다.

"자네, 다음 주 월요일이 며칠인지 아나?"

"6월 30일 아닌가요?"

"그래 6월 30일이야. 그야말로 시간이 미친 듯이 질주하는 군. 시간이 눈 깜짝할 사이에 휙휙 지나가버려. 자네, 6월 30일 이 무슨 날인지 알지?"

"운석의 날이죠." 내가 대답했다. "그렇잖아도 방금 전 운석에 관한 기사를 하나 읽었거든요."

"운석의 날도 중요하겠지만 자네가 원고를 제출해야 하는 마 감일이야. 그 사실을 꼭 내 입으로 먼저 말해야 하나? 난 방금 전 자네 에이전트 더글러스와 긴밀히 이야기를 나누었어. 더글 러스의 말에 따르면 자네가 통제 불가 상태라 더는 연락하지 않 고 있다던데 사실인가? 더글러스가 자네를 미쳐 날뛰는 말이라 고 하더라니까. 난 자네에게 도움의 손길을 내밀어 어떡하든 타 협점을 찾으려고 애쓰는데 자네는 미치광이 말처럼 길길이 날뛰 면서 벽을 향해 돌진하고 있어."

"혹시 놀라 켈러건을 주인공으로 하는 에로소설을 써보라고 나에게 압력을 가해놓고 도움의 손길을 내밀었다고 하는 겁니까?”

“나름 자네를 위해 제안했는데 선의를 왜곡하는 막말을 하면 곤란하지. 대중들이 좋아하는 오락거리를 제공하자는 게 왜 나빠? 대중들이 책을 사서 재미있게 읽으면 되는 거야. 요즘 사람들은 웬만해서는 책을 안 산다는 걸 자네도 알잖아. 책이 대중들의 욕구불만을 해소시켜주는 내용을 다루면 기꺼이 지갑을 열게 되어 있어.”

“아무리 잘 팔린다고 해도 난 감정의 배설물 같은 책은 쓰지 않겠습니다.”

“자네에게 선택할 권한이 주어져 있어. 6월 30일에 내 비서 마리사가 사무실에 올 거야. 매주 월요일에 우리는 만기가 도래한 계약서들을 점검하지. 자네는 엄연히 6월 30일까지 원고를 제출하겠다고 계약서에 사인했어. 그날 난 자네의 의무 시행을 바라면서 업무가 끝나는 오후 5시 30분까지는 아무런 조치도 취하지 않고 그대로 대기하고 있을 거야. 만일 그 시간까지 원고를 제출하지 않으면 난 법률팀장 리차드슨에게 전화해 상황을 알려야 하겠지. 자네를 계약 불이행으로 고소하라고. 우린 자네에게 1천만 달러의 손해배상을 청구할 거야.”

“1천만 달러? 정말 웃기네요.”

“내가 웃겼나본데 그럼 자네 소원대로 1천5백만 달러로 손해배상 청구 금액을 바꿔줄게.”

"당신은 머저리야."

"자네가 뭔가 잘못 생각하고 있는 게 분명해. 머저리는 내가 아니라 바로 자네야. 자네는 체급을 높이고 싶어 하면서도 그 체급에서 뛰길 바라는 선수가 갖추어야 할 의무가 뭔지 몰라. NFL(내셔널 하키 리그)에서 뛰길 바라면서 하위 레벨 리그의 플레이오프 시합에 참가하기를 거부하는 꼴이야. 세상일이 자네 입맛대로 돌아갈 거라고 생각하면 커다란 오산이지. 난 자네와의 소송에서 받아낸 돈으로 마커스 골드먼이라는 전도유망한 작가가 나약한 감정에 휘둘리는 바람에 작가 커리어를 통째로 날려 먹은 이야기를 소설로 쓸 작가를 찾아볼 생각이야. 난 그 이야기를 써보겠다고 나서는 작가에게 두둑한 계약금을 쥐어줄 거야. 그 작가가 아마도 오전 10시부터 위스키에 찌들어 있는 자네를 만나러 플로리다의 누추한 오두막을 방문하겠지. 자네를 인터뷰해야 제대로 된 작품이 나올 테니까. 마커스, 법정에서 보자고."

로이 바나스키가 말을 마치기 무섭게 전화를 끊었다. 그와 통화한 이후 나는 〈클락스 식당〉으로 점심을 먹으러 갔다. 나는 〈클락스 식당〉에서 우연히 2008년도 버전의 퀸 가족을 만나게 되었다. 타마라는 딸 제니에게 일을 제대로 하지 못한다면서 온갖 잔소리를 늘어놓는 중이었다. 로버트는 구석 자리에 앉아 스크램블을 먹으면서 《콩코드 헤럴드》의 스포츠 섹션을 보고 있었다. 나는 타마라 옆에 앉아 별생각 없이 신문을 뒤적이는 척하면서 그녀가 주방이 더럽다, 홀 서비스가 너무 느리다, 커피가 식어서 미지근하다, 메이플 시럽 병들이 끈적끈적하다, 설탕 용기들이 비었다, 테이블에 기름얼룩이 그대로 묻어 있다, 실내 온도가 너무 높다, 토스트가 맛이 없다, 그런 음식은 1센트도 아깝다, 커피 한 잔에 2달러는 도둑질 수준이다, 제니가 오로라 최고의 식당을 B급으로 전락시킬 줄 알았다면 절대로 물려주지 않았을 것이라면서 끊임없이 쏟아내는 잔소리에 귀를 기울였다. 타마라는 자신이 〈클락스 식당〉을 직접 운영할 때만 해도 야심만만했고, 그 당시 최고로 맛있다고 소문난 햄버거를 맛보려고 미국 전역에서 손님들이 모여들었다는 말도 빼놓지 않았다. 내가 귀 기울여 듣고 있다는 사실을 확인한 타마라는 경멸이 가득 담긴 눈으로 나에게 쏘아붙였다.

"자네는 왜 남의 말을 엿듣고 있지?"

나는 영문을 모르겠다는 표정을 지으며 타마라를 바라보았다.

"그럴 리가요? 저는 부인 말을 엿듣지 않았습니다."

"아니, 자네는 분명 내 말을 엿들었어. 자넨 어디에서 왔나?"

"뉴욕에서 왔습니다."

내가 뉴욕에서 왔다고 하자 타마라는 갑자기 태도가 돌변하더니 부드러운 자세와 꿀 떨어지는 목소리로 나를 대했다.

"젊은 뉴요커께서 오로라에는 무슨 일로 오셨나요?"

"저는 소설을 쓰는 작가인데 오로라가 글쓰기에 좋은 환경이라 당분간 머물기로 했습니다."

그 말에 즉시 얼굴이 어두워진 타마라가 빈정거렸다.

"난 작가라면 질색이야. 허구한 날 빈둥거리기만 하고 아무짝에도 쓸모없는 거짓말을 일삼는 자들이니까. 자네는 무슨 돈으로 생활비를 충당하는가? 주 정부에서 지원금이라도 받고 있나? 현재 내 딸이 이 식당을 운영하고 있는데 내가 미리 경고해두지. 내 딸은 결코 자네에게 외상으로 음식을 제공하지 않을 거야. 음식을 사 먹을 돈이 없으면 뉴욕으로 돌아가. 경찰을 부르기 전에 꺼져버리는 게 좋을 거야. 오로라 경찰서장이 내 사위니까."

카운터 뒤쪽에 있던 제니가 난처한 표정을 지었다.

"엄마, 이 사람이 누군지 알아요? 마커스 골드먼이에요. 이제 유명 작가가 되었다고요."

커피를 마시다가 사레들린 퀸 부인은 심하게 기침했다.

"자네가 해리의 뒤를 졸졸 따라다니던 풋내기 녀석이란 말이지?"

"그렇습니다, 부인."

"신수가 훤하게 잘 자랐네. 아주 괜찮은 남자가 되었어. 자네 혹시 내가 해리에 대해 어떻게 생각하는지 알고 싶나?"

"글쎄요, 저는 알고 싶지 않습니다."

"그래도 난 말해야겠어. 그놈은 동정할 가치가 없는 개새끼라 전기의자에서 생을 마감하는 게 지당해."

"엄마!" 제니가 항의했다.

"난 사실을 말했을 뿐이야."

"아직 사실로 증명되지 않았어요."

"넌 모르는 소리 좀 그만해. 엄마는 다 알아. 이봐, 젊은 작가 양반. 자네가 작가라면 해리 쿼버트 사건의 진실이 뭔지 알아보는 글을 써봐. 해리는 어린아이를 농락한 변태이자 살인마야. 놀라와 쿠퍼 부인을 살해했고, 내 딸 제니의 인생을 망쳤어."

잔뜩 화난 제니가 입술을 삐죽거리며 주방으로 사라져버렸다. 제니는 울고 있을 게 뻔했다. 타마라는 의자에 꼿꼿하게 허리를 펴고 앉아 허공에 삿대질까지 해대며 왜 자신이 그토록 해리에게 분노해 마지않는지 일일이 설명했다. 퀸 가족은 1975년 7월 13일 일요일 정오에 정원 잔디밭에서 가든파티를 열었고, 그 사건은 바로 그날 벌어졌다.

∞

1975년 7월 13일

퀸 가족이 마련한 가든파티는 대형 이벤트였다. 타마라는 정원에 천막을 치고, 잔디밭에 내놓은 간이탁자에 새하얀 식탁보를 깔고, 콩코드의 케이터링 매장에 주문한 출장뷔페 음식을 차렸다. 은제 식기에 식전주와 먹을 바닷가재, 가리비, 대합, 러시아식 샐러드가 군침을 돌게 했다. 손님들에게 시원한 칵테일과 와인을 제공해줄 소믈리에와 행사도우미도 배치했다. 제니의 남자 친구 해리를 오로라 상류 사회 사람들에게 소개하려고 준비한 자리였다.

정오가 되기 10분 전에 타마라는 가든파티 준비가 완벽하게 되었는지 점검했다. 날씨가 더운 탓에 음식은 마지막 순간에 내오기로 했다. 타마라는 가리비, 대합, 랍스터를 맛보는 손님들의 모습을 상상했다.

제니와 해리는 팔짱을 끼고 다니며 사람들에게 인사하고 묻는 말에 재치 있게 대답하면서 가든파티의 주인공이 되겠지. 다들 더없이 근사한 행사로 기억하게 될 거야.

타마라는 파티의 장면들을 상상하면서 살며시 미소 지었다. 이제 모든 준비가 끝났고, 타마라는 마지막으로 테이블 배치를 한 번 더 점검했다. 이제 손님들을 맞을 모든 준비가 완벽하게 마무리되었다.

타마라는 친구 네 명과 남편들을 초대했다. 몇 명을 초대하면 좋을지 세심하게 고민한 끝에 내린 결론이었다. 그리 쉽지 않은 선택이었다. 초대한 인원이 너무 적으면 조촐하다는 인상을 주게 될 것이고, 너무 많으면 공들여 준비한 파티가 소란스러워질 우려가 있었다. 깊은 생각 끝에 타마라는 친구들 가운데 오로라에서 가든파티에 다녀온 소문을 널리 내줄 사람이 누군지 생각해보았다. 무엇보다 장래 사윗감 해리가 미국 문학계의 스타이고, 그가 제니와 공식 커플이 되었다는 사실을 오로라 사람들에게 널리 알리고 싶었다.

고민 끝에 가장 먼저 선택한 사람이 에이미 프랫이었다. 해마다 신차로 바꿔 타고 다니며 자기 자신을 오로라에서 가장 고급스러운 취향을 가졌다고 자부하는 벨 칼톤, 여성 클럽 대표인 신디 터스텐, 말이 너무 많고 자식 자랑으로 날 새는 줄 모르는 도나 미첼이 초대 손님으로 결정되었다.

타마라는 손님들이 깜짝 놀라 입이 딱 벌어지게 해주고 싶었다. 초대장을 받은 친구들이 전화해 무슨 일이 있기에 가든파티를 여는지 몹시 궁금해했지만 타마라는 적당히 얼버무리며 대답을 회피했다. 친구들의 궁금증을 마지막 순간까지 연장해주고 싶었다.

"가든파티에서 아주 굉장한 발표가 있을 거야."

친구들이 제니와 해리가 함께 있는 모습, 두 사람이 인생을 함께하기로 결정한 사실을 알게 되면 어떤 표정을 지을지 궁금했다. 두 사람이 공식 커플이 되었다는 소식이 오로라 사람들의 중심 화제로 떠오를 게 뻔했고, 하나같이 부러워하는 일이 될 것이다.

타마라는 가든파티 준비로 바빠 켈러건 목사의 집 앞으로 몰려가지 않은 몇 안 되는 주민들 가운데 하나였다. 타마라는 다른 주민들과 마찬가지로 놀라 켈러건이 자살을 시도했다는 소식을 들었고, 그 일이 혹시라도 가든파티에 영향을 미치게 될까봐 전전긍긍했다.

그나마 하느님의 보살핌으로 놀라가 자살 시도에 실패한 건 불행 중 다행이었다. 만약 놀라가 죽었다면 가든파티를 취소해야 마땅했을 테니까. 이웃집에서 그런 불상사가 벌어졌는데 가든파티를 여는 건 부적절할 테니까. 가든파티를 열기로 한 날이 토요일이 아니라 일요일인 것도 다행이었다. 만일 놀라가 토요일에 자살을 시도했다면 〈클락스 식당〉에서 대신 일할 사람을 구해야 했을 테니까. 그렇게 되면 일이 제대로 꼬였을 게 뻔했다. 놀라가 일요일 아침에 몹쓸 일을 저질렀고, 게다가 실패해 다행이었다.

타마라는 손님들을 맞을 채비를 모두 끝낸 상태였다. 로버트는 셔츠를 입고 넥타이만 착용했을 뿐 주말이면 거실에서 트렁크 바람으로 신문을 뒤적이던 권리를 좀 더 누리고 싶어 했다. 헐렁한 트렁크 속으로 바람이 들어가면 털이 수북한 부위가 시원해 기분이 좋다면서. 타마라는 아직 바지를 챙겨 입지 않은 로버트를 향해 고래고래 소리를 질렀다.

"트렁크만 입고 손님들을 맞으려고?" 타마라가 남편을 호되게 나무랐다. "유명 작가 해리 쿼버트가 사위가 된다는데 당신은 여전히 트렁크 바람으로 다니면서 망신살을 사고 싶어?"

"내가 보기에 해리는 당신이나 다른 사람들이 상상하듯 고상한 인물은 아닌 듯했어. 일단 취향이 굉장히 소박하더라고. 자동차 엔진에 관심이 많고, 고급 샴페인보다는 시원한 맥주를 좋아하는 사람이야. 일요일에 내가 트렁크만 입고 있다고 흉하게 여길 사람은 아니야. 내가 직접 해리에게 양해를 구해볼까?"

"당신은 오늘 한마디도 하지 말고 입을 닫고 있는 게 낫겠어. 그리 어려운 일도 아닐 거야. 당신은 입만 열면 실수하니까 차라리 아무 말도 못 하게 입을 바늘로 꿰매버렸으면 좋겠어. 앞으로 일요일에도 트렁크 차림은 금지야. 토 달지 말고 무조건 바지를 챙겨 입어. 앞으로 더는 트렁크 바람으로 돌아다니는 꼴을 보고 싶지 않으니까. 우리는 이제 유명 작가 사위를 두게 되었으니까 고상한 사람이 되어야 해."

타마라는 쉬지 않고 잔소리를 늘어놓는 동안 로버트가 거실 테이블에 놓인 카드에 뭔가 글씨를 끄적이는 걸 보았다.

"누구에게 카드에 보내려는 거야?" 타마라가 으르렁댔다.

"그냥 아무것도 아니야."

"나도 좀 보여줘."

"안 돼." 로버트가 카드를 집어 들면서 단호히 거부했다.

"안될 건 뭐야?"

"내가 개인적으로 보내려는 카드니까."

"내가 보여달라고 하면 그냥 보여줘. 이 집에서 최종 결정권을 가진 사람은 나야."

타마라는 남편이 손에 든 카드를 재빨리 낚아채 소리 내어 읽었다.

소중한 놀라에게

우리 가족은 너의 쾌유를 바라며 빠른 시일 내에 <클락스 식당>에서 다시 볼 수 있길 바란다.

사탕을 동봉하니 너의 인생에 약간의 달콤함이 더해지기를.

마음을 닮아.

퀸 가족

"이 카드는 다 뭐야?" 타마라가 악을 썼다.

"당신도 보았다시피 놀라를 위로해주려고 보내는 카드야. 사탕을 사서 카드에 동봉하면 놀라도 좋아할 거야. 당신은 어떻게 생각해?"

"당신은 왜 그리 어리석어? 이 강아지가 그려진 카드도 어리석고, 당신이 쓴 글도 경솔해. 방금 전 스스로 목숨을 끊으려고 했던 아이가 다시 <클락스 식당>에 나오고 싶어 할 거라고 생각해? 유치하게 그 사탕은 또 뭐야? 놀라가 사탕을 받고 기뻐할 거라고? 아무튼 당신은 하는 일마다 어리석어."

"난 놀라가 사탕을 받으면 좋아할 거라고 생각해. 당신과 난 생각이 다를 뿐이야. 그래서 카드를 보여주지 않으려고 했던 건데."

"제발 그만 징징거려." 타마라가 카드를 찢어발기면서 짜증을 냈다. "내가 꽃을 보낼 거야. 몬트버리 꽃집에서 꽃을 사서 보낼 테니까 당신은 가만 있어도 돼. 마트에서 산 싸구려 사탕보다는 훨씬 품위 있을 테니까. 카드도 사서 내가 직접 글을 써 보낼게. '놀라, 쾌차를 바라. 퀸과 퀴버트 가족'이라고 써 보낼 거야. 그러니까 이제 놀라에 대한 걱정은 접고 바지나 입어. 손님들이 들이닥칠 시간이 다 되었으니까."

∞

도나 미첼과 남편이 정오가 되자마자 초인종을 눌렀고, 뒤이어 에이미와 프랫이 도착했다. 타마라는 출장뷔페 직원들에게 손님들이 정원에서 마실 칵테일을 내오도록 했다. 프랫 서장이 놀라가 자살을 시도했다는 전화를 받고 급히 출동한 이야기를 들려주었다.

"놀라가 한꺼번에 많은 약을 삼켰답니다. 그중에 수면제도 다량 들어있었나봐요. 몬트버리 병원으로 이송되어 위 세척을 했는데 다행히 상태가 심각하지는 않습니다. 켈러건 목사가 욕실에 쓰러져 있는 놀라를 처음 발견했다더군요. 그가 말하길 놀라가 열이 있어 약을 먹었는데 실수로 수면제를 복용했다고 하더군요. 중요한 건 놀라의 상태가 괜찮다는 겁니다."

"그나마 오전에 그런 일이 있어 불행 중 다행이네요." 타마라가 말했다. "하마터면 여러분들을 초대해놓고 모시지 못했으면 얼마나 섭섭했겠어요."

"오늘, 중대 발표가 있다며?" 도나가 궁금함을 참지 못하고 물었다.

타마라는 함박웃음을 지으며 말했다. "초대받은 손님들이 모두 도착하면 발표할게." 신디 터스텐 부부가 곧 도착했고, 벨 칼톤 부부는 20분 늦게 도착했다. 새로 장만한 자동차의 핸들에 문제가 있어서 늦었다고 했다. 이제 해리 쿼버트를 빼고 모두 다 모였다.

"누가 올 사람이 더 있어?" 도나가 물었다.

"이제 곧 알게 될 거야." 타마라가 대답했다.

제니의 얼굴에도 미소가 피어올랐다.

12시 40분이 되었지만 해리는 오지 않았다. 칵테일이 세잔째 제공되었다. 12시 58분에 네 잔이 되었다.

"칵테일이나 마시자고 우릴 오라고 한 거야?" 에이미 프랫이 불만을 토로했다.

타마라는 가장 중요한 손님이 오지 않아 심각하게 걱정되기 시작했다. 작열하는 태양이 뜨겁게 내리쬐고 있어 머리가 띵할

지경이었다.

"난 배가 고파."

로버트가 그렇게 말했다가 타마라에게 등짝을 얻어맞았다. 오후 1시 15분이 되었지만 해리는 끝내 오지 않았다.

∞

"우리는 눈이 빠지도록 해리를 기다렸어." 타마라가 내게 말했다. "내가 얼마나 해리를 애타게 기다렸는지 하느님은 아실 거야. 그날따라 날씨는 왜 그리 더운지, 다들 굵은 땀방울깨나 쏟았지."

"평생 그날처럼 목이 탄 적은 없었을 거야." 로버트가 대화에 끼어들었다.

"마커스는 나에게 물었으니까 당신은 제발 대화에 끼어들지 마. 당신 같은 사람에게는 관심이 없을 테니까."

타마라는 남편을 질타하고 나서 나에게 말했다.

"오후 1시 30분까지 기다렸는데 해리는 우리를 물 먹였어."

∞

타마라는 차라리 해리가 자동차 고장이나 사고가 났다고 연락해오길 고대했다. 제발 해리가 퀸 가족을 단체로 바람맞힌 이유가 뭔지 알고 싶었다. 타마라는 주방으로 가서 구즈코브에 몇 번이나 전화를 걸었지만 해리는 전혀 응답이 없었다. 혹시나 무슨 소식을 들을 수 있을까 해서 라디오 뉴스를 틀었지만 뉴햄프셔주에서 사고를 당한 유명 작가는 없었다. 집 앞을 지나는 자동차 소리가 들려올 때마다 심장이 뛰었지만 해리가 아니라 남의 속도 모르는 이웃 사람들일 뿐이었다.

더위에 지친 손님들은 천막 아래에 자리를 잡고 앉아 땀을 쏟았다. 그나마 천막 안은 조금 덜 더웠다. 죽음 같은 침묵이 이어지자 손님들은 차츰 따분해하기 시작했다. "얼마나 굉장한 소식이기에 이토록 뜸을 들이나?" 도나가 빈정거렸다. "칵테일을 한 잔 더 마셨다가는 토할지도 몰라." 에이미도 투덜댔다.

타마라는 출장뷔페 직원에게 음식을 차리라고 했다.

오후 2시, 해리는 여전히 감감소식이었다. 제니는 속이 뒤틀려 음식을 전혀 먹지 못했고, 사람들 앞에서 울지 않으려고 이를 물었다. 두 시간이 지나자 타마라는 체념했다.

그 빌어먹을 놈이 내 뒤통수를 친 거야. 해리가 신사라면 감히 이런 짓은 하지 않았을 거야.

도나는 중요한 소식이 뭔지 집요하게 물었지만 타마라는 꿀 먹은 벙어리처럼 입을 다물 수밖에 없었다. 로버트는 몹시 민망해하는 타마라의 명예를 지켜주기 위해 자리에서 일어나 잔을 들고 건배를 제안했다.

"우리가 새 TV를 구입한 소식을 여러분들에게 알려주게 되어 매우 기쁩니다." 어색한 침묵이 길게 이어졌다. 타마라가 친구들 앞에서 더는 웃음거리가 되는 걸 참을 수 없었던지 자리에서 일어나 말했다. "로버트가 암에 걸려 얼마 살지 못한데요."

"의사가 그래? 그동안 왜 나에게 알리지 않았어?"

로버트가 그렇게 되물었고, 그 자리에 모인 사람들 모두가 술렁거렸다.

로버트는 별안간 눈물을 흘리기 시작했다. "내가 죽게 되면 사랑하는 가족들, 친애하는 이웃들, 내가 살아온 이 도시가 많이 그리울 거예요."

손님들 모두가 얼싸안고 안타까워했다.

도나가 말했다. "당신이 살아 있는 동안 자주 병문안을 갈게요. 절대로 당신을 잊지 못할 거예요. 부디 몸조리 잘하세요."

∞

해리가 가든파티에 참석하지 못한 이유는 놀라의 머리맡을 지키기 위해서였다. 해리는 어니 핑커스가 전해준 소식을 듣자마자 놀라가 입원해있는 몬트버리 병원으로 달려갔다. 병원에 도착한 그는 어떻게 해야 할지 몰라 몇 시간 동안 핸들을 잡고 주차장에 머물러 있었다.

놀라가 자살을 시도했다면 나 때문이야.

해리는 놀라가 죽는다면 따라 죽고 싶었다. 그는 자신이 놀라를 생각하는 마음의 깊이를 그제야 실감하는 한편 이루어질 수 없는 사랑을 저주했다. 그동안 놀라와 함께 있을 때면 그 아이를 멀리해야 한다고 자신을 설득할 수 있었다. 지금 놀라를 영원히 잃을지도 모른다는 생각을 하다보니 그 아이가 없는 삶은 도저히 상상할 수 없었다.

놀라, 내 사랑 놀라.

해리는 새삼 자신이 놀라를 얼마나 사랑하는지 제대로 알게 되었다. 그는 오후 5시에 병원으로 들어갔다. 제발 아는 사람을 마주치지 않길 바랐지만 하필 울어서 눈이 벌겋게 충혈된 켈러건 목사와 마주쳤다.

"목사님, 놀라의 소식을 들었습니다. 정말이지 유감입니다."

"내 딸이 걱정돼 병원까지 방문해주셔서 감사합니다. 놀라가 목숨을 끊으려 했다는 말은 와전된 겁니다. 놀라는 머리가 아파 약을 먹었는데 실수로 다량의 수면제를 복용했을 뿐입니다. 대부분의 아이들이 그렇듯이 놀라도 부주의한 실수를 저지른 겁니다."

해리도 맞장구를 쳤다. "아, 무슨 말씀인지 충분히 이해합니다. 늘 약이 문제가 되죠. 놀라는 몇 호실에 입원해있죠? 만나보고 인사나 전해야겠습니다."

"놀라가 병문안을 바라지 않습니다. 널리 양해 바랍니다."

켈러건 목사는 병문안을 온 사람의 이름을 적을 수 있는 방명록을 내밀었다.

빠른 쾌차 바랄게. H. L. 쿼버트.

해리는 돌아가는 척하며 주차장으로 가 쉐보레에 올랐다. 그는 한 시간쯤 차에서 기다리다가 켈러건 목사가 차에 올라 집으로 돌아가는 모습을 보고 병원으로 다시 들어가 놀라의 병실이 어딘지 알아보았다.

3층 26호실.

해리는 심장이 요동치는 가운데 병실 문을 두드렸지만 응답이 없었다. 조심스럽게 문을 열자 침대 가장자리에 걸터앉은 놀라의 모습이 눈에 들어왔다. 고개를 돌려 해리를 발견한 놀라의 눈이 환하게 밝아졌다가 이내 슬픈 표정이 되었다.

"나를 혼자 내버려둬요. 당장 돌아가지 않으면 간호사를 부를 거예요."

"난 너를 혼자 있게 내버려둘 수는 없어."

"난 당신을 보고 싶지 않아요. 당신을 보면 슬픔을 억제할 수 없으니까요. 당신 때문에 죽으려고 했으니까."

"나를 용서해줘."

"당신이 나를 원한다면 용서할게요. 그게 아니라면 나를 가만 내버려둬요."

놀라는 그의 두 눈을 응시했다. 해리의 얼굴에 깃든 슬픔과 안쓰러운 표정이 눈에 들어왔다. 놀라는 그제야 미소 지었다.

"내 사랑 해리, 그렇게 슬픈 표정 짓지 말아요. 앞으로는 절대로 나를 밀어내지 않을 거라고 약속해줘요."

"약속할게."

"내가 찾아갔을 때 문을 열어주지 않고 혼자 우두커니 서 있게 내버려 둔 행위를 깊이 후회한다고 말해줘요."

"깊이 후회해. 다시는 그러지 않을게."

"무릎을 꿇고 용서를 구하세요."

해리는 지체하지 않고 무릎을 꿇고 나서 머리를 놀라의 무릎에 기댔다. 놀라가 그의 얼굴을 쓰다듬었다.

"내 사랑 해리, 이제 일어나서 내 곁으로 와요. 난 당신을 사랑해요. 당신을 처음 본 날부터 난 당신을 사랑했어요. 난 영원히 당신의 연인이 되고 싶어요."

∞

해리와 놀라가 병실에 있는 동안 제니는 방 안에 틀어박혀 수치심과 슬픔이 한꺼번에 밀려와 하염없이 울었다. 로버트가 달래주려고 했지만 제니는 문을 열어주지 않았다. 분노에 사로잡힌 타마라는 해리를 만나 해명을 들으려고 방금 집을 나섰다.

타마라는 집을 나선 지 10분쯤 되었을 때 찾아온 트래비스를 만나지 못했다. 문을 열어준 로버트 앞에서 경찰 유니폼 차림에 장미 꽃다발을 든 트래비스가 두 눈을 감고 외워 온 말을 쏟아놓았다.

"제니, 여름 무도회에 나랑 같이 가주면 고맙겠어."

로버트가 껄껄 웃었다.

"이봐 트래비스. 자네, 제니에게 할 말이 있나?"

두 눈이 휘둥그레진 트래비스는 하마터면 비명을 지를 뻔했다.

"그게 그러니까, 제가 따님을 여름 무도회에 데리고 갈 수 있도록 허락해 주시겠습니까? 물론 제니가 좋다고 해야 하겠지만요. 어쩌면 제니에게는 다른 파트너가 있을지도 모르겠네요."

로버트는 친근하게 트래비스의 어깨를 두들겨주었다.

"자네는 아주 좋은 타이밍에 왔어. 어서 안으로 들어와."

트래비스를 주방으로 데려간 로버트는 냉장고에서 맥주를 꺼내왔다.

"감사합니다." 트래비스가 꽃다발을 식탁에 내려놓으며 감사를 표했다.

"아니, 맥주는 내가 마실 거야. 자네는 좀 더 독한 술이 필요할 것 같아."

로버트는 위스키 잔에 얼음 몇 개를 넣은 다음 평소 마실 때보다 두 배 넘게 따랐다.

"자, 원샷해."

트래비스가 시키는 대로 했다. 로버트가 다시 입을 열었다.

"자넨 지금 굉장히 긴장한 것 같은데 여유를 가져. 여자들은 잔뜩 긴장해 안절부절못하는 남자를 결코 좋아하지 않아."

"저도 정말 이상합니다. 제가 그다지 수줍음을 타는 남자가 아닌데 제니만 보면 어찌나 수줍은지 몸 둘 바를 모르겠어요."

"제니를 사랑하기 때문이지."

"제니는 매력적이고 똑똑하고 아름다워요. 가끔 저는 제니가 보고 싶어 순찰차를 몰고 〈클락스 식당〉 앞을 지나가기도 해요. 제니가 식당 안에 있으면 차마 안으로 들어가 인사도 하지 못하고 창문 너머로 하염없이 바라보기만 하죠. 그럴 때마다 가슴이 터질 것 같아요. 그게 사랑이란 말이죠?"

"글쎄 그렇다니까."

"차에서 내려 〈클락스 식당〉 안으로 들어가 제니에게 인사하고 나서 일이 끝나면 같이 영화를 보러 가자고 말하고 싶어요. 하지만 마음대로 되지 않아요. 제니를 사랑하기 때문일까요?"

"아니, 그건 바보짓이야. 그렇게 수줍음을 많이 타 말도 못하고 끙끙 앓는 경우 사랑하는 여자들을 모두 놓치게 된다는 걸 알아야 해. 자넨 젊고, 얼굴도 그만하면 잘 생겼어. 자넨 모든 조건을 다 갖추었으니까 자신감을 가져도 돼."

"제가 어떻게 해야 할까요?"

로버트는 그에게 위스키를 한 잔 더 따라주었다.

"내가 제니를 내려오라고 하고 싶지만, 그 아이는 오늘 오후 내내 힘든 시간을 보냈어. 내가 도와주길 바란다면 오늘은 위스키를 한 잔 더 마시고 집으로 돌아가. 집으로 돌아가는 즉시 경찰 유니폼을 벗고 간단하게 셔츠 한 장만 걸쳐 입어. 그런 다음 제니에게 전화해서 밖으로 나가 같이 저녁 식사나 하자고 해봐. 몬트버리에 가서 햄버거를 먹고 싶다고 하는 게 좋겠어. 몬트버리에 제니가 좋아하는 식당이 있는데 내가 주소를 적어줄 테니까 한번 시도해봐. 타이밍이 정말 좋은 때야. 저녁을 먹고 나서 분위기가 괜찮으면 같이 산책이나 하자고 해봐. 벤치에 앉아 별을 올려다보며 제니에게 별자리 설명도 해주고."

"별자리요?" 트래비스가 절망적인 얼굴로 로버트의 얼굴을 바라보았다.

"별자리를 전혀 모르는데요."

"큰곰자리 정도는 설명해줄 수 있잖아."

"큰곰자리도 모르는데요! 빌어먹을, 난 이제 다 틀렸나봐요."

"별자리를 모른다고 해서 실망할 필요는 없어. 그럼 그냥 가장 빛나는 별 하나를 가리키면서 생각나는 대로 이름을 붙여봐. 여자들은 별 이야기를 하는 남자를 대단히 로맨틱하게 생각하거든. 설마 별과 인공위성의 차이를 모르지는 않지? 별 얘기를 하다가 갑자기 생각난 듯 여름 무도회에 같이 갈 파트너가 필요한

지 넌지시 물어봐."

"제니가 저의 부탁을 받아들일까요?"

"난 받아들일 거라고 확신해."

"정말 감사합니다."

트래비스를 집으로 돌려보내고 나서 로버트는 제니를 밖으로 나오게 했다. 로버트와 제니는 주방에서 아이스크림을 먹었다.

"이제 여름 무도회에는 누구랑 가지?" 제니가 풀죽은 목소리로 물었다. "나만 궁상맞게 파트너가 없으면 다들 놀릴 거야."

"너랑 무도회에 함께 가길 원하는 젊은이들이 부지기수일 거라 확신해."

제니는 아이스크림을 수북하게 떠서 한입에 삼켰다.

"누가 내 파트너가 될지 알고 싶어." 입 안 가득 아이스크림을 머금은 제니가 울먹이며 말했다. "나에게 무도회에 같이 가자고 한 남자가 하나도 없었거든."

그때 전화벨이 울렸다. 로버트는 회심의 미소를 지으며 제니가 전화를 받도록 했다.

"안녕, 트래비스. 그래? 응, 기꺼이 갈 수 있지. 30분 후에 만나."

제니는 전화를 끊더니 쪼르르 달려와 트래비스가 몬트버리에 저녁 먹으러 가자고 했다는 말을 전하며 통화 내용을 미주알고주알 다 말해주었다.

로버트는 짐짓 깜짝 놀란 표정을 지었다.

"그것 봐라. 너랑 같이 무도회에 가길 바라는 남자들이 수두룩 빽빽일 거라고 했잖아."

∞

구즈코브에 간 타마라는 주인도 없는 집 안을 여기저기 뒤졌다. 오래도록 문에 기대 서 있었지만 집 안에서는 아무런 기척이 없었다. 만일 해리가 몸을 숨겼다면 무슨 일이 있어도 찾아낼 작정이었다. 집 안에 아무도 없다는 걸 확인한 타마라는 이번 기회에 약간의 조사를 하기로 마음먹었다. 타마라는 해리의 거실, 침실 그리고 서재를 차례로 뒤졌다. 책상 위에 해리가 뭔가를 쓰다 만 종이쪽지가 남아있었다.

내 사랑 놀라. 넌 무슨 짓을 한 거야? 왜 죽으려고 했지? 나 때문이야? 난 너를 사랑해. 난 세상에서 널 가장 사랑해. 제발 나를 떠나지 말아줘. 놀라, 네가 죽으면 나도 죽어. 내 인생에서 가장 소중한 사람이 있다면 바로 너야. 놀라, 바로 이 두 글자지.

타마라는 기겁하듯 놀라며 해리 쿼버트를 파멸시키기로 마음먹고 종이쪽지를 주머니에 쑤셔 넣었다.

19
해리 쿼버트 사건

"작가들은 밤새도록 글을 쓴다, 카페인 중독이다, 담배를 손으로 직접 말아 피운다는 말이 있지만 다 속설에 불과해. 자네는 글을 쓸 때 복싱을 연습할 때처럼 규율을 중시할 필요가 있어. 시간을 지켜야 하고, 반복적인 연습을 해야 하지. 리듬을 유지하고, 집요해져야 하고, 소지품들을 깔끔하게 정리해놓아야 해. 그런 규율들을 잘 지키면 작가를 괴롭히는 적으로부터 보호받을 수 있을 거야. 글쓰기에서는 규율이 곧 케르베로스야."

"작가를 괴롭히는 적이 뭔데요?"

"마감 기한이지. 마감 기한이 무엇을 의미하는지 알고 있나?"

"아뇨."

"자네의 뇌, 본질적으로 변덕스럽기 그지없는 뇌가 나 아닌 다른 누군가가 정한 기한 내에 원고를 생산해내야 하는 계약이야. 이를테면 자네의 고용주가 자네에게 어떤 장소에 어떤 시간까지 뭔가를 배달해야 한다고 명령하는 것과 결코 다르지 않아. 자네는 교통 체증이 있든 차 바퀴가 펑크 났든 늦으면 안 되고, 만약 지시를 이행하지 못하면 끝장이야. 출판업자가 자네에게 강제하는 마감 기한도 내가 방금 얘기한 사례와 크게 다르지 않아. 출판업자는 아내처럼 수시로 잔소리를 늘어놓는 동시에 자네의 책을 내주는 고용주이기도 하지. 출판업자가 없으면 자네의 책은 세상에 나올 수 없어. 출판업자를 증오하지 않으려면 가능한 한 마감 기한을 엄수하는 게 좋아."

해리의 집에서 종이를 훔쳤다고 타마라가 스스로 털어놓았다. 타마라는 우리가 〈클락스 식당〉에서 이야기를 나눈 다음 날 비밀을 말해주었다. 타마라의 이야기가 흥미로워 나는 이번에는 〈클락스 식당〉이 아니라 퀸 가족의 집으로 직접 찾아가 이야기를 더 들려달라고 졸라댔다.

타마라는 나를 거실로 데려가더니 2주 전 경찰서에 가서 내가 말한 증언을 인용하면서 어떻게 해리와 놀라의 관계를 알게 되었는지 물었다. 가든파티가 열린 일요일 저녁에 타마라가 구즈 코브를 방문했다는 말은 그때 들었다.

"내가 해리의 서재에서 발견한 글이 나를 구역질 나게 했어. 놀라에게 그런 마음을 품고 있다니 정말 가당치 않았지."

타마라가 말하는 방식을 보니 해리와 놀라가 서로 사랑할 수 있다는 가능성을 전혀 염두에 두고 있지 않았다는 걸 알 수 있었다.

"해리와 놀라가 서로 사랑하는 사이라고 생각해본 적이 없다는 말이죠?"

"말도 안 되는 소리 아냐. 해리 쿼버트는 변태야. 그 이상도 이

하도 아니라고. 나는 놀라가 해리의 수작에 넘어가 그를 사랑했다고는 단 일 초도 상상하기 힘들어. 해리가 어린 놀라에게 무슨 짓을 했는지는 하느님만이 아시겠지. 놀라가 가엾을 따름이야."

"그때 가져온 종이는 어떻게 하셨어요?"

"해리 쿼버트를 곤란하게 만들 작정이었어. 난 해리가 감옥에 가야 마땅하다고 생각했거든."

"혹시 다른 사람에게도 그 종이 이야기를 한 적 있어요?"

"프랫 서장한테 말했어. 그 종이를 가져오고 나서 며칠 지나서였을 거야."

"프랫 서장에게만?"

"놀라가 실종되었을 땐 여러 사람에게 말했어. 해리 쿼버트는 경찰 수사에서 결코 소홀히 다룰 수 없는 실마리였으니까."

"부인께서는 해리가 놀라에게 흑심을 품고 있다는 사실을 우연한 기회에 알게 되었는데 아무에게도 말하지 않고 입을 꾹 다물고 있다가 놀라가 실종된 후 프랫 서장을 비롯한 여러 사람에게 귀띔한 거네요?"

"그래, 바로 그거야."

"제가 알고 있는 사실에 비추어 볼 때 부인은 왜 그 종이를 처음 발견했을 때 해리를 혼쭐내지 않았는지 이해하기 어렵습니다. 해리가 가든파티에 참석하지 않은 건 엄연히 잘못한 일이죠. 부인은 해리의 적절하지 못했던 처신을 꾸짖을 수도 있겠지요. 제대로 처신하지 않은 건 엄연한 사실이니까요. 외람된 말일 수도 있지만 부인은 도시 전체의 벽을 그 종이를 복사해 도배한다거나 이웃집 편지함에 넣거나 하실 분으로 보이는데요."

타마라가 눈을 내리깔았다.

"내심 그러고 싶었지만 난 너무나 창피했어. 뉴욕 출신 유명 작가 해리 쿼버트가 고작 열다섯 살 아이 때문에 제니를 차버리다니 도저히 이해할 수 없었지. 자네는 내 기분이 어땠을 거라고 생각하나? 솔직히 난 너무나 수치스러웠어. 내가 나서서 해리와 제니가 서로 좋아하는 사이라는 소문을 퍼뜨렸는데, 일이 그렇게 되었으니 사람들이 뭐라고 할지 상상해봐. 게다가 제니는 해리를 너무나 사랑했어. 만약 그 사실을 알았다면 제니는 아마 죽어버렸을지도 몰라. 내가 혼자만 알고 있기로 결심한 이유야. 그다음 주에 열린 여름 무도회 때 제니가 어떤 얼굴을 하고 있었는지 모를 거야. 트래비스와 팔짱을 낀 제니의 얼굴이 어찌나 슬퍼 보이던지."

"부인이 해리의 집에서 가져온 종이를 언급했을 때 프랫 서장이 뭐라던가요?"

"해리를 수사하겠다고 했어. 놀라가 실종되었을 때 난 프랫 서장에게 한 번 더 그 이야기를 해주었지. 프랫 서장은 내가 해준 이야기가 수사의 실마리가 될 수 있을 거라고 하더군. 그런데 문제는 그 종이가 사라져버린 거야."

"종이가 사라지다니, 무슨 소리죠?"

"난 그 종이를 〈클락스 식당〉 금고에 보관해두고 있었거든. 나만 열 수 있는 금고였지. 그런데 1975년 8월 초에 그 종이가 자취를 감추었어. 해리의 죄를 물을 증거가 사라진 거야."

"누가 그 종이를 가져갔을까요?"

"정말이지 감이 안 잡혀. 그야말로 수수께끼 같은 일이야. 무쇠로 제작된 금고이고, 열쇠는 나만이 가지고 있었거든. 그 안에 〈클락스 식당〉 회계장부, 급여로 나갈 돈, 음식 재료를 주문할 때 필요한 현금을 보관해왔어. 어느 날 아침 금고를 열었더니 종이가 사라지고 없는 거야. 누군가 금고를 억지로 열려고 시도한 흔적도 없었어. 모든 게 다 그대로인데 그 종이만 사라졌어. 도무지 영문을 알 수 없는 일이라니까."

나는 타마라가 한 말을 모두 받아 적었다. 타마라의 증언은 들을수록 점점 더 흥미진진한 부분이 있었다.

"부인께서는 놀라를 향한 해리의 감정을 알게 되었을 때 어떤 기분이 들던가요?"

"처음에는 분노가 일었고, 그다음에는 역겨웠어."

"혹시 해리에게 익명의 편지를 보낸 적은 없으세요?"

"익명의 편지라고? 내가 치사하게 그럴 사람으로 보여?"

나는 그 문제는 더 이상 거론하지 않고 다음 질문을 이어갔다.

"부인께서는 놀라가 해리 말고 다른 남자들과도 부적절한 관계를 가졌을 수도 있다고 생각하세요?"

타마라는 마시던 아이스티가 목에 걸려 사레들릴 뻔했다.

"자네는 계속 헛다리를 짚고 있어. 놀라는 착하고 상냥한 아이야. 언제나 봉사하려는 자세를 갖추고 있었고, 똑똑하고, 일도 열심히 하는 아이였지. 도대체 자네는 그런 얘기를 들먹이면서 무슨 상상을 하는 건가?"

"혹시 엘리야 스턴이 누군지 아세요?"

"물론이지." 타마라가 당연한 걸 왜 묻느냐고 힐난하듯이 대꾸하더니 말했다. "엘리야 스턴이 해리가 사는 집의 소유자야. 해리가 살기 전 그 집에 살았지."

"아, 그래요?"

"그 집이 엘리야 스턴의 소유라 전에는 정기적으로 한 번씩 그 집에 다녀갔어. 그 집안 대대로 내려온 집으로 알고 있어. 한때는 오로라 시내에서 엘리야 스턴을 자주 마주쳤지. 그가 콩코드에서 부친의 사업을 물려받은 이후로는 구즈코브 집을 한동안 임대로 내놓더니 결국 해리에게 팔더라고."

난 믿을 수 없었다.

구즈코브 집이 엘리야 스턴의 소유였다고?

"자네, 왜 그래? 얼굴이 창백해."

∞

417

2008년 6월 30일 월요일 10시 30분, 뉴욕 렉싱턴 애비뉴의
〈슈미드 앤드 핸슨〉 타워 52층에서 로이 바나스키는 비서 마리
사와 함께 주간 회의를 시작했다.

"마커스 골드먼은 오늘까지 원고를 보내기로 되어 있습니다."
마리사가 로니 바나스키의 기억을 상기시켰다.

"내 생각에 마커스 골드먼은 원고를 보내지 않았을 거야."

"대표님 말씀대로 그는 원고를 보내지 않았습니다."

"그럴 줄 알았어. 마커스와 토요일에 통화했는데 그야말로 황
소고집이야."

"어떻게 처리할까요?"

"리차드슨에게 전화해서 당장 소송에 착수하겠다고 말해."

바로 그 순간 마리사의 조수가 회의실 문을 두드리더니 안으
로 들어왔다. 조수가 양손에 종이 한 장씩을 들고 있었다.

"회의 중인 걸 알지만 방금 중요한 이메일이 들어와 가져왔습
니다."

"누가 보낸 건가?" 로이가 못마땅한 말투로 물었다.

"마커스 골드먼."

"이메일을 이리 가져와봐."

FROM : m.godlman@nobooks.com

날짜 : 2008년 6월 30일 월요일, 10시 24분

친애하는 로이

이 책은 말초신경을 자극하는 내용으로 독자들을 끌어모으려는 쓰레기가 아닙니다.

당신의 요구를 받고 쓰는 책이 아닙니다.

내가 먹고살 방법을 찾으려고 쓰는 책이 아닙니다.

내가 작가이기 때문에 쓰는 책입니다.

내가 모든 걸 빚지고 있는 어느 사람의 지난날을 되짚어보는 책입니다.

책의 첫 부분 몇 페이지를 첨부합니다.

마음에 들면 연락하세요. 마음에 들지 않으면 즉시 리차드슨에게 연락하시고, 법정에서 뵙죠.

마리사에게도 안부 전해주십시오.

마커스 골드먼

"첨부파일도 출력했나?"

"아직 안 했습니다."

"당장 출력해."

"네, 알겠습니다."

《해리 쿼버트 사건》(가제)

마커스 골드먼 지음

2008년 봄, 그러니까 내가 미국 문학계에서 새롭게 주목받는 작가가 된 지 일 년 만에 문제의 사건이 발생했고, 나는 그 사건을 깊이 파고 들어가 보기로 결심했다. 올해 나이 예순일곱 살인 대학 시절 은사 해리 쿼버트 교수, 이 나라에서 가장 존경받는 작가 가운데 한 사람인 그가 서른네 살 시절에 열다섯 살 소녀와 연인 관계였다는 사실을 알게 되었기 때문이다. 1975년 여름에 일어난 일이었다.

난 뉴햄프셔주 오로라에 위치한 해리의 집에 체류하고 있던 3월 어느 날에 그 사실을 알게 되었다. 해리의 서가를 살피다가 우연히 한 통의 편지와 사진 몇 장을 발견했기 때문이다. 나는 그 일이 2008년에 일어난 가장 끔찍한 사건의 서막이 되리라고는 전혀 예상하지 못했다.

[…]

엘리야 스턴에 대해서는 놀라와 같은 반 친구였고, 현재까지 오로라에 살고 있는 낸시 해러웨이가 귀띔해주었다. 그 당시 놀라가 낸시에게 콩코드의 사업가 엘리야 스턴과의 관계를 털어놓았다고 했다. 엘리야 스턴은 루터 칼렙이라는 이름을 가진 운전기사를 오로라로 보내 놀라를 찾아 집으로 데려오게 했다.

나는 루터 칼렙에 대한 정보가 전혀 없다. 페리 게할로우드 경사가 말하길 당장은 엘리야 스턴을 경찰서로 소환해 신문할 생각이 없다고 잘라 말했다. 현 단계에서는 엘리야 스턴을 수사에 끌어들일 명분이 없다고 판단한 것으로 보인다. 그런 까닭에 나는 혼자 엘리야 스턴의 정체를 알아보려고 한다. 인터넷 검색을 통해 나는 그가 하버드 대학에서 공부했고, 그 학교 동문회 일에 항상 적극적으로 참여하고 있다는 사실을 알게되었다. 그는 예술에 관심이 많아 보이고, 실제로 자타가 공인하는 예술 후원가이기도 하다. 어쨌든 모든 면에서 부정적인 모습이 보이지 않는 인물이다. 우연의 일치라면 해리가 살고 있는 구즈코브의 집이 원래 그의 소유였다는 것이다.

∞

내가 처음으로 엘리야 스턴에 대해 쓴 부분이었다. 이제 막 그부분 집필을 끝낸 나는 2008년 6월 30일 아침에 로이 바나스키에게도 원고를 보내주었다. 그런 다음 나는 즉시 콩코드를 향해 출발했다. 엘리야 스턴을 만나 그와 놀라를 이어주는 끈이 무엇인지 알아볼 생각이었다. 콩코드로 가는 도로에 진입해 30분가량 달렸을 때 전화벨이 울렸다.

"여보세요?"

"로이 바나스키야."

"내가 보낸 이메일을 받았습니까?"

"자네가 보낸 원고를 읽어봤는데 근사해. 자네 말대로 하자고."

"정말입니까?"

"마음에 든다고 했잖아. 끝이 어떻게 될지 궁금해 죽을 지경이야."

"저 역시 그 사건의 끝을 알고 싶습니다."

"우리, 지난번 계약은 취소하고, 빨리 새로운 원고를 써보는 거야."

"그 대신 내 방식대로 써야 합니다. 책에 어떤 내용을 담을지는 내가 결정합니다. 다른 사람의 아이디어는 전혀 필요하지 않고, 당신의 검열도 받아들이지 않겠습니다."

"자네 좋을 대로 해. 내 조건은 딱 하나야. 그 책을 가을에는 반드시 출판해야 한다는 거야. 오바마가 민주당 후보가 된 이후 그가 쓴 책들이 날개 돋친 듯이 팔리고 있어. 이 사건에 관한 책도 빨리 나와야 더욱 주목받을 수 있을 거야. 그래야 대통령 선거 광풍에 휩쓸리지 않고 책을 팔 수 있어. 가을에 책을 내려면 8월 말까지 원고를 보내야 해."

"8월 말이면 고작 두 달 남았는데요."

"두 달이면 충분하잖아?"

"너무 짧아요."

"무조건 써. 난 자네 원고를 올가을 최고 히트작으로 만들 자신이 있어. 해리 쿼버트도 자네가 이 사건을 소재로 글을 쓰기로 한 사실을 알고 있나?"

"아직 모릅니다."

"해리 쿼버트에게 미리 말해두는 게 좋아. 원고 집필이 어느 정도 진척되었는지 중간중간 경과를 알려줘."

내가 전화를 끊으려는 순간 로이가 나에게 물었다.

"마커스, 잠깐만!"

"뭔데요?"

"자넨 무엇 때문에 마음을 바꾸었나?"

"여러 번 협박을 받았죠. 누군가가 제가 발견하게 될 진실에 대해 굉장히 불안해하고 있다는 느낌이 듭니다. 그래서 진실을 밝히는 책이 있어야 한다고 생각하게 되었습니다. 해리와 놀라를 위해서도 꼭 필요한 책입니다. 작가의 책무이기도 하고요."

로이는 이미 내 말을 듣고 있지 않았다. 그는 협박이라는 말에만 유독 관심을 보였다.

"협박이라고?" 로이가 되물었다. "굉장한 광고가 되겠어. 자네가 살해 협박 대상이 되었다고 생각해봐. 그 즉시 전체 매출액에 0을 하나 덧붙여야 할 거야. 만일 자네가 정말로 살해된다면 0이 두 개쯤 더 붙어야겠지."

"제가 책을 다 쓰고 살해되어야 그렇겠죠."

"당연하지. 자네 지금 어디 있나? 통화 음질이 별로 안 좋아."

"고속도로를 달리고 있습니다. 엘리야 스턴을 만나러 가는 길입니다."

"자네는 엘리야 스턴이 해리 쿼버트 사건에 연루되었다고 생각하나?"

"나도 그걸 밝혀내려고 합니다."

"자넨 완전히 돌았어. 그래서 내가 자네를 좋아하지만."

∞

엘리야 스턴은 콩코드의 대저택에 살았다. 저택으로 들어가는 진입로의 철문이 열려 있어 나는 차를 운전해 포석 깔린 길로 들어섰다. 무리 지어 탐스럽게 피어 장관을 이루는 꽃들로 에워싸인 본채가 시야에 들어왔다. 본채 앞 작은 광장에는 청동 사자 형태의 분수대가 있었고, 제복 차림 운전기사가 호사스러운 세단의 뒷좌석을 열심히 닦고 있었다.

나는 차를 작은 광장 한가운데에 세우고, 멀찍이 떨어져 있는 운전기사에게 마치 서로 잘 아는 사이처럼 인사를 건넨 다음 당당하게 정문을 향해 걸어갔다. 저택에서 일하는 직원이 문을 열었다. 나는 이름을 밝힌 다음 엘리야 스턴을 만나러 왔다고 전했다.

"사전 약속을 하셨나요?"

"아뇨."

"사전 예약 없이는 스턴 씨를 만날 수 없습니다. 누가 손님을 여기까지 데려다주었습니까?"

"진입로 문이 열려 있던데요. 스턴 씨와 약속을 잡으려면 어떻게 해야 합니까?"

"스턴 씨와 직접 통화를 해야죠."

"이왕 찾아왔으니 스턴 씨를 만나게 해주십시오. 오래 걸리지 않을 겁니다."

"제 권한 밖의 일입니다."

"스턴 씨에게 놀라 켈러건과 관련해 물어볼 말이 있어 찾아왔다고 전해주십시오. 그렇게 말하면 만나보겠다고 할 겁니다."

직원은 잠시 기다리라고 하더니 금세 돌아왔다. "스턴 씨가 만나 뵙자고 하십니다." 직원은 홀을 가로질러 목재 장식물과 벽걸이 천으로 치장한 엘리야 스턴의 집무실로 나를 데려갔다. 대단히 기품 있고 우아한 남자가 일인용 소파에 앉아 엄격한 표정으로 나를 바라보았다.

"마커스 골드먼입니다." 내가 이름을 댔다. "사전 연락도 없이 갑자기 찾아왔는데 이렇게 만나주셔서 감사합니다."

"당신이 바로 마커스 골드먼 작가입니까?"

"네, 그렇습니다."

"무슨 일로 나를 만나러 왔나요?"

"놀라 켈러건 사건을 조사하고 있습니다."

"놀라 켈러건 사건은 경찰 수사가 다 끝나지 않았나요?"

"아직 풀지 못한 수수께끼들이 남아있습니다."

"수사는 경찰이 하는 일 아닌가요?"

"저는 그 사건의 유력한 용의자로 지목된 해리 쿼버트의 제자이자 친구입니다."

"그 사건이 나랑 무슨 상관이죠?"

"한때 오로라에 사셨더군요. 현재 구즈코브에 있는 해리 쿼버트의 집이 과거에는 스턴 씨 소유였고요. 내가 알아본 정보가 틀리지 않다면요."

엘리야 스턴이 나에게 앉으라고 손짓했다.

"그 정보들은 정확합니다. 난 1976년에 그 집을 해리 쿼버트에게 팔았습니다. 그가 작가로 성공을 거둔 직후였죠."

"개인적으로 해리 쿼버트를 아십니까?"

"그가 오로라에 정착한 초기에 몇 번 만나 봤습니다. 서로 연락하고 지낼 만큼 가까운 사이는 아니었고요."

"오로라와는 어떻게 인연을 맺게 되었는지 물어봐도 되겠습니까?"

엘리야 스턴이 불쾌하다는 듯이 나를 쳐다보았다.

"지금 나를 심문하는 겁니까?"

"오해하지 마십시오. 스턴 씨처럼 재계에서 명망이 높은 분이 왜 오로라처럼 작은 도시에 집을 마련했었는지 궁금해서 물어봤습니다. 동부 해안의 다른 도시들에 비해 오로라는 특별히 내세울 게 없는 곳이니까요."

"내 부친이 그 집을 지었습니다. 부친은 콩코드에서 가까운 바닷가에 집을 갖고 싶어 했죠. 오로라는 크고 화려하진 않아도 경치가 아름다운 곳입니다. 콩코드나 보스턴과 가깝고요. 어렸을 때 난 오로라에서 여름을 보내길 좋아했습니다."

"그런데 왜 집을 팔았습니까?"

"부친이 돌아가시고 난 후 나는 엄청난 재산을 물려받았습니다. 오로라에서 보낼 시간적 여유가 없어 한동안 그 집을 이용하지 못했고, 거의 10년 동안 임대로 내놓았습니다. 세입자들이 드물어 집을 자주 비워두었는데 해리 쿼버트가 사겠다고 나서기에 즉시 매도했습니다. 그야말로 아주 헐값에 매도한 셈이죠. 난 그 집에서 누군가 계속 살 수 있게 되어 기뻤습니다. 난 보스턴에서 여러 가지 사업을 하던 시기에는 자주 오로라에 들렀습니다. 제법 오랫동안 여름 무도회를 후원하기도 했죠. 오로라의 〈클락스 식당〉을 자주 이용했는데 인근 지역을 통틀어 가장 맛있는 햄버거를 제공하는 곳입니다. 적어도 내가 오로라에 자주 가던 당시에는 그랬죠."

"놀라 켈러건에 대해 알고 있었습니까?"

"그 아이가 실종되는 사건이 벌어지자 뉴햄프셔주에서 발행되는 모든 신문이 그 사건을 다루었으니 모를 리 없죠. 그 아이의 사체가 발견되었다고 들었습니다. 해리 쿼버트가 그 아이와의 사랑을 소재로 책을 썼다는 말도 들었고요. 그야말로 추잡한 일입니다. 물론 나는 해리 쿼버트에게 집을 판 걸 후회합니다. 하지만 그 당시 나로서는 해리 쿼버트가 그런 인물인지 전혀 알 수 없었죠."

"서류상으로 보자면 놀라가 실종되었을 당시 스턴 씨가 구즈 코브 집의 소유주로 되어있던데요."

"내가 놀라 켈러건의 죽음에 연루되었다고 의심하는 겁니까? 나는 오히려 해리 쿼버트가 정원에 매장한 놀라 켈러건의 사체를 아무도 발견하지 못하도록 하려고 그 집을 구입한 건 아닌지 의심이 들던데요."

엘리야 스턴은 신문 보도를 보고 놀라를 알았다고 했다. 나는 그가 놀라와 부적절한 관계를 맺고 있었다는 사실을 알고 있는 증인이 있다고 말하려다가 그만두었다. 일단 그 카드는 아껴두는 게 좋을 듯했다. 그 대신 그를 도발해볼 계산으로 루터 칼렙을 언급했다.

"루터 칼렙을 아십니까?" 내가 슬쩍 물었다.

"*루터 칼렙*이라고요?"

"그를 아는지 물었습니다."

"루터 칼렙을 아는지 묻는 걸 보니 그가 오랫동안 내 차를 운전한 사람이라는 걸 알고 있겠군요. 무슨 꿍꿍이속으로 그를 아는지 물었나요?"

"놀라가 실종되기 직전 여름에 루터 칼렙이 운전하는 차에 오르는 모습을 여러 번 목격한 증인이 있습니다."

엘리야 스턴이 위협적으로 나를 손가락질 했다.

"이미 죽은 사람을 소환해 욕보이는 행위를 그만두길 바랍니다. 루터는 살아생전 정직하고 용감한 사람이었습니다. 나는 어느 누구라도 루터의 이름을 더럽힐 경우 가만두지 않을 겁니다."

"루터 칼렙이 죽었습니까?"

"벌써 오래전에 고인이 되었습니다. 루터가 오로라에 자주 간 건 사실입니다. 구즈코브 집을 루터가 관리했으니까요. 루터는 대단히 관대한 사람이었습니다. 오로라의 몇몇 지질한 인간들이 루터가 이상한 사람이었다고 헛소리를 할 수도 있을 겁니다. 루터가 평범하지 않은 사람이었던 건 맞습니다. 끔찍하게 일그러진 얼굴에 말할 때 발음이 어눌해 무슨 말을 하는지 알아듣기 힘들었거든요. 그렇지만 루터는 심성이 착한 사람이었고, 감수성이 남달리 뛰어났습니다."

"루터 칼렙이 놀라의 실종과 관련 있을지도 모른다는 생각을 가져본 적이 없습니까?"

"아니요, 단 한 번도 루터를 의심해본 적 없습니다. 나는 경찰과 마찬가지로 해리 쿼버트가 범인이라고 생각합니다."

"저는 해리가 범인이라고 생각하지 않습니다. 스턴 씨를 찾아온 이유도 해리의 무죄를 밝히기 위해서입니다."

"놀라의 사체를 해리의 집 정원에서 찾아냈고, 그가 쓴 원고가 유골 옆에 놓여 있었습니다. 해리 쿼버트가 놀라와의 만남을 소재로 쓴 책이라고 하더군요. 그 이상 무슨 증거가 더 필요합니까?"

"놀라와 있었던 일들을 소재로 글을 썼을 뿐 살인을 저지른 건 아니지 않나요?"

"당신이 나를 찾아와 그 사건과 관련 없는 과거를 들춰내고, 죽은 지 오래인 루터까지 소환하는 걸 보니 수수께끼를 푸는 데 애로사항이 많아 보이는군요. 자, 오늘 면담은 여기까지 하겠습니다."

엘리야 스턴이 직원을 부르더니 나를 문까지 배웅해주라고 했다.

나는 엘리야 스턴과의 만남이 아무런 소득 없이 끝나 찜찜한 기분을 느끼며 그의 집무실을 나섰다. 차라리 낸시가 했던 말을 그대로 들이댈 걸 그랬다는 후회가 일었다. 하지만 낸시의 증언 말고는 엘리야 스턴을 놀라와 결부시킬 자료가 없었다. 페리 게할로우드 경사의 말대로 낸시의 증언만으로는 아무것도 증명할 수 없는 만큼 좀 더 구체적인 증거가 필요했다.

나는 그냥 돌아가기에는 왠지 허전해 스턴의 저택을 둘러보기로 했다. 현관 로비에 도착했을 때 나는 직원에게 잠시 화장실에 다녀와도 되는지 물었다. 직원은 나를 아래층에 있는 손님용 화장실로 안내해주고 나서 현관 앞에서 기다리겠다고 했다. 직원이 모습을 감추자마자 나는 황급히 눈앞에 보이는 복도로 달려가 탐사에 나섰다. 나는 이 집에서 무엇을 찾아내야 하는지 목표가 분명치 않았지만 서둘러야 한다는 사실만은 알고 있었다. 이 집에 와있는 지금이 놀라와 엘리야 스턴의 연결고리를 찾아낼 수 있는 유일한 기회라는 생각이 들기도 했다.

나는 두근거리는 가슴을 애써 진정시키며 제발 사람이 없기를 바라는 마음으로 몇 개의 출입문을 열어보았다. 화려하게 장식되었으나 사람이 없는 빈방들이었다. 방의 창문을 통해 관리가 잘된 정원이 보였다. 또다시 문을 열자 서재가 눈에 들어왔다. 나는 안으로 들어가 캐비닛을 열어보았다. 서류철이며 각종 서류들이 쌓여 있었다. 나의 관심사와는 거리가 먼 서류들이었다. 나는 분명 뭔가 찾고 싶은 게 있었는데 그게 뭔지 떠오르지 않았다. 사건이 발생한 지 33년이 지난 지금 엘리야 스턴의 집이 더딘 진행을 보이는 나의 조사에 시원한 청량제가 되어줄 증거를 제공해줄지 의문이었다.

이제 정말 시간이 없었다. 내가 나타나지 않으면 직원이 화장실로 찾으러 올 게 뻔했다. 이윽고 두 번째 나온 복도를 따라갔다. 복도 끝에 유일한 출입문이 있어 나는 무조건 안으로 들어갔다. 덩굴식물들이 외부의 시선을 차단해주는 넓은 베란다가 눈에 들어왔다. 여러 개의 이젤, 그리다가 만 캔버스 몇 개, 작은 책상에 흩어져 있는 붓 따위가 보였다. 어느 모로 보나 화가의 아틀리에였다. 벽면에는 다양한 그림들이 걸려 있었다. 그림들 가운데 하나가 내 눈길을 끌었다. 오로라로 들어서기 직전에 있는 바닷가 현수교를 그린 그림이었다. 이제 보니 모든 그림의 배경이 오로라였다. 그랜드비치, 오로라의 중심가, 〈클락스 식당〉도 있었다. 놀라울 정도로 사실적인 그림들이었고, 예외 없이 L. C. 라는 사인이 들어있었다.

1975년 이후로 날짜가 표시된 작품은 전혀 없었다. 바로 그때 또 하나의 그림이 내 시선을 잡아끌었다. 다른 그림들보다 더 큰 작품이었다. 그 그림 앞에 일인용 소파가 놓여 있었고, 유일하게 전용 조명이 설치되어 있었다. 젊은 여인의 초상화로 가슴 윗부분만 그렸지만 누구나 그 여인이 옷을 벗고 있다는 사실을 알 수 있었다.

나는 가까이 다가가 그림 속 여인의 얼굴을 유심히 들여다보았다. 분명 내 눈에도 낯설지 않은 여인이었다. 잠시 더 들여다보고 나서야 나는 별안간 그림의 주인공이 누구인지 깨닫고 충격에 휩싸였다.

의심할 여지 없이 놀라였다. 나는 휴대폰을 꺼내 그 그림을 사진으로 찍고 나서 그 방을 나왔다. 직원이 현관 앞에서 발을 동동 구르고 있었다. 나는 직원에게 짐짓 태연하게 인사를 건네고 나서 엘리야 스턴의 저택을 빠져나왔다. 진땀에 젖은 몸이 부들부들 떨렸다.

∞

엘리야 스턴의 저택을 나온 지 30분 만에 나는 뉴햄프셔주 경찰청 건물로 페리 게할로우드 경사를 찾아갔다. 그는 내가 사전에 상의도 하지 않고 혼자 엘리야 스턴을 보러 갔다는 말을 듣더니 잔뜩 화가 나서 노발대발했다.

"당신은 구제 불능이군요."

"그냥 얼굴을 한번 보고 왔을 뿐입니다." 내가 구차하게 변명했다. "초인종을 누르고 엘리야 스턴을 만나러 왔다고 했더니 그가 만나주더군요. 내가 그리 큰 잘못을 저지른 건 아닌 것 같은데요."

"내가 당장 엘리야 스턴을 만나는 건 시기상조라고 했잖아요."

"자꾸 기다리기만 하면 뭐가 생기는데요? 하늘에서 증거들이 우박처럼 저절로 쏟아지길 바랍니까? 경사님이 엘리야 스턴과 엮이길 싫어하는 듯해 내가 나선 겁니다. 경사님은 계속 신중히 기다리기만 하세요. 난 적극적인 행동으로 나설 테니까. 내가 엘리야 스턴의 저택에서 건져온 걸 보여줄 테니 보고 나서 평가해보세요."

나는 휴대폰으로 찍은 사진을 페리에게 보여주었다.

"맙소사! 이 그림의 주인공이 놀라 아닌가요?"

"놀라가 분명합니다. 엘리야 스턴의 저택에 놀라 켈러건의 초상화가 있더라는 말입니다."

　나는 사진을 페리의 휴대폰으로 전송했다. 페리가 사진을 확대해 출력했다.

　"놀라가 분명해요." 페리가 서류철에 보관해온 실종 당시 놀라의 사진과 방금 출력한 사진을 비교하며 말했다. "의심할 여지가 없어요."

　"엘리야 스턴과 놀라의 관계를 입증할 수 있는 그림입니다. 낸시는 놀라가 엘리야 스턴과 부적절한 관계를 유지했다고 증언했는데 사실로 확인된 셈입니다. 엘리야 스턴의 저택 아틀리에에 놀라의 초상화가 있다는 게 그 증거입니다. 해리의 집은 1976년까지 엘리야 스턴의 소유로 되어있었습니다. 놀라가 실종되었을 당시 집의 소유주는 엘리야 스턴이었던 겁니다. 우연치고는 뭔가 이상해 보이지 않나요? 서둘러 수색영장을 청구하고, 엘리야 스턴의 저택에 경찰을 급파하세요. 당장 엘리야 스턴의 저택을 압수 수색하고, 그를 유치장에 가두어야 합니다."

　"압수 수색 영장을 청구하라고요? 무슨 근거로? 당신이 찍어온 사진들은 주인의 허락 없이 찍어왔으니 불법 촬영에 해당됩니다. 불법으로 수집한 증거는 법정에서 효력이 없습니다. 당신은 수색영장도 없이 타인의 집을 뒤졌습니다. 엘리야 스턴을 꼼짝없이 옭아매려면 놀라의 초상화가 필요합니다. 수상쩍은 당신이 그 집에 다녀왔으니 엘리야 스턴은 분명 그 그림을 치워버렸을 겁니다."

"내가 놀라의 초상화를 보았다는 걸 엘리야 스턴이 아직 모를 텐데요. 엘리야 스턴 앞에서 루터 칼렙에 대해 언급했더니 그가 대뜸 짜증을 내더군요. 놀라의 초상화까지 그려주었으면서 그 아이를 아는지 물었더니 언론보도를 보고 나서야 알게 되었다고 했고요. 사실 난 그 그림을 그린 사람이 누군지 모릅니다. 아틀리에에 걸려 있는 모든 그림에 하나같이 L. C.라는 사인이 들어가 있더군요. L. C.가 혹시 루터 칼렙의 이니셜일까요?"

"이번 사건 수사는 내가 바라지 않는 양상으로 변질되어 가고 있습니다. 엘리야 스턴을 집중 수사하다가 실패할 경우 첫 단추를 잘못 끼워 일을 그르친 결과가 될 테니까요."

"경사님 심정은 충분히 이해하지만 미리부터 실패를 걱정할 필요가 있을까요?"

"해리를 찾아가 엘리야 스턴에 대한 이야기를 해보세요. 그를 확실하게 옭아매려면 더욱 분명한 단서가 필요합니다. 난 루터 칼렙이 어떤 인물이었는지 파헤쳐보겠습니다. 우리에게는 빼도 박도 못하는 증거가 필요하니까요."

∞

뉴햄프셔주 경찰청에서 교도소로 향하는 차 안에서 나는 라디오 뉴스로 해리의 작품들이 학교 교육 프로그램에서 모두 배제

되었다는 소식을 들었다. 불과 2주 만에 해리는 그동안 쌓아온 커리어와 재산을 한꺼번에 모두 잃게 되었다. 해리는 이제 아무도 읽지 않는 작가, 학교에서 퇴출된 교수, 온 국민이 증오하는 파렴치한이 되어있었다. 수사의 결론이 어떻게 도출되든 해리는 이미 재기 불가로 보일 만큼 깊이 추락해갔다.

문화계에서는 괜한 추문에 휩쓸려들까봐 해리 쿼버트의 작품에 대해 이야기하길 꺼려했다. 이미 문화계에서는 해리의 사형 집행이 이루어진 것이나 진배없었다. 해리는 현재 상황이 얼마나 고약한 방향으로 전개되는지 어느 누구보다 잘 알고 있었다. 해리가 접견실에 들어오자마자 나를 향해 말했다.

"사람들이 나를 죽이려고 하면 어쩌지?"

"아무도 선생님을 해치지 못할 거예요."

"난 이미 죽은 목숨이나 진배없어."

"여전히 저에게는 위대한 해리 쿼버트입니다. 기억하시겠지만 선생님이 저에게 추락하는 방법을 알아야 한다고 했잖아요. '중요한 건 추락이 아니다. 추락을 피할 수는 없으니까. 무엇보다 중요한 건 추락했다가 다시 일어서는 것이다'라고 했고요. 우리는 반드시 다시 일어날 겁니다."

"자네가 나와의 우정에 진실을 정확하게 보지 못할 수도 있어. 진실은 내가 놀라와 데보라 쿠퍼를 살해했는지 아닌지를 알아내는 게 아닐 수도 있어. 내가 놀라와 관계를 맺은 것 자체만으로도 이미 용서받을 수 없는 짓을 저지른 거야. 난 도대체 무슨 생각으로 《악의 기원》을 썼을까?"

해리는 반쯤 체념적으로 말하고 있었지만 나는 같은 말을 반복할 수밖에 없었다.

"두고 보세요, 우리는 다시 일어설 겁니다. 내가 복싱 경기장으로 쓰던 로웰의 창고에서 죽도록 얻어터진 날을 기억하세요? 그날 나는 만신창이가 될 만큼 두들겨 맞고도 늠름하게 다시 일어섰습니다."

해리는 마지못해 희미한 미소를 짓고 나서 나에게 물었다.

"자네는 그 이후로도 또다시 협박을 받았나?"

"구즈코브 집으로 돌아갈 때마다 매번 이번에는 또 무엇이 기다리고 있을지 궁금할 지경입니다."

"자네를 협박한 사람이 누군지 꼭 찾아내야 해. 그를 찾아내 혼쭐을 내줘. 난 누군가가 자네를 위협하고 있다고 생각하면 견딜 수가 없어."

"너무 걱정 마십시오."

"자네가 하는 조사는 어찌 되어 가나?"

"제가 이 사건을 조사해가는 일련의 과정을 책으로 써볼 생각입니다."

"정말 잘된 일이야."

"선생님에 대한 책일 수도 있습니다. 그 책에서 선생님과 저의 이야기, 버로스 대학 이야기를 할 겁니다. 선생님과 놀라의 사랑 이야기도 다룰 생각입니다. 난 선생님의 사랑 이야기를 믿습니다."

"나에게 힘을 주는 오마주로군."

"저를 축복해 주시겠습니까?"

"자네는 분명 나랑 가장 친한 친구들 가운데 하나였어. 뛰어난 작가적 재능을 보유한 자네의 다음 작품 주제가 내가 될 거라니 기분이 좋아."

"선생님, 그런데 왜 과거 시제로 말씀하시죠? 왜 제가 가장 친한 친구들 가운데 하나였다고 말씀하세요? 우리는 지금도 가장 친한 친구 아닌가요?"

해리가 서글픈 눈길로 나를 바라보았다.

"어쩌다가 실수로 말이 그렇게 나왔을 뿐이야."

나는 양손으로 해리의 어깨를 잡았다.

"우리는 예나 지금이나 변함없는 친구입니다. 저는 결코 선생님이 추락하도록 내버려두지 않습니다. 이번에 제가 쓰는 책이 저의 변치 않는 우정을 증명해줄 겁니다."

"난 자네 말에 크게 감동받았어. 나로서는 정말 고맙기 그지없는 말이지. 하지만 우리의 우정이 그 책의 주제가 되어서는 안 돼."

"왜 그런지 말씀해주세요."

"버로스 대학에서 자네가 학사 학위를 받던 날 우리가 나눈 대화를 기억하나?"

"기억하다마다요. 그날 우린 둘이 제법 오래도록 버로스 대학 캠퍼스를 걸었잖아요. 복싱 연습실에도 가보고. 선생님이 이제부터 무얼 할 건지 물어서 저는 책을 쓸 거라고 대답했죠. 그랬더니 선생님은 또 왜 책을 쓰려고 하는지 물었죠. 저는 글을 쓰는 걸 좋아하기 때문이라고 대답했고, 그러자 선생님이 뭐라고 덧붙였는데…….”

"그때 내가 뭐라고 말했지?”

"인생은 그다지 큰 의미가 없지만 글쓰기가 인생에 의미를 부여해줄 거라 했죠.”

"몇 달 전, 로이 바나스키가 새 원고를 가져오라고 독촉했을 때 자넨 실수를 했어. 인생에 의미를 부여하기 위한 글이 아니라 써야 한다는 당위성 때문에 글을 쓰려고 했으니까. 원고를 출판사에 넘겨주기로 계약되어 있기 때문에 억지로 글을 쓰는 건 의미가 없어. 그런 의미에서 보자면 자네가 한동안 글을 한 줄도 쓰지 못했던 건 전혀 놀라운 일이 아니야. 글쓰기 재능은 문장을 잘 쓰는 것만이 아니라 인생에 새로운 의미를 부여할 수 있는 능력을 뜻해. 매일이다시피 사람들이 태어나고 죽어가. 매일 회사원들이 주어진 일을 하기 위해 대형 건물로 들어갔다가 오후 늦은 시간이 되면 밖으로 나와. 매일 반복되는 일상을 지속하는 회사원들이 있다면 작가들은 다른 곳에 존재하는 사람들이야. 난 회사원들에 비해 작가는 훨씬 더 강렬한 인생을 산다고 생각해. 마커스,

우리의 우정을 위해 글을 쓰지는 마. 자네의 글이 우리가 인생이라고 부르는 하찮고 가치 없는 길을 영광스러운 길로 만들어줄 수 있는 유일한 수단으로 판단될 경우에만 글을 써야 해."

나는 해리를 한참 동안 물끄러미 바라보았다. 마치 해리 쿼버트 교수의 마지막 강의를 들으러 온 학생이 된 느낌이었다.

해리가 다시 말을 이었다.

"놀라는 오페라를 좋아했는데 푸치니의 〈나비부인〉을 첫손가락에 꼽았어. 그 아이는 슬픈 사랑 이야기를 다룬 오페라가 가장 아름답다는 말도 했지."

"놀라가 오페라를 좋아하다니 의외네요."

"열다섯 살 소녀가 미치도록 오페라를 좋아한다니까 이해하기 쉽지는 않을 거야. 놀라는 자살 시도 후 열흘 정도 '샬롯츠 힐'에서 지냈어. 일종의 요양원인데 오늘날로 치자면 정신병원이지. 나는 간혹 그곳으로 놀라를 만나러 갔어. 그럴 때마다 오페라 음반을 준비해 휴대용 전축으로 같이 들었지. 놀라는 오페라 음악을 들을 때면 크게 감동해 눈물을 글썽이곤 했어. 할리우드에 가서 배우가 되거나 브로드웨이에 가서 뮤지컬 가수가 되고 싶다고도 했지. 그러면 난 놀라가 미국 역사상 가장 위대한 가수가 될 거라고 말해주었어."

"놀라의 부모가 그 아이를 해쳤을 수도 있다고 생각하세요?" 내가 물었다.

"아니, 그럴 가능성은 희박해. 난 켈러건 목사가 딸을 살해했을 거라고는 상상하기 힘들어."

"놀라는 허구한 날 엄마에게 매를 맞았다고 했어요. 앨라배마에서 켈러건 가족에게 어떤 일이 있었는지 아시죠?"

"매질 말인가?"

"놀라가 앨라배마에서 왜 오로라로 이주하게 되었는지 이야기하던가요?"

"켈러건 가족이 앨라배마에서 이주한 건 알고 있었지만 구체적인 이유는 몰라."

"앨라배마에서 어떤 사건이 있었고, 켈러건 가족이 이주를 결정하게 된 동기로 작용한 것 같아요. 다만 그 사건이 뭔지 알 수가 없어요. 누가 그 사건에 대해 귀띔해줄지도 알 수 없고요."

"이 사건을 깊이 파고들수록 의문 부호만 자꾸 늘어나는 느낌이 들어."

"단지 느낌만은 아닙니다. 타마라는 선생님과 놀라에 대해 진작부터 눈치채고 있었다고 하더군요. 선생님이 타마라가 애써 준비한 가든파티를 망쳐버리는 바람에 크게 분노한 그녀는 구즈코브 집으로 찾아갔다고 하더군요. 문을 두드렸지만 선생님이 부재중이라 집 안으로 들어가 서재를 뒤졌다더군요. 그때 선생님이 놀라에 대해 쓴 글이 적힌 종이를 발견하게 되었나봐요."

"자네 이야기를 듣고 나니 그 당시 종이 한 장이 사라진 사실이 떠오르는군. 난 그 종이가 어디 있는지 한참 동안 찾아 헤맸지만 끝내 찾을 수 없었어. 내가 부주의해 종이를 잃어버렸다고 생각했지만 한편으로 많이 놀랐어. 난 항상 정리를 잘하는 사람이었으니까. 타마라는 그 종이를 어떻게 했다던가?"

"타마라도 그 종이를 잃어버렸답니다."

"익명의 편지도 타마라가 보낸 건가?"

"그건 아닌 듯합니다. 타마라는 놀라와 선생님 사이에 뭔가 일이 있었을 거라고 감히 상상해본 적도 없다고 했어요. 타마라는 선생님이 놀라에 대해 환상을 품고 있었다고 생각했나봐요. 혹시 프랫 서장이 놀라 실종 당시 선생님을 심문할 때 그 일에 대해 언급하던가요?"

"아니, 전혀."

정말이지 이상한 일이었다. 타마라가 분명 해리와 놀라와의 관계를 귀띔해주었는데 프랫 서장은 왜 해리를 심문할 때 그 문제를 추궁하지 않았을까?

나는 놀라의 초상화에 대해 언급하지 않고, 엘리야 스턴이라는 이름을 꺼내보았다.

"엘리야 스턴?" 해리가 되물었다. "그 사람, 잘 알아. 구즈코브 집의 소유주였으니까. 난《악의 기원》이 성공한 이후 엘리야 스턴이 소유하고 있던 그 집을 샀어."

"엘리야 스턴을 만난 적이 있어요?"

"1975년 여름에 집 문제로 몇 번 만났을 뿐이야. 그를 처음 만난 건 여름 무도회 때였어. 우연히 그와 같은 테이블에 앉게 되었지. 가만히 앉아 있어도 호감과 신뢰를 주는 사람이더군. 그 후로도 몇 번인가 그를 만났는데, 언제나 너그러울뿐더러 나에 대해 신뢰감을 갖고 있었어. 문화계의 발전을 위해 투자도 많이 했고, 천성적으로 선한 사람으로 보였지."

"엘리야 스턴을 마지막으로 본 건 언제였나요?"

"집에 대한 매매 계약서를 작성할 때였을 거야. 그러니까 1976년 말쯤이었겠지. 그런데 왜 뜬금없이 엘리야 스턴에 대해 자꾸 묻는 건가?"

"방금 전 언급한 여름 무도회가 바로 타마라 퀸이 딸 제니를 데리고 가주길 바랐다는 무도회를 말하는 건가요?"

"그래, 바로 그 무도회야. 난 결국 혼자서 무도회에 갔어. 그 야말로 쓸쓸한 저녁이었지. 그날, 내가 행운권 추첨 때 1등 상을 받았다는 게 믿어지나? 상품은 마서즈 빈야드 섬 일주일 여행권이었지."

"그래서 마서즈 빈야드에 다녀오셨어요?"

"물론이지."

∞

그날 저녁, 구즈코브의 집에 돌아온 나는 로이 바나스키가 보낸 이메일을 받았다. 그 어떤 작가도 절대로 거절할 수 없는 계약 내용이 담긴 이메일이었다.

FROM : r.barnaski@schmidandhanson.com
날짜 : 2008년 6월 30일 월요일, 19시 54분

친애하는 마커스

난 자네가 쓰기로 한 책 내용이 마음에 들어. 우리가 오늘 아침에 나눈 통화 내용에 기반해 계약서를 작성해 첨부하니 잘 읽어보길 바랄게.

다만 최대한 빨리 원고를 써. 오늘 아침에 통화할 때 이미 말했다시피 나는 가을에 책이 출판되길 바라. 난 자네가 쓴 책이 대성공을 거두리라 확신해. 워너브라더스도 벌써 그 책을 영화로 만들 생각을 하고 있어. 영화 판권은 자네 몫이라는 걸 잘 알 거야.

첨부파일로 들어온 계약서에 따르면 로이는 내게 1백만 달러의 선인세를 지급하기로 되어있었다.

그날 밤, 끈질긴 잡념이 머리를 떠나지 않아 오래도록 잠을 이루지 못했다. 10시 30분에 엄마의 전화를 받았다. 뒤에서 뭔가 소리가 들리는 가운데 엄마가 속삭이듯이 말했다.

"마키, 넌 지금 내가 누구랑 같이 있는지 아니?"

"아버지 말고 누가 또 있겠어요?"

"우리 부부는 뉴욕에서 저녁 시간을 보내기로 했고, 콜럼버스 서클 근처에 있는 이탈리안 식당에서 저녁 식사를 하고 있어. 그런데 식당 입구에서 누굴 만났는지 알아? 너의 비서 드니즈와 우연히 마주쳤어."

"정말요? 세상 좁네요."

"순진한 척하지 마. 네가 무슨 짓을 저질렀는지 다 알고 있으니까. 드니즈가 다 말해주더구나."

"드니즈가 무슨 말을 했는데요?"

"네가 그 아이를 해고했다던데?"

"해고라니, 말도 안 돼요. 난 드니즈가 좀 더 좋은 환경에서 일하길 바랐고, 〈슈미드 앤드 핸슨〉에 일자리를 알아봐주었어요. 아무튼 난 출판을 앞둔 책이나 프로젝트가 전혀 준비되지 않은 형편이라 드니즈를 더는 붙잡아둘 수 없었다고요. 그래도 최소한 일자리를 알아봐주어야 한다고 생각했고, 〈슈미드 앤드 핸슨〉에서 일할 수 있도록 소개해준 거예요."

"아무튼 식당 문 앞에서 드니즈와 우연히 마주쳤는데 우린 그 순간 서로 반갑게 얼싸안았단다. 드니즈도 네가 많이 그립다고 하더라."

"엄마, 제발 부탁인데 드니즈를 자꾸만 저랑 엮으려고 하지 마세요."

엄마는 은밀한 이야기를 나누듯 더욱 낮은 목소리로 말했고, 어찌나 목소리가 작은지 내 귀에 거의 들리지 않았다.

"나에게 좋은 생각이 있으니까 잘 들어봐."

"무슨 생각인데요?"

"솔제니친이 누군지 알지?"

"저명한 작가잖아요."

"어제저녁에 우연히 솔제니친에 관한 다큐멘터리 영화를 봤어. 내가 그 영화를 본 건 분명 하늘이 도와서일 거야. 솔제니친은 비서랑 결혼했고, 난 오늘 너의 비서였던 드니즈를 만났어. 하늘이 너를 위해 준비한 매우 상서로운 신호가 아닐까? 드니즈는 품위도 있고, 여성 호르몬이 넘치는 아이야. 여자끼리는 금세 알아. 드니즈는 아이도 잘 낳을 것 같고, 일단 성격이 온순해서 마음에 들어. 드니즈가 매년 한 번씩 아이를 낳아줄 거야. 아이들을 양육하는 방법은 내가 가르쳐주면 될 테고. 넌 어떻게 생각해?"

"드니즈는 내 취향과 거리가 멀어요. 나이도 나보다 연상이고, 현재 사귀는 남자친구도 있다던데요. 난 드니즈와 사귀고 싶지 않아요."

"위대한 작가 솔제니친도 비서와 결혼해 잘 살았어. 너도 잘 생각해봐. 좋은 인연이 될 수도 있으니까. 하긴 드니즈가 어느 약해빠진 녀석과 같이 저녁을 먹고 있긴 하더라. 싸구려 향수 냄새를 풀풀 풍기는 애송이 녀석이야. 넌 유명 작가이고, *괴짜잖아.*

여자들 앞에서 자신감을 가져도 돼."

"*괴짜*는 이미 오래전에 마커스 골드먼에게 패했어요. 그 패배가 확정된 순간부터 저는 비로소 마커스 골드먼으로 살 수 있었다고요."

"그게 무슨 소리야?"

"엄마, 제발 부탁이니까 드니즈가 마음 편히 저녁 식사를 하도록 내버려두세요."

무려 한 시간 동안 엄마와 통화했다. 경찰 순찰차가 혹시 무슨 문제는 없는지 살피려고 다녀갔다. 내 나이 또래 경관이었는데 매우 호감이 가는 스타일이었다. 나는 경관들에게 커피를 대접했고, 그들은 잠시 집 앞을 순찰하겠다고 했다. 밤이 이슥해졌지만 날씨는 포근했고, 열린 창문으로 순찰차 보닛에 걸터앉아 담배를 피우면서 이야기를 나누는 경관들의 목소리가 들려왔다. 나는 문득 세상으로부터 혼자 멀리 떨어져 있다는 느낌이 들면서 외로움이 밀려왔다. 방금 전 내 책을 출판하는 조건으로 거액의 계약금을 받았고, 미국인들이 선망하는 삶을 살고 있었지만 나에게는 여전히 부족한 부분이 있다는 느낌을 지울 수 없었다.

진정한 삶.

나에게는 바로 진정한 삶이 없었다. 나는 야심을 채우기 급급해 인생 초반부를 허비했다. 그 이후로도 계속 야심을 버리지 못했는데, 이제 와 곰곰이 생각해보면 도대체 언제쯤 단순하고 소박한 삶을 살게 될지 알 수 없었다.

나는 페이스북 계정에서 수천 명에 이르는 나의 가상 친구 목록을 훑어보았다. 그 많은 사람 가운데 맥주 한잔 마시자고 청할 사람이 단 한 명도 없었다. 나는 NHL(북미아이스하키 리그) 챔피언 결정전을 함께 보러 가고, 주말이면 캠핑을 떠나는 한 무리의 친구들과 어울리고 싶었다. 나는 나를 웃게 만들고 꿈꾸게 하는 상냥하고 부드러운 여자를 만나고 싶었다. 나는 이제 더 이상 혼자가 아니고 싶었다.

해리의 서재에서 내가 엘리야 스턴의 집에서 찍어온 그림 사진들을 오래도록 살펴보았다.

그림을 그린 화가는 누구일까? 루터 칼렙? 엘리야 스턴?

누가 그렸는지 매우 아름다운 그림이었다. 나는 녹음기를 꺼내 그날 해리와 나눈 대화를 몇 번이나 반복해 들었다.

"난 자네 말에 크게 감동받았어. 나로서는 정말 고맙기 그지없는 말이지. 하지만 우리의 우정이 그 책의 주제가 되어서는 안 돼."

"왜 그런지 말씀해주세요."

"버로스 대학에서 자네가 학사 학위를 받던 날 우리가 나눈 대화를 기억하나?"

"기억하다마다요. 그날 우린 둘이 제법 오래도록 버로스 대학 캠퍼스를 걸었잖아요. 복싱 연습실에도 가보고. 선생님이 이제부터

무얼 할 건지 물어서 저는 책을 쓸 거라고 대답했죠. 그랬더니 선생님은 또 왜 책을 쓰려고 하는지 물었죠. 저는 글을 쓰는 걸 좋아하기 때문이라고 대답했고, 그러자 선생님이 뭐라고 덧붙였는데……."

"그때 내가 뭐라고 말했지?"

"인생은 그다지 큰 의미가 없지만 글쓰기가 인생에 의미를 부여해준다고 했죠."

해리의 조언을 되새기며 나는 컴퓨터 앞에 앉아 글을 쓰기 시작했다.

구즈코브, 어느새 자정이 되었다. 서재의 열린 창문으로 바다에서 불어온 바람이 방 안으로 흘러 들어왔다. 기분 좋은 느낌의 바람이었다. 밝은 달이 해변을 환하게 비추었다. 수사는 엄연히 진전이 있었다. 페리 게할로우드 경사와 나는 적어도 이 사건이 얼마나 많은 사람이 연루된 사건인지 차츰 깨달아가고 있었다.

나는 이 사건이 금지된 사랑 혹은 어느 여름날 밤에 가출한 소녀가 납치범을 만나 희생된 단순 사건으로 보지 않았다. 이 사건은 사회면의 울타리를 훌쩍 뛰어넘는 수준이 될 것이라는 예감이 들었다. 아직 풀리지 않은 수수께끼들이 너무 많았다.

· 1969년에 켈러건 가족은 데이빗 켈러건 목사가 인도하는 교

구가 높은 성장세를 기록하고 있던 때에 앨라배마주의 잭슨을 떠나 오로라로 이주했다. 켈러건 가족이 오로라로 이주한 까닭은 무엇일까?

· 1975년 여름, 해리는 해변에서 놀라를 처음 만나 서로 사랑하게 된다. 해리는 두 사람의 사랑 이야기에서 영감을 얻어《악의 기원》을 집필한다. 그런데 놀라는 그 당시 엘리야 스턴과도 관계를 맺고 있었다. 엘리야 스턴은 놀라의 누드를 그려 소장하고 있다. 놀라는 과연 어떤 아이인가? 다양한 캐릭터를 가진 일종의 뮤즈인가?

· 루터 칼렙은 이 사건에서 어떤 역할을 맡았을까? 낸시의 증언에 따르면 그가 오로라에 와서 놀라를 차에 태우고 콩코드로 데려갔다고 했다.

· 타마라 퀸을 제외하면 누가 놀라와 해리의 관계에 대해 알고 있었을까? 누가 해리에게 익명의 편지를 보냈을까?

· 왜 놀라 실종 사건을 수사한 프랫 서장은 타마라의 증언을 듣고도 해리를 불러 심문하지 않았을까? 혹시 프랫 서장이 엘리야 스턴은 심문했을까?

· 빌어먹을! 도대체 누가 데보라 쿠퍼와 놀라 켈러건을 살해했을까?

· 내가 이 사건을 조사하고 다니는 걸 못마땅해하는 인물은 누구일까?

해리 L. 쿼버트의
《악의 기원》에서 발췌 인용

비극은 일요일에 일어났다. 불행한 그 아이는 죽으려고 자살을 시도했다. 그 아이의 심장은 그를 위해서가 아니면 규칙적으로 뛸 기력을 상실했다. 그 아이가 살기 위해서는 그가 필요했다. 그 사실을 깨달은 이후 그는 매일이다시피 병원에 와서 남몰래 그 아이를 지켜보았다. 이토록 예쁘고 똑똑한 아이가 스스로 목숨을 끊으려고 했다는 사실이 그의 마음을 무겁게 짓눌렀다. 그는 그 아이에게 아무것도 해줄 수 없는 자신이 마음에 들지 않았다. 마치 아이가 스스로 목숨을 끊도록 만든 몹쓸 사람이 자기 자신이라는 듯이.

매일이다시피 그는 병원을 둘러싸고 있는 커다란 공원의 벤치에 앉아 그 아이가 햇볕을 쬐러 나오길 기다렸다. 그는 그 아이가 기력을 회복해가는 모습을 가까이에서 지켜보았다. 그 아이가 병실을 비운 틈을 타 그는 베개 밑에 한 통의 편지를 넣어두곤 했다.

내 사랑

넌 목숨을 끊으려 해서는 안 돼. 넌 천사이니까 절대로 죽지 않을 거야. 보다시피 난 절대로 너의 곁에서 멀리 떨어져 있지 않을 거야. 그러니까 제발 눈물을 닦아. 난 네가 슬퍼하는 모습을 지켜보는 게 너무 힘들어.

너의 입술에 키스를 보내. 너의 고통이 한시바삐 치유될 수 있도록.

내 사랑

잠자리에 드는 순간 당신의 편지를 발견하고 얼마나 놀랐는지 몰라요. 난 몰래 숨어서 이 편지를 쓰고 있어요. 병원 입원실에서는 취침 등을 끄고 나면 깨어 반드시 잠자리에 들어야 한답니다. 간호사들의 심술이 이만저만이 아니거든요. 하지만 나는 당신에게 편지를 쓰지 않고는 도저히 견딜수 없어요. 당신의 편지를 읽고 나서 당장 답장하지 않으면 못 견딜 것 같았죠. 당신에게 사랑한다고 말해주기 위해서라도.

난 당신과 함께 춤추는 꿈을 꿉니다. 나는 당신이 어느 누구도 흉내 낼 수 없을 만큼 춤을 잘 출 거라 확신해요. 난 당신에게 여름 무도회에 같이 가달라고 청하겠지만 우리가 함께할 수 없으리라는 걸 잘 알아요. 사람들이 우리가 함께 어울리는 모습을 보게 될 경우 우리 사이는 끝장이라고 당신은 말할 테죠. 어차피 여름 무도회가 열리는 날까지 난 병원에서 나가지 못할 거라고 생각해요. 하지만 우리가 사랑할 수 없다면 왜 살아야 하는지 의문을 지울 수 없어요. 그게 바로 내가 그 몹쓸 짓을 저지르면서 나 자신에게 던진 질문입니다.

난 영원히 당신을 사랑합니다.

나의 천사에게

언젠가 우리는 무도회에서 함께 춤을 추게 될 거야. 내가 약속할게. 언젠가 우리 사랑이 승리를 거두면 밝은 빛 한가운데서 서로를 사랑할 수 있는 날이 올 거라 확신해. 그때 우리는 해변으로 나가 밤새도록 함께 춤을 추는 거야. 우리가 처음 만난 날처럼. 넌 해변에 있을 때 가장 아름다우니까.

얼른 병이 나으면 우린 해변에서 함께 춤을 추게 될 거야.

내 사랑

해변에서 당신과 함께 춤출 날을 꿈꾸며 기다립니다.

언젠가 당신이 나를 해변에 데려가 우리 단둘이 춤추게
해주겠다고 약속해줘요.

18
마서즈 빈야드
매사추세츠 주, 1975년 7월 말

"우리 사회에서 너나없이 칭송하는 사람들이 누군지 아나? 교량을 놓거나 고층빌딩을 짓거나 대기업을 세워 성공하는 사람들이지. 그런데 실제로 가장 자랑스럽고 감동을 주는 사람들은 사랑을 이루어가는 사람들이야. 사랑은 힘들지만 그처럼 위대하고 기쁜 일은 없으니까."

놀라는 해변에서 춤을 추었다. 파도와 놀고, 머릿결을 휘날리며 모래 위를 경중경중 뛰어다녔다. 놀라는 살아있음에 행복해하며 활짝 웃음을 터뜨렸다. 해리는 호텔의 테라스에서 놀라를 한동안 바라보다가 다시 글쓰기에 빠져들었다. 이 호텔에 머물기 시작한 이후 벌써 수십 페이지를 채웠다. 원고는 빠른 속도로 진척되어 가고 있었다. 놀라는 영감의 원천이었고, 위대한 연애소설의 중심인물이었다.

놀라가 해변에서 소리쳤다. "해리, 잠깐 쉬었다가 해요. 이리 와서 나랑 헤엄쳐요."

해리는 잠시 작업을 중단하고 방으로 올라가 이제껏 쓴 원고를 가방에 챙겨 넣고 수영복으로 갈아입었다. 그는 해변으로 내려가 놀라와 합류했다. 그들은 호텔의 고객들과 물놀이를 즐기는 관광객들을 뒤로하고 해변을 따라 걸었고, 다양한 형태의 바위들을 지나 인적이 드문 물가에 다다랐다. 사랑을 나누기에 적합한 곳.

"날 안아줘요, 해리." 놀라가 비로소 사람들의 시선에서 벗어나자 팔을 벌리며 말했다.

해리는 힘껏 놀라를 안았고, 그 아이는 그의 목에 팔을 두르며 매달렸다. 두 사람은 그 자세 그대로 바다로 들어가 물장난을 치다가 밖으로 나와 호텔 이름이 새겨진 커다란 비치타월을 펼치고 누워 젖은 몸을 말렸다. 놀라가 그의 가슴에 머리를 기댔다.

"사랑해요, 해리. 지금껏 당신을 맘껏 사랑할 수 없었던 날들까지 더해 사랑할래요."

그들은 서로를 향해 미소 지었다.

"내 평생 가장 아름다운 휴가야." 해리가 말했다.

놀라의 얼굴이 환하게 빛났다.

"우리 사진 찍어요. 이 순간을 영원히 기억할 사진. 카메라 가져왔어요?"

해리가 가방에서 카메라를 꺼내 놀라에게 건네주었다. 놀라는 그의 곁에 찰싹 달라붙더니 한 손으로 카메라를 쥐고 셔터를 누르기 직전 그의 뺨에 키스했다.

"우리, 이 사진을 죽을 때까지 간직해요."

"그래, 죽을 때까지."

그들이 그곳에 머물기 시작한 지 사흘째였다.

∞

2주 전

7월 19일 토요일, 여름 무도회가 열리는 날이었다. 무도회는 3년 연속 오로라가 아닌 몬트버리 컨트리클럽에서 열렸다. 에이미의 말에 따르면 여름 무도회를 무리 없이 진행할 수 있는 유일한 장소이기 때문이라고 했다. 에이미는 여름 무도회 조직위원회 책임자 자리를 맡은 이후 전통이 깊은 이 행사를 고품격 수준으로 끌어올리기 위해 많은 노력을 기울였다.

매년 오로라 고등학교 체육관에서 열리던 행사를 몬트버리 컨트리클럽으로 옮겼고, 뷔페식 상차림 대신 지정 테이블에 앉아서 식사를 할 수 있도록 했고, 남자들의 넥타이 착용을 의무화했고, 참가자들이 춤을 추는 사이사이에 분위기를 고조시키기 위한 행운권 추첨을 실시했다.

여름 무도회가 열리기 직전 한 달 동안 사람들은 에이미가 행운권 티켓을 비싼 값에 팔기 위해 오로라 전역을 부지런히 돌아다니는 모습을 보았다. 사람들은 무도회가 열리는 날 후미진 구석 테이블에서 식사를 하게 될까봐 염려되어 감히 에이미가 구입하라고 내미는 고가의 티켓을 차마 거절하지 못했다.

제법 짭짤한 판매 수익금이 에이미의 주머니로 들어간다는 소문이 파다했지만 아무도 감히 드러내놓고 따지지 못했다. 에이미와 좋은 관계를 유지해야 하니까. 항간의 소문에 따르면 어느

해 무도회 때 에이미가 자기와 다투었던 여자에게 실수인 척하며 고의적으로 저녁 식사 테이블을 배정하지 않았다. 그 불쌍한 여자는 저녁 식사 시간 내내 혼자 우두커니 홀에 서 있어야만 했다.

해리는 무도회에 가지 않을 생각이었다. 몇 주 전, 티켓을 구입할 때 식사 테이블을 배정받았지만 막상 무도회가 열리는 날이 다가올수록 가고 싶은 기분이 아니었다. 놀라는 여전히 병원에 입원해 있었기에 혼자 즐거운 마음으로 무도회에 갈 입장이 아니었다.

해리는 무도회 당일에 혼자 있고 싶었는데 에이미가 아침 일찍 집을 찾아와 문을 두드렸다. 해리가 매일이다시피 가던 〈클락스 식당〉에도 오지 않고, 시내에서 마주친 적도 없어 혹시 행사에 불참할까봐 염려되어 찾아왔다고 했다. 에이미는 행사 관계자들에게 해리도 반드시 올 거라고 말해두었으니 무슨 일이 있어도 참석해야 한다고 고집을 부렸다.

에이미는 뉴욕의 스타 작가가 자신이 주관하는 무도회에 참석해 즐겁고 보람 있는 시간을 보내게 될 경우 혹시 다음 해에 뉴욕의 쇼 비즈니스 업계 인사들을 대거 이끌고 다시 찾게 될지도 모른다는 기대감을 은근히 품고 있었다. 그렇게 되면 몇 년 후 할리우드와 브로드웨이의 거물급 인사들이 동부 해안에서 열리는 행사들 가운데 가장 핫한 뉴햄프셔주의 에이미 무도회에 대거 몰려들 수도 있을 테니까.

"해리, 안에 있어요? 오늘 저녁에 열리는 무도회에 꼭 와야 해요." 에이미가 문 앞에서 애원하다시피 말했다. 그 목소리가 어찌나 간절한지 가뜩이나 거절을 못 하는 해리를 힘들게 했다. 해리는 어쩔 수 없이 무도회에 가겠다고 약속했다. 에이미는 50달러인 행운권 티켓까지 해리에게 팔아넘기는 수완을 발휘했다.

해리는 그날 늦은 오후에 놀라가 입원해 있는 병원을 찾아갔다. 가는 길에 몬트버리 상점에 들러 오페라 음악 레코드판도 구입했다. 음악이 놀라를 행복하게 해준다는 걸 잘 알기에 갈 때마다 레코드판을 사가지 않을 수 없었다. 무도회 티켓과 행운권을 구입하느라 돈을 많이 쓰는 바람에 계좌의 잔고가 얼마나 남아있을지 걱정되었다. 해리는 차마 계좌에 돈이 얼마나 남아있는지 확인할 수 없었다. 저축해놓은 돈이 모래알처럼 빠져나가고 있었고, 현재 속도라면 여름이 다 가기 전에 월세를 지불하기 어려운 상태가 될 수도 있었다.

병원에 도착한 해리는 놀라를 병실에서 데리고 나와 인근 공원을 거닐었다. 놀라가 타인의 시선이 닿지 않는 아름드리나무 뒤에서 해리를 얼싸안았다.

"해리, 떠나고 싶어요."

"의사 말을 들어봤는데 며칠 후면 퇴원할 수 있을 거라고 했어."

"퇴원이 아니라 당신과 함께 오로라를 벗어나고 싶다고요. 오로라에서 우리는 결코 행복할 수 없으니까."

해리가 대답했다. "언젠가 때가 되면 우리 함께 떠나자."

놀라의 얼굴에 화색이 돌았다.

"나를 먼 곳으로 데려가줄 수 있어요?"

"그래, 아주 먼 곳으로. 우리가 행복할 수 있는 곳으로."

"그럼 정말 행복할 거예요."

놀라는 그를 더욱 힘껏 끌어안았다. 그럴 때마다 해리의 온몸에서 짜릿한 전율이 일었다.

"오늘이 바로 무도회 날이네요. 갈 거예요?"

"에이미에게는 간다고 했는데, 별로 가고 싶은 기분이 아니야."

"그러지 말고 다녀오세요. 난 오래전부터 언젠가 누군가 나타나 나를 무도회에 데려가 주길 간절히 바랐어요. 하지만 엄마가 있는 한 무도회에 절대로 갈 수 없다는 걸 알아요."

"나 혼자 무도회에 가서 뭐 하게?"

"내가 같이 있어 줄게요. 당신의 마음속에. 우리 같이 춤도 추어요. 무슨 일이 있더라도 난 언제나 당신의 마음속에서 함께할 테니까요."

그 말을 들은 해리가 갑자기 화를 냈다.

"*무슨 일이 있더라도*라니? 그게 무슨 말이야?"

"내가 언제까지나 당신을 사랑할 거라는 말일 뿐 다른 의미를 부여하지 말아요."

해리는 찜찜한 기분으로 무도회에 갔다. 행사장에 도착하자마자 그는 자신의 선택을 후회했다. 수많은 인파를 마주하자 마음이 몹시 불편했다. 그는 행사장으로 모여드는 사람들을 둘러보면서 마티니를 마셨다. 무도회장은 순식간에 사람들로 가득 찼고, 서로 이야기를 나누는 소리도 점점 커져갔다. 그는 사람들의 시선이 부담스럽기 그지없었다.

'저 사람이 해리 쿼버트인데 열다섯 살인 놀라와 그렇고 그런 사이래.'

사람들이 그런 말을 하면서 경멸 어린 시선으로 쳐다보는 느낌이 들었다. 마티니를 몇 잔 마신 탓인지 다리가 비틀거렸다. 그는 화장실로 들어가 얼굴에 물을 축이고 나서 변기에 걸터앉아 정신을 가다듬었다.

오로라 사람들이 놀라와 나의 관계를 알고 있을 까닭이 없잖아. 우리는 항상 조심스럽게 행동했고, 신중하게 처신했으니까. 그러니까 전혀 걱정할 필요 없어. 자연스럽게 행동하는 거야.

해리는 스스로 마음을 다독였고, 이내 안정을 찾았다. 화장실 문을 열고 나오는 순간 거울에 빨간색 립스틱으로 쓴 글자들이 눈에 들어왔다.

어린 여자아이를 농락하는 놈

그야말로 패닉 그 자체였다. 화장실 문을 죄다 열어보았지만 아무도 없었다. 그는 수건을 물에 적셔 빨간 글씨를 지웠다. 번질번질한 붉은 얼룩이 거울에 남아 있었지만 그는 도망치듯 화장실을 나왔다. 머리가 빙글빙글 돌고 구토가 일었다. 온몸이 누군가에게 세게 얻어맞은 듯 아프고, 이마에서는 식은땀이 흘러내리고, 관자놀이의 핏줄이 툭툭 뛰었지만 그는 애써 태연한 표정을 지으며 무도회장으로 돌아왔다.

이 많은 사람 가운데 누가 나와 놀라의 관계를 알고 있을까?

이내 저녁 식사 시간이 되었고, 손님들은 저마다 배정받은 테이블로 이동했다. 해리는 미쳐버릴 것 같은 기분이었다. 그때 누군가 그의 어깨를 살짝 잡는 바람에 소스라치게 놀랐다.

"어디 불편한 데는 없으시죠?" 에이미가 물었다.

"네, 조금 덥지만 괜찮습니다."

"정중앙에 테이블을 마련해 두었습니다. 이리 오세요. 내가 안내해 드릴 테니까."

에이미가 그를 화려한 꽃장식이 놓인 테이블로 안내했다. 테이블에 먼저 와있던 사십 대 남자가 따분해 죽겠다는 표정을 짓고 있었다.

"해리 퀴버트 씨입니다." 에이미가 남자에게 그를 소개했다. "이분은 엘리야 스턴 씨입니다. 여름 무도회에 늘 거금을 후원해주시는 분이죠. 엘리야 스턴 씨는 해리 퀴버트 씨가 살고 있는 구즈코브 저택의 소유주이기도 합니다."

엘리야 스턴이 빙긋 웃으며 손을 내밀었다. 해리는 껄껄 웃으며 그의 손을 잡았다.

"내가 살고 있는 집 소유주시라고요? 만나 뵙게 되어 반갑습니다, 스턴 씨."

"앞으로는 엘리야라고 불러주세요. 나도 만나게 되어 기쁩니다."

식사를 마친 두 사람은 담배를 피우며 컨트리클럽 잔디밭을 거닐었다.

"집이 마음에 드십니까?" 엘리야 스턴이 물었다.

"대단히 마음에 듭니다. 흠잡을 데가 전혀 없는 집이니까요."

담배꽁초가 발갛게 타들어가는 동안 엘리야 스턴은 향수에 젖은 듯 구즈코브 집에 대해 이야기했다.

"여러 해 동안 우리 가족의 휴가용 별장으로 사용한 집입니다. 어머니가 편두통으로 고생이 심해 의사가 바닷바람을 쐬면 좋을 거라고 권유했고, 아버지가 집을 짓게 되었죠. 아버지는 집을 짓기에 적당한 곳을 물색하다가 바닷가 땅을 발견했고, 첫눈에 반해 즉시 구입했답니다. 그 자리에 집을 지을 때 설계도 직접 하셨고요. 난 그 집을 무척이나 좋아했고, 해마다 거기서 여름을 보냈습니다. 세월이 흘러 아버지는 돌아가셨고, 어머니는 캘리포니아에 정착하게 되었죠. 그 이후로는 구즈코브 집을 찾지 못하게 되었습니다. 난 여전히 그 집을 좋아해 몇 년 전에 대대적으로 수리를 했죠. 난 미혼이고 자식도 없다 보니 그 집을 사용할 기회가 좀처럼 나지 않아 부동산 회사에 의뢰해 임대를 내놓게 되었습니다. 빈집으로 놔두면 곧 폐가가 될 테니까요. 난 작가인 해리 퀴버트 씨가 그 집에 살게 되어 정말 기쁘게 생각합니다."

엘리야 스턴은 오로라에 살던 시절 참석했던 첫 번째 여름 무도회와 첫사랑에 대해 스스럼없이 이야기했다. 그는 일 년에 한 번씩 오로라의 추억을 되살릴 겸 무도회에 참석한다고 했다.

그들은 담배를 두 대째 피우면서 벤치에 앉았다.

"요즘은 어떤 책을 쓰십니까?"

"연애소설을 쓰고 있습니다. 오로라 사람들은 모두 저를 유명 작가로 알고 있지만 일종의 오해라고 할 수 있죠."

엘리야 스턴이 짤막하게 대꾸했다.

"오로라 사람들은 가끔 그런 오해를 합니다. 연애소설은 얼마나 진척이 되었나요?"

"아직 시작 단계입니다. 솔직히 글이 잘 써지지 않습니다."

"작가에게는 정말 괴롭겠군요. 혹시 무슨 걱정거리라도?"

"걱정거리가 많긴 하죠."

"연애하십니까?"

"그건 왜 물으시죠?"

"작가가 연애소설을 쓰려면 사랑에 빠져야 하는지 늘 궁금했습니다. 아무튼 난 작가들을 존경합니다. 나도 예술가가 되고 싶어 했기 때문에 그런 것 같기도 하네요. 난 그림에 관심이 많았고, 화가가 되고 싶었는데 불행하게도 예술적 재능을 타고나지 못했죠. 혹시 지금 쓰는 연애소설의 제목을 알 수 있을까요?"

"아직 제목을 정하지 않았습니다."

"어떤 종류의 사랑 이야기인가요?"

"금지된 사랑."

"흥미진진한 소설이 될 것 같네요." 엘리야 스턴이 고개를 끄덕였다. "책이 나올 때쯤 당신을 한 번 더 만나고 싶군요."

저녁 9시 30분에 에이미는 행운권 추첨을 하겠다고 했다. 행운권 추첨 진행은 에이미의 남편인 프랫 서장이 맡았다. 마이크를 손에 든 프랫 서장이 당첨 번호를 호명했다. 오로라 지역 상인들이 기부 형식으로 제공하는 대분분의 경품들은 가격이 저렴한 편이었으나 1등 상만큼은 예외였다. 1등 상 추첨을 앞두고 모두의 관심이 집중되었다. 1등 상은 마서즈 빈야드 섬 일주일 여행권이었다. 그러니까 일급 호텔 숙박비와 여행 경비가 포함된 최고의 상품이었다.

"여러분, 주목해주십시오." 프랫 서장이 목청을 가다듬었다. "영예의 1등 상은 티켓 번호 1385입니다." 잠시 행사장이 쥐 죽은 듯 조용해진 가운데 해리는 자신이 소지하고 있는 여러 장의 티켓을 확인했다. 그 가운데 1등 상 번호가 있었고, 그는 얼떨떨한 표정으로 자리에서 벌떡 일어섰다. 우레와 같은 박수가 쏟아지면서 사람들이 그의 주변으로 몰려들어 축하 인사를 건넸다.

해리는 눈을 어디에 두어야 할지 알 수 없었다. 그가 세상의 중심으로 생각하는 천사는 그 자리에서 15마일 떨어진 병원에서 잠들어 있었기 때문이다.

새벽 2시에 해리는 무도회장을 나서다가 휴대품보관소에서 엘리야 스턴과 마주쳤다. 그 역시 무도회장을 떠나려는 듯했다.

"행운권 1등에 당첨된 걸 보면 작가님은 운이 좋은 모양입니다."

"그러게 말입니다."

"집까지 모셔다드릴까요?" 엘리야 스턴이 물었다.

"감사합니다만 제 차로 왔습니다."

그들은 주차장까지 걸어갔다. 웬 남자가 엘리야 스턴의 검은색 세단에 기대 담배를 피우고 있었다. 엘리야 스턴이 남자를 가리키며 말했다.

"내가 신뢰하는 친구를 소개해드리죠. 아주 멋진 친구입니다. 당신이 반대하지 않는다면 이 친구를 구즈코브에 보내 장미 나무 관리를 맡길까 합니다. 이제 곧 가지치기 계절이 됩니다. 이제 와서 말이지만 지난여름에는 부동산업자들이 보낸 얼치기 정원사들 때문에 식물들이 모두 죽어버리는 황당한 일을 겪었거든요. 이 친구는 그들과 달리 아주 뛰어난 정원사입니다."

"어차피 집의 소유주시니까 알아서 잘해주십시오."

엘리야 스턴이 소개해준 남자의 끔찍한 외모가 해리의 눈에

뚜렷이 드러났다. 거대한 근육질 체구에 칼자국이 선연한 얼굴
이었다.

해리는 그 남자와 악수를 나누었다.

"해리 쿼버트라고 합니다."

"루터 칼렙입니다."

발음이 굉장히 어눌하고 부정확했다.

∞

무도회 다음 날부터 오로라는 해리 쿼버트가 과연 누굴 데리
고 마서즈 빈야드에 갈지를 두고 후끈 달아올랐다. 지금껏 해리
가 여자를 데리고 다니는 걸 본 사람은 없었다.

"뉴욕에 해리의 여자 친구가 있을 거야. 어쩌면 유명한 영화배
우일지도 몰라."

"오로라에 사는 어떤 아가씨를 데려갈지도 몰라."

"해리가 무척이나 조심스러운 스타일인데 그가 몰래 연애를
했을 리 없잖아."

"혹시 해리의 여자 친구에 대해 신문이나 잡지에서 다룬 적이
있으려나?"

오히려 해리만이 마서즈 빈야드에 가는 문제에 대해 무심했
다. 7월 21일 월요일 아침에 해리는 집 안에 틀어박혀 있었다.

무도회에 다녀온 이후 그는 극심한 불안감에 시달리느라 병이 날 지경이었다.

누가 놀라와의 사이를 알고 있을까? 누가 화장실까지 따라와 거울에 그런 말을 써놓았을까?

입술에 바르는 립스틱으로 쓴 글씨였으니 여자일 수도 있었다.

그렇다면 누구일까?

해리는 머릿속이 어수선해 책상에 어지럽게 놓인 원고를 정리하기로 마음먹었다. 그제야 그는 종이 한 장이 어디론가 사라졌다는 사실을 알게 되었다. 놀라가 자살 시도를 한 날 그 아이에 대한 글을 써놓은 종이였다. 그 종이를 분명 책상 위에 놓아두었다. 일주일 전부터 글을 써놓은 종이들을 책상 위에 놓아두긴 했지만 항상 작성한 순서대로 정확하게 번호를 매겨두는 습관이 몸에 배어 있었다. 종이들을 정리해놓고 보니 한 장이 사라지고 없었다.

해리는 서류 가방에 넣어둔 종이를 책상 위에 쏟아놓고 처음부터 다시 분류해보았다. 역시 문제의 종이는 그 어디에도 없었다. 도저히 불가능한 일이었다. 글을 쓰다가 〈클락스 식당〉을 떠나기 전에도 그는 항상 뭔가 두고 가는 게 없는지 꼼꼼하게 확인하는 습관이 되어있었다.

이번에는 혹시나 하는 마음에 침대 위를 살펴보았다. 구즈코브에있을 때면 대부분 서재에서만 글을 썼고, 가끔 테라스에 작업한 날은 서재 있는 책상으로 글을 적은 종이들을 옮겨놓았다. 온 집 안을 샅샅이 뒤져보았지만 종이는 그 어디에서도 발견되지 않았다.

내가 없는 동안 누군가 이 집에 들어왔다가 간 게 분명해. 나를 궁지에 빠뜨리려는 거야. 아마도 무도회 때 화장실 거울에 낙서를 써놓은 사람일 거야.

∞

그날 놀라는 샬롯츠 힐의 병원에서 퇴원했다. 오로라에 돌아오자마자 놀라는 즉시 해리를 만나러 갔다. 오후가 끝나갈 무렵 놀라가 구즈코브에 도착했을 때 해리는 양철 상자를 들고 해변에 서 있었다. 놀라는 그를 보자마자 해변을 향해 힘껏 달려갔다. 해리는 달려오는 놀라를 공중으로 번쩍 들어 올리고 빙글빙글 맴을 돌았다.

"내 사랑, 해리! 얼마나 당신과 같이 있고 싶었는지 몰라요."

해리는 있는 힘껏 놀라를 끌어안았다.

"내 사랑, 놀라. 나도 그래."

"어떻게 지냈어요? 낸시 말로는 행운권 추첨 때 당신이 1등 상에 당첨되었다고 하던데요?"

"나도 믿어지지 않았지만 틀림없는 사실이야."

"마서즈 빈야드에서 일주일간 호텔에 투숙할 수 있다던데, 언제 갈 거예요?"

"날짜를 자유롭게 정할 수 있어서 좋아. 가고 싶은 날에 호텔에 전화해 예약하면 돼."

"나를 데려가줘요. 우리가 다른 사람들 눈치 살피지 않고 맘껏 즐겁고 행복한 시간을 보낼 수 있는 곳으로 떠나고 싶어요."

해리는 선선히 그러겠다고 대답하지 않았다. 그들은 몽돌 해변을 걸으면서 파도가 모래에 부딪쳐 잦아드는 모습을 지켜보았다.

"파도는 어디에서 올까요?" 놀라가 물었다.

"아주 멀리서." 해리가 대답했다. "파도는 해변의 모래가 보고 싶어 아주 먼 곳에서부터 달려오는 거야."

해리가 놀라를 뚫어지게 바라보다가 갑자기 화난 얼굴로 놀라의 얼굴을 두 손으로 잡았다.

"넌 왜 죽고 싶었니?"

"죽고 싶은 게 아니라 더는 살 수가 없었어요."

"너도 기억하겠지만 그날 공연이 끝나고 나서 해변에 왔을 때 넌 나에게 '내가 옆에 있어 줄 테니까 적정하지 말아요'라고 했어. 그런데 네가 이 세상에서 사라져버리면 누가 내 옆에 있어 주지?"

"미안해요, 해리. 나를 용서해줘요."

놀라는 첫눈에 해리에게 반해 사랑에 빠지게 된 해변에서 용서를 구하며 무릎을 꿇었다. "제발 부탁인데 마서즈 빈야드에 갈 때 나를 꼭 데려가줘요. 그곳에서 당신과 맘껏 사랑을 나누고 싶어요."

"그래, 너를 꼭 데려가줄게."

해리는 행복에 도취해 놀라를 데려가겠다고 약속했다. 얼마 후 놀라가 집으로 돌아가는 모습을 지켜보던 해리는 그 아이를 데려가는 건 불가능하다고 생각했다. 누군가 두 사람의 관계를 알고 있으니 만일 둘이 함께 떠난다면 오로라 전체로 순식간에 소문이 퍼져나갈 테니까. 만약 그렇게 된다면 미성년자 약취유 인이나 성희롱 죄 적용을 받고 교도소에 수감될 수도 있었다.

놀라를 마서즈 빈야드에 데려가서는 안 돼.

만일 놀라가 다시 한번 마서즈 빈야드에 데려가달라고 간청할 경우 강력하게 거절하고 계속 고집을 부리면 다시는 만나지 말 아야 해.

∞

다음 날, 해리는 모처럼 〈클락스 식당〉에 갔다. 늘 그랬듯이 제니가 홀 서비스를 맡고 있었다. 식당 문을 열고 들어서는 해리 의 모습을 본 제니의 두 눈이 반짝였다.

해리가 돌아왔어. 혹시 무도회 날 트래비스가 나랑 같이 있는 걸 보고 질투가 나서일까? 혹시 나를 마서즈 빈야드에 데려가려 는 걸까? 만약 해리가 나를 마서즈 빈야드에 데려가지 않는다면 사랑하지 않는다는 노골적인 표현이겠지.

제니는 미처 주문받을 생각도 하지 않고 해리에게 대놓고 물었다. "마서즈 빈야드에는 누구랑 같이 갈 거야?"

"아직 잘 모르겠어." 해리가 대답했다. "어쩌면 혼자 가서 원고 작업이나 하고 올까 생각 중이야."

제니가 입을 삐죽 내밀었다.

"그토록 멋진 곳에 혼자 가서 글이나 쓰다가 오겠다고? 너무 아깝지 않아?"

제니는 은근히 해리가 '그래, 당신 말이 맞아. 우리 마서즈 빈야드에 같이 가서 지는 해를 바라보며 키스를 하는 건 어때?'라고 대답해주길 기대했다. 하지만 해리의 대답은 '커피 한 잔 부탁해'가 전부였다.

제니는 기분이 더러웠지만 해리가 원하는 커피를 가져다줄 수밖에 없었다. 그때 주방 뒤 사무실에서 장부를 정리하던 타마라가 홀로 나오더니 늘 앉던 테이블에 앉아 있는 해리를 발견하고 곧장 그를 향해 돌진했다. 그녀는 해리에게 가벼운 인사조차 건네지 않고 타오르는 분노를 담은 목소리로 쏘아붙였다.

"지금 장부 정리 중인데 앞으로 자네와 일절 외상 거래를 하지 않기로 했어."

"아, 그래요? 그럼 어쩔 수 없죠. 다 이해합니다." 해리는 괜한 소동은 피하고 싶어 얼른 그렇게 말했다. "지난 일요일에 식사

초대에 응하지 못한 건 정말 죄송합니다. 이제라도 사과……."

"자네의 변명 따윈 관심 없어. 자네가 보내준 꽃다발은 곧장 쓰레기통에 쑤셔 박았으니 그리 알아. 일주일 안에 밀린 외상값을 모두 청산해."

"네, 청구서를 주세요. 당장 갚겠습니다."

타마라가 청구서를 가져와 해리에게 내밀었다. 청구서를 본 해리는 숨이 턱 막히는 듯했다. 외상값이 무려 5백 달러가 넘었다.

식사와 음료 비용만으로 5백 달러를 쓰다니?

놀라와 같은 공간에 있기 위해 5백 달러를 창밖으로 던져버린 것이나 다름없었다.

다음 날 아침에는 부동산 업자의 편지가 날아왔다. 임대 기간의 절반인 7월 말까지 임대료를 지불했다. 9월 말까지 머물려면 1천 달러를 더 내야 한다는 내용의 편지였다. 그의 수중에는 1천 달러가 없을뿐더러 거의 빈털터리였다. 〈클락스 식당〉 외상값을 갚는 것만으로도 등골이 휠 지경이었다. 돈이 나올 구멍이라고는 전혀 없었고, 더는 이 집에서 살 수 없다는 뜻이었다.

이제 어떻게 해야 할까? 엘리야 스턴에게 전화해 사정 얘기를 해볼까?

난 그동안 꿈꿔왔던 소설을 쓰지 못했어. 난 그저 협잡꾼에 지나지 않아.

해리는 시간을 두고 생각한 끝에 마서즈 빈야드의 호텔에 전화를 걸었다. 그는 집을 포기하는 한편 이 기만적인 삶을 청산하고 싶었다.

마서즈 빈야드의 호텔에서 놀라와 일주일 동안 마지막 사랑을 나누고 자취를 감추는 거야.

호텔의 예약 담당자가 7월 28일부터 8월 3일까지 빈방이 있다고 알려주었다. 그는 놀라와 마지막 사랑을 나누고 오로라를 영원히 떠날 작정이었다.

해리는 예약을 마친 다음 부동산 업체에 전화해 부득이한 사정이 생겨 뉴욕으로 돌아가야 한다며 8월 1일부터 임대 해약을 하겠다고 전했다. 담당 직원에게 8월 4일 월요일까지 집을 사용하고, 뉴욕으로 돌아가는 길에 보스턴 지점에 들러 집 열쇠를 반환하기로 합의를 보았다.

해리는 부동산 업체 직원과 통화를 하는 동안 계속 눈물이 나왔다.

야심만만하게 위대한 소설을 쓰겠다고 구즈코브의 집을 임대했지만 끝내 아무런 소득 없이 막을 내리게 되었어.

전화기를 내려놓는 순간 뒤에서 겁에 질린 목소리가 들려왔다. 해리는 깜짝 놀라 뒤돌아보았다. "해리, 오로라를 떠난다고요?"

놀라가 집에 들어와 부동산 업체 직원과의 통화 내용을 다 들은 듯했다. 놀라의 눈에 눈물이 그렁그렁했다.

"뉴욕으로 떠난다니, 무슨 일이죠?"

"심각한 문제가 있어."

"문제가 뭔데요? 해리, 제발 떠나지 말아요. 당신이 떠나면 난 죽어버릴 거예요."

"제발 그런 소리 마."

놀라가 그 자리에 풀썩 주저앉았다.

"당신 없는 삶은 나에게 무의미해요."

해리도 놀라 곁에 털썩 주저앉았다.

"놀라, 난 유명 작가가 아니야. 오로라에서 내 경력이 지나치게 뻥튀기된 걸 알면서도 난 바로잡으려는 노력을 하지 않았어. 유명 작가 대우를 받는 걸 나름 즐긴 셈이지. 내 수중에는 이제 돈이 한 푼도 남지 않았어. 이 집에 머무르려면 당장 1천 달러의 임대료를 내야 하는데 난 여력이 없어. 더는 이 집에 머물 수 없다고."

"우리 함께 해결책을 찾아봐요. 지금은 아니더라도 당신은 훗날 반드시 유명 작가가 될 거예요. 돈도 많이 벌게 되겠죠. 첫 작품이 성공적이었으니 지금 열심히 쓰고 있는 책도 반드시 성공할 수 있을 거라 확신해요. 내 예감은 틀린 적이 없어요."

"지금 쓰고 있는 책은 기대할 게 없어. 끔찍한 단어들의 나열일 뿐이지."

"그 끔찍한 단어들을 쓰지 않으면 되잖아요."

"내가 느끼는 대로 쓰다 보면 끔찍한 단어들의 나열이 되어버려."

"당신은 뭘 느끼는데요?"

"위대한 사랑!"

"자, 얼른 다시 일을 시작해요. 아름다운 단어들로 위대한 사랑을 그린 책을 써요."

놀라는 그의 손을 잡아끌어 테라스에 앉히더니 백지와 수첩, 펜을 가져왔다. 그런 다음 커피를 내리고, 오페라 음악을 틀고, 거실 창문을 활짝 열었다. 오페라 음악이 해리가 정신을 집중할 수 있도록 해준다는 사실을 잘 아니까.

해리는 정신을 집중해 다시 위대한 사랑 이야기를 다루는 연애소설을 쓰기 시작했다. 두 시간 동안 한 자리에서 꼼짝도 하지 않고 글을 썼다. 그의 펜 끝에서 풀려나온 단어들이 백지 위에서 춤을 추면서 빈 공간을 채워나갔다. 구즈코브에 온 이후 글이 이렇게 잘 써진 날은 없었다.

해리가 마침내 종이에서 눈을 들어 올렸을 때 일을 방해하지 않으려고 적당히 떨어진 소파에 누워 잠든 놀라의 모습이 보였다. 햇빛이 유난히 눈부시고 몹시 더운 날이었다. 문득 해리는 지금 쓰고 있는 소설, 놀라, 이 바닷가 집 그리고 자신의 삶이 더할 나위 없이 경이롭게 느껴졌다. 심지어 오로라를 떠날 수밖에 없다고 하더라도 그리 절망할 필요는 없다는 생각이 들었다.

뉴욕에서 계속 소설 집필에 매진하면 유명 작가가 되지 말라는 법이 없다는 생각이 들었다. 그런 다음 미성년자를 탈피한 놀라를 기다렸다가 함께 사랑하면 될 일이었다. 오로라를 떠난다고 해서 놀라를 잃게 되는 건 아니었다. 오히려 그 반대일 수도 있었다. 고교를 마친 놀라가 뉴욕에 있는 대학에 다닐 수도 있을 테니까. 그땐 놀라와 자연스럽게 사랑할 수 있을 테니까. 그때까지 놀라와 편지를 주고받고, 방학 기간에는 시간을 내 직접 만나볼 수도 있을 것이다. 몇 년이라는 시간은 길기도 하지만 금세 지나가기도 하니까. 몇 년이 지나면 더는 금지된 사랑을 할 필요가 없었다.

놀라가 눈을 뜨고 방긋 웃더니 기지개를 늘어지게 켰다.

"많이 썼어요?"

"아주 많이."

"내가 읽어봐도 괜찮아요?"

"지금은 말고, 나중에 보여줄게."

멀리서 갈매기가 수면 위로 날아갔다.

"당신 소설에 갈매기 이야기도 넣어요."

"그렇잖아도 갈매기가 자주 등장하는 소설이야. 우리 마서즈 빈야드에 갈까? 다음 주에 가겠다고 예약했어."

놀라의 얼굴이 몰라보게 환해졌다.

"좋아요. 우리, 함께 떠나요."

"부모님께는 뭐라고 말할 거야?"

"내가 알아서 둘러댈게요. 당신은 내 걱정은 말고 소설을 열심히 쓰고, 나를 사랑해주기만 하면 돼요. 그럼 앞으로도 계속 이 집에 머물 거예요?"

"이번 달 말에는 집을 비워줘야 해. 집세를 더는 감당할 수 없으니까."

"이번 달 말이면 당장 비워줘야 한다는 뜻이네요?"

"그래."

놀라의 두 눈이 금세 촉촉해졌다.

"제발 떠나지 말아요."

"뉴욕은 여기서 그다지 멀지 않아. 가끔 네가 나를 만나러 오면 되잖아. 편지도 주고받고, 자주 전화 통화도 하고, 넌 때가 되면 뉴욕에 있는 대학에 다닐 수도 있어. 뉴욕에 가보는 게 꿈이라고 했잖아?"

"대학에 가려면 아직 3년을 기다려야 해요. 3년 동안 당신 없이 살 수는 없어요."

"시간은 생각보다 빨리 흘러가. 우리가 서로 사랑하는 동안에는 시간이 더욱 빨리 흘러갈 거야."

"마서즈 빈야드에 가는 게 우리의 이별 여행이 되는 건 정말 싫어요."

"임대료를 내지 않으면 더는 이 집에 머물 방법이 없어."

"나를 진심으로 사랑하세요?"

"그럼."

"나를 사랑한다면 해결책을 찾을 수 있을 거예요. 서로 사랑하는 사람들은 사랑을 오래 지속하기 위해 좋은 해결책을 찾아낸다고 해요. 최소한 해결책을 찾아보겠다고 약속해줘요."

"그래, 약속할게."

그들은 일주일 후, 그러니까 1975년 7월 28일 월요일 새벽에 마서즈 빈야드로 출발했다. 해리는 괜한 야심에 사로잡혀 실현 불가능한 꿈을 꾸었던 자신이 원망스러웠다. 어쩌다가 여름 한 철에 소설 한 편을 뚝딱 써내겠다고 마음먹었는지 알다가도 모를 일이었다.

그들은 새벽 4시에 오로라의 마리나 주차장에서 만났다. 오로라는 고요히 잠들어 있었다. 그들은 차를 타고 달리다가 보스턴에서 아침 식사를 한 다음 폴마우스까지 내처 달렸다. 거기에서 페리호에 승선해 해가 중천에 떠오를 무렵 마서즈 빈야드 섬에 도착했다.

그들은 바닷가에 자리 잡은 호텔에서 마치 꿈결 같은 날들을 보내고 있었다. 바다로 나가 물놀이를 하고, 해변을 산책하고, 호텔의 식당에서 서로의 얼굴을 바라보며 저녁을 먹었다. 두 사람을 이상한 눈길로 바라보거나 뭔가 묻는 사람은 없었다. 마서즈 빈야드에서 그들은 어느 누구의 눈치도 보지 않고 사랑할 수 있었다.

∞

마서즈 빈야드에 온 지 나흘이 지났다. 사람들의 시선이 닿지 않는 바위틈 모래밭에 누운 그들은 오직 서로를 생각했고, 둘이 함께하는 행복에 몰두했다. 놀라는 사랑을 나누는 틈틈이 아름다운 경치를 카메라에 담느라 셔터를 눌러대기 바빴고, 그럴 때면 해리는 소설에 대한 구상에 몰두했다.

놀라가 일주일 동안 친구네 집에서 지내다가 올 거라 말하고 부모님의 허락을 받아냈다고 했지만 거짓말이었다. 놀라는 아무에게도 말하지 않고 집을 나왔다. 일주일 동안 집을 떠나있어야 한다는 걸 설명하려면 너무 복잡할 테니까. 그래서 아무 말도 하지 않고 슬그머니 도망치기로 했다. 놀라는 새벽에 창문을 통해 집 밖으로 나왔다. 두 사람이 마서즈 빈야드의 호텔에서 꿈같은 시간을 보내는 사이 오로라의 켈러건 목사는 걱정이 이만저만이 아니었다. 그는 월요일 아침에 놀라의 방이 비어있는 걸 발견했지만 경찰에 신고하지는 않았다.

자살 시도에 이어 가출이라니?

만약 경찰에 신고하면 오로라 사람들 모두가 그 사실을 알게 된다는 뜻이었다. 켈러건 목사는 경찰서에 신고하는 대신 일주일 안에 놀라를 찾아내기로 결심했다. 여호와 하느님이 세상을 만들 때에도 딱 일주일이 걸렸다.

켈러건 목사는 직접 차를 운전해 인근 지역을 훑다시피 하며 돌아다녔다. 일주일이 지나면 미련 없이 경찰서에 신고할 작정이었다.

해리는 그런 일이 벌어진 걸 전혀 모르고 있었다. 마서즈 빈야드를 향해 떠나던 날 아침에도 그랬다. 놀라가 새벽에 마리나의 주차장에 나왔을 때 해리는 어둠 속에서 두 사람을 지켜보는 눈이 있다는 사실을 전혀 알지 못했다.

∞

두 사람은 1975년 8월 3일 일요일 오후에 오로라로 돌아왔다. 매사추세츠주와 뉴햄프셔주의 경계를 지날 때 놀라가 갑자기 울음을 터뜨렸다.

"해리, 난 당신 없이는 살 수 없어요. 그러니까 당신에게는 나를 버리고 떠날 권리가 없는 거예요. 우린 지금 평생에 한 번뿐인 지독한 사랑을 하고 있어요. 그러니까 제발 나를 떠나지 말아요."

며칠 동안 원고가 많이 진척되었는데 오로라를 떠나면 영감이 사라질 위험이 있다고도 했다.

아무리 애원해도 해리가 묵묵부답으로 일관하자 놀라가 단호하게 말했다. "내가 보살필 테니까 당신은 글쓰기에 전념해요. 당신은 지금 위대한 소설을 쓰고 있어요. 원고를 마무리할 때까지 최대한 정성을 쏟아부어야 해요.”

놀라의 말이 옳았다. 놀라는 그의 뮤즈이자 영감의 원천이었다. 답답하게 막혀 있던 해리의 글이 갑자기 풀려나오게 해준 원동력이었다. 하지만 집세를 해결할 돈이 없는 만큼 떠날 수밖에 없었다.

해리는 사랑의 뮤즈 놀라를 집에서 몇 블록 떨어진 곳에 내려주고는 입을 맞추었다. 놀라의 두 뺨이 눈물로 얼룩졌고, 해리를 잡아두기 위해 매달렸다.

“내일 아침에도 오로라에 남아있을 거라고 말해줘요.”

“이미 그럴 수 없다고 말했잖아.”

“내가 따뜻한 브리오슈도 가져가고, 커피도 내려줄게요. 내가 뭐든 다 한다니까요. 난 당신의 아내가 될게요. 어서 여기에 남아있을 거라고 말해줘요.”

“그래, 여기 있을게.”

놀라의 얼굴이 밝아졌다.

“정말이죠?”

“여기 있겠다고 약속할게.”

“약속으로는 충분하지 않으니까 우리 같이 맹세해요. 우리의 사랑을 걸고, 나를 버리고 떠나지 않겠다고 맹세하는 거예요.”

“그래, 맹세할게.”

해리는 그렇게 하지 않으면 놀라가 절대로 물러서지 않을 것이기에 어쩔 수 없이 거짓말을 했다.

놀라가 길모퉁이로 사라지는 모습을 확인한 해리는 그제야 구즈코브로 돌아왔다. 당장 짐을 챙겨 보스턴으로 떠날 작정이었다. 그는 신속하게 소지품들을 챙기고 나서 자동차 트렁크에 짐을 실었다. 나머지 잡동사니들을 대충 뒷자리에 던져놓았다. 가스와 수도, 전기 밸브도 잊지 않고 잠갔다.

아무리 야반도주하듯 급히 떠난다고는 하지만 놀라에게 전하는 메시지 하나쯤은 남기고 싶었다.

해리는 메모지에 '내 사랑 놀라, 떠나지 않을 수 없었어. 편지할게. 영원히 사랑해'라고 쓰고는 문틈 사이에 끼워 넣었다가 누군가 먼저 보게 될까봐 다시 빼내 구겨버렸다.

메시지를 남기지 않는 게 차라리 마음 편했다. 해리는 열쇠로 문을 잠그고 나서 자동차에 올라 급히 시동을 걸고는 전속력으로 질주하기 시작했다.

17
도주 시도

"복싱 시합을 준비하듯 책을 쓸 준비를 하는 게 좋아. 복싱 시합을 앞두고 있을 때는 70퍼센트 정도만 에너지를 쏟아부어 훈련할 필요가 있어. 그래야만 투지가 서서히 차올라 시합 당일에 폭발하게 되거든."

"무슨 뜻이죠?"

"자네에게 어떤 아이디어가 떠오르게 되면 당장 단편소설로 써서 학보 첫 페이지에 실을 게 아니라 마음 깊은 곳에 묻어두고 생각이 무르익길 기다려야 한다는 뜻이야. 설익은 생각은 밖으로 나오지 못하도록 붙잡아두는 게 좋아. 자네 스스로 이제 때가 되었다고 느껴질 때까지 생각이 무르익도록 내버려둬. 이번이 몇 번째 강의인가?"

"열여덟 번째입니다."

"아니, 열일곱 번째야."

"아시면서 왜 물어보십니까?"

"자네가 내 강의에 집중하는지 확인하려고."

"열일곱 번째 조언은 아이디어를……."

"……계시로 만들어라."

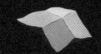

2008년 7월 1일 화요일, 해리는 뉴햄프셔 주립 교도소 접견실에서 나에게 1975년 8월 3일 저녁에 오로라를 떠나고자 전속력으로 1번 도로로 접어든 순간 바로 뒤에서 방향을 틀어 그를 따라잡으려고 시도한 자동차 한 대와 마주쳤다고 털어놓았다.

∞

1975년 8월 3일 일요일 저녁

해리는 순간적으로 경찰차라고 생각했지만 회전 경보등이나 사이렌이 없는 차였다. 자동차 한 대가 바짝 뒤따라오면서 사이렌을 울려댔고, 해리는 혹시 강도가 아닌지 의심스러워 페달을 최대한 밟고 그대로 달렸다. 뒤따르던 차가 어느새 앞으로 추월하더니 비스듬히 차를 세워 길을 막아섰다.

일전을 불사하며 차에서 내린 해리는 뒤따라온 차에서 내린 엘리야 스턴의 운전기사 루터 칼렙을 알아보았다.

"당신, 미쳤어요? 도로에서 길을 막아서면 어쩌자는 겁니까?"

해리가 악을 쓰며 따지고 들었다.

"송구합니다, 해리 쿼버트 씨. 당신을 해칠 의도는 전혀 없었습니다. 스턴 씨가 당신을 꼭 만나보고 싶다고 하셔서 며칠째 찾아다녔습니다."

"스턴 씨가 무슨 이유로 나를 보자고 하시는데요?"

해리는 아드레날린이 솟구쳐 심장이 터질 듯했다.

"그건 저도 모릅니다." 루터가 대답했다. "다만 대단히 중요한 일이라고 했습니다. 스턴 씨는 오늘도 자택에서 당신이 오길 기다리고 있습니다."

해리는 기분이 언짢았지만 콩코드에 가서 엘리야 스턴을 만나기로 했다. 어둠이 깊게 내려앉은 밤이 되어서야 그들은 엘리야 스턴의 웅장한 저택에 도착했다. 루터 칼렙이 해리를 저택 안으로 데리고 들어가 엘리야 스턴이 기다리는 테라스로 안내했다. 실내복 차림인 엘리야 스턴은 테이블 앞에 앉아 레모네이드를 마시고 있었다. 그는 해리를 보자 얼른 자리에서 일어나 앞으로 걸어왔다. 해리를 만나보게 되어 안도하는 표정이 역력했다.

"난 당신을 다시는 못 만날 줄 알았습니다. 밤늦은 시간에 이렇게 와줘서 정말 감사합니다. 집으로 전화도 하고, 편지도 보내고, 루터를 집으로 보내기도 했는데 감감소식이더군요. 그동안 도대체 어디에 가 계셨습니까?"

"잠시 오로라를 떠나있었습니다.무슨 일 때문에 저를 찾았는데요?"

"당신은 나에게 끝까지 진실을 숨길 작정입니까?"

해리는 몸에서 힘이 쭉 빠지는 느낌이었다.

엘리야 스턴이 나와 놀라 사이를 다 알고 있는 거야.

"무슨 말씀이신지?"

해리는 조금이라도 시간을 벌기 위해 되물었다.

"왜 진작 나에게 임대료를 해결하지 못해 집을 떠나야 한다는 말을 해주지 않았습니까? 보스턴 지점에서 그 이야기를 해주더 군요. 그 사람들 말로는 당신이 오늘 밤 집을 비울 것이고, 내일 열쇠를 반납하러 올 거라고 하더군요. 그러니 긴급 상황일 수밖에요. 반드시 당신을 만나 이야기를 나누어보기로 마음먹었습니다. 난 그 집 임대료를 받아 챙기는 것보다는 당신의 글쓰기 작업이 원활하게 진행되도록 지원하고 싶습니다. 소설을 다 쓸 때까지 제발 구즈코브에 계속 머물러주세요. 그 집이 당신이 글을 쓸 때 반짝이는 영감을 준다면서요? 그런데 왜 굳이 떠나려고 합니까? 부동산 업체 사람들과는 이미 이야기를 끝냈어요. 난 예술과 문화에 대한 애착이 큰 사람입니다. 당신이 그 집에서 좋은 소설을 써낼 수 있다면 몇 달 아니 몇 년을 더 머물러도 상관없습니다. 위대한 소설이 탄생하기까지 내가 조금이라도 기여할 수 있다면 커다란 영광이 아닐 수 없지요. 제발 내 제안을 거절하지 말아줘요. 난 글을 쓰는 작가라고는 몇 명 알지도 못합니다. 진심으로 당신을 돕고 싶습니다."

해리는 그제야 안도의 한숨을 내쉬고 의자에 앉았다. 그는 엘리야 스턴의 제안을 받아들였다. 전혀 기대하지 않았던 좋은 기회였다. 구즈코브의 집에서 몇 달 더 머무르면서 놀라의 영감을 받아 글을 쓴다면 머지않아 소설을 마칠 수 있겠다는 생각이 들었다.

해리는 테라스에서 잠시 엘리야 스턴과 문학에 대한 이야기를 나누었다. 그다지 친분이 없는 사이인데도 기꺼이 호의를 베풀어준 그에게 고마움을 표하고 싶었다. 마음 같아서는 당장 엘리야 스턴과 이야기를 마치고 오로라로 돌아가 놀라에게 비로소 해결책을 찾아낸 걸 알려주고 싶은 마음 간절했다. 어쩌면 놀라가 벌써 구즈코브 집에 찾아왔을 수도 있었다.

해리는 점점 속이 타들어 갔다. 그는 엘리야 스턴과 대화를 마치기 무섭게 구즈코브로 돌아왔다. 열쇠로 잠갔던 문, 수도, 가스, 전기 밸브를 다시 열고, 자동차에 실어두었던 살림살이들을 꺼내 원래 있던 자리에 놓아두었다. 해리는 자신이 몰래 도주를 시도한 사실을 놀라가 모르게 하고 싶었다. 그는 뮤즈의 도움 없이는 아무것도 할 자신이 없었다.

∞

"구즈코브로 다시 돌아온 나는 계속 소설을 쓸 수 있게 되었어." 해리가 긴 이야기를 마쳤다. "그런 우여곡절이 있고 나서 몇 주 동안 나는 글쓰기에 전념했지. 그야말로 미친 사람처럼 글을 썼으니까. 날이 샜는지, 아침인지, 저녁인지, 배가 고픈지, 목이 마른지조차 잊을 정도로 글쓰기에 집중했어. 잠시도 쉬지 않고 글을 쓰다 보니 눈도 아프고, 손목이 시큰거리고, 머리도 묵직하고, 온몸이 안 아픈 데가 없을 만큼 쑤셔대더군. 무려 3주 동안 밤낮을 가리지 않고 글을 썼지. 놀라가 나를 보살펴주려고 매일이다시피 구즈코브에 왔고, 식사도 준비해주고, 청소도 해주었어. 내가 더는 글을 쓰지 못할 정도로 지치면 산책을 데리고 나가기도 했지. 놀라는 글쓰기에 방해가 될까봐 내 눈에 띄지 않는 곳에 있으면서도 필요할 때면 언제나 나타나 주었어. 사실 놀라 덕분에 그런 생활이 가능했다고 봐. 무엇보다 놀라가 내가 쓴 글을 레밍턴 타자기로 타이핑을 해주어 큰 도움이 되었지. 놀라는 간혹 원고 일부분을 읽어보겠다고 집으로 가져가기도 했지. 다음 날이 되면 그 아이는 내 원고를 읽은 소감을 말해주었어. 물론 나에게 힘을 주려고 칭찬 일색이었지. 놀라가 해준 말 가운데 '지금껏 읽은 연애소설들 가운데 가장 인상적이에요'라고 했던 게 아직도 기억나. 놀라는 사랑을 가득 담은 눈과 그 무엇과도 견줄 수 없는 신뢰로 내 영감을 채워주었지."

"놀라에게 임대료 문제를 어떻게 해결했는지 말해주었나요?"

내가 물었다.

"놀라를 사랑하고, 늘 곁에 있고 싶어 부동산 업체와 임대 계약을 연장할 수 있도록 협상을 잘 끝냈다고 둘러댔어. 놀라 덕분에 《악의 기원》을 쓸 수 있었지. 난 더는 〈클락스 식당〉에 가지 않았고, 사람들은 시내에서 나를 볼 일이 거의 없었어. 놀라가 나를 위해 모든 일을 알아서 해주었으니까. 우리는 비교적 오로라에서 멀리 떨어진 마트로 시장을 보러 가곤 했어. 내가 식사를 한 끼 거르거나 초콜릿 바로 식사를 때우면 놀라는 버럭 화를 냈지. 그처럼 달콤한 화라면 평생 나와 동행해도 좋을 것 같았어."

"그럼 불과 몇 주 만에 《악의 기원》을 탈고하셨네요?"

"그 기간 동안 나는 한 번도 경험해보지 못한 창작의 열기에 휩싸였어. 의심할 여지 없이 사랑의 힘으로 점화된 불길이었지. 놀라가 실종되었을 때 내 재능의 일부분이 그 아이와 함께 사라졌다고 느꼈어. 자네가 영감이 떠오르지 않는다면서 괴로워할 때마다 내가 왜 제발 걱정하지 말라고 했는지 이제는 그 이유를 알 수 있을 거야."

교도관이 접견 시간이 끝나간다면서 우리에게 대화를 마무리 지으라고 했다.

"그러니까 선생님은 놀라가 원고를 가져갔다고 생각하시죠?" 나는 서둘러 확인했다.

"놀라는 타자기로 친 일부 원고를 가져가곤 했어. 원고를 읽고 소감을 말해주려고. 1975년 8월은 그야말로 나에게는 천국이었지. 우리는 둘 다 무척이나 행복한 시간을 보냈어. 하지만 나는 그때까지도 우리 사이를 알고 있는 누군가가 있다는 생각을 떨쳐버릴 수 없었지. 누군가가 끔찍한 이미지들로 가득 찬 거울을 우리에게 들이밀지도 모르니까. 누군가가 우리의 일거수일투족을 몰래 훔쳐보고 있다는 생각이 들 때마다 기분이 오싹해지면서 마음이 불편하기 그지없었지.”

“혹시 몰래 훔쳐보는 누군가 때문에 오로라를 떠나려고 했던 건가요? 8월 30일 저녁에 모텔에서 놀라를 만나 함께 떠나기로 약속했다면서요. 왜 그런 결심을 하게 된 겁니까?”

“그 문제보다 더 끔찍한 일이 있었기 때문이야. 혹시 지금 녹음 중인가?”

“네.”

“내가 지금부터 하는 이야기는 외부로 유출되어서는 안 돼.”

“그렇게 할게요.”

“놀라는 부모에게도 어디에 간다고 말하지 않고 나와 함께 마서즈 빈야드에 간 거야. 일시적인 가출이었던 셈이지. 마서즈 빈야드에서 돌아온 다음 날 놀라를 다시 만났는데 얼굴이 몹시 슬퍼 보였어. 엄마에게 맞아 온몸이 멍 자국투성이였지. 놀라가 울면서 나에게 엄마의 매질이 얼마나 가혹한지 털어놓았어. 쇠로 만든 자로 심하게 때리는가 하면 머리채를 잡고 욕조의 물속으로 밀어 넣기도 한다는 거야. 그런 끔찍한 체벌만이 놀라의 몸에 깃든 마귀를 쫓아낼 수 있다면서."

"놀라의 엄마가 광신도였네요."

"놀라의 엄마는 딸의 머리채를 잡고 욕조를 가득 채운 물에 처박는 행위를 일종의 세례식으로 간주했나봐. 그런 짓을 저지르면서 예수님이 요단강에서 세례를 받던 장면을 떠올렸을지도 모르지. 도저히 납득하기 힘들었지만 눈앞에 증거가 있으니 어쩌겠나? 그래서 내가 물었어. '네 아버지는 부인이 그런 짓을 하면 말리지도 않고 가만히 보고만 있니?' 그러자 놀라가 말했어. '엄마가 나에게 체벌을 가할 때마다 아빠는 차고에 틀어박혀 음악을 크게 틀어놓아요.'

놀라는 그런 고통을 받으면서 더는 견딜 수 없었다고 했어. 나는 켈러건 목사를 만나 그 문제를 해결해야겠다고 생각했지. 잔인한 체벌이 반복적으로 가해지도록 내버려둘 수는 없으니까. 하지만 놀라가 켈러건 목사를 만나지 말아 달라고 애원했어. 그래봐야 자기만 더욱 끔찍한 체벌을 당하게 될 거라면서. 엄마가 놀라를 먼 곳으로 보내 우리가 다시는 볼 수 없도록 할 거라고도 했지. 그렇다고 가만히 있을 수는 없었어. 그런 일이 반복되는 걸 방치할 수는 없으니까. 우리는 8월 말, 그러니까 8월 20일 전후에 오로라를 떠나기로 결정했지. 물론 비밀리에 떠날 생각이었고, 출발 날짜는 8월 30일로 정했어. 우리는 차를 타고 버

몬트로 가서 캐나다 국경을 넘어가기로 했어. 우리의 계획이 성공했다면 지금쯤 브리티시컬럼비아의 숲속 통나무집에서 살고 있었을 거야. 호수가 내려다보이는 전망 좋은 숲속에서. 그 누구도 우리가 어디 있는지 찾아낼 수 없는 곳."

"그러니까 그 문제가 두 사람이 함께 도망칠 계획을 세운 이유였군요?"

"그렇지."

"그런데 왜 선생님은 내가 그 이야기를 언급하는 걸 원치 않으시죠?"

"이 이야기는 시작에 불과해. 그 후 난 놀라의 엄마에 대해서 더욱 끔찍한 사실을 알게 되었거든."

접견 끝을 알리는 벨 소리에 이어 교도관의 목소리가 들려왔다.

"접견 끝입니다."

"이 이야기는 다음번에 계속하기로 하지. 그때까지 자네만 알고 있어야 하니까 명심해."

"한 가지만 더 말해주세요. 그때 만일 캐나다로 도망치는 데 성공했다면 《악의 기원》은 세상의 빛을 볼 수 있었을까요?"

"글쎄, 그 상황이 되어본 적이 없어 확언할 수는 없지만 그래도 난 작가라는 직업을 이어가고 있었겠지. 아니면 아예 글쓰기를 포기하고 다른 직업을 찾아보았을 수도 있고. 그런 문제는 전혀 중요하지 않았어. 오로지 내게는 놀라만이 중요할 뿐이었지.

놀라가 나의 세상이었으니까. 그 나머지는 어떻게 되든 상관없
었어."

해리가 33년 전에 세운 계획을 머릿속으로 정리해보았다.

미치도록 사랑에 빠진 해리는 놀라와 함께 캐나다로 도주한
다. 그들은 호수가 내려다보이는 숲속 통나무집에서 은둔 생활
을 시작한다. 물론 그들이 캐나다로 도주하기로 약속한 날 놀라
는 실종되고 끝내 살해당할 수도 있다는 가능성은 전혀 알지 못
했다. 그리고 해리가 포기 직전까지 갔다가 짧은 시간에 경이적
으로 완성한 그 책이 지난 50년 동안 가장 많이 팔린 베스트셀
러가 되리라는 것 역시 예상하지 못했다.

∞

두 번째로 만난 낸시 해터웨이는 해리와 놀라가 마서즈 빈야
드에서 보낸 일주일에 대해 새로운 버전을 들려주었다.

"놀라가 샬로츠 힐 병원에서 퇴원해 집으로 돌아온 직후 일주
일 동안 우린 매일이다시피 만나 그랜드비치에 물놀이하러 갔
어요. 놀라가 몇 번 우리 집에서 저녁 식사를 하기도 했죠. 그다
음 주 월요일에 놀라와 해변에 가려고 놀라의 집으로 가서 초인
종을 눌렀어요. 놀라의 엄마가 문을 열어주더니 놀라가 몸이 많
이 아파 침대에 누워있어야 한다면서 해변에 갈 수 없다고 하더

군요. 일주일 내내 놀라의 엄마는 같은 말만 반복했죠. '놀라가 많이 아파서 병문안 온 사람을 만나길 꺼려해'라고요. 이상한 생각이 들어 엄마에게 현재 놀라가 어떤 상황에 처해 있는지 알아봐달라고 부탁했는데 집 안으로 들어가 보지도 못하고 돌아왔더군요. 놀라에게 무슨 일이 벌어지고 있는 건 확실했어요. 그러다가 깨달았죠. 놀라가 집을 나갔다는 사실을."

"그런 생각을 하게 된 근거가 있나요? 놀라의 엄마 말대로 몸이 진짜로 아파 침대에 누워있었을 수도 있잖아요."

"당시 우리 엄마가 주목한 디테일이 있었죠. 음악 소리가 들리지 않았다는 겁니다. 일주일 내내 그 집에서 음악 소리가 단 한 번도 들리지 않았거든요."

나는 형사처럼 꼬치꼬치 캐물었다.

"몸이 아픈 놀라를 배려해 음악을 크게 틀지 않았을 수도 있잖아요."

"그 집에서 무려 일주일 동안 음악 소리가 들리지 않은 적은 없었어요. 그야말로 아주 특별한 일이었죠. 놀라가 진짜로 아파 누워있는지 확인하려고 그 집 뒤로 숨어들어 그 아이의 방 창문을 통해 방 안을 들여다보았어요. 방 안에는 아무도 없고, 침대는 전혀 흐트러져 있지 않더군요. 내 짐작대로 놀라가 집을 떠난 게 확실했어요. 그다음 일요일 저녁부터 다시 음악 소리가 들리기 시작했죠. 차고에서 흘러나온 음악 소리가 널리 울려 퍼졌어요. 그

다음 날, 놀라를 다시 볼 수 있었죠. 놀라는 그날 오후 늦게 우리 집에 왔고, 우리는 오로라 중심가에 있는 광장에 갔어요. 나는 놀라를 부추겨 무슨 일이 있었는지 이야기를 들었죠. 놀라를 사람들의 눈길이 미치지 않는 덤불 숲으로 데려가 원피스를 걷어 올리게 했어요. 역시나 끔찍한 멍 자국이 선연하게 나 있는 걸 확인했죠. 내가 이번에는 무슨 일이 있었는지 반드시 알아야겠다고 고집을 부리자 놀라는 지난 일주일 동안 가출했다가 돌아왔고, 엄마에게 매를 맞았다고 털어놓더군요. 놀라는 나이 많은 남자랑 여행을 다녀왔다면서 상대가 누군지는 밝히지 않았어요. 아마도 엘리야 스턴이었을 거예요. 놀라는 일주일 동안 환상적인 시간을 보냈다면서 매를 맞긴 했어도 후회하지 않는다고 하더군요."

나는 낸시에게 놀라가 엘리야 스턴이 아니라 해리와 마서즈 빈야드에 다녀왔다는 사실을 굳이 밝히지 않았다. 낸시가 놀라와 엘리야 스턴의 관계에 대해 그다지 많이 알고 있지는 않은 듯했다.

"놀라는 틀림없이 엘리야 스턴과 부적절한 관계를 맺고 있었어요." 낸시가 다시 말을 이었다. "그 당시 일을 곰곰이 생각해보니 더욱 그런 생각이 들어요. 파란색 머스탱을 몰고 온 루터 칼렙이 놀라를 태워 엘리야 스턴에게 데려갔죠. 물론 그 일은 은밀하게 이루어졌지만 딱 한 번 그 장면을 내 눈으로 똑똑히 봤어요. 그 얘기를 했더니 놀라가 나에게 말하더군요. '우리의 우정을 걸고 약속해줘. 네가 본 사실들을 비밀로 하겠다고. 그 일이 알려지면 우리 둘 다 문제가 생길 수도 있어'라고 하기에 내가 물었죠. '놀라, 넌 왜 그 작자 집에 가는 거야?'라고 했더니 놀라가 '사랑하기 때문이지'라고 대답했어요."

"놀라가 언제부터 엘리야 스턴을 만나기 시작했습니까?" 내가 물었다.

"그해 여름에 그 사실을 알게 되었는데 유감스럽게도 정확한 날짜는 기억나지 않아요. 많은 일이 벌어졌던 여름이었거든요. 내가 그 사실을 알게 되었을 때는 이미 두 사람의 부적절한 관계가 몇 해째 지속되고 있었는지도 모르죠."

"부인은 끝까지 비밀을 지키셨습니까? 혹시 놀라가 실종되었을 때 그 이야기를 누군가에게 털어놓지는 않았나요?"

"프랫 서장에게 그 이야기를 털어놓았어요. 내가 알고 있는 모든 이야기를 들려주었죠. 프랫 서장이 나에게 걱정하지 말라면서 모든 진실을 명명백백하게 다 밝혀내겠다고 장담하더군요."

"그 이야기를 법정에서도 있는 그대로 증언해주실 수 있습니까?"

"물론입니다. 진실을 밝히는 데 필요하다면."

∞

나는 페리 게할로우드 경사와 함께 켈러건 목사를 다시 한번 만나보고 싶었다. 페리에게 내 생각을 전하려고 전화를 걸었다.

"무슨 일로 켈러건 목사를 다시 만나고자 하는데요?"

"켈러건 목사를 만나 조사 과정에서 알게 된 새로운 사실들에 대해 이야기를 나누어보려고요. 가령 놀라가 당한 지속적인 매질에 대해서도 물어보려고 합니다."

"켈러건 목사에게 혹시 놀라가 나이 많은 남자를 만나 매춘을 했는지 묻기를 바랍니까?"

"우리는 현재 놀라 켈러건 사건의 진실을 밝히는 데 필요한 실마리들을 한 가지씩 찾고 있는 중입니다. 그동안 경사님이 믿고 있던 사실들이 일주일 만에 뒤집어져버렸습니다. 경사님은 놀라 켈러건이 어떤 아이였는지 자신 있게 알고 있습니까?"

"역시 작가라서 그런지 입도 뻥긋하지 못하도록 논리적으로 말하는 재주가 있네요. 그럼 내일 오로라의 〈클락스 식당〉에서 만납시다."

"왜 하필 〈클락스 식당〉입니까?"

"만나서 설명할 테니까 10시까지 거기로 오세요."

다음 날 아침, 나는 먼저 제니와 이야기를 나누어보려고 약속 시간보다 일찍 〈클락스 식당〉에 갔다. 제니에게는 최악으로 기억될 1975년 여름 무도회와 관련해 물어볼 말이 있었다. 행운권 추첨이 있었고 해리가 1등 상을 타게 된 순간 제니는 은근히 자신이 그의 선택을 받을 거라 기대했고, 마서즈 빈야드 섬의 찬란한 태양 아래서 환상적인 사랑을 나누며 일주일을 보내게 될 거라 상상했지만 결과는 생각대로 되지 않았다.

제니가 말했다. "그때 난 해리가 나를 마서즈 빈야드에 데려가 주길 간절히 바라며 매일이다시피 그를 기다렸지. 7월 말쯤 해리가 일주일 동안 자취를 감추었고, 나는 그가 마서즈 빈야드에 갔다고 확신했어. 누굴 데려갔는지는 알 수 없었지만……."

나는 제니에게 진실을 말해주는 건 너무 가혹하다고 생각해 거짓말을 했다. "해리는 혼자 갔어요. 글을 쓰기 좋은 곳이었으니까."

제니가 안도하는 표정으로 빙긋 웃고 나서 말했다. "해리가 놀라와 함께한 시간을 바탕으로 《악의 기원》을 썼다는 사실을 알게 된 이후 난 부쩍 자신감을 잃었어. 왜 해리는 내가 아니라 놀라를 선택했을까?"

"대답하기 힘든 질문이네요. 논리적인 설명이 불가하니까. 혹시 해리와 놀라가 어떤 사이인지 단 한 번도 의심해본 적이 없어요?"

"도대체 누가 그런 상상을 할 수 있겠어. 그 당시 놀라는 미성년자였고, 해리와 나이 차가 크게 났으니까."

"퀸 부인은 어느 시점부터 두 사람의 관계를 알고 있었다고 하더군요. 그런데 왜 딸에게는 아무런 언급도 하지 않았을까요?"

"놀라가 실종된 이후 엄마는 해리가 의심된다고 했어. 일요일이면 나를 마음에 품고 있던 트래비스가 우리 집에 와서 점심 식사를 같이 했는데 그때마다 엄마가 '난 해리가 놀라의 실종과 깊은 관련이 있다고 생각해'라는 말을 했어. 그러면 트래비스가 '그 사실을 증명해줄 증거가 필요합니다. 증거가 있어야 해리를 불러 신문할 수 있으니까요'라고 했지. 그러면 또 엄마가 '나에게 의심할 여지 없는 증거가 있었는데 그만 잃어버렸지 뭐야'라고 했어. 난 엄마 말을 믿을 수 없었지. 엄마는 공들여 준비한 가든파티를 망친 이후 해리를 죽도록 미워하고 있었으니까."

페리는 정확하게 10시에 나타났다. 마침 제니가 일을 하러 주방으로 돌아간 직후였다.

"루터 칼렙에 대해 조사해봤는데 쉽지 않더군요. 루터 칼렙은 1945년에 메인주 포틀랜드에서 태어났습니다. 1970년부터 1975년 사이에 콩코드, 오로라, 몬트버리에서 여성을 추행해 경찰 조사를 받은 기록이 남아있더군요. 술을 마시고 길거리에서 어슬렁거리다가 여자들에게 수작을 걸었나봐요. 그 당시 지금은 트래비스의 부인이 된 제니 퀸이 고소장을 제출한 적이 있더군요. 이 식당을 운영하는 분이고, 고소 날짜가 1975년 8월 날짜로 되어있습니다. 당신을 이곳에서 만나자고 한 이유입니다."

"제니가 루터 칼렙을 고소했다고요?"

"제니 퀸을 아십니까?"

"물론이죠."

"그럼 이 자리로 불러주시죠."

나는 서빙을 맡은 여직원에게 제니를 불러달라고 부탁했다.

제니가 자리에 오자 페리가 자신을 소개하더니 루터 칼렙에 대해 이야기해달라고 요청했다. 제니는 어깨를 한 번 으쓱했다.

"그다지 아는 게 없어서 딱히 할 말이 없는데요. 루터 칼렙은 상냥한 사람이었어요. 외모와는 달리 부드러운 성품의 소유자였죠. 그가 가끔 〈클락스 식당〉에 오면 난 샌드위치와 커피를 가져다주었어요. 돈은 한 푼도 받지 않았죠. 가난한 사람이었으니까."

"루터 칼렙을 고소한 적이 있던데요?" 페리가 물었다.

제니가 놀란 표정을 지었다. "조사를 많이 하셨네요. 트래비스가 그를 고소하라고 나를 부추겼어요. 트래비스는 그 당시 나에게 루터 칼렙이 위험인물인 만큼 절대로 가까이해선 안 된다고 했죠."

"트래비스는 왜 그를 위험인물로 지목했을까요?"

"그해 여름에 루터 칼렙은 자주 오로라 시내를 어슬렁거리며 돌아다녔어요. 가끔 나에게 공격적인 태도를 보이기도 했죠."

"루터 칼렙이 폭력적인 태도를 보인 이유가 있을까요?"

"폭력적인 태도는 과한 표현이고요. 아무튼 루터 칼렙은 엉뚱한 고집을 부렸죠. 이렇게 말하면 우습게 들릴 수도 있는데……."

"무엇이든 있는 그대로 말씀해주세요. 디테일이 중요할 수도 있으니까요."

나는 제니를 향해 고개를 끄덕였다.

"그는 나를 그림으로 그리고 싶다고 고집을 부렸어요."

"부인을 그림으로 그리겠다고요?"

"그가 나에게 바라는 건 나를 그림으로 그리는 것뿐이라고 했어요."

"그래서 어떻게 되었죠?" 내가 물었다.

"어느 날부터인가 루터 칼렙이 눈에 띄지 않았어." 제니가 내 질문에 답했다. "사람들 말로는 그가 스스로 목숨을 끊었다고 했지. 자세한 건 트래비스에게 물어봐."

페리가 나에게 루터 칼렙은 교통사고로 죽었다고 말해주었다. 1975년 9월 26일, 그러니까 놀라가 실종된 지 4주가 지난 때에 루터 칼렙이 운전하고 다니던 차가 매사추세츠주 사가모어 근처 절벽 아래로 추락한 상태로 발견되었다. 페리의 조사 결과 루터 칼렙은 포틀랜드에서 미술학교를 다녔고, 놀라의 초상화를 그린 사람일 가능성이 크다고 했다.

"루터 칼렙이 놀라를 공격하려고 했던 건 아닐까요? 그가 놀라를 사이드 크릭 숲으로 끌고 갔던 사람일 수도 있어요. 평소 잠재되어 있던 폭력성이 발현되면서 놀라를 살해하고 나서 사체를 처리하고 도주했을 수도 있죠. 살인을 저지르고 쫓기는 몸이 되자 후회막급이 되어 차를 몰고 절벽으로 돌진했을 수도 있고요. 루터 칼렙에게는 메인주 포틀랜드에 사는 누이가 하나 있더군요. 그 누이와 접촉해보려고 합니다."

"그 당시 경찰은 왜 놀라 켈러건 실종 사건을 루터 칼렙과 결부시켜 생각해보지 않았을까요?"

"그 당시 루터 칼렙은 용의자가 아니었습니다. 그 어떤 단서도 루터 칼렙과 연결되지는 않았으니까요."

나는 여전히 궁금했다.

"엘리야 스턴을 다시 만나봐야겠어요. 정식으로 압수 수색 영장을 청구받아 그의 자택을 수사해보면 어떨까요?"

페리가 난색을 표했다. "엘리야 스턴은 대단한 재력가이고, 뉴햄프셔주에서 막강한 영향력을 행사하는 인물입니다. 확실한 단서가 없는 한 법원에서 압수 수색 영장을 발부해주지 않을 겁니다. 우리에게는 확실한 단서가 필요합니다."

"놀라를 그린 그림이 있잖습니까?"

"지난번에도 말했지만 그 그림은 불법으로 획득했기 때문에 재판에서 증거로 사용할 수 없다고 몇 번이나 말해야 수긍할 겁니까? 엘리야 스턴은 다음에 찾아가보기로 하고, 우선 켈러건 목사를 만나러 갑시다."

"켈러건 목사를 만나면 몇 가지 의문점들을 확실하게 풀고 싶습니다. 켈러건 목사와 그의 부인은 갈수록 의혹이 점점 늘어가고 있습니다."

나는 놀라와 해리가 마서즈 빈야드에 갔던 일, 켈러건 부인의 반복되는 매질, 딸이 가혹한 매질을 당할 때마다 회피하듯 차고로 숨어버리는 켈러건 목사의 행태를 페리에게 이야기했다. 놀라의 주변은 풀리지 않는 수수께끼로 덮여 있었다. 놀라는 평소에는 환하게 빛나는 밝은 아이였지만 그 이면을 들여다보면 엄마에게 지속적으로 매질을 당한 불쌍한 아이이기도 했다. 놀라를 아는 사람들은 하나같이 입을 모아 밝은 아이라고들 했지만 자살을 시도한 이력이 있었다. 나는 페리와 아침 식사를 하고 나서 켈러건 목사를 만나러 갔다.

∞

테라스 애비뉴에 위치한 켈러건 목사 집의 현관문이 활짝 열려 있는데 그는 안에 없었다. 음악 소리도 들려오지 않았다. 우리는 현관문 앞에 서서 켈러건 목사가 나타나길 기다렸다. 30분쯤 지났을 때 그가 바이크를 타고 차고 앞에 멈춰 섰다. 33년 동안 수리한 할리데이비슨이었다. 그는 헬멧도 쓰지 않고, 귀에는 시디플레이어의 이어폰을 꽂고 있었다. 그는 볼륨을 최대로 높인 상태로 음악을 듣고 있었기에 우리에게 고함을 지르다시피 인사했다. 바이크의 시동을 끈 그가 차고로 들어가더니 전축을 크게 틀었다.

"경찰이 여러 차례 다녀갔습니다." 그가 말했다. "음악 소리가 너무 크다고 이웃 사람들이 민원을 넣었답니다. 트래비스 던 서장이 직접 나를 찾아와 제발 음악 소리를 낮추고 들으라고 하더군요. 내가 그에게 말했죠. '음악은 내가 나에게 주는 벌입니다'라고요. 그러자 그가 이 휴대용 시디플레이어와 시디 한 장을 사들고 다시 찾아왔더군요. 요즘은 주로 이 시디플레이어로 음악을 듣습니다."

"이 바이크는 드디어 수리를 마친 겁니까?" 내가 물었다.

"보시다시피 멋지게 끝냈습니다."

놀라의 유골이 발견되고 나서야 켈러건 목사는 바이크 수리에 착수해 비로소 끝낸 것이다. 그는 우리를 주방으로 데려가 아이스티를 유리잔에 따라주었다.

"놀라의 유골은 언제 돌려줄 건가요? 이제 그 아이가 편히 눈 감을 수 있도록 묻어줘야죠." 그가 페리에게 물었다.

"이제 곧 돌려줄 겁니다."

켈러건 목사가 유리잔을 만지작거리며 말했다. "놀라는 아이스티를 좋아했어요. 여름에 우리는 아이스티를 만들어 커다란 병에 담아 들고 해변에 나가 갈매기들을 바라보며 마시곤 했죠. 놀라는 갈매기를 무척이나 좋아했습니다."

나는 고개를 끄덕이고 나서 말했다. "놀라의 죽음과 관련해 아직 풀리지 않은 수수께끼들이 많이 남아있습니다. 게할로우드 경사님과 제가 오늘 켈러건 목사님을 찾아온 이유입니다."

"나에게 궁금한 점이 있으면 뭐든 물어보세요."

"혹시 엘리야 스턴이라는 인물을 아십니까?" 페리가 물었다.

"개인적으로는 모르지만 오로라에서 몇 번 마주친 적이 있습니다. 뉴햄프셔주에서 가장 유명한 사람이니까 당연히 누군지는 알고 있죠."

"루터 칼렙도 아십니까?"

"처음 들어보는 이름입니다. 세월이 많이 지나 내가 잊어버렸을 수도 있겠네요."

"놀라는 생전에 그 두 사람과 연관이 있었던 것으로 보입니다."

"*연관이 있었다?*" 켈러건 목사가 페리가 한 말을 따라했다. "그 말은 외교적 수사로 보이는데 직설적으로 말하자면 무슨 뜻입니까?"

"놀라가 엘리야 스턴을 만나 관계를 가진 것으로 보입니다."

켈러건 목사의 얼굴이 어두워졌다.

"놀라가 매춘부였다고 말하는 겁니까? 내 딸은 해리 쿼버트가 저지른 파렴치한 범죄 행위의 피해자일 뿐입니다. 소아성애자인 그놈은 이제 죗값을 달게 받게 될 겁니다. 내 딸을 더는 모욕하지 말아주길 바랍니다. 그럼 안녕히 가세요."

페리는 자리에서 일어섰지만 나는 아직 할 말이 남아있었다.

"켈러건 부인이 놀라를 지속적으로 매질한 게 사실입니까?"

"지금 뭐라고 하셨죠?" 켈러건 목사가 볼멘소리로 물었다.

"켈러건 부인이 놀라를 수시로 때렸는지 물었습니다."

"지금 무슨 말을 하는지 모르겠군요."

나는 그가 말할 틈을 주지 않고 몰아붙였다.

"놀라는 1975년 7월 말에 집을 나간 적이 있을 겁니다. 놀라가 가출한 게 틀림없었지만 당신은 아무에게도 알리지 않았죠. 1975년 7월 말에 당신은 왜 놀라가 가출했음에도 경찰에 신고하지 않았습니까?"

"놀라가 다시 집으로 돌아올 거라 믿었으니까요. 내 예상대로 일주일 후 놀라는 집으로 돌아왔습니다."

"놀라가 돌아올 거라고 생각해 일주일을 기다렸다고는 하지만 그 아이가 실종된 날 저녁에 당신은 딸이 없어진 사실을 알게 된 지 한 시간 만에 경찰에 전화했습니다. 내 말이 사실이 아닌가요? 왜 당신의 말과 행위가 서로 다르죠?"

켈러건 목사가 고함치듯 말했다. "그날 저녁에 나는 놀라를 찾아 동네를 돌아다니다가 사이드 크릭 레인에서 피투성이가 된 어떤 여자아이를 보았다는 이야기를 듣게 되었습니다. 그 말을 듣는 즉시 놀라와 연관 짓지 않을 수 없었습니다. 당신은 나에게서 얻어내고자 하는 게 뭡니까? 나는 이제 가족도 없이 혼자 남게 되었습니다. 당신은 왜 나를 찾아와 해묵은 상처를 헤집는 겁니까? 당장 이 집에서 나가요."

나는 전혀 위축되지 않았다.

"앨라배마에서는 무슨 일이 있었습니까? 왜 당신은 앨라배마에서 오로라로 이주했죠? 1975년에 이 집에서는 무슨 일이 있었던 겁니까? 하늘에 맹세코 대답해주세요. 당신이 놀라의 아버지라면 내 질문에 솔직하게 대답해주어야 합니다."

켈러건 목사가 자리에서 벌떡 일어나더니 마치 미친 사람처럼 나를 덮쳤다. 그가 내 멱살을 잡았다. 노인치고 상상하기 어려울 만큼 힘이 센 편이었다. "당장 내 집에서 꺼져!" 켈러건 목사가 나를 뒤로 밀치며 고함을 질렀다. 페리가 나를 잡고 집 밖으로 끌어내지 않았더라면 나는 필시 그의 주먹을 맞고 바닥에 나동그라졌을 것이다.

페리가 나에게 쏘아붙였다. "당신 미쳤어요? 아니면 비정상적으로 멍청한 겁니까? 증인들을 죄다 그런 식으로 몰아붙이면 앞으로 누가 수사에 적극적으로 협조하겠어요?"

"경사님도 아직 풀리지 않는 수수께끼가 있다는 걸 인정하시죠?"

"아까 말한 앨라배마 이야기는 또 뭡니까?" 페리가 물었다.

"내가 전에도 이미 말씀드렸을 텐데요. 켈러건 가족은 앨라배마를 떠나 오로라에 왔습니다. 켈러건 가족이 오로라로 이주한 이유가 있었을 거라고 확신합니다."

"내가 알아보죠. 그 대신 오늘처럼 증인들을 자극하지 않겠다고 약속해줘야 합니다."

"우리가 끝내 진실을 밝혀내고, 해리의 누명을 벗겨줄 수 있겠죠?"

페리가 나를 뚫어지게 바라보았다.

"나는 지금 중대한 살인사건을 수사하고 있는데 당신은 해리 퀴버트가 놀라를 살해한 범인이 아니라는 사실을 입증할 근거를 찾기 위해 혈안이 되어있는 것으로 보입니다. 당신이 생각하기에 해리 퀴버트는 무죄인데 경찰이 자꾸만 그를 유력한 용의자로 몰아가는 것처럼 보이나봐요? 당신은 사람들이 해리 퀴버트를 비난하는 이유가 뭔지 알고 있긴 한가요? 그는 법적으로 미성년자인 열다섯 살 소녀와 놀아났습니다. 사람들이 그를 비난하는 가장 큰 이유입니다. 해리 퀴버트는 살인사건 용의자이기 이전에 그 부분 때문에 비난의 대상이 되고 있습니다."

"나도 사실은 그 부분이 여전히 꺼림칙합니다. 앞으로 모든 진실이 밝혀지면 해리가 왜 그랬는지도 드러나겠죠. 나는 사실 사건이 터지고 난 직후에 오로라에 왔습니다. 앞뒤 재볼 사이도 없이 내 친구 해리를 생각할 수밖에 없었습니다. 아무리 친한 사이라도 이틀이나 사흘쯤 고통을 함께 나누고 나서 집으로 돌아갈 겁니다. 친구라면 그 정도는 해줘야 욕을 먹지 않을 테니까요."

"당신은 왜 여기에 계속 남아 나를 성가시게 하는 겁니까?"

"해리가 없었다면 오늘의 나는 존재하지 않을 겁니다. 해리는 나의 유일한 친구입니다. 그는 나에게 문학은 물론이려니와 삶을 가르쳐주었죠. 지난 10년 동안 나는 그가 없으면 아무것도 아닌 존재였죠."

페리가 내 말을 진지하게 듣고 있더니 느닷없이 나에게 자기 집에 가서 저녁 식사를 하자고 제안했다. "오늘 저녁에 그간의 수사도 정리할 겸 식사나 같이합시다. 내 아내와 아이들도 만나 보고요. 아내도 좋아할 겁니다. 사실은 아내가 당신을 집으로 초대하라고 보챈 지 제법 오래되었거든요. 당신이 쓴 소설을 읽어보았고, 당신을 만나보는 게 소원이랍니다. 그런 허접스런 소원은 난생처음 들어봅니다."

∞

게할로우드 가족의 집은 콩코드 동쪽 주거 지역에 위치해 있었다. 페리의 아내 헬렌은 남편과 달리 우아하고 유쾌한 성격이었다. 헬렌은 나를 상냥하게 맞아주었다. "난 당신이 쓴 소설을 감명 깊게 읽었어요." 헬렌이 말했다. "페리와 합을 맞춰 수사를 진행하고 있다면서요?"

그러자 옆에 있던 페리가 말했다. "작가가 무슨 수사를 한다고 그래? 저 엉터리 작가는 내 수사를 방해하려고 하늘에서 내려보낸 훼방꾼일 뿐이야."

귀엽고 예쁜 두 딸도 나에게 인사하고 나서 자기들 방으로 쪼르르 들어갔다.

내가 페리에게 말했다. "이제 보니 이 집에서 경사님만 나를 싫어하는 것 같네요."

페리가 씩 웃었다. "입 닥치고 밖에 나가 시원한 맥주나 한잔 하시죠. 밤 날씨가 아주 쾌청하네요."

테라스로 나온 우리는 등나무 의자에 앉아 플라스틱 아이스박스에 넣어온 맥주를 마셨다. 페리는 슬리퍼를 신고 있었다. 초저녁이 되면서 바람이 살랑살랑 불었지만 여전히 더웠다. 거리에 나와 노는 아이들 목소리가 들려왔다. 한가로운 여름 저녁이었다.

"부러운 가족입니다." 내가 말했다.

"당신도 부인과 애들이 있지 않나요?"

"아직 저는 미혼입니다."

"그럼 개라도 키워야죠."

"개도 없습니다."

"이제 보니 완전 외톨이네요. 내가 마음대로 예상하자면 뉴욕에서 가장 힙한 동네에 위치한 아파트에 살고 있겠네요. 언제나 텅 비어있는 아파트."

나는 부정하지 않았다.

"내 에이전트가 메이저리그 야구 중계를 보려고 집에 와서 음식을 같이 배달시켜 먹곤 했죠. 이번 일이 터지면서 에이전트와의 관계가 소원해졌습니다. 벌써 2주째 아무런 연락도 없는 걸 보면 앞으로 우리 집에 계속 오길 기대할 수 없을 것 같네요."

"사건이 한시바삐 해결되길 바랍니다. 에이전트를 계속 집으로 오게 하려면 어서 사건을 해결하고 뉴욕으로 돌아가는 수밖에 없겠네요."

"요즘 이 사건을 주제로 소설을 쓰고 있습니다. 계약금으로 1백만 달러를 받았습니다. 출판사에서도 기대가 큰 책이죠. 그렇지만 내 마음은 전혀 행복하지 않습니다. 경사님 생각에는 내가 어떻게 해야 가장 좋을 것 같습니까? 이쯤에서 포기하고 뉴욕으로 돌아가는 게 바람직할까요?"

페리가 놀란 얼굴로 나를 쳐다보았다.

"계약금으로 1백만 달러를 받은 사람이 일 년에 5만 달러 버는 사람에게 조언을 구하는 겁니까?"

"돈이 전부는 아니죠."

"난 뭐라고 대답해야 할지 모르겠네요."

"내가 만약 경사님의 아들이라면 뭐라고 조언할 건데요?"

"내가 아들처럼 여기는 조카가 하나 있는데 스무 살이니까 당신보다 어리겠네요." 페리가 주머니를 뒤지더니 사진 한 장을 꺼냈다. 군복 차림 청년을 찍은 사진이었다.

"조카가 군인입니까?"

"보병 2사단 소속으로 이라크에 파병되어 있습니다. 그 아이가 군에 입대하던 날이 떠오르네요. 조카가 한 가지 중요한 선택을 했다고 하더군요. 대학을 포기하고 입대해 전쟁 중인 이라크에 파병을 가기로 했다는 겁니다. 9월 11일에 발생한 테러 사건을 접하고 나서 느낀 분노가 그 아이에게 그런 결정을 내리게 한 거였죠. 내가 세계지도 한 장을 펼치고 조카에게 '이라크가 어디에 있는지 아니?'라고 물으니까 조카가 '삼촌, 이라크는 제가 가야만 하는 곳에 있습니다'라고 하더군요. 마커스, 내 이야기를 듣고 나서 어떤 생각이 드십니까?(그가 내 이름을 부른 건 처음이었다) 내 조카 말이 옳다고 생각하나요, 아니면 그르다고 생각하나요?"

"글쎄요, 옳고 그른 걸 판단할 수 없는 문제 같네요."

"나도 그렇게 생각합니다. 인생은 선택의 연속이고, 일단 선택한 이상 책임을 져야 한다고 생각합니다."

고즈넉하고 따스한 저녁이었다. 페리의 집에서 나는 모처럼 사람 사는 분위기를 느꼈다. 식사를 마치고 테라스에 혼자 나와 있는 동안 페리는 부인을 도와 설거지와 뒷정리를 했다. 어느덧 밤이 내려앉았고, 하늘은 온통 검은색으로 변했다. 큰곰자리가 내 눈에 들어왔다. 골목에서 놀던 아이들도 모두 집으로 돌아간 듯 주변은 고요하기 그지없었다. 어디선가 귀뚜라미 소리만이 들려올 뿐이었다.

페리가 다시 테라스로 나왔고, 우리는 그간의 수사 진행 상황을 정리했다. 나는 엘리야 스턴이 구즈코브 집을 해리에게 무상으로 임대해준 이야기를 페리에게 해주었다.

"놀라와 부적절한 관계를 맺고 있던 엘리야 스턴이 그런 자선을 베풀었다는 말입니까?" 페리가 고개를 갸웃거렸다. "뭔가 수상해 보이네요."

"나 역시 경사님과 생각이 같습니다. 그 당시 누군가가 해리와 놀라의 관계를 알고 있는 사람이 있었나봐요. 해리가 말하길 여름 무도회 날 저녁에 누군가 화장실 거울에 낙서를 해놓았다더군요. *어린 여자아이를 농락하는 놈*이라고요. 그래서 말인데 원고에 적힌 글씨의 필적 감정 결과는 언제쯤 나올까요?"

"다음 주에 나올 겁니다."

"그럼 그때 가서 곧 알 수 있겠군요."

"나는 놀라가 실종되었을 당시 경찰이 작성한 사건 보고서를 꼼꼼하게 살펴봤습니다." 페리가 말을 이었다. "프랫 서장이 작성한 보고서였습니다. 그 보고서에는 엘리야 스턴이나 해리 쿼버트에 대해 전혀 언급되어 있지 않더군요."

"낸시 해터웨이와 타마라 퀸은 분명 프랫 서장에게 놀라가 실종되었을 당시 해리와 엘리야 스턴에 대해 증언했다고 했는데 왜 경찰 보고서에는 전혀 반영되지 않았을까요?"

"게다가 프랫 서장이 직접 작성한 보고서였습니다. 프랫 서장은 그 사실을 알면서도 왜 아무런 조치를 취하지 않았을까요?"

"프랫 서장이 취한 일련의 행위들은 무엇을 의미할까요?"

페리의 눈빛이 어두워졌다.

"내가 보기에 프랫 서장 역시 어떤 형태로든 놀라 켈러건과 관련 있어 보이는데 경사님은 어떻게 생각하십니까?"

"프랫 서장과 놀라와 관련이 있어 보인다고요? 그럼 내일 아침에 우리가 가장 먼저 해야 할 일이 결정되었네요. 프랫 서장을 만나 왜 그런 선택을 했는지 직접 물어봅시다."

∞

2008년 7월 3일 목요일 아침, 페리가 구즈코브로 나를 데리러 왔고, 우리는 마운틴 드라이브에 있는 프랫 서장의 집으로 그를 만나러 갔다. 마침 프랫 서장이 직접 문을 열어주었다.

"무슨 일인데 이렇게 집에까지 찾아오셨습니까? 듣자하니 당신이 나름 놀라 켈러건 사건을 독자적으로 조사해오고 있다고 하더군요."

그때 집 안에서 에이미가 누가 왔는지 물었다.

"뉴욕에서 온 작가 마커스 골드먼 씨가 나를 찾아왔어." 그제야 그는 몇 걸음 뒤에 서 있는 페리를 발견하고 덧붙였다. "게할로우드 경사도 같이 온 걸 보니 공식적인 방문으로 봐도 되겠네."

페리가 고개를 끄덕였다.

"몇 가지 물어볼 말이 있어서 찾아왔습니다." 페리가 말했다. "아직 맞추지 못한 퍼즐이 많아 수사가 난관에 봉착해 있습니다. 서장님도 충분히 이해하시리라 믿습니다."

우리는 거실에 자리 잡고 앉았다. 에이미 프랫이 다가와 우리에게 인사를 건넸다.

"당신은 정원에 나가 치자나무를 돌보는 게 좋겠어. 우리끼리 할 얘기가 있으니까."

에이미는 얼른 모자를 집어 들더니 정원으로 나갔다. 프랫 서장이 그 말을 하지 않았더라면 좀 더 편안한 분위기 속에서 대화를 시작할 수 있었을 텐데 거실 분위기가 갑자기 팽팽한 긴장 상태로 바뀌었다.

나는 페리가 질문을 이끌어가게 내버려두었다. 그는 공격적인 면이 있긴 하지만 인간 심리를 꿰뚫어보는 능력이 탁월했다.

"우선 놀라 켈러건이 실종에 이르게 된 경위를 짧게 설명해주십시오."

프랫 서장이 짜증스럽다는 듯이 말했다. "1975년에 내가 작성한 사건 보고서가 있습니다. 그 보고서를 찾아 읽어보면 자세한 경위를 알 수 있을 겁니다."

그러자 페리가 기다렸다는 듯이 응수했다.

"서장님께서 작성하신 사건 보고서를 읽어봤는데 아무리 생각해도 납득이 가지 않는 내용이 있었습니다. 가령 타마라 퀸은 분명 서장님에게 해리와 놀라가 어떤 관계인지 말했다고 증언했는데 보고서 그 어디에도 내용이 없던데요."

프랫 서장이 전혀 위축되지 않고 반론을 제기했다.

"타마라 퀸이 나를 찾아와 그 이야기를 해준 건 맞아요. 그 여자는 마치 자기가 그 두 사람의 관계를 낱낱이 알고 있다는 듯이 자신만만한 태도를 보이더군요. 해리 쿼버트가 놀라 켈러건과 은밀하게 관계를 맺어왔다고 주장했는데 증거를 전혀 제시하지 못했습니다."

잠자코 있던 내가 끼어들었다.

"제가 알기로는 타마라 퀸이 서장님을 처음 찾아갔을 때만 해도 제법 그럴싸한 증거를 확보하고 있었다고 하던데요? 서장님께 증거를 직접 보여주기도 했고요. 타마란 퀸의 증언에 따르면 그 종이에 해리가 직접 쓴 글이 적혀 있었고, 그걸 읽으면 그와 놀라와의 관계를 가늠할 수 있는 내용이 들어있었다고 했습니다."

"타마라가 나를 찾아왔을 때 그 종이를 보여주긴 했어요. 그 후에 그 종이는 어디론가 감쪽같이 사라져버렸어요. 증거가 되어줄 종이가 없는데 사건 보고서에 그 내용을 적었어야 한다는 건가요?"

"보고서를 보니 엘리야 스턴에 대한 언급도 전혀 없더군요." 페리가 다시 부드러운 어조로 말했다. "서장님은 엘리야 스턴과 놀라에 대해 전혀 아는 게 없었습니까?"

"엘리야 스턴이라고요?" 프랫 서장이 고개를 갸웃거렸다. "엘리야 스턴이 이번 사건과 무슨 상관이 있죠?"

페리가 비로소 기선을 잡았다고 느꼈는지 낮지만 단호한 목소리로 주저하지 않고 말했다.

"서장님, 이제 허튼수작은 그만하시죠. 당신은 수사를 제대로 하지 않았습니다. 놀라가 실종되었을 때 타마라 퀸은 해리 쿼버트와 그 아이가 어떤 관계인지 알려주었습니다. 낸시 해터웨이는 놀라가 엘리야 스턴과 성관계를 가졌다고 증언했고요. 그렇다면 서장님은 해리 쿼버트와 엘리야 스턴을 경찰서로 불러 심문하고, 자택을 압수 수색해 단서를 확보했어야 마땅합니다. 그런 조치를 취하고 나서 그 내용을 사건 보고서에도 포함시켰어야 마땅했죠. 수사를 담당하는 경찰이라면 누구나 지키는 통상적인 절차 아닌가요? 그런데 당신은 전혀 그렇게 하지 않았습니다. 이유가 뭘까요? 당신 관할인 오로라에서 살인사건과 실종 사건이 연이어 발생했는데 어떻게 수사를 그 따위로 할 수 있죠?"

프랫 서장은 조금 전과 달리 당황하는 기색이 역력했다. 그는 애써 태연한 척하며 언성을 높였다.

"나는 몇 주 동안이나 오로라 일대를 샅샅이 수색했습니다." 프랫 서장이 쩌렁쩌렁한 목소리로 고함치듯 말했다. "심지어 휴가도 반납하고 놀라 켈러건을 찾아내기 위해 최선을 다했습니다. 그런데 지금 집에까지 찾아와 나를 모욕하고, 내가 담당했던 수사를 폄훼하는 겁니까? 아무리 뉴햄프셔주 경찰서 소속이라지만 너무 하는 거 아닌가요?"

"서장님이 땅을 파헤치고 바다 밑바닥을 긁도록 수사에 최선을 다했다고 주장하는 겁니까? 페리가 반박했다. "당신은 당연히 경찰서로 불러 심문해야 할 증인들이 있었는데 생략하고 넘어갔습니다. 도대체 왜 그런 행위를 했는지 도저히 납득하기 힘듭니다. 도대체 켕기는 일이 뭐가 있기에 수사를 그런 식으로 대충 했습니까?"

한동안 깊은 침묵이 이어졌다. 나는 페리를 힐끔 쳐다보았다. 그는 폭풍 전야의 고요함을 연상시키는 태도로 프랫 서장을 응시하고 있었다.

"서장님은 분명 뭔가 자책할 일이 있었나봅니다." 페리가 단호한 말투로 프랫 서장을 압박했다. "놀라 켈러건과 무슨 일이 있었는지 속 시원히 털어놓으시죠."

프랫 서장은 페리의 시선을 감당하기 힘들었는지 자리에서 벌떡 일어서더니 창문을 통해 바깥 풍경을 내다보았다. 그는 정원에 나가 치자나무를 돌보고 있는 에이미에게 잠시 눈길을 주었다.

"8월 초였어요." 프랫 서장이 가느다란 소리로 겨우 입을 열었다. "그 빌어먹을 1975년 8월 초 말입니다. 당신들이 과연 내 말을 믿어줄지 알 수 없지만 나는 내가 겪은 일을 있는 그대로 털어놓겠습니다. 그날 놀라 켈러건이 경찰서 내 집무실로 나를 만나러 왔더군요. 누군가 문을 노크하더니 내 대답도 듣지 않고 문을 열고 안으로 들어왔어요. 난 책상 앞에 앉아 서류를 들여다보고 있다가 내 앞에 나타난 놀라를 보고 깜짝 놀랐어요. 무슨 일로 나를 찾아왔는지 물었어요. 놀라의 표정이 예사롭지 않아 보였거든요. 놀라는 내 방문을 닫더니 열쇠 구멍에 꽂혀 있는 열쇠를 돌려 문을 아예 잠가버리더군요. 그런 다음 나를 뚫어지게 바라보더니 나를 향해 걸어왔어요. 내가 앉아 있는 책상을 향해. 그런데……."

프랫 서장은 잠시 말을 멈추었다. 그는 감정이 몹시 격앙되는지 한동안 말을 잇지 못했다. 페리가 그를 향해 손톱만큼의 동정심도 보이지 않고 건조하게 말했다.

"*그런데 뭡니까?*"

"놀라가 내 책상 앞에서 무릎을 꿇고 앉더니 내 바지 지퍼를 열고, 내 페니스를 빼내 자기 입으로 가져갔어요."

이번엔 내가 끼어들었다.

"도대체 그게 무슨 소리입니까?"

"놀라는 펠라티오를 했고, 난 잠자코 내버려두었어요. 그때 놀라가 나에게 말했어요. '가만 계세요, 서장님'이라고요. 펠라티오를 마친 그 아이가 입을 닦으며 나에게 말하더군요. '이제 당신은 범죄자가 되었어요'라고요."

우리는 모두 아연실색했다. 비로소 프랫 서장이 엘리야 스턴과 해리를 신문하지 않은 이유를 알게 된 순간이었다. 프랫 서장 또한 다른 두 사람과 마찬가지로 이 사건의 용의자로 떠오른 순간이기도 했다.

프랫 서장은 마치 그동안 마음을 옭죄던 짐들을 훌훌 털어버리고 싶은 듯 그 후에도 몇 번 더 펠라티오를 받은 사실을 고백했다. 처음에는 놀라가 자발적으로 했다면, 그다음부터는 프랫 서장이 강압적으로 시켰다고 털어놓았다.

"정확하게 기억나지는 않지만 놀라가 실종되기 몇 주 전이었을 겁니다. 나는 순찰을 돌다가 해변 길을 걸어 집으로 돌아가는 놀라를 발견했어요. 구즈코브 근처였는데 타자기를 들고 있더군요. 내가 차에 타라고 했더니 순순히 따랐어요. 나는 오로라 쪽으로 가는 대신 사이드 크릭 숲으로 들어섰죠. 숲길로 들어선 나는 으슥한 곳에 차를 세웠어요. 오가는 차도 없고, 좀처럼 사람들의 발길이 닿지 않는 곳이었죠. 난 놀라의 손을 잡아끌어 잔뜩 발기한 내 물건을 손에 쥐게 한 다음 펠라티오를 해달라고 말했어요. 바지를 풀어헤치고 놀라의 목덜미를 잡고 페니스를 빨아달라고 시킨 거죠. 지금 생각해보면 내가 왜 그런 짓을 했는지 도무지 이해할 수 없어요. 무려 30년이 넘는 세월이 흘렀지만 나는 여전히 그때 더러운 짓을 저지른 나 자신이 부끄러워 미칠 지경입니다. 어서 나를 데려가세요, 게할로우드 경사. 많이 늦었지만 지금이라도 응분의 죗값을 치르고, 놀라에게 용서를 구하고 싶어요. 놀라! 내가 잘못했다. 나를 용서해다오."

에이미는 프랫 서장이 수갑을 차고 밖으로 나오자 소스라치게 놀라 비명을 질렀다. 호기심 많은 이웃사람들이 무슨 일인지 궁금해하며 자기 집 앞 잔디밭으로 나왔다. 나는 어느 이웃집 여자가 남편을 소리쳐 부르며 '여보 빨리 와봐. 프랫 서장이 경찰에 연행되고 있어'라고 외치는 소리를 들었다.

프랫 서장을 차에 태운 페리는 요란하게 사이렌을 울리며 콩코드에 위치한 뉴햄프셔주 경찰청을 향해 출발했다. 나는 프랫 서장의 집 잔디밭에 우두커니 서 있었다. 에이미는 치자나무 옆에 웅크리고 앉아 울음을 터뜨렸고, 이웃 사람들이 하나둘씩 프랫 서장의 집으로 몰려들었다.

나는 벤자민에게 프랫 서장이 전격 체포된 상황을 설명해주려고 전화를 걸었다. 나는 해리에게 이 소식을 전하는 역할을 맡고 싶지 않았는데 몇 시간 후 텔레비전이 빛의 속도로 프랫 서장의 체포 소식을 긴급 뉴스로 다루었다. TV 방송사들 대부분이 예외 없이 이 소식을 경쟁적으로 보도했다. 오로라 경찰서장 가레스 프랫은 놀라 켈러건을 상대로 유사 성행위를 했다고 자백했고, 이번 사건의 새로운 용의자로 부상했다.

교도소에서 나에게 전화를 건 해리는 통화하는 내내 울먹였다. 해리는 뉴스로 듣긴 했지만 믿을 수 없는 일이라면서 나에게 당장 교도소에 와서 자세한 이야기를 들려달라고 했다.

교도소 접견실에서 해리를 만난 나는 프랫 서장이 진술한 이야기들을 들려주었다. 해리는 큰 충격을 받은 듯 참담한 표정을 지으며 연신 눈물을 훔쳤다.

"선생님께 알려줄 일이 아직 한 가지 더 있습니다."

"무슨 일인지 몰라도 말을 듣기도 전에 겁부터 나는군."

"지난번에 제가 엘리야 스턴에 대해 언급한 건 제가 직접 그를 만나러 갔었기 때문입니다."

"그의 집에서 무슨 일이 있었는데?"

"엘리야 스턴의 집에서 놀라를 그린 그림을 발견했습니다."

"그림이라니?"

"엘리야 스턴은 놀라의 누드를 그린 그림을 한 점 벽면에 걸어두고 있더라는 말입니다."

나는 휴대폰으로 찍은 그림을 해리에게 보여주었다.

"놀라가 맞아. 엘리야 스턴이 놀라를 데려가 무슨 짓을 저지른 건가?"

교도관이 눈살을 찌푸리며 해리에게 조용히 하라고 주의를 주었다.

"엘리야 스턴이 어떻게 놀라를 알고 있을까?"

"혹시 놀라가 엘리야 스턴에 대해 언급한 적이 있습니까?"

"내 기억으로는 단 한 번도 없었어."

"제가 조사한 결과에 따르면 놀라는 1975년 여름에 엘리야 스턴과 부적절한 관계를 맺고 있었습니다."

"그게 무슨 말인가?"

"제가 이 사건을 조사하면서 이해한 그대로 말씀드리자면 선생님은 그 당시 놀라가 만나던 유일한 남자가 아닐 수도 있습니다."

내 말을 들은 해리는 반쯤 정신이 나간 듯 멍하니 앉아 있다가 자리를 박차고 일어나더니 플라스틱 의자를 벽을 향해 집어 던지며 고함을 질렀다.

"말도 안 돼! 놀라가 사랑한 사람은 나뿐이었어. 놀라는 나만을 사랑했다고."

교도관들이 달려와 해리를 제압해 끌고 갔다. 해리가 질러대는 분노의 고함 소리가 계속 들려왔다. "프랫 서장과 엘리야 스턴은 저주받아야 할 인간쓰레기들이야."

그날 이후 나는 본격적으로 뉴햄프셔주의 조용하고 작은 도시를 발칵 뒤집어놓은 열다섯 살 소녀 놀라 켈러건이 주인공으로 등장하는 소설을 쓰기 시작했다.

16
악의 기원
뉴햄프셔주 오로라, 1975년 8월 11일에서 20일

"선생님, 소설 한 권을 쓰려면 시간이 얼마나 필요할까요?"

"주어진 여건에 따라 다르지."

"주어진 여건이라면?"

"모든 여건."

1975년 8월 11일

"해리 내 사랑!"

놀라가 원고를 양손에 들고 집 안으로 뛰어 들어왔다. 아직 9시도 되지 않은 이른 아침이었다. 해리는 서재에서 그동안 쓴 원고를 정리하고 있었다. 놀라가 가방에서 원고 뭉치를 꺼내 흔들어 보이면서 서재 앞에 나타났다.

"그 원고를 어디에서 찾았지?" 해리가 짜증 섞인 목소리로 물었다. "그 빌어먹을 원고가 어디에 있었느냐고?"

"미안해요. 너무 화내지 말아요. 내가 어제저녁에 원고를 가져갔어요. 집에 가져가서 읽어보려고요. 사전에 허락을 받아야 하는데 깊이 잠들어 있어 깨우지 못했어요. 덕분에 근사하고 멋진 원고를 읽어보게 되었죠."

놀라는 생글생글 웃으며 원고 뭉치를 내밀었다.

"원고 내용이 마음에 들었어?"

"마음에 든 정도가 아니라 크게 감동받았어요. 지금껏 읽은 글들 가운데 최고로 아름다웠죠. 틀림없이 많은 사람에게 사랑받는 책이 될 거예요. 당신은 미국에서 가장 유명한 작가가 되겠죠."

놀라는 무척이나 행복한 듯 춤을 추기 시작하더니 복도와 거실, 테라스로 나가서도 계속 춤을 추었다. 그 아이는 뭐가 그리 즐거운 듯 이번에는 노래를 흥얼거리며 테라스에 놓인 테이블을 정리했다. 테이블에 묻은 이슬방울들을 닦고 나서 식탁보를 편 다음 펜, 노트, 연습장 그리고 문진으로 쓰려고 주워 온 돌을 적당히 배치해 해리가 원고를 쓸 수 있는 공간을 만들었다. 그런 다음 와플, 비스킷, 과일도 가져다 놓고, 해리가 의자에 편안하게 앉을 수 있도록 쿠션을 놓아두었다.

놀라는 글쓰기에 가장 적합한 환경을 만들어주기 위해 세심하게 신경 썼다. 해리가 테이블 앞에 앉아 글을 쓰는 동안에는 일에 전념할 수 있도록 집 안 청소도 하고, 틈틈이 식사 준비도 하면서 시간을 보냈다.

해리가 쓴 원고를 쓰면 놀라는 레밍턴 타자기로 타이핑을 했다. 그 아이는 그 모든 일들을 끝내고 나서야 해리의 옆에 앉아 행복한 표정을 지으며 그가 글 쓰는 모습을 지켜보았다.

그날 놀라는 정오가 조금 지났을 때 집으로 돌아갔다. 해리를 혼자 두고 갈 때면 늘 그랬듯이 몇 가지 주의사항을 말해주었다.

"샌드위치를 만들어놓았는데 주방에 있어요. 아이스티는 냉장고에 있고요. 일하는 틈틈이 휴식을 취해야 한다는 잊지 마세요. 일을 한꺼번에 너무 많이 하면 끔찍한 두통에 시달리잖아요. 그럴 때마다 신경질적이 되고요. 그러니까 반드시 휴식이 필요해요."

놀라가 팔을 벌려 해리를 끌어안았다.

"오후에 다시 올 거야?" 해리가 물었다.

"내 사랑, 오늘은 바빠요."

"오늘은 왜 이리 일찍 가? 무슨 일 있어?"

"잡지에서 읽었는데 여자들은 신비감이 있어야 한대요."

해리가 씩 웃었다.

"내가 다시 원고에 집중할 수 있게 된 건 다 네 덕분이야."

"내가 평생 하고 싶은 일이랍니다. 당신 뒷바라지하기, 외롭지 않게 옆에 있어 주기, 가장 편안한 상태로 글을 쓸 수 있는 환경을 만들어주기, 사랑이 넘치는 가정 이루기. 아이는 몇이나 원해요?"

"적어도 셋."

"넷은 어때요? 아들 둘에 딸 둘. 그래야 서로 싸우지 않고 사이좋게 지낼 것 같아요. 난 놀라 퀴버트가 되고 싶어요. 이 세상에서 남편을 가장 사랑하고 자랑스러워하는 부인이 될 거예요."

놀라는 구즈코브 길을 따라가다가 1번 도로로 접어들었다. 그 아이는 누군가 덤불 숲에 숨어 엿보고 있다는 사실을 전혀 눈치채지 못했다.

걸어서 오로라까지 가려면 한 시간쯤 걸렸는데, 놀라는 하루에 두 번씩 이 길을 오갔다. 놀라는 오로라 시내에 도착하자 중심가를 지나 작은 공원으로 걸어갔다. 낸시 해터웨이가 공원에서 기다리고 있었다.

"왜 해변이 아니라 공원에서 보자고 했어?" 낸시가 불만이라는 듯 투덜거렸다. "날씨도 더워 죽겠는데."

"오후에 다른 약속이 있어서."

"너, 또 엘리야 스턴을 만나기로 했니? 제발 그러지 마."

"그 이름을 입 밖으로 꺼내면 안 된다고 했잖아."

"이번에도 내가 알리바이를 만들어주길 바라는구나. 그래서 이 더운 날에 해변이 아니라 공원에서 만나자고 한 거야?"

"제발 따지지 말고 나를 좀 도와줘라."

"안 그래도 줄곧 너를 돕고 있잖아."

"이번 한 번만 더 부탁해, 제발!"

"엘리야 스턴의 집에는 제발 가지 마." 낸시가 애원하듯 말했다. "너에게 무슨 일이 생길까봐 겁이 나서 그래. 그 남자네 집에 가서 도대체 무얼 하는지 얘기해봐. 그 남자와 섹스하지?"

놀라는 온화하고 평온한 표정을 지었다.

"그건 아니니까 걱정할 필요 없어. 이번 한 번만 내 편의를 봐주겠다고 약속해. 내 거짓말이 들통나면 무슨 일이 벌어질지 너도 잘 알잖아."

낸시는 체념한 듯 길게 한숨을 쉬었다.

"그래, 알았어. 네가 돌아올 때까지 여기 있을게. 저녁 6시 30분까지야. 너무 늦으면 내가 우리 엄마한테 혼난단 말이야."

"그래, 알았어. 혹시 누군가 너에게 오늘 오후에 무얼 했는지 물으면 뭐라고 대답한다고?"

"오후 내내 공원에서 수다를 떨었다고 해야지." 낸시가 꼭두 각시 인형처럼 말했다. "이제 너를 위해 거짓말하는 것도 지긋지긋해. 너는 왜 이런 짓을 하는 거니?"

"그 사람을 사랑하니까. 그 사람을 위해서라면 뭐든지 다 할 수 있어."

"난 도저히 불가능한 일이야. 생각만 해도 토할 것 같아."

파란색 머스탱 한 대가 공원 안으로 진입하더니 길가에 정차했다.

"차가 왔어." 놀라가 말했다. "난 이제 가봐야 해. 나중에 보자. 정말 고마워, 낸시. 넌 진정한 내 친구야."

놀라는 손을 흔들어 보이고 나서 차를 향해 걸어갔다. 놀라가 차에 오르며 인사했다.

"안녕, 루터."

차는 공원 밖으로 달려 나가더니 이내 자취를 감추었다. 낸시 말고는 방금 전 놀라가 무슨 일을 벌이고 다니는지 전혀 눈치채지 못했다.

한 시간 후, 차는 콩코드에 위치한 엘리야 스턴의 저택으로 들어섰다. 루터가 집 안으로 놀라를 데리고 들어갔다. 이제 놀라도 방으로 가는 길은 알고 있었다.

"옷을 벗어." 루터가 부드럽게 말했다. "스턴 씨가 이제 곧 올 테니까 잠시 기다리고 있어."

∞

1975년 8월 12일

해리는 마서즈 빈야드에 다녀온 이후 글을 쓰는 데 필요한 영감을 되찾았다. 그는 늘 그래왔듯이 새벽에 일어나 달리기를 하러 나갔다. 매일 오로라까지 달렸고, 마리나 앞에 잠시 멈춰서서 팔굽혀펴기를 했다. 아직 새벽 6시가 되기 전이라 도시는 여전히 고요 속에 잠들어 있었다. 〈클락스 식당〉 앞을 지나자니 마음이 불편했다. 식당 문을 열 시간이었고, 제니와 마주치고 싶지 않았다. 제니는 매력적이고 마음씨도 착한 여자였지만 지금 그가 사랑하는 상대는 달리 있었다. 그는 잠시 일출 시간을 맞아 오묘한 빛깔로 물든 바다를 응시했다. 그러다가 그의 이름을 부르는 제니의 목소리를 듣고 화들짝 놀랐다.

"해리, 뭘 그리 유심히 보고 있어?"

〈클락스 식당〉 유니폼 차림의 제니가 머뭇거리며 다가오더니 어색한 동작으로 그를 안아주었다.

"일출 무렵 바다를 보는 걸 좋아하거든." 그가 말했다.

제니는 미소를 지으며 생각했다.

'해리가 여기까지 온 걸 보면 아직은 나를 조금이나마 마음에 두고 있나봐.'

"식당에 들어가서 커피나 한잔 할까?"

"정말 고마운 말이지만 생활 리듬이 깨지면 곤란해서."

제니는 애써 실망감을 감추었다.

"그래도 잠깐 들어왔다가 가."

"아니야, 오늘은 정말 바빠서 안 되겠어."

제니의 표정이 잔뜩 찌푸려졌다.

"그동안 우리 식당에 발길을 끊다시피 해놓고 너무 비싸게 구는 거 아냐?"

"미안해. 원고를 다시 쓰기 시작했는데 정말 바쁘게 지냈어."

"사람이 일만 하면서 살 수는 없잖아. 가끔 머리를 식히러 와. 엄마가 다시는 시비를 걸지 못하도록 단단히 못 박아 놓을 테니까. 지난번에 엄마가 한꺼번에 외상값을 다 갚으라고 으름장을 놓은 건 정말이지 잘못한 거야. 엄마 대신 내가 사과할게."

"이미 지난 일이고, 어차피 갚아야 할 돈이었으니까 상관없어."

"정말 커피 마실 시간 없어?"

"마신 걸로 할게. 고마워."

"혹시 나중에라도 꼭 와."

"당분간은 시간이 날 것 같지 않아."

"매일 아침 달리기를 한다고 들었어. 내가 매일 아침 마리나에 나가 당신을 기다릴 수도 있는데 어떻게 생각해? 그냥 아침 인사나 하는 셈치고."

"그런 수고를 왜 하려고? 그럴 필요 없어."

"오늘은 오후 3시까지 일해. 우리 식당에 와서 식사도 하고 작업도 할 수 있잖아. 절대 방해하지 않을 테니까 언제든지 와. 내가 트래비스랑 무도회에 갔다고 화난 건 아니지? 트래비스는 그냥 친구야. 난 그가 아니라 당신을 사랑해. 이 세상 어느 누구보다."

"당신은 나를 사랑해서는 안 돼, 제니."

시청 종탑에서 6시를 알리는 종소리가 울렸다. 해리의 뺨에 가볍게 입을 맞춘 제니는 총총걸음으로 멀어져갔다.

"사랑한다고 말하지 말았어야 했어."

제니는 그를 사랑한다고 말한 자신이 원망스러웠다. 〈클락스 식당〉으로 걸어가다가 손 인사라도 할 겸 뒤돌아보았더니 해리는 어느새 사라지고 없었다. 제니는 만약 그가 〈클락스 식당〉에 온다면 해리와의 사랑을 지속시켜갈 수 있으리라 생각했다. 제니가 식당에 도착하기 직전 검은 그림자 하나가 난간 뒤에서 불쑥 나타나더니 앞을 막아섰다. 제니는 깜짝 놀라 비명을 지르다가 이내 상대방이 루터라는 걸 알아보았다.

"당신 때문에 잔뜩 겁먹었잖아."

가로등 불빛 아래로 루터의 일그러진 얼굴이 드러났다.

"저 사람이 당신에게 바라는 게 뭐래?"

"바라는 거 없어."

루터가 그녀의 팔을 붙잡더니 꽉 껴안았다.

"나를 놀리는 거야? 저 사람이 당신에게 바라는 게 있을 텐데?"

"해리는 내 친구야. 이제 제발 나를 놓아줄래? 나를 놓아줘야 당신과 말할 거야."

그제야 루터는 포옹을 풀고 물었다.

"내 제안에 대해 생각해봤어?"

"나는 너의 그림 모델을 하기 싫어. 이제 나를 가게 해줄래? 네가 계속 내 앞을 막아서면 트래비스에게 다 말할 거야. 그럼 너만 성가시게 될 텐데."

루터는 더 이상 아무 말도 하지 않고, 어슴푸레한 새벽 속으로 달려가더니 이내 자취를 감추었다. 제니는 갑자기 두려움이 몰려오면서 참고 있던 울음을 터뜨렸다. 그녀는 식당 문을 밀고 들어가기 전에 눈물을 훔쳤다. 엄마가 눈치채지 못하도록.

∞

해리는 도시를 가로질러 구즈코브로 가기 위해 1번 도로로 접어들었다. 머릿속에서 제니의 모습이 아른거렸다. 제니 생각을 하면 언제나 마음이 아팠다. 구즈코브로 가는 길과 1번 도로가 교차하는 지점에 도착했을 때 다리에 힘이 풀리며 쥐가 나려고 했다. 하필이면 인적 없는 길을 달리는 중이었다. 지금 이 상태로는 구즈코브까지 달릴 자신이 없었다. 마침 파란색 머스탱 한 대가 가까운 곳에 멈춰 섰다.

해리는 차창을 내리고 밖을 내다보는 루터 칼렙을 알아보았다.

"도와드릴까요?"

"다리에 쥐가 나려고 해서 걱정했는데 마침 잘됐네요."

"어서 타세요. 집까지 모셔다드릴게요."

"내가 운이 좋군요." 해리가 조수석에 올라타며 말했다. "이른 시간에 오로라엔 어쩐 일입니까?"

루터 칼렙은 한마디 말도 없이 그를 구즈코브에 내려주고 나서 왔던 길을 되돌아갔다.

파란색 머스탱은 콩코드 방향 도로로 접어드는 대신 오로라 방향으로 좌회전하더니 좁은 숲길로 들어섰다. 루터 칼렙은 소나무들이 우거진 곳에 차를 세우더니 빠른 걸음으로 나무들을 헤치고 집 근처 덤불 숲에 몸을 숨겼다. 6시 15분이었고, 그는 나무에 몸을 기대고 기다렸다.

9시쯤 놀라가 구즈코브에 도착했다.

∞

1975년 8월 13일

"애쉬크로프트 박사님, 제 마음을 이해하시겠어요? 저는 늘 그래요. 일을 저질러놓고 후회하죠."

"어쩌다가 그렇게 되는데요?"

"마치 내 의지와는 상관없이 부지불식간에 그렇게 돼요. 일종의 충동인데 고장 난 브레이크처럼 제어가 되지 않아요. 그런 행위들이 저를 불행하게 만들고 있는데 막을 방법이 없어요."

애쉬크로프트 박사는 잠시 타마라의 얼굴을 뚫어지게 바라보았다.

"당신은 다른 사람을 만났을 때 그들에 대해 느낀 생각을 허심탄회하게 말해줍니까?"

"절대로 말해주지 않아요."

"이유는?"

"그들도 다 알고 있을 테니까요."

"그럴 거라 확신하십니까?"

"네, 그래요."

"당신이 절대로 말해주지 않는데 그들이 어떻게 알 수 있을까요?"

타마라는 어깨를 으쓱했다.

"그래도 알 수 있지 않을까요?"

"당신이 나를 보러 온다는 걸 가족들이 알고 있습니까?"

"아니요, 가족들에게는 군이 말하지 않아도 될 것 같아서요."

애쉬크로프트 박사가 천천히 고개를 끄덕였다.

"지난번에도 말했지만 부인이 느끼는 여러 가지 생각의 편린들을 글로 적어보세요. 글을 쓰면 자기 자신을 돌아볼 수도 있고, 마음이 차분하게 정리되기도 하거든요."

"박사님에게 그 말을 듣고 나서 글을 쓰고 있어요. 생각나는 대로 다 적어요. 박사님과 나눈 이야기도 노트에 다 적어두어요. 가족들이 내 비밀 노트를 보면 안 되니까 눈에 안 띄게 잘 숨겨두었어요."

"도움이 되던가요?"

"아직은 잘 모르겠지만 도움이 되는 것 같아요."

"다음 주에 더 이야기를 나누기로 하죠. 오늘은 여기까지입니다."

타마라는 자리에서 일어나 애쉬크로프트 박사와 악수를 나눈 다음 진찰실을 나왔다.

∞

1975년 8월 14일

아침 일찍 구즈코브에 온 놀라는 테라스에 나와 앉아 레밍턴 타자기로 해리가 손으로 쓴 원고를 타이핑하느라 여념이 없었다. 해리는 놀라의 맞은편에 앉아 계속 글을 써나갔다.

"내용이 점점 흥미진진해지고 있어요." 놀라가 타이핑을 하면서 말했다. "눈을 뗄 수가 없을 정도로 재미있어요."

놀라를 보는 것만으로도 영감이 가득 차오르는 걸 느끼면서 해리는 대답 대신 빙긋 웃어주었다.

날씨가 유난히 더운 날이어서 놀라는 해리가 마실 음료가 떨어진 걸 보고 주방으로 갔다. 해리가 즐겨 마시는 아이스티를 준비할 생각이었다. 놀라가 주방으로 들어가고 얼마 지나지 않아 엘리야 스턴이 테라스에 모습을 드러냈다.

"잠시도 쉬지 않고 열심히 글을 쓰는군요." 엘리야 스턴이 인기척을 내지 않고 다가와 말을 건네는 바람에 해리는 깜짝 놀라는 한편 두려움에 사로잡혔다. 놀라가 이 집에 드나든다는 사실을 그가 알아서는 안 되니까.

"아, 스턴 씨가 여긴 웬일이십니까?" 놀라가 그의 목소리를 듣고 집 안에 남아있어주기를 바라면서 해리는 최대한 크게 말했다.

해리가 왜 그리 큰 목소리로 말하는지 이해하지 못한 엘리야 스턴이 역시나 우렁찬 소리로 말했다. "초인종을 눌렀는데 대답이 없더군요. 당신의 차가 차고에 세워져 있기에 테라스에 계실 거라 짐작하고 이리로 왔습니다."

"잘하셨습니다." 해리가 이번에도 큰 목소리로 응수했다.

엘리야 스턴이 테이블 반대쪽에 놓인 레밍턴 타자기에 눈길을 주었다.

"원고를 손으로 쓴 다음 타이핑을 하시나봐요?" 엘리야 스턴이 신기하다는 듯이 물었다.

"손으로 쓴 원고보다는 타이핑해서 보내야 출판사 사람들이 좋아하거든요."

엘리야 스턴은 의자에 털썩 주저앉았다.

"근처에 왔다가 모처럼 이 집에 들러봤습니다. 차를 오로라 중심가에 세워두고 산책하듯이 걸어왔죠."

"정말이지 마음에 드는 집입니다. 제가 이렇게 좋은 집을 사용할 수 있게 해주셔서 감사합니다."

"오히려 난 당신이 이 집에 남아줘서 기쁩니다."

"정말 감사합니다. 제가 큰 빚을 지고 있습니다."

"당신은 나에게 전혀 빚지지 않았습니다."

"언제가 될지 모르지만 제가 돈을 많이 벌면 꼭 이 집을 사고 싶습니다."

"그렇게 된다면야 더할 나위 없이 좋은 일이죠. 꼭 그렇게 되길 바랍니다. 그나저나 날씨가 더워 땀범벅이 되어서인지 목이 너무 마르네요."

해리는 주방 쪽을 바라보았다. 놀라가 이 집에 와있다는 걸 들키지 않으려면 무슨 수를 써서라도 엘리야 스턴을 돌려보내야 만 했다.

"대접할 음료가 없는데 어쩌죠?"

엘리야 스턴이 괜찮다는 뜻으로 손사래를 치며 껄껄 웃었다.

"난 괜찮으니까 부담 갖지 말아요. 이 집에 마실 음료나 먹을 거리가 없을 거라 생각했어요. 그래서 걱정이 되기도 하고요. 글을 쓰다가 건강을 상하면 안 되잖아요. 당신도 어서 결혼해 옆에서 보살펴줄 사람이 있어야 하겠네요. 당신이 나를 오로라 시내까지 데려다주면 내가 맛있는 점심을 대접하고 싶어요. 식 사하면서 이야기를 좀 더 나누고 싶군요. 물론 당신이 원한다 면요."

"기꺼이 그렇게 하겠습니다." 해리가 흔쾌히 대답했다. "그럼 자동차 열쇠를 가져오겠습니다."

해리는 집 안으로 들어가 주방 앞을 지나면서 식탁 아래에 숨 어 있는 놀라를 발견했다. 놀라는 검지를 입술에 대고 공범자 같은 미소를 보여주었다. 그도 미소로 답해주고 밖에서 기다리 는 엘리야 스턴에게로 돌아갔다.

그들은 차를 타고 〈클락스 식당〉에 갔다. 식당 테라스에 자리 한 그들은 달걀 요리와 토스트, 팬케이크를 주문했다. 식당을 방문한 해리를 보자 제니의 눈이 반짝였다.

"정말 재미있네요." 엘리야 스턴이 말했다. "난 그저 동네나 한 바퀴 돌아볼 작정이었는데, 나도 모르게 구즈코브로 발길이 향했으니까요. 마치 주변 경치에 취한 사람처럼 말입니다."

"오로라에서 구즈코브로 가는 길에 있는 해안은 그야말로 명품이죠." 해리도 맞장구를 쳤다. "매일 보아도 지루하지 않아요."

"해안 길을 자주 달리십니까?"

"매일 아침 달립니다. 하루를 시작하는 좋은 방법이죠. 새벽에 일어나 이제 막 떠오르기 시작한 태양을 바라보며 달립니다. 그럴 때마다 그 무엇과도 비견하기 힘들 만큼 아주 특별한 기분을 느낍니다."

"거의 매일 달리기를 한다면 운동선수나 다름없군요. 나도 당신처럼 꾸준히 운동하면서 균형 잡힌 생활을 할 수 있었으면 좋겠네요."

"그렇다고 운동선수에 비견할 정도는 아닙니다. 그제만 해도 오로라에서 구즈코브까지 달리다가 중도에 쥐가 심하게 났거든요. 꼼짝하기 힘들 정도로 아팠는데 스턴 씨의 운전기사를 만나 다행이었죠. 그가 친절하게도 집에까지 태워주었거든요."

엘리야 스턴의 얼굴이 갑자기 경색되었다.

"루터가 그제 아침에 오로라에 왔다고요?"

제니가 커피를 들고 오는 바람에 그들의 대화는 잠시 중단되었다. 제니는 커피를 테이블에 내려놓고 이내 돌아갔다.

해리가 잠시 끊긴 대화를 이어갔다. "저도 그렇게 이른 시간에 오로라에서 그를 본 건 처음입니다. 그가 이 지역에 삽니까?"

엘리야 스턴은 그 질문에 당혹스러워했다.

"루터는 내 집에서 기거합니다. 그가 머무는 별채가 따로 있죠. 루터는 오로라를 좋아합니다. 동틀 무렵의 오로라는 정말이지 환상적이니까요."

"일전에 저에게 그가 구즈코브의 장미를 관리한다고 하셨죠? 그런데 지금껏 왜 한 번도 그를 본 적이 없을까요?"

"장미가 잘 관리되고 있지 않던가요? 루터는 사람들의 눈에 띄지 않게 일한다는 뜻입니다."

"저는 거의 매일 집에 있는데요."

"루터는 조심성이 많은 사람이죠."

"그는 대체로 발음이 어눌하던데 무슨 사고라도 있었나요?"

"오래전 일입니다. 루터의 외양이 공포감을 자아내긴 하지만 내면은 정말 아름다운 사람입니다."

"그럴 거라고 짐작했습니다."

제니가 다시 다가와 잔에 커피를 가득 채워주더니 냅킨꽂이를 정리하고, 용기에 소금을 가득 채우고, 케첩 병도 교체했다. 그녀는 두 사람을 향해 미소 짓고 나서 이내 주방 안으로 사라졌다.

"새로운 소설은 순조롭게 써지고 있습니까?"

"네, 덕분에 잘 풀리고 있습니다. 집을 사용하게 해주셔서 다시 한번 깊이 감사드립니다. 그 집에서 영감을 많이 얻습니다."

"그 아가씨에게서 영감을 많이 얻고 있을 텐데요?" 엘리야 스턴이 이미 다 안다는 듯이 빙긋 웃었다.

"방금 뭐라고 하셨죠?" 해리가 당혹스러운 표정으로 되물었다.

"난 남녀 문제에 남달리 눈치가 빠른 편입니다. 당신은 그 아가씨와 자는 사이 아닌가요?"

"그게 무슨 말이죠?"

"나쁜 일도 아닌데 시치미 떼지 맙시다. 제니와 서로 좋아하는 사이잖아요? 우리가 이 식당에 온 이후 그 아가씨가 보인 태도를 보면 쉽게 알 수 있겠던데요. 제니가 우리 둘 중 누군가를 좋아하는 게 분명해 보이더군요. 마음이 들떠 우리 테이블 주변을 오가고, 커피를 따라주고 하는 걸 보면 당신을 좋아하는 게 분명하던데요. 이제 내가 얼마나 통찰력이 뛰어난 사람인지 아셨을 겁니다."

그제야 마음을 놓은 해리는 억지로 웃었다.

"제니와 저는 사귀는 사이가 아닙니다." 해리가 분명히 말했다. "우리가 서로 사귈지 말지 설왕설래를 한 건 사실이지만 결국 사귀지는 않고 있습니다. 제니는 얼굴도 예쁘고 마음씨도 착하지만 제가 원하는 상대는 아니라서요. 저는 좀 더 저를 강렬하게 매료시키는 여자를 만나고 싶습니다."

"당신은 반드시 고귀하고 희귀한 진주, 당신을 행복하게 해줄 보석을 발견하게 될 겁니다."

∞

해리와 엘리야가 점심 식사를 하는 동안 놀라는 타자기를 들고 땡볕이 내리쬐는 1번 도로를 걸어 집으로 가고 있었다. 그때 자동차 한 대가 뒤따라오더니 옆에 멈춰 섰다. 프랫 서장이 운전하는 경찰 차였다.

"타자기를 들고 어딜 가니?" 프랫 서장이 물었다.

"집에 가요."

"걸어서 가자면 너무 멀잖아. 집에까지 데려다줄 테니까 타."

"고맙지만 그냥 걸어갈게요. 걷는 게 더 좋아요."

"이 뙤약볕에 걸어가겠다고?"

"상관없어요."

프랫 서장이 갑자기 화내며 말했다.

"내가 데려다준다는데 왜 거절하지? 잔말 말고 얼른 타."

놀라는 더는 거절할 수 없어 차에 올랐다. 프랫 서장이 차를 돌려 왔던 방향으로 다시 달리기 시작했다.

"왜 차를 돌려요? 집에 데려다준다면서요?"

"너에게 숲을 구경시켜주고 싶어서 그래. 경치가 아주 멋진 곳이 있거든."

놀라는 아무 말도 하지 않았다. 사이드 크릭 숲으로 들어간 프랫 서장은 산길을 달려 수풀이 우거진 길가에 차를 세웠다. 프랫 서장이 허리띠를 풀고 바지 지퍼를 내리더니 놀라의 목덜미를 움켜쥐었다. 집무실에서도 그랬듯이 그가 놀라에게 펠라티오를 강요했다.

∞

1975년 8월 15일

아침 8시에 루이자 켈러건은 놀라의 방에 왔다. 놀라는 속옷만 입은 상태로 침대에 앉아 엄마를 기다렸다. 루이자의 얼굴에서 딸에 대한 깊은 애정이 묻어났다.

"너도 엄마가 왜 이러는지 알지?"

"네, 알아요."

"넌 천국에 가서 천사가 될 거야."

"솔직히 내가 왜 천사가 되어야 하는지 모르겠어요."

"바보 같은 소리야. 이리 오너라, 내 딸."

놀라는 욕실로 엄마를 따라갔다. 물을 가득 채운 대야가 준비되어 있었다. 루이자는 굽실거리는 금발이었고, 다들 모녀가 많이 닮았다고 했다.

"엄마를 사랑해요." 놀라가 말했다.

"나도 너를 사랑해."

"심술궂은 딸이어서 죄송해요."

"넌 심술궂은 딸이 아니야."

놀라는 대야 앞에 무릎 꿇고 앉았다. 놀라의 머리채를 손에 쥔 루이자가 힘을 가해 머리를 물속에 집어넣고, 스물까지 카운트했다. 그런 다음 놀라의 머리를 물 밖으로 꺼냈다. 놀라의 입에서 거친 호흡과 함께 고통스러운 비명이 터져 나왔다.

"네가 마땅히 받아야 할 벌이니 감수해야 한다." 루이자는 다시 놀라의 머리를 얼음장처럼 차가운 물속으로 밀어 넣었다.

차고에 틀어박힌 켈러건 목사는 음악의 볼륨을 최대한 높였다.

∞

해리는 방금 들은 이야기가 사실이라면 정말이지 충격적인 일이 아닐 수 없었다.

"네 엄마가 너의 머리채를 잡고 강제로 물속으로 밀어 넣는다고?" 해리가 놀란 표정으로 재차 확인했다.

놀라는 방금 전 구즈코브에 도착했다. 해리의 집에 오기 전까지 눈물을 쏟은 탓에 빨갛게 충혈된 눈을 감출 수 없었다. 해리는 즉시 뭔가 좋지 않은 일이 있었다는 걸 직감했다.

"엄마가 내 머리채를 잡고 커다란 대야에 담긴 물속으로 밀어 넣었어요." 놀라가 말했다. "섬뜩할 정도로 차가운 물이었죠. 엄마가 내 머리를 물속에 밀어 넣고는 힘껏 누르더군요. 그럴 때마다 나는 죽음의 공포가 밀려와 머리가 쭈뼛해질 만큼 무섭고, 숨을 쉴 수 없었죠. 이제 더는 참을 수가 없어요."

해리의 품으로 파고든 놀라는 또다시 펑펑 눈물을 쏟았다. 해리는 해변으로 가자고 제안했다. 놀라가 해변에 나가면 언제나 즐거워했으니까. 해리는 *메인주 로클랜드 관광기념*'이라고 적힌 양철통을 챙겨 들고 놀라와 함께 갈매기들에게 **빵**을 던져주었다. 두 사람은 모래밭에 앉아 수평선을 바라보았다.

"집을 떠나고 싶어요." 놀라가 말했다. "당신이 나를 데리고 먼 곳으로 떠났으면 좋겠어요."

"견디기 힘들 만큼 고통스러워?"

"언젠가 당신도 나랑 함께 떠나자고 했잖아요. 난 엄마의 손길이 미치지 않은 곳으로 가고 싶어요. 보름 동안 준비한 다음 30일에 여길 떠나는 거예요."

"8월 30일이면 너무 일러. 미친 짓이야."

"미친 짓은 여기에 이대로 눌러사는 거예요. 여긴 우리가 사랑할 권리도 없는 곳이잖아요. 정말 미친 짓은 우리가 늘 타인의 시선을 피해 만나야 한다는 거예요. 더는 견딜 수 없어요. 8월 30일 밤에 나는 떠나기로 결심했어요. 제발 나와 함께 떠나요. 나를 혼자 내버려두지 말아요."

"경찰이 우리를 체포하면?"

"경찰이 우리를 왜 체포해요? 세 시간이면 우리는 캐나다 국경에 닿을 수 있어요. 경찰이 아무런 이유 없이 우리를 체포할 수는 없을 거예요. 여길 떠나는 게 범죄는 아니잖아요. 우리는 자유를 찾아 떠나는 거예요. 보름 후 8월 30일 밤이에요. 당신도 함께 갈 수 있죠?"

해리는 생각해볼 겨를도 없이 대답했다.

"물론이야. 너 없이 산다는 건 상상조차 할 수 없어. 8월 30일에 우리 함께 떠나는 거야."

"당신이 함께해준다면 두려울 게 없어요. 당신 책은 어느 정도 진척됐어요?"

"마무리 단계야."

"생각보다 빨리 끝냈네요."

"이제 나에게 책은 중요하지 않아. 내가 너와 함께 도주하면 더는 작가로 살아갈 수 없을 거야. 무엇보다 너랑 내가 다 함께 행복해지는 게 무엇보다 중요해."

"당신은 계속 작가로 살아가야 해요. 원고를 써서 출판사에 우편으로 보내면 되잖아요. 이번에 쓴 당신의 소설이 정말 마음에 들어요. 지금껏 내가 읽어본 소설 가운데 최고였죠. 당신은 반드시 유명 작가가 될 거예요. 보름 후에 우리는 도망치는 거예요. 캐나다에 가면 우리는 행복하게 살아갈 수 있어요. 사랑이 우리 삶을 아름답게 가꾸어줄 거라 믿어요."

∞

1975년 8월 18일

트래비스는 순찰차 핸들을 잡은 상태로 〈클락스 식당〉 안에 있는 제니를 바라보았다. 두 사람은 여름 무도회 이후 만난 적이 없었다. 제니가 자꾸만 거리를 두려고 해 서글펐다. 얼마 전부터 제니의 표정이 어두워 보였다. 얼마 전 제니가 현관 앞에서 울고 있던 모습이 떠올랐다. 그때 제니는 어느 남자 때문에 마음이 아프다고 했다.

도대체 제니에게 무슨 일이 있는 걸까?

트래비스는 용기를 내어 제니에게 물어보기로 결심했다. 언제나 그랬듯이 그는 손님이 뜸해지기를 기다렸다가 식당 안으로 들어갔다. 제니는 손님들이 이제 막 자리를 비운 테이블을 치우고 있었다.

"안녕, 제니."

트래비스가 쿵쾅거리며 뛰는 심장을 애써 다독이며 인사를 건넸다.

"안녕, 트래비스."

"잘 지냈어?"

"그냥 그래."

"우리, 무도회 이후 처음 보네."

"식당 일이 바빴어."

"무도회 때 당신과 함께해서 너무 좋았어."

"고마워."

제니의 얼굴에 근심이 어렸다.

"당신은 왜 나랑 자꾸 거리를 두려고 하지?"

"그럴 리 없잖아."

제니는 밤낮없이 해리를 생각했다.

해리는 왜 나를 멀리하려는 걸까? 해리가 며칠 전 엘리야 스턴과 함께 식당에 왔을 때도 나에게 말을 걸지 않았어.

"걱정거리가 있으면 나에게 말해. 내가 힘닿는 데까지 도울 테니까."

"당신은 항상 나에게 친절해. 이제 난 테이블을 치워야 해."

제니는 주방 쪽으로 갔다.

"제니, 잠깐만." 트래비스가 그녀를 불렀다.

트래비스가 손목을 잡자 제니가 고통스러운 비명을 지르며 들고 있던 접시들을 바닥에 떨어뜨렸다. 그가 하필 제니의 오른쪽 팔에 난 멍 자국을 누른 탓이었다. 루터가 세게 끌어안는 바람에 생긴 멍 자국이었고, 제니가 무더위에도 긴소매 옷을 입어 애써 가리려고 하는 부위였다.

"정말 미안해." 트래비스가 박살 나버린 접시 조각들을 주우며 사과했다.

"당신 잘못이 아니었어."

트래비스는 주방에서 빗자루를 들고나와 바닥을 깨끗이 쓸고 나서 걸레로 한 번 더 닦았다. 그가 다시 주방으로 들어갔을 때 제니는 손을 씻고 있었다. 소매를 적시지 않으려고 걷어 올린 탓에 시퍼런 멍 자국이 고스란히 눈에 들어왔다.

"그 멍 자국은 왜 생긴 거야?" 트래비스가 놀란 얼굴로 물었다.

"아무것도 아니야. 얼마 전 여닫이문에 부딪쳤어."

트래비스가 고개를 저으며 소리쳤다. "내가 보기에는 틀림없이 매 맞은 자국이야. 누가 이따위 짓을 했지?"

"별일 아니라니까."

"아니, 중요한 일이야. 난 누가 당신을 때렸는지 반드시 알아야겠어. 당신 대답을 듣기 전에는 나가지 않을 거야."

"루터 칼렙 때문이야. 스턴 씨의 운전기사. 얼마 전 아침에 그 사람이 잔뜩 화가 나서 멍 자국이 들도록 내 손목을 낚아챈 거야. 일부러 나를 고통스럽게 하려던 게 아니었어. 그가 자기 힘이 얼마나 센지 몰라서 실수한 거야."

"누가 보더라도 심각한 폭력이야. 도저히 묵과할 수 없는 일이야. 그 작자가 여기에 다시 나타나면 나에게 즉시 연락해줘."

∞

1975년 8월 20일

놀라는 구즈코브 길을 걸으며 노래를 불렀다. 부드러운 미풍이 불어 온몸을 감싸는 느낌이었다. 열흘 뒤 해리와 함께 캐나다로 떠나기로 했다. 이제부터는 사람답게 살고 싶었다. 놀라는 그날이 어서 오기를 손꼽아 기다렸다.

자갈길 너머로 집이 보이자 놀라는 걸음을 재촉했다. 얼른 해리를 만나고 싶어 마음이 바빴다. 놀라는 이번에도 덤불 숲 뒤에 숨어 있는 그림자를 보지 못했다. 놀라는 요즘 들어 매번 그랬듯이 초인종도 누르지 않고 집 안으로 들어갔다.

"해리!" 놀라는 자기가 집에 온 사실을 알리려고 해리를 불렀지만 대답이 없었다.

"해리, 어디 있어요?" 다시 한번 불렀지만 여전히 묵묵부답이었다. 식당에도 가보고 거실을 가로질러 서재와 테라스에도 가봤지만 해리의 모습은 그 어디에서도 찾을 수 없었다.

혹시 바다에 나갔을까?

해리는 일을 하다가 안 풀리면 해변을 산책했다. 하지만 해변에도 그는 없었고, 갑자기 공포가 엄습해왔다. 다시 집으로 돌아가 여기저기 둘러보기도 하고 이름도 불러보았지만 아무도 없었다. 놀라는 아래층 방문을 모두 열어보고 나서 위층으로 올라가 방문을 열었다. 해리가 침대에 앉아 원고를 읽고 있었다.

"10분이나 이름을 부르며 찾아 헤맸는데 여기 있었네요."

"원고를 읽느라 못 들었어."

해리가 침대에서 일어나더니 손에 들고 있던 원고들을 차곡차곡 정리해 서랍 안에 넣었다.

놀라가 방긋 웃었다.

"어떤 원고인데 내가 부르는 소리도 듣지 못할 만큼 열중했어요?"

"지금은 아니지만 때가 되면 보여줄게."

놀라는 장난기 어린 표정으로 해리를 뚫어지게 바라보았고, 그들은 해변으로 나갔다. 놀라는 양 팔을 날개처럼 크게 벌리고 원을 크게 그리며 달렸다.

"이제 열흘밖에 안 남았어요. 우린 열흘 후면 훨훨 날아올라 이 불행한 도시를 영영 떠날 거예요."

두 사람은 루터 칼렙이 바위 뒤에 숨어 그들을 관찰하고 있다는 사실을 꿈에도 몰랐다. 루터는 그들이 집 안으로 들어가길 기다렸다가 바위 뒤에서 나왔다. 그는 구즈코브 길을 따라 걷다가 숲길에 세워둔 머스탱에 올랐다. 오로라로 들어선 그는 〈클락스 식당〉 앞에 차를 세우고 식당 안으로 들어갔다. 제니에게 알려야만 했다. 누군가는 반드시 알아야 할 일이었는데 제니는 그와 이야기를 나누고 싶어 하지 않았다.

"루터, 당신은 이제 여기에 오면 곤란해." 루터가 카운터 앞에 섰을 때 제니가 말했다.

"지난번 아침에는 정말 미안했어. 팔을 그렇게 세게 잡아당기지 말았어야 해."

"당신 때문에 내 팔에 멍 자국이 났잖아."

"정말 미안해."

"알았으면 얼른 나가봐."

"아니, 잠깐 당신에게 할 얘기가 있어."

"트래비스가 만일 당신이 식당에 나타나면 즉시 연락하라고 했어. 트래비스에게 연락하기 전에 당장 여기서 사라지는 게 좋을 거야."

루터는 잔뜩 화난 표정이었다.

"당신이 트래비스에게 말했어?"

"그날 아침에 당신 때문에 어찌나 겁이 났는지 몰라."

"당신에게 말해줄 게 있어. 아주 중요한 문제야."

"난 듣고 싶지 않으니까 얼른 돌아가."

"해리 쿼버트에 관한 이야기야."

"해리?"

"해리 쿼버트에 대해서 어떻게 생각해?"

"왜 당신이 나에게 그에 대한 질문을 해?"

"그 사람을 믿어?"

"물론이야."

"당신이 꼭 알아야 할 일이 있어."

"뭔데?"

루터가 말하려는 순간 경찰차 한 대가 〈클락스 식당〉과 마주 보는 광장에 나타났다.

"트래비스야!" 제니가 소리쳤다. "당장 도망쳐. 어서 도망치라 니까. 여기 그대로 남아 있다가는 큰코다칠 거야."

루터는 즉시 도망쳤다. 제니는 그가 차에 올라 재빨리 도망치 는 모습을 지켜보았다. 잠시 후 트래비스가 식당 안으로 뛰어 들어왔다.

"방금 달아난 작자가 루터 칼렙 맞지?" 트래비스가 물었다.

"응." 제니가 대답했다. "당신 차를 보더니 재빨리 도망쳤어. 생긴 건 험악해도 착한 사람이야."

"루터가 식당에 나타나면 당장 연락하라고 했잖아. 당신에게 폭력을 행사할 권리가 있는 사람은 아무도 없어."

트래비스는 다시 차로 돌아갔다. 뒤따라 나온 제니가 트래비스를 만류했다.

"제발 부탁인데 루터에게 해코지하지 마. 내가 보기에 그도 지금은 잘 이해하고 있는 것 같아."

제니를 물끄러미 바라보던 트래비스는 지금껏 자신이 놓치고 있었던 게 무엇인지 깨달았다.

제니가 나와 거리를 둔 이유가 루터 때문이었나?

"제니, 제발 그러지 마."

"무슨 말이야?"

"당신 혹시 그 미친놈에게 마음이 있는 거야?"

"말도 안 되는 소리 좀 하지 마."

"아니야, 내가 보기에는 이상해."

트래비스는 이제 제니의 말을 듣고 있지 않았다. 차에 오른 그는 회전 경보등을 켜고 사이렌까지 울리며 달려갔다.

∞

사이드 크릭 레인 근처에 다다랐을 때 루터는 백미러를 통해 사이렌을 울리며 접근하는 경찰차 한 대를 보았다. 그는 길가에 차를 멈춰 세웠다.

트래비스가 불같이 화난 얼굴로 경찰차에서 내렸다. 그의 머릿속에서는 수많은 생각이 어지럽게 교차했다.

제니는 어쩌다가 저런 괴물 녀석에게 끌릴 수 있지? 나보다 저 녀석을 좋아하다니? 제니를 위해서라면 무엇이든 다할 각오가 되어 있고, 그녀와 함께하기 위해 오로라에 남았는데 고작 저런 놈을 좋아하다니?

트래비스가 눈을 부라리며 루터를 위에서 아래로 훑어보았다.

"제니에게 왜 폭력을 행사했지?"

"아니야, 당신이 착각한 거야. 맹세코 난 절대로 그런 사람이 아니야."

"제니의 손목에 멍 자국이 시퍼렇게 났던데 자꾸 거짓말할 거야?"

"내가 의도적으로 그런 게 아니라 힘 조절을 못 한 거야. 진심으로 후회하고 있으니까 제발 용서해줘. 난 그 일로 시끄러워지는 건 싫어."

"시끄러운 소동을 만든 놈이 누군데 헛소리야? 너, 제니와 잤지?"

"절대로 그런 적 없어."

"난 제니가 행복할 수 있다면 무엇이든 다하는데 나는 안중에도 없고 너랑 잠을 잔다고? 내가 뭐 그리 문제인데?"

"당신은 지금 오해하고 있어. 절대로 그런 일이 아니라니까."

"입 닥쳐." 트래비스가 루터의 멱살을 잡고 바닥에 내동댕이쳤다.

루터는 어떻게 말해야 트래비스의 화가 풀릴 수 있을지 알 수 없었다. 제니를 생각하자 모욕감이 들면서 자신의 처지가 더욱 비참해졌다. 루터는 분노가 솟구쳤다. 매번 아무런 잘못이 없는데 생긴 게 험악하다는 이유로 뒤통수를 얻어맞는 것도 지긋지긋했다. 이제 마냥 얻어터지고 있기보다는 남자답게 저항하고 싶었다.

트래비스는 허리에서 곤봉을 꺼내 들더니 제정신이 아닌 사람처럼 루터를 두들겨 패기 시작했다.

15
폭풍 전야

"어떻게 생각하세요?"

"나쁘지 않아. 다만 자네는 내가 보기에 단어 선택을 지나치게 중시한다는 느낌이 들어."

"글을 쓸 때 단어 선택이 무엇보다 중요하지 않나요?"

"물론 단어 선택이 중요하지. 다만 단어의 의미가 단어 그 자체보다 중요해."

"무슨 뜻이죠?"

"단어는 단어일 뿐이고, 모두의 소유야. 사전을 열고 단어 하나를 선택하는 순간 일이 흥미로워지기 시작하지. 자네는 자네가 선택한 그 단어에 특별한 의미를 부여할 수 있는 역량을 갖추어야만 해."

"무슨 말씀이신지?"

"어느 특정한 단어를 하나 선택하고, 자네가 책을 쓸 때 그 단어를 반복적으로 사용한다고 가정해봐. 가령 갈매기라는 단어를 선택했다고 치면 사람들은 자네에 대해 이렇게 말할 거야. '당신도 잘 알겠지만 마커스 골드먼은 갈매기 이야기를 하는 사람이야'라고. 그 사람들이 갈매기를 보면 갑자기 자네를 떠올리는 순간도 있겠지. 그들은 갈매기를 보면서 이렇게 말할 거야. '나는 마커스 골드먼이 갈매기들로부터 무엇을 찾아냈는지 궁금해'라고. 그들은 마커스 골드먼과 갈매기를 연동시켜 떠올리고 있는 거야. 갈매기를 볼 때마다 그들은 자네의 작품 세계를 생각하겠지. 그렇게 될 경우 그들은 갈매기를 이전과 똑같이 지각할 수 없게 되지. 그 순간이 되어야만 비로소 자네는 일가를 이루는 셈이지. 단어는 모든 사람의 소유지만 자네가 그 단어를 전유하고 있다는 사실이 증명되기 전까지야. 작가는 그런 존재야. 혹자는 자네의 책을 단어가 조합된 결과물이라고 주장할 수도 있겠지만 그 말은 거짓이야. 책은 사람들과의 관계라고 할 수 있지."

2008년 7월 7일 월요일
매사추세츠주, 보스턴

프랫 서장이 체포된 지 나흘 후에 나는 보스턴의 파크 플라자 호텔 프라이빗 살롱에서 로이 바나스키를 다시 만났다. 나는 해리 쿼버트 사건에 관한 책을 쓰기로 했고, 1백만 달러에 출판 계약을 맺게 되었다. 더글러스도 그 자리에서 만났는데 내 상황이 행복하게 마무리되어 안도하는 눈치였다.

"그야말로 대반전이네." 로이 바나스키가 내게 말했다. "재능 있는 작가 마커스 골드먼이 비로소 소설 작업에 착수했으니 박수로 환영해야지."

나는 가방에서 지금껏 쓴 원고 뭉치를 꺼내 로이에게 내밀었다.

"50페이지까지 쓴 원고인가?"

"네."

"내가 잠시 원고를 훑어볼 시간을 주겠나?"

"그렇게 하시죠."

더글러스와 나는 로이가 조용히 원고를 읽을 수 있도록 자리를 비켜주었다.

나는 더글러스와 호텔 바로 가서 생맥주를 마셨다.

"그동안 잘 지냈어?" 더글러스가 물었다.

"잘 지냈어요. 지난 나흘 동안은 정말 미친 것 같긴 했지만요."

더글러스가 고개를 끄덕이더니 한술 더 떴다.

"해리 쿼버트 사건은 그 자체로도 완전히 흥미로워. 책은 아마 자네가 상상한 이상으로 큰 성공을 거둘 거야. 로이 바나스키는 귀신처럼 냄새를 맡는 사람이야. 그가 1백만 달러를 제안한 건 그만한 가치가 있기 때문이지. 로이가 벌어들인 돈에 비하면 1백만 달러는 새 발의 피겠지. 뉴욕에서도 해리 쿼버트 사건은 단연 화제야. 메이저 영화사에서도 벌써 영화 제작에 대한 이야기를 꺼내고 있어. 출판사들도 당연히 해리 쿼버트 사건에 관한 책을 내고 싶어 하지. 하지만 그 사건에 대해 제대로 쓸 수 있는 사람은 자네가 유일하다는 걸 다들 알고 있지. 해리와 오로라를 속속들이 아는 사람은 자네뿐이니까. 로이는 해리 쿼버트 사건의 화제성을 독점하려는 거야. 책을 가장 먼저 내놓을 수만 있다면 해리 쿼버트 사건 관련 책이 〈슈미드 앤드 핸슨〉의 트레이드마크가 될 거라 믿고 있어."

"로이 생각은 그렇다 치고 당신은 어떻게 봐요?" 내가 물었다.

"작가라면 도전해볼 만한 소스야. 책이 잘되면 해리 쿼버트를 맹비난하는 여론도 잠재울 수 있을 거야. 해리 쿼버트의 진실을 찾아주는 게 애초부터 자네가 가장 중시하는 과제였잖아."

우리는 최근 며칠 동안 벌어진 일들 덕분에 내용이 더욱 풍성해진 내 원고를 읽고 있는 로이의 방으로 자리를 옮겼다.

∞

2008년 7월 3일, 계약서 서명 나흘 전

프랫 서장이 체포된 지 몇 시간이 지났다. 엘리야 스턴의 집에 놀라를 그린 그림이 있다는 사실을 알게 된 해리는 절제력을 잃고 나를 향해 의자를 집어 던지려다가 교도관들에게 제지당했다. 나는 교도소 접견실을 나와 구즈코브 집으로 향했다. 집 앞에 차를 세우고 나서 집으로 들어가려던 나는 출입문 틈에 끼어 있는 쪽지를 발견했다. 이번에는 지난번과 내용이 확연히 달랐다.

마지막 경고다, 마커스 골드먼.

나는 이제 그런 협박은 신경 쓰지 않았다. 처음이든 마지막이든 달라질 건 없었으니까. 나는 쪽지를 쓰레기통에 던져버리고 TV를 켰다. 어느 채널이나 프랫 서장 체포 뉴스를 다루고 있었다. 일부 매체는 프랫 서장이 지휘했던 수사 모두를 문제 삼았고,

사람들은 혹시 전직 경찰서장인 그가 고의로 수사를 소홀히 했을지도 모른다는 의혹을 제기했다.

　초여름 밤이라 날씨가 훈훈했다. 대형 그릴에 큰 스테이크를 굽고, 친구들과 맥주를 마시면서 떠들썩하게 보내고 싶은 마음 간절했다. 가까이에 친구들은 없었지만 스테이크와 맥주는 즐길 수 있겠다고 생각했으나 냉장고는 텅 비어있었다. 근래 들어 장보기를 등한시한 내 불찰이었다.

　나는 해리의 냉장고가 있다는 사실을 거의 잊고 지내다시피 했다. 피자를 배달시켜 테라스에서 먹었다. 이미 테라스와 바다는 있으니 보다 더 완벽한 시간이 되기 위해서는 바비큐와 친구들 그리고 여자 친구가 필요했다. 바로 그때 한동안 소식을 듣지 못했던 더글러스에게서 전화가 왔다.

　"그동안 새로운 소식이라도 있나?"

　"당신 소식을 들은 게 2주 전인데 벌써 새로운 소식을 기대하세요? 당신이 내 스케줄을 관리하는 에이전트 맞아요?"

　"미안해. 아주 힘든 시간을 겨우 넘기게 되었어. 자네뿐만 아니라 나도 힘든 시간이었지. 나를 해고하지 않는다면 자네 에이전트로 계속 일할 용의가 있어. 에이전트 계약을 연장해준다면 나로서는 영광이지."

　"내 유일한 조건은 당신이 계속 내 집에 와서 나와 함께 메이저리그 야구 경기를 봐달라는 겁니다."

더글러스가 크게 웃었다.

"그 대신 맥주는 자네가 조달해, 나는 치즈 나초를 맡을 테니까."

"사실은 로이가 파격적인 계약을 제안했어요."

"나도 로이에게 들어서 알고 있어. 그가 제시한 계약 조건을 받아들일 건가?"

"아마도."

"로이는 완전히 흥분 상태야. 최대한 빨리 자네를 만나 계약서에 사인을 받고 싶어 해."

"벌써 계약서에 사인하는 건 너무 이르지 않나요?"

"내가 보기에 로이는 자네의 원고 작업이 어느 정도 진척되었는지 확인하고 싶어 하는 눈치야. 최대한 빨리 써야 한다는 게 로이의 바람이니까. 로이는 대통령 선거 스케줄에 광적으로 집착하고 있어. 로이가 제시하는 원고 마감 시한을 지킬 수 있겠나?"

"원고를 쓰기 시작했으니 가능하긴 해요. 다만 내가 무엇을 중점적으로 다룰지는 아직 정하지 않았어요. 해리가 놀라와 함께 캐나다로 도망칠 생각이었다는 내용도 써야 할지 말아야 할지 모르겠어요. 이 사건은 완전 미쳤어요. 내가 보기에 당신은 이 사건의 내막을 제대로 알기 힘들어 보여요."

"너무 욕심을 내면 배가 산으로 갈 수도 있으니까 소박하게 해리와 놀라의 진실이 무엇인지에 대해서만 다루는 게 좋겠어."

"그 진실이 해리에게 피해를 끼칠 수도 있는데요?"

"진실을 말하는 게 작가의 책무야. 비록 그 진실을 밝히기 거북하더라도. 내가 친구로서 해주는 조언이야."

"그럼 에이전트로서 해줄 수 있는 조언은 뭔데요?"

"무엇보다 자기 관리에 최선을 다해야 해. 뉴햄프셔주 주민 수만 명과의 송사는 피하는 게 좋아. 자네가 말하길 놀라 캘러건이 엄마에게 혹독한 매질을 당했다고 했던가?"

"네, 그랬죠."

"그런 경우에도 그냥 두루뭉술하게 '놀라는 불행하고 학대받는 아이였다'라고 쓰는 게 좋아. 그렇게 해도 다들 놀라 켈러건이 무슨 일을 당했는지 이해할 테니까. 자네는 가급적 노골적으로 이름을 명시해서는 안 돼. 그래야만 아무도 자네를 고소하지 못할 거야."

"놀라의 엄마가 이 사건에서 매우 중요한 역할을 하는데요."

"누군가를 비난하려면 확실한 증거가 필요해. 괜히 실명을 거론하거나 어떤 특정한 사람에게는 명예훼손에 해당하는 사실을 책에 쓸 경우 자칫 송사에 깔려 죽을지도 몰라. 자네는 지난 몇 달 동안 이미 성가신 일들을 많이 겪었을 거야. 놀라의 엄마가 딸을 걸핏하면 때렸다는 사실을 증명해줄 사람이 있다면 괜찮아. 하지만 여의치 않으면 그냥 불행하고 학대받는 소녀였다고 쓰는 게 좋아. 노파심에서 한 가지 더 말하자면 판사가 명예훼손을 이유로 책에 대해 판매금지 처분을 내리는 걸 피해야만 해.

프랫 서장의 경우 그가 한 짓이 만천하에 드러났으니 디테일한 부분까지 책으로 쓸 수 있어. 그래야만 책이 잘 팔리거든."

로이는 우리에게 7월 7일 월요일에 보스턴에서 다시 만나자고 제안했다. 뉴욕에서 비행기로 한 시간, 오로라에서 차로 한 시간 걸리는 곳이 바로 보스턴이었다. 나는 로이의 제안을 수락했다. 나흘이라는 시간이 있는 만큼 집중해 쓴다면 로이에게 50페이지 정도는 미리 보여줄 수 있을 듯했다.

"혹시 필요한 게 있으면 전화해."

"그렇게 할게요. 아, 잠깐만요. 한 가지 할 얘기가 남았어요."

"뭔데?"

"전에 모히토를 잘 만들었잖아요?"

더글러스가 환하게 미소 짓는 모습이 보이는 듯했다.

"어느 누구보다 잘 만들었지."

"그때가 좋은 시절이었어요."

"자넨 여전히 멋진 인생을 살고 있는 거야. 가끔씩 어려운 순간들이 찾아오긴 하지만 인생은 아름다워."

∞

2006년 12월 1일

뉴욕시

"모히토를 만들어줄래요?"

더글러스는 벌거벗은 여인의 몸이 그려진 앞치마를 두른 상태로 늑대처럼 울부짖더니 얼음이 가득 들어있는 물 주전자에 럼주 한 병을 들이부었다.

내 첫 소설이 출판된 지 석 달쯤 되었을 때였고, 내 작가 경력이 정점을 찍고 있을 때였다. 나는 빌리지의 새 아파트로 이사했고, 3주 동안 무려 다섯 번이나 파티를 열었다. 수십 명의 손님들이 거실을 채우고 있었지만 내가 아는 얼굴은 4분의 1이 안되었다.

더글러스는 손님들에게 모히토를 만들어 대접했고, 나는 내가 유일하게 만들 수 있는 칵테일인 화이트 러시안을 맡았다.

"굉장한 저녁이야." 더글러스가 말했다. "혹시 거실에서 춤추는 사람이 이 건물 문지기 맞아?"

"내가 초대했어요."

"게다가 리디아 글루어도 왔어. 리디아 글루어가 자네 아파트에 오리라고는 상상 못 했어."

"리디아 글루어가 누군데요?"

"요즘 최고로 핫한 톱모델이잖아. 자네 정말 리디아 글루어가 누군지 몰랐다는 말이야? 아마 자네만 빼고 모르는 사람이 없을 거야. 정말 이상한 일이네. 자네가 초대하지도 않았는데 어떻게 이 집까지 오게 되었을까?"

"저는 사람들이 초인종을 누르면 무조건 문을 열어주었을 뿐입니다."

나는 핑거푸드와 셰이커를 들고 거실로 돌아갔다. 때마침 창밖으로 눈송이가 쏟아지는 모습이 보였고, 나는 별안간 밖으로 나가고 싶어졌다. 셔츠 차림으로 발코니로 나가자 얼음처럼 차가운 공기가 코로 스며들었다. 나는 눈앞에 펼쳐진 뉴욕의 휘황찬란한 불빛들을 바라보면서 온힘을 다해 외쳤다. "나는 마커스 골드먼이다."

그 순간 내 뒤에서 낯선 목소리가 들려왔다. 나보다 먼저 발코니에 나와 있던 내 나이 또래 금발 미녀였다.

"더글러스가 당신 휴대폰이 울린다고 알려주라고 하네요." 금발 미녀가 말했다. 왠지 낯익은 얼굴이었다.

"우리, 어디선가 본 적이 있죠?" 내가 물었다.

"아마도 TV에서 봤겠죠."

"당신이 리디아 글루어로군요."

"네."

나는 그녀에게 발코니에서 잠시 기다려달라고 말한 뒤 서둘러 주방으로 갔다.

"여보세요?"

"나, 해리야."

"목소리 들으니 반가워요. 잘 지내시죠?"

"자네에게 안부 인사를 하려고 전화했어. 떠들썩한 소리가 들리는 걸 보니 손님들을 많이 초대한 건가? 내가 좋지 않은 타이밍에 전화를 했나봐."

"새로 이사한 아파트에서 집들이 파티를 열고 있어요."

"이제야 몬트클레어를 떠난 건가?"

"빌리지에 새 아파트를 구입했어요. 언젠가 기회가 되면 꼭 놀러 오세요. 집에서 내다보는 전망이 숨이 멎을 만큼 아름다워요."

"자네가 씩씩하게 살아가고 있어서 다행이야. 친구들도 많이 생기고."

"친구들이 적어도 몇 트럭은 될 거예요. 게다가 믿을 수 없을 만큼 예쁜 톱모델이 지금 발코니에서 나를 기다리고 있어요. 저도 믿을 수 없을 만큼 인생이 아름답네요. 선생님은 오늘 저녁에 무얼 하세요?"

"집에서 조촐하게 저녁 식사나 하려고. 친구들과 소박하게 스테이크를 안주로 맥주를 마실 생각이야. 이 자리에 자네가 빠져서 유감이야. 초인종이 울리는 걸 보니 친구들이 도착했나봐. 문을 열어주러 가봐야겠어."

"즐거운 저녁 시간 되세요. 다음에 전화할게요."

나는 해리와 통화를 마치고 리디아 글루어가 기다리는 발코니로 돌아갔다.

∞

구즈코브의 해리는 문을 열었다. 피자 배달원이었다. 그는 주문한 피자를 받아 들고 TV 앞에 앉아 저녁을 먹었다.

∞

나는 저녁 파티가 끝나고 해리에게 전화를 걸었다. 그와 통화한 지 일 년이 넘는 시간이 흘렀다.

"여보세요?"

"마커스입니다."

"자네가 나에게 전화하다니 믿을 수 없는 일이야. 아마 스타가 된 이후로는 자네가 먼저 연락한 적이 한 번도 없었을 거야. 한 달 전에도 자네와 통화를 시도했는데, 자네 비서가 받더니 어느 누구도 통화를 연결시키지 못하게 했다는 거야."

나는 다짜고짜 말했다.

"너무 힘들어요. 이제 더는 작가가 아닌 것 같아요."

그러자 해리는 곧 진지해졌다.

"무슨 말이야?"

"앞으로 무얼 써야 할지 모르겠어요. 백지 공포증이라 여러 달째 아무것도 못 쓰고 있죠. 어쩌면 일 년이 다 되었겠네요."

해리가 나를 안심시키는 웃음을 터뜨렸다.

"지금 자네를 괴롭히는 백지 공포증은 성기능 장애만큼이나 심리적인 영향이 크다고 할 수 있어. 천재들이 흔히 앓는 심리 질환이야. 자네를 찬미하는 어느 여성에게 리히터 진도로나 측정 가능한 오르가슴을 선사하려는 순간 자네의 거시기가 말을 안 듣고 말랑말랑해지면 큰 낭패를 보게 되지. 글을 단 한 줄도 쓸 수 없다고 자꾸만 징징거리지 말고 머리에서 떠오르는 단어들을 백지에 계속 옮겨봐. 자네의 천재성이 자연스럽게 돌아올 테니까."

"정말 그렇게 될까요?"

"난 그리될 거라 확신해. 다만 파티니 핑거푸드니 하는 사교 모임은 당분간 자제하는 게 좋아. 글쓰기는 아주 진지한 영역이니까. 자네에게 이미 다 가르친 내용 같은데."

"저는 항상 테이블 앞에 앉아 글을 쓰려고 하는데 아무것도 써지지 않아요. 적어도 노력 문제는 아니라는 뜻입니다."

"자네에게 적절한 환경이 결핍되어 있기 때문일지도 모르지. 뉴욕이 좋은 곳이긴 하지만 너무 소음이 많은 곳이야. 내 집에 와서 글을 써보면 어떻겠나? 자네가 대학생 때처럼 그렇게 해봐."

∞

2008년 7월 4~6일

로이 바나스키와 보스턴에서 미팅을 갖기 전 며칠 동안 수사는 급물살을 탔다. 프랫 서장은 16세 미만 미성년자를 대상으로 저지른 유사 성행위로 고소당했다가 보석으로 풀려났다. 프랫 서장은 임시로 몬트버리에 위치한 모텔을 거처로 삼았고, 에이미는 오로라를 떠나 언니 집으로 갔다. 뉴햄프셔주 경찰청 강력계 형사들이 프랫 서장을 심문한 결과 타마라가 해리의 집에서 발견한 글을 보여주었을 뿐만 아니라 낸시도 엘리야 스턴에 대한 정보를 제공했다는 사실이 확인되었다. 프랫 서장이 두 사람의 증언을 누락시킨 이유는 놀라가 경찰차 안에서 벌어진 일을 이미 누군가에게 털어놓았을 가능성을 염두에 두고 있었기 때문이다. 두 사람을 경찰서로 불러 심문할 경우 오히려 그 자신의 비위가 드러나게 될까봐 두려웠기 때문이었다. 그럼에도 프랫 서장은 놀라와 데보라 쿠퍼 살해 사건은 자신과 무관할뿐더러 수사를 한 치의 틈도 없이 타이트하게 진행했다고 주장했다.

프랫 서장의 진술에 근거해 페리 게할로우드 경사는 검찰에 엘리야 스턴 자택의 압수 수색 영장을 신청했고, 7월 4일 독립기념일 아침에 압수 수색이 실시되었다. 아틀리에에서 놀라를 그린 그림이 발견되어 압수되었다. 엘리야 스턴은 뉴햄프셔주 경찰청으로 소환되어 신문을 받았지만 기소는 면했다. 사건이 새로운 양상으로 전개되면서 사람들의 호기심을 자극하기 위한 보도가 이어졌다. 유명 작가 해리 쿼버트, 전직 경찰서장 가레스 프랫이 체포되어 조사받았고, 뉴햄프셔주 최고 부자까지 놀라 켈러건의 죽음과 연관되어 있다는 사실이 드러나면서 사람들의 관심은 폭발적으로 높아졌다.

엘리야 스턴을 심문한 페리는 나에게 그 이야기를 상세하게 들려주었다.

"엘리야 스턴은 역시 인상적인 인물이더군요." 페리가 운을 뗐다. "경찰서에 불려 오면 다들 주눅 들기 마련인데 엘리야 스턴은 결코 평정심을 잃지 않았죠. 그는 떼로 몰려온 변호사들에게 취조실 밖에서 기다리라는 여유를 부리더군요. 파란 눈동자로 줄곧 나를 바라보는 그의 존재만으로도 심기가 많이 불편했습니다. 이래 봬도 제가 용의자 심문에는 이골이 난 사람인데 말입니다. 그에게 놀라를 그린 그림을 보여주었더니 순순히 시인하더군요."

"놀라 켈러건을 그린 그림이 왜 당신 자택에 있을까요?" 페리가 물었다.

엘리야 스턴은 당연한 걸 왜 묻느냐는 투로 대답했다.

"그 그림은 내 소유니까. 뉴햄프셔주에서는 본인 소유의 그림을 벽에 걸어서는 안 된다는 법이 있습니까?"

"그림 속 소녀가 살해당했다는 사실을 잘 아실 텐데요?"

"그럼 내가 존 레넌을 그린 그림을 가지고 있다면 안 되겠네요? 그 역시 살해당했잖아요."

"내가 왜 그런 말을 하는지 잘 아시잖아요. 이 그림은 어디에서 났습니까?"

"내가 운전기사로 고용하고 있던 루터 칼렙이 그린 그림입니다."

"그는 왜 이 그림을 그렸습니까?"

"그림 그리기를 좋아하니까 그렸겠죠."

"이 그림은 언제 그렸습니까?"

"내 기억이 옳다면 1975년 여름에 그렸습니다. 아마도 7, 8월 쯤일 겁니다."

"놀라가 실종되기 직전이네요."

"네."

"루터 칼렙은 어떻게 놀라를 알게 되었을까요?"

"오로라 사람들 모두가 놀라가 누군지 알고 있습니다. 루터는 놀라에게 영감을 받아 이 그림을 그렸습니다."

"자택에 실종된 소녀 그림을 걸어놓는 게 꺼림칙하지 않으셨습니까?"

"예술성이 느껴지는 그림이잖아요. 진정한 예술이란 원래 마음을 불편하게 만드는 법이죠. 누구나 합의할 수 있는 예술은 정치적 고려에 의해 타락한 세상의 퇴화가 낳은 결과일 뿐이죠."

"열다섯 살짜리 소녀의 누드화를 소유하는 것만으로도 범죄 행위가 될 수도 있다는 사실을 모르지 않을 텐데요?"

"가슴이나 성기가 보이지 않는 누드화도 있나요?"

"벗은 몸이란 건 명백합니다."

"계할로우드 경사, 당신은 법원에서도 그렇게 주장할 준비가 되어 있습니까? 당신이 패소하게 될 거란 사실은 당신도 이미 나만큼이나 잘 알고 있을 겁니다."

"자신만만한 걸 보니 법에 대해 잘 아시는군요. 나는 그저 루터 칼렙이 왜 놀라 켈러건을 그렸는지 알고 싶을 따름입니다."

"아까도 말했다시피 그림 그리기를 좋아하니까."

"놀라 켈러건을 압니까?"

"조금 알아요."

"얼마나?"

"그저 조금."

"거짓말을 하시네요. 당신이 그 아이와 잠을 잤다는 사실을 확인해줄 증인이 있습니다. 당신이 그 아이를 집으로 오게 했다는 사실도요."

엘리야 스턴은 소리 내어 껄껄 웃었다.

"당신은 방금 말한 내용을 입증할 증거가 있나요? 아마 입증하기 쉽지 않을 텐데요? 왜냐하면 그건 사실이 아니니까요. 난 그 아이를 성적 대상으로 삼은 적이 없습니다. 누가 보더라도 지금 수사는 답보 상태이고, 당신은 의문점들을 제대로 된 질문으로 만들지 못하고 있습니다. 내가 당신을 돕겠습니다. 놀라 켈러건이 나를 찾아왔었어요. 어느 날 내 집에 온 그 아이가 대뜸 돈이 필요하다고 하더군요. 그 아이는 돈을 받는 조건으로 루터 칼렙의 그림 모델이 되어주기로 한 겁니다."

"당신이 놀라에게 모델료를 주었다는 말입니까?"

"루터는 어릴 때부터 그림에 재능이 많았습니다. 어린 시절에 벌써 그림을 여러 장 그렸고요. 루터는 뉴햄프셔주 경치나 사람들의 일상을 담은 풍속화를 주로 그렸죠. 나는 굉장히 신났습니다. 루터는 한 세기를 풍미한 화가들 가운데 하나가 될 수 있을 만큼 재능이 풍부했으니까요. 난 그가 어린 소녀를 그린 그림으로 위대한 걸작을 하나 그리게 될 거라고 자신했습니다. 만일 내가 지금 이 그림을 판다면 그림을 둘러싼 소문들까지 더해져 1, 2백만 달러는 족히 받아낼 수 있을 겁니다. 당신은 이 시대 화가들 가운데 그림 한 점을 2백만 달러에 판매하는 사람을 알고 있습니까?"

엘리야 스턴은 이 정도면 충분히 답변했으니 심문을 끝내자고 하더니 변호사 군단을 이끌고 경찰서를 떠났다.

페리는 수수께끼만 한 가지 더 추가한 셈이 되었다.

∞

"당신은 뭔지 이해가 되나요?" 엘리야 스턴과의 심문 내용을 나에게 들려준 페리가 고개를 갸웃거리며 물었다. "어느 날 놀라가 엘리야 스턴 집에 찾아와 그림 모델을 자원했다는 겁니다. 당신은 그 말을 믿을 수 있습니까?"

"전혀 상식적이지는 않네요. 놀라는 왜 돈이 필요했을까요? 집에서 도망치려고?"

"하지만 놀라는 저축해놓은 돈도 가져가지 않았어요. 그 아이 방에 있는 과자 상자에 120달러가 고스란히 남아 있었거든요."

"그림은 어떻게 하셨습니까?" 내가 물었다.

"현재는 우리가 보관하고 있습니다. 중요한 단서니까."

"만일 엘리야 스턴이 기소되지 않을 경우 그 그림은 누구에게 불리한 단서가 될까요?"

"루터 칼렙에게 불리하게 작용하겠는데요."

"루터 칼렙을 의심하십니까?"

"난 솔직히 뭐가 뭔지 정리가 안 돼요. 엘리아 스턴은 놀라에게 그림 모델을 시키고, 프랫 서장은 오럴섹스를 강요했어요. 그들에게 놀라를 죽여야 할 이유가 무엇이었는지 감이 오지 않아요."

"놀라가 입을 열면 심각한 문제가 될 수도 있다는 두려움 때문이 아닐까요? 놀라가 그동안 벌어진 모든 일을 폭로하겠다고 위협했을 수도 있죠. 그러자 두 사람 가운데 잔뜩 겁에 질린 누군가가 놀라를 살해한 다음 정원에 매장하지 않았을까요?"

"그렇다면 왜 그런 글을 원고에 써두었을까요? '영원히 안녕, 내 사랑 놀라'라고. 그러니까 놀라를 사랑한 누군가의 짓입니다. 그 아이를 사랑한 사람은 해리 쿼버트가 유일합니다. 모든 정황과 단서들이 해리 쿼버트와 연결되어 있어요. 만일 해리 쿼버트가 프랫 서장과 엘리아 스턴이 저지른 짓을 알고 분노해 놀라를 죽였을 수도 있고요. 만약 그렇다면 치정 사건이라는 결론이네요."

"해리는 치정 사건을 벌일 인물이 아닙니다. 아무튼 그 빌어먹을 필적 감정 결과는 언제 나옵니까?"

"며칠 내로 나올 겁니다. 검찰 측에서 해리 쿼버트에게 협상을 제안할 겁니다. 납치는 제외하고 치정 사건에 대해서만 형량을 매기는 겁니다. 징역 20년을 받고 모범수로 지내면 15년으로 감형될 수도 있겠네요."

"왜 그런 협상을 하죠? 해리를 범인으로 기정사실화하지 말길 바랍니다. 아직 확실한 증거가 없는 사건이니까 함부로 예단하지 마세요."

우리가 모든 사실을 설명해줄 디테일을 놓치고 있다는 느낌이 내 머릿속을 떠나지 않았다. 1975년 8월 30일까지 한 달 동안 오로라에서는 그다지 주목할 만한 사건이 없었다. 제니와 타마라를 비롯해 몇몇 주민들과 이야기를 나누어본 결과 놀라가 살해되기 직전인 마지막 3주 동안 나름 행복한 시간을 보냈다는 느낌을 받았다.

해리는 나에게 놀라의 엄마가 딸을 대야 물에 강제로 밀어 넣었다는 얘기를 해주었고, 프랫 서장은 그 아이에게 오럴섹스를 강제한 얘기를 털어놓았고, 낸시 해터웨이는 루터 칼렙과의 추잡한 약속에 대해 증언했지만 제니와 타마라의 진술은 달랐다. 두 모녀의 진술에 따르면 놀라가 상시적으로 매를 맞는 아이였다거나 불행한 아이였다고 추측할 수 있는 단서가 전혀 없었다. 심지어 타마라는 놀라가 개학하면 다시 〈클락스 식당〉에 나와 일할 수 있게 해달라고 부탁했다고 진술했다. 나는 그 말을 듣고 너무 놀라 타마라에게 그 말이 사실인지 두 번이나 체크했다.

놀라는 왜 캐나다로 도망칠 계획을 세워두고 있었으면서 왜 〈클락스 식당〉 아르바이트 자리를 확보해놓으려고 했을까? 로버트 퀸의 증언에 따르면 타자기를 들고 걷는 놀라와 몇 번이나 마주쳤는데 전혀 힘들어하지 않고 즐겁게 노래를 부르며 길을 걷더라고 했다.

1975년 8월의 오로라는 지상 낙원이나 다름없었기 때문에 나는 놀라가 진심으로 떠날 마음이 있었는지 의문을 가질 수밖에 없었다. 나는 급기야 해리에 대한 의심에 휩싸였다. 해리가 나에게 오로지 진실을 말했는지 의문이 가시지 않았다.

놀라가 과연 해리에게 캐나다로 떠나자고 졸라댔는지 어떻게 알아낼 수 있을까? 만약 해리의 모든 증언들이 그가 저지른 살인사건을 발뺌하려는 전략이었다면? 페리 게할로우드 경사의 주장이 처음부터 옳았다면?

∞

나는 7월 5일 오후에 교도소로 해리를 찾아가 만났다. 해리는 얼굴이 몹시 핼쑥해진 데다 안색이 타버린 재처럼 칙칙했다. 그의 이마에는 내가 이제껏 한 번도 보지 못한 주름 몇 개가 도드라져 보였다.

"검사가 협상을 제안하려고 한다던데요." 내가 말했다.

"나도 벤자민한테 들어서 알고 있어. 치정 사건을 인정하면 15년을 살다가 나오게 된다더군."

해리의 목소리와 어조를 통해 나는 그가 검사의 제안을 심각하게 고려해보고 있다는 느낌이 들었다.

"검사의 제안을 받아들이기로 했다는 말은 제발 하지 말아주세요." 내가 악을 써댔다.

"벤자민의 말에 따르면 사형을 면할 수 있는 유일한 방법일 수도 있다는 거야."

"사형을 면하다니요? 선생님이 죄를 지은 걸 인정하겠다는 뜻인가요?"

"자네도 알다시피 모든 정황이 나의 유죄를 뒷받침하고 있잖아. 나를 유죄라고 믿는 배심원들이 사형 판결을 만지작거리는 도박판에 뛰어들어 내 운명을 통째로 맡기고 싶지는 않아. 징역 15년이면 무기징역이나 사형보다는 낫잖아."

"단도직입적으로 묻겠습니다. 놀라를 살해했습니까?"

"맙소사! 아니라니까. 내가 자네에게 몇 번이나 아니라고 말했나?"

"그렇다면 저는 선생님의 무죄를 밝히고 싶습니다."

나는 녹음기를 꺼내 테이블에 내려놓았다.

"제발 부탁이지만 이제 녹음기는 작동시키지 마."

"그 당시 무슨 일이 있었는지 자세하게 알아야 합니다."

"난 자네가 내 말을 녹음하길 더는 원하지 않아. 제발 부탁이야."

"그럼 녹음 대신 메모를 하겠습니다."

나는 수첩과 펜을 꺼내 들었다.

"1975년 8월 30일 이야기를 다시 증언했으면 합니다. 내가 제대로 이해했다면 선생님과 놀라가 멀리 떠나기로 결정한 날입니다. 선생님 원고도 마무리되었고요."

"놀라와 캐나다로 떠나기로 약속한 상태라 원고를 최대한 빨리 마치고 싶었어. 나는 가급적 아주 빨리 글을 썼지. 마치 환각 상태에 빠진 사람 같았어. 놀라가 내 옆에서 늘 원고를 다시 읽어 주고, 오탈자가 있으면 수정해주고, 타이핑까지 해주었어. 유치해 보일 수도 있지만 나에게는 정말이지 마법의 순간이었어. 8월 27일에 원고를 마쳤지. 내가 그날을 또렷이 기억하는 이유는 내가 놀라를 마지막으로 본 날이었기 때문이야. 내가 놀라보다 2, 3일 먼저 오로라를 떠나기로 되어 있었어. 그래야 다른 사람들의 의심을 사지 않을 테니까. 8월 27일은 우리가 마지막으로 함께했던 날이야. 나는 한 달 만에 소설 한 권을 끝냈어.

정말이지 초스피드로 원고를 썼다고 할 수 있지. 나 자신이 무척 자랑스럽기도 했어. 테라스 테이블에 놓여 있던 원고 두 뭉치가 생생하게 기억나. 내가 손으로 직접 쓴 원고와 놀라가 레밍턴 타자기로 타이핑한 원고였지. 우리는 석 달 전 처음으로 만난 해변으로 나가 오래도록 함께 걸었어. 놀라가 내 손을 잡고 말했지. '당신을 만나고 나서 내 인생이 바뀌었어요. 우리는 앞으로 무척 행복할 거예요'라고. 우리는 바닷가를 거닐면서 캐나다로 떠나는 날 어떻게 할지 미리 계획을 세워두었지. 우선 내가 다음 날 아침 〈클락스 식당〉에 들러 사람들 앞에 얼굴을 비치면서 눈도장을 찍어두기로 했어. 그다음은 사람들에게 보스턴에 급한 볼일이 생겨 2주일가량 집을 비울 생각이라고 얘기하기로 했지. 그런 다음 실제로 보스턴으로 이동해 이틀 동안 머물고, 혹시라도 경찰이 물을 경우에 대비해 호텔 숙박 영수증을 챙겨두기로 했어. 8월 30일에는 1번 도로변에 있는 〈시사이드〉 모텔로 이동해 방을 잡아두기로 했지. 놀라는 8이라는 숫자가 마음에 든다며 8번 방을 예약하자고 했어. 나는 놀라에게 테라스 애비뉴에서 몇 마일 떨어져 있는 〈시사이드〉 모텔까지 어떻게 올지 물었어. 그러자 놀라는 걸음도 빠르고 해변을 거쳐 모텔 뒤편으로 이어지는 오솔길을 안다면서 걱정 말라고 하더군. 놀라가 7시쯤 모텔에 미리 와서 기다리고 있던 나를 만나면 즉시 캐나다를 향해 출발하기로 했지. 캐나다에 가면 임시방편으로 임대용 아파트를 마련할 작정이었어. 며칠 후 나는 마치 아무 일도 없었다는 듯이 오로라로 돌아오기로 했지. 경찰이 분명 사라진 놀라를 찾고 있을 테니까 의심받지 않으려면 미리 알리바이를 만들어둘 필요가 있었으니까. 경찰이 그동안 어디에 있었는지 물으면 보스턴에 있었다고 대답하면서 호텔 영수증을 보여주기로 했어. 경찰의 의심을 차단하기 위해 일주일쯤 오로라에 더 머물기로 했지. 놀라는 캐나다의 임대 아파트에서 나를 기다리기로 했어. 일주일이 지나면 나는 구즈코브의 집을 엘리야 스턴에게 돌려주고 오로라를 완전히 뜰 생각이었지. 내 소설 원고가 마무리되어 책을 출판하고 홍보하는 일에 집중할 생각이라고 하면 엘리야 스턴도 곧바로 수긍할 테니까. 나는 캐나다로 돌아가 소설 원고를 출판업자들에게 우편으로 발송할 생각이었어. 그 다음에는 캐나다와 뉴욕을 오가면서 살아갈 계획이었지."

"놀라는 캐나다에서 무엇을 하려고 했는데요?"

"문서를 위조해 캐나다에서 고등학교를 마치고 대학에 다닐 수 있도록 해줄 생각이었어. 법적으로 성년인 열여덟 살이 되면 우리는 결혼해 정식 부부가 되었겠지."

"문서 위조라고요? 제대로 미쳤네요."

"그래, 제대로 미친 짓이지."

"그런 다음 어떻게 되었죠?"

"8월 27일 날, 우리는 해변에서 계획을 몇 번이나 되새김질하며 숙지하고 나서 집으로 돌아왔어. 우리는 거실의 낡은 소파에 앉아 마지막으로 대화를 나누었지. 나는 그때 놀라가 했던 말을 절대로 잊지 못할 거야. '우리는 행복할 거예요. 난 당신의 아내가 되고, 당신은 유명 작가가 되고, 대학 교수도 되겠죠. 당신 옆에 있는 것만으로도 나는 이 세상 어느 누구보다 행복할 거예요. 집에서 태양 빛깔의 래브라도 한 마리를 키우고 싶어요. 개의 이름은 스톰이라고 지을 거예요. 그날 내가 올 때까지 꼭 기다려야 해요. 나는 반드시 당신에게로 갈 테니까'라고 해서 내가 '평생이라도 널 기다릴 거야'라고 했지. 놀라와 마지막으로 나눈 대화였어. 그런 다음 우리는 깜빡 잠들었고, 눈을 떴을 때 놀라는 이미 떠나고 없었지. 창밖으로 분홍빛 노을로 물든 바다가 넘실거렸고, 갈매기들이 끼룩끼룩 울어대며 떼 지어 날아다니는 모습이 눈에 들어왔어. 놀라가 그토록 좋아하는 갈매기들이었지. 전날 테라스 테이블 위에 원고가 두 뭉치 있었는데 놀라가 가져갔는지 한 뭉치만 남아 있더군. 지금 내가 보유하고 있는 원본이 그대로 남아 있었고, 그 옆에는 자네가 상자 안에서 발견한 놀라의 메모가 놓여 있었지.

'걱정 말아요, 해리. 나 때문에 조금도 걱정할 필요 없어요. 내가 그곳으로 당신을 만나러 갈게요. 8번 방에서 나를 기다려줘요. 그 숫자가 마음에 드네요. 내가 제일 좋아하는 숫자거든요. 그 방에서 7시에 나를 기다리고 있어요. 그런 다음, 우리 함께 영원히 떠

나는 거예요, 당신을 사랑해요. 영원히. 애정을 듬뿍 담아, 놀라.'

난 사라진 원고를 찾아보려고 하지 않았어. 놀라가 가져갔을 거라고 믿었으니까. 원고를 다시 읽어보거나 8월 30일에 그 모텔로 꼭 나와야 한다는 뜻으로 가져갔을지도 모르지. 그전에도 가끔 원고를 가져간 적이 있으니까. 난 다음 날 아침 예정대로 구즈코브 집을 나와 〈클락스 식당〉에 가서 커피를 한잔 마시면서 사람들과 인사를 나누었어. 계획한 대로 며칠 동안 집을 비우게 될 거라는 정보를 흘릴 생각이었지. 식당에 제니가 있기에 원고가 마무리되어 출판 문제를 상의하러 보스턴에 간다고 말해두었어. 그때만 해도 놀라를 다시는 만나지 못하게 될 거라고는 상상조차 하지 않았지."

나는 그제야 펜을 내려놓았고, 해리의 눈에는 눈물이 그렁그렁했다.

∞

2008년 7월 7일

로이 바나스키는 원고 50쪽을 30분에 걸쳐 훑어보고 나서 더글러스와 나를 다시 호텔 방으로 불러들였다. 로이의 두 눈에 환희가 어려 있었다.

"마커스, 자네는 역시 천재적이야. 난 자네가 해리 쿼버트 사건을 가장 흥미롭게 다룰 수 있는 작가라고 생각했는데 역시 내 짐작이 옳았어."

"아직 속단하지 마세요. 그 원고는 제가 이 사건을 조사하면서 기록한 메모에 가깝다고 보면 됩니다. 아직 대체로 거칠고, 소설에는 넣지 않을 부분도 포함되어 있으니까요."

"그건 자네가 알아서 할 일이고, 난 원고의 맛을 보고자 했을 뿐이야. 그 결과는 환상적인 맛이라는 거지."

로이는 샴페인을 주문하더니 계약서를 테이블 위에 늘어놓고 그 내용을 다시 한번 요약해 우리에게 읽어주었다.

"원고는 8월 말까지 넘겨. 그때쯤이면 표지는 이미 완성되어 있을 거야. 원고를 읽고 편집하는 데 2주 정도 필요할 테니까 9월에 인쇄 들어가면 9월 마지막 주에 책이 나오겠네. 그 정도면 완벽한 타이밍이야. 대통령 선거 직전이고, 해리 쿼버트의 재판 날짜와도 겹치니까 마케팅 효과를 극대화시킬 수 있을 거야."

"그때까지 수사가 종결되지 않으면 어떡하죠?" 내가 물었다. "그 경우에는 원고를 어떤 식으로 마무리해야 할까요?"

로이는 이미 내 질문에 대한 답변을 준비해두고 있었고, 그 대답은 법무 팀이 검토 끝에 내린 결론이었다.

"수사가 종결되면 그 결과에 준해 원고를 마무리하면 되고, 종결되지 않으면 열린 결말로 하거나 자네가 원하는 방식대로 결론을 내리면 돼. 법률적으로 전혀 문제가 없고, 독자들 입장에서도 어떤 식으로 마무리되든지 별 차이 없을 거야. 수사가 종결되지 않으면 오히려 더 좋을 수도 있어. 2권을 낼 수 있을 테니까."

호텔 직원이 샴페인을 가져왔다. 내가 계약서에 사인하자 로이가 샴페인 병을 흔들어 요란한 소리와 함께 병마개가 튀어 나가게 했다. 샴페인을 반쯤 쏟은 로이가 잔 두 개를 채우더니 더글러스와 나에게 한 잔씩 권했다.

내가 물었다. "왜 샴페인을 안 드세요?"

로이는 입을 삐죽거리면서 젖은 손을 쿠션에 닦았다.

"난 샴페인은 별로야. 그냥 우리의 출판 계약이 이루어진 걸 축하하는 의미에서 샴페인이 필요했을 뿐이지. 이제 시작일 뿐이고, 난 결과를 이끌어내기 위해 최선을 다하는 사람이야."

로이는 워너브라더스와 영화 판권 문제를 상의하기로 했다면서 방을 나갔다.

∞

그날 오후, 나는 오로라로 돌아오는 길에 벤자민의 전화를 받았다. 그는 몹시 흥분한 상태였다.

"필적 감정 결과가 나왔어요. 해리의 필체가 아니랍니다. 원고에 적힌 그 말을 쓴 사람은 해리가 아닙니다."

나 역시 크게 환호했다.

"필적 감정 결과로 무엇을 규명할 수 있는 건가요?" 내가 물었다.

"놀라가 살해당하던 순간 해리가 그 원고를 가지고 있지 않았다는 사실이 확인된 겁니다. 법정에서 해리의 죄를 입증할 유력한 증거가 효력을 잃게 된 셈이죠. 법원은 공판 날짜를 7월 10일 목요일 오후 2시로 잡았습니다. 해리에게는 분명 긍정적인 소식입니다."

해리가 곧 자유의 몸이 될 수도 있다는 생각에 나 또한 흥분되었다. 해리는 늘 진실을 말했고, 법정에서 무죄를 입증하게 될 거라는 기대감이 차올랐다. 나는 공판이 열리는 목요일이 어서 다가오기를 기다렸다.

법정 출두를 하루 앞둔 7월 9일 수요일에 대형 악재가 터졌다. 나는 오후 5시 무렵 해리의 집 서재에서 내가 놀라에 대해 쓴 원고를 읽고 있었다. 그때 로이 바나스키가 전화해 떨리는 목소리로 말했다.

"끔찍한 일이 벌어졌어."

"무슨 일인데요?"

"자네가 나에게 읽어보라고 준 50페이지 원고를 도난당했어."

"어떻게 그런 일이 가능하죠?"

"그 원고를 내 사무실 책상 서랍에 넣어두었는데, 어제 아침에 보니까 없는 거야. 처음에는 마리사가 사무실 정리를 하면서 책상 서랍에서 원고를 꺼내 금고 안에 넣어두었을 거라 생각하고 크게 괘념치 않았어. 가끔 그런 적이 있었으니까. 나중에 마리사에게 물어보았더니 그 원고는 아예 만지지도 않았다는 거야. 어제 하루 종일 사무실을 뒤졌는데 원고를 찾아내지 못했어."

내 심장이 요란하게 두방망이질 쳤다. 이제 곧 폭풍이 밀어닥칠 거라는 예감이 들었다.

"원고를 도난당했다고 생각하는 근거는 뭡니까?" 내가 물었다.

"오늘 오후에 전화를 수없이 받았어. 《보스턴 글로브》, 《유에스에이 투데이》, 《뉴욕타임스》 등으로부터. 누군가가 자네 원고를 복사해 유력 언론 매체에 뿌린 거야. 다수의 언론이 원고를 토대로 특종을 터뜨리려고 준비하고 있어. 내일이면 모든 사람이 자네가 쓴 원고 내용을 알게 될 거야."

(2권에서 이어집니다)